DIANA

Das Buch

Ein bekannter deutscher Politiker wird ermordet, aber nur eine Hälfte seiner Leiche gefunden. Entschlossen, das Verbrechen aufzudecken, machen sich der junge Historiker Raphael und ein befreundeter Journalist auf Spurensuche in der ganzen Welt, von Washington bis Berlin, von Jerusalem bis Auschwitz. Dann taucht in Washington ein Video der bestialischen Tat auf, in dem auch ein braunes Heft zu sehen ist, das der Schlüssel zu einer großen Verschwörung zu sein scheint. Handelt es sich bei dem braunen Heft um die geheimen Aufzeichnungen eines SS-Offiziers? Beinhaltet es das Böse schlechthin? Plötzlich sind immer mehr an der Jagd beteiligt: CIA-Agenten, ehemalige Résistancekämpfer, Ordensbrüder und Nazijäger. Identitäten werden verschleiert, niemand ist, was er zu sein scheint. Auch Raphaels Geliebte nicht, die offenbar mehr über den Fall weiß, als sie zugibt. In seiner wachsenden Verzweiflung kann Raphael niemanden mehr trauen, am wenigsten sich selbst.

Die Autorin

Eliette Abécassis, Jahrgang 1969, lebt in Paris und ist Dozentin für Philosophie an der Universität von Caen. Ihr »grandioser Debutroman« (Wiener Zeitung) *Die Jesus-Verschwörung* (62/79) wurde in Frankreich zum Bestseller und in 22 Sprachen übersetzt. Sie schrieb das Drehbuch zu dem Film von Amos Gitai »Kadosh«, in dem es um die Lebensbedingungen orthodoxer jüdischer Frauen in Israel geht.

Eliette Abécassis

Asche und Gold

Roman

Aus dem Französischen
von Marie Rahn

DIANA VERLAG
München Zürich

Diana Taschenbuch Nr. 62/0177

Die Originalausgabe
»L'Or et la Cendre«
erschien bei Éditions Ramsay, Paris

Taschenbucherstausgabe 09/2001

Der Diana Verlag ist ein Unternehmen
der Heyne Verlagsgruppe, München
Printed in Germany 2001

Umschlaggestaltung: Hauptmann und
Kampa Werbeagentur, CH-Zug,
unter Verwendung eines Triptychon-Ausschnitts
BÜCHER IN EINER NISCHE (Lünette des Propheten Jesaja)
von Barthélémy d'Eyck, 1443–45
Satz: Filmsatz Schröter GmbH, München
Druck und Bindung: Elsnerdruck, Berlin
Gedruckt auf chlor- und säurefreiem Papier

ISBN: 3-453-18671-0

http://www.heyne.de

In Erinnerung an Claire Lalou.
Yetta Schneider in treuer Dankbarkeit.

»Und ich suchte also den Ursprung des Bösen und ich suchte nicht gut und ich sah nicht, daß das Böse schon in der Art und Weise meiner Suche steckte.«

AUGUSTINUS

Schockiert und mit vor Zorn glühendem Gesicht führte ich meine Hand an den Mund: Es war Blut. Meine Augen blickten durch das Fenster: Das Tagesgestirn war erloschen, sein gramvoller Bruder ging verschleiert. In der Ferne hörte man so etwas wie ein Grollen, eine Menschenmenge, eine Armee vielleicht. Oder auch nur Geheul, das Rasen tollwütiger Hunde. Oder ich war es, der unter dem schwarzen Himmelsgewölbe schrie. Diese unendliche Nacht wird mich nie loslassen.

Es war eine blauviolett glänzende Masse, ein schlaffes Etwas, das keiner mir bekannten Form ähnelte. Es war ein Stück Fleisch, zertrümmerte Knochen, Eingeweide, die wie Wachs zerflossen, Augen, die vor Entsetzen gebrochen waren. Alles sah man an diesem geschundenen Leib, das Äußere und das Innere. Wie bei einem Tierkadaver im Schlachthaus sah man alles. Die scharfe Klinge war mit entsetzlicher Unerbittlichkeit durch ihn hindurchgefahren. Der Mann war sorgfältig nach einer gedachten Geraden zerlegt worden. Der horizontale Schnitt ging unter den Rippen mitten durch den Körper: Man hatte ihn in zwei Teile geteilt.

Das war das Werk eines Schlächters, gewiß, doch eines sorgfältigen, unerbittlichen und systematischen Schlächters, der um die Regeln der Symmetrie wußte und sich mit Logik und Geometrie auskannte. Es handelte sich um die Transformation eines menschlichen Leibs, um die Reduzierung eines Menschen auf eine Körperhälfte.

Was hier gezeigt wurde, war nicht der Tod, der Tod war unbedeutend angesichts dieser Botschaft. *Wer? Warum?*

Dort vor uns lag, im Schmerz ausgebreitet wie Blut über einer Wunde, der Schlüssel des Geheimnisses, der Ursprung der Schöpfung und der Ursprung des Endes inmitten dieses ganzen Skandals, aus dem die Vollendung, sagt Ihr, hervorsprudeln kann wie Wein aus der Kelter.

Als ich mich dem klaffenden Schnitt näherte, beugte ich mich so weit vor, daß ich auf Schillers Oberkörper fiel. Da bekam ich Nasenbluten.

Ich wusch mir auf der Toilette die Hände. Als ich mich im Spiegel betrachtete, konnte ich kaum ein Gesicht erkennen. Ich war vollkommen mit Blut bedeckt, und schwarze Klümpchen klebten mir an der Nase, an den Augen und Lippen.

Mit Wasser ließ es sich leicht entfernen; doch meine Kleider und meinen Siegelring bekam ich nicht sauber.

Er war bereits mehrere Monate tot, und das Geheimnis um seinen Tod war immer noch nicht aufgeklärt worden. Das lag nicht an mangelndem Einsatz. Die besten Leute waren dafür abgestellt worden. Das FBI und die CIA hatten in Verbindung mit der französischen, italienischen und deutschen Polizei ihre Untersuchung durchgeführt – ohne Erfolg. Keine Spur war außer acht gelassen worden. Politparteien, Religionsgemeinschaften und universitäre Kreise in Frankreich, Deutschland, Italien und Amerika waren ohne das geringste Ergebnis genauestens durchleuchtet worden.

Er sagte, daß ein Verbrechen, dessen Urheber unbekannt bleibt, ein besonderes Unheil ausstrahlt, das nur die Priester aus früheren Zeiten abzuwenden wußten. Er sagte, daß Blut nach Blut verlangt, daß ein ungeahndeter Mord nach Rache schreit. So verbreitet sich das Böse auf der Erde, wie eine eiternde Wunde, wie die Pest verbreitet es sich und sät Furcht und Schrecken, es ist der Meister, der lehrt und erzieht, das Böse sucht sich seine Schüler unter denen, die sündigen, und denen, die nicht sündigen; so ist der große Menschenformer, das Böse, es schreitet voran, wie die Schlange gleitet es, wie der Ostwind flüstert es, wie ein Fluß strömt das Böse und führt Schutt mit sich, es vermehrt sich wie die Lügen und schließt unablässig neue Bündnisse mit Dämonen, die wieder Dämonen hervorbringen.

Er sagte, daß man trotz allem an Gott glauben müsse. Wie Hiob sein: lieben um des Liebens willen, ohne Gegenleistung, jedermann lieben, lieben, ohne zu jammern und zu klagen, noch in tiefster Ungerechtigkeit und finsterster Dunkelheit, Gott danken und ihn ohne Grund, ohne Bedingung, ohne Hoffnung und ohne Bedauern anbeten.

Nein, das sagte er nicht: Er sagte, er habe nur Hohn für Gott übrig, und solange er lebe, würde er niemals aufhören, seiner Empörung Ausdruck zu verleihen, und wenn es Gott gäbe, dann nur außerhalb der Geschichte. Doch wenn er nicht allmächtig war, wer war er dann?

Er sagte: *Der Tod ist ein Meister aus Deutschland.*

ERSTER TEIL

1

Vollbringt man das Böse aus sich selbst heraus, oder geschieht es unter dem Einfluß einer Macht in uns? Dies ist die Frage, mit der sich die ersten Seiten des Heftes öffnen, dieses unheilvollen Heftes, das ich besitze und von dem ich besessen bin: Vollzieht man das Böse wissentlich, als freien Willensakt, oder ist man von einer fremden Macht besessen – vom sogenannten Teufel?

Den ganzen Tag lang, bis spät in die Nacht, blättere ich in diesem Heft. Es gehört zur Gattung der verfluchten Bücher, in denen die Menschen die Gebote des Meisters verzeichnen, jener Werke, die von Generation zu Generation übertragen werden, um ihr Geheimnis zu bewahren und zu verbreiten. Ihre Seiten sind aus einem so leuchtenden Purpur, daß es das Auge schmerzt. Der Außenstehende sieht nichts als Feuer: Ihm offenbaren sich die Arkana des Teufels nicht. Um die Worte aus weißen Buchstaben zum Vorschein zu bringen, muß man sich erst auf einen furchtbaren Kampf mit Satan einlassen. Mit nacktem Oberkörper muß man in einem dunklen Raum bis zur Erschöpfung kämpfen. Doch selbst für den Hexer ist diese Lektüre nicht empfehlenswert: Je mehr er liest, desto mehr will er wissen. Er will es so sehr, daß er sich beim Verhexen verausgabt. Doch der Zauber wendet sich gegen ihn, da sein Blut schwächer geworden ist als das derer, die er verhexen will, und so wird er sein eigenes Opfer. Wer weiterkommen und dem Buch seine Geheimnisse entreißen will, muß stärker sein als jener. Bis schwarze Buchstaben erscheinen, muß jede Seite wie ein wild gewordenes Pferd bezwungen, gezähmt werden. Der Kampf kann Stunden, Monate oder Jahre dauern. Manche kommen nie ans Ziel. Andere sind nach dem Kampf so kraftlos, daß sie Tage brauchen, um sich zu erholen. Wie dem auch sei: Wer auch immer eines dieser Hefte besitzt, kann sich seiner nur mit Hilfe eines Priesters entledigen.

Es heißt auch, daß diese Art Bücher ein Eigenleben haben. Aus diesem Grunde widerstehen sie aller geistigen Aneignung und lassen sich nicht befragen. Am Ende jeder Seite steht: *Blättere weiter, wenn du es wagst.*

In meinem früheren Leben war ich Historiker. Das scheint mir so weit weg zu sein, daß ich es manchmal kaum glauben kann. Meine Zelle ist das Ende der Welt. In ihr herrscht eine andere Zeit, ist ein anderer Raum, wo sich die entblößte Kreatur aufhält, der neue Mensch, Abkömmling dessen, der die Welt durchstreifte, von Kolloquien zu Konferenzen, von Bibliotheken zu Archiven eilte. Meine leidvolle Prüfung und mein Kampf haben mich verändert, und ich sehe mich an, ja, ich sehe mich an und geißele mich, um mir diese Vergangenheit auszutreiben, ich kasteie mich, um der Versuchung zu widerstehen, meine Entlassung zu beantragen, und um den Widersacher zu überwinden.

Ich erinnere mich an mich und betrachte mich, als handelte es sich um jemand ganz anderen; oft wundere ich mich über mein Sein und Handeln in jenem Leben. Ich war im Exil, auf einem anderen Erdteil, vom Wind des Ostens getrieben zu fernen Ufern: ein Boot ohne Ruderer, ein Schiff ohne Matrosen und ohne Steuermann.

Ich habe vor dem jetzigen Leben so viel gesehen, habe so viele Prüfungen durchlaufen, daß ich nicht mehr weiß, wie ich der Gnade teilhaftig geworden bin, und auch nicht, wie ich sie verloren habe; aber heißt es nicht, daß diese Offenbarung, diese Eingebung der Vernunft nicht zugänglich sind? Warum wollte ich die Reinheit durchdringen, wie konnte ich den Verlust meiner selbst, die immer engere Verbindung mit dem anderen durch allen Schmerz hindurch wünschen, warum habe ich in meiner tiefsten Dunkelheit die Transparenz gesucht? Und warum habe ich mich schließlich jeglicher körperlicher Begierden entäußert, um die Formen meines früheren Lebens unkenntlich zu machen? Gewiß kann die Seele nicht aus sich selbst heraus die Schwelle überschreiten, und ohne Euch, ohne die besondere Rolle, die Ihr mir zugewiesen habt und die mir den Weg eröffnet hat, hätte ich zu meiner Wahrheit, meiner wichtigsten Mission nicht gelangen können. Ja, ohne Euch hätte der Tag nie die Nacht geboren, er hätte nie mit ihr die spirituelle Verbindung zur Dämmerung eingehen können, zum Erleuchtungsfest der Verzweifelten, wo alles in Eurem Königreich, in meiner Zuflucht, eine unendliche Freiheit genießt.

Ich habe so viele Stätten des Feuers durchschritten, daß ich ganz geblendet bin, und wenn ich in meinem vergangenen Leben beschlossen habe zu sterben, so deshalb, um nicht mehr Sein Licht zu sehen.

Meine Sünde soll unverhüllt sein vor Gottes Auge.

Wenn man wirklich mit dem Anfang beginnen muß, dann muß ich von ihm sprechen, denn er ist die Ursache von allem, er ist Anfang und Ende, er ist der Erfinder, der Meister, der Uhrmacher dieses Getriebes, dessen Rädchen wir alle sind.

Dieses Gefüge kenne ich gut: Es besteht aus Verschwörung und Undank, aus Untreue und Verrat, aus Diebstahl und Frevel; all das bildet das standfeste Gebäude, welches allen Veränderungen standhält – Tautropfen, auffliegendem Staub, Tagen und Nächten, die dahinfließen wie Flüsse und Ströme ohne Wiederkehr.

Wenn ich jetzt an ihn denke, dann durch einen Schleier aus befremdlichem Rauch, schwarzem Rauch, den ich verfliegen sehe, doch ohne daß ich den Blick davon abwenden kann. Ganz hoch oben im Weltenraum. Ohne mich. *Ich,* ein Seufzer, der den Goldstaub auffliegen läßt.

Ich lernte ihn zufällig kennen. Eines Tages stand er vor mir. Er sah mich an, als sähe er durch einen Spiegel. Ich akzeptierte ihn, ohne zu wissen, warum. Vielleicht aus einer eigenartigen Gewißheit heraus, einem Einverständnis, einem Wiedererkennen.

Wer ist Felix Werner? Diese Frage sollte ich noch oft beantworten müssen.

Felix Werner war mehr als nur ein Freund. Wir sahen uns oder redeten fast jeden Tag miteinander, wir diskutierten und nahmen gemeinsam die Mahlzeiten ein. Wir hatten vollkommenes Vertrauen zueinander. Ich hatte die Schlüssel zu seiner Wohnung, er die zu meiner. Vor ihm hatte ich nie jemanden gehabt, auf den ich mich verlassen konnte, niemanden, der mir zuhörte und mich in diesem Maße verstand. Er war alles, was ich nicht war, alles, was ich hätte sein wollen: ein Mann mit ausgeprägtem Charakter, der Stattlichkeit und Vornehmheit in sich vereinigte, eine Naturgewalt, ein stets aktiver Vulkan. Ich war reserviert, zuweilen scheu und kein großer Menschenfreund. Er war offenherzig und großzügig. Er hatte keinerlei Scheu, mit anderen zu sprechen, auf sie zuzugehen, sie ins Herz zu schließen und ihre Wertschätzung zu genießen. Ich war ein Einzelgänger: Mein unnachsichtiges Wesen erlaubte mir nicht, die menschliche Spezies zu mögen. Doch der Umkehrschluß galt nicht: Auf Männer hatte ich Einfluß, und Frauen waren von mir bezaubert. Felix aber hatte Charisma.

Ich bewunderte seine Intelligenz und Klarheit. Seine Ideen waren glänzend, seine Eingebungen genial. Er versetzte mich in Erstaunen. Der Gedanke, ihn zu sehen, erfüllte mich mit Freude, seine Worte klangen noch lange, nachdem wir uns getrennt hatten, in mir nach. War ich in seiner Gesellschaft, dann hatte ich das Gefühl, vollkommen ich zu sein. Er gehörte zu denen, die einen geistreich werden lassen. Er inspirierte mich. Manchmal war er ein Opfer seines besonderen Überschwangs, der ihm fast etwas Beunruhigendes verlieh. Er rauchte, er schritt hin und her, er schrieb, er sprach, und das alles gleichzeitig, weil er das Leben selbst war, mit diesem tierähnlichen, fast unmäßigen Trieb, der begabten Menschen eigen ist.

Er war mein Gegenstück und meine Ergänzung. Er war überströmend und redselig. Ich war schüchtern, zurückhaltend und nachdenklich. Er war realistisch und systematisch. Ich war verträumt und zerstreut. Ich hatte die Neigung, mich in einsame Unterfangen und Gedankenreisen zu flüchten. Ihn reizte nichts mehr als die Wirklichkeit. Er las alle Zeitungen, er wußte, was in der Welt geschah, er kannte die politischen und sozialen Probleme jedes einzelnen Landes.

Er hatte langes, kräftiges Haar von einem leuchtenden Dunkelbraun; er hatte dunkle Augen, eine helle Haut, hohe Wangenknochen, volle Lippen und ein von Grübchen geziertes Lächeln. Ich hingegen hatte kastanienbraunes, leicht gewelltes Haar, das mein dreieckiges Gesicht einrahmte, eine gerade Nase, eine hohe Stirn und ein wegen seiner endlosen Kaskaden bekanntes Lachen. Er verbarg seine Kurzsichtigkeit hinter Kontaktlinsen, ich unterstrich meine mit einer Brille, die meine Augen mit einem metallischen Lichthof umgab. Er hatte breite

Schultern und eine athletische Gestalt. Ich hingegen war zwar nicht gerade schmächtig, besonders stark aber auch nicht. Er achtete sehr auf sein Erscheinungsbild und trug Designeranzüge in Grau oder Schwarz, dazu Hemden in leuchtenden Farben und keine Krawatte. Ich hatte oft Kordhosen an und dazu Jacketts aus Tweed und schwarze Rollkragenpullover. Er war ein Frauenheld, ein Dandy, ein Lebemann, dem es wichtig war, im Gespräch oder bei Diners außer Haus zu brillieren. Er war Pariser, eine Säule mondäner Cocktailparties, er liebte Frauen und erlesene Weine, ging gern auf endlos lange Abendgesellschaften, um zu diskutieren, zu trinken und zu tanzen. Mir hingegen war die Gesellschaft von Büchern wichtiger als die von Menschen und eine Reisebekanntschaft lieber als eine romantische Beziehung. Mit sechsunddreißig Jahren führte ich bereits ein Leben wie ein alter Junggeselle – und dies durchaus nicht zu meinem Mißfallen.

Wir trugen den Kopf sehr hoch und führten Jugend, Idealismus und Freiheit auf unserem Banner. Die Welt stand uns offen, und wir schritten durch die Straßen, als gehörten sie uns, wir behandelten Frauen, als wären sie uns verpflichtet, wir bedienten uns der Männer, wie es uns gerade einfiel. Wir waren verbunden in einer Art Kampfkameradschaft, auch wenn es noch keinen Krieg gab – bis plötzlich der Mord geschah, der den Wendepunkt unseres Lebens bedeuten sollte.

Felix arbeitete bei einer großen Tageszeitung. Nach der Literaturbeilage hatte er sich auf Ermittlungsjournalismus spezialisiert: auf Verbrechen vor allem und komplizierte Affären. Ich war Historiker und hatte den Zweiten Weltkrieg und den Genozid der Juden in Nazideutschland als Spezialgebiet.

Manche sprechen vom »Holocaust«, aber ich habe Felix oft dargelegt, daß es sich nicht um ein Opfer für

Gott handelte und daß es an dem Massenmord der Juden durch die Deutschen keinerlei religiöse Komponente gab.

Vielmehr handelte es sich um eine Zerstörung, eine Vernichtung, eine Greueltat, um *Shoah*.

2

Es geschah am 27. Januar 1995, sechs Monate, nachdem ich Felix Werner kennengelernt hatte. Carl Rudolf Schiller, ein deutscher Politiker und berühmter Theologe, eine öffentliche, in der ganzen Welt bekannte Persönlichkeit, war ermordet worden. Man entdeckte die untere Hälfte der Leiche in seiner Wohnung in Berlin. Sie war in der Mitte waagerecht zerteilt worden. Unbekannt war, wo sich die obere Hälfte der Leiche befand.

Die universitären Kreise gerieten in Aufruhr und verbreiteten die Nachricht auf der Stelle, sogar noch vor der Presse. Man hätte sie für ein Gerücht, für eine Art mittelalterliche Legende halten können, so schrecklich und unerhört war sie. Ich jedenfalls zeigte mich skeptisch, bis Felix mir die Fakten bestätigte.

»Kennst du ihn? Hattest du Gelegenheit, ihn persönlich kennenzulernen?« fragte er mich eines Abends am Telefon.

Er war von seiner Zeitung beauftragt worden, den Mordfall zu untersuchen, und schickte sich an, das nächste Flugzeug nach Berlin zu nehmen.

»Ich habe mich ab und zu mit ihm auf Konferenzen oder Kolloquien über die Shoah unterhalten. Und dann habe ich ihn einige Male bei den Perlmans getroffen, Bekannten von mir. Er war ein beeindruckender Mann. Klein und mager, mit ausgezehrtem, aber feingeschnittenem Gesicht voller tiefer Falten auf der Stirn und um die Augen herum. Aber sobald er zu sprechen anfing, schlug er seine Zuhörer in Bann. Plötzlich wirkte er wie besessen, und es ging eine Kraft, eine Gewalt von ihm aus, die ihn fast schön erscheinen ließ. In Deutschland war er der kommende Mann, ein wahrer Volkstribun, dem man eine glänzende Zukunft vorhersagte ...«

Ich hörte, wie Felix eine Zigarre anzündete.

»Das ist seltsam«, sagte er und stieß Rauch aus. »Diese monströse Tat hat etwas streng Systematisches an sich, das mich beunruhigt.«

»Zweifellos die Tat eines Wahnsinnigen.«

»Oder die Vollstreckung eines Urteils ... Ich finde das ziemlich erschütternd.«

»Aber dich erschüttert doch alles, Felix ...«

In der Tat hatte Felix eine Eigenart, die ich als *Neigung, die Fassung zu verlieren,* bezeichnete. Ein Zeitungsartikel ließ ihn vor Wut in die Luft gehen, ein Bettler auf der Straße wühlte ihn auf, eine Ungerechtigkeit am anderen Ende der Welt verletzte ihn wie eine persönliche Beleidigung, alles ging ihn an, alles berührte ihn, alles erschien ihm wichtig. Die Dinge hallten bis ins Unendliche in ihm nach. Von Zeit zu Zeit hörte man aus den Tiefen seiner Seele ihr Echo. Er erlebte sie mit seinem Herzen, seinem Körper, mit seinem ganzen Wesen. Am Anfang überraschte mich das: Ich hielt das für übertrieben, überspannt. Ich war stolz darauf, ausgeglichener, besonnener und weniger impulsiv zu sein. Ich verstand nicht, wie man von dem, was um einen herum geschah, derart betroffen sein konnte.

Ich war da ganz anders. Manchmal hatte ich den Eindruck, daß alles an mir abglitt. Was auch geschah, ich gelangte nie wirklich dahin, Anteil zu nehmen: Ich war ein ruhiges Schiff auf stürmischer See, ein vom Unwetter verschont gebliebener Baum, eine Möwe über einem stinkenden Leichenhaufen.

Zwei Tage später kam er unverrichteter Dinge aus Deutschland zurück, ohne auch nur den Tatort gesehen oder eine wichtige Information erhalten zu haben. Schillers Wohnung war versiegelt und wurde ständig überwacht. Die Ermittlungen waren angelaufen, Kollegen des Opfers befragt worden. Schiller hatte weder Frau noch Kinder. Offenbar verbrachte er sein Leben zwischen der Universität, wo er Theologie lehrte, und seiner Partei, die sich seit Verlautbarung des Mordes in Aufruhr befand. Die Nachricht, zu lesen auf allen Titelseiten, hatte das Land aufgewühlt: Carl Rudolf Schiller war ein Mann der Massen gewesen. Durch seine zahlreichen Bücher war er wie eine Art Prophet angesehen worden, wie eine berufene Stimme, die sich in den Medien häufig zu Wort meldete.

In Frankreich war die Nachricht eine Sensation. Ein auflagenstarkes Blatt hatte sich sogar irgendwie Photos von dem verstümmelten Körper beschafft. Alles, was mit Schiller zu tun hatte, war plötzlich wichtig. Kriminologen wurden in Nachrichtensendungen eingeladen, und alle gierten nach ihren kurzen Kommentaren. Jeder erstellte vom Täter ein Charakterbild, ein psychologisches Profil: Für die einen war er ein intelligenter, gebildeter Mann, der allein und zurückgezogen auf dem Land lebte, für die anderen war er ein Wahnsinniger, ein asozialer Geisteskranker, ein anal fixierter Sadist, der in einer schäbigen Wohnung zwischen Müllhaufen hauste. Oder er war ein Hysteriker, der seinen Mord zwanghaft in Szene gesetzt hatte.

Nach seiner Rückkehr traf Felix Werner mich an einem Ort, der zu unserem Schlupfwinkel, unserem Lieblingsort geworden war: in der Bar vom Hotel Lutétia. Dort hatte ich mich mit ihm seit unseren ersten Verabredungen getroffen, um die finsteren Jahre ins Gedächtnis zu rufen, in denen dieses Herzstück von Paris vom eingedrungenen Feind durch Befehl höheren Orts verändert worden war. Seitdem gehörte es ebenso zum Ritual wie der Gin-Fizz und die Zigarre, die wir, versunken in den riesigen Ledersesseln des kleinen, abgelegenen Saals mit dem gedämpften Licht, rauchten, denn hier waren wir lieber als im großen Saal, der uns für unsere späten, konspirativen Treffen zu belebt erschien.

Gegen elf Uhr abends stieß ich unter dem gleichgültigen Blick des rotlivrierten Hotelboys die riesige Drehtür vom Boulevard Raspail an und schritt durch die zeitlosen Gefilde des Lutétia mit seinem dicken Teppich und dem kostbaren Mobiliar im reinsten Belle-Epoque-Stil; ich ging durch den Saal mit den Kronleuchtern aus Spiegeln und Glas und gelangte zur Tür des kleinen Saals. Dort, in dem rechteckigen Raum, der so dunkel war, daß man kaum die Bar, die niedrigen Tische und die Art-déco-Sessel sehen konnte, war der Ort aller Intrigen. Dort herrschte nicht mehr das Zeitalter der Bälle, dort herrschten die dreißiger Jahre, bürgerlich und ein wenig dekadent, und dort herrschte noch immer das Bild, das man sich als Fremder vom Leben in Paris macht, welches man sich für einige Jahre aneignet, so daß man berechtigt ist, sich Vertraulichkeiten gegenüber einer französischen Frau mit hohen Schuhen und einem verführerischen Lächeln zu erlauben, einer französischen Frau, die noch nicht mal beschwipst ist und die man mühsam in die obere Etage drängt. Es ist das romantische Bild von einem Paris, das nur für die, die es so wollten, existiert hat, und für die, die für diesen Traum kollaboriert haben, um ihn noch wirklicher und phantastischer zu machen; doch jetzt waren wir da, waren dem Ruf gefolgt, um den Ort zurückzuerobern, über den unzählige Stiefel getrampelt waren, und um mit der Ledersohle unserer Churchs die Abnutzung der roten Teppiche abzumildern, die für den Feind so verräterisch und unpassend entrollt worden waren.

Durch den Rauch seiner Zigarre blickte mich Felix mit seinem durchdringenden Blick an. Seine äußerst beweglichen Augen huschten von rechts nach links und von links nach rechts, um sich schließlich an einem Punkt festzustarren, den sie wie zwei schwarze Löcher absorbierten.

»Die deutsche Polizei hat noch keine Spur«, teilte er mir mit. »Sie haben immer noch nicht die zweite Hälfte der Leiche gefunden. Sie waren nicht sehr kooperativ … Ich habe den Eindruck, daß die ganze Angelegenheit vertuscht werden soll.«

»Tatsächlich?« antwortete ich.

»Schiller war bei der Regierung, die er heftig angriff, nicht gern gesehen. Wegen seiner steigenden Popularität stellte er mit seiner ökoreligiösen Partei eine ernsthafte Bedrohung in den nächsten Wahlen dar. Ich glaube, daß sein Tod für mehr als nur einen eine Erleichterung war …«

»Hast du Leute aus seiner näheren Umgebung treffen können?«

»So gut wie niemanden – nur einen seiner Kollegen, Bruder Franz, einen etwa fünfzigjährigen Mönch.«

»Hat er dir etwas Interessantes erzählt?«

»Ja sicher. Er hat mir geraten, die Schöpfung zu betrachten: die Erde, das Meer, die Luft und die Sterne, die Bäume und alles, was da kreucht und fleucht …«

»Oh, ich weiß schon … das Firmament und den Himmel mit all den Engeln und höheren Wesen …«

»… diese unendliche Weite. Und er hat mir geraten, das Böse in allen Dingen zu berücksichtigen. Wie hat

Gott, der doch gut ist, das Böse erschaffen können? Diese Frage ist unlösbar. Kurz, für ihn lohnt es sich nicht, nach dem Mörder zu suchen. Wir werden das Geheimnis um Schillers Tod niemals lösen ... Man wird vielleicht den Mörder finden und bestrafen, aber das ist dann auch schon alles.«

»Ziemlich fatalistisch, dieser Typ. Und du, was hältst du davon?«

»Ich glaube, ich werde zur Tat schreiten.«

»Zur Tat schreiten?« wiederholte ich überrascht.

Er zündete erneut seine Zigarre an und antwortete gelassen:

»Man kann das Ganze nicht auf sich beruhen lassen, verstehst du? Nicht nach dem, was geschehen ist.«

»Was willst du damit sagen? Mir ist schon klar, daß es furchtbar ist, was Schiller zugestoßen ist, und es ist bedauerlich, daß man den Schuldigen noch nicht gefunden hat. Aber letzten Endes geht uns das Ganze doch nichts an.«

»Es geht uns nichts an?« rief er aus. »Meinst du nicht, daß andere das schon mal gesagt haben, genau hier, 1942? Man fühlt sich nie von etwas wirklich betroffen. Es geht uns nichts an, wenn Immigranten in die Seine geworfen werden, wenn Asylantenheime angezündet werden, wenn ethnische Säuberungen stattfinden. Es geht uns nichts an, wenn man einen Menschen in zwei Teile zerlegt ... Und so läßt man alles zu, bis es einem *selbst* passiert.«

Er ließ mit dem Blick nicht von mir ab. Unruhige Schatten tanzten über sein Gesicht. Seine Augen warfen wie Spiegel das zuckende Bild der Kerze zurück, die auf dem Tisch brannte. Das waren keine Augen, das waren Seen, Seen aus Feuer und Flammen, tosende Wasser in einer Sturmflut, aufgewühlte Meere vor hell entflammtem Horizont.

»Du siehst«, setzte er wieder an, »ich weiß genau, wie so etwas anfängt und wo so etwas endet. Wenn wir, Historiker und Journalisten, noch nicht mal in der Lage sind, aus der Geschichte zu lernen, wer dann?«

»Was schlägst du also vor?« fragte ich.

»Während der Ermittlungen wurde mehrere Male der Name Samy Perlman erwähnt. Offenbar ein enger Freund von Schiller. Du sagtest doch, du kennst ihn?«

»Ja, das stimmt.«

»Kannst du ihn mir vorstellen?«

Ich dachte einen Moment lang nach.

»Na gut. Ich werde ein Treffen mit Samy Perlman arrangieren. Aber du wirst sehen, daß ich dir damit keinen Gefallen tue.«

»Was soll das heißen?«

»Mina und Samy Perlman haben das KZ überlebt. Sie sind nach dem Krieg nach Frankreich gegangen ... Ich habe sie bei Recherchen für einen meiner Artikel kennengelernt, der sich mit der Judenverfolgung in Lodz beschäftigte. Im Verlauf mehrerer Treffen kamen wir uns näher, und seitdem besuche ich sie manchmal. Es sind zwar reizende Leute, aber ...«

»Aber?«

»Ich mußte mehrere Monate lang immer wieder mit ihnen sprechen, um etwas mehr über sie zu erfahren. Am Anfang bekam Samy nicht die Zähne auseinander, und Mina sprach über alles mögliche, nur nicht über das betreffende Thema. Die meisten unserer Gespräche waren von langen Redepausen durchsetzt. Nach und nach konnte ich Minas Vertrauen gewinnen, so daß sie mir ihre Geschichte erzählte – aber Samy ...«

Ich hielt für einen Moment inne. Felix stieß einen Schwall Zigarrenrauch aus, hinter dem seine Augen kurz verschwanden.

»Samy hat mir nie etwas von sich erzählt.«

3

Am 30. Januar 1995 begaben wir uns um 17 Uhr 30 bei Eiseskälte zu Fuß ins Marais, das alte *Plezl*, wo Samy und Mina Perlman lebten, und blieben vor der Nummer 7 der Rue des Rosiers stehen.

Seit ich vor vielen Jahren das erste Mal diese Wohnung mit den hohen, von Balken durchmessenen Decken betreten hatte, fiel mir immer wieder auf, daß ich mich in einem jüdischen Haus befand. Das lag nicht am Leuchter in der Bibliothek oder an den Drucken mit den betenden Gelehrten und auch nicht an den hebräischen Büchern: Es lag an der unbestimmbaren Atmosphäre, die mich seltsam ergriff. Jeder Gegenstand barg eine Art Geheimnis: so etwas wie eine Ewigkeit, die im Alter sichtbar wird, eine ehrwürdige Betagtheit, ein Privileg, da zu sein und eine lange Geschichte aus einer vergangenen Welt zu haben, die neuerschaffen wird durch die Hingabe ihrer Hüter und Treuhänder – eine seltsame Beständigkeit.

Bevor ich mich auf den Zweiten Weltkrieg spezialisierte, war ich mit Juden nie in engem Kontakt gewesen. Für mich waren sie historischer Stoff, Reliquien, Museumsstücke. Meine Familie sprach von »Juden«, als wären sie etwas deutlich anderes. Und mir war diese Andersartigkeit jedes Mal, wenn ich einen »Juden« traf, eindeutig bewußt, weil mir diese Kategorie sofort in den Sinn kam, um ihn zu charakterisieren, während ich doch auch »ein Pariser«, »ein Blonder« oder »ein Professor« hätte sagen können. Ich erinnere mich daran, daß ein jüdischer Student in dem Jahr, als ich noch nicht mal zugelassen wurde, der Beste im Staatsexamen in Geschichte war. Ich konnte nichts anderes denken, als daß dieser junge Mann, der aus Ungarn oder Polen kam, sich besser mit der französischen Revolution auskannte als ich, dessen Stammbaum bis ins zwölfte Jahrhundert zurückreichte. Dieser Bursche war besser als ich, der ich doch Frankreichs Geschichte *verkörperte*.

Damals dachte ich an Drumont, an Barrès und an Maurras, der gesagt hatte, daß die Juden unfähig seien, die Reinheit von Racines Vers »*Dans l'Orient désert, quel devint mon ennui*« zu erfassen.

Racine, mein Land, meine Welt, meine Heimat. Wahrhaftig gibt es nichts »Französischeres« als einen Vers von Racine. Und jetzt, dachte ich, kennen sie die Geschichte Frankreichs besser als ich, jetzt sprechen sie, aufgezogen mit Latein und Griechisch, ein ausgefeilteres Französisch als ich, dessen Vorfahr doch Racine *persönlich kannte*. Racine, mein Fleisch und Blut, war ihre Leidenschaft. Mit welchem Recht? fragte ich mich. *Junge Franzosen mit blauen Augen, blondem Schnurrbart und breiten Schultern, wie gemacht für den Krieg und die Liebe, und dagegen der alte jüdische Götze mit dem verdorbenen Mund! Wie er rast, weil er nicht versteht. Denn er dachte, Frankreich sei mehr als nur verraten und verhext.*

Ich glaube, daß ich mich, gerade um zu *verstehen*, auf die Geschichte des Grauens gestürzt und daher im Rahmen meiner Forschung Hunderte von Überlebenden kennengelernt habe, von denen einige meine Freunde wurden.

Felix bewunderte meine Hingabe und Treue gegenüber diesen alten Menschen. Eines Tages erzählte er mir von seinem Großvater, dem wahren Helden seiner Kindheit, der sich mehr als Felix' Eltern um seine Erziehung gekümmert hatte. Stundenlang hatte der alte Mann ihm begeistert von der Revolution erzählt: von der französischen und auch von der zukünftigen, internationalen. Als er fünfunddreißig Jahre alt war, hatte er drei Monate in Drancy gesessen, als »Judenfreund«. Er gehörte zu denen, die sich gegen das obligatorische Tragen des Davidsterns wehrten und Phantasieabzeichen mit *Goj, Swing, Danny* oder *130* zur Schau stellten. Im elenden Lager von Drancy, wo die Juden vor ihrer Deportation gefangengehalten wurden, traf er auf alle möglichen Leute, die wie er »Judenfreunde« waren: Elektriker, Studenten, Architekten oder Bäcker. Bewegt erzählte er, wie sie von den Gefangenen aufgenommen wurden: mit vielen Tränen und brüderlichen Umarmungen. Die »Judenfreunde« blieben von der Fronarbeit verschont, welche man für ihre »Freunde« vorgesehen hatte, und als sie versuchten, sich Kübel zu nehmen, um ihnen zu helfen, stürzten sich fünf oder sechs Gefangene auf sie, um sie ihnen zu entreißen, und flehten: »Nein, Sie nicht, nein, Sie nicht.«

Sein Großvater erzählte ihm auch von der Résistance, den falschen Pässen und den heimlich gedruckten Flugblättern; er sprach vom Hochplateau, auf dem Kiefern und Farnkraut wuchsen, von den schmalen Wegen, die in geheime Tiefen stürzten, vom lockeren Boden, in den Höhlen gegraben wurden, und von dem Leben voller geheimer Aktivitäten in den dunklen Kammern unter der Erde. Im Schatten der wirklichen Welt waren sie aus dem Mittagslicht, das das empfindliche Auge blendete, in die enge Öffnung geschlüpft, durch die sie, gebückt, aber glühend, brennend fast im Feuer der menschlichen Wärme und des Ideals, flammend in der Eiseskälte des Corrèze, kämpften. Er hatte ihm geschildert, wie sie Kugeln ohne Betäubung und im Schein einer Petroleumlampe entfernten, er hatte ihm von den gefangengenommenen, gefolterten und getöteten Kameraden erzählt, von der allgegenwärtigen Angst, den verstohlenen Blicken und den feuchten Händen und auch von der widersinnigen Notwendigkeit, zuweilen selbst den Henker zu spielen: Er erinnerte sich an den Tod des Jungen aus der Auvergne, den er mit einem Genickschuß niedergestreckt hatte. Er besaß noch den Brief, den er in seiner Jackentasche gefunden hatte, und in dem mit größter Genauigkeit alle geheimen Orte, Namen und Pläne aufgeführt waren. Mit zitternder Hand hatte er ihm den Umschlag gezeigt, den er ebenfalls aufbewahrt hatte: Die »Tante« in Clermont-Ferrand hatte dieselbe Adresse wie die Gestapo.

Als sein Großvater starb, hatte Felix das Gefühl, ganz allein auf der Welt zu sein. Er war gerade dreizehn Jahre alt. Und hatte sich geschworen, dem Leben und den Überzeugungen dieses Mannes treu zu bleiben, der das Licht seiner Kindheit gewesen war.

Wenn ich diese Geschichten hörte, die Felix oder meine alten Bekannten aus den Lagern mir erzählten, dann erfand ich eine Geschichte für mich. Es gab einen Vater und eine Mutter, eine Wahlfamilie, durch die ich die Welt kennenlernte, diese weite Welt der Menschlichkeit.

Mina Perlman entstammte einer bürgerlichen Familie in Warschau. Mit sechzehn Jahren kämpfte sie schon im Widerstand, bis zu dem Tag, an dem sie verhaftet und nach Auschwitz deportiert wurde. Samy, der in Deutschland geboren war, hatte zwei Jahre in Auschwitz II-Birkenau verbracht – eine beträchtliche Zeitspanne, da die Lebenserwartung in den Konzentrationslagern kaum höher war als einige Monate. Nach dem Krieg beschloß Mina, die keine Familie hatte, nach Paris zu gehen. Dort traf sie Samy. Sie hatten drei Kinder, die ich nie kennengelernt hatte: zwei Söhne, Béla und Paul, und eine Tochter, Lisa, die den Namen ihrer Großmutter mütterlicherseits trug.

Samy war pensionierter Buchhalter, und seine Frau, die Theologie lehrte, hatte mehrere Werke über die Shoah verfaßt.

Mina empfing uns herzlich und bot uns Tee an. Sie war rundlich und heiter, hatte einen blonden Pagenschnitt und strahlend blaue Augen, die durch ein hellblaues Kostüm und Schmuck in derselben Farbe noch betont wurden. Man spürte bei dieser gepflegten, lebhaften und eigensinnigen Frau etwas wie eine Revolte, eine Art innerer Wut, die zu der kühlen Zurückhaltung und Distanziertheit ihres Mannes im Gegensatz stand. Mina, das hatte ich schon gespürt, als ich sie das erste Mal sah, war eine Mystikerin, eine jüdische Mystikerin, die der höchsten Einheit entgegenstrebte, sie gehörte zu den Auserwählten, denen sich Gottes Wesen in höchstem Ausmaß offenbart. Später erfuhr ich – widerstrebend –, wie eng sie mit Israels Geschichte und Schicksal verbunden war, die für sie den reinsten und vollendetsten Ausdruck des Weltendramas darstellten.

Sie ging aus dem Zimmer und ließ uns mit Samy allein. Felix unternahm mehrere Versuche, ihn zu Carl Rudolf Schiller zu befragen. Aber er stieß gegen eine undurchdringliche Mauer hartnäckigen Schweigens. Die einzige Antwort, die er erhielt, war ein verschlossener Blick hinter gesenkten Lidern und ein verzogener Mund. Aus heller Verzweiflung, nur um das Schweigen zu füllen, erzählte ich von meiner Dissertation über Hitler und die ›Endlösung‹, an der ich gerade arbeitete, doch hatte ich nicht viel mehr Erfolg.

Samy war etwa siebzig Jahre alt. Sein strenges, ausgezehrtes Gesicht war voller Falten, die wahre Schattenschluchten auf seiner Stirn, in seinen Augenwinkeln und um seinen Mund herum bildeten. Wenn man ihn ansah, zog es einen zu diesen Abgründen hin, denn sie waren die eigentlichen Gesichtszüge, gegen die die Konturen der Augen, der Nase und des Mundes nur wie angedeutete Skizzen wirkten. Es waren keine Falten auf glatter Haut, die durch Lächeln oder Traurigkeit hervortraten, es waren keine Furchen der Anstrengung, es waren uferlose Klüfte, von Menschenhand geschaufelte Gräber, Grabstätten auf Haut, Urnen der Finsternis, Ansammlungen von Leid. Seine grauen, kurzgeschnittenen Haare, sein magerer Leib, den er gerade und straff gespannt hielt, erinnerten an Gestalten von Giacometti, an abgemagerte Menschen, die das Jahrhundert durchschreiten, schwarze, Ruß absondernde Skelette, die mit lässigen Schritten ihre erbarmungswürdig dünnen, durch die Erinnerung des Schmerzes geformten Glieder ausstrecken.

Nach einer Weile trug Mina ein Tablett herein.

»Was machen Ihre Kinder, Madame Perlman?« erkundigte sich Felix, während sie uns den Tee servierte.

»Lisa, die Jüngste, müßte jeden Moment kommen«, antwortete Mina. »Sie hat vor kurzem ganz in der Nähe ein Atelier für ihre Bildhauerei gefunden und besucht uns seitdem fast täglich nach ihrer Arbeit. Paul hat eine gut besuchte Praxis für Kinderheilkunde, und Béla, der Älteste ...«

Sie zögerte.

»Béla ist im Moment nicht hier«, schloß sie rasch.

Plötzlich erhob sie sich und ging zum Fenster. Ich wußte, daß sie die Angewohnheit hatte, ihrer Tochter entgegenzublicken, seit diese ganz klein war.

»Da ist sie, sie kommt«, sagte sie erleichtert.

Am 30. Januar 1995 um 17 Uhr 55 also lernte ich Lisa kennen. Ich hatte schon viel von ihr gehört, sie aber noch nie gesehen. *Lisa Perlman, aschkenasische Jüdin, Tochter von Überlebenden der Shoah.*

Ich möchte, daß eine Sache immer im Gedächtnis behalten wird, bei allem, was ich späterhin berichte: Ich habe Lisa wirklich geliebt. Ich habe nie eine andere geliebt als sie.

Vorher war alles anders. Ich glaubte nicht an die Liebe, so wie ich auch nicht an den Tod glaubte. Ich war der Meinung, es handle sich dabei um einen Mythos, eine abendländische Erfindung, eine gesegnete Einrichtung für Romane, Filme und Parfümwerbung. Die Liebe war ein Reizthema für mich, weil ich sah, wie die Menschen über ihre Liebesgeschichten in Begeisterung gerieten – über ihre Dummheiten, die, wie ich wußte, für die Glücklichen unter ihnen in einer bürgerlichen Wohnung mit Frau, Kind, Hund und Mätresse endeten. Ich glaubte nicht an die leidenschaftliche Liebe, über die ich einmal gelesen hatte, daß sie ein Produkt des Christentums sei, eine praktische Erfindung, um die Ketzerei zu bekämpfen. Für mich waren Tristan und Isolde, Romeo und Julia Figuren des Christentums, und zwischen ihrem Leiden und dem von Jesus Christus sah ich keinerlei Unterschied.

Was soll ich sagen? Was geschah, war das Banalste und das Außerordentlichste, das Bekannteste und das Unerhörteste, das Einfachste und das Unerklärlichste. Mit dem ersten Blick, mit dem ersten Lächeln war ich besiegt oder besser: Ich *war* mit einem Mal, ganz einfach. Denn die Liebe ist ein Demiurg.

Lisa legte ihren Mantel, eine Art Umhang aus purpurroter Seide, auf die Sofalehne und setzte sich anmutig genau neben mich, in einer Aura der Frische.

Die Perlmans nahmen in den Sesseln gegenüber Platz. Ich rückte ein wenig näher zu Felix, um Lisa Platz zu machen, aber sie saß nur wenige Zentimeter von mir entfernt, und ihre Schulter berührte mich fast. Sie trug eine Hemdbluse aus weißem Schleierstoff und einen Rock aus schwarzem Satin. Ihre langen, glatten, sehr dunklen Haare fielen ihr zu beiden Seiten auf die Schultern.

Mit einem Messer schob sie geschickt ein Stück Strudel auf einen kleinen Teller und wandte sich an mich:

»Möchten Sie auch ein Stück?«

Ich war unfähig zu antworten und starrte sie mehrere Sekunden lang wortlos an. Mir hüpfte das Herz in der Brust, als wollte es herausspringen. Meine Augen waren in einen Ozean der Reinheit eingetaucht.

Heute könnte ich alles geordnet wiedergeben: die Neugier, die man in ihren blaugrauen Augen lesen konnte, ihr liebenswürdiges Lächeln auf den feingeschnittenen Lippen, ihre weiße Haut, die sich von den pechschwarzen Haaren abhob. Aber in jenem Moment sah ich nicht die Bestandteile ihrer Schönheit. Was ich erblickte, war eher ein Bild von Picasso: Die Augen verschlangen das ganze Gesicht, die Nase inmitten der Stirn war verkehrt herum, der Mund saß an der Seite, die Farben wirbelten umher, und die ganze Welt drehte sich um sie herum.

Sie wiederholte ihre Frage und akzentuierte etwas deutlicher die Silben:

»Möchten Sie ein Stück Strudel zum Tee?«

Felix kam mir zu Hilfe.

»Ich nehme gern ein Stück, Lisa, danke.«

»Danke«, wiederholte ich einfältig stammelnd.

»Wie steht es mir Ihrer Arbeit, Lisa?« fragte Felix.

Um mir etwas Haltung zu verleihen, nahm ich meine Teetasse und die Untertasse, doch zitterte meine Hand so sehr, daß ich sie sofort wieder auf dem Sofatisch abstellen mußte.

»Sehr gut«, sagte sie. »Ich habe gerade einen Auftrag für ein Shoah-Denkmal in Deutschland bekommen, in Freiburg. Das ist ein etwas verrücktes Projekt ... Eine riesige Säule aus Blei, in die jedermann einzeichnen und schreiben kann, was er möchte. Diese Säule verschwindet allmählich im Boden, bis sie schließlich vollkommen unsichtbar ist.«

Ihre Worte unterstrich sie mit langsamen Handbewegungen und schloß sie mit einem Lächeln, das ihre weißen, leicht unregelmäßigen Zähne enthüllte.

»Aber«, fuhr sie fort, »das Thema des Tages ist das Mahnmal in Berlin, das im Zentrum der Stadt, auf dem Potsdamer Platz, nicht weit vom Führerbunker entfernt, errichtet werden soll. Ich habe vor ungefähr einem Jahr zusammen mit einem deutschen Bildhauer einen Vorschlag eingereicht: ein riesiges Grabmal mit den Namen der ermordeten Juden, und darauf kleine Steine aus Massada in Israel.«

Angesichts unserer fragenden Mienen fügte sie hinzu:

»In der jüdischen Tradition legt man kleine Steine auf die Grabsteine, als Zeichen dafür, daß man da war und Treue hält.«

»Ist Ihr Projekt angenommen worden?« fragte Felix.

»Anfangs fand es viel Anklang. Und jetzt sagen die verantwortlichen Politiker, es sei Ausdruck einer unterdrückten jüdischen Generation, die sich an den Deutschen dadurch rächen wolle, daß sie ihnen bedrückende Erinnerungen aufzwänge. Ich frage mich langsam, ob dieses Denkmal die Erinnerung an sechs Millionen durch das Naziregime ermordete Juden aufrechterhalten soll, oder ob es nicht eher dazu dienen wird, diese Zeit zu begraben. Ich glaube, das wiedervereinigte Deutschland möchte sich lieber unbeschwerter der Zukunft zuwenden, ohne durch seine Vergangenheit belastet zu werden ...«

Sie unterbrach sich plötzlich und murmelte in einem ernsteren Tonfall:

»Mama, apropos belastende Vergangenheit, hast du etwas von Béla gehört? Ich habe ihn schon lange nicht mehr gesehen, und er geht nicht ans Telefon ...«

»Nein, ich weiß nicht, wo er ist …«, sagte Mina mit bekümmerter Miene. »Ich hatte in letzter Zeit wegen des Regierungswechsels viel zu tun …«

»Mama«, erklärte Lisa und wandte sich mir zu, »ist gerade zur Beraterin für die Menschenrechtskommission ernannt worden.«

»Ja«, fuhr Mina fort, »und es gibt viel zu tun, angesichts der bevorstehenden Ereignisse …«

»Kannst du uns sagen, was das für Ereignisse sind, oder ist das ein Staatsgeheimnis?« fragte Lisa.

»Von der Regierung ist eine Kommission gebildet worden, die über die neuen Ausländergesetze entscheiden soll«, antwortete Mina. »Man spricht davon, die Grenzen undurchlässiger zu machen und die Rechte der Einwanderer noch mehr zu beschneiden.«

Sie warf Samy einen Blick zu, der während der ganzen Unterhaltung keinen Ton von sich gegeben hatte. Er hatte sich in seinem Sessel verschanzt und betrachtete uns mit kühler, fast abwesender Miene.

»Ja«, setzte Mina nachdenklich fort. »In Frankreich herrscht momentan ein seltsames Klima. Grabschändungen, Rassismus … bis hin zu dem berühmten Fall von Frère Daniel, dem Vorzeigemenschen der Rechtschaffenen, der gerade die antisemitischen Thesen einer seiner Freunde öffentlich unterstützt hat. Und manche nutzen die Möglichkeit, den ›heiligen Mann‹ zu bewundern, der ihnen geholfen hat, klarer zu sehen, und den Mut hatte, ein Tabu in Frage zu stellen. Waren nicht Sie es«, sagte sie und wandte sich an Felix, »der dazu beigetragen hat, diese Angelegenheit bekannt zu machen?«

»Ja«, antwortete er, »ich habe den guten Mann schon eine ganze Weile beobachtet. Das Ganze ist nichts Neues.«

»Glauben Sie, es handelt sich um einen Anfall von Senilität?«

»Nein, keinesfalls. Ich bin überzeugt, daß es sich um tiefste Überzeugungen handelt, die er schon immer hatte.«

»Ja«, setzte Mina mit betrübter Miene wieder an. »Es herrscht momentan ein übles Klima in Frankreich ... Es erinnert seltsam an die dreißiger Jahre ...«

»Und die Ermordung von diesem berühmten Carl Rudolf Schiller?« fügte Felix, die Gelegenheit nutzend, hinzu. »Glauben Sie, daß es sich um einen Mord aus Überzeugung handelt?«

»Schon möglich«, sagte Mina.

»Kannten Sie Schiller gut?«

»Tja, nein ...«, sagte sie zögernd. »Er war kein sehr einfacher Mann – in theologischer Hinsicht, meine ich. Wenn Sie mehr über ihn wissen möchten, dann müssen Sie zum Kolloquium über die Shoah kommen, im nächsten Monat. Ich werde dort auch reden. Sie werden sicher jemanden kennenlernen, der ihn gekannt hat.«

Ich erinnere mich nicht mehr genau, was dann noch gesagt wurde. Der Rest des Gesprächs ist in dichtem Nebel versunken, der nur meine Verwirrung widerspiegelt. Ich erinnere mich einzig an die Zartheit, die Lisa ausstrahlte, an ihre silberhelle Stimme, ihre anmutigen Gesten, an ihre Lieblichkeit. Es war eine Mischung aus Reinheit und heiterer Distanz. Sie besaß eine klare Seele, die sie meiner Meinung nach von ihrer Mutter hatte, und gleichzeitig eine Entschlossenheit, eine Beharrlichkeit, die anscheinend von ihrem Vater stammte. Diese Frau, dieses Kind, möchte ich fast sagen, hatte nie mit der Verderbnis von Wunden Bekanntschaft gemacht. Sie war unversehrt, hatte keinerlei Verletzung, war vollkommen, makellos.

Gegen sieben Uhr abends verließen Felix und ich die Perlmans. Wir gingen zusammen zur Metrostation Saint-Paul.

»Auf welchen Umstand hat Mina deiner Meinung nach angespielt, als sie von den dreißiger Jahren sprach?« fragte mich Felix.

»In bezug auf heute?«

»Ja.«

»Die Frage der Nationalität stand im Zentrum der politischen Debatten in Frankreich. Es hieß, die Republik hätte zu viele Einwanderer aufgenommen und zu viele Menschen eingebürgert. Übrigens war die erste Maßnahme der Regierung Pétain im Juni 1940, die Einbürgerungen zu revidieren und all denen, die keinen französischen Vater hatten, zu verbieten, Jura oder Medizin zu studieren, beispielsweise unter dem Vorwand, das ›Weltbürgertum‹ sei der Hauptgrund für die französische Niederlage gewesen.«

Ich verstummte plötzlich. Felix blickte mich erstaunt an. Tatsächlich hatte ich meine Erklärungen mechanisch heruntergebetet, mit abwesender Miene, weil ich an etwas ganz anderes dachte.

»Was hast du?« fragte er und runzelte die Stirn.

»Felix, ich glaube, ich bin verliebt.«

Er blieb mitten auf der Rue des Ecouffes abrupt stehen.

»Sagtest du nicht, die Liebe sei eine Erfindung der abendländischen Zivilisation, die sich auf die Bedeutung des einzelnen gründe?«

»Felix ...«

»Nach christlichem Glauben setze die Liebe die Prädestination voraus?« fuhr er fort.

»Du wirst mich nicht festnageln.«

»Die Liebe ist ein christliches Mysterium.«

»Ja, ein wahres Mysterium.«

»Du?« sagte er und runzelte die Stirn, »du erliegst dem Zauber des auserwählten Volkes?«

»Was willst du damit sagen?«

Er ging plötzlich schneller. Ich schloß auf. Ein Ausdruck der Belustigung lag in seinen Augen.

»Es handelt sich um das wohlbekannte Phänomen der schönen Jüdin: die Frau mit der weißen Haut, den schwarzen Haaren, den langen Wimpern und den Augen, die so dunkel sind wie Abgründe, in die sich die armen Gojim stürzen. Die fromme, geheimnisvolle, kluge, aber unterwürfige Frau, deren unglückliches Schicksal die Strafe eines uralten Plans ist, Ivanhoes Rebecca, Balzacs schöne Kurtisane ... Nur die echten Antisemiten verlieben sich in eine jüdische Frau, und es ist nur das Gegenteil des Hasses, das sie ihr entgegenbringen.«

»Du bist verrückt. Das sage ich dir. Ich erzähle dir, daß ich in sie verliebt bin, und du findest noch eine Möglichkeit, mich als Antisemiten zu bezeichnen. Für mich könnte sie auch Katholikin sein, das würde nichts ändern, rein gar nichts ... Findest du sie etwa nicht hinreißend?«

»Nein«, sagte Felix, »der engelhafte Typ ist nicht mein Fall. Aber ich sehe, daß die Sache bei dir ernst ist.«

Er blieb stehen und richtete seinen Finger auf mich.

»Dann hör mir gut zu. Da ich alle fünf Minuten verliebt bin, kann ich dir sagen, daß man, wenn dieses Gefühl so stark ist, daß es fast zur Gewißheit wird, gern glauben möchte, dem anderen ginge es ebenso. Aber das ist ein Irrtum. Manchmal ist es nichts damit, und das Gefühl, so intensiv es auch sein mag, wird nicht unbedingt erwidert. Daher darf man nichts überstürzen.«

Das war typisch für Felix: Er gab mir Ratschläge in Sachen Verführung. Das war sein Hobby, seine liebste Freizeitbeschäftigung. Die Vorstellung zu heiraten erschien ihm unpassend. Für ihn bedeutete das nichts anderes, als in Gewohnheit und Wiederholung eingesperrt zu sein. Wenn er eine Frau verführt hatte, ging er, wie er gekommen war, ohne den Austausch von Höflichkeiten abzuwarten. Er konnte ebenso schroff sein, wie er liebenswürdig gewesen war. Er konnte sogar boshaft sein.

»Keine Erklärungen, keine Sentimentalitäten«, fügte er hinzu. »Das ist nicht der Typ Mädchen, den man im Sturm erobert, mit einem Messer zwischen den Zähnen.«

Das Leben ist seltsam. Es scheint auf verschlungenen Wegen, auf undurchdringlichen Pfaden voranzuschreiten, um dann immer, ohne Ausnahme, an das vorhergeplante Ziel zu kommen. Wenn man alles von Anfang an wüßte, wenn man mit einem Blick die Verwicklung der Ereignisse umfassen könnte, dann könnte man wählen, und das Gute und das Böse wären nicht mehr so unklar. Aber letzten Endes sind die Gründe, das Warum und das Wie, die Ursachen und die Triebfedern, unwichtig. An jenem Tag gab, ohne daß ich es mir erklären kann, der Boden unter mir nach. Der Boden meiner Gewißheiten, meiner Interessen und Gewohnheiten. Ich hatte diese Menschen aufgesucht, um Felix bei der Untersuchung eines grausamen Mordes zu helfen, und als ich mit ihnen zusammentraf, lernte ich Lisa Perlman kennen, und alles andere erschien mir plötzlich lächerlich unwichtig.

Ich ahnte damals noch nicht, daß meine Liebe zu Lisa und mein Interesse für die Affäre Schiller so eng miteinander verbunden sein würden.

4

Monsieur, ich erlaube mir, Ihre Aufmerksamkeit auf ein jüdisches Individuum aus dem Ausland zu lenken, das durch seine unseligen Aktivitäten die Sicherheit des Landes gefährdet und der nationalen Erhebung schadet.

In den Wochen nach meiner Begegnung mit Lisa Perlman begab ich mich tagtäglich ins Nationalarchiv, teils, um zu arbeiten – ich schrieb an einem Artikel über die Judendenunziationen in Paris und Umgebung –, teils, um durch dieses Viertel zu schlendern. Ich versuchte mich der Rue des Rosiers zu nähern, wo ich Lisa begegnet war. Sie wohnte, das hatte ich rasch herausbekommen, ganz in der Nähe ihrer Eltern, in der Rue des Mauvais-Garçons Nr. 1.

Meistens war ich draußen, ging in der Hoffnung spazieren, sie wiederzusehen, oder um einfach die Luft in mich aufzunehmen, die sie atmete. Mittags kaufte ich nicht weit vom Haus der Perlmans, an der Ecke Rue des Rosiers und Rue des Ecouffes, ein Falafel und aß es, während ich die Schaufenster der jüdischen Buchläden, der alten Lebensmittelgeschäfte und der Designerboutiquen betrachtete. Ein anderes Mal ging ich in eine dunkle, heruntergekommene Pizzeria, wo sich, bei chassidischer Musik, die Studenten des Viertels zu geistigem Austausch trafen. Manchmal schritt ich, bevor ich ins Archiv zurückkehrte, die Rue Vieille du Temple bis zu den Geschäften und Bars hinauf und gelangte auf meinen Irrwegen sogar bis zur Rue de Rivoli, zum majestätischen Rathaus, dem beruhigenden Sinnbild der Republik nach dem Aufstand der Kommune.

Ich mochte dieses Viertel mit seinen alten Häusern, den versteckten Restaurants, den Bars und Konditoreien, wo es den Mohnstrudel gab, den ich bei Lisas Eltern gegessen hatte und den ich jeden Tag fast wie in einem Ritual verschlang: tausend Mohnkörner, die in mir Schwindel fast bis zur Ekstase verursacht hatten, tausend sandige Körnchen, die im Zucker klebten, tausend Tage und tausend Nächte, sich zu gedulden und darauf zu warten, daß dieses Volk, geboren aus einem fernen Versprechen, sich mir öffne und hingebe. Die Fensterscheiben vom Restaurant Goldenberg waren nach dem Attentat seltsamerweise noch nicht wieder repariert worden, und man sah noch die Löcher, die die Kugeln der Terroristen geschlagen hatten. War die Rue des Rosiers etwa mißtrauisch, nachtragend? Noch ein wenig blaß, noch nicht ganz wiederhergestellt und doch belebt durch den Sommerwind, nachdem der Frühjahrssturm ihre kaum gesprossenen Knospen dezimiert, ihre kräftigen Stämme entwurzelt hatte, die vor langer Zeit gepflanzt worden waren und nun stolz und begierig wuchsen, um die Rue de Rivoli zu zieren, die Place des Vosges in Quadrate einzuteilen und abzuschirmen, auch wenn es das Leben gälte, Holzkreuz, Kriegsverdienstkreuz, um letzten Endes als alter, kranker Baum zu enden, als armes Stück Holz, das kein Mensch mehr will, außer zum Verfeuern, aber nicht hier, sondern ein klein wenig weiter oben, jenseits der blauen Linie, die einst seine Zweige abschirmte.

Aus anderem Holz waren heute die Zweige, die seit der Wüstenzeit hierhergefunden hatten, um das vor Kälte erstarrte Viertel zu wärmen, um die Farbe seiner bleichen Wangen aufzufrischen und seinen Geist mit pikanter Würze wieder zu beleben.

Die restliche Zeit verbrachte ich damit, Stunde um Stunde die Dokumente zu sichten – oder meine Sichtung zu dokumentieren. Das Archiv, mein zweites Zuhause, der Ort, an dem ich mich normalerweise am wohlsten fühlte, wirkte langsam erdrückend auf mich. Obwohl ich mich über die vergilbten Papiere beugte – diese schäbigen Briefe, die ich einzeln prüfte –, gehörte ich nicht mehr zur Gruppe der Gelehrten von Karanis, die vor ihrer kleinen, grauen Schachtel, vor ihrem Kodex oder ihrer Inkunabel saßen, diese Sammler, die nur dafür lebten, ihre Quellen zu konservieren, zu kopieren, aufzuschlüsseln und festzuhalten. Für sie war das Archiv der Tempel der Wahrheit, in dem sie ihren Gottesdienst verrichteten. Licht und Erhellung kamen hier durch zahlreiche Fenster, aus Schachteln, denen Hände versteckte Dinge entnahmen, und aus kleinen, durchsichtigen Beuteln, die man den Forschenden für ihre persönlichen Sachen gab. Der Ort aller Offenbarungen. Doch kann hier nicht jeder hinein: Dazu braucht es eine Genehmigung, und selbst dem Historiker sind nicht alle Dossiers zugänglich: Kein Mensch darf sie betrachten und am Leben bleiben.

Doch wenn ich immer wieder mit klopfendem Herzen durch die große Tür trat, dann rührte das weniger aus der Vorstellung, etwas Neues für meine Recherchen zu finden, als aus der Gewißheit, in Lisas Nähe zu sein. Als ich mich eines Nachmittags auf dem Weg zurück zu meiner Arbeit befand, erblickte ich sie auf der Straße. Sie war in Begleitung ihres Vaters. Sie gingen beide sehr rasch. Plötzlich betraten sie einen kleinen Laden. Ich blieb nicht weit davon stehen und wartete, daß sie an mir vorbeikamen, um sie wie zufällig grüßen zu können. Doch sie verließen den Laden, ohne mich zu bemerken. Ich folgte ihnen, um sie einzuholen. Plötzlich blickte Lisa ihren Vater an, und ihre Worte wurden mir durch den eisigen Wind zugetragen:

»Du mußt der Polizei sagen, was du zum Fall Schiller weißt. Du weißt genau, daß du nicht das Recht hast zu schweigen.«

Samy senkte den Kopf, ohne zu antworten.

Wie versteinert blieb ich stehen und sah zu, wie sie an der Straßenecke verschwanden.

Am Abend traf ich Felix im Lutétia und enthüllte ihm sofort, was ich aufgeschnappt hatte.

»Es ist genau, wie ich sagte«, fügte ich hinzu. »Ich bin

sicher, daß der alte Samy einiges über Carl Rudolf Schiller weiß. Aber man kriegt nichts aus ihm heraus.«

»Weißt du wenigstens, wo und wann die beiden sich kennengelernt haben?«

»Nein! Ich habe nicht die geringste Ahnung. Vielleicht bei einem Kolloquium über die Shoah. Von Zeit zu Zeit nimmt Samy an einer Konferenz teil.«

»Aber glaubst du, daß man Lisa zum Sprechen bringen könnte? Sie scheint etwas zu wissen, und außerdem will sie ihren Vater dazu bringen, sein Wissen preiszugeben.«

»Ja, schon möglich«, sagte ich. »Aber ich glaube, leicht wird das nicht … Wir bräuchten Zeit.«

Doch Zeit hatten wir nicht. Zurückhaltung war nicht gerade Felix' Stärke, und bestand sein Beruf nicht gerade darin, Zeit in aller Eile in Geschichte zu verwandeln? Für den Historiker gilt das Gegenteil. Seine feinfühlige Handhabung der Zeit folgt genauen Regeln: Informationen sammeln, sich mit dem Thema vertraut machen, es in sich aufnehmen, sich davon durchdringen lassen, bis es in einem lebt, einen verwandelt, um schließlich, wie der Musiker, der das Geräusch als Symphonie übersetzt, die Zusammenhänge auszuarbeiten und die Geschichte zu rekonstruieren.

Alles beginnt mit dem Akt des Sammelns: Eine Hand nimmt ein Dokument, wägt es ab und betrachtet es, kopiert es dann, überträgt es wortgetreu. Das ist für den Historiker die notwendige Vorbedingung, damit das Objekt sein eigen wird, damit es Ort und Status wechselt und unter der Wirkung der Betrachtung zum bedeutsamen Zeichen wird. Es ist eine wahre Kunst, mit einer Inkunabel umzugehen: Man muß sie dicht vor sich halten; man muß darauf achten, sie nicht zu zerreißen, denn sie ist so mürbe, daß sie manchmal zwischen Daumen und Zeigefinger zerbröselt und in sich zusammenfällt. Es braucht viel Fingerspitzengefühl, um sie zu entziffern. Ich habe koptische Handschriften gesehen, die halb verblichen waren, ich habe die Papyruskodizes von Nag Hammadi in Händen gehalten, die Jahrtausende unter der Erde vergraben waren. Ich habe unlesbare Handschriften betrachtet, Wein- und Getreiderechnungen aus dem vierten Jahrhundert, einige Schriftstücke in Sahidisch und subachminischem Dialekt. Ein Fragment zusammenzustellen ist eine heikle Angelegenheit, heikel als Gegenstand und heikel als Idee, als Erzählung, als Vision der Welt, die man mit sich ins große Reich der Bedeutung nimmt.

Felix suchte Samy mehrere Male auf, um ihm Informationen über Carl Rudolf Schiller zu entlocken. Doch vergebens: Der alte Mann antwortete nicht. Er sah ihn nur ernst und durchdringend an und antwortete nicht. Nichts, nicht das geringste konnte er diesem Mann entreißen, der sich so hartnäckig weigerte zu sprechen.

Aber Felix, der sich deswegen nicht unterkriegen ließ, hatte in mir einen treuen Verbündeten gefunden. Er, den ich mit Fragen und Überlegungen zu Lisa plagte, beklagte sich nicht über die Wendung, die die Ereignisse genommen hatten. Er schätzte sich glücklich, in mir einen Mitarbeiter, einen Spion, einen Informanten für seine Untersuchungen gefunden zu haben. Stundenlang unterhielt ich mich mit ihm und erweiterte seinen Wissenstand zum Thema Zweiter Weltkrieg, so daß dieser Teil der Geschichte, der sonst nie sein Fall gewesen war, ihn auf einmal begeisterte.

Am 27. Februar 1995 nahm ich ihn mit zur katholischen Universität von Paris, wo die theologische Konferenz über die Shoah stattfand, von der uns Mina Perlman erzählt hatte. Die Diskussion hatte die Existenz Gottes nach

Auschwitz zum Thema, eine Frage, der Carl Rudolf Schiller Leben und Werk gewidmet hatte. Anwesend waren Historiker, Theologen und auch Überlebende der Konzentrationslager, die sich in den Debatten zu Wort meldeten, um von ihren Erfahrungen zu berichten. Hier schien man ihnen mehr Gehör zu schenken als bei den Kolloquien der Historiker, wo sie, wenn sie dem einen oder anderen Punkt heftig widersprachen, oft genug niedergebrüllt wurden, als wäre ihre Anwesenheit unerwünscht.

Wir begegneten Bruder Franz, den Felix schon in Berlin kennengelernt hatte. Er war ein großer, imposanter Mann mit langem, graumeliertem Haar, hoher Stirn und einem herzhaften Händedruck. Er trug ein Gewand aus grauem Wollstoff, kein Kreuz und Sandalen an den nackten Füßen.

Er gehörte zur besonderen Gruppe derer, die man an ihrer Haltung – ein klein wenig gerader, ein klein wenig gestraffter als üblich – und ebenso an ihrer hohen Stirn und dem kraftvollen, intensiven Ausdruck in ihren Augen erkennt. Sie wirken, als flössen sie über vor höchster Begeisterung, als trügen sie eine Krone, die ihre Auserwähltheit bezeichnete. Kein Zweifel: Bruder Franz war ein Heiliger. Zwar wußte ich noch nicht, warum er diesen Weg gewählt hatte, warum er sein Leben dem Kloster geweiht hatte, und ich wußte noch nicht, was sein Ideal war, das Ziel seiner Suche, doch spürte ich schon, daß er all sein Streben begierig darauf richtete und in diesem Streben rechtschaffen war.

»Die Affäre Schiller führt Sie her?« sagte Bruder Franz.

»Ja, trotz Ihrer Empfehlungen mache ich weiter«, sagte Felix.

»Deshalb treiben Sie sich in diesem kleinen Kreis herum?«

Felix antwortete nicht. Bruder Franz blickte ihn einen

Moment lang durchdringend an. Er war äußerst kurzsichtig, und seine Augen waren weder braun noch grün, weder schwarz noch blau, sondern schimmerten in eigenartigen Reflexen zwischen gelb und orange. Seine vergrößerten Pupillen betonten noch das Irritierende in seinem Blick.

»Ich sagte Ihnen doch, daß es nicht lohnt weiterzusuchen«, sagte er. »Sie werden nichts finden ... Und schon gar nicht hier.«

»Warum nicht hier?«

»Ich verachte diese Orte, wo man über die Shoah diskutiert, wo man Auschwitz wie ein Thema für eine Kontroverse oder eine Debatte behandelt.«

»Haben Sie etwas Neues über Carl Rudolf Schiller erfahren?«

»Ja. Ich glaube, Schiller fühlte sich bedroht.«

»Wirklich? Wie kommen Sie darauf?«

»Er hat ein Testament verfaßt, in dem er mir etwas vermacht hat ... etwas, das ich einige Tage später mit der Post bekommen habe.«

»Und worum handelt es sich?« fragte Felix ohne Umschweife.

»Ich bedaure, aber er hat auch von mir verlangt, niemandem davon zu erzählen.«

»Und wenn es bei der Untersuchung hilfreich wäre?«

»Ich wäre der einzige, der darüber entscheiden könnte. Jedenfalls hat er mir genaue Anweisungen gegeben, was ich damit machen soll.«

»Und was sollen Sie damit machen?«

»Ich soll es an seinen Platz zurückbringen.«

Ohne weitere Erklärung fügte er hinzu:

»Am Ende werden Sie vielleicht den Mörder finden, aber in den Angelegenheiten des Bösen werden Sie keinen Schritt vorangekommen sein.«

»Warum denken Sie das?« fragte Felix.

Bruder Franz kniff einen Moment lang die Augen zusammen, dann sagte er mit traurigem Lächeln:

»Das Böse existiert, das ist eine Tatsache, und der Sündenfall resuliert aus der Erkenntnis, aus der Erkenntnis von Gut und Böse. Sie kennen ja die Geschichte.«

Mit diesen Worten ging er.

Das Kolloquium begann. Felix und ich nahmen im hinteren Teil des Saals Platz, um gehen zu können, wann wir wollten, ohne allzusehr zu stören:

Ich war nicht sicher, ob ich bleiben wollte.

Und doch war ich es, der ihn nach einer Stunde bat, noch den nächsten Beitrag zu hören – Mina Perlman, die über die Shoah sprach.

»Kann ein Jude heute noch an den alten Gott glauben?« fragte sie. »Kann er das Risiko eingehen, seine Kinder und Kindeskinder zu gefährden? Ist es für einen Juden möglich und notwendig, daß er auserwählt wurde, um Zeugnis abzulegen? Und wovon soll er nach der Shoah Zeugnis ablegen?

Der religiöse Glaube ist durch die Geschehnisse unseres Jahrhunderts ernsthaft in Frage gestellt worden, vor allem der jüdische Glaube hat das größte Trauma seiner Geschichte erlitten. Unser Volk war das erste, das die Existenz des biblischen Gottes bezeugt hat. Es ist mit diesem Gott eine einzigartige Verbindung eingegangen. All die Jahre hat es geglaubt, daß sein Überleben von ihm abhinge. Dieser Gott, der es aus Ägypten geführt und ihm das Gelobte Land gegeben und Wunder vollbracht hat: Wo war dieser Gott bei der Shoah?

Genau in dem Augenblick, da andere Gläubige einen Grund finden, den alten Gott zu verwerfen, sage ich, daß der Jude im Gegenteil dazu verpflichtet ist, weiterhin an diesen Gott zu glauben. Die Frage, die ich stelle, lautet folgendermaßen: Sind die Katastrophen unserer Zeit ausreichende Gründe dafür zu beschließen, daß der biblische Gott nicht existiert, wo der jüdische Glaube doch so viel Leid überwunden hat seit der Unterdrückung durch die Ägypter vor dreitausend Jahren? In Auschwitz wurden die Juden nicht hingemordet, weil sie ihrem Gott nicht gehorcht hatten, sondern gerade *weil* ihre Großeltern ihm gehorcht hatten. Als Hitler sie tötete, versuchte er den biblischen Gott zu töten. Und deshalb verbietet es sich, es ihm gleichzutun. Es verbietet sich, Hitler einen posthumen Sieg zu gewähren.«

»Du siehst, Auschwitz stellt für die religiösen Menschen ein ernstes Problem dar«, flüsterte ich Felix zu. »Wie ist es möglich, an einen Gott zu glauben, der eine derartige Katastrophe zuließ?«

»Gibt es nicht einige Theologen, die behaupten, es könne sich nur um eine Rache, eine Bestrafung Gottes handeln?«

»Ja, einige behaupten das, aber es sind nicht sehr viele. Trotzdem versuchen alle verzweifelt, der Shoah einen Sinn zu geben. Mina Perlman zum Beispiel verwirft das Argument, nach dem man nach Auschwitz weder den jüdischen noch irgendeinen anderen Glauben mehr praktizieren könne, für sie hieße das, wissentlich oder unwissentlich Hitlers Werk zu vollenden. Sie sagt, gerade weil Hitler aus der Welt einen Ort ohne Hoffnung gemacht habe, dürfe man die Hoffnung nicht aufgeben.«

»Aber wie erklärt sie sich, daß Gott nicht eingegriffen hat, um sein Volk zu retten?«

»Und warum Hitler nicht bestraft wurde? Das ist eine Kinderfrage … Aber die stellen sich alle. Carl Rudolf Schiller behauptete, daß nicht Religion und Glaube in Auschwitz in Frage gestellt wurden, sondern die Verweltlichung unserer Kultur. Mit anderen Worten, die Shoah ist …«

»… gewissermaßen ein Zeichen der göttlichen Existenz?« rief Felix aus.

Er war etwas laut geworden. Man drehte sich nach uns um. Einige blickten mich lange und mit überraschter Miene an, warum, weiß ich nicht.

»Genau«, antwortete ich leiser. »Für ihn ist Auschwitz der Sieg des Atheismus. Schiller sagte, daß die Shoah sich aus der Ideologie der Aufklärung ergeben habe, aus dem absoluten Vertrauen in Wissenschaft und Technik, und er führte als Beispiel an, daß einige Juden im KZ am Jom Kippur fasteten, um die Vorherrschaft Gottes über die barbarischen Mächte zu zeigen … Die Shoah ist für ihn das, was eintritt, wenn man alles in Frage stellt. Das Abendland, das zunächst verkündet hatte, Gott sei tot, mußte am Ende den Menschen töten.«

»Aber wie kann man denn behaupten, daß die Nazis Atheisten waren?« fragte Felix. »Hitler spricht in *Mein Kampf* ständig von Gott. Welchem Plan sollen wir folgen, fragt er, wenn nicht dem der katholischen Kirche, die den Heiden doch ihre Religion aufgezwungen hat? Und die Nazis glaubten nicht an Gott? Waren sie denn keine Christen?«

Wir sprachen zwar wieder leiser, doch laut genug, daß unser Nachbar, ein gebrechlicher, weißhaariger Mann, dessen langer Bart einen vorspringenden Unterkiefer bedeckte, unser Gespräch mit anhören konnte, was er auch immer offenkundiger tat. Bei den letzten Worten fuhr er auf.

Er trug auf seiner Soutane ein grobes Holzkreuz, das an einer einfachen Schnur hing.

»Wenn ich mir erlauben darf«, sagte er plötzlich, »Schiller hatte recht: Auschwitz ist Golgotha. Christus am Kreuz. Die Juden sind in Auschwitz als Opfer dargeboten worden, wie Jesus am Kreuz geopfert wurde, um die Menschheit zu retten.«

»Kannten Sie Carl Rudolf Schiller?« fragte Felix.

»Ja, ich kannte ihn. Wir haben uns oft auf religiösen Versammlungen getroffen. Wir mochten uns und teilten dieselben Ideen.«

Nach dem letzten Beitrag verließen Felix und ich in Begleitung unseres Sitznachbarn das große Gebäude in der Rue d'Assas. Im Licht der Dämmerung strahlte eine Lampe nach der anderen den Himmel und den Mond an, damit sie über die Erde wachen konnten. Der Horizont stand in Flammen: Rot und violett, purpur und indigoblau deklinierte er die Farben des Untergangs. Die Sonne war noch nicht verschwunden: Sie wirkte wie eine große, karminrote Kugel, die über den azurnen Himmel rollt. Über der gestaltlosen Welt umarmten sich Licht und Finsternis ein letztes Mal, bevor sie sich trennten.

Es war ein merkwürdiger kleiner Mann, der auf seltsame Weise neben uns herhinkte, einen Ruck nach rechts, einen Ruck nach links, so als wären seine beiden Beine gleichzeitig zu kurz und zu lang. Er sprach viel und abgehackt. Er war Priester in einem Kloster nahe Paris, wo die Ordensbrüder ihr Leben den Armen gewidmet hatten. Sein Name war Pater Francis.

Als ich ihm anvertraute, daß ich Historiker sei und mich auf die Shoah spezialisiert hätte, blieb er unter der metallenen Brücke der oberirdisch verlaufenden Metro abrupt stehen. Seine Augen leuchteten auf, und er sagte:

»Dann gilt Ihre Arbeit dem Holocaust? Ihr Historiker habt keine Angst vor dem Teufel!«

Felix runzelte mit fragender Miene die Stirn. Wir hörten ein Grollen, der Boden erzitterte, und während die Metro über unsere Köpfe hinwegfuhr, schrie er, um den Lärm zu übertönen:

»Sie wissen schon, Satan, der Vater der Lüge, der Urheber des Bösen, der, der den Menschen gegen sich selbst aufbringt.«

Er trat näher an uns heran und fuhr in vertraulichem Ton fort:

»Ein Rat von mir: Geben Sie acht! Sie laufen Gefahr, sich in den Tiefen der menschlichen Verderbtheit zu verlieren. Sie kennen doch den alten Mythos von der Besessenheit: Der vom Teufel besessene Mensch ist für immer in seiner Einheit zerbrochen!«

Um seinen Mund lag ein eigenwilliger und etwas überheblicher Zug. Seine kleinen, lebhaften Augen wanderten von Felix zu mir und dann von mir zu Felix. Trotz seiner zu kurzen Beine schien er fast zu schwanken. Seine durch den Wind aufgestellten Haare bildeten eine eindrucksvolle Wolke um sein hageres Gesicht. Schweiß perlte ihm über die Stirn. Plötzlich neigte er sich vor, ergriff mit einer Hand mein Handgelenk und faßte mit der anderen Felix' Schulter, wie um einen Verschwörerkreis zu bilden:

»Geben Sie acht auf sich und die, die Ihren Weg kreuzen«, flüsterte er. »Menschen in dämonischer Ekstase haben eine Macht aus der Tiefe, die ihr Bewußtsein kontrolliert! Und Sie laufen ebenfalls Gefahr, *Der Ambition* anheimzufallen!«

»Welcher Ambition?« fragte ich.

Pater Francis runzelte die Stirn.

»Nun, welcher Ambition wohl? Gibt es mehrere Ambitionen? Die Ambition, Gott zu sein, natürlich!«

Felix bedachte ihn mit einem ironischen Blick.

Der alte Mann zuckte mit den Schultern, dann umarmte er uns und setzte wieder an:

»Wie auch immer, den eigentlich Verantwortlichen, den wahren Mörder, auf den alle mit dem Finger zeigten, wenn sie den Mut dazu hätten, den kennen Sie ja. Es ist der stärkste, der allmächtigste, der effektivste und der subtilste, der unbeugsamste, der gewalttätigste, der schrecklichste und der grausamste, der verheerendste und der umsichtigste, der intelligenteste, der unbegreiflichste und der berechtigste aller Mörder.«

Er machte eine Pause.

»Von wem sprechen Sie?« fragte ich.

»Von Ihm natürlich, mein Herr«, sagte Pater Francis. »Von Gott! Von Ihm, dem Ursprung aller Dinge, vom obersten, reinen, vollkommenen Prinzip mit der höchsten, ewigen, unendlichen und absoluten Macht. Vom Unaussprechlichen, Verborgenen. Sehen Sie nicht, daß es zwei miteinander unvereinbare Welten gibt? Die Welt der Fülle und Vollkommenheit, die ewige Welt Gottvaters und seiner Engel, und die Welt der Erscheinungen, errichtet von den Äonen, den Emanationen des Bösen. Der Schöpfer dieser Welt, der den Kosmos regiert, ist nicht identisch mit dem höchsten Gott. Hören Sie gut zu: Der wahre Schöpfer ist Satan, der Gebieter der Äonen, der in der himmlischen Welt eine besondere Stellung einnimmt. In einigen Traditionen heißt es, er sei der ältere Bruder von Jesus.«

Wir sahen ihn an, wußten nicht, was wir sagen sollten, und suchten nach einer Möglichkeit, uns davonzumachen. Aber er fuhr mit wachsendem Eifer fort:

»Satan, Sie wissen schon. Der Demiurg, der die Welt besitzt, die alte Schlange, der Teufel, der König der Dämonen, der Fürst der Finsternis ... Ja, ich sage es Ihnen, er ist der wahre Schöpfer dieser Welt. Am Anfang schuf der Demiurg die Zeit; er schuf Raum und Materie, er versuchte die Unendlichkeit der Ewigkeit zu kopieren, doch mehr als diese Welt der Fäulnis und Zerrüttung gelang ihm nicht. Und so erfand er den lebendigen Menschen, aus Erde, Ton und Staub. So erschuf er dieses wandelnde Grab, empfangen im Schmutz der Sexualität, zur

Welt gebracht in den grotesken, abscheulichen Zuckungen der Geburt …«

»Worauf wollen Sie hinaus?« fragte Felix und befreite sich gewaltsam aus der Umarmung des Alten.

Dieser antwortete, ein wenig leiser:

»Sehen Sie nicht, daß der Mord an Carl Rudolf Schiller eine tiefe theologische Bedeutung hat? Dieser Schnitt, erinnert er Sie nicht an etwas? Es ist sehr ernst … Es handelt sich nicht nur um einen kleinen theologischen Streit.«

Eine Metro fuhr wie ein Höllensturm über uns hinweg.

»Was ich sagen will, ist, daß genug auf dem Spiel steht, um zum Mord zu führen«, fuhr Pater Francis fort. »Ich habe Menschen gesehen, die über Schillers Äußerungen so aufgebracht waren, daß sie schworen, sie könnten ihn umbringen.«

»Wen zum Beispiel?«

»Fragen Sie doch mal Ron Bronstein, den israelischen Philosophen, was er dazu zu sagen hat. Er und Schiller sind sogar handgreiflich geworden. Suchen Sie ihn auf: In der nächsten Woche ist eine große theologische Konferenz über die Shoah in Washington, zu der auch er eingeladen ist. Ich übrigens ebenfalls, und ich sage Ihnen, ich werde da sein.«

Endlich hatte dieser seltsame, alte Mann uns ziehen lassen, quer durch ein Labyrinth aus dunklen Straßen, die wie eine schwindelerregende Verflechtung von Kausalitäten miteinander verbunden waren. Dunkelheit senkte sich über die Stadt, und der kleine, an diesem Abend volle Himmelskörper nahm langsam den Platz seiner großen Schwester ein, der Göttin, die nicht mehr da war, deren Kraft er aber in bleicher Klarheit und flacheren Kreisen umsetzte. Aber auch das war nur ein Schleier, eine Illusion mehr, die verbarg, was sie zu enthüllen schien, die die Hinterhalte verdeckte und die Bürgersteige glatt wirken ließ, wo sie schmutzig waren, und die in trüber Schwärze die wahren Umrisse der Häuser umschloß. Vor uns nahm eine Ratte mit schrillem Pfeifen Reißaus.

Ich blickte zum rötlichen Himmel. Dieser Gott, sinnierte ich, der Schöpfer der Welt, der Adam und Eva formte und sie ins Paradies setzte, um ihnen dann das Beste zu verbieten, dieser Gott, der sie verjagte und ihre Nachkommen bis zur Sintflut verfluchte, dieser Gott, der verbissen die Menschen verfolgte und Elend und Not über Noahs Kinder und Kindeskinder brachte – konnte dieser Gott sein, was er zu sein vorgab? War er nicht ein Demiurg, der mit dem Menschen spielte, mit diesem fehlbaren Wesen, dessen Seele doch durchzogen war von den Strömen des Paradieses, der lebendigen Quelle, dem ewigen Funken des wahren Gottes? Ist Gott ungeteilt, ist er der Eine, oder wohnt ihm ein anderer Gott inne, der ebenso mächtig ist wie er, aber böse? *Der andere Gott, der Verfechter des Bösen …*

»Was wollte er deiner Meinung nach sagen?« fragte Felix mich ein wenig später, als wir den Abend im Lutétia abschlossen.

»Der kleine alte Mann? Vielleicht, daß Ron Bronstein eine interessante Spur im Mordfall Schiller ist.«

»Nein, als er von Gott sprach.«

»Ach das … Ich glaube, er spielte auf die gnostische Lehre an.«

»Und das heißt?«

»Der Gnostizismus war eine Geheimreligion mit Geheimgesellschaften. Ich kenne mich damit nicht sehr gut aus, aber ich weiß, daß es eher Theosophie als eine Religion war: eine Kenntnis des Übersinnlichen.«

»Und worin besteht diese Kenntnis?«

»Nicht nur im Wissen um Gott … sondern auch um den Teufel. Die Gnostiker sind Dualisten. Sie glauben an zwei Götter, an zwei Prinzipien, die die Welt gestalten, das eine gut, das andere böse.«

»Meiner Meinung nach irrt sich dieser Mann in bezug auf die Shoah«, antwortete Felix. »Die Shoah ist nicht ein Sieg des Teufels. Sie ist überhaupt kein religiöses Phänomen, sondern ein Ausdruck des Hasses gegen den Mitmenschen, des Abscheus gegen eine fest umrissene Minderheit. Das hat nichts Mystisches oder Metaphysisches an sich. Du selbst hast es mir erzählt: Es war ein organisiertes, bürokratisiertes, industrielles Verbrechen, das sich nach einem genauen Raster in einer Folge aus Motiven und Geschehnissen ergab, die schließlich in die Greueltat mündeten.«

»Aber genau das ist ja die Niederlage Gottes: dieses unvorhergesehene, aber unvermeidliche Ergebnis einer langen Politik der Verfolgung, die mit den wirtschaftlichen und sozialen Problemen eines verzweifelten Volkes zusammenfiel.«

»Das ist nicht Gottes Niederlage, sondern die des Menschen … Man muß nur das Gesicht eines ermordeten Kindes sehen, um nicht länger an diesen Unsinn zu glauben.«

5

O Gott! Eine ganze Weile lang herrschte Schweigen, das weder Felix noch ich zu unterbrechen wagten. *Furchtbarer Gott*: Diese Benennung kam mir in den Sinn. Der alleinige und allmächtige Gott, der biblische Gott, der Schöpfer, der dem Menschen seinen Verstand gab, der die Sünder nicht im Stich läßt, der ihm die Gnade seines Erbarmens gewährt, der Gott, durch den das Leben weiterbesteht, durch den die Pflanzen wachsen und die Blüten sich öffnen, der Urheber jeden Gesetzes, jeder Form, jeder Ordnung, war dieser Gott derselbe, der »es zugelassen hatte«? Der, der das Wunder vollbracht hatte, Himmel und Erde zu erschaffen, den Menschen und alle Lebewesen, von den größten bis zu den kleinsten, winzigsten und unwichtigsten, der, der den Vögeln Flügel verleiht, den Bäumen Blätter und den Flüssen Wasser, der, der erlöst und rettet, der Zeichen und Wunder vollbringt, der den Menschen Frieden bringt, sie aus Feuer und Glut zieht, sie aus der Hölle errettet, der über das Böse triumphiert und es bis ans Ende der Welt bekämpft, er, die Zuflucht, die Burg, die ewige Stütze in der Not, der Allmächtige, war er wirklich derselbe Gott wie der der Shoah? *Laß ab vom Bösen und tu Gutes; dann wirst du in mir geborgen sein.*

»Ist das der Grund, warum du dich mit der Shoah beschäftigst?« fragte Felix.

»Ich wollte es verstehen ... die Wahrheit ans Licht bringen, Wissen erlangen über das, was geschehen ist. Ich konnte mich nicht mit den falschen oder einseitigen Darstellungen abfinden. Ich wollte die Denkweise dieser Vergangenheit zum Vorschein bringen ... und das ist erst heute möglich.«

»Warum erst heute?«

»Weil wir gerade erst den nötigen Abstand, die angemessene Distanz haben. Weil eine Ablösung der Generationen stattgefunden hat. Vorher war alles verworren, vielgestaltig und unverständlich. Für den Zeitgenossen eines Geschehens ist es schwierig, Ursache und Wirkung zu unterscheiden, und es ist noch schwieriger, wenn man Richter in eigener Sache ist. Man kann nur eine bruchstückhafte Sicht der Dinge gewinnen. Dank der Historiker ist es möglich, mehr als die zu wissen, die das Ereignis miterlebt haben ...«

»Willst du damit sagen, mehr als die Zeitzeugen?«

»Ja, in gewisser Weise, weil wir über jedem moralischen Urteil stehen. Die Zeitzeugen sind parteiisch. Oft versuchen sie, ihre eigene Sicht der Dinge durch die Historiker verbürgen zu lassen. Aber unsere Vereinbarung, unser einziges Gesetz, unsere Verpflichtung ist die Wahrheit, die ganze Wahrheit und nichts als die Wahrheit ... Ich sage nicht, daß das immer leicht ist. Als ich mich dieser Aufgabe verschrieben habe, arbeitete ich in völliger Einsamkeit, ich lebte in einer abgeschlossenen Welt, in der ich mir und meinen Dokumenten allein gegenüberstand. Im Archivzentrum in Deutschland, wo ich arbeitete, wurden jeden Morgen um acht Uhr die Türen für nur zwei Personen geöffnet: für mich und einen alten Oberst, der Recherchen für die Armee zu machen hatte. Am Anfang war mir nur übel: Es ist hart, den ganzen Tag in den menschlichen Niederungen zu verbringen. Man sieht die Welt mit anderen Augen. Man verliert notgedrungen seine Unschuld. Als ich anfing, über die Konzentrationslager zu forschen, machte ich es mir zur Aufgabe, alles zu wissen, restlos alles, bis hin zur Funktionsweise der Krematorien. Für mich war das wesentlich: Die Deutschen wollten weder Spuren noch Leichen. Die Menschen starben nicht, sie fielen ins Nichts. Sie *verschwanden*. Das galt es zu verstehen. Verstehen, warum und wie man Millionen Menschen vergaste und umbrachte, und in die Denkweise hinter diesem Prozeß einzudringen. Deshalb sind die Dokumente so wichtig: Es ist etwas Konkretes, greifbare Spuren dessen, was sich ereignet hat. Ich wußte, wie notwendig und wesentlich die Aufstellung der Quellen und Beweise war, mehr als alles andere: Die Zeugen täuschen sich, oder sie täuschen uns, denn sie unterliegen der Selektion der menschlichen Erinnerung. Wenn ich mit einem Dokument ein neues Faktum ans Licht bringen und beweisen kann, dann empfinde ich ein Gefühl des Sieges und des Stolzes, wie ein Vater …«

»Ein Vater von was?«

Felix zündete sich seine Zigarre an und zog daran. Seine Augen durchdrangen den Rauch wie Leuchtkugeln. Der Rauch strömte aus seinem Mund und stieg in bläulichen Voluten zur Decke. Seine Miene war finster, so finster.

»Von einem monströsen Kind«, sagte er schließlich.

»Ja«, sagte ich, »es ist eine seltsame Reise … die allen Prinzipien der Moral und den normalen Regeln des Denkens trotzt, um in die entlegensten Bereiche dessen zu gelangen, was man menschlich nennt. Wenn ein Mensch einen Menschen tötet, kann ich dir das Warum und das Wie nennen. Aber den Mörder zu bestrafen liegt nicht in meiner Zuständigkeit. Das setzte voraus, daß man ihn für schuldig hielte; aber das Verbrechen ist nur eine Auffassung, in der Zivilisationen, Kulturen und Zeitalter voneinander abweichen. Unserem Wesen und unserer Aufgabe nach stehen wir jenseits von Gut und Böse. Die Wahrheit, nur die Wahrheit hat uns zu kümmern, und sei sie auch grausam, sei sie unmoralisch und schmutzig, sei sie sogar unsagbar …«

»Also hatte Pater Francis nicht ganz unrecht. Es ist gefährlich, sich mit dem Teufel einzulassen.«

»Aber du hattest doch noch nie Angst vor der Gefahr.«

»Im Gegenteil … sie reizt mich. Um mal von konkreteren Dingen zu sprechen, in vier Tagen ist dieses Treffen anläßlich der Premiere eines wichtigen Dokumentarfilms über die Shoah. Ich meine gehört zu haben, daß Schiller darin vorkommt.«

»Das Treffen in Washington, über das Pater Francis sprach?« sagte ich. »Ich habe vor ein paar Wochen eine Broschüre darüber bekommen.« Ich zog einen Prospekt aus meiner Mappe.

»Ron Bronstein gibt eine Konferenz nach der Vorführung des Films«, sagte Felix mit Blick auf das Programm. »Das ist doch der Mann, von dem Pater Francis gesprochen hat.«

»Ja ...«

»Ich glaube, da müssen wir hin, vor allem du, weil du diese Treffen so magst.«

»Ja«, sagte ich ohne rechte Begeisterung. »Du kannst ja hin, wenn du willst.«

»Du kommst nicht mit?«

»Ich habe hier einiges zu tun. Ich kann nicht wie du von einem Tag auf den anderen in ein Flugzeug steigen.«

Als Felix eine Seite des Prospekts umblätterte, fing er plötzlich an zu lächeln.

»Das ist nicht so schlimm, ich werde jedenfalls nicht allein sein.« Er zeigte mir einen Abschnitt auf der Broschüre:

Ausstellung mit Skulpturen von Lisa Perlman,
in Anwesenheit der Künstlerin.

Lisa Perlman ... Noch heute erinnere ich mich, wenn ich ihren Namen ausspreche, an den Ort des Anfangs, an das unendliche Schillern von Purpur und Indigo, von Oliv und Gold, vom weißen Schaum des Flusses und an die Frische des erwachenden Morgens und der Dämmerung, wenn die Bäume unter einem rosigen Himmel klare Silhouetten bildeten. Große Augen, bezauberndes Lächeln, Lisas Haare, ein glattes Meer, es kräuselt sich nur die Haut um die Augen, etwas mehr, wenn sie lacht, das liebenswürdige Lachen voller Sanftmut, das schlichte Lachen ohne jede Rachsucht. Rache: für all meine Irrfahrten durch die Zeit, durch mein Leben und seinen Sinn. Li-sa. Dieser Name hatte den Duft der ersten Rose, an der ich voller Glück roch: ein warmer Wind voller Wohlgerüche. Smaragdgrüne und violette neben goldglänzenden Stoppelfeldern.

Am nächsten Abend hatte Felix die Idee, uns beide einzuladen, damit ich sie wiedersehen konnte.

Normalerweise, wenn Felix und ich zusammen zu Abend aßen, machte ich gegrillten oder gebackenen Fisch. Ich esse kein Fleisch. Damit habe ich im Alter von zehn Jahren aufgehört: Mein Vater hielt mich für verweichlicht und ließ mich ein Schlachthaus besichtigen, um mich »abzuhärten«.

Lisa hatte vorgeschlagen, uns beim Kochen zu helfen. Sie hatte einen Karpfen mitgebracht, um ein typisch jüdisches Gericht zuzubereiten: *Gefilte Fisch,* eine Art süße Fischpastete. Der Karpfen war frisch aus dem Wasserbecken des Fischhändlers geholt worden und zappelte noch, als sie ihn aus dem Plastikbeutel nahm. Sein Schwanz zuckte konvulsivisch. Seine Kiemen öffneten und schlossen sich panisch in dem Versuch zu atmen, doch es gab nur Luft, und Luft erstickte ihn. Je heftiger er atmete, desto mehr vergiftete er sich und um so heftiger und verzweifelter wurde das Zucken seines Körpers. Mehrere Male glitt der schleimige Fisch Lisa auf dem Beckenrand aus den Händen und rutschte in das Becken. Da packte Lisa ihn mit einer harten Bewegung, hielt ihn mit einer Hand fest und nahm mit der anderen ein Messer, mit dem sie ihm den Kopf abschnitt. Der Leib des enthaupteten Fisches zuckte noch einige Male, sein Schwanz zappelte noch ein wenig. Blut floß überall auf die Spüle und befleckte Lisas Hände mit einer purpurroten Flüssigkeit.

Sie führte das Messer starr über den reglosen Fisch und schuppte ihn ab, dann öffnete sie ihn mit einer unglaublich präzisen Seitwärtsbewegung vom Kopf bis zur oberen Bauchflosse. Schließlich fuhr sie mit einem kleineren Messer in den Bauch des Tieres und nahm ihn aus. Mit ihrer langen, geschickten Hand holte sie einen Haufen Eingeweide heraus und warf sie in den Mülleimer. Dann schnitt sie präzise vier Filets aus dem Fisch heraus, zu denen sie Karotten und Brotkrumen gab, um daraus eine fettige Pastete zuzubereiten, während ich ihr dabei zusah und jede ihrer Bewegungen genau verfolgte.

Wir setzten uns zu Tisch und taten uns an Lisas Essen gütlich, das mit Meerrettich garniert war, von dem ich reichlich nahm. Ich wurde rot, ich fing an zu keuchen, meine Augen tränten, und Lisa lachte Tränen.

»Wußtest du nicht, daß Meerrettich extrem scharf ist?« fragte sie und hielt mir ein Stück weiches Brot hin.

»Doch, natürlich«, sagte ich. »Aber ich habe nicht aufgepaßt, ich bin ein bißchen zerstreut ...«

»Du erinnerst mich an Béla. Als er klein war, wollte er uns imponieren und aß eine ganze Schale mit Meerrettich auf.«

»Und dann?« fragte ich, der an einem einzigen Löffel schon halb erstickt war.

»Das war eine ganz schöne Geschichte. Wir mußten ihn ins Krankenhaus bringen. Er bekam eine Magenspülung. Es sah so aus, als hätte es auch schlimmer kommen können.«

»Siehst du deinen Bruder Béla oft?« wagte ich mich vorsichtig vor. »Was macht er denn so?«

»Was macht er ...«, sagte Lisa. »Ab und zu ein paar Gelegenheitsarbeiten hier und da, um etwas Geld zu verdienen.«

Plötzlich wurde sie rot, als fürchtete sie, zuviel gesagt zu haben, und wechselte das Thema.

»Und du? Hast du Geschwister?«
»Nein, ich bin ein Einzelkind.«
»Und deine Eltern? Siehst du sie oft?«
»Nein, ziemlich selten. Sie wohnen nicht in Paris.«
»Bist du nicht in Paris geboren?« fragte Lisa.
»Doch ...«, sagte ich nach einer kurzen Pause. »Ich bin in Paris geboren, aber meine Eltern sind von hier weggezogen.«

Ich log. Ich war in Straßburg geboren, aber ich schämte mich meiner provinziellen Wurzeln. Ich war nach dem Abitur nach Paris gekommen, hatte mein ganzes Studium hier absolviert und war der Meinung, daß fünfzehn Jahre ausreichten, um mir den Ritterschlag zu verleihen. Ich hatte die Hauptstadt seitdem nie verlassen. Felix, der aus Paris stammte, hatte eine ganz normale Kindheit in einer liebenswerten und geselligen Familie verbracht, die ihn auf die besten Schulen gehen ließ, ihn in Museen und Ausstellungen mitnahm und ihn mit seinen Freunden auf den großen Alleen des Jardin du Luxembourg spielen ließ – eine Kindheit, die ich mir erträumt hätte.

Straßburg war in meiner Erinnerung eine trübe, tote Stadt, deren Straßen sich schon in den ersten Stunden der Dämmerung leerten, und deren notdürftige Beleuchtung die undurchdringlichen Schatten der klotzigen germanischen Gebäude nur noch hervorhob. Ich erinnere mich an rauhe, schrecklich düstere Winter, in denen die Dunkelheit schon um drei Uhr nachmittags über die Stadt hereinbrach; ich erinnere mich an einen Himmel, der wie ein Deckel aus Blei über unseren Köpfen lastete, wie eine unheilvolle Botschaft grimmiger Götter, die mit den Zähnen knirschten, bis ihre Wut ausbrach. Ich erinnere mich an drückende Sommer, in denen unsere Körper durch die schwüle Hitze schwer und schlaff wurden. Fast jede Stunde stellten wir uns unter die eiskalte Dusche. Manchmal fuhren wir über den Rhein und gingen in Deutschland ins Schwimmbad, wo das Wasser frischer und sauberer war, und wo weniger Betrieb herrschte. Das waren unsere ganzen Ferien. Wir verließen unser heimisches Elsaß nie. Meine Eltern mußten sich um ihre Eltern kümmern, die zu alt waren, um allein bleiben zu können oder mitzureisen. Um mir in diesen endlosen Sommertagen die Zeit zu vertreiben, unternahm ich Ausflüge mit dem Kanu: Ich lenkte mein kleines Boot in die entlegensten Winkel der Seitenarme der Ill, tauchte mein Paddel ins schmutzige Wasser, das im Sommer noch trüber war, als schwitzte es ebenfalls, als sonderte es Miasmen und trübe Säfte ab, und die Wasserratten drehten und wendeten sich glücklich wie die Tänzerinnen eines Wasserballetts.

»Ich«, sagte Lisa, »bin ein Kind des Marais. Ich habe das Viertel seit meiner Geburt nie verlassen. Mein Vater hat es sich ausgesucht. Er war vor dem Krieg mal da, um seine Vettern zu besuchen. Damals war es noch nicht wie heute: Es war ein Dorf von Immigranten, die von überallher gekommen waren, aus allen Ecken Polens, Deutschlands und Rußlands … Ein bißchen wie heute, es gab Lebensmittelhändler, Bäcker und Metzger, aber alle sprachen Jiddisch. Es war ein in Paris wiederaufgebautes *Schtetl.* Die Leute waren füreinander da, fast wie in einer großen Familie. Dann, 1942, wurde das alles zerstört, die französische Polizei kam und verhaftete Menschen, die sie schon seit Ewigkeiten kannte. Mein Vater hat seine Vettern nie wiedergesehen, und doch brachte ihn etwas dazu, zurückzukehren und sich in diesem Viertel niederzulassen, so als wollte er die Überreste wieder lebendig machen.«

Einen Moment lang herrschte Schweigen.

»Sag, Lisa«, begann Felix auf einmal und blickte ihr tief in die Augen, »was weißt du über die Affäre Schiller?«

Sie sah ihn verwirrt an.

»Noch ein Glas?« fragte sie und nahm die Flasche Champagner.

»Ich weiß nichts über diesen armen Mann«, fügte sie schließlich unter Felix' eindringlichem Blick hinzu.

»Nichts? Und dein Vater? Kannte er ihn gut?«

Sie sah ihn plötzlich scharf an.

»Du hast ihn doch mehrmals aufgesucht, um ihn zu diesem Thema zu befragen, oder?«

»Ja …«

»Na und?«

»Er hat nichts gesagt.«

»Ich glaube, Schiller war der einzige Mann, mit dem mein Vater bereit war zu sprechen. Aber frag mich nicht, warum.«

Sie warf ihm einen entwaffnenden Blick zu, der bedeutete, daß sie dieses Thema nicht weiterverfolgen wollte, was Felix zu verstehen schien.

Wir tranken viel an diesem Abend, drei Flaschen Deutz und danach Armagnac. Wir unterhielten uns bis spät in die Nacht, dann hörten wir Musik. Ein Konzert von Elgar, dessen schwermütige Töne mein Herz betörten und es heftig mit der Musik rissen, die es ausströmte. Diese romantische, düstere, manchmal grausame Melodie war wie eine ungeheure, schreckliche Vorahnung.

Auch heute noch, wenn ich sie höre, erschauere ich am ganzen Körper. Es ist wie eine niederdrückende, einschüchternde Bedrohung, wie ein Hinterhalt in der Finsternis, wie etwas, das unerbittlich näher kommt und größer wird, wie eine Verschwörung, die sich entscheidet, wie ein strenger Erlaß, wie ein unversöhnliches Ungeheuer. Diese verkündende Musik gibt sich vollständig, sie gibt sich hin und reißt mit: Sie hat es nicht nötig, wie die zeitgenössischen Kompositionen verstanden zu werden, sie ist es, die versteht. Sie beginnt wie ein Flüstern im Ohr, wird ein Wind, der sich in die Schluchten der Stadt stürzt und über jede Straße fegt, um schließlich in einem gebieterischen Sturm zu enden. Sie ist weder gekünstelt noch süßlich wie andere romantische Musik, weder kriegerisch noch schwerfällig wie die Musik von Wagner; wie eine Woge gegen einen Fels läßt sie sich begeistert hinreißen, wie tausend Donnerschläge birst sie, wie die bewegte See reißt sie mit, wie eine Sintflut tost sie, wie eine unendlich traurige Erinnerung läßt sie meine Seele widerhallen von Bedauern, Kummer und Schmerz, ja, von Schmerz.

Ein sintflutartiger Regen, ein Sturm in meinem Herzen. Das Wasser schwillt an und bildet eine riesige Masse auf der Erde, und wir treiben, treiben auf der Oberfläche des Wassers; und die Flut steigt und steigt, und unter der Weite des Firmaments werden die höchsten Gipfel überflutet, alles Fleischliche vergeht, und jedes atmende Wesen erstickt, und alle, die die Luft voller Lebenswillen einatmen, alle, die auf dem Festland leben, sterben, und ihre Namen werden ausgelöscht.

»Wenn du hörst, wie sich diese Spiralen erheben«, sagte ich zu Lisa, »kannst du dann glauben, daß die Nazis verrückt waren nach klassischer Musik?«

»Ja«, antwortete sie, »es kommt nur darauf an, welches Genre …«

»Als Hitler noch ein überspannter Jugendlicher war, schwärmte er für Wagner. Kubizek, einer seiner Freunde, erzählt, daß der junge Hitler bei einem nächtlichen Spaziergang auf den Hügeln von Freinberg plötzlich mit großer Erregung anfing zu sprechen. Er war in einer Oper von Wagner gewesen, in *Rienzi*, und vermischte seine Zukunft mit der des deutschen Volkes, er sah für sich die innere Bestimmung, wie Rienzi sein Volk zu befreien.«

»Dann hätte eine Wagneroper über das Schicksal der Deutschen … und der Juden entschieden?«

»Wer weiß? … Allerdings inspiriert mich Elgar nicht zu solchen Ideen.«

»Nein? Woran läßt er dich denken?«

Ich lehnte mich im Sessel zurück und sagte nach einem Zug an meiner Zigarette:

»Ans Archiv zum Beispiel, an die fünfzehn Milliarden Dokumente, die sich über mehr als zweitausendfünfhundert Kilometer erstreckten, wenn man sie aneinanderlegte …«

Und an dich. An dich, wie du am Fenster sehnlichst von deiner Mutter erwartet wurdest, als du ein kleines Mädchen warst und von der Schule nach Hause kamst. Ich sehe dich vor mir, wie du eifrig auf der Violine übtest, die ich im Salon deiner Eltern bemerkt hatte. An alle Juden, die im KZ ihre Instrumente in den Ohren der Peiniger erklingen ließen. An deine Mutter, wie sie von der Gestapo verhaftet wurde; an deine Großmutter, deren Namen du trägst. Du siehst ihr ähnlich. Sie hatte weiße, zu einem Knoten zusammengefaßte Haare und sehr sanfte, blaue Augen: eine kleine, zarte Dame in dunkler Kleidung.

Oder auch eine Frau mit eingefallenen Wangen und grauen Augen, eine alte Frau, die nie alt wurde. *Du, für immer.*

Wenn ich heute das Cellokonzert von Elgar höre, kommt mir alles wieder in den Sinn: Nichts läßt so sehr die Vergangenheit wiedererstehen wie die Musik, mit einer solchen Präzision und einem solchen Nachhall tief in der Seele. Der Geschmackssinn, der Geruchssinn oder

der Tastsinn schenken uns intensive, aber flüchtige Eindrücke; und die ungeheure Anstrengung, die Erinnerung wiederzugewinnen, ist fast eine Seelenpein. Das Bild von einem Ort, an dem wir früher gewohnt, den wir früher besucht haben, kann ungeheure Sehnsucht auslösen, doch die Erinnerung an vergangene Zeiten bleibt unbestimmt, denn sie ist an das Sehen gebunden und kann daher nicht in die geheimsten und fernsten Bereiche dringen. Bei Musik aber ordnet sich alles, richtet sich wie unter dem Einfluß einer Maschine aus, mit der man in der Zeit zurückgehen kann. Sie erzeugt eine Rührung des Herzens, die andauert und sich vertieft, so wie ein Gespräch unter Freunden, die Erinnerungen austauschen. Deshalb macht uns nichts trauriger als ein Musikstück: Die Vergangenheit wird derart heraufbeschworen, daß man fast glaubt, sie zurückerlangt zu haben, und der Absturz in die Gegenwart ist nur um so schwindelerregender.

Ja, die Musik ist eine Gnosis, die in den tiefsten Tiefen unserer Seele vergrabene Erkenntnisse enthüllt. Wer sind wir? Was ist aus uns geworden? Wo sind wir? Wo sind wir hineingeworfen worden? Wohin gehen wir? Manchmal stellen sich diese Fragen, und manchmal stellen sie sich nicht, weil man einfach glücklich ist.

Dans l'Orient désert ... Muß der Stand meines Wissens mit dem meines Seins übereinstimmen? Lisa war so schön, als sie bei unserem feuchtfröhlichen Mahl Tränen lachte. Lisa schwieg, hörte mit ihrer heiteren Miene zu und tanzte am Ende des Abends Walzer mit mir. Muß ich heute wissen, wie groß mein Glück war, das ich verlor? Mein Körper und meine Seele leiden, denn sie erinnern sich an das, was wir waren, und sie wissen auch, was wir geworden sind.

Wir tanzten also, tanzten und wirbelten immer schneller umher, berauscht von der Geschwindigkeit, berauscht von Kummer und Wut, vom Zorn aus den Tiefen der Zeit, und sie ließ ein liebliches Lachen ertönen, das die nichtige Welt zerbersten machte. Ganze Stücke unseres Alltags stürzten bei jedem neuen Lachen ein, das bedeutete: Es ist alles nur ein Spiel, auf das man sich einläßt, ein Spiel der Täuschungen, mit Wesen um einen herum, die an ihre Erscheinung glauben lassen und dann, wenn sie sich umdrehen, andere Aspekte von sich zeigen, die, die man noch nie gesehen hat, und um die herum alles schwankt; der Himmel, die Erde, die Sterne und alle Werte, Gut und Böse tanzen, tanzen zusammen, schweben, schweben und wirbeln im Schatten, hier und nirgendwo, woanders, zusammen, plötzlich ähnlich, plötzlich gleichartig, so gleichartig, daß man nicht mehr weiß, was ist das eine und was ist das andere.

Jetzt bin ich allein und habe nur mich als einzigen Bezugspunkt für meinen Geist, mein Denken, meine Seele und meinen Körper, und ich muß durch die Erinnerung, einen schmerzhaften Prozeß, alles wiederaufleben lassen, was Lisa mir in einem Blitz, in einem Wetterleuchten enthüllt hatte: Glück und Traurigkeit, Geduld und Ungeduld, Liebe und Haß und die Inbrunst, all das, was ich wie durch einen Zauber gelernt habe, die gewaltige Bandbreite des Menschen. Ja, ich lernte, ohne es zu wissen, wie man betrachtet, ohne zu sehen, wie man liebt, ohne zu wissen.

Elgars Musik wird für mich immer die eines Ursprungs sein, eines allerersten Anfangs, wenn man noch ganz rein und vollkommen ist, wenn man sich alles sagt durch das Ungesagte, durch die unerreichte Beredtsamkeit des Blicks, wenn nur das Schweigen ausdrückt, was man empfindet, dieses unendlich zerbrechliche und heikle Gespräch zwischen ersten Freunden, denn die Worte sind zu grob, zu gewöhnlich und zerstören das, was sie aussprechen.

Elgars Musik wird für mich immer die eines Endes sein, denn im vollkommensten Moment verkündete sie das Nahen der Katastrophe.

In der Nacht nach diesem Festessen schlief ich nicht; ich döste nur und schreckte immer wieder auf, um die Ikone ihres Antlitzes zu sehen. Ein Paar engelsgleicher Augen von unendlicher Sanftmut, ein ovales Gesicht mit einem Kinngrübchen, das sich kräuselte, wenn sie lachte, ein Mund mit feingezeichneten rosigen Lippen, eine durchscheinende Haut und schwarze Haare als schönster Rahmen, den man sich für dieses Bild, für dieses kunstvolle Gemälde denken konnte.

Sollte es also wieder einmal so sein, daß ein Christ eine jüdische Frau zu seiner Göttin erklärte? Ich begriff, warum Gott eine Mutter hatte. Sie war die reine Jungfrau, sie hatte die geheiligte Anmut der mittelalterlichen Madonnen.

Am nächsten Morgen erhoben wir uns in die Lüfte, Richtung Washington, wo die Memorial-Konferenz stattfand, die uns die Möglichkeit gab, den Philosophen Ron Bronstein zu treffen – und auf unserem sicheren Weg in die Hölle ein Stück voranzuschreiten.

ZWEITER TEIL

1

Ihr aber wußtet alles, alles wußtet Ihr. Wie die Propheten Amos, Hosea und Jesaja kündigt Ihr die Katastrophe, die Vernichtung an, Ihr wißt, was aus uns wird, denn Ihr wißt, was wir waren. Ihr habt den absoluten Blick, Ihr prüft mit Eurer Weisheit jeden auf Herz und Nieren, Ihr wißt um die Eitelkeit des Menschen, der stets gottähnlich werden will.

Gott: Das war Felix. Nichts schreckte ihn, nicht einmal der Tod. In seiner Laufbahn als Journalist hatte er schon alles erlebt: Reportagen in den Schwarzenghettos von New York, geheime Treffen mit Terroristen oder Diktatoren. Das war weder Mut noch Verwegenheit: Er kannte keine Angst. Was ihn erschreckte, zog ihn an. War das Fatalismus? Oder Leichtsinn? Selbst wenn er, als er sich für den Mord an Carl Rudolf Schiller interessierte, jemals geahnt hätte, in einen solchen Strudel gezogen zu werden, hätte er nicht gezögert, sich hineinzustürzen.

Trotz unserer Differenzen gab es etwas, was Felix und mich zutiefst verband. Das war vielleicht der wahre Grund, der Schlüssel zu unserem Einverständnis. Das Zentrum unserer beiderseitigen Interessen lag nicht so weit voneinander entfernt. Das Ziel meiner Forschungen – das, was mich beseelte, der Sinn meiner Suche – war, über die Shoah den Ursprung des absoluten Bösen zu erfassen. Felix war Journalist und ein großartiger Reporter, und ihn leitete das gleiche Ideal, wenn er sich mit Affären, schmutzigen Verbrechen, Konflikten und Kriegen konfrontiert sah. Seine Untersuchungen bestanden wie meine darin, Dokumente zu analysieren und zu deuten, Spuren und Abdrücke zu suchen, Zeugenaussagen zu sammeln und die Versionen einander gegenüberzustellen, um die Wahrheit ans Licht zu bringen: um das Böse zu begreifen.

Doch bei diesem Unterfangen gingen wir unterschiedlich vor. Er liebte die Gegenwart, ich war ein Mann der Vergangenheit. Er liebte es zu sehen, wie sich die Wirklichkeit vor ihm entwickelte oder gerade, in nicht allzu weiter Entfernung, entwickelt hatte. Ich zog die Ausgrabungen vor, die Recherchen mit fragwürdigen Dokumenten, mir gefiel es, meinen Weg durch unzugängliche Umarbeitungen, unbeglaubigte Zusätze, Reste und Fragmente zu suchen. Ich war ein Mann der Asche und der Knochen, der Detektiv, der seine Untersuchung *nach* dem Verbrechen auf der Suche nach der Wahrheit beginnt, die unter den Lügen der Jahre, unter Leidenschaften und Interessen vergraben ist. Als Historiker war ich kein Zeitzeuge der Fakten, aber ich war der erste, der sie entdeckte und mit Sorgfalt und Genauigkeit öffentlich machte, der wie der Forscher, der Schürfer die Ader vergangenen Lebens suchte, um das schwarze Gold zutage zu bringen.

Aber von der Wahrheit haben wir nur Spuren. So ist alles Menschliche. Von allen Handlungen, Gegebenheiten und großen Reden bleibt uns nur der Abdruck auf staubigem Boden, der Schatten einer Mumie in einer dunklen Gruft, vergrabene Städte, Ruinen und Trümmer. Von den verlorengegangenen Worten der Sibylle bis zu den Fernsehnachrichten sind unsere Bezugspunkte immer nur flüchtige Zeichen einer ungreifbaren Erscheinung: das zweifelhafte Faktum. Denn die Vergangenheit ist nichts Gegebenes, sondern nur eine sich fortwährend entwickelnde Erinnerung.

Für den heutigen Historiker sind die Spuren weniger subtil: Es sind Zeugnisse, Gesetze und Dekrete, Gerichtsentscheidungen, Bekanntmachungen und Proklamationen, Reden, Tagebücher, Papiere, Lebensmittelkarten, Genehmigungen, Passierscheine, Pässe. Es sind außerdem Befehle, Vorschläge, Berichte, Briefe, Kriegsjournale, persönliche Dokumente oder auch Listen, Material, das in Archiven und Bibliotheken zerstreut ist, halb zerstört und halb verbrnnt.

Und dann gibt es die Menschen. Erinnerungen, Verletzungen, auf den Unterarm tätowierte Nummern. Worte von Flüchtlingen, Überlebenden, Zeugen. Lebendige Erinnerungen, abgehackte Sätze, Tränen, Ängste, Unschlüssigkeiten: Spuren. Wie der in der Schlacht gefallene Historiker schon sagte, ist die Geschichte nicht die Wissenschaft von der Vergangenheit, sondern die Wissenschaft von den Menschen in ihrer Zeit. Um das Menschliche geht es, und zeitlicher Abstand ist das beste, um es zu erfassen: Durch den Abstand enthüllt sich das Menschliche am besten. Denn die Zeit gibt uns den Menschen: Wie ein Prisma reflektiert sie die Bruchstükke der Wirklichkeit.

Ich hatte schon oft die Westküste besucht, war auch mehrere Male nach New York geflogen, dessen futuristische Kraft und Dekadenz ich mochte, aber Washington war anders. Als ich Washington entdeckte, verstand ich, was die Neue Welt bedeutete. Sie war ein Reich, das die Welt beherrschte, so wie das griechische oder römische Reich die Welt durch ihre politische oder wirtschaftliche Macht unterworfen hatten. Sie war eine Zivilisation, ein neues Athen: eine Pracht aus weißem Marmor, aus Säulen und Friesen.

Hier war alles gemächlich und majestätisch. Hier hatte man sich die Zeit genommen, eine Republik zu erbauen, die so bedeutend war wie eine der Antike. Hier konnte man allerorten den Himmel sehen: Hier war nicht nur die Hauptstadt der Vereinigten Staaten, sondern auch der Mittelpunkt der Erde. Die Kuppel des Kapitols, seine neohellenistischen Pilaster, die Adler auf den Gesimsen, die massiven Statuen der Generäle und Staatsoberhäupter an jeder Ecke zeugten von der Herrschaft dieser auf dem Ideal der Freiheit gegründeten Demokratie. Es war Athen in seiner Glanzzeit: Entweder man war fasziniert, oder man wurde erdrückt. Das Kapitol, wie der Parthenon auf einem Hügel, wirkt in seinem Ebenmaß und seiner Erhabenheit wie das Hauptquartier von Herrschern oder Göttern. Wie die Bibliothek von Alexandria ist die Kongreßbibliothek im Jefferson Building mit ihrer riesigen Eingangshalle, ihren Treppenaufgängen, ihren Deckenfresken, ihren Gemälden und Mosaiken das Allerheiligste des universellen Wissens. Eines der Mosaike zeigt die Göttin Minerva mit einer Liste der akademischen Disziplinen in der Hand, ein anderes stellt die Etappen des menschlichen Wissens dar: Dieses Land ist dergestalt im Besitz des Wissens, als hätte es den Beitrag jeder Zivilisation für die Menschheit gesammelt und wäre somit deren Vollendung. Drei Medaillons zeigen die Medizin, die Jurisprudenz und die Theologie, die als die höchsten Künste angesehen werden. Die Jurisprudenz in der Mitte ist die Herrscherin dieses Landes, der höchste Stellenwert der Demokratie: die Leidenschaft dieser moralverliebten Nation.

Das U.S. Holocaust Memorial Museum hatte nach zehn Jahren Bauzeit gerade seine Tore geöffnet. Sein bedeutungsträchtiger Standort in der Nähe der weitläufigen Mall neben dem Washington Monument zeigte, daß die Shoah integraler Bestandteil des amerikanischen Bewußtseins und damit des Bewußtseins der ganzen Welt war.

Denn Museen und Mahnmale sind laut Herodot dazu da, den Geist einer Nation zu schmieden, die Volkserziehung, die die Einheit eines Volkes festigt, zu gewährleisten. Wie in den Tempeln antiker Gesellschaften praktiziert man hier die Religion der Republik: die Geschichte. Das Holocaust-Museum war da keine Ausnahme, das Geschehen mußte in das amerikanische Bewußtsein integriert werden.

Als wir das Museum betraten, erkannten wir Pater Francis schon von weitem an seinem seltsamen Gang. Nach rechts und links schwankend hinkte er auf uns zu. Wir tauschten ein paar Höflichkeitsfloskeln aus, er teilte uns mit, daß er am Vorabend angekommen sei, und dann schloß er sich in aller Selbstverständlichkeit unserer Gruppe an.

Erleben Sie den Holocaust! Die blinden Fensterscheiben trennten die amerikanische Sphäre von der des Memorials. Hier war man im Niemandsland. Hier war man außerhalb von Zeit und Raum, der Blick konnte nicht nach draußen, auf die große Esplanade der Mall fliehen. Umgekehrt war das Innere des Museums auch nicht von außen einsehbar. Das Bauwerk von Freed bot einen frappierenden Gegensatz zu den anderen Gebäuden. Diese schäbige, der Architektur des Grauens nachempfundene Konstruktion aus roten Backsteinen – ganz wie die Türme und Krematorien der Konzentrationslager – hob sich von allen anderen zeremoniellen Stätten ab.

Wir gingen in die riesige Hall of Witness, in deren hinterem Teil eine gleisartige Treppe zu einem bogenförmigen Tor aufsteigt: dem Eingang von Birkenau. In diesem abgeschlossenen Raum ließ man die Besucher die Erfahrung der Deportation nachvollziehen: Man gab ihnen ein kleines Heft mit einer Photographie und einer Beschreibung des Opfers, das sie verkörperten, sowie einen Bericht über sein Leben während des Krieges. Jeder bekam eine Identität zugewiesen, die seinem Alter und seinem Geschlecht entsprach. Erwachsene wurden zu plötzlich verhafteten Juden, die Jüngeren und Kleinsten zu getöteten jüdischen Kindern.

Und alle wurden in einen der restaurierten Viehwagen gepfercht, alle passierten das Tor zum Lager, wo geschrieben steht, daß Arbeit frei macht, alle setzten sich in eine wiederaufgebaute Gefangenenbaracke und erlebten einen kurzen Augenblick lang den Alptraum. *Gedenket der Kinder*: Die Geschichte des kleinen Daniel wurde mit Hilfe seines Tagebuchs und seiner Zeichnungen vom Krieg, vom Ghetto und vom Konzentrationslager erzählt. Die Kinder durften seine Schubfächer durchforsten, seine Decke ausbreiten und die Fenster öffnen, um sein Leben vor und unter den Judengesetzen nachzuvollziehen.

Weiter ging die Besichtigung durch große, dunkle Säle, in denen lebensgroße Photographien und Schwarzweißfilme mit Dörfern, Lagern und Gesichtern zu Tode erschreckter Menschen gezeigt wurden. Einige Räume, in denen medizinische Experimente oder Gaskammern gezeigt wurden, waren für Kinder nicht zugänglich. Die Geschichte der Shoah, die mit dem christlichen Antisemitismus ihren Anfang nahm, sparte nicht die amerikanischen Instanzen aus und erwähnte auch, daß Roosevelt sich trotz der wiederholten Bitten amerikanischer Juden geweigert hatte, die Vernichtungslager zu bombardieren.

Nicht zum ersten Mal bemerkte ich dieses nationale *mea culpa*. Mir scheint, die Stärke der amerikanischen Zivilisation rührt aus ihrer Beziehung zur Vergangenheit, die darin besteht, sich die eigenen Fehler vor Augen zu halten, die eigenen Leiden und Verbrechen zu betrachten, um dann eindringlich den Stolz auf Amerika zu bekräftigen. Für einen Puritaner ist der Erlaß der Sünden möglich: Die Beichte oder das Geständnis kommt der Vergebung gleich. Das schlimmste aller Vergehen ist die Lüge. Wir Jansenisten hingegen wissen, daß wir verdammt sind: Deshalb ziehen wir es vor, den Sündenakt zu verbergen und so zu tun, als hätte er nie stattgefunden.

Doch waren es lebende Hände auf den Mauern dieses falschen Gefangenenlagers, waren es geschundene Kinder in diesem Papierghetto, und konnte man den steilen Todesfelsen, den menschlichen Todeskampf in einer erlösenden Katharsis nachempfinden? Wenn man diese Gesichter für einen Augenblick sah und sie zum Schatten des Nichts sprechen hörte, bot man damit wirklich denen eine Ruhestätte, die keine hatten? Diese Welt aus Worten und Bildern, die die Besucher auf eine Reise in die Abgründe des Bösen führen wollte, erzählte sie vom Leben wirklicher Menschen, und konnte dieses Leben nachempfunden werden? Ich war wie alle fasziniert, gefesselt. Dieser durchdachte, interessante, dokumentierte und mit authentischen Materialien gestaltete Rundgang zum Sehen, Berühren und Erfahren, die echten Frauenhaare, die Gefangenenkleidung, die Milchtöpfe und sogar das Gleisstück im dritten Stock, all das verursachte Schwindel in mir. Ich war also nach Auschwitz gegangen, hatte die Baracken gesehen, hatte einen Schritt in die wirkliche Geschichte getan, in deren Geschichte, jetzt die meine, mit ihrer wachsenden Intensität und *Spannung*. Ich hatte diese Menschen gesehen, als wären sie echt, die Gesichter ungarischer Kinder vor der Tragödie, die Blicke der Schullehrer mit dem unbeschreiblichen Ausdruck zwischen Überraschung und Entsetzen, die verstörten Augen der Frauen auf der Rampe, diese photographische Bestandsaufnahme des Grauens, diese Enthüllung, diese Offenbarung, eine Erlösung vielleicht, denn das Museum des Bösen endete doch notgedrungen, um sein Publikum zufriedenzustellen, in einem Anklang der Hoffnung, in einem *Happy-End*, als die letzte, schon hochbetagte Überlebende in einem Film erzählte, wie sie auf einem Todesmarsch liegengelassen und von einem jungen amerikanischen Soldaten gefunden wurde, der kurz darauf ihr Mann wurde.

Während der gesamten Besichtigung sagte Lisa kein Wort. Sie ging mit hoch erhobenem Kopf und versonnener Miene durch die Räume. Felix hatte den düsteren Gesichtsausdruck, den er an üblen Tagen zeigte. Pater Francis aber war in Fahrt: Er kommentierte alles, was er sah, erklärte, er wolle das Leiden des jüdischen Volkes in sich aufnehmen, das das neue Golgotha sei, und er bete auch für die Schlächter, die Werkzeuge Gottes, die göttlichen Botschafter, die gekommen waren, um die Welt zu läutern.

»Das sind die Geburtsschmerzen des Messias, meine Kinder«, sagte er, »das ist der Kampf zwischen Christ und Antichrist.«

Ich spürte, daß Felix kurz davor war, die Beherrschung zu verlieren. Mit jedem Wort des Priesters biß er die Zähne fester zusammen, platzte fast vor Wut.

»Wir beten für die Verbrechen in Auschwitz«, fuhr Pater Francis mit zittriger Stimme fort. »Das Tor zur Hölle ist das Tor zum Himmel.«

Felix durchbohrte ihn mit seinem Blick.

»Seien Sie still. Hier sind alle still!« fuhr er auf.

Pater Francis maß ihn kurz mit einem Blick, dann lächelte er versöhnlich:

»Sie haben recht, mein Sohn.«

In der riesigen Hall of Witness, in deren Mitte das ewige Licht der Erinnerung leuchtete, neigte sich der alte Mann zu mir und vertraute mir an:

»Wissen Sie, ganz unter uns, ich kann die Nacht, in

die Israel stürzt, nur ertragen, wenn ich an die Nacht denke, in der wir alle uns in Erwartung des Messias befinden, der uns den Weg zum Leben zeigen und das Licht in die Welt bringen wird.«

Ich ließ diesen seltsamen, kleinen Mann in der Halle stehen und ging hinter Lisa her, die gerade den Saal ansteuerte, in dem ihre Arbeiten ausgestellt waren.

Es waren vier abstrakte Skulpturen, von denen mich eine besonders anzog: ein einfacher, mehrere Meter breiter Granitstein, der horizontal vor einer Wand stand. Als ich Lisa fragte, was dieses Werk bedeute, wies sie auf die andere Seite des Steins: Auf die Rückseite waren in winzigen Buchstaben Namen graviert.

»Das sind die Namen der Kinder, die in Auschwitz gestorben sind«, erklärte sie.

»Aber warum ist der Stein so aufgestellt? Warum sind die Namen nicht auf der Vorderseite?«

»Damit kein Denkmal daraus wird«, antwortete sie. »Die Vorstellung, aus der Shoah Kunst zu machen, hat etwas Unangemessenes, Unanständiges an sich, um so mehr als die bildende Kunst und die Architektur von zentraler Bedeutung für das Naziregime waren.«

»Und warum nur ein einfacher Stein? Warum nicht eine Skulptur mit menschlichen Formen?«

»Weil es unmöglich ist zu zeigen, was wirklich geschehen ist, auch in einem Kunstwerk, in einem Roman, einem Bild und vor allem in einer Skulptur, der Kunstform, die dem Menschlichen am ähnlichsten und daher für Abgötterei am anfälligsten ist. Deshalb muß man ein Mittel finden, von der Shoah zu sprechen und das Grauen vor ihr empfinden zu lassen, sie ins Gedächtnis rufen, ohne je zu beschreiben, wie sie war. Das ist die Idee der ›Antimonumente‹.«

»Aber wie soll man wissen, was geschehen ist, ohne die Dinge zu beschreiben?«

»Durch das Lesen und Hören von Zeugnissen, durch das Betrachten von Dokumentationen, durch das Trennen von Wahrheit und Erfindung, aber nicht durch die Enthüllung ihres Wesens in einem Kunstwerk, das vor allem das Gemüt anspricht. Für ein Geschehen, das mit keinem anderen verglichen werden kann, ist eine ebenso unvergleichliche Darstellung vonnöten. Das einzige Werk, das man über diese Katastrophe erschaffen könnte, wäre ein Dokumentarfilm, der jeden Rahmen der Darstellung sprengen würde, gerade weil er nicht Haufen aufgestapelter Leichen zeigte, sondern nur Zeugen zu Wort kommen ließe, ohne jemals zu versuchen, das Geschehen zu erfassen.«

»Aber Zeugen erzählen nur eine subjektive Wahrheit«, antwortete ich.

»Eine menschliche Wahrheit«, berichtigte sie. »Und ist das nicht die einzig mögliche Wahrheit?«

Sie wies auf die Skulptur eines anderen Künstlers, welche die entsetzten Gesichter von Männern, Frauen und Kindern zeigte und deren Titel lautete: *In der Gaskammer*.

»Siehst du zum Beispiel diese Skulptur? Meiner Meinung nach ist das genau das, was man nicht tun sollte: in Pathos und Voyeurismus baden. Das ist obszön.«

Während sie in ihren Erklärungen fortfuhr, betrachtete ich die Namen auf dem Stein und neigte mich ein wenig vor, um sie besser zu sehen.

Es waren unzählige. Ich weiß nicht, warum mein Blick von einem bestimmten Bereich des Steins angezogen wurde, weit unten, in der Reihe S.

Mein Herz machte einen Satz. *Ich hatte soeben den Namen von Carl Rudolf Schiller gelesen.*

2

»Lisa«, sagte ich, »hast du all diese Namen in den Stein graviert?«

»Nein, das habe ich machen lassen«, sagte sie.

»Sieh mal.«

Sie warf einen Blick auf die Stelle, die ich ihr zeigte.

»Das ist seltsam«, sagte sie ruhig. »Es muß sich um einen Irrtum handeln. Der Name von Carl Rudolf Schiller kann nicht auf diesem Stein stehen. Das ist vollkommen absurd.«

»Woher hast du diese Namen?«

»Von einer Liste, die im Yad Vashem, dem Shoah-Museum in Israel, kontrolliert wurde ... Vielleicht hatte dieser Mann einen Namensvetter«, fügte sie hinzu.

»Das wäre aber ein seltsamer Zufall«, sagte ich. »Es handelt sich schließlich nicht um einen Allerweltsnamen.«

»Es muß sich um einen Irrtum handeln«, sagte sie mit überzeugter Miene.

Wir trafen Felix wieder und gingen, ein wenig benommen, ein paar Schritte auf der Straße.

Felix sagte, das Museum hätte uns den Kopf verdreht. Er sagte, das Phantom des Kitsches zeige sein Gesicht in diesen Schreckensbildern.

Felix sagte, das Ganze erinnere ihn an Disneyland.

Am Abend trafen wir uns auf dem großen Cocktailempfang anläßlich der Premiere des Dokumentarfilms wieder. Felix hatte einen schwarzen Anzug über einem indigoblauen Hemd an und wie gewöhnlich größte Sorgfalt darauf verwendet, daß seine Haare und seine Augen glänzten. Lisa bewegte sich voller Anmut in einer weißen Bluse und einem Rock aus purpurrotem Samt.

Sie verwirrte mich, ohne daß ich hätte sagen können, warum. Vielleicht einfach deshalb, weil sie schön war mit ihren langen Wimpern, ihren grauen Augen, die an einen bedeckten Himmel erinnerten, mit ihren Muttermalen, die ihre Haut besprenkelten wie einen Sternenhimmel, mit ihren sanften, zarten Händen, die wie Mondsicheln wirkten, ihrem schlanken Körper, der sich im starken Wind bog. Es herrschte eine Stille um sie herum, eine Aura aus Kummer und Schmerz, die wie eine Schutzschicht wirkte. Machmal schien sie mir vollkommen allein, vollkommen traurig, und ich hätte alles dafür gegeben, sie zu trösten und zu beruhigen.

Wenn ich sie ansah, geriet ich in einen merkwürdigen Zustand: Mein Urteil und meine Stimmungen waren ungewöhnlich. Jeden Moment wurde ich zwischen Empfindungen hin und her gerissen, die von einer Intensität und Stärke waren, welche ich nie für möglich gehalten hätte. War ich von fast apathischer Gleichgültigkeit zu einer anderen Form des Seelenfriedens übergegangen? Mein Herz hatte nie geschlagen, hatte nie nachgehallt, bevor ich ihr begegnete.

Was ich jetzt sagen will, ist vollkommen anstößig und hat keinerlei moralischen Wert. Aber es ist die Wahrheit. Ich erinnere mich an diesen Besuch in Washington wie an eine märchenhafte Reise. Wir hatten die schlimmsten Greueltaten gesehen und gehört: Und ich schwamm im Glück. Ich war verliebt, das heißt, ich befand mich jenseits jeder Moral, in einer Blase aus Egoismus, in der nur sie und ich existierten. Nichts hätte meine Begeisterung durchdringen können – weder Gott noch die Gesellschaft der Menschen, noch die Natur selbst. Sogar die Schrekken der Shoah konnten mein Glück nicht trüben. Ich hatte nur Augen für Lisa. Ich sah durch sie das Grauen: Und es war schön. Schauer des Wohlbehagens durchfuhren mich. Ich war zufrieden, da zu sein, neben ihr, die still vor sich hinlitt, ich fühlte mich nützlich, hatte die Gelegenheit, mich ihr zu nähern. Es war, als würde ich ein Teil ihrer Geschichte, als würde diese Erfahrung uns verbinden. Das Herz ist ein faschistisches, vernunftswidriges und kompaktes Organ, eine fanatische, totalitäre Gewalt. Für sie hätte ich alle menschlichen und unmenschlichen Schranken überwunden. Wer hat gesagt, die Liebe sei eine moralische Größe?

Pater Francis schloß sich bald unserer kleinen Gruppe an. Er war zwar nicht wirklich willkommen, aber das konnten wir ihm nicht deutlich machen.

Er bemerkte plötzlich zwei Männer, die miteinander sprachen. Er steuerte auf sie zu und forderte uns auf, ihm zu folgen. Der eine der beiden war ein großer, schlanker Mann mit dunklen, kräftigen Haaren, die äußerst kurz geschnitten waren. Er hatte einen intelligenten Blick und ein Raubtierlächeln.

»Darf ich Ihnen Ron Bronstein vorstellen«, sagte Pater Francis und zwinkerte.

»Alvarez Ferrara, ein alter Bekannter«, sagte Ron Bronstein dann und wies auf seinen Gesprächspartner, »ehemaliger UNO-Botschafter von Argentinien. Wir haben uns vor etwa zehn Jahren bei den Treffen der UNESCO kennengelernt.«

Der mittelgroße, etwa siebzigjährige Mann verbeugte sich zur Begrüßung. Seine Augen waren hinter einer dunklen Brille verborgen, und seine Gesichtshaut war trocken, faltig und von Pockennarben gezeichnet. Auf seiner Stumpfnase sah man feine rote Äderchen. Aber das Erstaunlichste war sein lippenloser Mund, der wie eine eine randlose Schlucht wirkte, wie ein klaffendes Loch mitten im Gesicht.

»Ihr Land interessiert sich für die Konferenzen des Memorials?« fragte Felix.

»Sagen wir mal so ... ich bin eher zufällig hier«, sagte er. »Eigentlich bin ich beruflich in Washington. Aber als ich hörte, daß Mr. Bronstein hier ist, beschloß ich, herzukommen und ihn kurz zu begrüßen ...«

Er warf Bronstein einen komplizenhaften Blick zu. Wir unterhielten uns einen Moment lang mit den beiden Männern, verloren aber kein Wort über unsere Untersuchung. Dann verließen wir sie. Wir gingen in das Hotel zurück, in dem wir abgestiegen waren und in dem Pater Francis ebenfalls ein Zimmer genommen hatte. Als wir dort waren, beschlossen wir, etwas an der Bar zu trinken. Pater Francis folgte uns wie ein Schatten.

Lisa und ich wollten das Thema Memorial vermeiden, aber der alte Mann fand Mittel und Wege, das Gespräch auf Juden und Christen zu lenken. Felix zündete sich nervös eine Zigarre an und stieß eine Rauchwolke aus.

Ich spürte, daß er kurz davor war, in die Luft zu gehen, als der alte Mann erklärte, er wolle das Leiden der Juden in Auschwitz auf sich nehmen. Lisa betrachtete ihn schweigend und aufrichtig gerührt.

»Ich erinnere mich an die Worte, die der Papst am 14. Juni 1987 zu den Juden in Warschau gesprochen hat«, sagte Pater Francis. »Je schrecklicher das Leid, desto größer die Läuterung. Je schmerzhafter die Erfahrungen, desto größer die Hoffnung. Ihr könnt weiter eurer besonderen Bestimmung folgen ... Das ist eure Aufgabe in der heutigen Welt.« Als er 1988 das Konzentrationslager Mauthausen besuchte, sagte er, die Juden hätten die Welt durch ihr Leid bereichert.

»Merken Sie nicht, wie geschmacklos Sie sind?« unterbrach ihn Felix mit schneidender Stimme.

Mit einer wütenden Handbewegung zerdrückte er seinen Zigarrenstummel in einem Aschenbecher.

»Wenn man einräumt, daß das Leiden einen Sinn hat,

wie können Sie dann Auschwitz mit anderen Greueln vergleichen?«

»Aber es ist der Leidensweg von Jesus am Kreuz, mein Sohn. Es ist das göttliche Mysterium, das zum Heil führt!«

Schweigen trat ein. Lisa und ich sahen uns an und hatten denselben Gedanken. Ich war sicher, daß Felix einen Skandal provozieren würde.

»In Auschwitz ist das Christentum untergegangen«, sagte er, »wie alle anderen Religionen. Auschwitz ist kein Leidensweg. Weder der von Jesus Christus, noch von irgendeinem anderen. Die Shoah hat nur etwas mit den Menschen und ihrer ungeheuren Feigheit vor dem Bösen zu tun.«

Felix nahm sein Glas, ließ die Eisstücke darin klirren und erklärte plötzlich:

»Aber vielleicht sollte man Ihnen das gleiche zufügen wie Schiller, damit Sie das endlich verstehen.«

Einen Moment lang waren wir sprachlos. Pater Francis sah ihn mit ausdruckslosem Blick an, dann trank er in aller Ruhe sein Glas aus.

»Glaubst du nicht, daß du ein bißchen hart mit unserem Freund umspringst?« brachte Lisa schließlich hervor.

Ich für meinen Teil wunderte mich über Felix' Haltung: Sicher, Auschwitz wirft existenzielle Fragen auf, und jeden sollte diese Angelegenheit so intensiv anrühren, aber dennoch, wenn man ihn plötzlich derart betroffen von der Shoah sah, dann konnte man sich fragen, ob er nicht jüdischer Herkunft war.

Pater Francis muß dasselbe gedacht haben, denn er hatte den weniger guten Einfall, dahingehend eine Bemerkung zu machen.

Felix erwiderte eisig: »Sie reden wie Hitler. Ich bin ein Goj, wie er hundertprozentiger nicht sein kann. *Aus die-*

sem Grunde interessiere ich mich für all das. Ich habe den Eindruck, die Shoah sei alles, nur eben keine Angelegenheit der Juden.«

Das war typisch Felix: Mit Beleidigungen war er leicht bei der Hand und ebenso mit harten Worten, um seine Gegner aus der Fassung zu bringen. Da ich ihn kannte, wußte ich genau, wann er kurz davor war, eine schreckliche Gemeinheit auszusprechen. Seine feurigen Augen verengten sich dann ein wenig und nahmen ein böses Funkeln an, sein Mund verzog sich halb mißbilligend, halb angewidert, und dann wußte ich, daß seinen Lippen nicht die üblichen Perlen, sondern die scheußlichsten Kröten entschlüpfen würden.

Um uns von der Aufregung zu erholen und die Atmosphäre aufzulockern, bestellte ich Wein. Unter dem trübsinnigen Blick von Pater Francis tranken wir schweigend ein Glas, dann zwei, dann drei – ein wenig mehr eben als üblich.

Auf mich hat Wein unterschiedliche Auswirkungen, die von einer leicht getrübten Wahrnehmung bis zur Euphorie oder einem ekstatischen Überschwang reichen. Wenn Felix betrunken ist, fängt er an, vollkommen entfesselt zu reden, er wechselt von einer Idee zur nächsten, und oft entspringen diesen Assoziationsketten die besten Gedanken, die tiefsten Wahrheiten. Bei Lisa hingegen stellte ich erstaunt fest, daß sie über ein sagenhaftes Standvermögen verfügte.

»Ich werde euch jetzt mal etwas sagen«, lallte Felix nach einer Stunde und seinem sechsten Glas Wein. »Im Grunde, wenn ich alles genau betrachte … dann tut's mir um Schiller nicht sehr leid … dieser alte Schwachkopf hat nur das bekommen, was er verdiente. Er redete völligen Schwachsinn. Und wenn er von den Neonazis umgebracht wurde, um so besser! Das beweist einmal mehr, daß sie nichts begriffen haben …«

»Wieso kommst du darauf, daß er von Neonazis umgebracht wurde?« unterbrach ihn Lisa.

Felix schien leicht aus der Fassung gebracht. Er verharrte für einen Moment reglos, als warte er auf etwas. Ich war nervös, empfand es unterschwellig als gefährlich, auf dieses Thema zurückzukommen, und wartete, was nun kommen würde. Von irgendwoher kamen mir einige Verszeilen in den Sinn:

Bevor ich für immer fortgehe
In das Land der Finsternis und der dichten Schatten
Wo Dunkelheit und Ödnis herrscht
Wo selbst das Licht der düsteren Nacht gleicht

Da Lisa Felix' Verwirrung bemerkte, half sie ihm:

»Sicher hat Schiller nichts begriffen … Er sagte, es sei unmöglich, daß ein allwissender Gott über die Geschehnisse auf der Erde nichts wisse. Er sagte, er wisse alles, und zwar jederzeit. Er habe schon alle Sünden der Menschheit vor der Sintflut gewußt. Und uns gewarnt: Der Tag würde kommen, wo wir ihn verraten und sein Gesetz mißachten würden. Wir würden bestraft und wüßten nicht den Grund für unser Leiden. Für Schiller hat sich Gott in Auschwitz nicht verborgen, sondern wir haben die Fähigkeit verloren, ihn wahrzunehmen. Er sagte, wenn die Kinder auf ihre Eltern hörten und Ehemänner und Ehefrauen einander respektierten, dann hätte es keine Shoah gegeben. Er sagte, daß Gott nie sein Antlitz verberge … *Er sagte, Gott habe die Shoah bewirkt, um das jüdische Volk für seine Fehler zu bestrafen …*«

»Aber ja, genau, und er hatte vollkommen recht«, stimmte Pater Francis zu. »Er sagte, Auschwitz sei das Fegefeuer. Aber das Fegefeuer findet heute erst statt. Heute erst kann die Heimsuchung der Toten durch die Stimmen der Lebenden wiedergegeben werden. Heute erst kann man die individuelle Verantwortung beurteilen, jetzt erst kann ermessen werden, was die unverzeihliche Schuld der Verbrecher und was läßliche Sünde war. Wir befinden uns zwischen Himmel und Hölle, in den Feuerkreisen, zwischen den Seen und Meeren aus Feuer, den Ringen, den Mauern und den Klüften. Ich sage Ihnen: Deswegen hat man Schiller getötet. Weil man Angst vor ihm hatte, Angst vor dem, was er sagen und tun konnte.«

»Und was konnte er tun?« sagte Felix.

»Er war äußerst populär. Er hätte die Macht ergreifen können, und nicht nur in Deutschland …«

Lisa warf mir einen unruhigen Blick zu. Trotz des Alkohols hatten ihre lebhaften Augen nichts von ihrer Schärfe verloren. Im Grunde fragte ich mich ziemlich häufig, was diese Seele verletzen konnte, die so groß, so erhaben war, daß sie fast unberührbar schien.

Für den nächsten Tag war die Vorführung des Dokumentarfilms geplant, und so begaben Felix, Lisa und ich uns um zehn Uhr morgens in das große Amphitheater des Museums. Als wir in den Saal mit den stufenförmig angeordneten Sitzreihen traten, spürte ich, wie sich mein Pulsschlag beschleunigte. Lag das an der Vorstellung, Carl Rudolf Schiller in diesem Film noch lebendig zu sehen? Oder war es auf die vergangene Nacht zurückzuführen, in der ich beim Gedanken an Lisa, die nur durch wenige Meter und wenige Wände von mir getrennt schlief, meine Bettlaken zerwühlte? Es war, als hätte ich sie atmen hören. Vielleicht lag es aber auch nur an dem schwarzen Kaffee, an dem ich morgens genippt hatte, um wach zu werden und vollkommen zu erfassen, wie mir gerade geschah: Sie frühstückte gegenüber, sie war da, trank in aller Ruhe ihren Tee und warf mir ebenfalls verstohlene Blicke zu.

Meine philosophischen Kenntnisse reichten nicht aus, um alles zu verstehen, aber mir schien, bei diesen Debatten drehte es sich um etwas Wesentliches: Wie ist das Böse möglich, wenn man Gott als Herrscher über die Geschichte ansieht? Wie kann das Böse durch einen guten Gott erschaffen werden? Die Vorstellung von einem Gott der Vorsehung verlangt eine Theorie, in der das Böse erklärt wird. Denn das Böse in seiner absoluten Form stellt die Existenz Gottes oder zumindest die der göttlichen Vorsehung in Frage. Die klassische Theodizee löst dieses Problem, indem sie sagt, daß wir um Gottes Absichten nicht wüßten, daß etwas Böses von unserer Warte aus etwas Gutes von einer höheren Warte aus sein könnte, zu der wir keinen Zugang hätten. Aber die Shoah stellt alle Theodizeen in Frage: Es gibt keine Rationalisierung des Bösen in der Shoah, das ein Mittel für ein zukünftiges Gutes sein soll, weil *nichts* es rechtfertigen kann, weil man einfach nicht sagen kann, die Shoah sei etwas Gutes, nur wir könnten es nicht erkennen.

Einige entwickelten eine neue Theorie, verwarfen den Gott des traditionellen Judaismus und sahen die Rückkehr nach Zion wie einen *Kairos*, einen günstigen Moment des entscheidenden Wandels in der heutigen Zeit. Sie priesen eine Wiederentdeckung archaischer Religionen, um an die alten Kräfte von Leben und Tod, von Baal und Astarte anzuknüpfen. Für sie war die Erde eine Mutter, aber eine kannibalische Mutter, die früher oder später verzehrt, was sie hervorgebracht hat. Wenn Auschwitz einen Sinn hat, dann den des natürlichen Kreislaufs von Leben und Wiedergeburt: Erst kam der Tod für das Volk, das sich das Auserwählte nannte, dann gab es eine Auferstehung auf dem Boden Israels. Denn die Auserwähltheit geht einher mit der Verwundbarkeit derer, die in Krisenzeiten als Opfer dargebracht werden.

Nach dieser Vorstellung waren die Nazis keine Heiden, sondern satanische Antichristen. Ihr Problem war das der Teufelsanbeter, die zwar gläubig waren, aber in übertriebenem Maße. Sie feierten eine schwarze Messe nicht aus einem Mangel an Glauben heraus, sondern aus Haß gegen Gott. Wie alle religiösen Rebellen wollten sie die Regeln der bestehenden Religion umkehren.

Das dritte Filminterview zeigte Mina Perlman in ihrem Büro an der Hochschule. Ihr blonder Pagenkopf, ihr durchscheinender Teint, ihre kleinen, durchdringenden, vor Intelligenz funkelnden Augen offenbarten eine leidenschaftliche Seele. Mit ihrer tiefen Stimme erklärte Mina, daß es ihrer Meinung nach eine theologische Verbindung zwischen der Shoah und dem Staat Israel gebe.

»Wenn der Zionismus und die Rückkehr der Juden in ihr Land vor der Shoah stehen, dann ist für mich die Gründung des israelischen Staates direkt nach dem Krieg untrennbar mit der Katastrophe verbunden«, führte Mina aus. »Auschwitz ist das Fegefeuer, und der Staat Israel ist die Erlösung des jüdischen Volkes, ein Vorgeschmack auf messianische Zeiten. Das Heldentum der ersten Siedler zeigt deutlich, daß der Zionismus eine Theophanie durch den kollektiven jüdischen Willen in Verbindung mit dem Absoluten war. Damit will ich sagen, daß auf die eine oder andere Weise Erlösung möglich ist, selbst nach den schlimmsten Greueln.«

Der Höhepunkt des Dokumentarfilms war natürlich das Gespräch mit Carl Rudolf Schiller, das mehrere Monate vor seinem Tod in Berlin aufgezeichnet worden war. Er wirkte fast wie eine Erscheinung, wie ein auferstandener Toter. Ich erinnerte mich auf einmal an all die Gelegenheiten, da ich ihn auf Kolloquien hatte reden sehen und frappiert war durch das Charisma dieses Theologen und Volkstribuns, der die Begeisterung der Menge erweckte, der an Deutschland auch noch nach dem Unheil glaubte, das es über das Jahrhundert gebracht hatte. Ich erinnerte mich noch an unsere erste Begegnung bei den Perlmans vor etwa sechs Jahren. Dieser rastlose Reisende, dieser Mann der Überzeugung, dieser Gläubige hatte starken Eindruck auf mich gemacht. Aber jetzt war alles vorbei: Er lebte nicht mehr, und selbst wenn sich im Film seine Lippen bewegten, war es ein falscher, ein anderer Schiller – ein Schiller, der auf ewig den Menschen aus Fleisch und Blut überleben würde, aber ein Schiller aus Papier war.

Was sagte er? Er sagte, daß man trotz allem an Gott glauben müsse. Wie Hiob sein: lieben um des Liebens willen, ohne Gegenleistung, jedermann lieben, lieben, ohne zu jammern und zu klagen, noch in tiefster Ungerechtigkeit und finsterster Dunkelheit, Gott danken und ihn ohne Grund, ohne Bedingung, ohne Hoffnung und ohne Bedauern anbeten.

Nein, das sagte er nicht: Er sagte, er habe nur Hohn für Gott übrig, und solange er lebe, würde er niemals aufhören, seiner Empörung Ausdruck zu verleihen, und wenn es Gott gäbe, dann nur außerhalb der Geschichte. Doch wenn er nicht allmächtig war, wer war er dann?

Um die Wahrheit zu sagen: Ich weiß es nicht mehr. Ich erinnere mich vor allem daran, daß ich sah, wie sich seine dünnen Lippen bewegten, schnell oder auch fast in Zeitlupe, ich erinnere mich an seine fahlen, ausdruckslosen Augen, die ins Leere starrten oder auch mich anblickten, als wollten sie mich prüfen, ich erinnere mich an seine Haut, die durchscheinend war wie ein Schleier, mit Flecken auf den Schläfen, als wären sie tätowiert, ich erinnere mich an sein Gesicht, das von nahem sehr scharf war und doch irgendwie verschwommen, immer ferner und unklar.

Er sprach mit einer seltsamen Stimme, die zwischen hoch und tief zu wechseln schien, mit einer exaltierten, zitternden Stimme, abgehackt, als könnten seine Worte entweder nur mühevoll entweichen oder würden aus seinem Mund hervorstürzen, noch bevor er sich entschieden hatte, sie auszusprechen, so, als wäre es notwendig, daß er sprach, daß er ohne Unterlaß sprach, ohne jemals innezuhalten.

In der nächsten Filmsequenz saß Ron Bronstein mit einem beigefarbenen Sporthemd und dunklen Shorts lässig auf der Terrasse eines Cafés in Jerusalem.

»Heutzutage kann man nicht mehr sagen, daß der Messias gekommen ist. Ebensowenig kann man sagen, Israel sei die Erlösung nach dem Leiden, weil das Leiden keinen Sinn hat, ganz im Gegensatz zu dem, was gewisse jüdische Theologen behaupten, und auch im Widerspruch zu denen, die man christliche Zionisten nennt und die die Rückkehr der Juden in ihr Land in eine christliche Eschatologie eingliedern, welche dazu bestimmt ist, die Prophezeiung der allerletzten Konversion der Juden zum Christentum zu erfüllen. Ich sage, diese Theologie ist antisemitisch, weil sie die Bildung eines jüdischen Staates als Eckstein der Konversion feiert, die einem Verschwinden der Juden und dem Triumph von Jesus Christus gleichkommt. Warum gelingt es den Christen nicht, das *Ahavat Israel*, die bedingungslose Liebe zum jüdischen Volk, auf ihre Fahnen zu schreiben?«

Bei diesen Worten gab es einen Stromausfall. Einige Sekunden später erschien das Gesicht von Carl Rudolf Schiller auf der Leinwand; aber die Qualität des Films hatte sich geändert. Man hätte das Ganze für einen schlechten Amateurvideofilm halten können. Das Bild war verzerrt, die Kamera schwankte, und man hörte nichts als Knacken.

Der puterrote Mann in Großaufnahme keuchte, als

wäre er wütend, der Raserei nahe. Seine Augen waren aus ihren Höhlen getreten und blutunterlaufen. Er schien unter einer heftigen Anstrengung zu leiden.

Dann fuhr die Kamera zurück und ließ die ganze Szenerie sehen. Ein Aufschrei fuhr durch den Saal.

Neben mir hörte ich jemanden murmeln: »Eine Strafe, ja, eine Strafe Gottes.« Ich hätte es nicht mit Gewißheit sagen können, aber mir schien, daß es sich um die zittrige Stimme von Pater Francis handelte.

Unmittelbar darauf ging das Licht an. Der Ordnungsdienst stürzte in den Vorführsaal. Der Film war eingeschmuggelt worden. Jemand hatte eine Sequenz aufgespult, die an einem anderen Ort, zu einem anderen Zeitpunkt und durch eine andere Linse aufgenommen worden war als der Dokumentarfilm.

Die Versammlung befand sich in einem Zustand wahrer Besinnungslosigkeit, einer echten Massenhysterie. Die Gesichter drückten Erstarrung und Abscheu aus. Felix befand sich in einem unbeschreiblichen Zustand. Seine Augen blickten fieberhaft in alle Richtungen, als suchten sie etwas, an das man sich klammern könnte. Die Haare schienen ihm zu Berge zu stehen. Er sah aus, als wäre er verrückt geworden.

Lisas Augen waren vor Entsetzen geweitet, und ihre zusammengepreßten Lippen waren nur noch ein Strich.

Plötzlich stürzte sie zu den Toiletten im Hintergrund des Saals, um sich zu übergeben.

Niemals werde ich diesen Anblick vergessen. Süß ist das Böse, und schön ist das Böse für den, der es vollbringt, denn für ihn ist die Ausführung eines tödlichen Plans ein köstlicher Augenblick, ein Höchstgenuß.

Oben das Fleisch, unten die menschlichen Überreste, und dazu Blut, das in Strömen fließt, all diese grauenvollen Bilder werden mich für immer in meinen Nächten verfolgen. Es war der Abgrund, der Abgrund selbst hatte Trauer angelegt an diesem Unglückstag, in der tiefsten Finsternis, die Bestürzung herrschte in aller Augen, das Entsetzen fuhr über die entstellten Gesichter, es war das Grab, aus der der bittere, schreckliche Schrei stieg, es war das Grab voller sterblicher Überreste und Bitterkeit.

3

Die ganze Szene hatte nur einige Minuten gedauert, bis der Ordnungsdienst die Vorführung stoppte, aber alle blieben wie festgenagelt und von Entsetzen gepackt auf ihren Sitzen.

Carl Rudolf Schiller war an einen Stuhl gebunden und kämpfte verzweifelt, um sich seiner Fesseln zu entledigen. Man hörte nichts, konnte nicht wissen, was er sagte, aber er schien die ganze Zeit zu schreien und zu betteln. Sein Gesichtsausdruck war voller Entsetzen.

Plötzlich näherte sich ihm eine Hand mit einem Revolver: Das war der unerbittliche Arm des Drahtziehers dieser makabren Inszenierung.

Die Hand drückte den Abzug. Der Mann wurde durch eine Kugel ins Herz umgebracht.

Dann näherte sich die Hand wieder, diesmal mit einem Messer.

Was nun folgte, gehört in den Bereich des Unbeschreiblichen. Ich habe keine Worte, um auch nur annähernd diesen Akt auszudrücken.

Die Polizei hatte die Türen des Museums abgeriegelt und überprüfte die Personalien. Felix und ich standen ein wenig abseits von der verstörten Menge und warteten auf Lisa. Neben uns murmelte eine Stimme:

»Haben Sie das seltsame kleine Heft auf dem Tisch neben Schiller bemerkt?«

Ich fuhr auf. Es war Pater Francis.

Tatsächlich hatte Schiller mehrere Male einen verstohlenen Blick auf ein Heft neben ihm auf dem Tisch geworfen, ein kleines, braunes Heft.

»Unter den Jüngern Jesu«, fuhr Pater Francis mit seiner Stimme, süß wie Sirup, fort, »gab es eine Sekte, die Judasiten, eine Splittergruppe der Kainiten, die Judas einen höheren Rang als Johannes, dem Lieblingsjünger, zuwies. Ihrer Meinung nach hat Judas Jesus ausgeliefert, weil er als einziger wußte, daß er von Gott gesandt war. Da er im Besitz dieses Wissens war, ist er der wahre Urheber der Erlösung, die der Menschheit den größten Segen gebracht hat. Der in den Evangelien verwendete Terminus für Judas' Tod kommt von *apagcho*, was nicht nur ›sich erhängen‹ heißt, sondern auch ›sich erdrosseln‹. Daher ist man der Auffassung, daß Judas in Trance war und sich nach einem besonderen Ritual erdrosselt hat ...«

»Warum erzählen Sie uns das?« unterbrach Felix ihn.

»Das werde ich Ihnen erklären, mein Sohn«, antwortete Pater Francis mit selbstgefälliger Miene. »Es gab auch ein Judas-Evangelium, aber das ging verloren. Und dieses Evangelium enthielt nicht das Wissen von Gott, sondern *das vom Teufel*.«

»Sprechen Sie etwa von dem braunen Heft im Film? Dann kann ich Ihnen versichern, daß ich genug alte Handschriften gesehen habe, um zu wissen, daß dieses nicht aus der Zeit um Jesus stammte«, erläuterte ich. »Dieses Heft war etwa fünfzig Jahre alt.«

»Wirklich?« gab Pater Francis zurück. »Dann stammte es also ...«

»Aus der Zeit des letzten Krieges, ja, das denke ich«, antwortete ich.

»Das ist kein Hinderungsgrund dafür, daß es ein Teufelsmanuskript ist, mein Sohn«, murmelte der alte Mann. »Es steht in der Folge vieler Bücher des gleichen Geschlechts.«

»Von welchem Geschlecht reden Sie?« fragte ich.

Höchst zufrieden, ein geneigtes Ohr gefunden zu haben, holte der alte Mann aus:

»Die bekanntesten Bücher daraus sind *Das Große Zauberbuch, Salomons Schlüsselbein, Die Schwarze Magie, Der Große Agrippa.* Sie sind mit den Kräften der Hölle versehen und erlauben, alle verborgenen Schätze zu entdecken und sich alle Geister untertan zu machen. Des weiteren sind da *Der Große Albert*, der alle Geheimnisse zwischen Mann und Frau enthält, *Der Kleine Albert* über die Naturmagie und die kabbalistische Magie, dann *Der rote Drache oder die Kunst, den Geistern zu befehlen, Der schwarze Drache oder Wie man die Kräfte der Hölle dem Menschen zu Willen macht, Das schwarze Huhn oder Das Huhn mit den goldenen Eiern ...*

Und dann gibt es den *Agrippa*: Das ist ein riesiges Buch, so groß wie ein Mensch, wenn man es aufrecht hinstellt. Es ist äußerst gefährlich. Vor allem darf man es nicht mit der Hand berühren. Deshalb hängt man es für gewöhnlich mit einer Kette an einen stabilen Balken in ein eigens dafür reserviertes Zimmer. Wenn man es nicht gerade konsultiert, muß man es mit einem großen Vorhängeschloß verschlossen halten. Und Achtung«, fügte Pater Francis hinzu, wobei er den Zeigefinger hob, als gäbe er uns einen bedeutsamen Rat, »dieser Balken muß gekrümmt, nicht gerade sein. Das ist äußerst wichtig.«

»Sind Sie mit Ihrem Geschwätz bald fertig?« unterbrach ihn Felix erbittert.

Er sah Lisa und wollte sich gerade entfernen, da sprang der Pater ein Stück zur Seite, um ihm den Weg zu versperren.

»Und noch etwas: Der Mensch, der eines dieser Bücher besitzt, strömt einen besonderen Geruch aus. Eine Mischung aus Rauch und Schwefel … Sie wissen, warum?«

Felix machte eine Bewegung, um den Pater wegzuschieben, und ging weiter. Der andere sprach hinter ihm her:

»Weil er mit dem Teufel im Bunde ist. Deshalb hält man sich von ihm fern. Und er geht auch nicht wie alle anderen. Er zögert bei jedem Schritt, aus Furcht, eine Seele zu zertreten.«

»Ungefähr wie Sie also?« warf Felix zurück.

»Lachen Sie nicht, mein Sohn! Dieses Thema ist nicht zum Scherzen geeignet.«

»Und was enthalten diese Bücher?« hakte ich nach, während Felix mich mit seinem Blick durchbohrte.

»Die Namen aller Teufel und auch die Mittel, sie zu beschwören. Dann die Namen aller verdammten Seelen. Sie lehren, wie man einen Pakt mit dem Teufel schließt, wie er auch aussehen mag, ohne daß er einem ein Haar krümmen kann, sie führen die Namen der wichtigsten Geister der Hölle auf und geben kostbare Ratschläge darüber, wie man Schätze entdeckt und jeder Krankheit entgeht. Dann gibt es unfehlbare Gebete, um mit dem Teufel zu sprechen, um sich das ins Gedächtnis zu rufen, was vor sehr langer Zeit geschehen ist, um einen Hahn unsterblich zu machen und auch, um von der Frau geliebt zu werden, die man begehrt …«

»Um von der Frau geliebt zu werden, die man begehrt?« unterbrach ich ihn.

»Aber ja! Interessiert sie das? Es reicht, das *Kraut der neun Wege*, das auch *Concordia* heißt, zu pflücken und dann zu sagen: ›Ich pflücke dich im Namen von Sheva, damit du mir hilfst, die Liebe von … zu erringen‹, und dann sagen Sie den Namen der geliebten Person und werfen das Kraut über ihren Rücken, ohne daß sie es merkt. Sie können auch ein Gefäß mit hundert Gramm Haschisch, fünf Gramm Hanfblüten und Mohnblüten, vermischt mit einer Prise Christrosenwurzel füllen und das Ganze zwei Stunden bedeckt im Wasserbad sieden lassen. Am Abend streichen Sie sich diese Salbe vor dem Schlafengehen unter die Zehen, auf den Hals, unter die Achseln und im Bereich des Sonnengeflechts auf die linke Seite; Sie cremen sich sorgfältig ein und denken dabei intensiv an die, die Sie lieben. Sie können auch ein Taubenherz nehmen, das Sie mit einer ungeraden Anzahl Nadeln gespickt haben, und es in ein Feuer mit Weinranken werfen, und dazu sagen Sie: ›Ich möchte, daß das Herz meiner Angebeteten vor Liebe zu mir so brennt, wie dieses Herz im Feuer brennt.‹ Oder Sie können sich in der Nacht vom 30. April zum 1. Mai nackt im Tau wälzen ...«

»Das reicht«, sagte Felix.

»Aha! Sie haben Angst, mein Sohn. Sie haben recht, diese Bücher sind gefährlich, sie können ihre Besitzer lähmen und sie ihrerseits besitzen. Diejenigen, die sie lesen, geraten unter einen geheimnisvollen Einfluß und tragen den Teufel in sich, dem sie gleichzeitig Quartier und Sklave sind. Sie sind seinem Willen unterworfen und handeln nur nach seinen Anweisungen. Der Dämon fängt an, aus ihrem Mund zu sprechen, mit ihrem Gehirn zu denken, mit ihren Gliedmaßen zu handeln, und oft haben sie Halluzinationen.«

»Gut«, schnitt Felix ihm das Wort ab. »Wir haben genug gehört. Wir danken Ihnen für die amüsante Viertelstunde. *It was very entertaining.*«

Er zog mich gewaltsam mit sich, und wir gesellten uns zu Lisa.

Der folgende Tag war einer dieser leuchtenden Tage, wie es sie nur in den Vereinigten Staaten gibt. Der Himmel ist von einem so intensiven Blau, daß er direkt aus der Kinotrickkiste zu stammen scheint. Die Kuppel des Kapitols strahlte in der Sonne, und die Stadt ähnelte mehr denn je einem triumphierenden, imposanten Olymp, der nicht auf das achtete, was unter ihm vorging.

Um zwei Uhr nachmittags fand eine Konferenz von Ron Bronstein über die Theologie der Shoah statt. Die Organisatoren waren zuerst der Meinung gewesen, daß man sie ausfallen lassen müsse; dann hatten sie sich anders besonnen. Lisa, die von den Ereignissen des Vortages sehr mitgenommen war, hatte beschlossen, im Hotel zu bleiben.

Am Eingang des Museums trafen Felix und ich Alvarez Ferrara. Er trug einen hellen Straßenanzug, eine dunkle Sonnenbrille und einen weichen Filzhut, der ihn irgendwie englisch aussehen ließ.

»Haben Sie neue Informationen über die gestrigen Ereignisse?« fragte ihn Felix.

»Die Polizei ermittelt«, sagte er und setzte seine Sonnenbrille ab, so daß stahlblaue Augen zum Vorschein kamen, die mir bei unserem ersten Treffen nicht aufgefallen waren. »Heute morgen ist John Robertson, ein Mitglied der amerikanischen Neonazipartei verhaftet worden. Er war bei der Vorführung anwesend. Vielleicht hat er den Videofilm in die Dokumentation geschmuggelt.«

Er erklärte uns, daß die amerikanische Neonazipartei 1958 von einem gewissen Rockwell in Virginia, nicht weit von der Hauptstadt entfernt, gegründet worden war. Rockwell wurde 1967 von John Patler, einem Abtrünnigen, ermordet. Sein Tod ließ die Bewegung führerlos zurück, bis Matt Koehl, einer seiner Freunde, sich zum neuen Führer erklärte. Er hatte die Bewegung amerikanisiert und im November 1982 in New Order Party umgetauft. Laut der Anti Defamation League hing in ihren Hauptquartieren über einem riesigen Hakenkreuz ein Foto von Hitler …

»John Robertson, der Inhaftierte«, fuhr Ferrara fort, »hat zugegeben, ebenfalls zur Bewegung der Negationisten zu gehören, die die Existenz der Gaskammern und das Ausmaß der Judenvernichtung bestreiten.«

»Das ist nichts Neues«, sagte ich. »Seit einigen Jahren ist die Fälschung der Geschichte des Dritten Reichs eine der wichtigsten Strategien rechtsextremer und neonazistischer Parteien. Vor allem in den Vereinigten Staaten. Das Institute for Historical Review, gegründet vom Anführer der extremen antisemitischen Rechten, organisiert Konferenzen und Treffen rund um das institutseigene *Journal of Historical Review*, eine Plattform für die Negationisten und andere Verteidiger des Nazisystems. Das IHR hat neben seinen Verbindungen zur Partei der Neonazis auch engen Kontakt zu entsprechenden Organisationen in Deutschland, Österreich, Frankreich und Großbritannien …«

»Glaubt man, daß Robertson etwas mit der Ermordung von Carl Rudolf Schiller in Berlin zu tun haben kann?« fragte Felix.

»Das ist noch unklar«, antwortete Ferrara. »Aber wer weiß? Vor kurzem hat man festgestellt, daß eine Umstrukturierung der Neonazis in Westdeutschland, Italien und Frankreich stattfindet. Belgien hat die zweifelhafte Ehre, die aktivste Organisation zu besitzen, die Vlaamse Militanten Orde, mit Sitz in Antwerpen. Es gibt auch weltweite gemeinsame Aktionen. Es ist zum Beispiel bekannt, daß einige Schweizer Bankiers die PLO finanzieren. Die VMO-Mitglieder in Belgien, die französischen Neonazis und die Mitglieder der deutschen Wehrsportgruppe Hoffmann veranstalten an der deutsch-belgischen Grenze gemeinsame paramilitärische Übungen.«

Alvarez Ferrara hatte uns alle diese Informationen mit förmlicher, fast unbeteiligter Miene gegeben, als handle es sich um eine administrative Angelegenheit. Zu dem Zeitpunkt wunderten wir uns nicht über diese ein klein wenig zu gut informierte Quelle.

Der Konferenzsaal war schon gut gefüllt. Die Presse war da, alarmiert durch den Skandal bei dem Dokumentarfilm. Die Journalisten befragten sich gegenseitig, photographierten, und einige nahmen für das Radio Zeugenaussagen derer auf, die den Film gesehen hatten.

Ich setzte mich mit Felix in die letzte Reihe.

Als Ron Bronstein auf der Rednertribüne erschien, wurde es still im Saal. Seine Worte fanden im gegebenen Kontext einen ganz besonderen Widerhall.

»Sehen Sie nicht«, sagte er, »daß die Welt sich nicht verändert hat, daß die Nationen sich gegeneinander erheben, daß getötet und gefoltert wird und daß man weiterhin ganze Völker ausrottet? Die Menschen sind auf ewig Monster, tückische, bösartige Bestien – und doch wird niemals auch nur ein Tier ihre Grausamkeit erreichen. Wie kann man in Auschwitz also eine letzte Erlösung sehen?

Meiner Meinung nach verpflichtet uns Auschwitz dazu, total und radikal die Theologie zu überprüfen, die Theorie der göttlichen Vorsehung in der Geschichte zurückzuweisen, jede Idee einer eschatologischen Mission zu verwerfen. Auschwitz ist ein theologischer Punkt ohne Wiederkehr.

Heute ist es für alle offenbar, daß die Welt ein tragischer, sinnentleerter Ort ist, wo die Menschen allein und ohne Hilfe sind. Der einzige Erlöser ist der Tod, und jeder von uns muß die Verwundbarkeit einer Welt akzeptieren, die von uns, unseren Gebeten und Hoffnungen nicht berührt wird. Die Freude und Erfüllung müssen so gesucht werden, wie das Leid und die Ungerechtigkeit erduldet wurden. In diesem Leben, hier selbst, nicht in einer hypothetischen Zukunftswelt, in einem *Eschaton*. Man muß die Idee einer göttlichen Allmacht aufgeben und an den menschlichen Willen und seine unendliche Freiheit glauben – die auch die Freiheit bedeutet, Böses zu tun. Man muß den Menschen vom Wert des Lebens überzeugen und von der Notwendigkeit der Anstrengung, dieses Leben zu schützen und zu erhalten.«

Ron Bronstein war zwischen fünfunddreißig und vierzig Jahren alt. Dieser Intellektuelle mit den soldatisch kurzgeschnittenen Haaren und den dunklen Augen ähnelte mit seinem durchdringenden Blick und seiner ein wenig unbeholfenen und reservierten Haltung allen Gelehrten dieser Welt, doch hatte er auch etwas an sich, das ich noch bei keinem Gelehrten, den ich kannte, gesehen hatte.

Er war weder schmächtig noch kränklich und hatte auch keine X-Beine, sondern es ging eine furchterregende Kraft von ihm aus.

Nach der Konferenz zog mich Felix zum Redner, der noch an der Tribüne saß.

»Können wir Ihnen ein paar Fragen stellen, Monsieur Bronstein?« fragte Felix.

»Aber selbstverständlich.«

Wir setzten uns zu ihm.

»Kannten Sie Carl Rudolf Schiller persönlich?«

»Ich bin ihm mehrere Male begegnet. Wie Sie sicher vermuten, waren Schiller und ich nicht die besten Freunde.«

»Wegen Ihrer gegensätzlichen Ansichten?«

»Ja«, sagte Ron Bronstein. »Die Polizei hat mich auch schon zu diesem Thema befragt. Ich habe mich mit ihm gestritten, und das nicht nur mit den Waffen des Geistes.«

»Ging es um etwas Persönliches?«

»Nicht ganz«, sagte er. Dann, nach einem leichten Zögern, fügte er hinzu: »Es ging um seine Rolle in der Angelegenheit um das Karmeliterkloster von Auschwitz.«

»Das heißt?«

»Das ist eine lange Geschichte.«

»Wir haben Zeit«, sagte Felix.

»Wirklich?«

Er hob amüsiert eine Augenbraue.

»Gut, aber ich muß Ihnen sagen, daß ich Carl Rudolf Schiller, auch wenn er mein Feind war, nicht einen so ... grausamen Tod gewünscht habe. Ich bin noch ganz verstört durch den Film gestern ...«

Sein Blick ging einen Moment lang ins Leere.

»Alles begann 1985«, begann er und nahm die Zigarette, die ich ihm anbot. »Mit Erlaubnis der Kirche und der polnischen Regierung ließen sich ein Dutzend Karmelitinnen auf dem Gelände des Vernichtungslagers von Auschwitz nieder, um hier einen Ort des Gebetes zu schaffen, der den ›Opfern und ihren Henkern‹ gewidmet war. Auschwitz, wie Sie wissen, ist das Symbol für die Shoah geworden. Es gibt drei Anlagen: Auschwitz I, Auschwitz II-Birkenau und Auschwitz III-Monowitz. Nun hatten die Karmelitinnen sich aber in Auschwitz I niedergelassen, wo vor allem polnische Katholiken umkamen, während es in Birkenau die Juden waren – diese Klassifikation ist widersinnig und übernimmt den deutschen Hang zu Kategorien.

Sogleich beginnen in Genf Verhandlungen zwischen katholischen Delegationen, denen auch Carl Rudolf Schiller angehört, und jüdischen Delegationen, deren Vermittler ich bin. Am Ende des ersten Treffens sind die Katholiken bereit, die Einrichtung der Karmelitinnen zu verlegen.

Im Sommer 1988 wird in dem angeblich provisorischen Karmeliterkloster ein mehrere Meter hohes Kreuz errichtet, und zwar dort, wo zu Beginn des Krieges polnische Widerstandskämpfer hingerichtet worden sein sollen. Schiller erklärt, er bedaure die ›überraschende und heimliche Errichtung des Kreuzes‹, gibt aber vor, er habe nicht die Befugnis, es entfernen zu lassen. Mehrere Zeugen beweisen mit Hilfe von Photos, daß die Renovierungsarbeiten im alten Versammlungssaal vorangehen, wo das Kloster errichtet werden sollte. Der September beginnt, und das Kreuz ist immer noch da, die Arbeiten gehen weiter.

Beim zweiten Treffen in Genf ist die Atmosphäre deutlich gespannter. Die französischen Kardinäle versprechen erneut, die Einrichtung zu entfernen. Ich versuche meinen Gesprächspartnern zu erklären, daß das einzig Angemessene in Auschwitz das Schweigen sei und keine irgenwie geartete religiöse Einrichtung dort ihren Platz finden dürfe.

Da ruft Schiller mir zu: ›Wir beten für Sie. Sie haben gelitten, weil Sie der leidende Diener sind.‹ – ›Es gibt keinen Sinn für Auschwitz‹, antwortete ich ihm. ›Die Errichtung eines Karmeliterklosters auf den Überresten der Toten ist eine Beleidigung ihres Andenkens.‹ – ›Aber wir sind hier, weil wir Ihre Toten lieben.‹

Ich gebe zu, daß ich da die Beherrschung verlor und ihm sagte, daß er triefen würde vor Liebe zu den toten Juden und vor Verachtung für die lebenden und daß er zwar die Juden liebe, aber nur die toten.

Diese Affäre ist bis zum Vatikan vorgedrungen. Die französischen Kardinäle haben sich nach Rom begeben, um den Generalprior der Karmeliter zu sprechen. Nach dieser Unterredung hat man uns versichert, daß die Schwestern in ein neues Kloster verlegt werden. Seitdem, seit 1989, ist nichts passiert. ›Es wäre dramatisch‹, sagte Schiller, ›wenn dies einen Graben zwischen den Katholiken und den Juden schaffen würde. Das wäre ein großes Unglück.‹

Ein klein wenig später ging ich mit einer kleinen Gruppe amerikanischer Juden im Klostergarten spazieren, wollte unter dem Kreuz Andacht halten. Da wurden wir von den Arbeitern überfallen, die auf der Baustelle arbeiten. Ich weiß nicht, ob Sie sich die Szene vorstellen können: Juden, im Schatten des Kreuzes, die sich von Polen in Auschwitz zusammenschlagen lassen. Am nächsten Tag mußte ich mich mit einigen Mitgliedern der katholischen Delegation treffen, unter denen sich auch Schiller befand. Da verkündet er uns, die Durchführung unserer Abmachungen in Genf werde schlicht und einfach ausgesetzt, als Repressalie dafür, sagt er, daß die Juden ›sich nicht anständig benommen hätten‹. Ich muß Ihnen sagen, daß ich da explodiert bin. Ich habe ihm ganz einfach meine Faust ins Gesicht gerammt. Und auch wenn ich das heute bedaure, frage ich Sie: Was hätte man tun sollen? Hätte man antworten und argumentieren sollen, hätte man sagen sollen, wir wären geduldig genug gewesen, und sie sollten nun endlich abhauen?«

»Und vom Vatikan«, fragte Felix, »ist niemand eingeschritten?«

Bronstein sah ihn amüsiert an.

»Der Papst, meinen Sie?«

»Ja …«

»Der Papst hat nicht mal mit der Wimper gezuckt. Wollen Sie wissen, warum?«

Felix nickte.

»Weil er für die Einrichtung des Karmeliterklosters verantwortlich ist«, sagte er schlicht.

»Was wollen Sie damit sagen?« fragte ich.

»Sind Sie überrascht? Glauben Sie etwa, daß die Karmelitinnen sich einfach so in aller Seelenruhe in Auschwitz niederlassen, ohne Erlaubnis des Papstes? Ich sollte sagen: ohne *Anregung* des polnischen Papstes ...?«

»Erlaubnis vielleicht«, sagte ich, »aber das will noch lange nicht heißen, daß er sie dorthin beordert hat.«

»Hören Sie! Was ich jetzt sage, habe ich von Schiller persönlich ... der ein Freund des Papstes war.«

»Ein persönlicher Freund?« fragte Felix.

»Sagen wir mal: ein politischer Freund. Der Papst unterstützte Schiller aktiv in seiner Wahlkampagne. Als Gegenleistung unterstützte Schiller den Papst, als der den Entschluß faßte oder billigte, ein Karmeliterkloster zu errichten – zur selben Zeit, da er beschloß, Kolbe und Stein heiligzusprechen.«

»Wer war das?« fragte Felix.

»Maximilian Kolbe war ein polnischer Franziskanermönch, der in Auschwitz starb, weil er, so heißt es, den Platz eines Familienvaters in der Todeszelle einnahm. Er war gleichzeitig ein militanter Antisemit, der sich selbst als ›Bekehrer der Sünder, Ketzer, Schismatiker, Freimaurer und Juden‹ bezeichnete. Edith Stein war eine konvertierte Jüdin aus Deutschland, eine Karmelitin, die in Auschwitz starb und 1987 seliggesprochen wurde. Die Kirche sah in ihr das Symbol der Shoah und gleichzeitig eine Märtyrerin des christlichen Glaubens; in Wahrheit starb sie nur wegen ihrer jüdischen Herkunft, die anderen Nonnen ihres Klosters wurden nicht deportiert. Der heiliggesprochene Antisemit und die jüdische, seliggesprochene Konvertitin weisen den Weg, dem es zu folgen gilt ... Warum das alles?«

Bronstein machte eine Pause. Er zündete sich eine zweite Zigarette an und sagte, während er den Rauch ausstieß:

»Weil Auschwitz das schwerwiegendste theologische Problem ist, das sich dem Christentum jemals gestellt hat: der Sinn des Leidens. Die Kirche hat Angst, und anstatt ihre Doktrin zu überdenken, versucht sie sich mit allen Mitteln den Sinn der Shoah anzueignen, so wie sie sich das Schicksal von einem gewissen Jeschua – also Jesus – angeeignet hat, der von den Römern gekreuzigt wurde ...«

Felix holte sein Notizbuch heraus und fragte:

»Erlauben Sie, daß ich mir ein paar Notizen mache?«

»Aber ja, Sie können gern mitschreiben ... Ich bin gegen Schiller handgreiflich geworden, das stimmt. Aber um es mal ganz klar zu sagen, weil es ohnehin alle denken: Ich war es nicht, der den Film eingeschmuggelt hat, und ich war es nicht, der Schiller umgebracht hat. Im übrigen glaube ich auch nicht, daß es ein ehemaliger KZ-Häftling war.«

»Was spricht Ihrer Meinung nach dagegen?« fragte Felix.

»Als ich Schiller schlug, habe ich begriffen ...«

»Was haben Sie begriffen?«

Bronstein hielt für einen Moment inne und sah Felix durchdringend an.

»Ich habe begriffen, daß ich durch das ewige Diskutieren, auch wenn es nur darum ging, ihm zu widersprechen, gemein wurde. Gewalttätig, verstehen Sie? Und ein Überlebender der Konzentrationslager wird niemals, und sei er durch die Worte des Theologen noch so verletzt, die Hand gegen ihn erheben. Eher würde er sich umbringen; aber niemals wird er eine Tat vollbringen können, die ihn mit dem Henker gleichsetzte.«

Wir trafen Lisa im Hotel, wo wir uns kurz berieten. Wir hatten geplant, zehn Tage in Washington zu bleiben; aber wir waren der Meinung, nichts weiter in Erfahrung bringen zu können, und wir waren alle schon ziemlich mitgenommen. Also beschlossen wir, unsere Abreise auf den nächsten Tag zu verlegen.

Ich war nicht traurig, zurückzufliegen, doch wußte ich nicht, was geschehen würde, wenn wir erst einmal wieder in Frankreich wären. In Washington hatte ich die Gelegenheit gehabt, mit Lisa unter einem Dach zu wohnen, alle Mahlzeiten mit ihr einzunehmen und sie von morgens bis abends zu sehen. Ich wußte nicht, ob ich in Paris noch die Möglichkeit haben würde, sie zu sprechen, und mich erschreckte die Vorstellung, daß sie im Nebel verschwinden, sich wie ein Wassertropfen, eine Perle aus Tau auflösen würde.

Am selben Abend noch faßte ich mir, ohne es Felix zu sagen, ein Herz und beschloß, mit Lisa zu sprechen.

Bevor ich an ihre Tür klopfte, verharrte ich einen Moment. *»Ich möchte, daß das Herz meiner Angebeteten vor Liebe zu mir so brennt, wie dieses Herz im Feuer brennt«*, murmelte ich.

Plötzlich hörte ich hinter der Tür eine laute Stimme.

»Nein«, schrie Lisa, »denn ich sage dir, er hat keine Ahnung.«

Ich spitzte die Ohren.

»Nein«, fuhr sie fort, »er ist nicht zusammengezuckt, als er Schillers Namen sah. Außerdem habe ich ihm gesagt, es handle sich um einen Irrtum.«

4

Verstört drehte ich mich um und steuerte mein Zimmer an. Doch dann änderte ich meine Meinung und kehrte wieder zurück. Ich wußte noch nicht, ob ich um eine Erklärung oder um ihre Hand bitten würde, aber ich mußte unbedingt mit ihr sprechen. Ich klopfte vorsichtig an ihre Tür. Sie öffnete und ließ mich herein. Es sah aus, als hätte ich sie gestört. Ihre Haare waren zerzaust, und ihre Augen wirkten ein wenig feucht.

Ihr Zimmer war wie meins in einer Art neoromantischem Stil eingerichtet, die Vorhänge und die Tapete waren ebenso blaßrosa wie die Bettwäsche.

Sie setzte sich aufs Bett und wies mir den Sessel ihr gegenüber an.

Es war Zeit, etwas zu sagen. Ich fühlte, wie ein Angstschauer mir über den Rücken lief. Ich wurde von einer unkontrollierbaren Hitzewelle ergriffen, die von der Stirn aus meinen ganzen Körper überströmte.

Ich hatte mir gesagt, daß es sein würde wie meine Examensprüfung. Aber plötzlich begriff ich, daß nicht eine Riege alter Professoren auf meine Worte wartete. Um mir ein wenig die Angst zu nehmen, setzte ich die Brille ab.

»Lisa«, begann ich zitternd. »Ich wollte dich sehen … weil ich mit dir sprechen wollte.«

Was für ein Einstieg, dachte ich. Mit einer Platitüde …

Sie hatte ihre Beine angezogen und umfaßte ihre Knie mit den Armen.

»Nein, das ist es nicht. In Wirklichkeit wollte ich dich sehen, weil wir morgen nach Paris zurückkehren und jeder wieder seinen Beschäftigungen nachgehen wird. Und diese Trennung macht mir plötzlich angst. Wie viele Stunden soll ich ohne dich verbringen, ohne deine Anmut, deine Schönheit, deine Zartheit, ohne deine Gesten, deine süße Anwesenheit?«

Was für eine Aufzählung, dachte ich. Unzulänglich, langweilig, konventionell.

»Die Beziehung, die sich zwischen uns entwickelt hat«, setzte ich wieder an, »unsere Freundschaft, unsere Gespräche, haben mir gefallen und gefallen mir noch, das mußt du wissen. Aber, um ganz ehrlich zu sein, meine Gefühle dir gegenüber beschränken sich nicht nur auf eine Freundschaft.«

Was soll der pedantische Ton? dachte ich. Das ist wirklich lächerlich.

»Also will ich dir drei Gedanken mitteilen.«

Der Dreistufenplan, ich verzettelte mich ... Warum war ich so unbeholfen, warum zitterte ich wie ein Blatt im Wind, ich, der Meister der Rhetorik?

»Zunächst«, setzte ich wieder an, »möchte ich dir sagen, daß ich mich schon für Juden interessierte, bevor ich euch, deine Familie und dich, kennenlernte. Du kannst mir glauben, das auserwählte Volk hat mich schon immer fasziniert. Und dann geschah dieser furchtbare Mord, durch den ich dich kennengelernt habe.«

Erbärmliche Darlegung.

Peinliches Schweigen trat ein. Ich wußte nicht, ob sie mich ansah, ich hatte keine Ahnung, was sie dachte, und sie unternahm nichts, um mir zu helfen. Glücklicherweise sah ich dank meiner Kurzsichtigkeit nur eine undeutliche Gestalt vor mir, deren verschwommene Konturen auch zu einer anderen Frau, einem Mann oder auch einem kleinen Tier hätten gehören können, das sich auf dem Bett zusammengekauert hatte.

»Was ich dir sagen will, Lisa«, fing ich erneut mit rauher Stimme an, »ist, daß meine Gefühle dir gegenüber nicht ganz eindeutig sind ...«

Eine Schlußbemerkung, die wiederum nicht ganz eindeutig war. Ich hob den Kopf und setzte meine Brille auf – was ich bitter bereute: Lisa sah mich mit unendlicher Sanftmut an, mit einer Art mütterlicher Zärtlichkeit, so daß ich vor Wut oder Verzweiflung hätte schreien mögen.

»Raphael«, sagte sie, »ich habe dich sehr gern, ich empfinde große Zuneigung für dich, und ich verstehe aufrichtig diese Frühlingsgefühle. Aber ich glaube nicht, daß diese Art Beziehung zwischen uns möglich ist.«

Das war, als wäre sie geradewegs mit einem Fallbeil durch mein Herz gefahren. Mühsam sammelte ich meine letzten Kräfte und stand auf, um zu gehen.

»Ich mag dein Rasierwasser«, bemerkte sie, als sie mich zärtlich auf die Wange küßte, »was ist das?«

»Es ist nicht sehr bekannt«, sagte ich.

So endete alles zwischen uns, bevor es überhaupt angefangen hatte. Wenige Worte hatten genügt, um alles ins Wanken zu bringen. Im Zeitraum einer Sekunde war ich vom Himmel in die Hölle geschleudert worden. Felix hatte recht. Die Gewißheit eines Gefühls ist noch keine Garantie dafür, daß es erwidert wird. Lisa liebte mich nicht.

Zurück in Frankreich, nahmen die Dinge, genau wie ich gefürchtet hatte, ihren Lauf. Eine Woche verging, in der ich meine Traurigkeit durch die Straßen von Paris spazierenführte, und der Zufall lenkte meine Schritte immer wieder in dieselbe Gegend, ins Marais, wo ich stekkenblieb wie in Treibsand.

In Wahrheit war ich durch Lisas Zurückweisung gedemütigt. Stolz spielte dabei eine Rolle, und in einem Anfall von Eigenliebe versuchte ich, mein Gesicht zu retten. Aber ihre Ablehnung hatte mich gefrieren lassen, und ich brannte vor Scham, ohne mit der Wimper zu zucken diese Worte entgegengenommen zu haben, die mein Herz zermalmt hatten.

»Frühlingsgefühle« … Sie wußte ja nicht, in welchem Maße mein Gefühl für sie etwas Außerordentliches war, wie sehr sich das Bild einer neuen Welt in mein krankes Hirn eingeprägt hatte, denn ich kam aus der Fremde – aus einer Familie und einem Land, die Zärtlichkeit nicht kannten. Die Tür, die sich zur Hoffnung und Erlösung meiner verdammten Seele geöffnet hatte, war vor meiner Nase wieder geschlossen worden. Zugeknallt.

Ich war verzweifelt. Schon fühlte ich, wie eine seltsame Abhängigkeit Besitz von mir ergriff, mich nicht mehr in Ruhe ließ, die mich bis zum heutigen Tage gefangenhält: Ich glaube, wenn man so stark geliebt hat, dann kann man die Liebe nicht mehr missen. Ich verlangte ja nicht viel: Ich wollte sie einfach nur von Zeit zu Zeit sehen und mit ihr sprechen. Ich hatte Schwierigkeiten, ohne ihren Blick zu leben. Es gelang mir nicht, sie nicht mehr zu lieben, und ich wußte da schon, daß es mir niemals gelingen würde. Es war wie Alkohol, wie Glücksspiel, wie eine Droge: keine Gnade, sondern die Hölle.

»Wie steht es um die Affäre Schiller?« fragte ich Felix eines Abends im Lutétia. »Beschäftigst du dich noch damit?«

»Natürlich habe ich noch anderes zu tun«, sagte er, »aber du weißt doch, daß mir diese Sache besonders am Herzen liegt ... Ich spüre die Gefahr, Raphael. Ich bin mehr und mehr davon überzeugt, daß dies kein normaler Mord ist. Man muß nur an einem Faden ziehen, dann können viele Dinge zutage treten.«

»Hast du etwas Neues erfahren?«

»Ich habe mit Bruder Franz telefoniert – du weißt schon, der Mönch, den wir in der katholischen Universität getroffen haben. Damals habe ich ihm nicht besonders viel Aufmerksamkeit geschenkt, ich fand ihn entmutigend; aber plötzlich fiel mir auf, daß er einer der ersten war, die mir von der Verbindung zwischen den Perlmans und Schiller erzählte. Glücklicherweise hatte ich seine Adresse aufbewahrt, so daß ich keine Mühe hatte, ihn zu kontaktieren. Ich habe ihm kurz die Situation geschildert, habe ihm von den Ereignissen in Washington erzählt und auch die Hirngespinste von Pater Francis erwähnt.«

»Was hat er gesagt?«

»Es hat sich etwas in Schillers Leben ereignet, das ihn vollkommen verändert hat, und zwar einen Monat vor seinem Tod.«

»Weiß er, was es war?«

»Nein. Aber Schiller fuhr damals häufig nach Paris. Er besuchte die Perlmans. Anscheinend hat Lisa ihn auch in Berlin besucht.«

»Lisa?« fragte ich mit zusammengepreßter Kehle, »ist das sicher?«

»Ja«, sagte er. »Warum machst du dieses Gesicht? Du bist schon komisch, Raphael. Was ist denn bloß los mit dir, seit einiger Zeit erkenne ich dich kaum wieder.«

»Weiß man, warum sie ihn besuchte?« fragte ich weiter.

»Nein. Aber ich beabsichtige, es herauszubekommen. Wenn Lisa Schiller persönlich kannte, dann hat sie uns angelogen. Und wenn sie uns angelogen hat, dann hat sie etwas zu verbergen. Ich frage mich, was das sein kann und welche Rolle sie in dieser Affäre spielt … Das gleiche gilt für Samy … Als er von der Polizei befragt wurde, hat er die Zähne nicht auseinandergekriegt… Dieses Schweigen, in das sich alle hüllen, macht die Dinge nicht gerade einfacher.«

»Glaubst du, daß man sie jemals zum Sprechen bringen wird?«

»Samy nicht. Aber Lisa, wer weiß …«

Ich erklärte Felix, daß Lisa sicher an dem litt, was ich »das Syndrom der zweiten Generation« nannte. Da ihre Familie unmittelbar von der Shoah betroffen war, lebte sie mit einer Verletzung, die sich auf unbestimmte Zeit übertrug, von Generation zu Generation, mit einem unnennbaren Schmerz, den die Kinder der Überlebenden erbten.

Lisa hatte ihre Kindheit im Schweigen verbracht. Die meisten Überlebenden sprechen nicht von den Konzentrationslagern, sagen nicht ein einziges Wort darüber. Aber der Schmerz kommt wie bei einer chronischen Krankheit immer wieder hoch, um dann im Alltag in Verbitterung, Zorn und Tobsuchtsanfällen zu explodieren, deren Wurzel in der Vergangenheit liegt. In diesem von Gefühlsausbrüchen durchsetzten Schweigen liegt das Geheimnis.

Es durchquert die Zeit, es durchdringt das Gemüt, es ist eher eine Ahnung als eine Gewißheit. Wie ein schändlicher Fehltritt quält es Generationen. Die Kinder derer, die das Böse erfahren haben, werfen sich vor, nicht das Herz ihrer Eltern erleichtern zu können, nicht imstande zu sein, ihnen zu helfen, und sie halten sich für Täter eines nicht näher bestimmten, ungeklärten Verbrechens. Sie glauben, etwas Schreckliches getan zu haben, versuchen, es wiedergutzumachen, und manchmal verbieten sie sich, ein eigenes Leben zu führen. Schon im zarten Alter entscheiden sie sich für die Güte, sie versuchen, Freude zu bereiten und Schmerzen zu lindern. Sie bedienen sich der Zärtlichkeit wie einer Waffe gegen das lebendige Phantom der Barbarei; gegen das Gespenst, von dem der Vater besessen ist. Und zu gern würden sie die Hand des Vaters nehmen, doch sie ist zu schwach, als daß man sie ergreifen könnte.

Was kann man tun? Was kann Lisa tun? Die Einsamkeit wie eine Askese praktizieren, jede Bedrohung dieser Einsamkeit zurückweisen? Auf Zärtlichkeiten mit einem Schrei antworten, damit sie aufhören oder damit sie wieder beginnen, denn wenn sie flieht, so deshalb, weil für sie keine andere Art zu lieben existiert. Wenn sie verschwindet, so deshalb, weil man sich bereit erklären soll, die Mauer um sie herum, die Schranke, zu überwinden. Sie verlangt Geduld und Mut; sie will, daß man sich ihr in der grausamen Welt anschließt und daß man ihr ohne Furcht oder Ekel die Liebe schenkt, die sie nicht zurückgibt. Sie verlangt Großmut gegenüber ihrer ungerechten Erwiderung: Sanftmut trotz allem. In leidenschaftlicher Nacht empfangen zu werden, damit ihre Tränen endlich aufhören zu fließen. Verstanden zu werden: Sie wollte gegen das Böse kämpfen, doch dadurch sog das Böse sie auf, und jetzt ist das Böse in ihr. Sie ist das Skelett, der leidende Diener, und sie ist auch der Peiniger. Sie ist das Kind auf der Suche nach Volkommenheit. Sie haßt, was sie liebt, sie flieht, was von ihr gefesselt ist, sie vernichtet die verzweifelte Unschuld. Sie will die Schönheit wie ein Verzeihen. Das ist sie: Kampf, Verzicht und Besessenheit. Ihr Geist sieht, wie sich der Tod auf den Gesichtern abbildet. Und sie schreitet allein durch die Leichen, die sie durch ihre Blicke sät, und wenn sie durch das Reich der Toten schreitet, so deshalb, weil sie mit ganzer Seele dem Bösen die Kräfte entreißen will, die es gefangenhält. Sie ist die Traurigkeit auf dem Weg zur Hoffnungslosigkeit. Sie ist die Verzweiflung, die die Zukunft verdüstert, das heißt, den anderen, der Worte sucht, die zu ihr dringen könnten. Aber aus ihrem Mund dringt nie eine Antwort: Sie möchte Morgenröte, frischer Morgentau sagen und weist auf den Abgrund.

»Aber warum«, fragte Felix, »sprechen die Überlebenden nicht? Warum bewahren sie Stillschweigen?«

»Es gibt Dinge, die lassen sich nicht erzählen. Es sind so schreckliche Dinge, daß sie nicht mit Worten ausgedrückt werden können.«

Ich hatte von Mina erfahren, daß Lisa mit siebzehn Jahren Magersucht hatte. Wollte sie der Schattengestalt gleichen, die sie heimsuchte, als versuchte sie, für das Böse zu sühnen, für das sie nicht verantwortlich war?

So war Lisa: zerbrechlich, daß sie sich unter dem Gewicht der Verantwortung beugte, die ich um alles in der Welt für sie hätte tragen wollen, ich, der ich mich verwaist fühlte.

Dann, nach diesem langen Gespräch mit Felix, hatte ich auf einmal wieder den Mut, Lisa Perlman anzurufen, weniger, um die Untersuchung voranzubringen, als aus Lust, sie zu sehen. Ich fragte sie, ob sie mich treffen wolle. Sie war einverstanden.

Ich traf sie eines Abends gegen achtzehn Uhr in der Bar vom Lutétia. Es war der 13. März 1995.

Es war ziemlich mild, und ich ging eine Weile spazieren, bevor ich die Drehtür vom Boulevard Raspail aufstieß, den großen, geschmackvoll in Gold, Grau und Purpur gestalteten Saal mit den Kristallkronleuchtern durchquerte, um in die kleine Bar zu gelangen, wo ich mich in einen der riesigen Ledersessel sinken ließ. Da ich viel zu früh war, zündete ich mir eine Zigarette an, die ich langsam und nachdenklich rauchte, so wie heute, ein wenig, um mich zu beruhigen, ein wenig, um meine Gedanken zu sammeln.

Die Zigarette ist das einzige, was ich aus dieser in Flammen aufgegangenen Vergangenheit mitgebracht habe. Warum bin ich immer wieder versucht, sie anzuzünden, zu sehen, wie sie brennt, wie sie sich langsam verzehrt und verschwindet? Warum fülle ich meinen Mund so gern mit diesem beißenden Rauch und mische meinen Atem mit ihrem? Es ist, als atmete man die Seele eines Lebewesens ein, das zwischen den eigenen Fingern vergeht. Es ist wie eine verheerende Liebe, ein inniger Kampf, von dem nur Rauchgeruch und Aschehäufchen übrigbleiben. All diese Erinnerungen … *mehr, als wäre ich tausend Jahre alt.*

Sie kam gegen halb sieben. Ich erkannte sie schon von weitem an ihrem anmutigen Gang. Sie trug eine weiße Jacke und einen Moiré-Rock. Ihre langen, glatten Haare umgaben glänzend ihr Gesicht. Ihre Augen hellten sich auf, als unsere Blicke sich trafen. Sie schien glücklich, mich zu sehen.

»Ist das hier dein Lieblingsort?« fragte sie, als sie sich setzte.

»Ja.«

»Warum? Wegen der altmodischen Atmosphäre? Für mich ruft das nichts Gutes wach … Das Hauptquartier der Kommandantur …«

»Ja, das stimmt«, sagte ich. »Das Hakenkreuz war hier, im Herzen von Paris, zwischen Saint-Germain und Montparnasse, weit verbreitet. Hier waren sie mit ihren schwarzen Uniformen, und ihre braunen Stiefel trampelten die weichen Teppiche nieder, sie nutzten das prunkvolle Paris, sie aßen mit blitzendem Besteck und stolzierten zwischen Holzvertäfelungen und Goldverzierungen umher. Man empfing sie wie Könige. Man öffnete ihnen in Freundschaft und Ergebenheit die Salons. Am Abend, nachdem sie im Theater *Geschlossene Gesellschaft* oder *Der seidene Schuh* gesehen hatten, dinierten sie im *Tour d'Argent*, wo ihnen zu Ehren Speisekarten auf deutsch geschrieben worden waren, sie tanzten, sie tranken und rauchten mit den Pariser Demoiselles in ihren Kleidern von Lanvin, Maggy Rouff oder Nina Ricci. Oder sie trafen sich mit alten Freunden, die ihre Schauspiele aufführten, diese respektablen Herren, die zur damaligen Zeit Paris unterhielten. Paris, der Ort der Intellektuellen, des Luxus und der irrwitzigen Abendgesellschaften: Was für eine himmlische, himmlische Überraschung …«

»Also warum dann? Warum kommst du hierher?«

»Um es zurückzuerobern. Einige Deportierte sind nach dem Krieg hier beherbergt worden. Und außerdem«, fügte ich mit einem Lächeln hinzu, »hat de Gaulle hier seine Hochzeitsnacht verbracht.«

Wir plauderten noch eine Weile, dann gingen wir gegen zwanzig Uhr in der Nähe des Odéon ins Kino. Wir sahen uns einen Film an, den sie ausgewählt hatte. Es handelte sich um mehrere ineinander verschränkte Episoden über dunkle Geschäfte von Drogengangs. Zwei Komplizen töteten zwischen Gesprächen über die Kuriositäten der Sprache ihre um Gnade bettelnden Opfer und rezitierten dabei einen Bibelspruch von der Rache Gottes. Dieser Film war zwar eine Kritik am totalitären Gebrauch der Sprache und an der Kultur des Verbrechens, schien jedoch eben diese Gewalt zu transportieren, und zwar mit unerträglicher Grausamkeit.

Nach dem Film spazierten wir zusammen durch die Straßen von Paris und steuerten langsam auf das Marais zu. Wir aßen in einem von Lisas Lieblingsrestaurants, einem düsteren Café, das wirkte, als gehörte es ins Wien der dreißiger Jahre. Von düsteren Bildern an der Wand blickten einige Rabbiner ernst auf uns herab. Wir tranken Wodka, feierten – ja was? Unser Wiedersehen, unsere Freundschaft … Ich sah nichts in ihren Augen, das mir etwas anderes zu erhoffen erlaubte als freundschaftliche Fürsorge. Aber ich beschloß, mich für diesen Abend damit zufriedenzugeben.

»Mir fällt es schwer«, murmelte Lisa, »die Gewaltszenen in Filmen zu ertragen. Ich frage mich, wie andere das machen. Ich kann sie mir ja noch ansehen, aber meine Eltern, glaubst du, sie würden etwas davon verstehen? Es ist komisch, ich muß in diesen Momenten immer an sie denken … Ich glaube, ich habe an ihrem Leiden teil, es ist meine Gemeinschaft.«

Zum ersten Mal wurde mir klar, daß die Shoah für viele Juden das Letzte war, was ihnen von ihrer Religion noch geblieben war. Sie war wie ein Bindemittel der jüdischen Identität, das den Orthodoxen mit dem Atheisten, den praktizierenden mit dem weltlichen Juden verband, den Kommunisten mit dem Religiösen, Israel mit der Diaspora, den Zionismus mit dem Antizionismus.

»Lisa«, fragte ich, als wir das Restaurant verließen, »ist es ein Problem für dich, daß ich kein Jude bin?«

»Ein Problem?« entgegnete sie überrascht. »Nein, ich bin nicht religiös … aber ich bin Teil eines Volkes und einer Geschichte. Wenn ich eines Tages Kinder habe, dann sollen sie ebenfalls ihre Botschafter sein.«

Als sie diese Worte sagte, wandte sie mir ihre schönen Augen zu. Mitternacht war vorbei, und ihre dunklen Haare zogen das fahle Mondlicht auf sich. Ich betrachtete sie eindringlich und dachte an das, was ich zu Felix gesagt hatte: War Lisa tabu für mich? Tatsächlich war mir das alles neu: Die Liebe war ein Land, in dem ich nicht geboren war. Ich war anders. Ich spürte, wie ich bei jedem ihrer Blicke neu geboren wurde. Felix, der das bemerkt hatte, zog mich oft wegen meiner »Bekehrung« auf.

»Heißt Jude zu sein heutzutage nur noch ganz einfach, ein Überlebender zu sein?« fragte ich Lisa.

Einen Moment lang erhellte eine Straßenlaterne ihr Gesicht, so wie die Aura einen Seraphen. Sie zündete sich eine Zigarette an. Ich liebte den Anblick, wenn der Rauch wie ein Schleier um ihre Augen und Haare lag: Im Licht des Mondes erschien sie noch unberührbarer.

»Ich kenne nichts anderes«, antwortete sie. »Normalerweise esse ich nicht koscher, ich feiere kein Fest und halte auch nicht den Sabbath ein.«

»Warum nicht?«

»Weil ich wütend bin auf den, der alles zugelassen

hat, den biblischen Gott, der durch Abwesenheit geglänzt hat. Auf den, der beschloß, daß die Schöpfung gut sei. Wenn es einen Gott gäbe, hätte er in Auschwitz leiden müssen, er hätte etwas Werdendes sein müssen, und nicht eine überzeitliche, unzugängliche und unwandelbare Instanz, er hätte durch das, was auf der Welt geschah, berührt werden müssen, das heißt, er hätte ein Teil der Zeit werden müssen, oder aber er war machtlos, aber kennst du einen machtlosen Gott?«

Sie blickte mich kurz an. Ihr Blick verhärtete sich.

»Meine Mutter glaubt noch an ihn. Aber mir scheint, daß gegenüber dieser Sache nichts standhält. Nichts, weder die Treue noch der Glaube, weder Schuld noch Urteil, und auch nicht die Hoffnung auf einen Messias: All das gilt nichts gegenüber Auschwitz, gegen einen ›gerechten, liebenden, gnädigen und barmherzigen‹ Gott, diesen Gott, der zuließ, daß das absolute Böse sich vollzog. Ich sage, entweder Gott ist Gott, und er ist allmächtig, dann ist er schuldig, weil er es zugelassen hat, oder er ist nicht allmächtig, dann ist er nicht Gott. Wenn es Gott gibt, ist seine Gegenwart offenbar, und wenn er sich weigert, offenbar zu werden, dann ist das unmoralisch und unmenschlich, weil er sich mit dem Feind verbündet, und dann verstehe ich nicht, inwiefern er von den gewalttätigen Göttern der Mythologien abweichen soll.«

Für Lisa sah die Lage der Juden so aus: Sie waren ein Volk, das seit der Zeit gelitten hatte, als die Ägypter es versklavten, das daran gehindert wurde, seine Religion auszuüben, und zwar bis ins Mittelalter, als die Kreuzfahrer auf ihrem wilden Zug in das Land, das sie heilig nannten, Städte und Dörfer verwüsteten und ganze Gemeinden massakrierten, welche mit dem *Schema Israel* auf den Lippen starben, im Gedanken daran, daß die

Erlösung mit dem Messias käme – und das bis heute, gerade gestern noch, bis zu der entsetzlichen Katastrophe.

Und doch wurde das alte Volk in Auschwitz nicht wegen seiner Liebe zu Gott getötet. Sondern deshalb, weil es war, was es war. Ich verstand, was Pater Francis sagte: Der Gnostizismus hatte ein für alle Male entschieden, daß der Gott der Schöpfung nicht der wahre Gott war, denn es war unmöglich, daß ein so gütiges und mächtiges Wesen eine so grausame Welt hätte erschaffen können.

»Wie kann man nach dieser Tragödie noch an Ihn glauben und Hoffnung haben?« fuhr Lisa fort. »Alles hat sich verändert. Vor allem wir. Meine Brüder und ich sind immer isoliert gewesen. Wir durften nicht mit den anderen Kindern spielen, auf der Straße nicht mit ihnen sprechen, sie nicht besuchen oder auf den Spielplatz gehen. In der Schule mieden die anderen uns, sie wichen uns aus, weil wir uns immer in Verteidigungshaltung befanden und uns weigerten, an jedweder Gemeinschaftsaktion teilzunehmen. Meine Mutter hatte uns verboten, unsere Schulkameraden zu besuchen. Und wir gehorchten, wir gaben den anderen zu verstehen, daß wir nichts mit ihnen gemein hatten. Mein Bruder Béla konnte das besonders gut. Er hatte eine Begabung dafür, sich von aller Welt verachten zu lassen. Schon als er ganz klein war, war er so. Wir alle hatten bemerkt, daß er ein Problem hatte. Wir alle wußten es, aber niemand unternahm etwas. Mein Vater sprach nie ein Wort. Meine Mutter geriet manchmal außer sich und fing an zu schreien und zu toben und die ganze Familie zu beschimpfen. Und dann resignierte sie. Sie übertrug all ihre Liebe auf Paul, den jüngeren Sohn … Auf ihre Weise ist auch sie eine gequälte Seele. Sie widmet ihr Leben der Shoah. Dadurch hat sie übrigens den armen Schiller kennengelernt, sie hatte eins seiner Bücher gelesen.«

»Hat sie ihn also als erste kennengelernt?« fragte ich.

Lisa wurde verlegen.

»Nun ja, … ich glaube, ja.«

»Ich dachte immer, er sei in erster Linie ein Freund deines Vaters gewesen?«

Sie antwortete nicht.

»Lisa, weißt du etwas über den Mord an Schiller? Gibt es etwas, das du mir verheimlichst?«

Wir waren vor ihrer Haustür angekommen. Sie sah mich ernst an.

»Es ist etwas Schreckliches passiert.«

»Was ist los?«

»Béla ist verhaftet worden.«

»Wann?« fragte ich. »Warum?«

»Heute nachmittag. Die Polizei hat eine Hausdurchsuchung bei ihm durchgeführt.«

»Mit welchem Recht?«

»Sie haben einen anonymen Brief bekommen.«

»Und?«

»Sie haben die Waffe gefunden, mit der Schiller getötet wurde … den Revolver.«

»Wo?«

»Bei ihm, bei Béla.«

»Wie können sie wissen, daß es die Mordwaffe ist? Sie haben doch die Kugel nicht, die steckt im Herzen, und der Oberkörper ist noch nicht gefunden worden.«

»Anscheinend haben sie bei der Polizei den Film aus Washington analysiert. Sie haben ihn vergrößert, und da es ein besonderer Revolver ist …«

»Was für einer?«

»Eine Waffe, die …. aus dem Zweiten Weltkrieg stammt. Eine deutsche Waffe.«

Ich dachte einen Moment lang nach.

»Glaubst du, dein Bruder könnte der Täter sein?« fragte ich.

»Nein!« rief sie aus. »Nie und nimmer! Ich glaube, daß ihn jemand belasten wollte.«

»Aber wer? Hast du eine Idee?«

»Nein, keine ... Aber diese Affäre macht mir immer mehr Angst, Raphael. Es ist, als würde das Böse uns immer näher rücken.«

Nachdem ich sie verlassen hatte, beschloß ich, noch ein Stück zu laufen. Es war ziemlich spät, fast zwei Uhr morgens. Ich lenkte meine Schritte zu den Quais der Ile Saint-Louis. Ich sah die Seine wie tausend Juwelen im Mondlicht glitzern. Die Brücken erfrischten ihre Füße im dunklen, klaren Wasser. Die Lichter der Stadt verloren sich darin, und das Wasser nahm wie ein Stilleben ihre Fabe mit ruhigem Schwung auf. Es war ein Fest, ein prächtiges Fest, ein Spiegelballett für verträumte Blicke, ein Schauspiel der feuerfarbenen Gewänder, der Sonnenfarbe und Nachtfarbe, der eingeschlafenen Prinzessinnen und Märchenprinzen, es war Versailles in den festlichen Zeiten, es war Paris vor dem Krieg, aus einer Zeit, wo die Halbschatten ein Versprechen waren und das Wasser in einem lieblichen Notturno die Noten der Zeit zum dumpfen Schlagen eines leisen Metronoms aufsteigen ließ. Die schillernde Seine erhellte Paris, und Paris betrachtete sich in diesem Spiegel wie eine Königin, die sich zurechtmacht, wie eine Göttin mit tausend Zeptern.

Wie schön und glatt das Wasser an der Oberfläche war, und wie schmutzig und voller gefährlicher Strömungen in der Tiefe, angefüllt mit Toten, den Unbekannten der Seine, die in ihrem stillen Wasser ertranken, in diesem schlammigen Pfuhl, dessen Plätschern wie ein bösartiges Flüstern, wie der Gesang des letzten Fährmanns wirkte.

Da wandte ich mich plötzlich zum Marais, um noch einmal mit ihr zu sprechen, ihr meine Hilfe anzubieten oder auch ganz einfach bei ihr zu sein.

Ich wollte gerade in die Passage des Singes einbiegen, da sah ich Lisa. Sie war nicht allein. Ich verbarg mich in einem Hauseingang, wartete einen Moment lang und folgte dann den beiden Schatten bis zu einer Bar. Ich beobachtete sie eine ganze Weile lang durch das Fenster. Lisa wandte mir den Rücken zu, doch konnte ich ihr Gesicht durch einen Spiegel sehen, der vor ihr hing. Der Mann, der ihr gegenüber saß, mußte etwa vierzig Jahre alt sein. Er war eine stattliche Erscheinung. Seine Haare waren kräftig und blond, seine Augen dunkel, und feine Gesichtszüge zeichneten ein schönes, freundliches Gesicht. Es war seltsam, aber ich war sicher, diesen Mann schon einmal gesehen zu haben.

Sie diskutierten, sie tranken und rauchten. Nach einer halben Stunde standen sie auf, um zu gehen. Da sah ich, wie der Mann zärtlich über Lisas Wange strich; dann gab er ihr einen langen Kuß.

Ich nahm die Beine in die Hand und rannte, rannte durch die endlose Nacht. Ich weiß nicht, wie ich eine halbe Stunde später nach einem komplizierten Irrweg bei mir zu Hause landete.

Es war unglaublich. Niemals vorher hatte ich mich so verhalten. Warum wollte ich sie so sehr? Warum verfolgte ich sie, und warum floh ich vor ihr? Warum war ich nicht in die Bar gegangen und hatte sie bei ihrem Tête-à-tête gestört? Was war das für eine Raserei, die mich vollkommen gefangenhielt?

Die Eifersucht. Sie ist die Herrscherin der kommenden Stunden, die das Begehren rasend macht und das Verlangen weckt, das zu fassen, was zu entweichen droht, es zu halten und zu nichts zu reduzieren. Sie ist auch die Königin des Augenblicks, zu dumm, um nachzudenken, zu gewöhnlich, um sich in der Zukunft zu sehen. Sie ist die Feuerstelle der Sinne, so heiß, daß es mir den Atem nahm.

Dieser Abend machte mich derart verrückt, daß ich nicht mehr schlafen konnte. Am Ende jener schrecklichen Nacht quälte mich noch eine ganz andere Frage: Wer war sie? Wer war dieser Mann, der sie geküßt hatte? Welches Geheimnis teilte sie mit ihrem Vater? Was wußte sie über Schiller? Wer war sie, im Grunde ihres Seins? Was verbarg sie vor mir? *Was verbarg Lisa Perlman?*

5

Wenn das Judenblut unter unseren Messern fließt, dann ist alles bereits auf bestem Wege.

Am 20. Januar 1942 fand in Berlin, Am Großen Wannsee 56–58, in der beschlagnahmten Villa eines Juden die Konferenz über die »Endlösung in der Judenfrage« statt. ›Endlösung‹, das hieß: physische Vernichtung aller Juden Europas in kürzester Zeit.

In der Doktorarbeit, die ich in Neuerer Geschichte schrieb, versuchte ich, die Entwicklung der ›Endlösung‹ darzustellen. So monströs der Völkermord auch war, erklärte ich, so hatte er doch einen Grund. Ich versuchte, die Gründe für das Massaker an den Juden zu ermitteln, das Raster der Beschlüsse und Ereignisse zu finden, die zur Shoah geführt hatten.

Damit griff ich die Debatte auf, die die Historiker, welche nach den Gründen des Völkermords fragen, in zwei Lager teilt. Die Intentionalisten sind der Meinung, Hitler und seine persönliche Ideologie hätten eine wesentliche Rolle bei der ›Endlösung‹ gespielt. Die Funktionalisten hingegen behaupten, Hitlers Werk sei unwesentlich im Vergleich zur Arbeitsweise des Regimes und seiner strukturellen Eigendynamik, die über die Entwicklung der Ereignisse bestimmten. Ihrer Meinung nach hätte Hitler ohne die Armee, ohne die Administration, die Industrie und die SS sein Ziel nie erreicht.

Für mich war das Herzstück des Gedankengebäudes, das Zentrum der Debatte der ›Führer‹, der besessen war von der Vorstellung eines Niedergangs des deutschen Volkes, den er auf die Vermischung und Verbindung mit Fremden, mit anderen »Rassen« – mit Juden – zurückführte. Wie ist diese Vorstellung zu verstehen? Warum haßte Hitler die Juden derart? Oder genauer: Warum hatte Hitler beschlossen, die Juden zu vernichten? So lautete die zentrale Frage, auf die ich eine Antwort zu geben versuchte.

Während für die meisten Historiker die Entscheidung über die ›Endlösung‹ schon im Sommer 1941 gefallen war, bemühte ich mich aufzuzeigen, daß sie später herbeigeführt wurde, nämlich erst im Herbst desselben Jahres. Hitler hielt einen Zweifrontenkrieg für wahrscheinlich. Die Verräter, die zur deutschen Niederlage von 1918 beigetragen hatten, mußten eliminiert werden.

Daten, Tages- und Stundenangaben hatten mich schon immer fasziniert. Die genauere Bestimmung des Zeitpunkts, erklärte ich in meiner Dissertation, war von wesentlicher Bedeutung: Wenn die Entscheidung über die ›Endlösung‹ wirklich erst im Herbst gefallen war, stützte das die Theorie, nach der das Verbrechen in enger Verbindung zum Krieg stand und die Defensive, die angsterfüllte Reaktion eines Mannes war, der sich bedroht fühlte.

Ich weiß nicht, warum, aber am Tag nach dem Treffen mit Lisa hatte ich einen schrecklichen Traum, in dem ich ihn, Hitler, sah, der mich mit seinen wahnsinnigen Augen anblickte und mir schreckliche Worte ins Ohr flüsterte … Plötzlich nahm er die Gesichtszüge meines Vaters an, der schrie und meine Mutter anbrüllte. Es gab einen heftigen Streit zwischen ihnen, in dem es um Geld ging. Mein Vater beschuldigte meine Mutter, ihn bestohlen zu haben. Wie konnte man seinen eigenen Mann bestehlen? fragte ich mich.

Über dieser Frage, die ich mir in meiner Kindheit oft gestellt hatte, wachte ich schweißgebadet auf.

Als ich klein war, befahl man mir jedesmal, wenn ich mich in die Gespräche Erwachsener mischte, den Mund zu halten. Ich durfte mit meinem Vater nicht argumentieren. Später begriff ich, daß er befürchtete, ich könnte klüger sein als er. Ich erkannte sehr schnell, daß ich, wenn ich überleben wollte, ein Refugium finden mußte, einen Schlupfwinkel, eine Welt für sich. Die Flucht in die Bücher ermöglichte es mir zu erfahren, wer ich war – nicht der unfähige Sohn von Monsieur und Madame Simmer, sondern der Erbe einer langen Reihe von Helden, von ruhmreichen Persönlichkeiten der französischen Geschichte. Ich bewunderte sie, ich liebte sie innig, ich träumte, ich sei ein Waisenkind, ein Bastard, der von den Simmers aufgezogen wurde, und käme in Wahrheit aus einer anderen Familie.

Da ich nicht schlafen konnte, stand ich schließlich auf und trank ein Glas Whisky, dann noch eins. Ich fühlte mich immer schmieriger und schmutziger. Schweiß lief mir über die Stirn. Der Alkohol half nicht, er machte mich nur noch durstiger und trocknete meine Kehle aus, so daß ich noch mehr trinken wollte. Ich streckte mich einen Moment auf dem Sofa in meinem Wohnzimmer aus, das auf den Boulevard Montparnasse hinausging. Durch das Fenster sah ich erleuchtete Fenster und Leuchtreklamen in Pink und Violett, die über der Place du 18 Juin 1940 blinkten.

Dann zog ich mir Trainingsanzug und Joggingschuhe an, wie so oft, wenn ich nicht schlafen kann, und verließ das Haus. Ich lief den Boulevard Montparnasse hinauf bis zum Invalidendom und kam schließlich zum Marsfeld, das ich umrundete. Der Eiffelturm war nicht erleuchtet und nur noch ein großes A, das dunkler war als die Nacht.

Plötzlich zerrissen Blitze den Himmel. Sofort danach fielen die ersten Regentropfen.

Es war ein gigantisches Getöse. Der wütende Himmel donnerte mit Macht. Es war wie ein ungeheurer Tobsuchtsanfall, der in seinem Verlauf alles zerstören würde, mal durch ein keuchendes Fauchen, mal durch ein schrilles Kreischen, das die Finsternis zerfetzen würde. Ein grelles Licht durchzuckte die menschenleere Dunkelheit.

Ich lief immer weiter durch den Regen, lief endlos und wartete ungeduldig auf den nächsten Blitz. Ich war etwas berauscht und hatte das Gefühl, der geheime Urheber dieses Schauspiels ohne Anfang und Ende zu sein. Ich entfesselte den Regen, und der Blitz war mein Zorn. Als ich unter dem Eiffelturm angekommen war, blieb ich schließlich stehen, um die sternförmige Fläche zu betrachten, über der ein Nebelschleier hing, und ich sah mit Wonne, wie schwarze Fluten auf die Stadt niedergingen, wie die Tropfen immer größer wurden, Tausende und Abertausende, zahlreich genug, um den ganzen Planeten zu überschwemmen, ihn zu reinigen oder auszulöschen. Die bedrohlichen Wassermassen zischten in

Windböen, erstrahlten im Blitz, und ein beißender Geruch entstieg den schlammigen Massen der Erde, und der Regen war ein wirbelnder Geist, der durch die Lüfte trieb, und das Wasser jagte den Wind, jagte die Luft, jagte den Blitz, jagte den Dunst, jagte das Wasser. Der Sturm verschlang die Verdammten, schlug auf seinem Weg willkürlich nach rechts, nach links und bis in die Tiefen, erfüllte den Himmel mit Tod und Verderben, wie ein Verlangen, wie alles verbrennende und vereisende Begierde. Der Himmel, die höchste Macht, ordnete die Existenz der Menschen und schlug sie, schlug wie ein Vater, der gegen seinen Sohn wütet. Er hatte den Mond verdunkelt, den sanften Mond, der die Nächte preist. Der Himmel schrie: »*Aus dir mache ich eine Gestalt des Schreckens, und du wirst untergehen; man wird dich suchen, doch man wird dich niemals, niemals finden.*«

Da ließ ich mich ergriffen auf die Erde fallen, mit ausgestreckten Armen, genau in der Mitte des großes A, das mich aufnahm wie eine Mutter mit breiten Hüften, deren Beine mich überragten. Wie als Kind kniff ich die Augen zu, und tausend rote Lichter wirbelten durch meinen schwindligen Geist.

Nach einer Weile wurden die dichten Wassermassen zu einem Sprühregen, und aus den schlammigen Blasen der aufgewühlten Erde entstieg ein Dunst, eine Wolke, die den Archonten der fünften Welt trug. Aus den tiefen Schluchten, den Abgründen strömte ein Rauch wie das Gift des Todes. Dann verjagte die vom Regen gewaschene Luft, diese Luft voller Düfte, den bösen Wind, und Stille legte sich über die Stadt. Ich stieß einen Seufzer aus, die Stadt hatte genug gebüßt. Es war nur eine Warnung gewesen, ein Vorbote der letzten Schlacht.

Ich kehrte nach Hause zurück. Es war vier Uhr morgens. Ich öffnete das Fenster, um die frische Luft einzuatmen, und warf einen Blick auf die Straße.

Ich erstarrte. War das der Alkohol? War das Einbildung? Eine Frau stand im Regen unter meinem Fenster. In der Hand hielt sie ein Messer, das im Mondlicht glänzte.

Ich blinzelte mit den Augen. Eine Sekunde später war sie verschwunden.

DRITTER TEIL

1

An diesem Tag waren es etwa zwanzig, die man in die dunkle, kaum belüftete Box gepfercht hatte. Als die Männer sie holten, hatten sie einen Satz nach hinten gemacht: Sie zitterten vor Angst. Also hatten die Männer sie mit Fußtritten vorangetrieben, und sie stellten sich fast in einer Reihe auf, um in den Schlachthof zu gelangen. Sie waren noch nicht mal fett, sie waren kränklich.

Ein Kalb nach dem anderen wurde mit einem harten Ruck an den Füßen hochgezogen, dann schlachtete man sie und ließ sie ausbluten. Das war's.

Ich erinnere mich noch wie heute an den schrecklichen Geruch, diesen ekelhaften, schmutzigen Geruch des Todes, an das Blut, das in Strömen floß und überallhin spritzte. In meinem Kopf drehte sich alles, mir war schwindlig. Auf dem Boden führten die roten Rinnsale die Abfälle, die Fleischreste mit sich. Die Überreste der aufgehängten, aufgespießten, auseinandergesägten Tiere, die großen Magenblasen, die Kalbsköpfe, die Füße und die Eingeweide: Das waren die herausgelösten Stükke in diesem von Menschenhand inszenierten Blutbad. Der Verantwortliche des Schlachthofs war stolz, uns Zahlen nennen zu können: fünfzig Kälber die Stunde, das machte eineinhalb Kälber in der Minute. Sie tranken Blut, diese Menschen, totes Blut, das durch die Lungen der getöteten Tiere strömte und das, wie das Leben, entwich, um diese Vampire, diese dämonischen Wesen zu ernähren. Sie meinten, es gebe ein reines Blut, das würdig sei, in bestimmten Adern zu zirkulieren, und ein unwürdiges Blut, das aus dem Körper spritzen müsse wie ein Sturzbach, wie eine lebende Quelle, um die Eingeweide des Menschen zu füllen und sein Land zu bewässern, und sie ließen das Blut derer erbrechen, die nicht dasselbe Blut haben, und die Erde sog die Abfälle der Betriebsamkeit wie eine kannibalische Mutter ein, und die riesige Blutmaschine diente der Ernährung dieser Tiere, die sich für Götter halten, dieser leichengefüllten Menschen, und jetzt ist das Blut überall, in meinem Mund, an meinen Händen, auf meinem Oberkörper, aus meiner Nase fließt es ohne Unterbrechung, fließt es für immer, wie das der Tiere.

Ich war noch nicht mal zehn Jahre alt, als mein Vater mich mit ins Schlachthaus nahm. Er wollte mich abhärten, mir das Leben zeigen. Später, als ich als Heranwachsender auf der Suche nach mir selbst war, versteckte ich mich, wenn ich Zeitung lesen oder Radio hören wollte, denn ich schämte mich, daß meine Eltern mich für einen »Intellektuellen« hielten. Schon als Kind hatte ich gelernt, etwas zu verheimlichen und zu lügen, um ihrer Gesellschaft auszuweichen, ihrer Dummheit zu entkommen. Ich hatte eine kleine Welt um mich herum gebaut, ein magisches Universum, wo ich nacheinander alle Figuren spielte, die ich liebte: romantische Helden und Abenteurer wie die aus den Büchern von Alexandre Dumas. Herodot entzückte mich, weil er mit vierundzwanzig Jahren seine Heimat verlassen hatte, um zu reisen, alles festzuhalten und Geschichten und Legenden aufzuschreiben. Sein sachlicher, präziser Stil erlaubte sich durchaus Abschweifungen, die sich auf seinen Reisen anboten, von Ägypten, wo er sich für den Herkuleskult interessierte, bis zur phönizischen Stadt Tyros, wo er seine Untersuchungen fortsetzte. Er reiste bis nach Kolchis, wo er Nachfahren der Siedler zu finden glaubte, die Sesostris hier zurückgelassen hatten. In Thasos schiffte er sich wieder ein, dann umrundete er das Kap und erreichte die Küsten des Hellespont. Niemand war vor Herodot so viel gereist, um den Menschen zu erkunden. Und niemand konnte wie er seine wahre Natur bezeichnen: die Barbarei.

Dies ist die Geschichte meines Lebens – die einzige Geschichte, die ich jemals werde erzählen können. Aber was ist mein Leben? Bin ich es, der Mann der Erinnerung, der Spur, die in den Boden eingegraben ist wie ein Fußabdruck? Bin ich es, der Mann der vergeblichen Schritte, der verblaßten Worte, der Zeuge der vergehenden, verfliegenden Zeit? Ich erzähle nicht alle Begebenheiten seit meiner Geburt; ich wähle eine Zeitspanne aus, nicht willkürlich, sondern weil ich sie mit Worten heraufbeschwören, wiederbeleben muß. *Bald revoltierende Engel, bald Verkünder des Lichts.* Zuweilen sind die Worte fügsam und geschmeidig, zuweilen sind sie geschlagen von Machtlosigkeit, weil sie das Entsetzliche, das Unaussprechliche, das Obszöne aussprechen sollen.

Am Tag nach dem nächtlichen Gewitter konnte ich kaum aufstehen. Ich hatte wirklich zu viel getrunken: Ein hartnäckiger Kater hielt mich einen gut Teil des Tages im Bett gefangen. Gegen neunzehn Uhr rief Lisa an und bat mich, sie bei ihren Eltern aufzusuchen. Es gebe ein kleines Treffen, weil Béla freigelassen worden sei.

Mehr schlecht als recht quälte ich mich aus dem Bett, zog mich in aller Eile an und begab mich zu Lisas Eltern.

Mina empfing mich mit einer herzlichen Umarmung. Liebenswürdig führte sie mich zu einem kleinen Büffet. Ich hatte den ganzen Tag noch nichts gegessen, also verschlang ich mit Wonne die Pökelheringe, den *Gefilte Fisch,* die *Latkes* und andere jüdische Spezialitäten, die ich vorher noch nie gegessen hatte.

Samy nickte mir kurz zu. Er war in Gesellschaft von Jacques und Geneviève Talment, ehemaligen Résistance-Kämpfern und Kriegshelden, von denen ich schon viel gehört hatte: Das Ehepaar Talment war Teil der nationalen Legende.

Jacques Talment war ein etwa siebzigjähriger, äußerst magerer Mann mit runzliger Haut und strahlenden Augen. Geneviève, die im gleichen Alter sein mußte, war eine reizende Großmutter mit vergnügter Miene, weißen, zu einem Haarknoten zusammengefaßten Haaren und einem stetigen Lächeln. Ihre zarte Stimme stand zu dem eher rauhen Organ ihres Mannes in krassem Gegensatz.

Ich wechselte einige Worte mit den Talments und suchte dabei die ganze Zeit mit den Augen nach Lisa. Sie sprach gerade mit zwei Männern mittleren Alters. Schließlich konnte ich mich der kleinen Gruppe nähern.

Lisa bedachte mich mit einem Begrüßungskuß und stellte mir ihre Brüder vor, bevor sie in der Küche verschwand.

Der vierzigjährige Béla war durch seine Größe und seine massige Gestalt eine beeindruckende Erscheinung. Mit seinen langen, im Nacken zusammengebundenen Haaren und dem halb aufgeknöpften, weißen Hemd wirkte er sehr lässig. Sein Lächeln legte gelbe Zähne frei. Er rauchte eine Zigarette nach der anderen und betrachtete mit spöttischer Miene seinen Bruder, der ihm wegen der Zumutung des Passivrauchens Vorhaltungen machte. Nach ein paar Minuten brach er sein bissiges Schweigen und sagte, während er sich erneut eine Zigarette anzündete:

»Schon gut, Paul, ich lebe ja nicht mit dir zusammen. Mach dir keine Sorgen. Du siehst mich zu selten, um irgendwas zu riskieren … Jedenfalls stimmt es, ich werde wohl kaum deinem Vorbild folgen können.«

Dann wandte er sich zu mir und fügte mit aufgeblasener Miene hinzu:

»Alle in dieser Familie sind sehr stolz auf Paul. Mein Bruder kommt gerade aus Bosnien: Er gehört zu den Ärzten ohne Grenzen. Bewundernswert, nicht wahr?«

»Sie kommen aus Bosnien?« fragte ich höflich bei Paul nach.

»Ja. Ich war mehr als drei Monate dort.«

»Das war bestimmt nicht leicht.«

Paul hatte nicht die Zeit, auch nur ein Wort zu sagen. Sein Bruder antwortete brüsk an seiner Stelle:

»Ja, in der Tat. Um die Beine verwundeter Kinder abzuschneiden, muß man das Herz auf dem rechten Fleck haben, wenn ich das so sagen darf. Und all das, um die Kinder der Peiniger zu behandeln ...«

Pauls Stirn wurde dunkelrot, und er sah mich verlegen an. »Nein, es ist nicht leicht ... aber es ist noch härter zurückzukommen: täglich die Massaker im Fernsehen zu sehen, all das zu sehen und sich daran zu gewöhnen, nichts zu tun. Jetzt, wo es täglich in den Abendnachrichten erwähnt wird, kann niemand mehr sagen, er hätte nichts gewußt ...«

Paul war steif und mager wie sein Vater, aber kleiner als er, er hatte dunkelblondes, kurzes Haar, einen melierten Bart und blaugrau gesprenkelte Augen, in deren Blick die gleiche Reinheit, die gleiche verwunderte, aufrichtige und unschuldige Kindlichkeit lag wie bei Lisa. Er gehörte zu den Menschen, deren Alter nicht die Unbefangenheit beeinträchtigt, sondern sie nur mit einem Anflug von Verzweiflung einfärbt. Paul Perlman war ein Gerechter: Er hatte in seinem Gesicht die Absolutheit der gequälten Seelen, die unverstanden in den Wolken schweben, ohne es zu begreifen. Er hatte den besonderen Ausdruck eines Menschen, der sich von allen materiellen Gütern getrennt hat, der zwar die Regeln des gesellschaftlichen Lebens beherrscht, ihnen aber keinerlei Aufmerksamkeit schenkt, weil seine Suche eine andere ist. Paul Perlman war ohne Lüge, er war empfindsam. Sein Herz, mit dem er Menschen und Dinge beurteilen mußte, floß über vor Liebe.

»Die ganze Welt ist durch die Ereignisse erschüttert«, fuhr er fort. »Aber niemand tut etwas. Einmal mehr ist die internationale Gemeinschaft vollkommen machtlos. Europa und die UNO sind nicht in der Lage, Maßnahmen zu ergreifen – genau wie früher der Völkerbund. Jedesmal fragt man sich, wie das Undenkbare geschehen kann, und letzten Endes wiederholt man die Geschichte immer wieder.«

»Und was sagt deine Frau, wenn du ständig unterwegs bist?« unterbrach Béla ihn angriffslustig.

Er wies auf eine äußerst hübsche, brünette Frau mit Mandelaugen, vollen Lippen und blassem Teint, die gerade näher kam.

»Ich möchte Ihnen meine Frau Tilla vorstellen«, sagte Paul.

Sie begrüßte mich mit einem strahlenden Lächeln, dann wandte sie sich Béla zu:

»Seine Frau sagt, daß du deine Probleme besser beim Psychoanalytiker lösen würdest. Du hast die Shoah nicht verarbeitet. Aber es ist jetzt vorbei, Béla, siehst du nicht, daß das eine andere Geschichte ist? Wir in Israel sprechen nicht darüber. Jom Hashoah ist der Tag der Erinnerung und des Heldentums. Wir feiern den Aufstand des Warschauer Ghettos, wir wollen uns nicht daran erinnern, daß wir uns wie die Lämmer zur Schlachtbank haben führen lassen, wir schämen uns, verstehst du das?«

Ihre wildgelockten Haare, ihre Jeans und die flachen Absätze bildeten eine seltsame Mischung aus Anmut und Entschlossenheit.

»Denken Sie auch die ganze Zeit an die Shoah?« fragte sie mich.

»Ja«, antwortete ich. »Zwangsläufig. Sie nicht?«

»Ich bin Psychiaterin«, sagte sie. »Das ist etwas anderes.«

»Tilla Perlman ...« sagte ich. »Haben Sie nicht gerade ein Buch über Hitler veröffentlicht?«

»Ja. Haben Sie es gelesen?«

»Ja, ich arbeite an einem Artikel über Hitlers Jugend. Offensichtlich war sein Elternhaus nicht der idyllische Ort, den er so gern beschrieb ...«

»Für mich hat Hitler die narzißtische, sadistische Persönlichkeit seines Vaters geerbt. Außerdem war er durch seine inzestuöse Abstammung verhaltensgestört. Sein Vater Alois hatte in dritter Ehe Klara Pölzl, eine Frau von dreiundzwanzig Jahren – seine jüngste –, geheiratet, die Hitler gebar. Da Klara eine leibliche Kusine von Alois war, konnte die Heirat nur mit einem Dispens von Rom stattfinden.«

»Sind Sie auch Historiker?« fragte Béla.

»Ja, aber warum ›auch‹?« fragte ich. »Wer ist denn noch Historiker?«

Béla wollte schon antworten, da unterbrach ihn Paul und sah ihn durchdringend an.

»Jedenfalls ist es sehr nett von Ihnen, daß Sie gekommen sind, um Béla zu helfen«, sagte er.

»Ach! Er ist hier, um mir zu helfen?« rief Béla mit gekünstelt naiver Miene aus. »Es ist ja wunderbar, wie viele Freunde ich hier entdecken kann!«

Es entstand ein peinliches Schweigen. Béla blickte uns – Paul, Tilla und mich – nacheinander an und war offensichtlich stolz über seinen kleinen Sieg.

»Ein Mann ohne Freunde hat ein Herz so eng wie ein Gefängnis«, sagte Paul schließlich mit einem schwachen Lächeln.

»Danke, Paul. Reizend, deine Anspielung auf das Gefängnis. Glücklicherweise holst du uns wieder in die Realität zurück. Aber ich fürchte doch, daß meine Schwester unseren neuen ›Freund‹ umsonst bemüht hat. Unser Familienanwalt sagt, das Mißverständnis würde sich rasch aufklären. Der anonyme Brief, die bei mir deponierte Waffe, das alles ist leicht zu durchschauen. Was die Polizei jetzt interessiert, ist der Grund, warum der Mörder die Aufmerksamkeit auf uns lenken wollte. Sicher hat er für diese falschen Beweise gesorgt.«

Er fügte mit einem sardonischen Lachen hinzu:

»Aber für den Fall, daß ich moralisch einwandfreie Bürgen brauche, stelle ich fest, daß heute abend eine Auslese ehrenwerter Bürger versammelt ist: Überlebende des Konzentrationslagers, ehemalige Résistance-Kämpfer und sogar mein Bruder, der eine Art kleiner Engel ist. Nicht wahr, Paul, du bist doch ein kleiner Engel? Hat Mama das nicht immer gesagt? ... Sie muß sich ja höllische Sorgen machen, die Arme, daß sie all diese Leute zusammengetrommelt hat.«

»Béla, könntest du dich bitte beruhigen?« unterbrach Tilla ihn.

Ich wandte taktvoll die Augen ab. Mein Blick begegnete dem von Lisa.

Ich erinnere mich so deutlich an sie, als wäre es gestern gewesen. Sie hatte die Haare zu einem Knoten zurückgebunden, wodurch das Leuchten ihrer Augen betont wurde. Ihr ranker Körper wurde von einem enganliegenden Kleid aus blaßrosa Satin umschmeichelt, aus dem zwei sehr schlanke Beine mit Riemchenschuhen ragten.

Als ich mich ein bißchen mehr umdrehte, um sie noch genauer zu betrachten, ergriffen zwei Hände von hinten meine Schultern.

»Sie ist schön, nicht wahr?«

Es war Béla. Er blickte ironisch von seiner Höhe auf mich herab. In dem Moment war ich unschlüssig: Hatte er speziell gegen mich etwas oder gegen die ganze Welt?

»Ja, sie ist schön«, sagte ich.

Er blickte mir geradewegs in die Augen:

»Kennst du sie gut?«

»Was meinst du damit?«

»Du weißt sehr gut, was ich meine.«

»Sie ist eine Freundin, mehr nicht.«

»Wirklich? Eine Freundin, ›mehr nicht‹?«

Er hatte diese Worte übertrieben gewichtig gesprochen.

»Meine liebe Schwester versetzt mich wirklich immer wieder in Erstaunen …«

Bevor ich ihn fragen konnte, was seine letzte Anspielung bedeuten sollte, trat Mina zu uns.

»Unser Anwalt hat uns gerade mitgeteilt, daß der Mann, der in Washington verhaftet wurde, freigelassen worden ist«, sagte sie.

»Ja«, antwortete ich. »Robertson. Er hat den Film eingeschmuggelt, aber offenbar ist er nicht der Mörder. Er soll ein Stück Film mit der Post bekommen haben, zusammen mit Anweisungen, was er damit machen sollte.«

»Noch eine anonyme Sendung«, bemerkte sie, »wie die, in der Béla beschuldigt wurde. Unser Anwalt ist der Meinung, daß die Übereinstimmung der Vorgehensweise die Hypothese eines Komplotts stützt und die Entlastung meines Sohns erleichtert. Apropos: Haben Sie den Film in Washington gesehen?«

»Ja.«

»Lisa hat mir erzählt, daß dort ein kleines braunes Heft bei Schiller zu sehen war?«

»Ja, das stimmt.«

»Erinnern Sie sich noch daran?«

»Ja, vage«, sagte ich.

»Hatte es einen roten Rand?«

Das hatte es tatsächlich gehabt, denn als Pater Francis von den verhexten Büchern mit den purpurroten Seiten sprach, hatte ich unvermittelt an das Heft im Film gedacht, dessen lederner Umschlag mit rotem Faden eingefaßt war.

»Aber ja«, antwortete ich. »Ich meine, mich daran erinnern zu können. Woher wußten Sie das?«

»Raphael, Sie sind Historiker, ich bin Theologin. Wie Sie interessiere ich mich für Dokumente der Vergangenheit und vor allem für diejenigen, die etwas mit der Shoah zu tun haben. Ich habe da so eine Idee, was das Heft enthalten könnte, aber im Augenblick kann ich nicht mehr sagen. Doch wer sollte Béla schaden wollen?« wechselte sie plötzlich das Thema. »Vor allem: Wer sollte ein Interesse daran haben, daß er verdächtigt wird?«

Ich dachte im stillen bei mir, daß es sicher viele gäbe, die ihm schaden wollten, wenn er sich bei den anderen auch so aufführte wie bei mir.

»Das müssen Sie ihn fragen«, antwortete ich und wandte mich zu ihm.

Béla schien einen Moment lang nachzudenken. Er nickte mit dem Kopf.

»Ja, es gibt da jemanden ...«

»Und wen?«

»Jemanden, der mich mehr haßt als sonst etwas auf der Welt ...«

Mina sah ihn plötzlich besorgt an.

»Du denkst doch nicht an ...«

»Doch«, schnitt er ihr das Wort ab. »Und du weißt ganz genau, warum ich an ihn denke.«

»Um wen handelt es sich?« fragte ich.

»Um einen Freund, Jean-Yves Lerais«, sagte Béla, bevor Mina es verhindern konnte. »Das heißt: um einen *Ex*freund.«

Er hatte großen Nachdruck auf die erste Hälfte des Worts gelegt.

»Jean-Yves Lerais, der Historiker?« fragte ich.

»Ja«, sagte Béla, »kennen Sie ihn?«

»Nicht persönlich, aber ich weiß, wer er ist. Was hat er gegen Sie?«

»Lisa ...«, setzte er an, bevor er brutal von seiner Mutter unterbrochen wurde.

»Béla und er standen sich eine Zeitlang sehr nahe«, sagte sie hastig, »aber sie haben sich gestritten, und seitdem ist ihre Beziehung vergiftet, doch wenn du behauptest, daß er dich haßt, dann übertreibst du, Béla.«

»Was ich sagen wollte, bevor du mich unterbrochen hast«, fuhr Béla langsam fort, »ist, daß Lisa Jean-Yves nicht mehr liebt. Das ist alles«, schloß er mit einem unechten Lachen.

»Und haben Sie das der Polizei erzählt?« fragte ich Béla.

»Nein«, antwortete er. »Ich wollte sie nicht auf eine falsche Spur lenken ... Das wäre doch niederträchtig, nicht wahr, wenn man die Polizei auf eine falsche Fährte brächte? Wenn man jemanden beschuldigt, dann muß man sich seiner Sache doch vollkommen sicher sein ...«

Als er dies sagte, blickte er mich durchdringend an.

Ich verabschiedete mich bald, mit einem eigenartigen Gefühl des Unbehagens.

2

Ich hatte den Eindruck, daß man mich an jenem Abend nicht zufällig zu den Perlmans eingeladen hatte. Vielleicht wollte man Felix durch mich gewisse Informationen zukommen lassen – was ich übrigens noch am selben Abend ausführte.

Am nächsten Tag schon machte sich Felix auf die Suche nach Jean-Yves Lerais, um mehr zu erfahren: Er entdeckte rasch, daß dieser Mann nicht in Frankreich, sondern in Italien war, an der Ecole Française in Rom.

Jean-Yves Lerais war telefonisch nicht erreichbar, aber er sollte in der folgenden Woche nach Paris kommen.

Mehrere Tage vergingen, in denen Felix gezwungen war, diese Angelegenheit ruhen zu lassen, um Informationen über eine andere zu bekommen: eine Intrige aus den Polit- und Finanzkreisen im Parlament. Außerdem gab es noch einen Kindsmord in einem Pariser Vorort.

Während dieser Woche versuchte ich, Lisa näherzukommen. Auf Felix' Rat hin wagte ich den Weg der kleinen Schritte. Da ich nicht in ihr Herz gelangen konnte, schlich ich mich in ihren Alltag ein.

Dies war der Anfang einer neuen Verbindung, ohne Intimität und Zärtlichkeit, aber geprägt von echtem Verständnis, von geheimer Komplizenschaft, von einem geistigen Bündnis. Wir waren wirklich zusammen, wir waren Bruder und Schwester. Manchmal roch diese geschwisterliche Beziehung für mich allerdings nach Inzest. Denn ich glühte, ich sog sie auf, ich berührte sie mit den Augen, ich schmorte in der Hölle. Ich praktizierte eine Art Enkratismus, eine Form der Askese, die mich in einen seltsamen Ausnahmezustand versetzte – ich weiß nicht, ob es Verzweiflung oder Ekstase war.

Ich glaube, zu diesem Zeitpunkt entdeckte ich die Keuschheit für mich, als Kraft, als Reinigung. Heute erinnere ich mich ohne Schmerz an die Spannung, die Versuchung und die Enthaltsamkeit, und mir scheint, diese Momente waren für mich die größter Liebe, denn die Freude ist stärker als die Wonne und die geistige Vereinigung wahrhaftiger als die des Fleisches.

Felix machte sich über mich lustig: »Ein Mann, der nicht in Versuchung gerät, kann nicht ins Himmelreich kommen«, spottete er. Er sagte auch, ich würde mich in Enthaltsamkeit üben, um die weitere Verbreitung des menschlichen Samens auf der Erde zu verhindern, da sonst das Leid ins Unendliche vervielfacht und das Reich des Bösen weiterbestehen würde. Er fügte ironisch hinzu, daß die Sinnlichkeit die Waffe des Teufels sei und die Unzucht den Menschen auf einen Zustand der Hirnlosigkeit reduziere.

Im Grunde lag er nicht falsch. Ich hätte sie genausogut nicht begehren können. Fast nahm ich mir übel, daß ich es tat. Ist das Verlangen nicht wie das Böse? Dumm, roh, zügellos, irrational in seinem Ursprung, hartnäckig in seinem Willen, beschränkt in seinen Zielen? Wie das Böse, das bald befriedigt, bald unterdrückt wird, entsteht es immer wieder aufs neue. Es beherrscht die Finsternis mit vergiftender und furchterregender Macht. Es kann mit einem Mal über seine Beute herfallen; oder sich zusammenkauern und sich, geduckt, gebückt oder kriechend, anschleichen. Wie das Böse läßt es einen brennen oder gefrieren, es versteckt sich unter Masken und verwandelt sich, und wie das Böse versucht es, durch Verhexung zu agieren, durch den Zauber des Wortes: Es verführt. Doch es erfaßt nichts jenseits des unmittelbaren Objekts. Wie das Böse sucht es die Materie; ohne Anfang und ohne Ende, ohne jeden Grund taucht es auf, verschwindet sofort wieder und läßt nur den schalen Geruch einer Nacht voller Hoffnungslosigkeit zurück.

Felix sagte, daß es Grenzen gebe und ich zwar gut daran getan hätte, seinem Rat zu folgen, aber daß ich nicht übertreiben solle.

Ich jedoch dachte, daß er nie diesen ständigen Schwindel kennenlernen würde, diesen entscheidenden Augenblick, in dem man spürt, daß das eigene Leben kippen kann. Er würde nie den Höhepunkt des Verlangens kennenlernen, die seltsame Befriedigung, keine Befriedigung zu finden.

Nein, nicht das Verlangen band mich an Lisa Perlman. Es war etwas anderes.

Die Erkenntnis, daß alles im Geist liegt, daß das Fleisch an der Seele hängt und die Seele von einer anderen Welt träumt: Das hatte plötzlich einen Namen.

Die Liebe ist der Schock der Gegensätze, die Leere, die mit Leben erfüllt wird, die Kräfte, die sich anziehen, die Formen, die ineinander übergehen. Es ist die unbeherrschbare Kraft, die gleichzeitig besänftigt und erregt, die beruhigt, obwohl sie verrückt macht. Vor ihr war mein Körper ein Gefängnis, ein enger Kerker, wo meine Seele anstieß und erstickte; sie hatte die erste Pforte geöffnet, jene, die zur Wiederverschmelzung führt.

Was ich damit ganz einfach sagen will, ist: Die Ekstase der ersten Zeit, den vom Veroneser Liebespaar so verspotteten Wahnsinn, habe ich gekannt. Die Schrecken der Leidenschaft habe ich erlebt: wenn unendliches, unbeugsames Verlangen, das so glühend ist wie Feuer und so stolz wie ein Fels, seinen Höhepunkt im Verzicht findet, der ihm entgegensteht. Die Flucht ins Nichts, die Verlockung des Abgrunds, die schlaflosen Nächte, die Kindertränen, die Einsamkeit: All das habe ich entdeckt. Der stolze Gang, wenn ein Lächeln, ein kleiner

Schimmer auch nur das geringste Interesse andeuten, die unauslöschliche Gewißheit, wie schön das Leben ist, wenn die Sonne an einem Frühlingsmorgen zwischen den Wolken hervorbricht: Ich weiß, wie das ist. Grimmigsten Nihilismus, Verzweiflung und Existenzangst kenne ich ebenfalls. Ich habe alle Extreme kennengelernt, das größte Glück und die Niedergeschlagenheit, den tiefsten Haß und die zärtlichste Liebe, Freude und Schmerz, Leben und Tod, Weisheit und Wahnsinn: All das habe ich erfahren.

Dabei war ich dazu gar nicht der Typ. Weder hatte ich die schöpferische Vorstellungskraft noch die geistige Offenheit, die notwendig sind, um dieses unbeschreibliche Abenteuer zu erleben, ich hatte nicht die Empfänglichkeit für die Leidenschaft. Ich hatte nicht die Fähigkeit, mich treu und bedingungslos zu binden, und mir war zu sehr an irdischen Gütern gelegen, als daß ich riskiert hätte, sie aufs Spiel zu setzen. Was mir geschah, war schlichtweg undenkbar. Ich hatte es mir in einem von der Geschichte bestimmten Leben eingerichtet und spazierte mit meiner Skepsis durch die Jahrhunderte, da nahm meine Irrfahrt plötzlich einen ungeahnten Sinn an, der ein Dasein rechtfertigte. Ich hätte nie gedacht, daß mir das passieren könnte. Ich schwankte. Ich hatte Angst, die Kontrolle über dieses Wesen zu verlieren: über *mich*, diese Fiktion, diesen Seufzer, der den goldenen Staub auffliegen läßt.

Ich glaube, ich geriet an die Leidenschaft wie Augustinus an die Religion. Durch eine Bekehrung. Man könnte es auch Gnade nennen.

Jeden Abend ging sie im Schwimmbad vom Hotel Nikko am Ufer der Seine schwimmen. Und jeden Tag begleitete ich sie.

Es war ein kleines Becken, wo ein paar japanische

Touristen still vor sich hinschwammen. Andere vollzogen seltsame Übungen am Schwimmbadrand, umrissen langsam ihre Bewegungen, als holten sie Schwung für eine Handlung, die sie dann nie vollendeten. Dieses ruhige, heitere Volk schien bestrebt, die höchste Macht zu erlangen, die Kontrolle über sich selbst. Sind Geduld und Entschlossenheit nicht die Schlüssel zur Beherrschung der Welt? Ihre endlosen Bewegungen verliehen diesem Ort eine besondere Ruhe, so daß er sich mehr zur Meditation eignete als die anderen Schwimmbäder, wo die Leute prusten und spritzen.

Ich bemühte mich, es ihnen gleichzutun, wenn ich zusah, wie Lisa mit ihrem schlanken Körper ins Wasser tauchte, wie sie es zerteilte, mit ihren langen Beinen schlug, die Fluten mit ihren Armen durchteilte, als wären sie Ruder oder Klingen. Felix sagte, ich durchlitte ja wahre Tantalusqualen. Aber ich fühlte mich durch diese Prüfung gereinigt, weil sie mich zur Kontemplation anhielt, deren Kulminationspunkt, so heißt es, die Vision Gottes ist. In Wahrheit lag dieses Schwimmbad irgendwo auf den Höhen des Berges Hermon, es reichte bis nach Galiläa, ergoß sich ins Tote Meer und hieß Jordan, nach Jared, dem Vorfahren von Noah. Im natürlichen Verlauf seiner reinen und sprudelnden Fluten hinabzugleiten war die reine Wonne.

Ich liebte das kalte Wasser. Ich liebte es, mein Spiegelbild im Becken zu sehen: Es war wie mein wahres Wesen. Ein verschwommenes, unbeständiges Bild, das sich mit den Tiefen des Wassers vereinigte. Manchmal hatte ich den Eindruck, daß nicht ich auf den Grund des Wassers blickte, sondern der andere, der Seelenverwandte, der sein wahres Wesen suchte. Er prüfte mich eingehend; er wollte wissen, was ›Wesen‹ hieß. Er warf mich auf mich selbst zurück und sagte zu mir: Wer bist du? Wer bist du, Historiker der Schatten, der nichts wirklich erlebt, nichts von den unendlichen Wesenheiten ausgedrückt, nichts von der anderen Welt enthüllt hat? Wirst du deine Kleider ablegen und deine entfremdende Gefühllosigkeit gefährden? Wirst du dich endlich entblößt in das Becken begeben? Hörst du das Plätschern des Wassers? Das sagte dieser Mensch aus Licht, dieser Partner, dieser Zwilling aus den verschwommenen und doch so klaren Fluten, die wie ein durchsichtiger Schleier den tiefen Abgrund des Universums mit blitzendem Licht belebten.

Es war immer dasselbe Ritual. Lisa brauchte ein paar Minuten, um ins Wasser zu gehen, dann schwamm sie eine Stunde, Brust oder Rückenkraul. Nach dem Bad cremte sie sich ihre Arme und Beine mit einer süß duftenden Lotion ein und wärmte sich in der Frühlingssonne. Ich mußte ihr den Rücken eincremen. Langsam, mit kleinen Bewegungen, ließ ich die süße Creme in ihre Haut eindringen und wunderte mich zu sehen, wie diese die vitalisierenden Tropfen aufnahm, sich davon nährte, um sich wieder zu erholen. Lisas Rücken war eine ganze Landschaft, und ich war ihr Geograph.

Zwei kleine Hügel führten in sanfter Neigung zu einer Reihe Dünen hinab, die sich als Ausläufer einer ruhigen, schönen Ebene mit unendlich klarer Linienführung erhoben, eine glatte, ebene Oberfläche, ein langer Strand, der mit Glimmer besprenkelt war, mit Muscheln, die am Ufer gestrandet waren, Ebenholz auf Elfenbein. Lisas Wüste war eine weiße Wüste, deren Sand ich streichelte, an deren Furchen ich entlangfuhr. Ich belebte diesen jungfräulichen Strand mit einer reichhaltigen Substanz, um die Hitze der Sonne zu lindern, und, durch ein Wunder, dessen Urheber ich war, an das ich aber als letzter glaubte, regnete es in der Wüste, es regnete scharfe und süße Tropfen, die mitten in der Nacht fielen, wie ein Balsam auf ein welkes Herz.

Vom Schwimmbad aus konnte man auf Paris niederblicken. Gegen sechs Uhr herrschte hier ein Licht, das die Stadt mit einer phosphoreszierenden Aura umgab. Das war die Erschaffung der Welt, die Leere des ersten Augenblicks, die wie ein unwägbares Fluidum über uns lag, ein gasförmiger Stoff, der weder schwarz noch weiß, weder rot noch grün war, noch eine andere Farbe hatte, es war der Zenit, der geneigte Himmel, das Licht des Anfangs. Ein leichter Nebel entstieg dem Becken, strömte zum Himmel, und das Licht – Feuer und Sonne wie im Ursprung – verjagte die Nacht, und das Nichts um uns herum verschwand ... Vor mir vollzog sich das Wunder: Aus dem Abgrund der Finsternis erschienen das Firmament, das Wasser unten, das Grün, die Bäume und die Pflanzen, und die Himmelskörper: Sonne, Mond und Sterne, und alle Lebewesen, und ich hörte nicht auf, mich über meine Inspirationen zu wundern, und ich sah, weit vor mir, die Welt vor ihrer Schöpfung und das Nichts, aus dem die Welt erschaffen worden war und in dem sie vielleicht enden würde, und ich erahnte das Jenseits der Welt, den Raum der Sterne, und ich betrachtete die Unendlichkeit und wurde von einer archaischen Furcht ergriffen.

Es war wie ein Meer im Himmel, über den Wolken der Stadt. Es war ein frisches Tal in den Wolken, dessen Farben – Weiß, Braun oder Grün – nicht leuchtend, sondern wie verwässert waren. Der weiße Schaum des Schwimmbads war ein frischerer Tau noch als der des frühen Morgens. Es war ein klares Gewässer, dessen Ufer eine Böschung mit grauen und weißen Kieseln bildete. Es war ein kleines Tal, und hinter ihm enthüllten mystische Räume den Horizont. Die Sonne sank im Westen; dort huldigte die Nacht dem Tag.

Lisa badete im reinen Strom des Wassers, sie verlor sich darin wie die erste Rose, wie eine irisierende Blume.

An diesem Ort sah ich zu, wie die Zeit dem Wasser gleich dahinfloß, leicht, rasch und unbemerkt. Dort sah ich, wie der Abendhimmel herniedersank und Blau, Rot, Violett, Purpur und Indigo entflammten. Die Luft war nicht mehr so stickig wie im Kessel der Stadt: Sie verbarg deren Ausdünstungen unter einem goldenen Schleier. Die Nacht kam, ganz langsam, die Nacht kam, und alles wurde dunkel, bis auf die Himmelskörper, die weiter das Firmament erhellten, und der Mond wachte über die Erde. Die Stadt mit den glitzernden Lichtern schien den Himmel zu betrachten, so als wären zwei Welten einander gegenübergestellt: die Welt oben und die Welt unten. Und wir schwebten in der Luft, zwischen Himmel und Erde, und vielleicht waren wir nur dazu da, sie zu vereinigen.

Ich erquickte mich im Wasser, wo Lisa die durchscheinende Anmut ihres Gesichtes und Körpers gebadet hatte. Ich trank es, als wäre es aus ihr entströmt. Als sie das Becken verließ, funkelten die Wassertropfen auf ihrer Haut wie tausend kleine Regenbogen. Ihre Augen lächelten: Sie blitzten vom Funken des Lebens. Sie zu betrachten tat mir fast weh.

Lisas Augen waren mit den konzentrischen Kreisen des Augapfels, der Iris und der Pupille das Universum. Das Weiß, wo sich vom Chlor gerötete Äderchen verästelten, Koralle auf Sanddüne, Perle des Lichts, war der verwundete Mond; der mittlere Kreis der Regenbogenhaut, gefärbt mit Ultramarin, gesprenkelt mit grauen Tupfen, war der Himmel mit seinen Sternen, an dem zuweilen der Regen aus aschefarbenen Wolken fiel; und der innere Kreis der Pupille, der dunkle Abgrund mit seinen unwägbaren Tiefen, ebenholzschwarze Nacht, Rätsel aller Rätsel, war der geheime Grund der Erde.

Die ganze Welt spiegelte sich im Schwimmbad, alles wurde in seinem Becken aufgesogen, die Welt kam hierher, um sich zu reinigen; und ich war das Wasser, das sie schlug, ich war die Flüssigkeit, die ihr Wesen in Besitz nahm und verzaubert in den Abgrund strömte, ich war die Welle, die sich ihrer Form anpaßte wie in einem tiefdringenden Kuß.

Nach dem Schwimmen gingen wir essen. Wir hatten Hunger und stürzten uns auf das Brot, das der Kellner vor der eigentlichen Mahlzeit brachte. Sie mochte den Wein nicht pur, sondern verdünnte ihn mit Wasser.

Bevor wir auseinandergingen, kam der keusche Kuß auf die Wangen, der Zärtlichkeitsaustausch der Makellosen.

Am 29. März 1995 um 23 Uhr 40, nach dem Schwimmbad und einem Film im futuristischen und aseptischen Viertel von Beaugrenelle raubte ich Lisa Perlman einen Kuß. Von dem Film ist mir nur noch der Titel in Erinnerung geblieben: *Wiedersehen in Howards End*.

Am nächsten Tag klingelte es um 20 Uhr 05 bei mir. Ich öffnete. Lisa trat mit verzerrtem Gesicht und geröteten Augen ein. Ohne ein Wort schwankte sie durch den Flur zum Salon, warf sich in einen Sessel und verbarg ihr Gesicht in den Händen. Sie schluchzte.

»Was ist?« fragte ich sie. »Lisa? Was ist denn los?«

Sie hob ihr Gesicht zu mir. Ihre mit Tränen gefüllten Augen blickten mich einen Moment lang starr an:

»Gerade ist ein neuer Verdächtiger für den Mord an Schiller festgenommen worden.«

»Und wer?«

»Jean-Yves Lerais.«

»Bélas Freund?« sagte ich. »Aber das heißt doch, daß dein Bruder unschuldig ist! Warum also dieses Gesicht?«

Die Fragen brachen ungeordnet aus mir heraus.

Sie machte eine ausweichende Geste, als wüßte sie nicht, wo sie anfangen sollte.

»Du sprichst doch von Jean-Yves Lerais, dem Historiker, dem Spezialisten für das Vichy-Regime?« fragte ich nach und zwang mich, ruhig zu bleiben. »Hast du ihn gekannt?«

»Ja, ich kannte ihn gut.«

Das Ende des Satzes erstarb in einem krampfartigen Schluchzen. Ich hielt ihr ein Taschentuch hin. Sie schnaubte wie ein Kind hinein.

»Du kanntest ihn *gut*?« wiederholte ich.

Sie sah mich tiefbetrübt an und nickte.

»Wir hatten eine Beziehung.«

Bei diesen Worten wichen die Wände des Zimmers zurück, und der Boden stürzte unter mir ein. Von Schwindel erfaßt ließ ich mich in einen Sessel ihr gegenüber fallen. Es war wie eine Krankheit, die im geeigneten Moment die Oberhand gewinnt, um sich unerbittlich zu wehren, wenn die Erlösung sich ankündigt. Pater Francis hatte recht: Wir waren auf dem Weg in unsere himmlische Heimat, und am Wegesrand fielen uns böse Geister an.

Es heißt, die Wut des Dämons nimmt gegenüber denen zu, die die Gnade Gottes erahnen: Er findet sich nicht damit ab, ein Herz entwischen zu lassen, das er zu beherrschen glaubte. Man nennt ihn Löwe wegen seiner Grausamkeit, und man nennt ihn Tiger wegen seines Geschicks, verschiedene Formen anzunehmen.

»Ihr hattet eine Beziehung?« brachte ich hervor.

»Deshalb hat die Polizei mich eben angerufen«, erwiderte sie langsam. »Sie glauben, daß er Schiller umgebracht hat.«

»Und worauf stützt sich ihr Verdacht? Haben sie Beweise?«

Sie warf mir einen düsteren Blick zu.

»Ich bin sicher, Béla hat mit ihnen gesprochen. Ich hatte ihn angefleht, es nicht zu tun. Ich wollte zuerst eigene Nachforschungen anstellen. Aber er hat ihnen alles erzählt ... Er hat sich an dem armen Jean-Yves gerächt ...«

»Was genau hat er gesagt?«

»Daß Jean-Yves Schiller haßt. Daß sie Schillers Papiere durchsehen sollten, dann würden sie sicher Drohbriefe von Jean-Yves finden. Und sie haben sie gefunden.«

Sie zitterte heftig. Ich goß ihr einen Whisky ein.

»Nein«, sagte sie, »das bringt nichts.«

Ich stand auf und holte ein paar Beruhigungstabletten, die sie ebenfalls zurückwies.

»Ich versichere dir«, beharrte ich, »das wird dich beruhigen.«

Sie nahm sie schließlich, mit dem Whisky, den sie, ohne mit der Wimper zu zucken, in einem Zug austrank.

»Aber ... ihr habt euch getrennt?« fragte ich unsicher.

»Ja.«

»Vor längerer Zeit?«

Wieder nickte sie.

Sie hielt mir ihr Glas hin, damit ich nachschenkte. Dann streckte sie sich auf dem Sofa aus und schlief wenig später ein. *An wen erinnerte sie mich?*

Am nächsten Morgen kam Felix um neun Uhr und schwenkte seine Zeitung.

»Hast du das gesehen?« sagte er und nahm sich erst gar nicht die Zeit, mich zu begrüßen.

Offensichtlich hatten sich die Medien der Sache angenommen. Ereignisse faszinieren unsere Zeitgenossen ebenso durch ihre Bedeutung wie durch ihr Geheimnis und die Tatsache, daß sie Wirklichkeit sind. Die Abendnachrichten sind die Heldenepen der demokratischen Gesellschaften, das große, tägliche Schauspiel, die Unterbrechung der Routine, das Körnchen Wahnsinn, das jeden Tag, den Gott werden läßt, dem entzauberten Alltag einen Sinn gibt.

Das Erstaunlichste, was dem Fortsetzungsroman des Fernsehpublikums täglich neue Nahrung gab, war die Tatsache, daß man Schillers Oberkörper noch immer nicht gefunden hatte: Jean-Yves Lerais hatte nicht gestanden.

Wie selbstverständlich ging Felix ins Wohnzimmer.

»Felix ...«, setzte ich an, um ihn zu warnen, daß Lisa dort war.

Aber es war zu spät.

»Oh, Pardon«, sagte er, als er sie auf dem Sofa liegen sah. »Ich wollte nicht stören.«

Ich schilderte ihm kurz die Situation, und da sie tief und fest schlief, gingen wir in mein Schlafzimmer.

»Ich kann nicht glauben, daß ...«

Er schwieg einen Moment, während ich mir eine Zigarette anzündete.

»Was denn, Felix?«

»Nein, nichts ...«

Felix holte eine Zigarre aus seiner Jackentasche und entfernte langsam ihre Hülle. Er schien angestrengt nachzudenken.

»Woran denkst du?« fragte ich noch einmal.

»An Lerais.«

»Und?«

»Ich bin der Sache nachgegangen. Es gibt eine interessante Einzelheit: Lerais ist der Neffe eines Dieners der Kirche, den wir beide kennen ...«

»Um wen handelt es sich?« fragte ich überrascht. »Um Pater Francis?«

»Um genau den. Pater Francis, der ein Freund von Schiller war. Im Augenblick ist er in Rom, wo er Lerais kurz vor seiner Verhaftung besuchen wollte.«

»Glaubst du, daß Lerais der Mörder ist?«

Bei diesen Worten tauchte Lisa schlaftrunken im Türrahmen auf.

»Nein«, antwortete sie auf meine Frage. »Das ist unmöglich.«

»Und warum?«

»Hör zu. Es ist ein schrecklicher Mord geschehen. Alle sind entsetzt. Man sucht einen Schuldigen. Jean-Yves ist nur der Sündenbock!«

»Und für wen?« fragte ich erstaunt.

»Für die Antisemiten ist ein Nichtjude, der sich für die Shoah interessiert, fast noch schlimmer als ein Jude. Er ist ein Abtrünniger, ein Verräter, verstehst du?«

»Ja, mag sein ... Aber man kann trotzdem der Polizei vertrauen, daß sie ...«

»Der Polizei vertrauen?« entgegnete sie und hob spöttisch eine Augenbraue. »Nach den Razzien 1942, nach der Sache mit der Miliz?«

»1942, ja«, sagte ich. »Die Operation *Vent Printanier*, die Razzia im Vel d'hiv: 4051 Kinder, 5802 Frauen, 3031 Männer, ingesamt 12884 Inhaftierte.«

»Die glorreiche Ausbeute der Ordnungskräfte sollte in den Giebel der Polizeipräfektur gemeißelt werden.«

»1942 ... Juli 1942«, wiederholte ich nachdenklich. »Aber an welchem Tag? Seltsam, ich kann mich nicht mehr erinnern. Normalerweise habe ich ein gutes Gedächtnis für Daten, und dieses ist grundlegend, gehört zum Schulwissen ...«

Die Razzia vom Vel d'hiv ... Neunhundert Trupps aus zwei oder drei Polizisten aller Bereiche: der städtischen Polizei in Uniform oder Zivil, der Abteilung für Verbrechensbekämpfung, des nationalen Sicherheitsdienstes, der Gendarmerie, der mobilen Garde, der antijüdischen Sonderkommission der Polizei. Selbst die Handlanger der antikommunistischen *Parti populaire français* von Doriot hatten tatkräftige Hilfe geleistet. Sie waren alle um vier Uhr morgens in Wohnungen erschienen, die schon seit langer Zeit registriert waren, und hatten ganze Familien verhaftet, Männer, Frauen, Kinder, alte Menschen. Die Unverheirateten und Paare ohne Kinder waren nach Drancy gebracht worden und die anderen ins Vélodrome d'hiver, die Radrennbahn von Paris.

»Aber ja doch!« rief ich plötzlich aus. »Der 16., es war der 16. Juli 1942.«

Lisa sah mich verwirrt an.

»Was ist denn in dich gefahren?« fragte sie.

»Du kannst dich beruhigen, Lisa«, sagte ich. »Der Mord an Schiller ist ein ideologischer Mord.«

»Kannst du das näher erläutern?«

»Es ist nicht nur die Tat eines Psychopathen, eines Wahnsinnigen«, sagte ich. »Es ist noch schlimmer, viel schlimmer, als ich dachte ...«

3

Felix und Lisa blickten mich in einer Mischung aus Betroffenheit und Verblüffung an.

»Schiller ist am 27. Januar 1995 getötet worden«, sagte ich. »Erinnert euch das nicht an etwas?«

»Nein?!«

»Ich frage mich, warum ich das nicht früher bemerkt habe! Es ist der Tag der Befreiung von Auschwitz ... Genau fünfzig Jahre danach. Wenn man weiß, daß Schiller ein Spezialist für die Shoah war, könnte man sich denken, daß dieses Datum nicht ganz unbedeutend ist.«

Am folgenden Tag lud die Polizei Felix vor, um von ihm die Informationen zu erhalten, die er im Laufe seiner eigenen Untersuchung des Mordes an Schiller gesammelt hatte. Er verbrachte den ganzen Morgen auf der Präfektur. Dort tat er auch seinen Verdacht kund: Dieser Mord stand höchstwahrscheinlich in Verbindung zum Zweiten Weltkrieg, doch wisse er noch nicht, in welcher Hinsicht.

Wie er mir später mitteilte, hatte er im Büro des Kommissars eine interessante Begegnung.

»Bonjour«, hatte der Mann mit starkem südamerikanischen Akzent gesagt, »erinnern Sie sich an mich?«

Felix hatte auf der Stelle die eisblauen Augen, die mit geplatzten Äderchen überzogene Nase und die pockennarbigen Wangen des seltsamen Mannes erkannt, dem wir im Washingtoner Museum zweimal begegnet waren.

»Aber natürlich, Monsieur Ferrara«, antwortete er.

»Und Sie sind nicht überrascht, mich hier zu sehen?«

»Nicht allzu sehr. Ich hatte schon so eine Vermutung, daß Sie nicht einfach der ehemalige UNO-Botschafter Argentiniens sind und auch nicht ganz zufällig im Museum waren.«

»Bravo, bravo«, sagte Ferrara mit einem Anflug von Amüsement in den Augen. »Sie sind sehr scharfsinnig.«

»Gehören Sie zur CIA oder zum FBI?«

Ferrara lächelte.

»Ich arbeite mit der französischen Polizei zusammen, weil diese Angelegenheit unsere beiden Kontinente zu betreffen scheint.«

»Wissen Sie Näheres über John Robertson, den Mann, der den Film ins Museum geschmuggelt hat? Könnten Sie nicht über ihn zum Mörder gelangen?« fragte er Ferrara.

»Auch wenn Robertson ein revisionistischer Neonazi

ist, der regelmäßig die Konferenzen und Kolloquien über die Shoah besucht, so ist er doch nicht der Mörder. Er hat das Stück Film mit der Post bekommen, in einem anonymen Päckchen.«

»Und es gibt keine Möglichkeit herauszufinden, wer es geschickt hat?«

»Wahrscheinlich war es ein Mann, der sich in den Kreisen von Historikern oder Pseudohistorikern gut auskennt … Deshalb könnte uns Ihre Hilfe von Nutzen sein. Wir brauchen jemanden, der eine Verbindung zu diesem kleinen Kreis herstellt. Sagen Sie mir noch eins: Ihr Familienname stammt nicht ursprünglich aus Deutschland?«

»Nein«, sagte Felix, »so wie es aussieht aus dem Elsaß.«

Er dachte einen Moment lang nach, dann fügte er hinzu:

»Aber ich war nie im Elsaß.«

Am Nachmittag wollte Felix mit Jean-Yves Lerais sprechen, aber dieser saß in Haft und wollte keine Erklärung an die Presse geben. Durch seinen Anwalt erfuhr man nur, daß er weiterhin seine Unschuld beteuerte und auf »nicht schuldig« plädieren würde.

Da beschloß Felix, daß es notwendig war, nach Rom zu fahren, um etwas über Lerais herauszubekommen. Er erreichte bei seiner Zeitung ohne große Schwierigkeiten, daß sie ihn dort hinschickten, und schlug mir vor, ihn zu begleiten. Er wollte unbedingt Pater Francis wiedersehen, von dem er sich wertvolle Informationen erhoffte.

Dann telefonierte er mit der Polizei und teilte ihr sein Vorhaben mit; man eröffnete ihm, daß Alvarez Ferrara uns begleiten würde.

Dieses Mal ließ ich mich nicht lange bitten. Ich war

schon mehrfach in Rom gewesen und kehrte gern so oft wie möglich dorthin zurück. Ich träumte davon, Lisa mitzunehmen, ihr Rom im Sonnenuntergang zu zeigen, vom Gianicolo aus mit den baumumstandenen Ruinen und der Stadt vor uns. Um uns herum die Hügel mit den malvenfarbenen und violetten Gipfeln und vor uns die flache, dunkelgrüne Ebene mit den gelben, grauen und purpurroten Sprenkeln, diese Ebene mit den Bäumen und den leuchtenden Büschen und ihrem Fluß, dem Tiber, der in seiner schillernden Tiefe das Himmelslicht widerspiegelt und durch die Stadt strömt, mit Sternchen übersät wie der Himmel über Rom in lauen Sommernächten; in Rom sein, eine Weile in unmittelbarer Nähe der Toten leben, wenn die Vergangenheit sich durch die übereinandergebauten Kirchen, durch die überstürzt zusammengefügten Epochen vergegenwärtigt: Das ist alles, was ich je auf dieser Welt geliebt habe. Rom, das ist Anfang und Ende. Das Kolosseum, diese große Ellipse, wo die Menge zu den Spektakeln Beifall spendete, in denen sich das Reich zwischen Gladiatorenkämpfen und Raubtierhatz zur Schau stellte, besteht nur noch aus Ruinen; und wenn ich die politischen Reden, das Geschrei der Menge höre und die romantische Wirkungsmacht dieser himmlischen Orte sehe, vom Pantheon und Forum Romanum, vom Kapitol und Palatin, dann von den Anhäufungen aus Stein, Staub und Asche aus. In einem Wagen, der von vier weißen Pferden gezogen wurde, fuhr der Sieger an der Spitze eines langen Zuges vor, aber neben ihm flüsterte ein Sklave: »Bedenke, daß du sterblich bist.« Rom in seinem vergangenen Glanz ist das verlorene Paradies, und seine Ruinen zeugen vom weltumspannenden Niedergang. Rom ist traurig, und Rom weint: Seine Tränen füllen die Brunnen.

Das wilde, chaotische, willkürlich ausgebreitete Rom zwischen Bäumen und Autos, zwischen klarem Wasser und schmutzigen Flüssen, unvorteilhaft zurechtgemacht wie eine schlampige Frau, heruntergekommen, aber charmant, ist das Abbild der Zeit, der Zeit, die zwischen Ruinen und engen Straßen flieht, welche dem Labyrinth der Erinnerung schmeicheln und meinem Historikerinstinkt, mit Toten etwas zu konstruieren, zu ordnen und zu klassifizieren. Nein, Rom ist nicht erhaben. Rom ist wie die Liebe: eine Katastrophe, eine Kaskade von unvorhergesehenen Dingen, Rom ist eine Ruine, die der Sturm geschleift und ausgewalzt hat, Rom ist die lange Ruhe nach dem Sturm.

Nachdem wir unser Gepäck in dem kleinen Hotel hinter dem Campo de' Fiori untergebracht hatten, wo ich normalerweise abstieg, begaben wir uns zu Fuß zum Palazzo Farnese, der die Ecole française de Rome, die Forschungseinrichtung für französische Historiker, beherbergt. Wir durchquerten die Parkanlagen voller Ruinen und Fragmente, den riesigen Bruchstücken der Vergangenheit. Wir kamen an den Weingärten inmitten von Klöstern vorbei, an den Villen und Palästen mit tausend Zypressen. Wir bewunderten die Blumen von Rom in den Innenhöfen und die langen Efeuranken, die die Steinhäuser streichelten. Wir durchquerten die Arkaden und die vielen wasserreichen Plätze, wir setzten uns, um einen Cappuccino zu trinken, mit gut geschäumter Milch, so daß der Löffel darin steckenblieb. Dann bogen wir auf den Corso ein, der im Schatten der hohen Häuser auf die Piazza Venezia zuläuft wie ein dunkler Flur auf eine lichtdurchflutete Öffnung.

Der Palazzo Farnese ist ein weitläufiges Gebäude, dessen imposante Fassade mit einer schlichten Kranzleiste versehen ist. Wir gingen durch eine Gewölbehalle in den Innenhof, auf den Fenster blickten, die von dreieckigen Giebelfeldern überragt wurden. In deren Mitte umrahmten zwei Girlanden einen Stierkopf. Wir durchschritten das Hauptgebäude, gingen über eine prunkvolle Galerie, deren Deckengemälde Herkules bei seinen schwersten Aufgaben zeigt, dann kamen wir in einen anderen Saal, wo der Triumph von Bacchus und Ariane mit Thyrsosstab, Weintrauben, trunkenen Silenen und Bacchanten gefeiert wurde.

Wir kamen in den ersten Stock, in der die Ecole française de Rome untergebracht war. Es war vier Uhr nachmittags und fast menschenleer. Die Studenten und Wissenschaftler hatten Ferien. Es gelang uns, eine Sekretärin aufzuscheuchen, eine Italienerin, die mit ihren dunklen Augen und Haaren und ihrer weißen Bluse aus feiner Seide ein wenig der Ariane ähnelte. Sie wunderte sich nicht über unsere verworrenen Erklärungen.

»Haben Sie Jean-Yves Lerais in den letzten Tagen gesehen?« fragte Felix, der schon wußte, wie die Antwort lauten würde.

»Nein«, antwortete die junge Frau. »Ich habe ihn seit drei Tagen nicht mehr gesehen.«

Offensichtlich war die Neuigkeit seiner Verhaftung noch nicht bis hierher gedrungen.

»Wissen Sie, zu welchem Thema er hier Recherchen durchführte?«

»Nein, aber warten Sie, ich kann es herausfinden.«

Sie stand auf, suchte in einem Schubfach, zog einen Packen kleiner Karteikarten heraus und begann eine Karte nach der anderen zu überprüfen. Alvarez Ferrara zeigte schon langsam einen Anflug von Ungeduld, als die Ariane ausrief:

»Ah, da ist es, ich glaube, ich habe es gefunden! Signor Lerais hat seine Dissertation über Jérôme Carcopino geschrieben, Direktor der Ecole française de Rome, Direktor der Ecole normale supérieure und französischer Erziehungsminister unter dem Vichy-Regime. Jetzt ist er hierhergekommen, um Nachforschungen über Pius XII. und den Nationalsozialismus seit dem Konkordat zwischen dem Dritten Reich und der katholischen Kirche anzustellen, das 1933 unterzeichnet wurde.«

Sie hatte gewissenhaft die ganze Karte vorgelesen.

»Können Sie uns die Adresse geben, unter der er hier geführt wird?« fragte Alvarez Ferrara und trommelte mit den Fingern auf dem Tisch.

»Wer?« fragte sie und riß die Augen auf. »Pius XII.?«

»Nein«, antwortete Ferrara harsch. »Jean-Yves Lerais.«

»Nein, das kann ich nicht. Wir geben grundsätzlich nicht die persönlichen Adressen unserer Wissenschaftler heraus.«

Da hielt ihr Alvarez Ferrara mit einer knappen Bewegung seiner dicht behaarten Hand den Polizeiausweis unter die Nase, woraufhin die Frau sich eingeschüchtert fügte. Wir begaben uns sofort mit dem Taxi zu der Adresse, die sie uns gegeben hatte.

Die Wohnung lag im ersten Stock eines reizenden kleinen Hauses an der Piazza Navona. Wir brauchten weder den Hausmeister nach einem Schlüssel zu fragen noch ein Schloß aufzubrechen: Jemand war bereits da und öffnete uns die Tür.

Es war Pater Francis. Er schien nicht erstaunt zu sein, uns zu sehen.

Felix und ich enthüllten ihm Ferraras neue Identität.

Wir gingen in ein Wohnzimmer mit alten Möbeln und nicht zusammenpassenden Sesseln, auf denen wir Platz nahmen. Zahlreiche brennende Kerzen waren überall plaziert worden, auf den Tischen, den Bücherregalen, den Fensterbrettern. Ein Dunst erfüllte das Zimmer, der von mit Moschus versetztem Weihrauch herrühren mußte und dessen Geruch uns fast den Atem nahm. Vor uns lagen auf einem großen Kamin mehrere buntgemischte Stapel mit alten Büchern und Heften. Getrocknete Kräuter hingen von den Dachbalken herab. An einem der Balken war ein mit Reliefs verzierter Stab befestigt. Das dickere Ende hing zum Boden hin, während das andere von einem siebenfach geknoteten Lederband umwunden war.

»Wann haben Sie Ihren Neffen das letzte Mal gesehen?« fragte Ferrara.

»Vor genau acht Tagen. Der arme Kleine ...«, fügte er mit zittriger Stimme hinzu. »Ich sage Ihnen, daß er unschuldig ist ... und ich weiß auch, wer die Tat begangen hat ... Es handelt sich um eine Verschwörung ...«

»Eine Verschwörung? Von wem?« fragte Felix.

Pater Francis flüsterte ihm etwas ins Ohr. Felix hob eine Augenbraue. Seine Mundwinkel verzogen sich. Ich sah die Vorläufer seiner geringschätzigen Miene.

»Wenn Sie meine Meinung wissen wollen«, fuhr Pater Francis laut fort, »dann müssen Sie in dieser Richtung nach Schillers Mörder suchen. Mein kleiner Jean-Yves ist ein Historiker des Krieges. Er versuchte, die Tat seines Vaters zu sühnen, verstehen Sie ...«

»Die Tat seines Vaters? Was hat er getan?« fragte Felix.

Bei dieser Frage wurde der alte Mann verlegen, als hätte er begriffen, daß er zuviel gesagt hatte.

»Sein Vater ... ach nichts ... gar nichts. Was wollen Sie, es war schließlich Krieg ... Wissen Sie, so viele Tote hat es ja auch nicht gegeben«, stammelte er. »Die Juden haben das durch die starke Erregung nicht so mitbekommen.«

Felix sah ihn ungerührt an. Es hatte mich immer verblüfft, ihn so zu sehen. Bei Privatgesprächen mit Freunden oder Bekannten konnte er sich außerordentlich angriffslustig zeigen, aber wenn er eine Untersuchung durchführte, wenn er »seinen Job machte«, wie er es nannte, dann gelang es ihm, übernatürliche Ruhe zu bewahren. Er konnte sich mit Diktatoren, mit alten Kollaborateuren und Kriminellen unterhalten, ohne auch nur mit der Wimper zu zucken. Er war sogar in der Lage, seinen Gesprächspartnern beizupflichten, um ihnen eine Information zu entlocken. In diesen Fällen zeigte er eine absolute Heimtücke.

»Seit der Begegnung mit diesem Mädchen haben die Unannehmlichkeiten für ihn angefangen«, fuhr der alte Mann fort.

»Welches Mädchen?« fragte Felix.

»Diese Lisa, Lisa Perlman. Sie wissen doch, Frauen bringen nur Unheil ... Das erinnert mich an ...«

Pater Francis blickte uns einen Moment lang an und sagte:

»Ich war zwanzig Jahre alt und studierte Theologie. Ich war, wie man so sagt, berufen. Ich wollte Mönch werden. Ich wollte meine Seele in Gottes Hände legen, ihm mein Schicksal anvertrauen. Ist es Ihnen aufgefallen? Das, was man ›Familienähnlichkeit‹ nennt, rührt nicht von der Form der Stirn, der Nase oder des Kinns her, sondern strahlt aus den Augen. Daher sehen sich alle Mönche ähnlich. Es war eine gesegnete Zeit, in der ich zur Familie der Auserwählten gehörte.«

Pater Francis hob die Augen zum Himmel, als wollte er sich besser an diese verzauberte Zeit erinnern, dann sprach er weiter und starrte plötzlich mich an, als würde er sich vor allem an mich richten:

»Eines Wintermorgens änderte sich plötzlich alles. Ich weiß nicht mehr, wie ich diesem Mädchen begegnet bin ... Wegen ihr mußte ich mein ganzes Leben aufgeben.«

Der alte Mann nickte mit dem Kopf. Alvarez Ferrara schien ihm mit zerstreuter Miene zuzuhören. Felix rauchte in aller Ruhe seine Zigarre und beobachtete ihn mit einer Mischung aus Konzentration und Verachtung.

»Ich sehe es schon«, fuhr Pater Francis fort. »Sie machen sich lustig über das, was ich Ihnen erzähle. Sie glauben nicht an den Teufel und die bösen Geister, die in dieser Welt agieren. Sie haben nie erlebt, was Besessenheit heißt… Sie glauben nicht an ihn, an Satan … Doch wissen Sie was? Er existiert. Soll ich Ihnen etwas sagen?«

Seine Augen waren vor Erregung geweitet.

»Wenn er vollkommen allein ist, ist er gern nackt. Dann läßt er seinen Geruch verströmen, der nach fauligem Wasser, nach einem schwarzen Gewitter, nach widerwärtigem Moder riecht. Wenn er unter Menschen ist, überdeckt er diesen Gestank mit einem Balsam, dessen Zusammensetzung niemand kennt. Er liebt die Dunkelheit und Häuser, in denen Weihwasser und Kerzen zu finden sind. Er liebt Sterne und Kometen, Sternschnuppen sind seine Streichhölzer, und der Blitz ist sein Schrei. Er liebt Feuer und Schwefel. Sie können ihn leicht erkennen: Sein Blick ist weit mächtiger als der menschliche Blick.«

Seine Augen waren weit aufgerissen, sein Gesicht war bleich, an seinen Schläfen pulsierten die Adern, und seine heisere Stimme wurde immer tiefer. Er nahm eine Kerze, die neben ihm stand, und hob sie bis zu seinen Augen. Die Flamme warf Schatten auf sein Gesicht und ließ es wirken wie einen Totenkopf.

Im Schein der Kerze schien das Zimmer wie von der Dunkelheit eingenommen. Ich spürte, wie leichte Übelkeit in mir aufstieg. Ich hatte Schmerzen im Kopf und im Herzen.

Ich warf Felix einen Blick zu. Dieser rauchte unberührt seine Zigarre, mit konzentriertem Gesichtsausdruck, und hatte seinen Kopf ein wenig in den Nacken gelegt. Ferrara trommelte mit den Fingern nervös auf seiner Sessellehne. *War hier irgend jemand normal?*

»Sehen Sie«, rief Pater Francis aus. »Das heilige Feuer verschlingt uns, wir sind in der Finsternis, im Reich der Finsternis!«

Er fing an, durchdringend auf einen Punkt auf der Wand zu starren, die mit scharlachrotem Rips bespannt war.

»Satan, da bist du! Fürst der Welt, du beherrscht die Menschheit vom Anfang bis zum Ende ... Gott sieht dich, aber du kannst ihn nicht sehen. Gott sieht dich, Satan, und erlaubt dir, Macht über die Menschen zu gewinnen. Aber du bist nicht einer, du bist viele! Du bist Legion! Du kannst so viele Erscheinungsformen annehmen, wie es Menschen auf der Erde gibt. Denn du hast Angst davor, dich so zu zeigen, wie du bist, du verbirgst dich. Du lebst unter einer Maske. Manchmal machst du dich auch unsichtbar, aber ich, ich sehe dich, und ich erkenne dich!«

War es nur ein Widerschein der Kerzen auf dem Tisch? War es die seltsame Atmosphäre, die in diesem Zimmer mit den tausend Lichtern, mit dem Zauberstab und dem benebelnden Weihrauch herrschte? Auf den damastartigen Tapeten tanzten Schatten, die die Form von Tieren hatten, von Schlangen, Drachen, Löwen, Ziegenböcken, Schweinen, Fledermäusen und von Dämonen mit menschlichen Händen und Füßen, gräßlichen Fratzen und scheußlichen Schwänzen und Klauen. Die kleinen Flammen loderten auf dem Tisch wie auf einem Altar, als wollten sie die magischen Kräfte verzehren, beherrschen, diese rasenden, tobenden, blutrünstigen Lurche, doch die Flamme fachte ihren Zorn noch an. Sie bewegten sich wie kleine Kobolde, zuckten mit Armen und Beinen, und ihre Leiber nahmen alle möglichen Formen an: mit Löwenköpfen, Schlangenschwänzen, Adlerflügeln und Schildkrötenpanzern.

Und diese ganze Brut kroch, schritt, brüllte herum, blähte sich willkürlich auf und schrumpfte dann wieder zusammen, zog ihre Glieder zusammen und streckte sie dann wieder aus. Untergang und Zerstörung, Hölle und Verdammnis! Es war ein Reigen aus Aasfressern, aus Schlangen und Kröten, die über dem Feuer herumtrampelten, aus satanischen Gestalten, die sich ständig verwandelten, Furien mit fünf Hörnern, Nattern, Herzen und alle möglichen menschlichen und unmenschlichen Organe: Erscheinungen von der anderen Seite des Grabes.

Der alte Mann löschte die Kerze mit seinen Fingern und murmelte: »So wie die Sünde immer da ist, ist der Teufel immer anwesend, doch in bestimmten Zeiträumen zeigt er sich gern häufiger. Das Ende einer Ära ist eine gefährliche Zeit.«

Felix warf mir einen Blick zu, der sagen sollte: Senil oder nicht, der Alte fängt langsam an, mich zu nerven.

Ferrara mußte das gleiche gedacht haben, denn er stand auf und machte Anstalten zu gehen. Wir taten es ihm gleich, doch da besann er sich plötzlich anders.

»Noch etwas zu Ihrem Neffen: Erinnern Sie sich an irgend etwas, was uns bei der Suche nach dem wahren Mörder helfen könnte?«

Pater Francis dachte einen Moment nach.

»Aber natürlich! Vor einigen Wochen sagte Jean-Yves zu mir, wenn ihm jemals etwas zustoßen sollte, dann sollte ich sein Schließfach öffnen.«

»Was für ein Schließfach?«

»Ein Schließfach in der Bank.«

»Haben Sie der Polizei davon erzählt?«

»Die Polizei hat mich noch nicht befragt.«

»Hat er Ihnen die Zahlenkombination genannt?«

»Ja, die habe ich … na, ich werde mich darum kümmern, wenn ich wieder in Paris bin …«

»Könnten Sie uns die Kombination nennen? Wir könnten uns an Ihrer Stelle darum kümmern«, sagte Alvarez Ferrara mit falscher Verbindlichkeit.

»Nein«, sagte Pater Francis. »Das steht ganz außer Frage. Jean-Yves hat sich von mir versprechen lassen, daß ich sie keinem Menschen verrate. Und dann weiß ich noch nicht mal genau, wo ich sie habe …«

Felix sah ihn neugierig an. Ferrara warf einen scharfen Blick auf den alten Mann, dann wandte er sich brüsk zur Tür.

Während wir die Treppe hinabstiegen, verfolgte uns der alte Mann bis auf den Treppenabsatz mit seinen Ergüssen:

»Und haben Sie acht auf diese Frau! Sie ist gefährlich: Sie kann Sie sehr leicht verhexen … Es genügen einige Tropfen heiliges Salböl oder Stücke einer geweihten Hostie, Reste von Fingernägeln, ein Zahn oder Haare des Opfers, um eine Puppe anzufertigen. Dann nimmt man alle Sakramente an ihr vor, Taufe, Kommunion, Firmung, Priesterweihe und letzte Ölung. Geben Sie gut acht auf die Inkuben und Sukkuben! Alles liegt in der Astralwelt, die, wenn sie in Zorn gerät, gräßliche Verschwörungen anzettelt! Ich sage Ihnen: Hüten Sie sich vor dieser Frau! Sie hat meinen Neffen verhext! Sie war es, ich sage es Ihnen!«

Die Worte des Alten verloren sich in der Nacht. Ferrara winkte ein Taxi heran, um ins Hotel zurückzufahren. Wir ließen ihn in das kleine, schwarze Auto steigen, denn mir war nach ein paar Schritten zu Fuß, und Felix wollte mich begleiten.

»Hast du diese Schatten gesehen«, fragte ich ihn, »diese schrecklichen Monster?«

»Wovon sprichst du?«

»Du weißt schon, diese Wesen, die an der Wand tanzten! Diese Höllenwelt, die Pater Francis heraufbeschwor! Hast du nichts gesehen?«

»Nein. Was ist los mir dir? Bist du etwa abergläubisch geworden, Raphael?«

»Aber hast du denn wirklich nichts gesehen?«

»Was ist sehe, ist, daß du seit einiger Zeit nicht mehr derselbe bist, daß du immer irrationaler wirst und dieser Priester dir jetzt Bilder in deinen Kopf hat schmuggeln können!«

Er sah mich mit ironischer Miene an.

»Mit anderen Worten, du bist das Opfer einer Suggestion. Seit du in der Macht der Liebe stehst, kann dir alles passieren!«

»Warum sagst du das?«

»Die Leidenschaft ist genau wie der Glaube ein Phänomen der Suggestion: Es sind fremde Gedanken, die dem anderen eingegeben werden, bis sie zu einer fixen Idee werden ... Liebesbeziehungen haben etwas mit Hypnose gemein.«

»Meinst du nicht, daß du ein bißchen übertreibst?«

»Nein. Sieh dir Hitler an: Ist es ihm nicht gelungen, ein ganzes Volk zu hypnotisieren?«

Wir gingen zu Fuß zum Hotel, durch die Straßen der Altstadt, in einem unruhigen Rom unter tintenschwarzem Himmel. Jeder unserer Schritte hallte auf dem Kopfsteinpflaster wider, und das Licht der Straßenlaternen warf furchterregende Schatten auf den Boden. Woher kamen diese Schatten? Von unseren Körpern im Licht der Laternen? Oder von dort oben, von dieser großen Schlange, die sich am Saum des Himmels unter der bizarren Masse der Dunkelheit zusammengerollt hatte? Es lag so etwas wie Bedrückung in der Luft, im kühlen, bisweilen scharfen Wind, im Zittern der Blätter und Glitzern der Sterne. Es lag in dieser römischen Nacht so etwas wie die Ahnung eines anderen Universums, einer Überwelt, von der die unsere nur eine fehlerhafte Kopie war. Ich hatte plötzlich das Gefühl, daß wir nicht hätten dort sein sollen, daß wir besser geschlafen hätten, so wie wir es unser ganzes Leben taten, die Augen verschlossen vor jeder höheren Wahrheit.

»Was hat dir Pater Francis eben ins Ohr geflüstert?« fragte ich Felix.

»Ach nichts!«

Vielleicht hatte Pater Francis letzten Endes recht: Die ganze Erdengeschichte beginnt und endet mit der Schlange, die sich in den Schwanz beißt wie das Werden der Welt, der unendliche Kreislauf vom Einen zum Ganzen und vom Ganzen zum Einen. Die Schlange ist überall: Es ist der Kreis, der den Kosmos mit seinen Ringen umgibt, es sind die sieben planetarischen Sphären von der Erde zum Saturn, es ist der gekrümmte Horizont, der Schatten vom Licht trennt, es ist der Ozean, der das Festland wie ein riesiger Fluß umschlängelt, es sind die Falten der Gedärme, in denen sich die Nahrung transformiert und die, wie die Schlange, den Fluß des Lebens repräsentieren – Verbrauch, Verfall, Verwesung. Ja, sie ist überall, vom Mikrokosmos bis zum Makrokosmos, vom menschlichen Körper bis zur Unendlichkeit des Raums. Sie verkörpert alle Mechanismen des Lebens. Sie ist am Anfang, und sie ist am Ende, durch ihr höchstes Wissen beherrscht sie den Tod. Sie ist der oberste Herrscher der Menschen, der Umstürzler der Geschichte. Sie ist es, die im Garten Eden die Macht des falschen Gottes in Frage zu stellen wagte. Sie ist der wahre Held des Paradieses, der den göttlichen Zorn herausforderte, um dem Menschen die Geheimnisse seines Ursprungs zu enthüllen. Dafür verführte sie Eva und danach Adam und brachte dem ersten Paar Erkenntnis und Sinnenlust. Eva, die lasterhafte, die böse Frau, durch die das Böse hindurchging ... Vielleicht hatte Pater Francis recht, und Lisa war nicht die Frau, für die ich sie hielt.

Ich betrachtete Felix, der ungerührt inmitten der Qual neben mir herging, als wäre nichts, und ich spürte, wie meine Hände zitterten. Diese Nacht war eine Frau, ein Geheimnis, wie die Welt, in der die Jahrtausende endeten, ohne daß wir auch nur einen einzigen Schritt weiter in Richtung Weisheit gekommen wären. Was machte er hier, in dem Versuch, mehr zu wissen, immer mehr? Und was genau? Die Wahrheit über diesen Mord? Über das Böse ...? Was für ein Widersinn: Es gibt beim Bösen nichts Verständliches, nichts Rationales, noch nicht mal die geringste Annäherung an die Idee, die man sich von der Vernunft macht. Das Böse ist weder einzigartig noch unstreitig: Es ist unbeständig wie Worte und Sätze. Sein Merkmal ist weder Sicherheit noch Gewißheit. Die Vernunft weiß das nicht, weil es ihr an Vorstellungskraft mangelt. Klar und stolz bleibt sie an der Oberfläche, auf dem vereisten See dessen, was sie Wahrheit nennt und was nichts anderes ist als ihr Glaube, das heißt ihr Unwissen – nicht die Abwesenheit von Wissen, sondern die Abwesenheit des Wunsches zu wissen.

Ursprünglich, zu Beginn, gab es einen Mord an einem Mann, der in zwei Teile zerlegt wurde. Dann gab es diese verhängnisvolle Verwicklung, diese Verzahnung, die ich selbst initiiert hatte. Je mehr ich voranschritt, desto mehr ging ich in die Irre. Was machte ich hier, in diesem seltsamen Licht, das die stummen Gesichter der Lampen ausströmten, welche wie Streiter des Mondes hierherverpflanzt waren, um die wehrlosen Bäume mit den kahlen Ästen einzurahmen? Was machte ich angesichts der grellen Leuchtkörper, die ihren

Kopf zum Himmel hoben und ihren Haß auf ihre Arbeit, in der Nacht zur Wiederaufforstung dieser öden Welt beizutragen, hinausschrien?

Ja, es lag etwas Seltsames in dieser Welt, das nicht Gottes Werk war, sondern nur von einem bösen, sadistischen Demiurgen, einem mit allen Wassern gewaschenen Geist stammen konnte. Mir schien, alle Gebäude um mich herum, die Kirchen und die Häuser unter dem kosmischen Himmel, zeugten von der Fortdauer eines Jahrtausende alten Betrugs. Ja, die Menschen waren Fremde auf dieser Erde, welche sie mit allen Kräften urbar machen wollten. Sie waren der Bodensatz einer ausgestorbenen Welt. Diese schwere, undurchdringliche Materie war wohl von allen die undynamischste, unbeweglichste und lastendste. Die Sterne, diese Risse im Himmelsgewölbe, zeigten, daß es einen Weg gab, von ihr zur fliehen. Aber welchen?

»Was denkst du darüber?« fragte Felix, während wir instinktiv schneller gingen.

»Es ist seltsam«, antwortete ich. »Ich stehe noch unter dem Einfluß dieser Visionen.«

»Was? Sprichst du etwa von Pater Francis' Ergüssen?« wunderte sich Felix. »Das kennen wir doch schon. Nein, ich denke an diese Sache mit dem Schließfach. Was hältst du davon?«

Ich hielt gar nichts von dieser Geschichte mit dem Schließfach. Das Ganze erschien mir vollkommen nebulös. Dieses Schließfach enthielt wahrscheinlich Briefe, Familienschmuck oder ganz einfach Geld.

Aber warum fröstelte mich so im stillen Rom, meinem *Orient désert*?

»Was hat er dir vorhin ins Ohr geflüstert, Felix?«

»Willst du es wirklich wissen?«

Ich nickte.

»Er hat mir gesagt, daß alles die Schuld der Juden sei. Sie seien deportiert worden, weil sie gesündigt hätten.«

Da verstand ich den Schmerz, den ich erahnt hatte und der in mir anstieg wie eine Welle der Wehmut.

Früher waren die Juden für mich ein abstrakter Begriff gewesen, ein historisches Konzept. Doch jetzt war alles anders: Es gab Lisa.

Ich dachte zum tausendsten Mal an die Frage, die sich jeder das eine oder andere Mal stellt, jeder Mensch, ob er nun vom Krieg betroffen war oder nicht, die wahre, die einzige Frage, die metaphysische Frage; die Frage, die Felix sich und mir immer wieder stellte, um dann normalerweise den Schluß zu ziehen, daß wir wahrscheinlich nichts getan hätten, daß wir wie so viele Historiker oder Journalisten zur Feder gegriffen hätten … um eine Arbeit über die Agrarstrukturen des christlichen Abendlandes oder einen schönen literarischen Artikel in der *Nouvelle Revue française* zu schreiben.

Die Frage. Die Jahrhundertfrage, die Gewissensfrage, die menschliche Frage schlechthin. Die wahre Frage, die gute Frage, auf die zu antworten möglich ist, auf die nicht zu antworten unmöglich ist, vor der keinerlei Ausflucht erlaubt ist. Es führt zu nichts, sich zu fragen, woher die Welt stammt, wohin sie geht und warum wir hier sind. Aber diese eine Frage zu beantworten hieße, alle Fragen zu beantworten, eingeschlossen die nach dem Ursprung und dem Ende.

Was hätte ich getan? Was hätte ich in den Wirren des Nationalsozialismus getan? Was hätte ich während der Shoah getan?

Was hätte ich getan? Hätte ich die Deutschen unter Einsatz meines Lebens bekämpft? Hätte ich aus Patriotismus oder kommunistischem Aktivismus Widerstand geleistet? Hätte ich mich de Gaulle nach seinem berühmten Aufruf angeschlossen, den so wenige Franzosen hörten? Hätte ich Papiere und Pässe gefälscht? Hätte ich bei einer verbotenen Zeitung mitgemacht? Wäre ich ein Mann des Untergrunds geworden? Hätte ich ein Doppelleben, eine zweite Identität gehabt? Wäre ich in den Widerstand gegangen? Hätte ich Gedichte geschrieben? Hätte ich den besungen, der an den Himmel glaubt, und den, der nicht an ihn glaubt? Hätte ich in meinem Keller, auf meinem Hof, in meinem Bergdorf Juden versteckt? Hätte ich Juden versteckt, weil es mir als das Natürlichste der Welt erschienen wäre? Hätte ich Juden versteckt, weil sie das auserwählte Volk sind? Hätte ich Juden versteckt, auch wenn ich sie nicht besonders gemocht hätte, weil es aber Grenzen gibt, die man nicht überschreiten darf? Wäre ich unter allen Bedingungen mutig und tapfer gewesen? Wäre ich ein Held gewesen? Wäre ich ein tapferer Kämpfer oder ein Feigling gewesen? Hätte ich die Waffe ergriffen? Hätte ich mein Leben aufs Spiel gesetzt, um Unschuldige zu retten und mein Vaterland zu verteidigen? Hätte ich unter der Folter geredet? Was hätte ich wegen meiner Überzeugungen gesagt und getan? Hätte ich mich in Gefahr gebracht? Hätte ich ein philosophisches Werk über die Freiheit geschrieben? Hätte ich Theaterstücke aufgeführt und vorgegeben, sie enthielten versteckte Kritik am Regime?

Hätte ich mich von der Miliz anwerben lassen? Wäre ich ein Anführer oder ein Untergebener gewesen? Ein beflissener Funktionär, ein Schreibtischtäter? Hätte ich die Befehle ohne nachzudenken ausgeführt? Wäre ich nach Vichy gegangen? Wäre ich in Paris geblieben? Wäre ich nach London gegangen oder nach Cherchell? Und 1940 oder 1945? Wäre ich bei den ersten Widerstandskämpfern gewesen, oder hätte ich mich erst 1943 dem Widerstand angeschlossen? Wäre ich mit dem *Service du Travail Obligatoire*, dem obligatorischen Arbeitsdienst, nach Deutschland gegangen? Oder wäre ich wegen des STO in den Widerstand gegangen? Wäre ich gefangengenommen worden? Wäre ich geflohen? Hätte ich mich am Schwarzmarkt beteiligt? Aus Notwendigkeit oder aus Profitstreben? Wäre ich ein treuer Kollaborateur gewesen, der die Befehle des Marschalls gewissenhaft ausgeführt hätte? Wäre ich ein fanatischer Kollaborateur gewesen, der Pétain begeistert unterstützt hätte? Wäre ich ihm halbherzig gefolgt, nicht aus Überzeugung, sondern aus Korpsgeist oder auch aus Ehrgeiz? Hätte ich Lavals Reden beigepflichtet? Hätte ich *Je suis partout* gelesen? Hätte ich *Je suis partout* geschrieben? Wäre ich einer der Intellektuellen gewesen, die von der nationalen Revolution verführt wurden? Hätte ich durch meine Artikel, die zu Denunziation und Haß aufriefen, den Tod von jüdischen Männern, Frauen und Kindern verursacht? Hätte ich Kameraden verraten? Hätte ich das aus Überzeugung, aus Neid oder aus Opportunismus getan? Hätte ich Juden denunziert?

Hätte ich Juden denunziert? Wie sie. Ja, wie sie. Warum? Warum es nicht endlich aussprechen? Das schöne Familiengeheimnis. Die Leiche im Keller. Das Totgeschwiegene. Auf keinen Fall etwas sagen, Raphael. Halt den Mund. Du hast nichts gehört. Es ist eine Lüge. Dein Großvater lügt. Er erzählt wirres Zeug, der Arme. Er ist senil geworden. Senil? Das heißt alt, viel zu alt. Hör ihm nicht mehr zu, Raphael. Ich erlaube dir nicht mehr, ihn zu besuchen. Und ich verbiete dir, diesen Unsinn nachzuplappern, verstanden? Dem armen Alten bleibt doch nur noch der Tod.

Ja, wie sie. Wenn ich Juden an die Polizei verraten hätte, hätte ich ihre Adresse wohl in Schönschrift niedergeschrieben, mit allen Buchstaben des Alphabets und der zum diesem Zweck sorgfältig zubereiteten Tusche, hätte sie sorgfältig oder hastig niedergeschrieben? Hätte ich ihren Namen und ihre Personenbeschreibung preisgegeben, hätte ich den Ort verraten, wo sie sich versteckten? Hätte ich meine Denunziation persönlich überbracht oder mit der Post geschickt? Hätte ich sie haßerfüllt, zufrieden oder mit ruhigem Gewissen abgeschickt, weil ich meiner Bürgerpflicht nachgekommen wäre? Wäre ich erleichtert oder mit einem unbehaglichen Gefühl nach Hause zurückgekehrt? Hätte ich Bedauern oder Gewissensbisse verspürt? Hätte ich nachts gut schlafen können, oder wäre ich schweißgebadet aufgewacht? Wäre ich zufrieden gewesen, diese Leute losgeworden zu sein? Hätte ich Juden angezeigt, weil sie meine Konkurrenten waren? Hätte ich Juden verjagen lassen, um ihren Laden und ihre Wohnung zu übernehmen? Hätte ich Juden verdrängt, um ihre große Straßburger Wohnung in der Avenue des Vosges zu bekommen? Hätte ich Juden verraten, weil sie mehr Geld verdienten als ich? Hätte ich gewollt, daß mein Nachbar verschwindet? Aus Neid oder Gewinnstreben? Aus Wut, aus Mißgunst oder Notwendigkeit? Aus Vergnügen, aus Sadismus, aus Unzulänglichkeit oder Verkommenheit? Hätte ich Juden preisgegeben? Hätte ich Juden preisgegeben, weil sie Juden sind? Hätte ich Juden preisgegeben, ohne mir Fragen zu stellen, ohne nachzudenken, oder in dem Bewußtsein, was mit ihnen geschehen würde? Hätte ich Juden in Züge gesteckt? Hätte ich Juden in die Vernichtungslager geschafft? Hätte ich Juden in die Gaskammer gestoßen? Hätte ich sie denunziert, ja, hätte ich sie denunziert? Hätte ich sie denunziert wie meine Eltern? *O Gott!*

Stimmen brüllten in meinem Kopf, dröhnten, als wollten sie ihn zerplatzen lassen. Fragen, Gewimmer aus Schmerz und Verzweiflung. Jedes Mal, wenn ich daran dachte, ertönten dasselbe Geheul, dieselben schrecklichen Schreie, Todesschreie. Flüche verwünschten diese

Familie, ihre unseligen Vorfahren und ihre ganze Nachkommenschaft. Betäubende Schläge hämmerten in meinem Kopf und ließen ihn implodieren.

Aber die Frage lautete an diesem Abend anders: Wie hätte ich reagiert, wenn mir jemand Lisa hätte wegnehmen wollen? Bei diesem Gedanken zitterte mein ganzer Körper vor Angst und Zorn.

Ja, ich hätte zur Waffe gegriffen. Ja, ich hätte getötet.

»Weißt du, was wir machen sollten?«

Ich fuhr zusammen. Felix' Stimme schlug an die Mauern der engen Gasse wie eine Welle in einer Höhle.

»Nein.«

»Wir sollten noch mal zum Palazzo Farnese gehen.«

»Wann? Und warum?«

»Jetzt, sofort. Es könnte sehr gut sein, daß wir dort etwas finden.«

Es war fast Mitternacht. Wir gingen gerade den Knick des Tiber entlang und schlugen nun eine andere Richtung ein, um zur Ecole française de Rome zu gelangen. In Gedanken versunken folgte ich Felix, ohne auf den Weg zu achten, obwohl ich Rom besser kannte als er. Er verlief sich, und wir überquerten einen alten Friedhof.

Der Wind frischte auf. Wir gingen immer schneller, und unsere Schritte durchbrachen die Stille, rissen die Erde aus ihrer Erstarrung und ließen die Seelen der Toten erzittern.

Wir gingen an einer großen, mit Moos bewachsenen Steinplatte vorbei. Ein davor aufgestelltes Kreuz hatte sich derart nach vorn geneigt, daß es jeden Moment zu fallen schien. Mein Blick wurde durch den Umriß der Grabstätte angezogen. Da sah ich, daß der Deckel verrückt war: Das Grab war nicht mehr ganz geschlossen.

Ich blieb abrupt stehen.

»Was hast du?« fragte Felix. »Hast du ein Gespenst gesehen?«

Ich zeigte auf die Platte. Er beugte sich vor und fuhr mit seiner Hand über das Grab.

»Ich würde sagen, jemand hat versucht, es zu öffnen. Wer hat dieses Grab geschändet? Und aus welchem Grund?«

Wer hatte gewagt, die Seelen der Toten zu verletzen? Wer hatte den Vogel mit schrillem Schrei geweckt? Wer hatte den bleichen Schlaf gestört?

Wir verließen den Friedhof und gingen zum Palazzo Farnese.

Im Mondschein wirkte das alte Renaissancebauwerk noch schöner und harmonischer. Da ich mich dort schon aufgehalten hatte, wußte ich, wie man hineingelangen konnte, ohne durch die Eingangstür zu gehen. Wir kletterten über eine Mauer und gelangten in den Innenhof. Leise stiegen wir die riesige Treppe hinauf, dann gingen wir am großen Saal der göttlichen und irdischen Liebe vorbei. Auf den Gängen beobachteten uns die henkersgesichtigen Herrscher mit leerem Blick.

Schließlich betraten wir die Bibliothek. Sicher hatte Jean-Yves Lerais dort, zwischen alten Büchern und Manuskripten, seine Recherchen angestellt. Felix zog einen kleinen Universalschlüssel aus seiner Tasche, ein Überbleibsel einer »exotischen« Reportage. Wir betraten die weitläufigen Räumlichkeiten mit den langen Regalen. Im Hintergrund führte eine mit einer Gittertür verschlossene Galerie zu den Privaträumen des Direktors.

Die Metalltür öffnete sich zu einem Zimmer, das noch dunkler war und einem Gefängnis ähnelte. Wir tasteten uns langsam vorwärts, doch das war nicht notwendig, da wirklich niemand dazusein schien.

Felix ging vor mir. Bei jedem kleinsten Geräusch fuhren wir zusammen. Das waren die Bücher. Sie arbeiteten, auch sie wurden vom Zahn der Zeit zernagt. Sie sprachen, sie flüsterten miteinander, führten geheime Gespräche. Einige sehr alte, vielgebrauchte Bücher, die sich bald auflösen und zu Staub zerfallen würden, gaben ihre letzten Ermahnungen an die jüngeren Bücher, deren kräftige Seiten von den Augen und Händen der Schänder noch unberührt waren. Andere, dünne und brüchige Schriften konnten sich kaum noch aufrecht halten. Sie hatten nicht viele Möglichkeiten und wußten bereits, daß sie wegen ihrer Armseligkeit nicht so lange leben würden wie die anderen, die reichen, mit der schönen Ausstattung: Bei der Arbeit würden ihre Seiten früher gelb, ihre Haut rascher faltig werden. »Was suchen die Störenfriede?« fragten die einen. »Versuchen wir, sie zu erschrecken, damit sie verschwinden und unser Geheimnis unentdeckt bleibt«, antworteten die anderen. Denn die Bücher flüstern einander schreckliche Dinge zu. Sie sind die letzten Hüter der Verbrechen. Sie wollen nachts nicht gestört werden, wenn die Menschen die Bibliotheken verlassen haben und sie sich endlich ihrer Lieblingsbeschäftigung widmen können: ein finsteres Komplott schmieden, das sie schon seit Jahrhunderten aushecken. Sie bereiten heimlich, still und leise die Vereinigung aller Bücher vor. Jedes leistet in seinem Fach einen kleinen Beitrag. Die religiösen spenden Geisteskraft, die wissenschaftlichen liefern die technischen Mittel, die philosophischen nehmen alle Illusionen, die politischen führen zusammen und reißen mit, und es gibt noch zahlreiche andere Bücher – dies ist der größte Teil –, die dazu dienen, mit weiteren Büchern zu sprechen, um die Idee zu verbreiten und die Gemüter zu überzeugen. Denn dieses grandiose Projekt, an dem sie geduldig arbeiten, die große Utopie der Bücher, ist nichts Geringeres als das Ende der Welt.

Nein, das ist kein Märchen. Die Bücher schreien ihre Verzweiflung, ihr Entsetzen heraus. Durch sie spritzen Blut und Fleisch der verlorenen Kinder, all derer, die die Bücher gelesen haben, und all derer, die sie gelesen haben, bevor sie verbrannt wurden.

Am Ende eines Ganges, der noch finsterer war als die mystische Finsternis, lag ein halber Menschenleib.

4

Angekündigt hatte es sich durch einen durchdringenden, schrecklichen Geruch, eine Ausdünstung, die immer unerträglicher wurde, je weiter wir voranschritten. Plötzlich blieb ich stehen, alle Sinne waren hellwach. Mir schien, daß meine Papillen, meine Nasenlöcher, meine Augen und selbst die dünnsten Fasern meiner Haut in Alarmbereitschaft waren.

Dann gingen wir näher heran. Es war dunkel, und man konnte nicht sehr deutlich sehen. Es waren rötliche, etwas verschwommene Formen. Wie eine Ansammlung unzusammenhängender Dinge. Es war klebrig und weich, reglos und schlaff wie getötetes Leben. Doch hatten diese Formen irgend etwas Gemeinsames, weil sie sich aneinander anpaßten, als wären sie innig ineinandergeschmiegt. Es war ein kleiner Berg aufgehäufter Einzelteile, die stellenweise eine rötliche, fast schwarze Substanz absonderten.

In einer zähflüssigen Lache lag ein mit schwarzem Blut bedeckter Rumpf, eine Gestalt mit vor Entsetzen gebrochenem Auge, einer Nase und einem Mund, der von einer heraushängenden Zunge versperrt wurde. Dieser massakrierte Leib breitete seine Eingeweide aus: zerstückelte Organe und Gedärme, zerteilte Knochen, zerfetzte Sehnen und Fleischpartien. Von diesem Geschundenen sah man mit grünem und grauem Schimmel bedeckte Eingeweide, gespaltene Wirbel, die große, zerplatzte Blase des Magens, die herausgequollenen Gedärme. Das Ganze gab totes Fleisch, in Auflösung begriffene Fasern, zerfallene, verweste Membrane preis. Wie bei einem Tierkadaver im Schlachthof sah man alles.

Nein, das hier war nicht der Tod, der Tod selbst hatte wenig mit dem gemein, was wir da vor uns sahen. Ein Mensch, ein Individuum hatte sich auf sein Opfer gestürzt, um dessen Gesicht auszulöschen. Das war nicht der Naturzustand, sondern die Ordnung der Zivilisation, deren ästhetische und ethische Kriterien sich auf die Gleichheit, das harmonische Gleichmaß, die Symmetrie stützen. Es hatte ein Opfer und einen Schlächter gegeben, einen Sklaven und einen Herrn, der entschieden hatte, daß ein Mensch getötet werden konnte oder mußte, und zwar nach einem bestimmten Zeremoniell, nach einer zentralen, ewigen Regel, nach einer Norm. Es hatte nicht nur ein Mord stattgefunden, sondern eine Herabwürdigung des Lebens. Es war nicht unkontrollierte Raserei gewesen, sondern eine beherrschte, durchdachte, geordnete und organisierte Tat. Es hatte eine Entscheidung gegeben und dann eine unerbittliche Ausführung dieser Entscheidung. Es hatte zu Beginn ein Bewußtsein gegeben.

Hatte es auch den Blick zu Gott gegeben, der die Herrlichkeit der Erde wiederherstellt, und den letzten Gedanken: »Mein Vater, wenn möglich, so lasse diesen Kelch an mir vorübergehen«?

Vor mir schwankte Felix. Ich ging einen Schritt vor, um ihn zu stützen. Da glitt ich auf etwas Weichem aus und fiel schwer auf Schillers Oberkörper. Ich schmeckte etwas in meinem Mund, es sickerte, floß und strömte aus mir, ohne daß ich es hätte aufhalten können.

Unter dem Blick der Sterne und aller Sternbilder, die im rächenden Feuer erstrahlten, vor glühender Wut im Aschegeruch brannten, führte ich meine Hand an den Mund: Es war Blut. Ich blutete aus der Nase und war von zähem Schleim bedeckt wie ein kleiner Mensch bei seiner Geburt. Von ferne hörte man ein Wimmern, ein Klagen, vielleicht ein Lamm. Oder auch nur das Aufschluchzen eines weinenden Kindes. Oder ich war es, ich schrie dort, schrie dort aus der Tiefe meiner Gruft.

Wir stürzten aus der Bibliothek, und ich rannte auf die Toilette, um mich dort zu waschen. Heimtückische Blutklümpchen klebten mir an Augen, Mund und Nase. Mein Blut hatte sich mit dem verwesenden Blut von Schiller vermengt. Das Ganze bildete ein Gemisch, eine Art schwärzlicher Flüssigkeit, in der sich Reste auflösten. Als ich mich so im Spiegel betrachtete, konnte ich kaum ein Gesicht erkennen.

Nachdem ich mich gewaschen hatte, ging ich zu Felix zurück. Halb wahnsinnig stürzten wir ins Hotel. Wir klopften an Alvarez Ferraras Tür, um ihm unsere Entdeckung mitzuteilen. Aber dieser gab keine Antwort. Wir klopften lauter, doch er schien nicht da zu sein. Es war drei Uhr vorbei. Wo konnte er also sein? Was hatte er gemacht, nachdem er sich von uns getrennt hatte?

Wir gingen wieder hinunter und trafen ihn auf dem Weg, da er gerade zurückkam.

Sofort teilten wir ihm mit, was wir gesehen hatten.

»Wir müssen zurück, bevor jemand die Polizei alarmiert, ich möchte in aller Ruhe die Leiche untersuchen. Kommen Sie mit!« befahl er.

Ohne zu warten, riefen wir ein Taxi und fuhren schweigend den Weg zurück. Im Palazzo Farnese folgte er uns ohne weitere Fragen bis zu der Stelle, wo wir die Leiche entdeckt hatten.

Alvarez Ferrara preßte sich ein Taschentuch vor die Nase und begann den Rumpf ohne ein Anzeichen von Ekel zu untersuchen, so als handelte es sich um ein ganz gewöhnliches Stück Fleisch. Er sammelte Spuren, machte sich Notizen, tauchte seinen Stift in klaffende Wunden und bewegte Organe und Gedärme, während er sich näher heranbeugte, um diese oder jene Partie genau zu untersuchen, indem er sie an seine Nase oder seinen Mund führte. Felix ging hinaus. Ich konnte nicht anders, als ihm gebannt zuzuschauen.

»Sehr seltsam«, sagte er nach ein paar Minuten. »Es sieht aus, als sei dieser Mann erst vor drei Tagen umgebracht worden.«

»Wie? Was sagen Sie da?«

»Ich kann Ihnen versichern, daß der Mann nach diesem Grad der Verwesung maximal vor drei Tagen umgebracht wurde«, wiederholte er.

»Wie das? Handelt es sich nicht um ...«

»Doch, doch. Es ist schon Schiller. Nach der Personenbeschreibung, die ich habe, besteht daran kein Zweifel.«

Er säuberte seine Hände mit einem Taschentuch von dem geronnenen Blut, dann zog er eine Photographie aus seiner Tasche und zeigte sie mir. Ich sah sie mir rasch an: Zwischen dem Gesicht vor meinen Augen und der Masse dort unten vor meinen Füßen gab es nicht viel Gemeinsames. Ferrara aber war mit dem Vergleich zufrieden und fuhr mit seiner Arbeit fort. Er ging mit äußerster Konzentration vor. Schweiß tropfte ihm von der Stirn. Ich beobachtete ihn zunehmend erstaunt. Plötzlich hob er, als hätte er meine Verwirrung bemerkt, den Kopf und sagte:

»Bevor ich beim Nachrichtendienst anfing, unterrichtete ich Medizin ... Solche Sachen machen mir keine Angst.«

Um sieben Uhr morgens begaben wir uns zum Kommissariat, wo wir den ganzen Vormittag verbrachten. Als wir es gegen Mittag verließen, fiel eine Schar von Journalisten über uns her, die uns mit Fragen in allen Sprachen quälte. Handelte es sich wirklich um die Leiche von Carl Rudolf Schiller? Seit wann war die Leiche hier in Rom? Warum wurde die eine Hälfte des Körpers in Berlin und die andere in Rom gefunden? Gab es eine Verbindung zum Zweiten Weltkrieg? Warum hatte niemand die zweite Körperhälfte gefunden? War die Leiche durch ein Wunder nicht verwest, oder war sie in einer Kühlkammer aufbewahrt worden?

Felix und ich konnten die Journalisten abhängen, als wir uns in ein Taxi warfen, das uns zum Hotel zurückfuhr.

Am Nachmittag begab ich mich in den Petersdom. Ich wollte die *Pietà* wiedersehen, mich nach dieser blutigen Nacht mit Reinheit umgeben. Als ich sie vor langer Zeit zum ersten Mal sah, war ich mehrere Minuten wie gebannt, konnte meine Augen nicht losreißen von dieser Figur aus weißem Marmor, die den reinsten Ausdruck zeigte, den ich jemals gesehen hatte. Als ich dieses Mal die gesenkten Augen, die feine Nase, die verschwiegenen Lippen, dieses Grübchen am Kinn und die edle Stirn betrachtete, begriff ich: Sie war es, es war Lisa. Meine Reminiszenz, meine Liebe, meine Entgegensetzung.

Ich sah sie mir genau an. Durch ihre gesenkten Lider schien sie etwas unter sich zu betrachten. Ihr geschlossener Mund verriet ebensowenig wie ihre Blässe: Die *Pietà* war glücklich, versöhnt. Ihre Stirn hatte keine einzige Falte des Schmerzes, ihre Augen hatten keine Tränen, ihr Mund deutete ein leichtes Lächeln an. Die *Pietà* betrachtete das geschundene Herz ihres Sohnes und war erfüllt von Stolz. Stolz trug sie ihn, und die Mattigkeit, die ich immer bei ihr entdeckt zu haben glaubte, erschien mir endlich in ihrem wahren Licht: Es war innere Befreiung. Die *Pietà* bewunderte ihren toten Sohn und bewunderte sich, weil sie ihn bewunderte. Sie gab sich dem Grauen hin, war betört, fasziniert. Die *Pietà* wachte über Rom, sie war die sanftmütige Königin im gewalttätigen Rom mit seinen Arenen und Triumphbögen, wo die Besiegten gedemütigt werden mußten, es war das Rom der Kriege und Gladiatoren, das blutrünstige Rom, das Rom der Stürme, in dem seltsame Dämpfe dem Inneren der Erde entsteigen, in dem der Tiber, schwarz wie Pech, mit seinen Strömungen die Stadt vom Land trennt, das brennende Rom im Licht der Blitze, das die Toten aus den Ruinen wiederauferstehen läßt, *miserere*, auf dessen Mosaiken sich die Schönheit des Terrors zeigt, das erhaben Barbarische, wo die zerstückelten Körper vor Genuß erstarren. Es ist Christus, dessen Füße die Erde und dessen Kopf die Kirchengewölbe berühren, es ist Christus, der über diese Trümmer wacht, wo dornige Sträucher wachsen, wo eitrige Wunden aus rissigen Mauern tropfen, denn alles hier ist christlich, selbst das Heidnische: Das Leiden hat vom Land Besitz ergriffen, seit der Zeit, da die Flammen die Hälfte der Stadt vernichteten und die, die man für das Feuer verantwortlich machte, für die Missetaten bestraft wurden, welche sie nicht begangen hatten. Ihre Exekution fand im Rahmen sportlicher Wettkämpfe statt. Man hüllte sie in die Felle wilder Tiere und ließ sie von Hunden in Stücke reißen. Da Christen die Bestattung auf den Friedhöfen untersagt war, beerdigten sie ihre Toten an geheimen Orten.

Dort, unter der Erde in den Katakomben, richteten sie

für die verstümmelten Leichen Grabkammern her, da der Körper, so dachten sie, wiederauferstehen und an der Unsterblichkeit der Seele teilhaben mußte, deshalb mußte man ihnen einen Zufluchtsort zubilligen. Riesige Gänge wurden unter der Erde gegraben, bis eine wahre Totenstadt entstand. Man schätzt die Zahl der so beerdigten Toten auf sechs Millionen. Sechs Millionen Tote, geborgen in engen, mütterlich umhüllenden, menschlich anmutenden Nischen, jeder mit seiner Tafel und seinem Namen, dem Ausdruck der Verbindung zwischen den Toten und den Lebenden. Sechs Millionen Tote in einem Unterschlupf, in einem Familienhaus unter den schmalen Straßen von Rom. Sechs Millionen in Stein gehauene, mit Moos und Flechten bewachsene Grabstätten: Nur mit dem Zeigefinger kann man manchmal eine Form, eine Person, einen Buchstaben, dann zwei, drei, schließlich einen ganzen Namen auf dem Granit erkennen. Die Inschriften, die den Toten vor der Schändung seines Grabs schützen sollten, begleiteten sein Bild wie die Wächter über seine Seele auf dem Weg in die Mysterien der unsichtbaren Welt. Im menschlichen Rom war es noch möglich, sich zu versammeln.

Es war die Zeit der Vesper. Als die Glocken ertönten, ja, da spürte ich die Gegenwart des Heiligen Geistes. Im finsteren Straßburg, wo ich tausendmal das rosa Gewölbe und die massive Apsis der Kathedrale betrachtet hatte, hatte ich nie ein solches Gefühl gehabt: *Ecclesia*, die Frau, die die Sandsteinkirche repräsentierte, hatte zu harte Züge, um anzurühren, und ich zog ihr noch die Statue vor, die gegenüber von ihr stand, die *Synagoga* mit den verbundenen Augen, deren sanftes Gesicht strahlender war als das der gewaltigen Institution: Diese hatte nur ein Herz aus Stein an Stelle eines Herzens aus Fleisch und Blut.

Die schwachen Lichter im Gewölbe, die weißen Kerzen der Kommunikanten, die Litaneien, die der Wind von fern aus den Klöstern herbeitrug, zeugten trotzig von Seiner Erhabenheit. Er war überall: in der unterirdischen Kapelle und in allen mumifizierten Leibern; in den Skeletten, den Oberschenkelknochen, den Schulterblättern, den Becken und den Schädeln, die von den Dekken herabhängen, im *Martyrium des heiligen Sebastian*, wo die Peiniger über die Engel siegen, in der Ohnmacht der heiligen Therese von Bernini, die, ihre Augen halb geschlossen in Schmerz und Ekstase, vor Liebe vergangen ist. Der Heilige Geist war da und betrachtete mich wie ein Auge, ein rächendes Auge, ein brennendes Auge, brennend vor glühender Wut, vor Wut im Geruch von Asche.

Am nächsten Tag, dem 3. April 1995, wurde die letzte Episode der Affäre Schiller in allen Zeitungen ausgebreitet.

Im Flugzeug, das uns nach Paris zurückbrachte, teilte Felix mir die Entdeckung mit, die er in der vorangegangenen Nacht gemacht hatte. Er war zu Pater Francis zurückgegangen und war letztendlich »sein Sympathisant« geworden.

»*Sympathisant*?« fragte ich erstaunt. »Und?«

»Und? Ich habe sie, mein Lieber!«

»Du hast was?«

»Die Zahlenkombination vom Schließfach, Herrgott! Nachdem Pater Francis den ganzen Abend über die Juden hergezogen ist, hat er seine Zuneigung zu mir entdeckt und mir die Kombination gegeben. Außerdem habe ich das Geheimnis aufgeklärt, wohin Alvarez Ferrara letzte Nacht vorübergehend verschwunden ist.«

»Wo war er denn?«

»Nun, der gute Ferrara ist ebenfalls zu Pater Francis

zurückgegangen. Er hatte genau dieselbe Idee wie ich: Er wollte die Kombination des Schließfachs. Aber anscheinend war seine Methode nicht so gut ...«

»Und worin bestand seine Methode?«

»Als ich Pater Francis gestern sah, hatte er ein paar üble Quetschungen ... und einen Finger weniger.«

5

Kaum waren wir in Paris angekommen, stürzten wir schon ins VII. Arrondissement, wo sich das Schließfach in einer Bank befand.

Wir entnahmen dem Fach eine Akte, die wir zu mir brachten. Felix öffnete sie fieberhaft. Sie enthielt alte Dokumente, die aussahen wie die im Archiv. Er nahm sie vorsichtig in die Hand, öffnete sie und begann, sie zu überfliegen.

»Verdammt!« rief er aus. »Sieh dir das an! Jetzt sieh dir das an!«

Ich nahm die Papiere, die er mir hinhielt. Und ich gestehe, ich war sehr überrascht.

Wir hatten nicht die Zeit, uns über unsere Entdeckung zu unterhalten. Es klingelte an der Tür. Lisa war es. Felix verschwand taktvoll, und ich blieb mit ihr allein.

»Ich habe das mit der Leiche erfahren«, sagte sie in beunruhigtem Tonfall. »Man kann es in allen Zeitungen lesen.«

Sie nahm die Kerze, die auf dem Tisch stand, und zündete sich damit eine Zigarette an. Die Flamme zeichnete ihr Gesicht in merkwürdiger Weise nach; die schwarzen Wimpern, ihr mit dezentem Lippenstift betonter Mund, ihre rosigen Wangenknochen und ihre langsamen Bewegungen verliehen ihr fast etwas Irreales. Unter ihrer blassen Haut sah man das bläuliche Netz ihrer Venen, die schneller als gewöhnlich zu pochen schienen.

Ich konnte meine Augen nicht von den Händen mit den langen, langen Fingern losreißen, in deren Nägeln sich das sanfte Kerzenlicht brach und sein matter Schein sich verzehnfachte.

»Und du«, fragte ich sie, »hast du Schiller gekannt? Bist du ihm schon mal begegnet?«

Ihr Blick verschleierte sich.

»Nein«, sagte sie nach einer Pause, »nein, ich kannte ihn nicht. Ich habe ihn nur bei meinen Eltern gesehen, das ist alles.«

»Ist das wirklich alles?«

»Ja.«

Sie log. *Warum?* Was verbarg sie?

»Wie kommt es dann, daß du mit seinen Theorien so vertraut bist?«

»Meine Mutter hat mit mir darüber gesprochen.«

Ich schluckte hart.

»Lisa, du mußt mir die Wahrheit sagen. Seit wann kannte dein Vater Schiller?«

»Ich glaube, schon lange.«

»Wann hat er ihn kennengelernt?«

»Das weiß ich nicht. Du weißt doch, mein Vater spricht nicht sehr viel … Aber warum stellst du mir all diese Fragen?«

Sie blickte zu mir auf. Ich sah sie aufmerksam an. Sie schlief offensichtlich nicht sehr gut. Ihre Wangen waren eingefallen, und sie hatte erbarmungswürdig tiefe Ringe um ihre grauen Augen.

Ich fragte mich, was all das verbarg: War es die nachträgliche Angst, mit einem Mörder zusammengelebt zu haben? Oder fühlte sie sich noch an ihren Exfreund gebunden? Liebte sie ihn noch?

»Ich habe Jean-Yves besucht«, sagte sie schließlich mit müdem Gesichtsausdruck.

»Wo? Wann?« fragte ich ein wenig zu schnell.

»Im Gefängnis. Heute.«

»Und? Was hat er gesagt?«

»Er sagt, daß er unschuldig ist; er versteht das Ganze nicht.«

»Und die Leichenhälfte in der Ecole française de Rome?«

»Er glaubt, daß es eine Intrige ist.«

»Glaubst du das auch?«

»Ich kann nicht glauben, daß Jean-Yves so etwas fertig bringt.«

»Lisa«, sagte ich und blickte ihr in die Augen. »Antworte mir jetzt ehrlich: Liebst du ihn noch?«

Es gab eine Pause.

»Es war eine komplizierte Sache zwischen uns.«

»Das heißt?«

»Ich habe ihn in letzter Zeit nicht sehr häufig gesehen. Wir haben uns vor mehreren Monaten getrennt, aber ... die Trennung war nicht leicht.«

Ich goß ihr ein Glas Whisky ein und nahm mir eine Zigarette. Sie betrachtete eine Weile ihr Spiegelbild auf dem Grund des Glases, dann schüttete sie den Inhalt auf einmal hinunter, wie ich es schon einmal bei ihr gesehen hatte.

»Warum habt ihr euch getrennt? Was ist passiert?«

»Wir haben uns gestritten.«

»Wann?« fragte ich.

Sie warf mir einen schiefen Blick zu.

»Vor ein paar Monaten hatten wir eine Auseinandersetzung. Ich hatte ihn gebeten, einige Dinge zu überdenken ... Aus diesem Grund ist er auch nach Italien gefahren. Seitdem habe ich auf seine Antwort gewartet ...«

Sie barg den Kopf in ihren Händen und fügte mit einem Aufschluchzen hinzu:

»Ich kann es mir nicht verzeihen, verstehst du?«

Sie sah mich mit feuchten Augen durchdringend, fast flehend an.

»Was kannst du dir nicht verzeihen?«

»Daß ich ihm unrecht getan habe. Daß ich ihm gegenüber nicht genügend Verständnis gezeigt habe. Daß ich ungeduldig war. Daß ich ihn weggeschickt habe, anstatt das Problem gemeinsam mit ihm zu lösen. Ich bin sicher, ja wirklich, ich bin sicher, daß man eine Lösung hätte finden können ... Er war nicht schlecht. Er war ein Idealist ... Er sprach vom Mai 1981, als wäre es eine der schönsten Erinnerungen seiner Jugend.«

Ich drückte nervös meine Zigarette aus. Meine Hände zitterten.

»Warum habt ihr euch getrennt, Lisa?«

»Das ist eine lange Geschichte ...«

» ... die ich im Grunde lieber nicht hören würde«, entschied ich brüsk.

Mir war klargeworden, daß Lisa ihre Geschichte mit Lerais wegen der Verhaftung mit einer gewissen Wehmut betrachtete. Sie erinnerte sich an die Vergangenheit, verklärte die Erinnerungen, idealisierte den Mann. Sie sagte sich, daß sie sich ihm gegenüber nicht anständig genug verhalten habe. Sie machte sich Vorwürfe. Mit einem Wort, *sie bereute.*

Ich war überzeugt, daß Lerais der Mann war, mit dem ich sie in jener Nacht überrascht hatte. Ich hatte den Eindruck gehabt, ihn schon einmal gesehen zu haben, weil ich ihm von Berufs wegen schon begegnet war. Es war absurd, unverständlich und unannehmbar, aber ich war eifersüchtig. Ich hätte edelmütig sein können, angesichts der Situation, in der sich

Lerais befand, aber dazu konnte ich mich nicht durchringen.

Ich weiß, daß ich an diesem Tag schwach war. Ich hatte kein Vertrauen. Ich hätte mein Gefühl beherrschen können, ich hätte begreifen müssen, daß Lisa einen Schock erlitten hatte. Statt dessen zeigte ich mich unbarmherzig.

»Es tut mir leid, Lisa«, sagte ich und stand plötzlich auf. »Ich habe eine Verabredung. Ich muß los.«

Sie ging langsam zur Tür, noch ratloser, noch einsamer. Sie war zu mir gekommen, um sich auszusprechen, um Trost und Hilfe zu suchen, und hatte nur Härte und Unduldsamkeit gefunden.

Kaum war sie gegangen, rief ich Felix an. Ich erzählte ihm, daß Lerais immer noch nichts gestanden hatte.

»Und?« fragte ich. »Hast du die Akte zu Ende gelesen?«

»Ich würde lieber nicht am Telefon darüber sprechen«, sagte er knapp.

»Warum nicht?«

»Man kann nie wissen. Wir sehen uns gleich, um 18 Uhr in der Bar vom Lutétia, einverstanden?«

»Okay.«

Zur angegebenen Zeit kam ich zum Lutétia, und da ich sah, daß Felix auch gerade ankam, wartete ich vor der Drehtür.

Plötzlich tauchte ein Mann auf einem Motorrad auf und stieß ihn heftig an. Mit einer geschickten Handbewegung entriß er Felix die Akte, die dieser in der Hand hielt, und fuhr in großer Geschwindigkeit davon.

Sofort sprangen wir in ein Taxi, das vor dem Hoteleingang wartete, und verfolgten das Motorrad, das unsere Dokumente entführte.

Im verstopften Pariser Straßenverkehr wurden wir schnell abgehängt. Das Motorrad schlängelte sich geschickt durch die Reihen der Fahrzeuge. An der Place de l'Opéra sahen wir ihn weit vor uns Richtung Eglise de la Trinité verschwinden.

VIERTER TEIL

1

Noch eine Zigarette, und dann noch eine. Ihr wißt, ich brauche das. Meine mystische Zigarette inspiriert mich und löst mir die Zunge. Wenn ich sie anzünde, ist es wie eine Feuersbrunst, der Lichtstrahl eines Blitzes: ein Vulkan im Magen und in den Eingeweiden, ein reinigendes Feuer, das in mir aufsteigt, die heilige Flamme, die seit Jahrmillionen den irdischen Schmutz durch ihre Kraft und ihren Geist reinigt, und ich bin unsterblich, da mich ihr Licht erhellt und die Dunkelheit durchdringt und erleuchtet, süße Flamme, Flamme, die ich verschlinge wie ein Feuerschlucker, Flamme der Liebe, deren Rauch bis zum Himmel steigt, hoch hinauf, zu den göttlichen Kräften, weit, weit weg, ins Land der Erinnerungen.

Die Worte dauern so lange, wie eine Zigarette brennt, das Feuer zehrt alles auf, und das heraufbeschworene Leben, die vergangenen Bilder erhellen wie die kurzlebige Zigarette einige Minuten lang die irdischen Herzen und lassen danach nur noch eine vergängliche Spur zurück. Die kalten Aschereste vermehren sich wie die vergangenen Taten, und die ganze glühende Materie, Atem und Inspiration, wird zu Staub und abermals Staub, grau und schwarz, und so vergeht auch das Leben, wird zu Asche, wie meine traurige, gedankenvolle Zigarette oder Lisas, die nervöse, linkische, oder wie die Zigarre von Felix, die manchmal glühend war und manchmal widerstrebend und die Macht einer aufgerichteten Schlange hatte, und wir alle drei atmeten, atmeten das

Leben ein und hauchten den Tod aus, denn der Tod siegt, und der letzte Atemzug ersetzt den ersten, der wie ein Kuß in die Nase des Menschen gehaucht wird. Die Zigarette ist der Wind auf dem Sand, das abgestorbene Pflanzengewebe der Wälder, die Anschwemmungen der Gewässer, und Lisa blies die Erde an, als wollte sie sie von Staub befreien, und Lisa atmete, um sie zu bezaubern und zu beherrschen, die Dunkelheit mit den schwarzen Flügeln, die glühende Nacht, die der Morgenröte huldigt, und aus ihrem Mund entwichen die melodischen Töne der Wörter, die sie aussprach, Kinder des Herzens, Spiegel der Seele, und ihre Rauchschwaden schufen wie die göttliche Inspiration Leben in mir, und mein Atem antwortete ihr, schwarz in der Tiefe der Lunge, und ihr Atem belebte das Feuer, das dort brannte.

Wie der Uroboros unterstreicht die Zigarette den kosmischen Kreislauf, sie bringt die Seelen zueinander, verwandelt sie oder erneuert sie.

Nachdem wir die Spur des Motorradfahrers verloren hatten, kehrten wir zum Lutétia zurück, wo wir uns elend in die Sessel an der Bar fallen ließen.

»Hast du mit jemandem über diese Dokumente gesprochen?« fragte ich Felix.

»Nein! Mit niemandem!«

»Und über das Schließfach?«

»Nein, ich habe noch nicht mal der Polizei davon erzählt.«

»Dann glaube ich, wir wurden verfolgt.«

»Verfolgt und möglicherweise abgehört ...«

»Ich glaube, wir haben unseren Finger in eine sehr verwickelte Angelegenheit gelegt. Das ist nicht mehr eine Sache für Historiker, verstehst du?«

»Nein.«

»Dieser Mord hat politische Dimensionen. Wir stoßen an einen ganz anderen Bereich als unseren.«

»Als *deinen*«, antwortete Felix, »nicht als meinen. Ich habe viel mit Politikern zu tun: Das macht mir keine Angst.«

»Es handelt sich nicht nur um Politik, Felix, sondern auch um Religion. Erinnerst du dich an das, was Bronstein über den Papst sagte? Da ist Diplomatie, internationale Politik mit im Spiel, und ...«

»Na und?« unterbrach er mich. »Je mehr es sind und je mehr sie mich aufhalten wollen, desto hartnäckiger werde ich.«

»Ruhig Blut, Felix«, sagte ich. »Die CIA steckt da auch mit drin. Das ist kein Spiel.«

»Wer spricht denn von Spiel?«

»Ein Mensch ist in zwei Hälften zerteilt worden. Kannst du mir folgen? Wer weiß, was dir zustoßen könnte!«

»In der Tat, ein Mensch ist in zwei Hälften zerteilt worden. Und ich will wissen, warum. Und je mehr sie mich davon abhalten wollen, desto mehr werde ich mich daran festbeißen.«

»Dein Verlangen nach Gerechtigkeit ehrt dich, aber du vergißt eine Kleinigkeit: Carl Rudolf Schiller war ein Schwein. Warum sollte man für ein Schwein sein Leben riskieren?«

»Du enttäuschst mich, Raphael. Du enttäuschst mich sehr. Erinnerst du dich an unsere ersten Gespräche? Du sagtest, es gebe Dinge, die man niemals sagen oder tun dürfe. Erinnerst du dich an das, was du mir anvertraut hast: daß deine Recherchen zur Shoah dein Leben, deine Sichtweise und dein Verhältnis zur Moral verändert haben? Daß du beschlossen hast herauszufinden, was passiert ist? Erinnerst du dich? Gibt es zweierlei Moral? Gibt es zweierlei Maß in Sachen Gerechtigkeit?«

»Gewiß, die Gerechtigkeit ist unteilbar, und deshalb ist es sinnlos, den maskierten Rächer zu spielen. Laß ihr doch ihren Lauf. Und sieh dich doch mal an: Du hast diese Geschichte nicht mehr im Griff. Du bist dabei, dich reinlegen zu lassen. Ich weiß, wovon ich spreche. Ich habe der Geschichte mein Leben und meine Jugend gewidmet, und auch ich hätte mich einige Male fast einwickeln lassen. Man muß etwas Distanz bewahren.«

»Zu spät, Raphael. Die Maschinerie ist bereits in Gang gebracht. Man kann den Prozeß jetzt nicht mehr aufhalten. Das Begreifen war doch dein Projekt.«

»Ja, aber nicht mehr um jeden Preis.«

»Nein? Was hat sich denn geändert? Was hat dich denn so verändert? Warum habe ich das Gefühl, du seist immer weiter von mir entfernt, immer distanzierter? Und jetzt willst du mich auch noch loswerden! Das ist es, nicht wahr, du läßt mich fallen? Nachdem du so mit mir gesprochen hast wie kein anderer, nachdem du auf mich zugegangen bist, willst du dich jetzt meiner entledigen … Du, der du mir das Geheimnis der Gewalt, des Bösen und der Erkenntnis offenbart hast.«

Er hatte diese letzten Worte mit einem seltsamen, fast bösartigen Ausdruck und in einem bissigen, sarkastischen Tonfall gesagt. Man hätte glauben können, daß er schmutzige Wäsche waschen wollte, voller Blut, und daß er sie zum Trocknen nur mit den Fingerspitzen auswrang, mit angeekelter Miene und dem Herzen auf der Zunge.

»Gut«, sagte ich, »dann bleibt uns nur noch eins.«

»Und was?«

Er zog an seiner Zigarre und starrte mich an.

Ich holte ein Blatt Papier, einen Stift und meine Zigaretten hervor.

»Wir müssen unser Gedächtnis auf Trab bringen.«

Die Akte von Lerais enthielt eine Sammlung von Dokumenten über Michel Perraud während der Zeit des Vichy-Regimes. Es war bereits bekannt, daß es merkwürdige Grauzonen in der Karriere des ehemaligen Ministers gab. Es war ebenfalls bekannt, daß Perraud ein später Widerstandskämpfer gewesen war, wie so viele Politiker der IV. Republik. Das Irritierendste war, daß er dazu beigetragen hatte, daß die Kranzniederlegung am Grab von Marschall Pétain wiedereingeführt wurde. Er ehrte damit, so sagte er, den Sieger des Ersten Weltkriegs – als könne man Pétain in Scheiben schneiden, als könne man in Hitler den Maler ehren (sagte Felix).

Es war kaum mehr bekannt. Wie waren seine Verbindungen zu Vichy? Hatte er wirklich der Cagoule angehört, einer geheimen Gruppierung der extremen Rechten? Die Antworten auf all diese Fragen fanden sich in der Akte, die Lerais zusammengestellt hatte.

»Zunächst einmal«, sagte Felix, »war da eine Originalliste. Erinnerst du dich?«

»Ja«, sagte ich. »Die Liste von Corre.«

»Was für eine Liste ist das genau?«

»Am 16. September 1937 führte die Polizei eine Hausdurchsuchung bei dem Cagoule-Mitglied Aristide Corre durch, der Archivar der Geheimorganisation war, und fand dort die Namen und Adressen aller, die zur Bewegung gehörten. Damit wurde eine Liste angelegt, die das einzige bekannte Dokument ist, in dem Namen der Cagoule-Mitglieder aufgeführt sind. Perrauds Name stand auf der Liste. Daher hat Perraud trotz seiner gegenteiligen Behauptungen bei der Cagoule mitgemacht, dieser Geheimorganisation, die zwischen 1936 und 1937 fast die Republik gewaltsam beendet hätte. Alle hochrangigen Cagoulards waren in Vichy, um zuzusehen, wie die Republik unterging: Alle waren am 9. und 10. Juli 1940 an der Verabschiedung des Textes beteiligt, der Marschall

Pétain alle Vollmachten übertrug. Sie alle waren anwesend, um gegen die ›Feinde der nationalen Revolution‹ zu kämpfen, das heißt gegen die Gaullisten, die Kommunisten, die Freimaurer und die Juden. Perraud hat seine Karriere also als Terrorist begonnen ...«

»... um sie als höchst ehrenwerter Sozialist zu beenden.«

»Nach einem Umweg als aktiver Pétain-Anhänger. Zwischen den von Lerais zusammengestellten Dokumenten befinden sich auch die von Perraud verfaßten Texte zur Ehrung des Marschalls, die seinen grimmigen Haß gegen die III. Republik offenbaren. Und dann war da noch das Dossier über die Verleihung der *francisque,* der Streitaxt, an ihn, die höchste Auszeichnung durch den Marschall Frankreichs und einen Rat aus zwölf Mitgliedern. Um diese Streitaxt zu bekommen, mußte man folgenden Schwur leisten: ›Ich weihe meine Person Marschall Pétain, so wie er sich Frankreich geweiht hat. Ich verpflichte mich, seinen Anweisungen zu folgen und seiner Person und seinem Werk treu zu bleiben.‹«

Die Akte gab auch Auskunft darüber, wie Perraud nach der Befreiung alten Cagoule-Mitgliedern und anderen Persönlichkeiten der Clique half, die während des Krieges die falsche Wahl getroffen hatten.

Das letzte Dokument, an das wir uns erinnern konnten, war ein Brief von Maurice Crétel, dem alten Präfekt des Departements Marne, Generalsekretär der Polizei und Chef der Miliz, der für die Deportation von Juden verantwortlich und wegen Verbrechen gegen die Menschlichkeit angeklagt worden war. Das Schreiben war an seinen alten Freund Michel Perraud adressiert.

Dieser Brief war ziemlich rätselhaft, und Felix und ich konnten uns nicht an den genauen Wortlaut erinnern, bis auf den des letzten Satzes, der unsere Aufmerksamkeit auf sich gezogen hatte: »Mach dir keine Sorgen, ich habe vollstes Vertrauen zu Schiller, daß er uns da rausholt.«

Er trug das Datum vom 24. Oktober 1994, also sechs Tage vor dem Prozeß gegen Crétel, bei dem dieser mitten im Gerichtssaal umgebracht worden war.

»Ich erinnere mich an einen Artikel, den Jean-Yves Lerais in einer Historikerzeitschrift über Crétel geschrieben hat«, sagte ich. »Lerais' lobende Worte fand ich ziemlich verwirrend. Man hätte fast denken können, daß er von dessen Persönlichkeit fasziniert war. Er sprach von seinem starken, großartigen, außerordentlichen Charakter, er beschrieb ihn wie einen jungen Beamten von Vichy, als modern, intelligent, dynamisch, als einen kompetenten, pragmatischen und tüchtigen Mann, einen Patrioten, der sich gegenüber der deutschen Besatzungsmacht ›würdig und höflich, aber bestimmt‹ verhalten habe. Es war schon seltsam: Zwei oder drei Gespräche mit Lerais schienen Crétels zweifelhafte Vergangenheit ausgelöscht zu haben ...«

»Aber was machte er mit der Akte, und warum hat er sie in ein Bankschließfach gesteckt?« fragte Felix. »Bereitete er noch einen Artikel oder gar ein Buch vor? Drohte er Perraud, seine Taten im Krieg zu enthüllen, oder bewahrte er im Gegenteil die Dokumente auf, die Perraud ihm anvertraut hatte?«

»Lisa hat mir gesagt, daß Jean-Yves vom Mythos der Sozialisten fasziniert war: 1936, die Volksfront, die vierzig Stunden ... Es scheint mir wenig plausibel, daß er daran gearbeitet hat, das Bild von einem der herausragendsten Mitglieder seiner Partei zu zerstören.«

»Ich gäbe viel darum zu wissen, was wirklich in seinem Kopf vorging, als er die Wahrheit erfuhr«, sagte Felix. »Ist es ihm mit einem gedanklichen Kunstgriff gelungen, seinen Helden zu retten? Oder hat er entschieden, daß die Wahrheit wichtiger sei und er alles enthüllen müsse? Wie reagieren die Historiker, die Zerpflükker, die Bilderstürmer und legendären Wadenbeißer, wenn ihre persönlichen Mythen in sich zusammenfallen?«

»Ich glaube, ich würde in einer solchen Situation ... die betreffende Person aufsuchen. Ich würde ihr sagen, was ich weiß. Ich würde sie bitten, sich zu erklären. So hätte sie eine Chance.«

»Glaubst du, daß es eine Rechtfertigung gibt?«

»Man kann immer versuchen, zu verstehen.«

»Du wärst also zu Michel Perraud gegangen?«

»Ja.«

»Vielleicht hat Jean-Yves Lerais den gleichen Entschluß gefaßt.«

Wir diskutierten noch eine Weile. Wie die seltsamen Zeilen von Perraud an Crételzeigten, schien Schiller sich mal wieder im Zentrum verwirrender Angelegenheiten zu befinden, die mit dem Krieg zu tun hatten. Felix war der Meinung, der ehemalige Minister könnte den Mord an Schiller bezahlt haben. War das der Fall, enthüllte man besser alles der Presse.

»Alles über seine Machenschaften in Vichy preisgeben? Aber das könnte eine ganze Regierung stürzen!«

»Glaubst du?« fragte Felix und lächelte zynisch. »Vergiß nicht, es gab vierzig Millionen Pétain-Anhänger ... Und außerdem haben die Franzosen kein sehr gutes Gedächtnis.«

Es stimmt, daß die Vichy-Frage für die Franzosen eine heikle Angelegenheit ist, ein wahres Nationalsyndrom. Die hartnäckige Weigerung, dem französischen Staat die Verantwortung für die Kollaboration anzulasten, der von einem der ersten einschlägigen Bücher entwickelte Mythos, Pétain habe als Schutzschild gegen den Feind gedient, hatte in der französischen Öffentlichkeit bis zum Ende der sechziger Jahre vorgeherrscht. Und plötzlich gab es das Erwachen, die Wiederentdekkung des Verdrängten, und zwar dank eines amerikanischen Historikers, der als erster den Beitrag der Vichy-Regierung zur Shoah aufzeigte: Pétain und Laval waren den deutschen Forderungen entgegengekommen, vor allem was die Deportation der Juden betraf. Laval hatte es für angebracht gehalten, auch Kinder auf die von Deutschland geforderte Liste zu setzen, »weil es grausam wäre, sie von ihren Eltern zu trennen«. In Wirklichkeit wurden die Kinder *nach* den Eltern deportiert.

Die transatlantische Sichtweise hatte sicher einiges klargestellt, auch wenn ein Großteil der Historiker sich immer noch weigerte, vom »Vichy-Faschismus« zu sprechen und es lieber als »autoritäres Regime der Moderne« bezeichneten.

Philippe Pétain, Kriegskommandant, Staatschef, Märtyrer und Heiliger Frankreichs – so lautete der Titel eines im Jahre 1958 erschienenen Buches, das den alten Mann – den politisch Verantwortlichen für die Verbrechen zwischen 1940 und 1944 – als einen Menschen beschrieb, der von der Last der Hingabe an sein Land niedergedrückt worden war.

Da die Fakten, die wir entdeckt hatten, ziemlich schwerwiegend waren, hegten wir keinen Zweifel daran, daß wir überwacht worden waren, und zwar mit Sicherheit von Michel Perrauds Männern.

Sollte dieser wirklich in den Mord an Carl Rudolf Schiller verwickelt sein? Warum hatte Crétel ihm gesagt, daß er vollstes Vertrauen habe, daß Schiller sie da rausholen würde? Worauf spielte er an?

Wir beschlossen, Perraud aufzusuchen. Bei seiner Sekretärin ließen wir uns unter dem Vorwand historischer Recherchen einen Termin geben. Lag es daran, daß mein

Freund als Journalist ziemlich bekannt war, oder daran, daß der alte Minister bereits wußte, wer wir waren? Wie auch immer, Perraud willigte jedenfalls ein, uns in der darauffolgenden Woche in seinem Haus in der Rue d'Auteuil Nr. 6 zu empfangen.

Es war ein ganz besonderes Haus, dessen Zimmer zwar weitläufig, aber nicht sehr luxuriös eingerichtet waren. Eine Hausangestellte bat uns in einen Salon, dessen alte Möbel bescheiden und fast unauffällig wirkten. Michel Perraud hatte, getreu dem sozialistischen Ideal, stets darauf geachtet, nicht bürgerlich zu werden. Er behauptete, Geld und Besitz zu hassen.

Wir warteten eine gute Viertelstunde, dann trat er, ungezwungen und mit einem Panamahut auf dem Kopf, ein. Ich war immer überrascht gewesen, welche Faszination er auf diejenigen ausübte, denen er begegnete. Ich mußte mich der Tatsache beugen, daß dieser geheimnisvolle Mann eine beeindruckende Erscheinung war. Groß und mager, stützte er sich beim Gehen leicht auf einen Spazierstock mit Goldknauf. Er lüftete zum Gruß seinen Hut und enthüllte einen imposanten Schädel, der mit Altersflecken übersät war, eine hohe Stirn und leicht abstehende Ohren.

Das Alter hatte ihm einen wächsernen Teint und tiefe Höhlen um Wangen und Augen verliehen. Seine Lippen waren fast ganz verschwunden, wie von der Zeit aufgezehrt, und seine grauen, brüchigen, früher scharfen Zähne schienen sich hartnäckig an diesem zukünftigen Totenschädel festzuklammern. Doch ging eine gewisse Faszination von diesen aristokratischen Zügen, von dieser Erhabenheit, von seinen tiefen, ehrwürdigen Falten und diesem strengen, ironischen Gesichtsausdruck aus. Seine kleinen, äußerst lebhaften und listigen Augen schienen ihr Ziel zu fixieren und abzuschätzen, es mit vorsichtig abgemessener Arroganz herauszufordern. Pater Francis hätte gesagt, daß das Böse aus seinem Blick spreche.

Er schien sich eine etwas zu große Maske übergestreift zu haben, die Maske des ruhmreichen alten Mannes, denn er war in seiner Pose erstarrt. Im Alter wird das moralische Wesen der Menschen offenbar, und man kann es aus ihrem Gesicht ablesen wie aus einem offenen Buch: Was sich bei Perraud zeigte, waren vor allem anderen Gerissenheit und das Selbstvertrauen eines Mannes, der seine Feinde zu bezwingen verstanden hatte und sich keinerlei Illusionen mehr über die Menschen machte.

Er empfing uns mit einem Lächeln. Es war das unangenehme und blasierte Lächeln des Machtmenschen, der einmal mehr mit einer einzigen Handbewegung die lästigen Fliegen hinwegfegt, die um seinen Prachtbau herumtanzen.

Wir hatten keine Zeit zu verlieren. Geradeheraus verkündete Felix ihm, daß wir den Mord an Carl Rudolf Schiller untersuchten.

»Ich kannte ihn gut«, sagte Perraud. »Er war ein Freund von Maurice Crétel … und auch von mir. Ich verstehe es nicht. Dieser Mord ist grauenhaft und überrascht mich im übrigen durch seine Abscheulichkeit. Aber leider kann ich ihnen nichts weiter darüber sagen. Ich bin ebenso ratlos wie die Polizei.«

»Und kennen Sie Jean-Yves Lerais?«

»Ja sicher. Im letzten Sommer suchte er mich auf, um mir ein paar Fragen zu einem Thema zu stellen, über das er ein Buch schreiben wollte.«

»Hat er Sie nach Ihrer Verbindung zu Maurice Crétel befragt?« fragte Felix.

»Ja, in der Tat. Crétel war ein alter Freund. Daraus habe ich nie ein Geheimnis gemacht.«

»Ihr Freund Crétel«, unterbrach ihn Felix, »ist der direkte Verantwortliche für die Razzien vom Juli 1942.«

»Er war Beamter und führte Anordnungen aus ... Das war nicht einfach in dieser Zeit, wissen Sie. Alles war schrecklich verworren.«

Perraud hatte dies mit abwesender Miene gesagt. Sein Blick ging in die Ferne, als wollte er etwas durch das Fenster betrachten.

»Ihr Freund führte nicht nur Anordnungen aus, wie Sie sagen«, fuhr Felix in scharfem Tonfall fort. »Ihr Freund hofierte die Nazis. Diese fanden ihn übrigens ›ganz reizend‹, sie sagten, die Treffen mit ihm fänden in einer ›kameradschaftlichen Atmosphäre‹ statt. Und Ihre Freundschaft mit ihm war weder unschuldig noch uneigennützig. Ich meine zu wissen, daß Crétel Ihnen nach dem Krieg sehr geholfen hat, als er eine Machtposition im Bankwesen und in der Industrie hatte.«

»Darf ich Sie trotzdem daran erinnern, daß er bei der Résistance war?«

»Ach ja? Wollen Sie wirklich, daß wir von Maurices Crétels Aktivitäten in der Résistance sprechen? Im Departement Corrèze? In Savoyen? Er hat den Deutschen mit falschen Papieren geholfen, die Widerstandsorganisationen zu unterwandern. Als das herauskam, gab er vor, die Pässe hätten Fehler enthalten, die den Résistance-Kämpfern ermöglichen sollten, die Spione zu erkennen. Diese Erklärung hat ihm niemand geglaubt ... Ihr Freund, Herr Minister, war auch ein Freund der Nazis.«

Der andere maß uns mit spöttischem Blick. Seine Lippen formten unablässig ein Lächeln pervertierter Intelligenz.

»Wie alt sind Sie?« fragte er Felix.

»Was soll die Frage?«

»Sie sind jung, viel zu jung, um zu wissen, was sich

wirklich abgespielt hat. Ich versichere Ihnen, daß in der damaligen Zeit nicht alles so klar war, wie es Ihnen heute erscheint. Zwischen Widerstandskämpfern und Kollaborateuren waren die Grenzen nicht so eindeutig. Außerdem möchte ich Sie daran erinnern, daß Crétel nach der Befreiung vor Gericht gestellt und freigesprochen wurde. Für mich ist die Angelegenheit erledigt.«

»Crétel wurde wegen Verrats vor Gericht gestellt. Einem Prozeß wegen Verbrechens gegen die Menschlichkeit konnte er entrinnen«, erwiderte Felix. »Wenn Sie behaupten, daß Crétel für all seine Taten vom Hohen Gerichtshof entlastet wurde, dann ist das verlogen. Ebenso wie die Verschleppungstaktik und die Verwaltungsbeschlüsse, als das Verfahren wiederaufgenommen wurde. Und schließlich, als der Prozeß schon Jahre dauerte, ist Ihr Freund mitten im Gericht ermordet worden, und zwar genau in dem Moment, als er etwas enthüllen wollte ... über einen gewissen Michel Perraud, ein altes Mitglied der Cagoule.«

Ich biß mir auf die Lippen: Das war Felix, wie er leibte und lebte, der unverfälschte Felix, ein großer Jahrgang. Wie würde dies enden?

»Sie haben keinen Beweis für das, was Sie sagen.«

»Nein? Und die Corre-Liste? Und Crétels Brief?«

Bei diesen Worten hob Perraud, ohne die Ruhe zu verlieren, amüsiert eine Augenbraue.

»Ach ja?« sagte er. »Können Sie sie mir zeigen?«

»Nein, aber können Sie sie uns vielleicht zurückgeben?« versetzte Felix schlagfertig.

Da siegte der Vichy-Beamte über den Staatsmann der IV. Republik. Michel Perraud antwortete mit einem furchteinflößenden Lachen, das zu einem giftigen Lächeln abebbte. Sein Blick glitt von Felix zu mir und dann von mir zu Felix, um schließlich auf dem Feuer im Kamin zu verweilen.

Ich begriff sofort, was das bedeutete. Und Felix ebenfalls, denn er fing an zu brüllen:

»Sie haben sie verbrannt, Sie dreckiges Vichy-Schwein!« Rasend vor Wut packte er Perraud am Kragen und schüttelte ihn so heftig, daß dieser anfing, erbarmungswürdig zu keuchen, und seine alte Haut ganz rot wurde.

»Sie haben Crétel umbringen lassen, nicht wahr?« schrie Felix. »Sie hatten Angst, daß er beim Prozeß die Wahrheit über Sie enthüllen würde! Sie haben ihn ermorden lassen!«

Perraud, gewürgt von Felix, der ihn an die Wand gedrückt hatte, konnte kein Wort sagen.

»Dann haben Sie Schiller umbringen lassen«, fuhr Felix außer sich fort. »Und Sie haben es verstanden, einen anderen an Ihrer Stelle anklagen zu lassen!«

»Lassen Sie mich los«, keuchte der alte Mann, »lassen Sie mich los!«

Felix lockerte seinen Griff, und Perraud stammelte:

»Vergessen Sie die Akte. Wenn es sie jemals gegeben hat, so gibt es sie jetzt nicht mehr, das stimmt. Und was Crétel betrifft, so glaube ich, daß niemand seinen Tod bedauern wird. Aber ich habe Schiller nicht umgebracht ...«

»Lügner!«

Felix verstärkte erneut seinen Griff um den faltigen Hals. Dem alten Mann traten die Augen aus den Höhlen, und sein Gesicht verfärbte sich.

Da hatte ich eine Vision.

Die Vision, daß Felix dabeiwar, einen Mord zu begehen, dort vor mir, ohne daß ich ihn irgendwie hätte aufhalten können.

2

»Du irrst dich!« schrie ich Felix zu. »Das ist der falsche Gegner!«

Er schien nichts zu hören. Da nahm ich ihn mit einer, wie ich hoffte, gebieterischen Bewegung am Arm und zog ihn nach draußen, bevor er etwas tat, das nicht mehr gutzumachen war. Wir verließen überstürzt das Haus.

Ich stieß ihn in ein Taxi, Richtung Lutétia, wo ich zwei doppelte Whisky bestellte, damit wir uns wieder beruhigten.

»Was ist bloß in dich gefahren?« fragte ich ihn und sah ihn ernst an. »Wir waren dort, um mehr zu erfahren, und nicht, um Rechnungen zu begleichen. Ich war der Meinung, ein Journalist dürfte nie die Fassung verlieren.«

»Ich habe mich wirklich lächerlich benommen ... ich habe vollkommen mein Gesicht verloren.«

Er nickte betrübt.

»Wir sind für solche Untersuchungen nicht geeignet, weder du noch ich«, behauptete ich.

»Doch«, sagte Felix.

Aus seinen Augen fuhren schon wieder Blitze.

»Unmöglich, jetzt aufzugeben. Wir sind schon zu weit gegangen. Wir sind schon zu nah am Ziel.«

»Nah am Ziel?«

»Wir wissen, daß Jean-Yves Lerais die kompromittierenden Fakten über Crétels und Perrauds Vergangenheit in Vichy entdeckt hatte.«

»Aber was wollte er mit seiner Akte anfangen? Warum steckte er sie in ein Schließfach?«

»Vielleicht stand er kurz davor, alles zu enthüllen? Vielleicht wollte er sie erpressen?«

»Vielleicht hatte er auch beschlossen, nichts zu sagen? Vielleicht hatte er Angst um sein Leben? Wer kann das wissen? Wenn Perraud Crétel, seinen ›alten Freund‹, hat umbringen lassen, und wenn Lerais dafür den Beweis hatte, dann hat er möglicherweise darauf verzichtet, sein Wissen preiszugeben, um nicht sein Leben in Gefahr zu bringen.«

Etwas blieb unklar. Was war das Motiv für die Drohbriefe, die bei Schiller entdeckt wurden und die Lerais geschrieben hatte? Und warum hatte Crétel Schiller in diesem merkwürdigen Brief an Perraud erwähnt?

Jean-Yves Lerais hatte sich bereits geweigert, Felix zu treffen, daher konnte uns nur eine Person mehr darüber erzählen: Lisa.

Ich rief sie an. Glücklicherweise war sie zu Hause.

Eine Stunde später war sie da.

Sie trug eine blaßrosa Bluse und einen Rock aus pflaumenfarbenem Crêpe de Chine. Ihre glatten Haare fielen wie ein dunkler Vorhang bis auf die Schultern.

»Und?« fragte sie, als sie sich in einer Mischung aus Anmut und Unbeholfenheit setzte.

Ich erzählte ihr, was bei unserem Gespräch mit Michel Perraud passiert war. Ich ließ nichts aus, erzählte ihr alles, auch das, was wir über Crétel und Perraud erfahren hatten.

»Ich möchte dir eine heikle Frage stellen«, sagte ich dann.

»Ja?« sagte sie.

Sie sah mich mit ihren Augen an, die grau waren wie ein Gewitterhimmel.

»Darf ich fragen …«

»Ja?«

»… was Jean-Yves Lerais in den letzten Monaten vor eurem Streit beschäftigte?«

Sie senkte die Augen. Einen Moment lang herrschte Stille.

»Jean-Yves«, setzte sie zögernd an, »hatte vor kurzem seine Einstellung geändert.«

Sie nahm die Zigarette, die ich ihr anbot, und zündete sie an der Kerze an, die den Schatten der brennenden Flamme auf ihr Gesicht warf. Sie zog an der Zigarette und fuhr dann mit ihrer klaren Stimme fort:

»Er sagte, man müsse die Geschichte des Nationalsozialismus neu schreiben. Er sagte, der Nationalsozialismus habe nicht nur negative Aspekte gehabt. Und dann sagte er, er habe es satt, diese Judengeschichten zu hören, er habe genug davon, daß man die Juden als die einzigen Opfer des Vichy-Regimes betrachte. Er sagte, daß das eine fruchtlose Obsession sei, daß er all die Zeugnisse nicht mehr hören könne, die ›den Versuch machten, das Unbeschreibliche zu erzählen, um die Erinnerung für die künftigen Generationen wachzuhalten‹. Er machte sich lustig ...«

Sie wies mit dem Zeigefinger auf ihre Brust und riß die Augen auf.

»Und das sagte er *mir*. Begreifst du? Als ich ein Kind war, nahm mich mein Vater mit zum Friedhof von Bagneux, an das Grab seiner Vettern, die vor dem Krieg im Marais gelebt hatten. Ich war noch ganz klein, aber ich wußte genau, daß sie nicht hier gestorben waren. Ich fragte ihn: ›Aber hast du die Körper hierherbringen lassen?‹ Er antwortete nicht. Ich fragte weiter. Er öffnete den Mund, aber kein Ton kam heraus. Er konnte mir nicht sagen, daß die Leichen nicht da waren. ›Wo sind sie dann?‹ fragte ich.

Das Schweigen meines Vaters hat auf meiner ganzen Kindheit gelastet. Nie lachte er, und nie hatte er ein liebes Wort für meine Brüder oder mich übrig. Beim Essen verbarg er sich hinter der Zeitung. Mein Bruder Béla lebt mit vierzig Jahren in einer winzigen Wohnung und hält sich mit Gelegenheitsarbeiten über Wasser. Man versucht weiterzuleben, Prüfungen zu bestehen, einen Beruf auszuüben. Und dann, in Momenten der Freude, wird einem bewußt, daß das noch schrecklicher ist. Denn selbst die Freude ist bitter, das Gespenst ist immer da, um uns am Leben zu hindern. Wie kannst du deine Pubertät durchmachen und dich gegen einen Vater auflehnen, der in Auschwitz war und sich nie davon erholt hat, weil man sich davon nicht erholen kann? Jedes Mal, wenn ich nur die kleinste Bemerkung machte, sagte meine Mutter zu mir: ›Sprich nicht so mit deinem Vater.‹ Und ich wußte genau, was das hieß. Das hieß, daß er sein Maß an Leid schon gehabt hatte und bis zum Ende seines Leben geschont werden müsse. Und das stimmte: Das war das Geringste, was man tun konnte. Manchmal, wenn meine Mutter am Ende ihrer Kraft war, schloß sie sich in ihrem Zimmer ein, weil sie es nicht mehr ertragen und es auch nicht sagen konnte. In ihrer Kommode hatte sie tonnenweise Pillen. Jedes Mal, wenn sie sich einschloß, hatte ich Angst, sie würde sich umbringen.

Über ihrem Bett hing das Porträt meiner Großmutter. Über sie wurde nie gesprochen. Auf dem Photo scheinen ihre Lippen ein Wort bilden zu wollen, als wollte sie etwas sagen, es ihr aber nicht gelänge; und sie bleibt in dieser erstarrten Haltung, und nichts als Schweigen kommt aus ihrem Mund … Ich habe seit meiner Kindheit immer denselben Traum: Ich muß meine Koffer pakken und aufbrechen. Ich muß den Zug nehmen, der auf mich wartet, bevor etwas Schreckliches passiert, ich muß vor einer unvermeidlichen Katastrophe fliehen, einer um sich greifenden Macht, einem namenlosen Grauen. Man nennt das Paranoia, aber das ist eine viel zu schwache und lächerliche Bezeichnung, denn was geschehen ist, übersteigt alle Ängste und Wahnvorstellungen selbst des wahnsinnigsten aller Paranoiker. Mein Bruder Béla …«

Sie machte eine verzweifelte Handbewegung.

»Als er siebzehn Jahre alt war, fing er an, sich für das Opfer einer großen Verschwörung zu halten. Angeblich war sie von seinen Lehrern angezettelt worden, die er für Schergen der CIA hielt, oder vom deutschen oder französischen Geheimdienst. Dann fing er an, alles Amerikanische zu verachten, weil er davon überzeugt war, ein weltweites Komplott sei gegen ihn im Gange. Er verbrachte seine Zeit damit, Erläuterungen und Verdächtigungen auf kleine Papierzettel zu schreiben ... In dieser Zeit verließ er sein Zimmer nie. Wenn man sich ihm näherte, kniff er die Augen zusammen, sein Gesicht verzerrte sich, und er geriet in Panik. Meine Mutter versuchte stundenlang, mit ihm zu reden, aber oft fing er an zu schreien, und die Augen traten ihm aus den Höhlen. Während dieser Krisen, die bis drei oder vier Uhr morgens andauern konnten, stellte sich mein Vater vor seinem Zimmer auf und hörte ihm zu ...«

Sie hielt plötzlich inne, dann sagte sie:

»Jean-Yves war sehr nett zu Béla. Sie sind sogar Freunde geworden. Er sprach viel mit ihm und half ihm. Und dann, im Herbst 1994, veränderte sich alles. Béla glaubte, Jean-Yves wolle ihm etwas vorwerfen, und fing an, ihn zu hassen.«

»Warum? Gab es einen bestimmten Auslöser?«

»Ja. Die Affäre Talment, du weißt doch, die Widerstandskämpfer, die mit meinen Eltern befreundet sind?«

Ich erinnerte mich gut an das alte Ehepaar aus der Résistance, die ich bei dem abendlichen Treffen der Perlmans kennengelernt hatte. Lisa erzählte uns in zwei Stunden alle Einzelheiten der Angelegenheit, die sie als »Affäre Talment« bezeichnete.

Die Talments sollten im Prozeß gegen Maurice Crétel aussagen, da Crétel Geneviève Talment im August 1944 hatte verhaften lassen. Zum selben Zeitpunkt aber bildeten Historiker, darunter Jean-Yves Lerais, eine Kommission, um die Aussagen der Talments auf ihre Richtigkeit hin zu überprüfen. Unter den Dokumenten, auf die sie sich stützten, befand sich ein Buch von Carl Rudolf Schiller, der wie ein Ankläger gegen die Talments wütete und sie in seinem Buch beschuldigte, die Résistance verraten und die Geschichte zugunsten ihres persönlichen Ruhms verfälscht zu haben.

Mina, die Schiller persönlich kannte, hatte mehrere Male versucht, ihn zu überreden, seine verleumderischen Anklagen gegen die Talments zurückzunehmen. Am Ende hatte sie ihn überzeugt: Schiller war plötzlich einverstanden gewesen, öffentlich Abbitte zu leisten. Aber es war zu spät. Der Schaden war schon entstanden. Der Skandal war in der Presse breitgetreten worden, und die Talments wurden gezwungen, die Fragen der Historiker zu beantworten, die sich ohne rechtliche Befugnis zum Richter aufgeschwungen hatten und sie einer Befragung unterwarfen, sie fünfzig Jahre nach dem eigentlichen Geschehen aufforderten, darauf zu antworten.

Am Tag vor dem Prozeß hatte Lisa mit Geneviève Talment zu Abend gegessen. Die alte Dame war niedergeschmettert. Sie befand sich in der Position der Angeklagten, und zwar auf Anstiftung ihres Peinigers Maurice Crétel, der sich der Feder Schillers bedient hatte, um sie zu diskreditieren, sie und ihren Mann. Fünfzig Jahre danach wiederholte sich dieselbe Geschichte. Fünfzig Jahre danach, als sie auf ein Zeichen von ihm wartete, einen Ausdruck des Bedauerns, eine Bitte um Vergebung. Sie wartete so sehr darauf! Vergebung für Frankreich. Vergebung für das nicht zu sühnende Verbrechen, für das es keine mildernden Umstände gab und weder Entschuldigung noch Erklärung. Vergebung für das Unverzeihliche. Vergebung für die Bosheit, die Schwäche, die Schändlichkeit, Vergebung für die französischen Schergen, die niemals um Vergebung gebeten hatten und in ihrer entsetzlichen Schändlichkeit verharrten, Vergebung. Und dann Vergebung für das, was wir ihnen weiterhin antaten.

»Die Historiker«, so begann ein Professor aus dem Collège de France, »leiten diese Kommission, weil sie nicht dulden, daß man das Andenken der Toten und die Ehre der Lebenden untergräbt, und weil sie die Vorgehensweise der Verdächtigungen, Andeutungen und Gerüchte nicht zulassen. Deshalb haben wir beschlossen, Sie anzuhören, bevor wir entscheiden, ob Sie die Résistance verraten haben, wie es Carl Rudolf Schiller behauptet.

Ich fasse kurz die Fakten zusammen: 1943, als die Résistance durch interne Streitigkeiten geschwächt war, gelang es Maurice Crétel, mit einem großangelegten Fischzug die wichtigsten Anführer zu verhaften, darunter Jacques Talment. Dieser kam einige Monate später durch eine von seiner Frau organisierte Flucht frei. Einige Tage danach wurde sie ihrerseits verhaftet und deportiert. Laut Schiller hat die Gestapo die Flucht von Jacques Talment begünstigt, da dieser mittlerweile eingewilligt hatte, einer ihrer Spione zu werden. Was haben Sie zu diesen Anschuldigungen zu sagen?«

»Wir wollen nicht mit den Erfindern dieser Anschuldigungen diskutieren«, hatte Geneviève Talment erwidert, »denn dann würden wir bereits verlieren. Wir würden ihr Spiel mitspielen.«

»Wenn das so ist, warum sind Sie dann hierhergekommen?« hatte sich Jean-Yves Lerais eingeschaltet. »Weil Sie wissen, daß wir Ihnen helfen wollen. Wir sprechen im Namen keiner Gesellschaft und keines Verbandes. Jeder von uns hat seinen eigenen Standpunkt und seine eigenen Fragen zu dieser Angelegenheit, das möchte ich noch einmal betonen. Dies ist keine Untersuchungskommission.«

»Unbestritten«, fügte ein anderer hinzu, »ist und bleibt die Résistance ein Ausnahmephänomen, das die Ehre Frankreichs und der gesamten Menschheit gerettet hat und deren Bedeutung jetzt und in Zukunft universell ist. Deshalb liegt es in unserer moralischen Verantwortung, keine Lügen darüber verbreiten zu lassen.«

»Wir Historiker müssen verhindern, daß die Résistance Gegenstand von Legendenbildung, von romantischer Dichtung wird. Deshalb ist es ganz wesentlich, die Wahrheit zutage zu fördern, auch auf die Gefahr hin, die Helden zu entmythisieren und aufzudecken, daß die Grenzen zwischen Widerstandskämpfern und Kollaborateuren nicht klar gezogen werden können. Wir fürchten uns vor nichts, für uns gibt es keine Tabus. Die Wahrheit. Nichts als die Wahrheit. Ihr allein gilt unsere Suche.«

»Die Wahrheit laut Carl Rudolf Schiller?« sagte Jacques Talment.

»Nur weil ein Buch unbequem ist, ist es für die Wissenschaft noch nicht uninteressant. Es kann neue Elemente enthalten, die man berücksichtigen muß.«

»Und ist das bei Schillers Buch der Fall?«

»Schiller scheint über diese Zeitspanne fundierte Kenntnisse besessen zu haben. Daher ist er interessant für uns Historiker, die unterscheiden müssen, was erwiesen ist, weil es durch Dokumente belegt werden kann, was wahrscheinlich ist, weil verschiedene authentische Quellen verglichen wurden, und was nur einfache Mutmaßung ist.«

»Und in diese dritte Kategorie ordnen Sie unsere Aussagen ein«, hatte Geneviève Talment gesagt, »und in die erste die von Carl Rudolf Schiller?«

»So sollten Sie es nicht auffassen«, hatte Jean-Yves erwidert, »wir haben Sie in aller Freundschaft und aus Respekt für Ihr Engagement im Widerstand hierhergebeten. Wir wissen, daß Sie zu den ersten gehörten, die sich gegen die Unterwerfung des Landes wehrten und sich erhoben haben, als nur sehr wenige es taten. Aber wir sind auch als Historiker hier, und ich muß zugeben, daß Schillers Buch ein Problem für uns darstellt. Wir können einfach nicht die beträchtliche Anzahl der Dokumente und Zeugnisse außer acht lassen, auf die er sich beruft und von denen einige neue zu wichtigen Fragen führen, die nach Aufklärung verlangen.«

»Erlauben Sie mir zunächst, Ihnen zu sagen, wieviel Hochachtung ich Ihnen entgegenbringe«, hatte sich ein fünfter Historiker eingeschaltet, der sich auf die Résistance spezialisiert hatte, »und Ihnen zu versichern, daß diese Hochachtung durch Schillers Buch in keiner Weise beeinträchtigt wurde. Aber ich möchte meinen Kollegen auch sagen, daß es mir vollkommen sinnlos erscheint, mit Akteuren der Geschichte zu debattieren, denn sie können die Wahrheit nicht enthüllen. Dies zu glauben hieße, die fundamentalsten Mechanismen bei der Entstehung der Erinnerung zu verkennen ... Es ist bekannt, daß jedes Individuum die Fakten nach seinen Wünschen und Bestrebungen zusammensetzt. Ob man will oder nicht, die Erinnerung verändert die Fakten. Man kann von einem Zeugen nicht erhoffen, daß er die Wahrheit sagt. Man kann auch nicht die Zeit außer acht lassen, und fünfzig Jahre sind eine beträchtliche Zeitspanne. Angenommen, die Talments verkündeten uns heute: ›Alles, was wir gesagt haben, war falsch, hier ist die neue Version der Geschehnisse‹ – warum sollten wir diesen Worten mehr Glauben schenken als ihren vorherigen? Es scheint mir notwendig, vor allem Grundlagenforschung zu betreiben, die Dokumente des Vorgangs zu prüfen und sie miteinander zu vergleichen. Anstatt sich von der menschlichen Erinnerung gefangennehmen zu lassen, muß man sich auf Dokumente stützen, die zuverlässige Beweise sind für das, was gesagt wurde.«

»Ich habe mich vor allem der Bewegung gewidmet, der die Talments angehörten«, fuhr der sechste Historiker fort. »In der Tat gibt es Übereinstimmungen, aber auch widersprüchliche Versionen in den Aussagen von Jacques und Geneviève Talment.«

»Wollen Sie immer noch nicht mit uns zusammenarbeiten?« hatte Jean-Yves Lerais gefragt.

»Unsere Bemühungen gelten nicht der Geschichte, sondern der Erinnerung«, hatte Geneviève Talment geantwortet.

»Ist das alles, was Sie dazu zu sagen haben?« hatte der Vorsitzende der Kommission nachgefragt.

Die Talments hatten müde genickt.

»Jacques Talment«, fuhr ein siebter Historiker fort, »antworten Sie: Waren Sie nach Ihrer Haft ein Spion der Gestapo?«

»Jacques Talment, haben Sie Ihre Stellvertreter verraten?« hatte ein achter gefragt.

Das Ehepaar Talment hatte weiter geschwiegen.

»Sind Sie auf eine Anordnung Crétels hin vorübergehend freigelassen worden?« hatte ihn ein neuntes Mitglied der Jury gefragt.

»Haben Sie Widerstandskämpfer an die Gestapo ausgeliefert?«

»Geneviève Talment, haben Sie die Flucht Ihres Mannes allein oder mit Hilfe von Maurice Crétel organisiert?«

»Und was haben Sie in diesem Fall als Gegenleistung angeboten?«

»Jacques Talment, waren Sie an der Verhaftung Ihrer eigenen Frau beteiligt, wie Carl Rudolf Schiller es behauptet?« fragte der dreizehnte Historiker.

Da hatte Jacques Talment die Hand seiner Frau genommen, und an dem Blick, den er ihr zuwarf, hatte sie erkannt: Auch wenn er in all den dunklen Jahren nicht verzweifelt war, wenn er in seinem Herzen einen winzigen Funken des ehemaligen Feuers gerettet hatte, dann hatte er sie an diesem Tag verloren, diese trotz allem erhaltene Flamme. Eine bestimmte Vorstellung vom Menschen.

Als Lisa Jean-Yves Vorwürfe machte, weil er an diesem »Prozeß« teilgenommen hatte, hatte der Historiker ihr geantwortet, das Verhalten der Talments sei nicht ganz makellos. Ihm zufolge hätten sie, um ihre Vergangenheit interessanter zu gestalten, Ereignisse erfunden, anstatt sich strikt an die Tatsachen zu halten. Sie hätten die historische Geschichte mit fiktiver Geschichte verwechselt. Es sei die Pflicht der Historiker, das nicht zuzulassen. Ihre Arbeit bestehe darin, die Dinge richtigzustellen, die Geschichte ins richtige Licht zu rücken und in die richtigen Dimensionen einzuordnen.

»Wie konnte man so etwas überhaupt sagen?« fragte Lisa und drückte nervös ihre Zigarette aus. »Béla, der genauso aufgebracht war wie ich, entwickelte zuerst eine Abneigung und dann richtigen Haß gegen ihn. Jedes Mal, wenn ich mich mit Jean-Yves traf, machte Béla mir eine Szene. Ich weiß, daß Béla manchmal entgleist, daß er nicht ganz gesund ist. Aber das schlimmste ist, daß er im Grunde oft recht hat. Wie konnte Jean-Yves mir das antun? Die Talments waren meine Freunde, sie waren Freunde der Familie!«

»Vielleicht findet sich die Antwort auf diese Frage in der Akte Crételk«, regte Felix an. »Jean-Yves Lerais hat Michel Perraud im Sommer 1994 getroffen. Im Oktober waren Crétels Prozeß und die Affäre Talment ... Wann, sagst du, hat er angefangen, sich zu verändern?«

»Zwischen Sommer und Herbst 1994.«

»Aber wo ist die Verbindung zu der Akte, die er gegen Perraud und Crétel zusammengestellt hat? War er auf ihrer Seite, oder tat er nur so, als würde er ihre Partei ergreifen, um mehr Informationen zu bekommen? Und wo ist die Verbindung zwischen Jean-Yves Lerais und Schiller?«

Felix stieß plötzlich einen kleinen Pfiff aus.

»Crétels Prozeß, das ist der gemeinsame Punkt oder besser, der Schnittpunkt. Schiller und Lerais sind beide als Zeugen vorgeladen worden.«

Carl Rudolf Schiller gehörte zu den Klerikern, die Crétel nach dem Krieg geholfen hatten, sich eine neue berufliche Zukunft aufzubauen. Jean-Yves Lerais hingegen war als Experte für die Zeitspanne der Okkupation vorgeladen worden. Das war das erste Mal, daß ein Historiker als Zeuge in einer Kriegsaffäre vor Gericht erschien.

Daher war es durchaus möglich, daß Lerais Schiller bei diesem Prozeß kennengelernt hatte. Doch die Frage blieb: Warum haßte er Schiller? Was sollten die Drohbriefe, die er ihm geschickt hatte? War er Schillers Mörder?

»Ich glaube, mir bleibt nichts anderes übrig, als mich auf die Akten zum Prozeß Crétel zu stürzen«, schloß Felix.

Es war schon sehr spät. Wir begleiteten Lisa zu einem Taxi. Ich blieb noch einen Moment mit Felix allein.

»Ich bin überzeugt, daß sie uns nicht alles gesagt hat«, murmelte er, als er dem davonfahrenden Wagen nachblickte.

»Glaubst du?« fragte ich zurück. »Glaubst du, daß sie uns noch etwas über Lerais verheimlicht?«

Ich hatte ständig die Szene im Marais vor Augen und hörte deutlich Bélas Grabesstimme: »Meine liebe Schwester versetzt mich wirklich immer wieder in Erstaunen …« Und wenn Pater Francis recht hatte? Wenn Lisa mich betörte, um mich zu täuschen?

»Nein«, sagte Felix. »Nein, das in keinem Fall. Ich dachte an Schiller. Sie hat uns nicht alles über Schiller gesagt.«

In dieser Nacht hatte ich wieder einmal Schwierigkeiten einzuschlafen. Alles, was Lisa gesagt hatte, alles, was sie uns über Jean-Yves Lerais, über Carl Rudolf Schiller und Maurice Crétel enthüllt hatte, drehte sich in meinem Kopf und vermischte sich in rasender Geschwindigkeit. Ich fiel schließlich in einen schrecklichen Traum, in dem sich Frauen in Tiere verwandelten und auf nächtlichen Streifzügen ihren Rachedurst stillten. Sie flogen durch die Nacht und säten Haß, Unheil und Krankheit.

Harpyien, Sirenen und Zentauren, riesige Ungeheuer, furchterregende Drachen und große Schlangen beherrschten meinen Geist. Ich sah dämonische Gestalten im Mondlicht, mit glühenden Augen, langen, gekrümmten Krallen und schwarzen Gewändern. Einige waren schon alt und hatten eine krächzende Stimme und einen unvergleichlich bösartigen Blick. Sie trugen Gegenstände, die sie irgendwo gestohlen hatten: Handtaschen und Schmuck aus Glas und Kristall. Um sie herum herrschte ein durchdringender Geruch, ein pestartiger Gestank wie verbranntes Ziegenfett. Und alle gaben sich seltsamen Machenschaften hin: Sie schmiedeten Komplotte und bereiteten seltsame Speisen mit geheimnisvollen Zutaten zu. Sie flogen rittlings auf entwurzelten Bäumen, Tonkrügen, Fensterläden, Matten, Wagenrädern und Brotschiebern durch den Himmel. Mit zerzausten Haaren, knirschenden Zähnen, rotglühenden Augen, blutleeren Nasen, Ohren und Mündern ritten sie auf umgedrehten Booten, Gerippen von Pferden oder Rindern und riesigen Kamelen. Sie schwenkten Schlangen, Drachenschwänze und Bärenköpfe. Ihre Kinder waren Ausgeburten des Grauens und versammelten sich in der Nacht flatternd um riesige Feuer herum. Alle rieben sich den Leib mit seltsamen Ölen ein und verwandelten sich in Tiere. Sie mischten Gifte, um die ganze Menschheit auszurotten, und verteilten mit dem Wind giftige Substanzen in Becken, Brunnen und Flüssen. Sie übertrugen Lepra auf Gesunde. Sie versuchten Stadt und Land unter ihre Herrschaft zu zwingen. Sie ergriffen schreckliche Maßnahmen gegen alle, die sich wehrten: Die Geständigen wurden verbrannt, die anderen der Folter unterzogen und nach ihrem Geständnis ebenfalls verbrannt. Überall riefen sie Krankheit und Tod hervor, sie fraßen Kinder, benutzten das Fleisch der Neugeborenen für ihre magischen Rituale und ihre grauenerregenden Verwandlungen.

Und das Schlimmste dabei war ich: Ich war ein Novize in dieser Hexengesellschaft. Kröten voller Geifer küßten mich auf den Mund. Ich stand vor einem furchterregenden, bleichen Mann. Seine Augen waren schwarz und sein Körper so mager, daß er kein Fleisch an sich zu haben schien. Ich küßte wie die Kröten die mysteriöse Gestalt, die so kalt war wie Eis. Die Wände um uns herum waren purpurrot, die zwiebelförmigen Lichter rot; deformierte Gerippe und ausgestopfte Tiere kamen von überall her. Um ihn herum strichen Katzen, die so groß waren wie Hunde und deren Schwanz steil zum Himmel aufgerichtet war. Der Mann in Schwarz sagte: »Verbeugt euch«, und ich erwiderte: »Herr, wir verstehen«, und eine dritte Stimme ertönte: »Wir werden gehorchen.«

Die bleiche, durchscheinende Gestalt dieses Mannes fesselte mich: Die obere Partie seines Körpers strahlte wie die Sonne, aber seine rauhe Haut war wie bei einem Stachelschwein mit Borsten bedeckt. Am Ende der Nacht enthüllte er endlich sein Gesicht: *Es war das meine.*

Da erwachte ich schweißgebadet und dachte an Lisa. Ich bedauerte zutiefst alles, was ich über sie geglaubt hatte, und begriff, daß nur sie die Angst in meiner Seele lindern konnte, und in süßer Träumerei sagte ich ihr, daß ich sie liebte, ekstatisch und ausschließlich sie liebte, bis zum Wahnsinn, bis zum Absoluten, und daß ich vorher noch nie ein solches Gefühl empfunden hätte. Ich sagte ihr, daß meine Liebe zu ihr wie ein Bettler in der Nacht sei, der vor Kälte und Hunger zitterte, aber ein Lächeln, ein Schimmer von ihr waren das Scherflein, auf das er lauerte und das ihn bis zum Morgengrauen erwärmen würde. Ich sagte ihr, daß diese Liebe schmerzlich und wahnsinnig sei und daß ich angesichts dessen, was meine Familie den Ihren angetan hätte, niemals die Augen zu ihr hätte erheben, noch Hand an sie legen dürfen, an sie, die meine Großeltern und Eltern als einen Schandfleck betrachtet hätten, schöne Jüdin, sagten sie, schöne, dreckige Jüdin. Welch ein Wahnsinn das Böse, welch ein Wahnsinn die Liebe, welch ein Wahnsinn die Hoffnung, wenn der Liebende nicht wiedergeliebt wird und allein durch die Nacht siecht, in Schlaflosigkeit und Einsamkeit, die vor Entbehrung und Isolation schmerzt. Und seit ich sie kennengelernt hatte, schien mir, daß dieses Bild des Grauens, dieser in zwei Teile zerlegte Mensch, den ich gesehen hatte, dieser in seinem Blut badende, von sich selbst abgeschnittene, halbe Mann ich war.

Mitten in meiner Träumerei hörte ich einen qualvollen, grauenerregenden Schrei, der mich im Innersten meiner Seele erschauern ließ. Es war ihr Vater, der mitten in der Nacht zitternd erwachte. Ich sah, wie sie als kleines Mädchen zu ihm lief, ihm das Gesicht kühlte und leise mit ihm sprach. Im Vergleich dazu war *Der Schrei* von Munch ein Lächeln. Sein Gesicht war das pure Entsetzen.

Am nächsten Tag, dem 10. April 1995, trafen Lisa und ich uns im Schwimmbad. Am Abend begleitete ich sie nach dem Essen nach Hause.

Wir waren auf dem Pont des Arts. Die Seine floß unter uns und spiegelte den Mond und die Sterne wie Feuerfunken. Die Seine unter uns war die Quelle des Lebens, wo geheimnisvolle Wesen dahintrieben, die vom weißen Stern, dem Gegenstück der Sonne, seiner Schwester, erwärmt wurden. Das klare, frische Wasser rauschte sanft durch die Dunkelheit, die so undurchdringlich war wie eine schwarze Wüste. In der weiten Nacht leuchtete das strahlendste aller Lichter: die blauen, sternbesäten Augen von Lisa.

Ich war trunken – ein Geruch von Rosen und Sandelholz ging von ihr, vom Atem ihrer Seele aus. Ich atmete ihn ein, und alles atmete in mir. Wie das Wasser strömte der Himmel mit all seinen Sternen und Planeten dahin.

An diesem Abend vergaß ich den großen Spalter, den Zwietrachtsäer, den Fürsten der Finsternis, der aus der einen Schöpfung eine Dualität gemacht hatte, den Himmel über der Erde, das Hohe über dem Niedrigen, das Gute gegen das Böse, und ich dachte nicht mehr an den, der einen Menschen in zwei Teile zerlegt hatte, den Meister der Zwei. Ja, an diesem Abend besserte sich das Böse.

Ich wollte eins mit ihr werden, in dieser Nacht und für immer. Daher umarmte ich Lisa. So stark, wie meine Liebe auch für sie war, so heftig meine Leidenschaft, so umarmte ich sie doch aus Schmerz und Reue, und aus Schmerz und Großherzigkeit ließ sie es geschehen.

Und im Licht der Sterne, der Engel des Himmels und unter der Formation der himmlischen Geister erklärte ich ihr meine Liebe, die so heftig und so sanft, so schrecklich und so lieblich war wie die Musik von Elgar und flammend in der Dunkelheit des Nachthimmels:

»Lisa, willst du meine Frau werden?«

Sie sah mich überrascht an. Ich hörte, wie sie, fast wie zu sich selbst, sprach:

»Warum nicht?«

Ich hatte es nicht sofort gesehen, aber sie lächelte mich mit einem seltsamen, durchdringenden Blick an.

3

Am nächsten Tag verkündete Lisa ihren Eltern die Neuigkeit.

Ich weiß nicht, wie ihre erste Reaktion war: Lisa hatte es vorgezogen, allein mit ihnen zu sprechen. Ich wußte, daß Mina gegen Verbindungen von Juden und Nichtjuden war, aber ich dachte, die Perlmans schätzten mich, und die Enttäuschung darüber, daß sie einen »Goj« heiratete, würde durch die Tatsache abgemildert, daß ich es war, ihr Freund, und daß ich Lisa mehr als alles auf der Welt liebte.

Erst als wir sie gemeinsam besuchten, wurde mir bewußt, welche Erschütterung diese Entscheidung verursacht hatte. Samy wirkte erschöpft und abwesender denn je. Mina hatte dunkle Ringe unter den Augen und sah sehr schlecht aus.

»Ich habe nichts gegen Sie persönlich, Raphael«, sagte sie. »Aber ich bitte Sie, genau zu bedenken, was Sie tun. Für uns hat eine Heirat metaphysische Bedeutung: Das Zusammentreffen des Männlichen und Weiblichen ist eine Wiederherstellung der heiligen Einheit. Ich habe Lisa schon immer gesagt, daß die Synthese, die vollkommene Verbindung die Distanz aufhebt.

Niemand hat ein größeres Verlangen nach Vereinigung als wir Juden. Im Hebräischen bezeichnet ein Wort die Erkenntnis und die grundlegende Nähe in einer Verbindung zwischen Mann und Frau. Sünde und Vergehen liegen in Trennung und Distanz, und die wahre Erfüllung der Liebe in der Vereinigung ist nur als Ergebnis einer Enthaltsamkeit, einer verwandelten Wirklichkeit möglich. Doch wie soll man die Einheit des Paars mit zwei Personen bilden, die nicht dieselbe Religion haben, die sich nicht unter dem Banner einer gemeinsamen Spiritualität wiederfinden und nicht die gleiche Weltsicht teilen? Wenn Lisa Sie heiratet, wird sich jeder im anderen verlieren, ohne ganz er selbst zu sein. Was wird sie als Frau eines Nichtjuden sein? Was wird sie für uns sein? Eine ungläubige Jüdin, eine Jüdin, die sich losgesagt hat?«

»Das ist nicht mein Problem, Mama«, unterbrach Lisa sie in einem schneidenden Tonfall, den ich an ihr nicht kannte, »es ist deins, das habe ich dir schon mal gesagt.«

Sie hatte sich eine Zigarette genommen, die sie nun nervös anzündete. Ich betrachtete sie mit einer Mischung aus Unbehaglichkeit und Besorgnis und wußte nicht, was ich sagen sollte.

»Glaubst du, du wirst deine Herkunft vergessen?« erwiderte Mina sehr heftig. »Willst du das? Aber weißt du nicht, daß du genausoviel Wachsamkeit brauchst, um dich nicht wie eine Jüdin zu fühlen, wie es zu sein? Mein armes Mädchen«, fügte sie mit einem erschreckenden Blick hinzu, »du wirst es nur noch deutlicher spüren.

Du wirst all deine Energie darauf verwenden, nicht zu sehen und zu fühlen, was du bist, in der Anstrengung, denen ähnlich zu werden, die dir so unähnlich sind; du wirst dich darin erschöpfen, ihre Handlungen und Sitten zu imitieren, ihre Sprache zu kopieren, ihre Art zu leben und zu denken, aber in jeder Sekunde wirst du wissen, daß du dich verleugnest und daß tief in deinem Innern die Jüdin steckt.«

»Und er?« sagte Lisa. »Raphael? Hast du auch an ihn gedacht? Warum sagt er mir nicht, daß er sich verleugnet, wenn er mich heiratet?«

Mina warf mir einen Blick ohne jeglichen Haß zu.

»Für die Gojim ist das etwas anderes. Der Jude, der alles aufgibt, bleibt Jude, auch wenn er sich selbst verleugnet. Und du Lisa, wirst, selbst wenn du davonläufst, immer nur die Augen auf deinen Messias gerichtet haben, niemals wirst du die Rückkehr nach Zion vergessen, und niemals wirst du den Schlaf des Gerechten schlafen, weil *dein* Messias nicht erschienen ist. Und du wirst für Israel zittern, du wirst um die israelischen Kinder weinen, die auf der Straße ermordet wurden, und in diesen Momenten wirst du, weil dein Herz sich empört, wissen, daß du zu deinem Volk gehörst, so wie dein Volk zu dir gehört.«

Mina war aufgestanden. Die Adern an ihren Schläfen pulsierten unter ihrer weißen Haut. Ihre von Falten umgebenen Augen betrachteten durchdringend ihre Tochter. Ihre Lippen bebten.

»Du glaubst zu entfliehen, doch unter dem Blick des Antisemiten werden dein Essen und dein Schlaf vergiftet sein. Du willst dich verleugnen, aber dadurch wird es dir nur noch deutlicher offenbar. Du versuchst zu vergessen, aber dadurch versteifst du dich nur noch mehr und richtest dich auf. Jüdin bist du, und Jüdin bleibst du. Der Name Israels ist dir auf die Stirn geschrieben, inmitten der Nationen, unter allen Völkern der Erde. Auch wenn du Bürgerin, Frau und Mutter bist, wirst du doch immer wissen, daß in dir die Jüdin ist, die Rebellin. Ich habe dir oft die Geschichte von Onkel Morali erzählt. Das, Lisa, ist deine Situation. Auch wenn du die gehorsame Staatsbürgerin bist, die Frau eines Goj, du wirst immer Jüdin sein, und selbst wenn du es vergißt, werden die anderen dich daran erinnern, und selbst wenn du Angst hast, es zu sein, wenn du dich wegen deines Schuldkomplexes den ungerechten Gesetzen beugst, werden sie dich immer spüren lassen, daß du nicht ganz bist wie sie, daß du es nicht ganz wert bist, es zu sein, und wenn du aus Scham deinen Namen änderst und lächerliche Tricks benutzt, um unbemerkt zu bleiben, als Marranin vielleicht, als Verräterin oder Abtrünnige, wird diese Art Treue dich nie verlassen, auch wenn du feige bist. Eine nicht authentische Jüdin, die vergeblich versucht, sich zu verleugnen, die aber Jüdin im Blick der anderen bleibt, eine durch das Bewußtsein und die Willfährigkeit der Antisemiten abgestempelte Jüdin, das ist dein Schicksal, ein trauriges Schicksal, denn es ist ohne Freude und Kraft, es ist Verkündigung ohne Himmelfahrt, denn du nimmst es nicht auf dich. Verschämte, abtrünnige Jüdin, aber Jüdin trotz allem, unfreiwillig und schwankend wirst du es nur noch mehr sein, und das wird deine Knechtschaft sein, denn ständig wirst du den anderen gegenüberstehen, in die Enge getrieben durch dein Bedürfnis nach Konformität, getrieben, dich zu rechtfertigen, gezwungen, anders zu sein und zwar gerade wegen deines Konformismus. Und der Antisemit wird da sein, Lisa, und dich an der Ecke deiner bürgerlichen Straße belauern, und er wird dich höflich fragen, ob du ›Israelitin‹ bist oder auch ›Israelin‹, die schönen Euphemismen, denn ›Jude‹ kann er nicht sagen, das würde seinen Mund beschmutzen, und der Demokrat wird es ebenfalls sagen, weil du ihn durch deine versteckte Andersartigkeit störst, und der Republikaner wird es ebenfalls denken, weil du nicht vollkommen französisch für ihn bist, denn er versteht nicht, wie man gleichzeitig Jüdin *und* Französin sein kann. Und wenn du Gerechtigkeit für Israel verlangst, werden sie dir etwas von doppelter Bindung erzählen. Und du wirst zwischen deinem Feind stehen, den du liebst, und deinem Verteidiger, den du verachtest, und du wirst dich nur noch in negativer Form definieren können. Dein Einzelschicksal wird weder Hilfe noch Trost in der Beziehung zu Gott finden, den du ablehnst, oder bei dem Volk, dessen du dich schämst, und dein Judentum wird dein Problem sein, dein Joch, dein Leid, dein innerer Riß, denn deine Lüge wird dich in deinen Augen ebenso herabwürdigen wie in denen der anderen, die immer noch die Jüdin in dir sehen, und du kannst dich noch so schön Lisa Simmer nennen, für sie wirst du immer Lisa Perlman sein.«

Lisa hatte den Kopf in die Hände gelegt, und ihre Mutter fuhr unbarmherzig fort, während ihre Augen Blitze schleuderten, ihr Mund sich zu einer Grimasse des Zorns verzog und sie anklagend mit drohendem, zitterndem Finger auf die »Renegatin« wies:

»Jüdin bist du, und Jüdin bleibst du, in Schrecken und Scham, auch wenn du verzweifelt das jüdische Wesen in dir verneinst. Genau darin bist du Jüdin, in Schrecken und Scham. Du willst gehen, Lisa, du willst dein Volk verlassen, aber das jüdische Zeichen wird niemals vergehen, wie eine Beschneidung wird es für immer deinen Leib kennzeichnen. Das Zeichen des Bündnisses haftet an dir, Lisa. Und wenn du dich ihm verweigerst, wird kein Platz für Frieden in deinem Leben sein: Denn man kann nicht das Wesen der Menschlichkeit in sich zurückweisen, das darin enthaltene Böse und den daraus gebotenen Kampf gegen das Böse.

Es ist die Versuchung des Todes, Lisa, das treibt dich

zu dieser Heirat, es ist der Haß auf dich selbst, der dich in seine Arme wirft. Aber selbst wenn du versuchst, uns weh zu tun, wirst du das erste Opfer sein. Allerdings ist es zweifellos meine Schuld, wenn es mir nicht gelungen ist, dir den Stolz und die Freude, Jüdin zu sein, anstelle der Scham darüber nahezubringen.«

Bei diesen Worten hob Lisa den Kopf und schrie:

»Aber wer redet denn von Scham? Und du? Kennst du etwa die Freude? Bist du vielleicht glücklich gewesen? Wart ihr glücklich, als man euch verfolgt hat? Habt ihr die Freude gekannt, Juden zu sein? Eure Belohnung war ja sehr groß, als man euch ins KZ steckte!«

Bei diesen Worten riß Mina die Augen auf, und ihre Hände zitterten. Samy warf seiner Tochter einen ausdruckslosen Blick zu.

»Ach ja, ich vergaß: Die große Belohnung wartet im Himmel! Aber für wen haltet ihr euch, daß ihr glaubt, ihr wäret gerettet? Der Prophet hat es gesagt, ihr seid das Salz der Erde. Ihr könnt euch nicht unter den Völkern auflösen, ihr seid das Salz der Erde. Die Shoah? Ihr werdet euch doch nicht von so einer Kleinigkeit unterkriegen lassen! Ihr seid das Licht der Welt, das die Menschen erleuchtet, bis sie den göttlichen Namen preisen, dort oben im Himmel, sagt ihr, so hoch, daß man ihn noch nie gesehen hat … wenn er nicht gerade sein auserwähltes Volk vernichtet. Aber nicht alle Welt gehört diesem auserwählten Volk an. Es gibt Juden und Nichtjuden; und nicht alle, die aus Israel stammen, sind Juden.«

»Es gibt praktizierende Juden und nicht praktizierende«, antwortete Mina, »es gibt innerlich zerrissene Juden und unbewußte Juden, aber sie haben das jüdische Zeichen, und das Bewußtsein ihrer Mission schlummert stets in ihnen, denn es stammt aus der Tiefe der Zeiten. So ist der Jude: Sein Blick erfaßt wie ein Blitz das

Wort ›Jude‹ in den Windungen aller Sätze in Gesprächen und Büchern, sein Herz blutet bei jedem Anschlag auf Jerusalem, und überall, wo sich menschliches Leid findet, schlägt das Herz des Juden, ob er nun will oder nicht ... Sag mir, Lisa, daß dein Herz nicht für die Juden schlägt! Sag mir, daß du nicht die Zeitungsartikel über Israel mit besonderer Aufmerksamkeit liest! Sag mir, daß du nicht den Sieg der Israelis wünschst, wenn sie im Krieg sind!«

»Es ist dein Volk!« schrie Lisa, »nicht meins. Ich bin anders. Ich fühle nichts von dem, was du fühlst. Es ist nicht mein Volk. Ich bin wie die anderen, wie er«, fügte sie hinzu und zeigte auf mich. »Ich bin nicht anders als er. Der Jude definiert sich vor Gott und nicht vor den anderen: Das hast du mir doch immer gesagt!«

»Aber vor den Menschen und unter ihnen muß er seinen Weg gehen. Israel bringt wie Jesus den Völkern die Revolte gegen die falschen Werte und die echte Nächstenliebe.«

»Und zum Ausgleich empfängt es Schande und Martyrium.«

»Aber Israel wird, koste es was es wolle, diese Botschaft verkünden.«

»Ich weiß ... und der Jude wird stets der Dornbusch sein, in dem Moses eine brennende Flamme sah, ohne daß der Dornbusch davon verzehrt wurde. Soll ich dir sagen, warum es ein Dornbusch ist?«

»Weil der Dornbusch die Einfriedung der Gärten ist, und Israel die Einfriedung der Welt.«

»Nein. Weil es der Dornbusch der Schmerzensreiche ist.«

»Und wenn die Flamme im Busch brennt und sich nicht verzehrt, dann heißt das, daß Gott nicht will, daß der Schmerz Israel so verzehrt, wie er dich verzehrt, Lisa.«

»Dieser Schmerz ist alles, was uns bleibt. Und ihn werde ich an meine Kinder weitergeben.«

»Deine Kinder werden vielleicht noch Juden sein, aber deine Enkel werden verloren sein.

Du bist nicht allein auf der Welt, Lisa, du trägst viertausend Jahre Geschichte auf deinen Schultern. Achtunddreißig Jahrhunderte löschst du in einer Generation aus, und das ist dem Abendland in zweitausend Jahren nicht gelungen.«

Bei diesen Worten stand Lisa auf, nahm mich bei der Hand und rief, schon auf der Türschwelle:

»Achtunddreißig Jahrhunderte lösche ich aus, wie Hitler, ist es das? Ist es das, was du zu Schiller gesagt hast? Ja, hast du ihm das gesagt?«

Am selben Abend traf ich mich mit Felix im Lutétia, wo ich ihm die Szene vom Nachmittag erzählte.

»Ich habe kein Verständnis für eine Welt, die nur aus Juden, Christen und Antisemiten besteht«, sagte er. »Kann Mina nicht der Tatsache ins Auge sehen, daß es Leute gibt, die wie du und ich nicht in diese Kategorien gehören?«

»Aber bist du sicher, in keine davon zu gehören?«

»Ich bin Atheist«, gab Felix zurück. »Ich respektiere nicht nur alle Religionen, sondern interessiere mich sogar dafür, allerdings aus einer Sicht von außen.«

»Von einer höheren Warte?«

»Nein, einer anderen. Ich glaube an nichts anderes als an die universellen Werte der Vernunft, der weltlichen Gesellschaft, der Garantin für Freiheit und Gleichheit.«

»Alle Werte der weltlichen Gesellschaft, wie du sie nennst, sind nichts anderes als verweltlichte Werte der Bibel.«

Felix verfolgte dieses Thema nicht weiter. Eine wichtige Neuigkeit beschäftigte ihn: Er hatte Zugang zu den Prozeßakten im Fall Crételbekommen.

»Offiziell ist Jean-Yves Lerais in seiner Eigenschaft als Historiker vorgeladen worden. Meiner Meinung nach gab es aber eine Verbindung zwischen Lerais und Perraud. Ich glaube, der wahre Grund seiner Anwesenheit bei dem Prozeß war, daß er auf Verlangen von Perraud überwachte, was gesagt wurde.«

»Ich nehme an, er war ein Zeuge der Zivilklage?«

»Ja. Lerais hat das Gericht übrigens vollkommen aufgeklärt: Er hat ihnen dargelegt, daß das Vichy-Regime keine passive Regierung war, die auf Befehle der Deutschen wartete, sondern daß die ›nationale Revolution‹ ein hochfliegendes Programm zur ›Homogenisierung‹ des Landes war, im Klartext: zur Ausschaltung der Juden, Kommunisten und Freimaurer, um den Boden für das neue Europa zu bereiten. Diesen Punkt hat er betont: Vichy hat niemals ein doppeltes Spiel gespielt und noch weniger dem Besatzer Widerstand geleistet … ›Den Widerstand müssen Sie im Untergrund suchen‹, hat er gesagt.

Dann versuchte Crételsnwalt, die Bedeutung seiner Aussage mit der Bemerkung herunterzuspielen, daß ein Historiker nicht vor Gericht aussagen dürfe. ›Ein Zeuge‹, sagte er, ›hat die Geschehnisse persönlich gesehen, während der Historiker sie nur vom Hörensagen kennt. Sie haben eine bestimmte Meinung von dieser Zeitspanne, aber einige Ihrer Kollegen haben eine andere. Ihre Nachfolger werden Sie mit Vergnügen widerlegen. Sie sind nur ein Moment in der Geschichte Vichys. Macht das aus Ihnen einen glaubwürdigen Zeugen? Ich glaube nicht. Die Aufgabe der Justiz unterscheidet sich von der der Geschichte. Sie, meine Damen und Herren‹, hatte er sich an die Geschworenen gewandt, ›Sie müssen ein Urteil fällen. Doch Ihnen reicht nicht wie den Historikern ein Buch, um die Dinge zu verändern, das Leben eines Menschen steht auf dem Spiel, und ein Justizirrtum ist nicht vergleichbar mit einem historischen Irrtum.‹

Am nächsten Morgen war Geneviève Talment an der Reihe, ihre Aussage zu machen. Es war schrecklich: Erinnerst du dich an den Skandal?«

»Ja, vage. Vor dem Eingang zum Gericht demonstrierten Leute mit Plakaten: ›Die Talments – dreckige Lügner‹.«

»Das war die Folge der Debatte, die durch Schillers Buch ausgelöst wurde.«

»Geneviève Talments Zeugenaussage war herzzerreißend. Mit zwanzig Jahren wurde sie, nachdem sie ihrem Mann zur Flucht verholfen hatte, auf Befehl Crétels durch die Miliz verhaftet, die sie an die Gestapo auslieferte. Sie stand ihrem Schinder gegenüber. Es war ein ruhiger, gesetzter Deutscher, der ihr sagte, sie sei schön, und mit äußerst ruhiger Stimme zu ihr sprach, während er ihr über das Haar strich – und der sie mit eigenen Händen drei Tage lang schlug und folterte, bevor er sie nach Auschwitz schickte.«

»Und Schiller?«

»Er war als Zeuge der Verteidigung vorgeladen worden. Alle erwarteten, er würde in der Rolle des liebenswürdigen Klerikers auftreten, der Crétel all die Jahre geschützt hatte, während derer er sein Freund und Beichtvater war. Alle erwarteten, daß er Geneviève Talments Aussage entkräften und lächerlich machen würde, ganz im Sinne dessen, was er in seinem Buch geschrieben hatte. Und dann geschah zur großen Überraschung aller genau das Gegenteil.

›Ich bin sehr verwirrt‹, erklärte er. ›Ich versuche, alles zu verstehen. Ich fürchte aber, es ist unmöglich. Sie wollen meine Bestätigung, daß Maurice Crétel ein Ungeheuer ist? Nun denn, ja, ich sage es: In meinen Augen ist Maurice Crétel ein Ungeheuer.‹

Bei diesen Worten brach ein wahrer Tumult im Saal aus. Crétel fing an zu brüllen: ›Schiller, du Schwein, ich bring dich um!‹, was nur bestätigte, was dieser gesagt hatte. Sein erschrockener Anwalt versuchte ihn zu beruhigen, aber er war fassungslos. Er hatte sofort begriffen, was geschah: Schiller hatte Crétels Verurteilung besiegelt.

Nachdem die Ruhe wiederhergestellt worden war, befragte der Staatsanwalt Schiller. Und Schiller hat alles ausgepackt, alles geradegerückt: Was Crétel bezüglich der ›alten Leier‹ über Auschwitz gesagt habe, über den Nazi Rudolf Hess, ›das Opfer des Hasses‹. ›Weder Kummer noch Mitleid‹, sagte Schiller, ›dieser Mann, dieser Gläubige hat nie etwas bereut. Ganz im Gegenteil, wenn er sich heute in derselben Position befände, *würde er alles noch einmal machen.*‹«

»Und in diesem Moment war Crétel geschlagen?«

»Er wurde nach Schillers Aussage in den Zeugenstand gerufen. ›Ich habe niemals jemanden verhaftet, weil er Jude war‹, sagte er. ›Ich habe mein möglichstes getan, um den größten Teil der Inhaftierten freizulassen. Ich wollte eine menschliche Politik und sehe mich nun des Verbrechens gegen die Menschlichkeit angeklagt.‹

Er erinnerte sich noch genau: an die Angst, den Hunger, den Durst nach dem Krieg, als er sich verstecken mußte, an die Suppe bei einem Freund, an den Mann der Kirche, der für ihn da war. Es war fast rührend. Da sprach ein Opfer. Er erinnerte sich an alles … nur nicht an seine Verantwortung für die Deportation von 12 884 Menschen.

Als der Richter ihn aufforderte, von der Razzia im Velodrom zu sprechen, antwortete er: ›Wenn Sie das wirklich wollen, dann bereiten Sie sich auch auf die Konsequenzen vor!‹

Dank Schillers Buch war es ihm gelungen, die Aussage von Geneviève Talment zweifelhaft erscheinen zu lassen, aber durch die Kehrtwende des Theologen hatte er verloren. Und nichts mehr zu verlieren. Nichts konnte ihn mehr stoppen. ›Ich muß Ihnen etwas von Michel Perraud erzählen‹, sagte er. ›Ich sehe keinen Zusammenhang zwischen Minister Perraud und dieser Angelegenheit‹, hatte der Anwalt der Zivilkläger entgegnet. ›Ach, den kann ich Ihnen leicht erklären.‹

In diesem Moment änderte sich die Haltung des Richters. Bis dahin hatte er Crétel wie einen kleinen Fisch behandelt, einen Dieb oder Lügner. Plötzlich schien es, als wäre er sich seines Fehlers bewußt geworden. ›Lenken Sie jetzt nicht mit Pseudoenthüllungen von sich ab‹, hatte er gesagt. ›Denken Sie daran, warum Sie hier sind. Sie sind hier, weil Sie an dem Versuch teilgenommen haben, jüdische Männer, Frauen und Kinder dieses Landes zu vernichten.‹

Dann ordnete er die Vertagung der Sitzung an. Der Saal wurde geräumt. Wenig später hörte man von draußen einen Schuß. Crétel war getötet worden.

Das war's«, schloß Felix, »zwanzig Jahre hatten die Prozesse gedauert, um ihn zu verurteilen. Und in dem Moment, da es endlich dazu kommen sollte, tötet ihn ein Geistesgestörter, der zweifellos von Perraud dazu angestachelt wurde. Und eins ist sicher: Crétel wollte etwas Kompromittierendes über Perraud aufdecken, und vielleicht befand sich dies auch in der Akte, die man uns gestohlen hat ... Hast du bemerkt, daß Perraud überhaupt keine Angst hatte, als ich von der Cagoule sprach? Es war, als würde er zu sich sagen: ›Gut, mehr hat er nicht gesehen.‹ Hattest du nicht diesen Eindruck? Ich bin immer noch der Meinung, daß uns etwas Wesentliches in der Akte entgangen ist ... Deshalb hatte ich auch die Idee, die Liste der Verfahren vor dem Prozeß durchzugehen.«

»Und?« fragte ich.

Felix zündete sich seine Zigarre an:

»Ich war nicht überrascht, den Namen des ersten Klägers zu entdecken ...«

»Und der wäre?« fragte ich neugierig nach.

»Ron Bronstein.«

Er lächelte zufrieden über meine Verblüffung.

»Doch das Verwirrendste ist, daß er, nachdem er den Prozeß eingeleitet hatte, 1990 seine Klage wieder zurückzog.«

»Alles führt uns zu Bronstein ... wie Pater Francis anfangs sagte, erinnerst du dich?«

»Wir müssen ihn schnellstens finden. Er wohnt in Ramat Aviv, einem gutbürgerlichen Vorort von Tel Aviv. Ich habe seine Telefonnummer, aber bis jetzt konnte ich ihn nicht erreichen.«

Wir verbrachten den Rest des Abends damit, zu rauchen, zu trinken und über meine Hochzeit mit Lisa zu sprechen.

»Glaubst du, daß die Einstellung ihrer Mutter ein Problem für Lisa ist?« fragte ich Felix. »Glaubst du, daß sie ihre Absicht, mich zu heiraten, aufgeben wird?«

»Für ihre Mutter ist es schrecklich, daß sie einen Goj heiratet. Aber ich glaube, Lisa ist das egal. Wichtig ist, das sie an ihre Kinder weitergibt, was sie weiß, das heißt im Grunde nicht sehr viel. Ich habe das Gefühl, daß sie zum Judentum ein sehr distanziertes Verhältnis hat. Du sagst doch, sie feiere nicht mehr den Sabbat, gehe nicht mehr in die Synagoge und sei auch nicht mehr so fromm wie ihre Mutter?«

»Ja, als sie klein war, hat sie die jüdische Schule verlassen, in die ihre Mutter sie steckte, um die staatliche

Schule zu besuchen. Sie hat mir erzählt, daß Jom Kippur für sie schrecklich war. Sie mußte mal wieder vom Unterricht fernbleiben und fühlte sich wie eine Außenseiterin, wie eine Fremde. Am nächsten Tag mußte sie den Lehrern und Schülern alles erklären, und sie sah das Erstaunen in ihren Augen. Sie fühlte sich verpflichtet, sich zu rechtfertigen, während es doch gerade ihr größter Wunsch war, wie die anderen zu leben und sich in nichts von ihnen zu unterscheiden.«

»Ich glaube nicht, daß sie wirklich jemals einen Juden heiraten wollte.«

»Aber bist du sicher, daß sie etwas gegen den Willen ihrer Eltern tun wird?«

Seine Augen verdunkelten sich, als er mich mit einem traurigen Lächeln ansah:

»Etwas sagt mir, daß Lisa Perlman alles dafür tun würde, dich zu heiraten, Raphael.«

4

Am 6. Mai 1995 um 16 Uhr 30 heiratete ich Lisa auf dem Standesamt des fünften Arrondissements von Paris.

Sie trug ein weißes Kostüm und einen Glockenhut, unter dem ihre Haare in langen gedrehten Locken hinabfielen. Ihre blauen Augen hatten an diesem Tag einen ganz besonderen Glanz. Ständig ruhten sie auf mir und betrachteten mich von oben bis unten. Sie hatten denselben Ausdruck wie bei ihrer Arbeit an einer Skulptur in ihrem Atelier: aufmerksam, ernst, freundlich und bewundernd. Man hätte sagen können, daß sie nur das Beste an dem sähen, was sie erfaßten. Lisa hob durch ihren Blick die Seele, sie machte schön. Sie entwarf mich neu, sie erschuf mich neu.

Die Perlmans hatten sich letzten Endes doch bereit erklärt, an der Trauung teilzunehmen. Sie hatten sogar einen kleinen Empfang in der Rue des Rosiers vorbereitet, zu dem enge Freunde und die Familie geladen waren.

Am Abend, bevor die Gäste kamen, überraschte ich Mina dabei, daß sie ihre Hände vors Gesicht schlug. Sie weinte.

Lisa flüsterte mir zu, nicht weiter darauf zu achten, und versicherte mir, daß es nicht an mir liege. Dieser Festtag war für sie eine schmerzhafte Verbindung zur Vergangenheit: Es war eine Geschichte, die ohne die Ihren, ohne ihre Familie weiterging.

Ohne meine übrigens auch: Ich hatte meine Eltern erst zwei Wochen vor der Zeremonie von meiner Hochzeit mit Lisa Perlman in Kenntnis gesetzt. Und sie hatten mich wissen lassen, daß sie, da ich sie so zurückgesetzt hätte, es vorzögen, nicht zu kommen. Ich glaube, sie waren wütend, daß ich eine Jüdin zur Frau nahm.

Ich hingegen war erleichtert: Ich gebe zu, es wäre mir furchtbar unangenehm gewesen, wenn Lisa sie kennengelernt hätte.

Lisas Vater brachte ein Glas herbei und stellte es auf den Boden, dann zertrat er es mit einem heftigen Fußtritt. Das Glas zersprang in tausend winzige Scherben, die sich in alle vier Winkel des Zimmer zerstreuten, wie tausend Ascheteilchen, tausend Feuerfunken, tausend Spiegel, zerbrochen wie tausend Schicksale, falsche Vorzeichen längst vergangenen Unglücks, Bergkristalle, in einem letzten Aufblitzen glitzernde Lichtstrahlen, Glaskugeln, Diamanten, Jadesteine und Smaragde, rollend, strömend wie der Strom ferner Gestade, grenzenlose, grenzenlose Diaspora, endlich unter höchstem Schutz zusammengeführt, Sonne, Mond und Sterne, glitzernde Achate, Rubine, Berylle und Onyxe, Glut der Sonne, die

die Berge und die Flüsse wärmt, welche so licht sind wie der Tag, so klar und durchsichtig wie das reine Wasser von einst. Von meiner Sohle nahm ich eine Scherbe, die sich dorthin verirrt hatte, ein kleines, scharfes Stück Glas, das mir den Finger zerschnitt. Eine karminrote Träne rann von ihm herab, als ich es mir als Souvenir in die Tasche steckte.

»Das zerbrochene Glas erinnert all die, die sich freuen, an die Zerstörung des Tempels«, sagte Lisa. »Normalerweise zerbricht es der Bräutigam.«

Es war sicher kein Zufall, daß die Perlmans von all den Riten der jüdischen Tradition diese beibehalten hatten.

Paul und Tilla wünschten mir in aller Herzlichkeit Glück. Von Béla bekam ich ein halb ironisches, halb herablassendes Lachen und einen Schlag auf die Schulter, durch den ich mich an meinem Wein verschluckte.

Samy, der die gesamte Zeremonie über wie versteinert war, deutete am Ende ein Lächeln voller Mitleid und Traurigkeit an. *Wenn es unmöglich ist, nach Auschwitz noch Gedichte zu schreiben, wenn es obszön ist, Fußnoten zu machen, wenn man über die Shoah schreibt, ist es dann nicht barbarisch, nach der Katastrophe zu heiraten?*

Wir hatten auch Bruder Franz eingeladen. Ohne seine Kutte war er eine beeindruckende Erscheinung. Seine grünen Augen dominierten sein Gesicht, das ein Bartansatz noch ausgezehrter erscheinen ließ. Seine Pupillen waren durch seine Kurzsichtigkeit so vergrößert, daß sein Blick durch alles hindurchzugehen schien.

Er streckte mir lächelnd die Hand entgegen.

»Alles Gute, Raphael. Erlauben Sie mir, Ihnen bei dieser Gelegenheit einen Rat zu geben.«

Er neigte sich zu mir und murmelte:

»Meiden Sie Pater Francis, meiden Sie ihn wie den Teufel; das habe ich schon zu Schiller gesagt, als er sich mit ihm anfreundete.«

»Und warum soll ich Pater Francis meiden?«

»Dieser gefährliche Mann sucht Ihre Gesellschaft. Haben Sie das noch nicht bemerkt?«

»Nein!«

»Er ist mit dem Teufel im Bunde!«

Felix war ebenfalls da. Allein in einer Ecke, mit säuerlicher Miene. Er ließ mich nicht aus den Augen. Man hätte meinen können, daß er mich zum letzten Mal sehen, mich für immer verlieren würde. Ich blieb einen Moment bei ihm, um ihn zu beruhigen, ihm zu zeigen, daß unsere Hochzeit nicht das Ende unserer Freundschaft war, daß der Teil meines Herzens, der ihm gehörte, nicht von Lisa gestohlen worden war.

Er sah mich mit glühenden Augen durchdringend an. Er wartete bis zum Ende des Abends, um mir sein Geschenk zu geben.

Es war ein Schriftstück, das er bei einem alten Antiquar in Berlin gefunden hatte und das die Heiratsrechte nach den Nürnberger Gesetzen von 1935 darlegte.

»Gestattet sind«, las ich, »die Heirat zwischen einem Deutschen und einer Deutschen; zwischen einer Person mit einem jüdischen Großelternteil und einem oder einer Deutschen; zwischen einer Person mit zwei jüdischen Großelternteilen, die ihren Glauben nicht mehr praktiziert, und einer Person mit einem jüdischen Großelternteil. Eine Sondergenehmigung ist nötig für: einen oder eine Deutsche und eine Person mit zwei jüdischen Großelternteilen, eine Person mit einem jüdischen Großelternteil und dessen Ehegatten mit zwei jüdischen Großelternteilen. Verboten sind: die Heirat zwischen einer oder einem Deutschen mit einer jüdischen Person, zwischen einer Person mit einem jüdischen Großelternteil und einer jüdischen Person, zwischen Personen, die zwei jüdische Großelternteile haben.«

Bevor er ging, umarmte er mich: Man hätte es für den letzten Abschied eines Freundes vor einer sehr langen Reise halten können.

Am nächsten Tag flogen wir nach Israel. Das war meine Idee gewesen. Es war eine Art Tribut an Mina. Ich hatte Lisa überredet, und sie hatte schließlich zugestimmt, zum Zeichen der Aussöhnung mit der Vergangenheit.

Von Israel ist mir nicht mehr viel im Gedächtnis geblieben. Es ist wie bei *Wiedersehen in Howards End*: Ich erinnere mich an Lisas Lächeln, an ihre vom Licht betörten, von der sanften Dämmerung erleuchteten Augen, wenn ich, der verliebte Wächter, sie bis zum Morgengrauen betrachtete. Ich erinnere mich, ein Ehemann gewesen zu sein, zum ersten und zweifellos auch zum letzten Mal in meinem Leben, ein Ehemann, der sich um seine Frau kümmert und dessen Ziel es jeden Tag, jede Stunde und jede Minute war, sie glücklich zu machen.

Ich hatte beschlossen, alles zu vergessen, Minas fehlenden Segen, Felix' fanatische Suche und die Verdächtigungen, die auf allen lasteten. Der erbitterte Kampf hatte ein Ende genommen, als hätte ich endlich Zugang zur Welt dort oben, die ein Ort des Friedens ist. Nie hatte ich ein solches Gefühl gehabt, es war, als ob meine Seele sich entspannte, nicht mehr hetzte, sich endlich fallen ließ und die, nachdem sie so intensiv gesucht hatte, sich endlich fand.

Der Tag war Licht, die Nacht war Geheimnis. Lisa erleuchtete sie mit ungeahntem Strahlen, allmächtig erschuf sie die Materie aus dem Nichts. Da sah ich sie, in einer Mischung aus Entsetzen und Bewunderung, aus verwirrenden Empfindungen, sie, ohne die kein Geheimnis erklärt werden konnte, und das begeisterte mich, und das hüllte mich in unvermischte Freude, und mein Herz kam zur Ruhe. Wir blickten uns auf den Grund unserer Augen: Mein Gesicht drückte im dunklen Spiegel ihres Blicks zum allerersten Mal wahre Glückseligkeit aus.

Es waren nicht nur zwei Personen, die sich vereinigten, es war die Vereinigung von Körper und Geist, von Stoff und Form, die Versöhnung. Im Hochzeitszimmer herrschte eine Atmosphäre, die mich bannte. Jedes Mal, wenn ich Lisa sah, und jedes Mal, wenn ich dieses Land betrachtete, schien mir, daß ihre Züge mir vertraut waren, daß ich sie irgendwo schon einmal gesehen hatte, ohne zu wissen wo – irgendwo in der ersten Heimstatt, ganz nah am Ursprung.

Ausgestreckt neben mir, einer Welle klaren Wassers gleich, erwachte sie nicht zum Leben: Sie war das Leben selbst. Die schlanken Formen ihres Rumpfes und ihrer Hüften waren wie geglückte Entfaltungen meines eigenen Körpers. Ihre Haare waren weiche Blätter, ihre leuchtend blauen, mit weißem Blütenstaub gesprenkelten Augen waren schöner als jede Blume. Die dunklen Augenbrauen überschatteten die langbewimperten Augen, hohe Wangenknochen rahmten eine feine Nase ein, ein Mund, der nicht verzogen, dessen Lippen aber gestrafft waren, enthüllte eine Reihe winziger, weißer Kiesel, das Kinn bildete eine kleine fruchtähnliche Rundung. Die Haut, durchscheinend wie ein Schleier und vollkommen glatt, durchzogen von dünnen, blauen Fäden, umgab dieses Gesicht mit einer zarten und leuchtenden Schutzhülle, die die Reinheit stärker verkörperte als Quellwasser. Sie rührte durch das denkbar Sinnlichste an die erhabenste Idee, die ich jemals hatte.

Sie war frischer noch als der Tautropfen, der eine Blume hinabperlt. Sie war wärmer als das Innere der Erde. Ihre Schönheit blendete mich mehr als die Mittagssonne, es war eine Kraft heiterer noch als der blaue Himmel. Ihr Atem war ein lauer, sanfter Wind. Ihre

Haare stürzten die Berge hinab, ihre Augen waren Sterne, die im Mondlicht weiß glühten.

An wen erinnerte sie mich? Wo war ich ihr schon einmal begegnet? Es lag weiter zurück, viel weiter noch als die *Pietà*, das wußte ich jetzt: Nicht die *Pietà* hatte ich in ihr geliebt, sondern sie hatte ich in der *Pietà* wiedergefunden. Zwischen Licht und Dunkelheit war sie die Dämmerung meines Geistes: ein Halbdunkel, eine verheißungsvolle Nacht, in der die Sterne und ihre Bilder aus den höchsten Höhen funkeln, denn sie war die schönste Form der Welt. Mit ihr war die Dunkelheit heller als der Tag, die Nacht war nicht finster, die Nacht war fahlviolett, die Nacht war glühend: Sie war die inbrünstige Erwartung des entstehenden Tages.

Wo also hatte ich sie schon einmal getroffen? Woran erinnerte sie mich? Wo hatte ich diese Augen gesehen, die wie Sonnen durchdringende Strahlen warfen? Wo hatte ich diese liebliche Stimme gehört, die mich erschauern ließ, wo hatte ich diesen zinnoberroten Mund gesehen?

Über uns war die Sonne; und die Dinge hatten kein eigenes Licht, sondern warfen nur das des großen Himmelskörpers zurück. In seinem strahlenden Licht bestand die Erde fort, und wir waren da und nahmen uns seine Helligkeit, um uns an ihr zu nähren wie an einer Mutterbrust.

Es war eine Gegend, in der smaragdgrüne und violette Büsche mit goldbraunen Feldern kontrastierten und Purpur und Indigo, Oliv und Silbergold unendlich schillerten.

Wo? Wo hatte ich sie schon einmal gesehen?

»Als ich Béla sagte, daß ich dich heiraten wolle«, sagte sie eines Morgens auf einer Caféterrasse in Tel Aviv zu mir, »da fragte er mich: ›Siehst du dich mit ihm und zwei Kindern in zehn Jahren?‹ Und weißt du, was ich geantwortet habe?«

»Nein.«

»Ja. Ich habe ja gesagt. Als ich dich das erste Mal bei meinen Eltern sah, war es, als würde ich dich wiedererkennen. Ich hatte den Eindruck, dir schon einmal begegnet zu sein, irgendwo, vor sehr langer Zeit. Du warst wie eine Erinnerung an alte Zeiten, wie eine Kindheitserinnerung.«

»Hast du dich sofort in mich verliebt?«

»Verliebt nicht ... Aber ich habe etwas gespürt, ja, wie eine schreckliche Angst, ein Gefühl des Schwindels. Und dann habe ich deine Augen gesehen, Raphael. Deine Augen haben mich in Bann geschlagen. Wenn sie mich ansehen, hüpft mein Herz. Sie bewegen mich im Grunde meiner Seele.«

»Und was noch?«

»Dein Lächeln oder besser, deine verschiedenen Arten zu lächeln. Denn du hast mehrere Arten; es gibt ein charmantes, verführerisches Lächeln, und dann dein glückliches, ruhiges Lächeln, und manchmal kommt auch dein endloses Lachen, das mit den Grübchen. Ich liebe es zu sehen, wie sie sich bilden und schelmische Schatten werfen. Und dann deine Hände«, fügte sie hinzu und nahm sie in ihre Hände, »sie sind groß und weiß, so weiß, daß man alle Adern sieht. Und weißt du was? Ich kenne all diese Adern: Einige sind zaghaft und nur schwach zu sehen, andere springen stark hervor. Es sind Männerhände, fest und kraftvoll, und gleichzeitig sind sie fein. Ich liebe die kleinen Flecken auf deiner Haut: diese Sommersprossen, wie Überbleibsel aus der Kindheit, die nicht weichen wollen. Wenn ich deine Hände betrachte, überkommt mich oft die Lust, sie nachzubilden. Eines Tages werde ich nach ihrem Vorbild eine Skulptur machen.«

»Warum hast du sie zurückgewiesen, als ich sie dir in Washington entgegenstreckte?«

»Ich hatte Angst, Raphael. Ich hatte Angst, dich zu lieben.«

Ich betrachtete sie unablässig. Ich verlor mich in ihren klaren, blauen Augen. *Wo hatte ich sie gesehen? Auf welchem Weg waren wir uns begegnet? Welchen Weg hatten wir gemeinsam eingeschlagen?*

Am Anfang, im Ursprung der Welt, als Adam und Eva den Apfel aßen und den nicht wiedergutzumachenden Fehler begingen, da saß die Schlange, das Oberhaupt der Gottlosen, ruhig auf ihrem Sitz aus Feuer und Rauch und beobachtete sie, um ihr Werk zu vollenden.

5

Felix hatte sich von mir das Versprechen geben lassen, daß ich vor meinem Rückflug nach Tel Aviv fahren würde, um mich um ein Treffen mit Ron Bronstein zu bemühen. Nach mehreren fruchtlosen Versuchen konnte ich den israelischen Philosophen am Tag vor unserer Abreise erreichen. Wir trafen uns in der Nähe des Brunnens vom Dizengoff-Platz. Es war fast 15 Uhr 30. Ich setzte mich zu mehreren alten Männern auf eine Bank. Nach und nach kamen noch weitere, und bald bildeten sie einen kleinen, lebhaften Kreis.

Sie kamen zweifellos jeden Nachmittag um diese Zeit hierher, und ich hätte viel darum gegeben zu erfahren, was sie miteinander redeten. Sie sprachen diese Sprache, die mir nicht ganz fremd und auch nicht ganz geläufig war. Ich erkannte einige deutsche Wörter wieder, und mir schien, daß sie über den Krieg sprachen. Es war Frühling und bereits ziemlich warm, so daß sie alle kurzärmlige Hemden trugen. Viele von ihnen hatten eine Nummer auf ihrem Unterarm eintätowiert: Diese Männer waren an ihrem Lebensabend wie Tiere fürs Leben gezeichnet. Bald würden sie sterben, und die unauslöschliche Spur der Shoah würde verschwinden.

Sie hatten die typischen Gesichter alter Männer, mit scharf ausgeprägten Zügen und tiefen Falten, den Zeugen der verstreichenden Zeit, aber das Feuer in ihrem Blick war ein Zeichen der Ewigkeit. Ich dachte an Minas Worte. Hatte sie etwa doch recht? Hatte dieses Volk das grausamste aller von ihm erlittenen Schicksale umgewandelt in den strahlendsten aller Triumphe? Sie sagte, daß kein Schicksal ergreifender den Daseinskampf verdeutlichen würde als das des jüdischen Volkes, das in sein Land zurückkäme. Im tiefsten Leiden erhöbe es sich zur Vollendung und Rettung. *Achtunddreißig Jahrhunderte Geschichte.*

Plötzlich schwiegen alle, einige Alte stießen einen Seufzer aus, und einer von ihnen brach auf. Nach und nach folgten ihm die anderen.

Da kam mir die Frage in den Sinn, die sich jeder Historiker angesichts der Shoah stellt, das Rätsel, das noch keiner hat lösen können: 1945, als die Deutschen sich zwischen Intensivierung des Krieges und Fortführung des Völkermords entscheiden mußten, gaben sie dem zweiten Ziel die Priorität, auf Kosten des Sieges. Wie kann man begreifen, daß die Vernichtung der europäischen Juden ein Ziel war, welches die Niederlage im Krieg und das Ende des deutschen Staates wert war? Welche Macht des Bösen war stark genug, um ein Volk dazu zu treiben, sich dem Vorhaben hinzugeben, ein anderes Volk zu vernichten auf das Risiko hin, den Krieg zu verlieren und das eigene Land zugrunde zu richten?

Diese Frage zu beantworten hieß, ins Zentrum der Shoah vorzustoßen, und genau dort lag das Geheimnis des Mordes an Schiller.

In diesem Moment sah ich Ron Bronstein, der am Steuer eines roten Sportwagens saß und so bremste, daß seine Reifen quietschten. Er kam rasch auf mich zu.

»Es tut mir leid«, sagte er. »Ich konnte wegen eines Bombenalarms mein Viertel nicht verlassen.«

»War es ernst?«

»Nein, überhaupt nicht. Das haben wir hier regelmäßig. Beruhigen Sie sich, wir werden nicht in die Luft fliegen«, fügte er hinzu, als er meinen besorgten Blick sah.

Er zog mich in ein Café in der Sheinkin-Straße. Die verrauchte Atmosphäre, der Art-déco-Stil und das orangefarbene Licht erinnerten an die Bars in Soho. Die jungen, großen und schönen Frauen hatten kurzgeschnittene Haare und strahlten eine Vitalität und Burschikosität aus, die man bei Französinnen oder Amerikanerinnen nicht findet. Ein blonder Soldat mit hellgrünen Augen lachte mit ein paar Freunden. Er trug die beigefarbene Uniform der Luftwaffe, die allem Anschein nach das größte Prestige hatte.

Und alle waren Juden, dachte ich. Die Frauen, so schön wie Mannequins, die braunen, muskulösen Männer, die Soldaten, die den Mythen in amerikanischen Filmen schon sehr nahe kamen. Alles Juden, so wie die alten Überlebenden der Shoah, die ich am Brunnen gesehen hatte – und doch so unterschiedlich. Da begriff ich, daß sich dieses Volk in der Nachfolge Ben Gurions selbst geformt hatte, und zwar gegen das Bild, das Nazideutschland ihm hatte aufzwingen wollen. Wenn wir nicht in Israel gewesen wären, hätte ich größte Mühe gehabt, »einen Juden zu erkennen«. Man hatte ihnen gesagt, sie seien schwach und kränklich, häßlich und feige: Jetzt waren sie stark wie Felsen und schön wie griechische Götter. Man hatte ihnen gesagt, sie seien unfähig, echte Arbeit, die Arbeit auf dem Feld, zu verrichten: Jetzt waren sie eine Nation von Bauern, und niemand beherrschte Acker- und Gartenbau im Wüstenklima so wie sie. Man hatte ihnen gesagt, sie seien ewig umherirrende Juden, Verfolgte, Lämmer, die man zur Schlachtbank führt: Jetzt hatten sie ein eigenes Land und konnten es verteidigen. Das waren die neuen Juden, dachte ich, Juden, die man vorher noch nie gesehen hatte: Soldaten, Bauern und Bürger eines eigenen Staates.

Da begriff ich die Besonderheit dieses Volkes. Nie zuvor hatte in der Weltgeschichte ein Staat existiert, der vollkommen zerstört und zweitausend Jahre später wieder entstanden war, nie hatte es ein anderes Volk gegeben, das, verstreut in alle Winkel der Erde, wieder zusammengekommen war, um eine Nation auf dem Land ihrer Vorfahren zu gründen. Seit Jahrtausenden glaubte Israel an diese Mission, und ein außergewöhnliches Schicksal stützte diesen Glauben. Denn sie hatten daran geglaubt, und sie hatten es von ganzem Herzen, mit all ihren Kräften und all ihren Fähigkeiten gewollt, und das hatte den Lauf der Zeit entgegen aller Wahrscheinlichkeit und allen Determinismen umgekehrt. Das alte Volk lebte wieder auf und hatte sich gegen jedermann, manchmal sogar gegen sich selbst, den Leitsatz, die kühne, aber einfache Vorstellung zu eigen gemacht: *Was du nicht willst, das man dir tu, das füg auch keinem andern zu*, eine Vorstellung, die dazu befähigte, trotz allem die Grenzen zu verändern, trotz der menschlichen und moralischen, doch vor allem metaphysischen Niederlage, dieses kosmischen Dramas des Zweiten Weltkriegs.

»Was kann ich dieses Mal für Sie tun?« fragte Bronstein in seinem halb deutsch, halb orientalisch eingefärbten Französisch.

»Dieses Mal geht es um die Affäre Crétel ... Ich habe gesehen, daß Sie als erster gegen Maurice Crétel geklagt haben; darf ich nach dem Grund fragen?«

Einige Sekunden lang war er sprachlos, dann fragte er:

»Und darf ich wissen, warum Sie mir all diese Fragen stellen, Monsieur Simmer? Sie heißen doch Raphael Simmer?«

»Ja, genau.«

»Simmer«, wiederholte er nachdenklich. »Ich kenne Juden, die heißen auch Simmer. Und Raphael ist der Name eines Engels. Auf hebräisch bedeutet er: ›Gott erlöst‹. Sie sind nicht zufällig Jude?«

Ich betrachtete einen Moment lang diesen dunkelhaarigen, kräftigen, siebenunddreißigjährigen Mann mit der gebräunten Haut, der hochgeschobenen Ray-Ban-Brille und dem Hölzchen im Mundwinkel und fragte mich, wie die Juden aus dem *Schtetl*, dem polnischen Ghetto, dem kalten Deutschland und dem sibirischen Winter sich dem Wüstenklima so gut hatten anpassen können. Bronstein wirkte auf mich wie ein Pinguin mitten in der Sahara. Die für einen aschkenasischen Juden typische durchscheinende Haut – so empfindlich und zart wie Lisas – hatte die goldbraune Tönung eines kalifornischen Surfers.

»Nein«, antwortete ich. »Ich bin ein Goj.«

Ich lächelte im stillen. Ich war kein bißchen empört. Sondern eher geschmeichelt. Wenn man Felix diese Frage stellte, antwortete er überaus höflich: »Leider nein«, oder »Nein, aber ich wäre es gern.«

»Sagen Sie, mein Freund, sind Sie ein Bulle oder so was?« setzte Bronstein wieder an. »Geht es immer noch um Schiller?«

»Ja, oder nein. Es geht um einen Freund, der gerade verhaftet wurde.«

»Ah, ich verstehe. Ein Freund von Ihnen?«

»Ja, so ist es … irgendwie.«

»Hören Sie. Nicht ich habe Crétel verklagt, sondern mein Vater, dessen Vorname ich trage.«

»Aus welchem Grund?«

»Sehen Sie, mein Vater ist 1942 wegen Crétel deportiert worden, nach der Operation, die man widerwärtigerweise *Vent printanier*, Frühlingswind, genannt hat.«

»Und Ihr Vater ist wegen Crétel deportiert worden?«

»Er hat den Deportationsbefehl unterschrieben.«

»Und warum hat Ihr Vater dann seine Klage 1990 zurückgezogen?«

»Weil es Druck von außen und Verleumdungen gab, die er nicht ertragen hat.«

»Was wollen Sie damit sagen?«

»Ich will damit sagen, Raphael … daß mein Vater sich umgebracht hat.«

»Oh, verzeihen Sie mir«, sagte ich, »das wußte ich nicht …«

Eine Pause trat ein. Ich zündete mir eine Zigarette an und bot Bronstein eine an, die er ablehnte.

»Zum Rauchen ist es zu heiß hier …«

»Ich weiß, daß es sehr hart für Sie ist, aber könnten Sie mir sagen, worum es bei den Verleumdungen ging?«

»Nun … Mein Vater hatte das Konzentrationslager überlebt. Er kam nach Auschwitz, als er noch nicht mal siebzehn Jahre alt war. Crétel ließ sie deportieren, ihn und seine ganze Familie … weil sie in einem wunderschönen Haus im sechzehnten Arrondissement in Paris wohnten, in einem besonders prächtigen Stadthaus, wie Sie es nennen. Und das wollte Crétel beschlagnahmen.«

»Warum?«

»Ganz einfach: Um es einem Vichy-Funktionär zu geben, einem Freund, der dort wohnen sollte.«

»Und wie ist der Name dieses Mannes?«

»Perraud. Michel Perraud. Als mein Vater sein Haus nach dem Krieg zurückhaben wollte, hat man ihm vorgeworfen, er sei nur an Geld interessiert. Mein Vater hatte an diese Sicht der Dinge nicht im entferntesten gedacht. Er fand es einfach nur ungerecht, daß das einzige, was ihm von seinem Vater noch geblieben war, zu allem Überfluß vom französischen Staat geraubt worden war … Diese Geschichte hat ihn gebrochen.«

»Es tut mir wirklich leid«, wiederholte ich. »Ich wollte keine schmerzlichen Erinnerungen in Ihnen wekken …«

Bronstein sah mich einen Moment lang nachdenklich an und fügte dann hinzu:

»Vielleicht ist es besser so. Wenn man sieht, welche Verleumdungen über die Deportierten verbreitet werden … Sehen Sie, Raphael, es ist wie beim Staat Israel, den man auch gern wie einen Folterknecht behandelt: Die Wahrheit ist, daß die Shoah für die Menschen so unerträglich ist, daß sie die Opfer in Täter verwandeln; so schaffen sie ihre eigene Rechtfertigung. Sie rechtfertigen rückwirkend das Leid, das den Juden angetan wurde, mit dem Hinweis, daß sie es verdienen, auch wenn man es damals noch nicht wußte. Und damit wird die Shoah so etwas wie eine vorweggenommene Bestrafung, eine präventive, aber gerechtfertigte Strafe. Raffiniert, nicht wahr?«

Sein sarkastisches Lächeln gefror, als er hinzufügte:

»Mein Vater hat sich am 28. September 1991 umgebracht, fünfzig Jahre nach dem Massaker von Babi Yar bei Kiew. Dreißigtausend Juden in zwei Tagen exekutiert …«

»Gut«, schloß er mit einem Lächeln, »nicht, daß ich

mich mit Ihnen langweilen würde, aber ich muß jetzt gehen. *It is enough stories for today, Richieu.*«

Er sprang auf und rief mir an der Tür noch zu:

»Wenn Sie noch etwas wissen wollen, ich weiß nicht, vielleicht über meinen Bruder oder meine Frau, oder wenn Sie noch weitere Morde aufzuklären haben, dann zögern Sie nicht, mein Freund, ich stehe Ihnen zur Verfügung.«

Ich blieb nachdenklich im Café zurück, wo eine ohrenbetäubende Technomusik einsetzte.

Nein, dieser Mann wirkte ganz entschieden nicht wie ein Philosoph.

Bevor wir zurückflogen, besuchten Lisa und ich noch Yad Vashem, das Shoah-Museum, das mich im Gegensatz zum Museum in Washington durch seine Nüchternheit und sein mangelndes Pathos beeindruckte: Es bestand aus Fakten, Bildern und einem dunklen Raum, in dem ein ewiges Licht brannte. Wir betraten das Steingebäude, wo in langen Gängen vergrößerte Photographien ausgestellt waren, die die Geschichte der Shoah darstellten und mit kurzen Texten, zuweilen mit Zitaten, untertitelt waren. In kleinen Vorführräumen wurden Filme gezeigt. Ein Bereich war den Judengesetzen und den antisemitischen Aktionen zwischen 1933 und 1939 gewidmet: Nazipropaganda, Deportation, Gesetzesbrüche und Progrome. In einer zweiten Abteilung wurde an die Verfolgung und die Angriffe gegen die Juden im von den Nazis eroberten Europa zwischen 1939 und 1941 erinnert. Auf den Photos sah man eine Gruppe ausgelassener Deutscher, die einem Mann den Bart abschnitten, und Soldaten, die auf Jugendliche zielten, welche an einer Mauer im Warschauer Ghetto aufgereiht standen.

Der dritte Saal war der Vernichtungsprozedur zwischen 1941 und 1945 gewidmet. Dort sah man einen deutschen Soldaten, der auf eine Frau mit einem Kind in den Armen anlegte, andere Bilder zeigten Leichen, medizinische Experimente und die ›Endlösung‹.

Der Bereich mit dem Titel »Die Tore der Welt blieben verschlossen« zeigte die Konferenz von Evian, auf der die Welt beschloß, den jüdischen Flüchtlingen kein Asyl zu gewähren. Man sah Photos von den Schiffen *Saint-Louis* und *Struma*, die in den Tod zurückkehren mußten, da sie nirgendwo vor Anker gehen durften.

Ein ganzer Saal war dem jüdischen Widerstand in den Ghettos und Wäldern gewidmet, wo man Bilder von Partisanen sah, die mit ihren Karabinern und Handgranaten posierten.

Der letzte Raum der Ausstellung war die Halle der Namen. Dort war die Inschrift zu lesen, daß das Vergessen die Zeitspanne des Exils verlängert und daß das Geheimnis der Befreiung in der Erinnerung liegt. Mit diesen Worten wurde man aus der Dunkelheit entlassen und vom Licht Judäas geblendet, bevor man nach ein paar Schritten das Zelt der Erinnerung erreichte, *Ohel Yizkor*, das auf die Hügel von Jerusalem blickte. Ich setzte mir eine Kippa auf, um diesen heiligen Raum zu betreten, und als ich in die eiskalte Luft im Inneren tauchte, brauchte ich eine ganze Weile, um mich an die Dunkelheit zu gewöhnen. In den Boden waren die Namen der zweiundzwanzig größten Konzentrationslager gemäß ihrer geographischen Lage eingeschrieben worden. In einer Bronze brannte ein ewiges Licht neben einem Behälter, der die Überreste von in den Lagern umgekommenen Menschen enthielt. Alles, was von den Opfern übrig blieb, war hier: in diesem Raum, der die Leere und die Abwesenheit symbolisierte.

Wir gingen hinaus. Draußen gab es zahlreiche, den Helden gewidmete Skulpturen: imposante Statuen, Friese oder große Säulen. Lisa erklärte mir den Unterschied zwischen den Monumenten, die den Helden gewidmet waren, und denen, die den Märtyrern galten. Für sie mußte die Erinnerung an die einen durch eine starke Präsenz ausgedrückt werden, durch senkrechte, hoch aufragende Gestalten, während die anderen eher durch etwas Fehlendes heraufbeschworen werden sollten.

In der Erinnerungshalle für die Kinder, wo unser Besuch endete, erhellten fünf Kerzen, die durch tausend kleine Spiegel wiedergegeben wurden, die kindlichen Gesichter. Zu einer künstlichen, eintönigen Musik wurden die Namen mit Alter und Geburtsort auf hebräisch und englisch aufgezählt. Die Lichter, wie die Sterne unzählbar, spielten auf den Satz aus dem Talmud an, nach dem die Seelen nicht beerdigter Toter in der Welt umherirren, ohne jemals Frieden zu finden.

Lisa mochte diese Halle nicht, die gerade dem Komplex des Yad Vashem hinzugefügt worden war. Für sie lag immer noch zuviel Pathos in den Bildern, und sie fand die Musik unpassend.

Ich sah, wie sie mit verschlossenem Gesicht und zusammengepreßten Lippen neben mir herging. Ich stürzte mich in dieses Bild wie in einen kleinen Spalt, der zu einem riesigen Abgrund führt.

Um uns herum war nur mütterlich wohltuender Wald, in dem die Bäume zu Ehren der Gerechten gepflanzt worden waren, welche Menschenleben gerettet hatten. Weiter weg lag die blühende Wüste rund um das wieder zum Leben erwachte Jerusalem, und in noch weiterer Ferne ruhte das Meer, in dem das Schiff nicht hatte vor Anker gehen können und in die aufgelöste Welt zurückgekehrt war, die nichts anderes anstrebte, als es auseinanderzusprengen und in den Fluten zu zerstreuen, so wie man die Asche von Toten verstreut.

Mina sagte, Israel sei die Erlösung nach Exil und Leid. Pater Francis meinte, Jesus wäre ohne den Verrat von Judas nicht Christus geworden, und für uns Historiker bestand ein Kausalzusammenhang zwischen der Shoah und der Gründung des Staates Israel. Nur der Holocaust hatte eine solche Bewegung hervorbringen können.

War es also möglich, daß das Gute aus dem Bösen hervorging? Die Juden hatten die ägyptischen Pharaonen überlebt, die persischen Satrapen, die griechischen Könige, die römischen Herrscher, das Heilige Römische Reich des Abendlandes, die spanischen Inquisitoren und die russischen Zaren, aber sie hatten Zion nicht wiedergesehen ...

Mußte erst ein Hitler kommen, um den Weg nach Jerusalem frei zu machen?

Aber muß man dann in Yad Vashem jubeln, weil die Belohnung groß ist und der Herr den straft, den er liebt?

Felix war der Meinung, daß der Zionismus schon lange vor der Shoah begonnen und es schon immer, schon seit der Deportation nach Babylon, Juden auf dem Heiligen Boden gegeben hatte, und daß es deshalb absurd sei zu sagen, daß die Juden erst leiden und umgebracht werden mußten, um das Recht auf ein eigenes Land zu erwerben.

Doch wenn es überhaupt etwas Tröstliches an der Shoah geben konnte, dann war es zweifellos dies.

Von Israel behielt ich die Sonne in Erinnerung, die so stark, so schön war, so stechend am Tage, so sanft in der Dämmerung und so heiter im Morgengrauen.

Von Israel behalte ich gewiß die schönsten Augenblicke meines Lebens in Erinnerung.

Als ich am nächsten Tag mit Lisa in einer Warteschlange am Flughafen stand, klopfte mir jemand leicht auf die Schulter. Ich drehte mich um: Es war Ron Bronstein.

Er machte mir ein Zeichen, näherzukommen.

»Jetzt ist es soweit, mein Freund«, murmelte er, »Jetzt haben Sie mit all Ihren Intrigen den Mossad am Hals. Ich weiß nicht, für wen Sie arbeiten, aber seien Sie vorsichtig, Sie beginnen jetzt ein sehr gefährliches Spiel.«

»Wieso habe ich den Mossad am Hals?« rief ich aus. Bronstein legte mir die Hand auf den Mund.

»Sind Sie von Sinnen? Wollen Sie ein Megaphon, oder was?«

Ich gab ihm zu verstehen, daß ich begriffen hatte. Er zog seine Hand zurück.

»Haben Sie mit Alvarez Ferrara zusammengearbeitet?« fragte er mich mit sehr leiser Stimme.

»Ja, in der Schiller-Untersuchung.«

»Ferrara ist im Moment ebenfalls hier, in Tel Aviv, am Meer, in einem unserer schönsten Gefängnisse ...«

»Im Gefängnis?« fragte ich verwirrt.

»Er war nicht ganz der, für den Sie ihn gehalten haben.«

»Was wollen Sie damit sagen? Ist er nicht Ihr Freund? *Ihr alter Freund?*«

»Er heißt Helmut Fritz und ist ein ehemaliger KZ-Arzt. Ich verfolge ihn schon seit Jahren.«

Ich fühlte, wie eine Unglücksspinne mir den Rücken hinabkroch.

»Aber war er nicht ein Agent der CIA?« fragte ich.

»Er gehörte zum Netzwerk der Nazis, das die CIA benutzte. Wir versuchen schon eine ganze Weile, ihn zu schnappen ... seit der Zeit, da er sich in Südamerika unter dem Vorwand versteckte, Bolivien von den Eingeborenen zu befreien, damit die Weißen die Herrschaft über das Land übernehmen konnten ... Sehen Sie den Zusammenhang? Weil man Sie mit ihm und jetzt mit mir zusammen gesehen hat, stellt man sich Fragen. Können Sie mir folgen?«

»Nein.«

»Gut, dann werde ich deutlich: Wenn ich Sie wäre, würde ich mich nicht mehr um diese Schiller-Affäre kümmern. Sie riskieren sonst eine Menge Unannehmlichkeiten.«

»Aber was geschieht dann am Ende mit der Schiller-Affäre?«

Bronstein hörte mir nicht zu. Er beobachtete etwas im Hintergrund, hinter mir.

»Sagen Sie, mein Freund, haben Sie etwas mit der Dunkelhaarigen dort drüben? Sie beobachtet Sie ununterbrochen ...«

Ich drehte mich um.

»Das ist meine Frau ...«

Er zog eine Augenbraue in die Höhe.

»Ihre Frau? ... Aber warten Sie, ich kenne sie doch: Ist das nicht Lisa, Lisa Perlman?«

»Ja!?« sagte ich verwirrt.

»Meine Glückwünsche. Und einen Rat: Passen Sie gut auf Ihre Frau auf ... und auf Ihr Baby.«

»Was? Was sagen Sie da?«

Ich sah Lisa von neuem an, und plötzlich begriff ich. Sie trug an diesem Tag ein ziemlich enganliegendes weißes Kleid, das in Bauchhöhe eine kleine Ausbuchtung sehen ließ. Lisa war so schlank, daß es sich nicht um ein Fettpölsterchen handeln konnte. Diese Rundung war mir nicht aufgefallen, weil ich sie jeden Tag sah, aber als ich sie so von weitem betrachtete, wie sie sich leicht in den Hüften abstützte und dabei ihre Körperumrisse sehen ließ, schien es mir offensichtlich.

Ich drehte mich zu Bronstein um.

Aber da war niemand mehr. Der grobe Klotz war verschwunden.

FÜNFTER TEIL

1

Rauch steigt auf, weiße und graue Schleier im Azur, flüchtig im leuchtenden Himmel. Ihr erwartet den Tag der Finsternis, nicht des Lichts, und dieser Tag wird düster sein und ohne jedes Licht. Dann wird der menschliche Hochmut gedämpft, der dünkelhafte Mensch wird die Augen senken, und das Entsetzen wird groß sein, die Erde wird zittern mit ihren langgestreckten Hügeln und stolzen Bergen, den hohen Türmen und Bollwerken, mit ihren verfluchten Eingeweiden. Dann werden alle bereuen: Felix in einem seiner schrecklichen Wutanfälle, Lisa und der Mann aus der dunklen Nacht, Samy, diese Monade mit dem starren Blick, die rundliche, heitere Mina, Béla mit seiner erschreckenden Eifersucht, und ich im Lutétia, wo ich in einer dieser lähmenden Stimmungen den Abend verbummele, die mich zu später, für die Angst empfängliche Stunde heimsuchen.

Ich höre die Musik von Elgar: Plötzlich fängt das Violoncello an zu quietschen. Vor mir sehe ich wieder die Seine, die unter dem tintigen Himmel dahinströmt, doch nicht Wasser strömt, sondern Blut, rotes, dunkles, schwarzes Blut. An was erinnert mich das? An nichts, an Abwesenheit, Leere. An sie. Ich erinnere mich nicht, jemals eine Geste oder ein Wort der Zärtlichkeit zwischen ihnen wahrgenommen zu haben. Ich glaube, ich bin von meiner Mutter nie umarmt worden. Ich weiß nicht, ob meine Kindheit etwas anderes war als eine harte Lehrzeit, als Mühe ohne einen echten Freund, ohne Hobbys und ohne Sonne, die Glück brächten. Meine Eltern waren den ganzen Tag in ihrem Laden, von wo sie spät abends erst heimkamen, zu erschöpft, um mit mir zu sprechen, mich zu fragen, wie es mir geht oder wie ich meinen Tag verbracht hatte.

Allein. Weder ein Bruder noch eine Schwester, noch ein Fernseher leistete mir Gesellschaft. Ich erinnere mich nur an die große, dunkle Wohnung in der Avenue des Vosges in Straßburg, wo ich lange, beklemmende Stunden darauf wartete, daß meine Eltern zurückkämen und sie mein Schweigen mit ihrem einhüllten.

Im Flugzeug, das uns nach Frankreich zurückbrachte, bestürmte ich Lisa mit Fragen.

»Sag, Lisa, gibt es etwas Wichtiges, das du mir verheimlichst?«

»Nein. Wovon sprichst du?« sagte sie zu mir.

»Etwas … etwas, das mit uns zu tun hat, mit dir und mir.«

»Was denn?« antwortete sie. »Doch nicht schon wieder die Geschichte von Onkel Morali?«

Seit Mina in dem schrecklichen Gespräch nach der Ankündigung unserer Heirat »die Geschichte von Onkel Morali« erwähnt hatte, ohne genau zu sagen, worum es ging, hatte ich Lisa immer wieder danach gefragt, doch sie hatte immer nur mit einem Schulterzucken geantwortet und sich geweigert, sie mir zu erzählen.

»Nein, es geht nicht um deinen Onkel Morali«, sagte ich in wegwerfendem Ton. »Es ist … dein Kleid … nun ja.«

»Was? Was ist damit?«

Ich starrte auf die leichte Ausbuchtung ihres Bauchs. Sie sah es und wurde rot.

»Lisa, du bist doch nicht etwa schwanger?«

Sie sah mich an, als verstünde sie nicht. Dann senkte sie die Augen.

»Doch.«

»Doch? Und das ist alles? Aber warum hast du es mir nicht gesagt?«

»Ich weiß nicht … Ich …«

»Aber das ist wunderbar! Das ist sensationell! Es ist … seit wann?«

»Es muß wohl vor genau zwei Monaten passiert sein.«

Zwei Monate … Es war in der ersten Nacht passiert, die wir miteinander verbracht hatten.

Ich war verrückt vor Freude. Es war wie das Abbild der Erde, diese Rundung, die alle Möglichkeiten in sich barg. Es war zukünftiges Leben, es war Himmel und Erde, es war alle Sterne und alle Lichter zusammen. Es war die Sonne, die das Böse im Bauch der Erde vernichtete, es war die Schönheit der lebendigen Sonne, die im Osten aufging, um die Menschheit zu retten. Bronstein, der Mann des Lichts, war der verkündende Engel, und wir saßen in einem Lichthof hoch oben in einem Wagen, schwebten im Himmelsgewölbe, dessen Zentrum dieses Leben war, diese Glut, der Ursprung des Feuers, des Geistes, der Luft und der Erde. Denn es war die Geburt eines Gottes mit seiner Strahlenkrone, ein neues Gesicht, es war die Genesis, der Anfang, der Beginn der Welt. Es war aus dem allerersten Funken geboren, geboren aus ihr, es war der Keim im riesigen menschlichen Wesen, das erste Prinzip, die vollbrachte Vollendung, das zum Himmel gestiegene Wort, und der Himmel, in dem wir schwebten, war das Paradies, und das Kind war in ihm, durch ihn erschaffen: Wie eine Idee, eine Wesenheit, weder männlich noch weiblich, würde es auf die Erde herniedersteigen, um Leben und Licht zu sein, denn es war nicht menschliche Natur, sondern übernatürliche Form.

Ich war unsterblich, ich hatte eine Seele, die alle Leben, alle Zeiten und alle Räume bis zum Ende der Zeit durchdrang. Ich legte mein Ohr auf ihren Leib.

Plötzlich erzitterte ich: Es war kein Kind, was ich da hörte. Es war etwas, das sich schlängelte, als wollte es einen Appell an mich richten. Ein Kopf blähte sich auf, und eine Zunge fuhr sich leicht über die Lippen.

Es war der Würgeengel und der Geist des Bösen, es war der Versucher, der nur die Orte aufsucht, in denen das Glück herrscht.

Wir hatten uns entschieden, bei mir, am Montparnasse zu wohnen. Lisa gab ihre Wohnung in der Rue des Mauvais-Garçons auf und brachte ihre Möbel und ihre Siebensachen in meine ordentliche Bleibe mit den alten Tischen und Sesseln. Das Zusammenleben funktionierte gut: Lisa hatte zwar keinerlei Neigung zur Hausarbeit, aber ich entfernte mit Vergnügen den Gipsstaub, mit dem sie das ganze Haus einhüllte. Ich war glücklich: Ich sah, wie sie bei mir lebte, bei uns, und manchmal konnte ich kaum an ein solch einfaches Glück glauben.

Eines Abends kurz nach unserer Rückkehr traf ich Felix in der Bar vom Lutétia. Ich erzählte ihm, daß Lisa schwanger war.

Er runzelte leicht verlegen die Stirn.

»Ach, schon?« sagte er.

»Ja!«

»Verzeih, wenn ich das frage, aber ich nehme an, es war ein Unfall?«

»Ja!« sagte ich. »Ein *wunderbarer* Unfall.«

Er warf mir einen so durchdringenden Blick zu, daß ich aus tiefster Seele erschrak.

»Warum siehst du mich so an?« fragte ich.

»Aus keinem besonderen Grund … entschuldige.«

Dann erzählte ich ihm von meinem Gespräch mit Ron Bronstein und den daraus resultierenden Informationen.

»Jetzt wird alles klar!« rief er aus. »Jetzt ist besser zu verstehen, warum Perraud Crétel hat umbringen lassen: Er hatte Angst, daß er enthüllte, was die beiden während des Krieges der Familie Bronstein angetan hatten. Schiller war ein wichtiger Zeuge im Prozeß von Crétel, er konnte sehr wohl über Perraud Bescheid wissen, und als dieser sah, daß Schiller umschwenkte, hat er ihn möglicherweise aus den selben Gründen umbringen lassen, wie er Crétel beseitigt hatte.«

»Ja. Aber warum hat er ihn in zwei Teile zerlegt?«

»Um sich wegen seines Verrats zu rächen!«

»Glaubst du nicht, daß er ihn wie Crétel hätte erschießen lassen?«

Felix antwortete nicht.

»Nein, Felix«, fuhr ich fort, »in diesem Mord steckt noch mehr … etwas …«

Ich beendete den Satz nicht, aber er hatte genau verstanden, was ich sagen wollte.

»Etwas Teuflisches?« sagte er und zündete eine Zigarre an, die er schon angeraucht hatte.

»Das Ganze ist kein Mord, sondern ein Krake mit tausend Tentakeln. Es ist, als ob man gegen etwas Gewaltiges ankämpfte, gegen eine zerstörerische, unendlich mächtige Kraft, die sich jedes Mal vermehrt, wenn man sie zu packen versucht …«

»Was willst du damit sagen?«

»Glaubst du nicht auch langsam daran?«

»Woran?«, gab er zurück. »An den Dämon? An den Teufel?«

»An die Mächte des Bösen, die schrecklichen Kräfte, die in jedem Menschen stecken, die mit jeder Seele wesenhaft verbunden sind, an den Doppelgänger, der in jedem von uns wohnt.«

Felix musterte mich ironisch. Er deutete ein Lächeln an.

»Noch mehr Unsinn von Pater Francis, deinem neuen Lehrmeister, wie es scheint ...«

Felix und ich sahen uns an. Zum ersten Mal spürte ich so etwas wie Feindseligkeit zwischen uns.

Plötzlich steckte er die Hand in seine Tasche.

»Hier«, sagte er, »ich habe dir von meiner letzten Reise etwas mitgebracht, aus der Schweiz.«

»Was ist das?«

»Ein kleiner Goldbarren. Weißt du, woher er ursprünglich kommt?«

»O nein, Felix!« rief ich aus und ließ ihn fallen. »Das ist doch nicht ...«

Doch, genau das war es. Felix machte mir seit einiger Zeit ziemlich seltsame Geschenke. Einen schwarz und weiß gestreiften Schlafanzug zum Geburtstag, einen Atlas der Shoah für meine Ferien ... das war seine Art von Humor. Felix hatte einen ziemlich schwarzen Humor.

»Was hast du in der Schweiz gemacht?« fragte ich.

»Ich arbeite an einem Artikel über den Raub der jüdischen Besitztümer durch die Schweizer Banken. Wußtest du, daß sich Hitler dank der Schweizer Milliarden aneignete, mit denen er in der ganzen Welt Rohstoffe kaufen konnte, die er für seinen Krieg brauchte?«

»Ja«, sagte ich. »Die Kunsthändler, die Treuhänder, die Juweliere und die Anwälte halfen ihm, das Geld zu waschen, das die SS in den Zentralbanken, den Unternehmen, den Privathäusern und sogar von den Opfern in den Lagern gestohlen hatte, während die Regierung an der Grenze Zehntausende von Flüchtlingen abwies und zu ihren Henkern zurückschickte. Ohne die Schweizer Bankiers wäre der Zweite Weltkrieg viel früher beendet worden, und Hunderttausende Menschenleben hätten gerettet werden können.«

»Es sind die Profite aus dem Krieg, die die weltumspannende Macht der Schweizer Banken begründet haben.«

Der kleine Goldbarren war in den Aschenbecher gefallen, mitten in die Aschehäufchen von Felix' Zigarre.

Es war Winter. Ununterbrochen fiel Schnee. In der Mulde eines Hügels, im schlammigsten Morast, war ein Ungeheuer geboren worden, direkt dem Jura entsprungen. Es war eine riesige, fette, schlaffe Schlange mit grauen und violetten Schuppen, die schimmerten, als wären sie poliert. Vom Schwanz bis zum Kopf waren es mehrere Kilometer. Ihr Körper bildete konzentrische Kreise, so daß sich Kopf und Schwanz berührten. Durch ihr halbgeöffnetes Maul waren Kiefer von ungeahnter Kraft zu sehen. Dicke Tropfen öligen Speichels rannen heraus und fielen langsam auf den Boden. Eines ihrer vorstehenden Augen, das mit einem ringförmigen Lid bedeckt war, überwachte, was sich unter ihr abspielte, während das andere in die Luft blickte. Kleine Öffnungen zu beiden Seiten ihres Mauls erlaubten der Schlange, die Temperatur mittels Strahlung abzuschätzen, die sie zu ihrer Beute führte, welche sie auch durch den Geruch von warmem Blut ortete.

Denn sie war blutdürstig. Sie konnte riesige Beutestücke verschlingen, die sie wie einen großen Schlauch aufblähten, sie konnte alles verschlucken und alles verdauen, Haare und Hörner, Kleider, Schmuck und Geld, mit ihrem beweglichen Kiefer ließ sie eine beachtliche Anzahl von Gegenständen verschwinden. Giftzähne ragten aus ihrem Maul, die sie, die tödliche Substanz verspritzend, im Fleisch ihrer Opfer versenkte.

Sie bewegte sich schlängelnd vorwärts, kroch Bäume hinab und wieder hinauf. Alle Richtungen, alle Straßen und alle Wege standen ihr offen. Langsam, ohne einen Laut kroch sie auf ihre Beute zu. Wenn diese sie hätte kommen sehen, hätte sie vielleicht an der Kraft der Augen ihrer Mörderin die alles erdrückende Macht erahnen können; oder sie wäre durch den hypnotischen Blick gelähmt und überwältigt worden. Ganz klein war die Beute, ein schwaches Wesen im Laub, das seine Zeit damit verbrachte, gurrende Geräusche von sich zu geben, nach rechts und links zu piepsen, ein Wesen ohne Sorgen und Bedürfnisse. Wenn sie bei ihm angelangt war, starrte sie es an. Ihre weißglühenden Augen durchbohrten sein Herz, ließen seinen Körper erstarren. Ohne weiter zu warten, stürzte sie sich darauf. Bevor das Wesen es überhaupt merkte, war es schon im Bauch des Ungeheuers. Sein Leib wurde verschlungen, sein Herz ausgerissen, seine Eingeweide hingen herab, und sein Blut rann aus dem Maul der Schlange.

Alles um sie herum war blutig. Der Schnee war übersät mit roten Flecken, als wäre über der Erde in einen riesigen Finger geschnitten worden, und nun tropfte das Blut aus ihm heraus. Wie ein riesiger Darm verschlang das Reptil wahllos reglose, verstümmelte Körper, abgerissene Köpfe, Arme und Beine, Fell und Haare, Zähne und verschiedene Gegenstände: Schuhe, Kinderspielzeug, Taschen und Koffer voll mit Siebensachen, und all das wurde zermalmt und in ein Loch geworfen, das sie wie ein riesiger Mund verschluckte.

Ganz langsam und leise war die Schlange zu mir gekommen, während ich schlief, sie hatte das Ende ihres Schwanzes um meinen Fuß gewickelt und war dann mein Bein heraufgekrochen, bis zu meinem Rumpf, sie war näher gekommen, und als ich plötzlich erwachte, starrte ich in zwei funkelnde Riesenaugen. Da entdeckte ich diese langgezogene, glitschige Form, die sich ebenholzschwarz über meinen Körper schlängelte. Ihr Maul voller Geifer ließ eine lange, rauhe Zunge sehen, die sich vor mir entrollte.

Plötzlich schnalzte sie mit der Zunge. Ein schrilles Geräusch hallte von ihrem Gaumen bis zu meinen Ohren.

Ich fuhr schweißgebadet auf. Einige Sekunden lang bemühte ich mich angestrengt herauszubekommen, wo ich war. Ich schaltete das Licht an und erkannte erleichtert mein Schlafzimmer mit den alten Möbeln wieder. Lisa schlief friedlich neben mir.

Eine Stunde lang wälzte ich mich unruhig hin und her, ohne wieder einschlafen zu können.

Ich hatte den Eindruck, in einer Welt zu sein, wo man nicht mehr nach menschlichem Maßstab handelte, wo normale Arbeitsinstrumente für Journalisten oder Historiker nicht mehr angemessen waren. All die wissenschaftlichen Kenntnisse, die ich erworben hatte, erschienen mir lächerlich angesichts der Ungeheuerlichkeit – nicht eines barbarischen Aktes wie bei Herodot, sondern eines ganzes Systems. Ich dachte an den Satz von Karl Barth, den ein Vortragender im Museum zitiert hatte: »Das Böse zu erklären heißt, das Böse auszuradieren.«

Es war nicht neu, Juden umzubringen. Die Geschichte ist voll von Schikanen und Vertreibungen, Kreuzzügen und Progromen. Aber hier lag der Fall anders: Die Menschen hatten keine Identität mehr, sie lebten nur noch für ein Stück Brot, einen Schluck Suppe, und jeden Tag verfielen sie mehr unter den Augen ihres Henkers.

Wenn Sie das Böse begreifen wollen, dann sehen Sie sich die Gesichter der SS an, sie gehören zu einer anderen Kategorie Mensch.

Am nächsten Abend gingen Lisa und ich zu Samy und Mina, wo wir auch Béla und Tilla antrafen. Paul war verreist.

Samy war finsterer denn je und schaute niemandem in die Augen. Etwas an seinem Blick fesselte mich jedesmal, wenn ich ihn sah: Ich hatte immer gedacht, daß die Augen der prächtigste Teil des menschlichen Körpers seien, da sie Leben bedeuteten, sowohl biologisch als auch intellektuell oder spirituell. Ein Blick ist wie ein Orakel: Man kann alles über einen Menschen sagen, wenn man ihm aufmerksam in die Augen sieht. Man kann Vergangenheit und Zukunft dort sehen: Verletzungen und ehrgeizige Pläne, erhaltene oder verlorene Unschuld, Intelligenz des Herzens und der Seele, Bosheit. Es gibt Blicke, die einen wie die Wölfe mit Haut und Haaren verschlingen, auffressen und unterwerfen: Blicke von Politikern oder Kriegern. Es gibt Augen, die einen durchschauen, die bis zum tiefsten Grund der Seele vordringen, es gibt Augen, in die man sich versenkt. Es gibt böse und erbarmungswürdige Blicke, und es gibt traurige Blicke, denen man das Leid ansieht.

Den Blick von Lisas Vater werde ich nie vergessen. Er war nicht durchdringend, gleichzeitig sanft und wild wie der seiner Frau. Dieser Blick war tot. Kein Leben, nicht das kleinste Fünkchen Leben sprang aus diesen Augen. Man hätte sie für zwei glanzlose schwarze Kugeln halten können. Man hätte sie für blind halten können: Sein Blick sah durch die Menschen und Dinge, als wären sie vollkommen durchsichtig. Samy Perlman hatte erloschene Augen.

Wir unterhielten uns über den Prozeß von Jean-Yves Lerais; der Termin war noch nicht festgesetzt, aber es war wahrscheinlich, daß einige Mitglieder der Familie Perlman als Zeugen vorgeladen wurden.

»Ich hoffe, daß wir Jean-Yves verteidigen können«, sagte Lisa.

»Ja«, murmelte ich, »aber es wird angesichts seines Gegners schwierig werden.«

»Wer ist denn sein Gegner?« fragte Béla, dem nichts entging, vor allem, wenn es von mir kam.

»Wer sein Gegner ist?« wiederholte ich verlegen. »Ich fürchte, eine Macht, die zu groß für uns ist.«

»Sind Sie Dämonologe?« sagte Tilla. »Das interessiert mich. Sie wissen ja, daß die Psychiatrie an die Stelle von Hexerei und Schamanismus getreten ist, um das Böse anzugehen, das Kranke, Psychotiker, Depressive oder Neurotiker, quält? Wir sind in derselben Branche.«

»Ja, aber Sie können das Böse nicht ausrotten. Im Gegenteil, dank Ihrer Bemühungen nehmen die Menschen es an. Sie normalisieren es. Sie befreien sie nicht vom Teufel. Sie machen daraus eine erträgliche Gestalt.«

»Da irren Sie sich: Man bekämpft es am besten, indem man es herunterspielt. Und zeigt, daß das Böse letzten Endes in jedem von uns schlummert.«

»Mehr oder weniger«, sagte Béla.

Dann wandte er sich zu mir und fügte hinzu:

»Ich meine, bei bestimmten Menschen mehr als bei anderen.«

Dieses Mal war es eindeutig: Er hatte etwas speziell gegen mich.

»Was hättest du beispielsweise während des Krieges gemacht?« fragte er mich.

»Für Lisa hätte ich gekämpft, das weiß ich«, sagte ich, ohne zu zögern.

»Ja ... und wenn es Lisa nicht gegeben hätte? Hättest du dich dann betroffen gefühlt?«

»Béla, meinst du nicht, daß du ein bißchen zu weit gehst?« schaltete sich Lisa ein.

»Nein, laß ihn nur«, antwortete ich. »Er hat ganz recht. Ich glaube, diese Frage stellen sich alle.«

»Es ist gleichzeitig einfach und schwierig, darauf zu antworten«, sagte Tilla. »Seht euch nur das Experiment von Milgram an. Als ich Studentin war, bin ich selbst darauf hereingefallen. Ein Freund von mir war Psychologe und bat mich, im Rahmen seiner Doktorarbeit an einigen Experimenten teilzunehmen. Er sagte, es habe mit der Wirkung von Elektroschocks auf die Nerven normaler Menschen zu tun. Er empfängt mich in einem weißen Kittel in einem Labor und erklärt mir, was ich tun soll: Jedesmal, wenn er es anzeigt, muß ich einen Knopf drücken, der einen Stromstoß zu einer Versuchsperson aussendet. In der Zwischenzeit schreibt er die Resultate auf. Als er mir ein Zeichen gibt, drücke ich natürlich auf den Knopf, ohne wirklich über die Konsequenzen meiner Tat nachzudenken. Die Versuchsperson, ein Mann, der nicht weit von mir auf einem Stuhl sitzt, fährt abrupt in die Höhe.«

Als Tilla das sagte, machte sie die Reaktion der Versuchsperson zur Verdeutlichung nach und fuhr fort:

»Mein Freund scheint nichts bemerkt zu haben. Er steht im Hintergrund des Raums vor einer Maschine, die die Veränderungen aufzeichnet. Beim zweiten Zeichen drücke ich wieder, mit einem unbestimmten Gefühl der Angst. Der Mann fährt wieder in die Höhe, diesmal aber mit einem Schmerzensschrei.

Ich stehe auf und sage: ›Sag mal, bist du sicher, daß ihm das nicht weh tut?‹ – ›Nein, es ist nur ein kleiner Schock. Das Nervengewebe wird dadurch nicht beschädigt.‹ – ›Trotzdem, er sieht so aus ...‹ – ›Nein, ich versichere dir, es macht ihm nichts.‹

Beim dritten Mal hat die Versuchsperson mehrere heftige Zuckungen. Die Augen treten ihr aus den Höhlen, und sie atmet schwer. Dieses Mal entscheide ich, daß sie jemand anderen für ihre Grausamkeiten finden müssen. Ich gehe mit einem seltsamen Gefühl. Als ich bei mir zu Hause ankomme, finde ich in meinem Briefkasten die Abhandlung *Obedience to Authority: An Experimental View* von Stanley Milgram. Ich fange sofort an, es zu lesen. So entdecke ich die Wahrheit.

Ein bißchen gesunder Menschenverstand, ein bißchen

Geistesgegenwart hätten mir sofort bewußt gemacht, daß die Studie keineswegs den Auswirkungen von Elektroschocks auf den Menschen galt, sondern mir. Ich hatte an einem ähnlichen Versuch wie dem berühmten Experiment von Milgram teilgenommen. Die sogenannte Versuchsperson, die die Elektroschocks bekam, war in Wirklichkeit ein Schauspieler, der so tat, als würde er leiden, und das Experiment bestand darin, herauszubekommen, wie weit derjenige, der den Knopf drückte, unter dem Druck einer wissenschaftlichen Autorität ging und einem anderen Schaden zufügte.

Ich glaube, dieses Experiment zeigt, daß jeder unter bestimmten Bedingungen Böses tun kann, nicht nur Menschen mit einer Mentalität, die man ›autoritär‹ nennt. Das Böse, das der Mensch dem Menschen zufügt, so hat Milgram bewiesen, ist nicht auf die Grausamkeit bestimmter Individuen oder auf bestimmte dafür empfängliche Persönlichkeiten zurückzuführen, sondern kann von ganz normalen Männern und Frauen vollbracht werden, die sich bemühen, so gut wie möglich ihre Aufgabe zu erfüllen.«

»Soll das heißen, daß die Kriegsverbrecher der Nazis nur Befehle von oben ausführten und das Böse unbewußt oder auf eine Art unfreiwillig vollbrachten?« fragte ich.

»Nein, das glaube ich nicht. Ich bin davon überzeugt, daß der Henker, der an der Prozedur der Judenvernichtung teilnahm, sich vollkommen darüber bewußt war, was er tat, und daß er in Kenntnis der Sachlage handelte. Was er tat, war nicht die Ausführung einer Anordnung, über deren Begleitumstände und Konsequenzen er nicht Bescheid wußte. Denn der Henker ist ein Akteur, der die böse Aktion wählt, der sich aber einer Autorität bedient, um sich dafür zu rechtfertigen. Ich zum Beispiel wußte Bescheid. Aber die Wissenschaft hat eine seltsame Macht, der sich die Menschen unterwerfen, als wäre sie unanfechtbar, ein absolutes Ideal, das die Mittel vom Zweck trennt. Wenn eine auf der Hierarchie höher angesiedelte Person vorschreibt, was richtig ist, dann weicht das moralische Bewußtsein des einzelnen vor Zielen wie den ›Interessen der Forschung‹ oder den ›Notwendigkeiten des Experiments‹. In Milgrams Fall nahm dieses Stellvertreterbewußtsein rasch seinen Platz ein – die Experimente dauerten nicht länger als eine Stunde –, und doch ist es überaus wirksam.«

»Aber ja, das ist es«, sagte ich, »das Böse spaltet in zwei Teile, ist daher dia-bolisch. Ich bin sicher, daß Sie zum Beispiel nach dem Experiment nach Hause gegangen sind, ihren Mann und die Kinder geküßt und mit dem Hund gespielt haben. Damit will ich sagen, daß das Böse nicht ungeteilt geschieht, wenn die Menschen aufhören zu denken, zum Beispiel bei einer in Panik geratenen Menge. Es ist nicht so, daß das Menschliche aus der Vernunft und das Unmenschliche aus unkontrollierbaren Trieben herrührt. Das wäre zu einfach. Das Böse nutzt nicht nur die Instinkte und Triebe: Es argumentiert mit der Vernunft und findet Rechtfertigungen. Diejenigen, die Böses tun, finden immer Gründe dafür und überzeugen andere davon.«

»Sie sprechen vom Bösen, vom absoluten Bösen?« sagte Tilla.

»Hitler verkörperte nicht das normale Böse«, sagte ich zu ihr. »Einige haben gesagt, daß sie in seiner Gegenwart einen Schauer empfanden, eine Art heiliges Grauen. Er war charismatisch genug, um durch eine Art Ansteckung die Dämonen in den Menschen zu wecken. Er hatte keine Angst vor den Königsmördern dieser Welt, er fühlte sich unantastbar … Wie der Antichrist: Er errichtete eine Kirche und baute einen strukturierten Klerus auf. Und setzte sich selbst als Gott ein.«

»Raphael«, unterbrach Lisa mich, »kannst du nicht mal mit deiner fixen Idee aufhören?«

»Nein«, sagte Béla, »das ist doch interessant. Laß ihn weiterreden.«

»Vor 1939«, fuhr ich fort, »wußten die meisten schon, daß Hitler der Verkünder einer bevorstehenden Katastrophe war. Doch hat ihn niemand aufgehalten. Sein Geburtsort, Braunau am Inn, stand im Ruf, die Stadt der spiritistischen Medien zu sein, und die Frau, die ihn gestillt hatte, war die Amme von Willy Schneider, einem berühmten Medium. Später ist er von Dietrich Eckart initiiert worden, einem Zauberer, der sich mit Magnetismus und Magie beschäftigte und ihm beibrachte, wie man Menschenmassen unterwirft. Wenn man sich die zeitgenössischen Filme ansieht, bemerkt man seinen dämonischen Gesichtsausdruck. Es heißt, er hätte eine magnetische Ausstrahlung gehabt. Und war der Nationalsozialismus nicht eher eine Religion als eine politische Bewegung?«

»Eine satanische Religion, willst du sagen?« fragte Béla. »Du glaubst, Hitler sei der Teufel gewesen?«

»Man weiß ja noch nicht mal, wie er verschwand«, fuhr ich fort.

»Er hat sich bei Kriegsende mit seiner Geliebten Eva Braun umgebracht«, unterbrach mich Lisa und warf mir einen strengen Blick zu. »Er starb am 30. April 1945 durch einen Schuß und ließ seine Leiche von seinen Generälen verbrennen.«

»Ja, ich weiß, das ist die offizielle Version«, antwortete ich. »Aber wer weiß, ob das wirklich geschah? Man hat nie seine Leiche gefunden. Er hat sich in Luft aufgelöst, ist in Rauch aufgegangen ... Der 30. April ist die Walpurgisnacht, das große Fest der Teufelsanbeter. Niemand hat gesehen, was passiert ist. Die Generäle und ihre Frauen, die in dem Bunker waren, haben Schüsse gehört, dann ist Axmann, der Anführer der Hitlerjugend, in das Zimmer gegangen, wo Hitler und Eva Braun sich aufhielten, und kam mit zwei Leichen zurück: Eine war in ein Tuch eingeschlagen und sollte die des Führers sein, die andere war die seiner Geliebten, die er gerade geheiratet hatte. Hitler hatte hundertachtzig Liter Petroleum angeordnet, damit alles verbrannt werden konnte. Aber selbst mit soviel Brennstoff hätte etwas übrigbleiben müssen, doch man hat das ganze Gelände durchwühlt und nie auch nur einen Knochen gefunden.«

»Was willst du eigentlich damit sagen?« fragte Lisa, die immer gereizter wurde.

Ich schluckte und sagte schnell:

»Und wenn Hitler entkommen wäre? Wenn er immer noch lebte?«

»Du bist ja vollkommen verrückt!« rief Lisa aus. »Diese Geschichte vernebelt dir noch das Hirn!«

»Im Menschen muß man das Böse suchen, nicht im Teufel«, sagte Tilla. »Sie sind Historiker. Sie müßten es doch wissen.«

»Ja«, sprang Mina ein, »das ist auch unsere Sicht der Dinge: Im Judentum ist Satan der böse Engel, der jeden Menschen begleitet, die Kraft, die uns in Versuchung führt, böse Taten zu vollbringen, der Irreführer. Es ist keine kosmische Entität, sondern eine Neigung, die jedem von uns innewohnt.«

»Und die Schlange im Garten Eden?« sagte ich. »Sie ist doch eine kosmische Kraft, außerhalb von Adam und Eva?«

»Der Garten Eden ist ein Rätsel für alle Theologen. Warum hat Gott den Versucher vor dem Menschen erschaffen? Warum hat er den Menschen fehlbar gemacht? Warum hat er das Böse erschaffen? Warum haben Adam und Eva von der verbotenen Frucht gegessen? Wie können wir einen Mythos akzeptieren, der zeigt, daß das größte Vergehen in der Erkenntnis liegt?«

»Eher in der menschlichen Vernunft«, sagte Tilla, »die glaubt, die absolute Wahrheit erkennen zu können, und dafür zu allem bereit ist.«

»Und nach diesem Fehler«, sagte Mina und warf mir einen bedeutsamen Blick zu, »kommt die Scham desjenigen, der begreift und das, was er entdeckt hat, hinter schönen Gründen verbirgt.«

»Sie wollen sagen: der Historiker?« sagte ich schwer gekränkt. »Ich war immer erstaunt über das mangelnde Interesse, das die Juden an historischen Berichten haben. Mir scheint, die Geschichte ist für sie eine Frau mit schlechtem Ruf, die man zwar toleriert, die aber nie wirklich willkommen ist.«

»Das beruht auf Gegenseitigkeit, nicht wahr? Die Historiker sehen ihre Aufgabe doch darin, die Mythen zu begraben, indem sie sie mit den Geschehnissen vergleichen und ihre Eingebundenheit in die Geschichte, in die Zusammenhänge aufzeigen, kurz, indem sie sie erklären.«

»Unser Ziel ist es, zu verstehen, nicht zu verurteilen«, antwortete ich. »Wir glauben nicht, daß man einen Zustand des Stillstands, der Abwesenheit von Geschichte erreichen kann, indem man ein zeitloses Gesetz befolgt, das vor dem Fluß der Zeit schützt.«

»Das ist wahr. Im Grunde haben Sie recht: Nicht die Geschichte interessiert uns, sondern die Erinnerung«, antwortete Mina.

»Aber in die Erinnerung schleicht sich der Teufel ein«, sagte ich. »Die Ansicht vom kosmischen Kampf zwischen den Kräften des Guten und den Kräften des Bösen stammt ursprünglich aus apokalyptischen Quellen der Juden. Sie wurde von Sektierern entwickelt, die eine eigene Kosmologie gründeten und sich radikal vom Monotheismus abkehrten.«

»Von diesen sektiererischen Randgruppen wurde die Idee einer dualistischen Welt ersonnen. Der Evangelist Markus erzählt die Jesusgeschichte wie einen Konflikt zwischen dem Geist Gottes und der Macht Satans, und alle Evangelisten beschwören diese apokalyptische Dichotomie, um die Streitigkeiten zwischen den Jüngern Jesu und den anderen Tendenzen des Judentums zu charakterisieren. Der Gnostizismus ist ein Gedankengebäude, das vollkommen auf dem Kampf zwischen Gut und Böse, zwischen Gott und Satan gegründet ist, und die christliche Theologie hat dies erst heftig bekämpft und dann vollkommen übernommen. Als Luther später den Protestantismus gründete, erkannte er die Kräfte des Teufels in allen Christen wieder, die der römisch-katholischen Kirche treu geblieben waren, und desgleichen in allen Juden, die sich weigerten, in ihm den Messias zu sehen. Was ich sagen will, Raphael, ist, daß nicht der Teufel, sondern die Verteufelung des anderen gefährlich ist und zur Ausgrenzung führt.«

»Aber bei den Juden gibt es doch den Teufel?«

»Ja, aber er ist der *Berater* Gottes, keine rivalisierende Macht. Man sagt, er gehöre zum göttlichen Umfeld. Er ist der Versucher, wie im *Buch Hiob*, derjenige, der Gott dazu bringt, den Menschen auf die Probe zu stellen.«

»Und wer gewinnt am Ende? Der Mensch oder der Teufel?«

»Der Mensch, dank seiner Rechtschaffenheit.«

»Aber der siegreiche Hiob hat doch im Kampf seine ganze Familie verloren«, sagte Lisa. »Nennst du das einen Sieg?«

»Gott hat ihm am Ende eine andere Familie geschenkt«, sagte Mina.

»Aber das ist doch absurd! Wie kann man glauben,

daß eine Frau und Kinder ersetzt werden können? Gott hätte die anderen wieder zum Leben erwecken müssen!«

»Das ist wahr«, sagte Mina. »Vom Standpunkt des Menschen aus sind Hiobs neue Kinder absurd, aber vom Standpunkt einer Gemeinschaft aus ist die Auferstehung eines Volkes möglich, unter der Bedingung gleichwohl …«

Sie brach ab. Schweigen trat ein.

»Unter der Bedingung, daß dieses Volk keine Mischehen eingeht?« sagte Lisa eisig.

Minas Gesicht verschloß sich. Sie antwortete nicht.

Béla, der links von mir saß, neigte sich zu mir und murmelte:

»Apropos: Es sieht so aus, als wäre meine Schwester schwanger.«

»Ja, du weißt Bescheid?«

»Wie lange, zwei Monate?«

»Daß sie schwanger ist? Ja.«

Ein Anflug von Haß schimmerte in seinen Augen.

»Nein, bis sie niederkommt.«

»Was willst du damit sagen, Béla?«

»Glaubst du wirklich, das Balg ist von dir?«

Ich fühlte, wie sich meine Fäuste unter dem Tisch zusammenballten. Ich warf ihm, ohne zu antworten, einen wütenden Blick zu. Ich mußte mich ungeheuer anstrengen, um die Wut zu unterdrücken, die in mir hochstieg.

Wie ein schlecht erzogenes Kind ließ er mich nicht aus den Augen.

Ich sah mich um. Niemand schien diese Provokation gehört zu haben. Niemand außer Samy, der uns beobachtete und jedes Wort hörte, das gesprochen wurde.

»Du hast keine Unannehmlichkeiten mehr mit der Polizei, seit Lerais verhaftet worden ist?« sagte ich rachsüchtig zu Béla.

Bei diesen Worten richteten sich alle Blicke auf mich. Gerade waren die Gespräche zum Erliegen gekommen, und jeder hatte meine bösartige Frage gehört.

»Was ich sagen wollte«, stammelte ich, »ist, daß Jean-Yves Lerais wahrscheinlich unschuldig ist. Man hat immer noch nicht das braune Heft bei ihm gefunden. Das ist das einzige Beweisstück, das ihm wirklich zur Last gelegt werden könnte.«

»Oder ihn entlasten könnte«, setzte Lisa in scharfem Tonfall ein. »Mama, ich glaube, es ist Zeit, Raphael zu erzählen, was du über dieses Heft weißt …«

Mina blickte sie einen Moment lang an.

»Ich meine zu wissen«, begann sie langsam, »woher dieses braune Heft stammt.«

»Wirklich?« fragte ich.

»Als ich in Auschwitz war«, sagte Mina, »erzählte mir meine Mutter von einem Heft, das man ihr gegeben hatte. Ein Mann hatte darin geschrieben. Ein Deutscher, der sich freiwillig bei der SS gemeldet hatte, um zu erfahren, was vor sich ging, und im Besitz dieser Informationen von innen heraus zu handeln. Er arbeitete in den Vernichtungslagern und schrieb auf, was er sah, hörte und begriff …«

Betretenes Schweigen trat ein.

»Und was hat er begriffen?« wagte ich mich vor.

»Er begriff … das Böse, Raphael. Dieses Heft enthält die Wahrheit über den Ursprung des Bösen.«

Es herrschte heilige Stille.

»Den Ursprung des Bösen?« fragte ich. »Und was bedeutet das?«

»Meine Mutter war eine sehr weise Frau. Als mein Vater, der Rabbiner war, vor dem Krieg starb, nahm sie seinen Platz ein. Die Menschen kamen zu ihr, um sie um Rat zu fragen. Und in Auschwitz war es auch so. Als dieser Mann zu ihr kam, war er am Ende. Er sagte ihr, was in dem Heft stand, und wies sie an, es zu hüten. Kurz darauf erfuhr sie, daß er sich umgebracht hatte. Da vergrub sie das Heft in ihrer Baracke.«

»Haben Sie dieses Heft gelesen?«

»Nein. Ich habe es gesehen, weil meine Mutter es mir zeigte, aber das ist alles.«

»Und Sie hatten nie das Bedürfnis, danach zu suchen?«

»Ich bin niemals dorthin zurückgekehrt.«

»Aber sind Sie auch sicher, daß das Heft aus dem Film das ist, was Ihre Mutter bekam?«

»Ich bin davon überzeugt. Wegen der rot genähten Einfassung. Und dann habe ich Schiller von diesem Heft erzählt. Ich weiß nicht, warum, aber ich bin sicher, daß er es hatte.«

»Warum haben Sie Schiller davon erzählt?«

»Er erwähnte ein ähnliches Heft in einem seiner Bücher, und ich wollte wissen, ob es sich um das von meiner Mutter handelte. Schiller sagte, daß er es nur vom Hörensagen kenne, von Deportierten, aber ich bin überzeugt davon, daß er log. Die Wahrheit ist, daß er es dort ausgegraben hat, wo meine Mutter es versteckt hatte. Deshalb kann ich Ihnen sagen, daß es nicht bei Jean-Yves Lerais ist.«

»Nein? Warum nicht?«

»Warum nicht? Weil ich weiß, wo es ist.«

»Wo ist es?« fragte ich nach kurzem Schweigen.

»In Auschwitz«, sagte sie.

»In Auschwitz?« rief ich aus. »Wie ist das möglich?«

»Bruder Franz hat mir anvertraut, daß Schiller ihm das Heft vermacht hat, mit der Aufforderung, ›es an seinen Platz zurückzubringen‹, und genau das hat er auch getan.«

»Wie hat Schiller ihm das Heft vermachen können, wenn wir es im Dokumentarfilm gesehen haben?«

»Er hat es kurz danach mit der Post bekommen.«

Ich erinnerte mich plötzlich daran, daß Bruder Franz uns tatsächlich über eine merkwürdige Hinterlassenschaft von Schiller erzählt hatte, die kurz nach der Eröffnung seines Testaments mit der Post gekommen war.

»Wer war der Absender?«

»Ich nehme an, der Mörder.«

»Kannte er Schillers Testament?«

»Vielleicht. Vielleicht wollte er auch, daß das Heft im Umlauf bleibt. Deshalb hatte Carl Rudolf Schiller Bruder Franz angewiesen, es an seinen Platz zurückzubringen. Und Bruder Franz hat es mir anvertraut. Als er mir davon erzählte, konnten wir gemeinsam rekonstruieren, was geschehen war, und wir beschlossen, daß es besser war, es an seinen Platz zurückzubringen. Und das hat er wenig später auch getan.«

»Sag mal, Mama«, schaltete sich Lisa plötzlich ein, »weißt du, woher das Paket kam und an welchem Tag es aufgegeben wurde?«

»Nein, das weiß ich nicht.«

»Warum fragst du das?« fragte ich Lisa.

»Weil dies die einzige Möglichkeit ist, Jean-Yves zu entlasten. Möglicherweise befand sich Jean-Yves zu dem Zeitpunkt, als das Heft aufgegeben wurde, schon in Italien. Hat Bruder Franz die Verpackung weggeworfen?«

Mina erhob sich sofort vom Tisch und ging in den Salon. Wir hörten, wie sie den Telefonhörer abnahm und eine Nummer wählte.

Kurz darauf kam sie zurück.

»Bruder Franz weiß noch, daß er das Heft am 31. Januar aus Berlin bekam. Die Verpackung war ziemlich eigenartig. Sie war purpurrot, so als hätte sie jemand mit Blut getränkt. Er sagt, daß er das Heft in seiner Verpackung gelassen hat, als er es in Auschwitz vergrub.«

»Aber ... dann muß man es suchen!« rief Lisa aus.

Ihre Mutter runzelte die Stirn.

»Es ist ein Beweisstück«, fuhr sie fort. »Findet man das Heft, wird Jean-Yves entlastet, und vielleicht wird dadurch das Motiv für den Mord an Schiller und sogar sein wahrer Mörder entdeckt ...«

»Nein, Lisa. Ich werde nicht dorthin zurückkehren. Niemals.«

»Na, dann gehe ich eben«, sagte Lisa. »Ich gehe, hörst du?« sagte sie lauter und blickte ihre Mutter drohend an.

Ich warf ihr einen finsteren Blick zu. *All das für Lerais?*

»Nein, Lisa«, mischte ich mich ein. »Du kannst in deinem Zustand nicht dorthin. Wenn es wirklich notwendig ist, daß jemand hingeht, dann werde ich es tun.«

»Und du«, sagte Mina und wandte sich zu Samy, »was sagst du dazu?«

Er betrachtete sie einen Moment lang, dann zuckte er mit den Schultern und senkte die Augen.

In diesem Augenblick begriff ich, daß sein leerer Blick nicht so verloren war, wie es den Anschein hatte. Mit eingefallenen Schultern, verstörter Miene, geschlossenem Mund, zusammengepreßten Lippen und grimmigen Augenbrauen blieb Samy Perlman hoffnungslos still. Samy Perlman sprach nicht.

Oder Samy *spielte* nur den Ahnungslosen.

2

Mehrere Monate dauerte es, bis Mina davon überzeugt werden konnte, nach Auschwitz zu fahren und dort um die Erlaubnis zu bitten, auf dem Lagergelände »Familiendokumente« suchen zu dürfen. Mina und ich beschlossen schließlich, Ende September nach Polen aufzubrechen. Béla bestand darauf, uns zu begleiten.

Der Sommer ging rasch vorüber. Lisa und ich blieben in Paris. Felix war eingespannt in seine journalistischen Recherchen, nachdem es innerhalb von kürzester Zeit mehrere Terroranschläge in der Pariser Metro gegeben hatte. Paul und Tilla verbrachten die Ferien bei Tillas Eltern in Israel. Ab und an besuchten wir Samy, Mina und Béla, der mir gegenüber immer gehässiger wurde.

Lisas Bauch wurde von Tag zu Tag runder. Sie arbeitete noch an einem anderen Werk, an einem Auftrag für ein amerikanisches Museum. Ihr Projekt bestand darin, sechs gläserne Schlote zu konstruieren, die die sechs Millionen Toten und die sechs Vernichtungslager der Nazis symbolisieren sollten. Aus diesen Schloten, die nachts beleuchtet werden sollten, würde ständig Rauch aufsteigen.

»Aber«, sagte ich zu Lisa, »findest du nicht, daß wegen dieses Rauchs ein *Happening* daraus wird? Und wäre das nicht genau das, was du in Washington eine ›obszöne Inszenierung‹ genannt hast?«

»Nein«, widersprach sie. »Ich wende mich nur gegen Pathos in den Bildern.«

Da dachte ich wieder an die Skulptur, auf der ich den Namen von Carl Rudolf Schiller entdeckt hatte. Dieses Rätsel hatte ich immer noch nicht lösen können. Was konnte das bedeuten? Und wie sollte ich sie danach fragen? Ich wußte, daß sie mich angelogen hatte und es sich nicht nur um einen Namensvetter handelte.

Ich sah, wie sie mit verschlossenem Gesichtsausdruck, konzentriertem Blick und ernster, strenger Miene an ihren Entwürfen arbeitete. Ich konnte mir nicht vorstellen, daß sich irgendwo unter dieser Harmonie und Schönheit noch etwas anderes verbarg.

Ich meinerseits arbeitete an meiner Doktorarbeit über

Hitler und die Juden weiter. In meinem dritten Kapitel widmete ich mich der Entstehungsgeschichte von Hitlers Antisemitismus. Ich machte dessen Ursprung in der schrecklichen Niederlage des Ersten Weltkriegs aus, im »Diktat von Versailles«, die Hitler die Vorstellung eingaben, daß der Jude der Aggressor war, gegen den man sich verteidigen mußte, weil seine Religion und Psychologie sich in alle Köpfe geschlichen und sie geschwächt hatten. Ich arbeitete an einer schwierigen Passage, in der ich zu beweisen versuchte, daß Hitler durch seine persönliche und seine kollektive Geschichte sehr unter dem Krieg gelitten hatte und aus Mitgefühl mit seinem armen Volk nicht so sehr kämpfen wollte, als *bekämpfen*: den Feind vor den Toren bekämpfen, den Racheakt vollziehen und das vergossene Blut der Deutschen sühnen.

Ich zeigte auf, daß Hitler zu Beginn nur an Vertreibung und Auswanderung der Juden und nicht an ihre Vernichtung gedacht hatte. Meiner Meinung nach hatte er bis zum Schluß an der Idee einer Territoriallösung festgehalten. So war er noch im Sommer 1940 bereit gewesen, die Juden auswandern zu lassen. Ebenso während des Rußlandfeldzugs. Aber die Deutschen hatten nach dem Krieg zu sehr gelitten: Es mußte ein Ventil für ihr Leiden gefunden werden. Und warum die Juden? Weil sie, so schrieb ich, den Liberalismus und die Demokratie verkörperten, den Materialismus und den Hedonismus, den Marxismus und den Kommunismus. Die Angst vor dem Kommunismus und der Antibolschewismus waren die Hauptmotive für die Auslöschung der Juden. Der letzte Auslöser für die ›Endlösung‹ war meiner Meinung nach der Eintritt der Vereinigten Staaten in den Krieg. Die Vernichtung der europäischen Juden war der Preis für den Sieg der Alliierten: So lautete die Schlußfolgerung meines Kapitels.

Am 28. September 1995 begleitete ich Mina und Béla nach Auschwitz. Lisa blieb mit ihrem Vater in Paris.

Um 10 Uhr 50 kamen wir am Krakauer Flughafen an, nahmen ein Taxi, fuhren durch die Stadt Oświęcim, fuhren über leere Straßen, an denen einige Häuser standen und zerlumpte Bauern ihr Feld bestellten. Man hätte meinen können, es sei Krieg. Der Himmel über Schlesien war dunkelgrau. Der Himmel über Schlesien sonderte trüben Dunst ab. Es war erbarmungswürdig schmutzig. Vor dem Eingang des Lagers blieb ich für einen Moment stehen. Mir war schwindelig. Es war, als zwänge mich eine unsichtbare Hand, draußen zu bleiben. Es war, als wollte ich ein Tabu brechen.

Wann hatte er die Entscheidung getroffen? Hatte er sie jemals getroffen, oder war es nur ein Impuls gewesen?

Auschwitz. Der Ort des Verbrechens. Der Ort der Leere, des Vakuums. Hier handelte es sich nicht um das Nichts der Schöpfung, jenes Nichts, das nicht war, sondern um das Nichts *nach* der Schöpfung, das der verwüsteten Welt, dieses Nichts, das sich in Atemnot und von Hunger, Kälte oder Hitze geschwächten Körpern verflüchtigt, das Nichts des Elends, das Nichts der Gotteslästerung, das Nichts, das so lebendig ist, daß seine Abwesenheit schmerzlich zu spüren ist.

Der Wachturm erhob sich zwischen zwei massiven, streng symmetrischen Gebäuden. Auf jeder Seite gab es einen Flügel mit schmalen Fenstern. Der Weg führte durch das Lager bis zur Selektionsrampe, wo das Auge des Herrenmenschen nach links oder rechts wies. Das Ganze umgab eine lange Schutzmauer. Es sah aus wie in einem großen Innenhof. Die schmutzigen Steine bildeten eine unüberwindbare Grenze.

Wir gingen hinein. Zwischen mehreren Flachbauten,

in einer Art Hof, erzählte ein Führer »den Holocaust« auf polnisch. Mina hörte ihm zu. Er sprach vom Leid der polnischen Gefangenen, vom Aufstand polnischer Widerstandskämpfer, vom Martyrium des polnischen Volks. Vor dem Gebäude von Block 11 sah man auf der Mauer ein großes Kreuz. Es war das von dem ursprünglichen Karmeliterkloster in Auschwitz, welches um einige Kilometer verlegt worden war. Aber das Kreuz war immer noch da und beherrschte die Stätte, bemächtigte sich des Raums und der Zeit, absorbierte die Erfahrung der Hoffnungslosigkeit und gab vor, ihr einen Sinn zu geben, umfaßte das Lager mit geöffneten Armen und überstrahlte die verschwundenen Körper.

Er sah, und er haßte, was er sah. Wie er sich so im Spiegel betrachtete, spürte er, daß eine Welle des Hasses in ihm aufstieg, ihn wie ein Sturm mitriß und dann brutal gegen die Wand schleuderte. Die Welt war nicht mehr sein natürlicher Lebensraum. Er schämte sich, an Stelle eines anderen zu leben, an Stelle eines großzügigeren, klügeren oder empfindsameren Menschen. Wenn er seine Erinnerungen Revue passieren ließ, dann sah er Menschen, die des Lebens würdiger waren als er. *Er.* Warum er? Warum war er dazu auserwählt worden, die schreckliche Neuigkeit zu übermitteln, um an Stelle eines anderen zu leben? Wie der Krieg auch geendet war, die anderen hatten ihn bereits gewonnen: Er konnte kein Zeugnis mehr ablegen, und selbst wenn er es getan hätte, wäre ihm von niemandem Glauben geschenkt worden. Sie wußten, daß es Verdächtigungen, Diskussionen und Nachforschungen geben würde, doch sie hatten die Beweise mit den Menschen vernichtet. *Die Geschichte der Konzentrationslager*, sagten sie, *werden wir diktieren.*

Zeugnis ablegen? Wer war er, daß er Zeugnis ablegen konnte? Der wahre Zeuge existierte nicht mehr. Er zog es vor, zu schweigen, für immer zu schweigen. Deshalb hatte er beschlossen, nie wieder zu sprechen.

Genau in diesem Moment verlor Lisa frühzeitig das Fruchtwasser. Sie versuchte ihren Vater zu erreichen, aber er war nicht da. Bei Paul war auch niemand. Deshalb fuhr sie allein ins Krankenhaus, und allein ging sie in den Kreißsaal.

Also war niemand da, der Lisa während der Geburt die Hand halten konnte, niemand, um sie bei ihren Wehen zu unterstützen, sie langsam und tief atmen zu lassen. Niemand, um ihr den Schweiß abzuwischen, als sie anfing zu pressen und ihr Schoß sich langsam öffnete.

»Von dieser Stätte der Liebe, des Gebets und der Versöhnung, von diesem Ort aus, der einst der Ort des Todes war, wird neues Leben erstrahlen«, sagte er. »Sehen Sie die barmherzigen Schwestern! Sie erschaffen mit eigenen Händen das heilige Zeichen der Liebe, des Friedens und der Versöhnung, das von der siegreichen Macht unseres Herrn Jesus Christus kündet. Überall, in Maidanek, in Sobibor, in Treblinka und in Birkenau entstehen Kapellen und Kirchen! Auschwitz ist nur ein Beispiel von vielen. Das Böse und das Leid führen näher zu Gott. Das Schicksal der Menschheit wird getragen durch die Helden, die an diesen Orten der Zerstörung Blumen pflanzen und Schafe züchten, und das Leben, ja, das Leben geht weiter! Das neue Bündnis tritt an die Stelle des alten. Ich sage Ihnen: Dies ist eine neue Ära im christlichen Glauben. Es ist der Sieg des Christentums, der Papst selbst hat gesagt: ›Auschwitz ist das Golgotha der heutigen Welt. Die Juden haben die Welt durch ihr Leid bereichert, ihr Tod ist wie der Samen, der zur Erde fallen muß, um Früchte zu erzeugen.‹ So heißt es auch in den Reden von Jesus Christus, die zur Erlösung führen.«

Der Jude. Er haßte diesen Juden, für den man ihn vernichtet hatte. Er betrachtete sich von neuem und sah nur das, den Juden, eingesperrt in einem winzigen Raum, dessen Mauern immer näher kamen. Und er schlug mit aller Kraft gegen die Mauern dieses Gefängnisses, das er nie verlassen hatte, seit einem Junimorgen im Jahr 1944.

Die Wachtürme, der Stacheldraht, die Baracken und Krematorien. Alles war da. Und dann die Kammern, jede für eine bestimmte Funktion, alles war immer noch da, wie die Tätowierung auf den Unterarmen der Menschen. Das Gespenst des Gespenstes, das diese Mauern heimgesucht hatte, der nackte Mensch, der alles abgegeben hatte, der geschorene Mensch, der gezeichnete Mensch auch, gezeichnet von den Spuren auf seinem Körper, denen des Transports im Waggon und denen des ständigen Schlangestehens, und denen der Tage, die man zählt, und denen der Menschen, die man zählt, und denen der Knochen, die zum Vorschein kommen, und denen des Stacheldrahts, des versperrten Horizonts. Der unter dem Blick des anderen durchsichtig gewordene Mensch, nützlich für den, der erduldet, unnütz für den, der auswählt, der entblößte Mensch mit gesenkter Stirn und gekrümmten Schultern, doch immer noch Mensch, der gegenüber dem anderen nichts mehr ist, Löffel oder nicht Löffel für den nackten, hungrigen Menschen, alles, alle menschlichen Gegenstände waren da, und nichts war da, nichts, denn es war nichts mehr da nach der Vernichtung.

Mina suchte die Sieben, ihre Baracke, dann die Vierzehn, in der ihre Mutter untergebracht worden war. Sie war gerade mal sechzehn Jahre alt gewesen, als der Schlund sie mitten in der Hölle wieder ausgespien hatte, eines Morgens im Februar 1944. Das Auge hatte zur guten Seite gewiesen: Die Arbeit in der Fabrik hatte ihr ermöglicht, sich siebzehn Monate lang, darunter zwei Winter, zu halten, ein Wunder.

Die Vierzehn war eine Art Stall mit einem Mittelgang und einer Lüftungsklappe als Fenster. Eine große Tür am Ende führte auf einige Holzstufen. Draußen nichts als Schlamm. Weder sanitäre Einrichtungen noch eine Wasserstelle. Drinnen zwei Reihen von Etagenbetten, Holzpritschen, die ersten dreißig Zentimeter über dem Boden, die nächsten etwas höher und die letzten dicht unter dem Dach.

Eine angsteinflößende Landschaft war ihm nie aus dem Sinn gegangen: ein Morast im Morgennebel mit einer riesigen Feuerstelle lag unter seiner Schädeldecke. Lange schon hatte er sich nicht mehr aufgebäumt, angelockt durch das Nicht-Sein, sehr lange schon war er auf der anderen Seite des Spiegels.

Warum hatte er gewartet? Warum hatte er seine elende Existenz verlängert? Vielleicht aus ungeheurer Schwäche, aus einer Erschöpfung heraus, die ihn sogar daran gehindert hatte, mit allem Schluß zu machen. Schließlich war dieser Akt so etwas wie ein letztes Aufflammen des Lebens. Sich umzubringen hieß, zu existieren, es war vielleicht der einzig bedeutsame Akt der Existenz.

Genau in diesem Moment läutete das Telefon. Die Würfel waren noch nicht gefallen. Ein paar Minuten Aufschub. Wer war das?

Und wenn es der Teufel war? Und die Shoah sein Sieg? Natürlich kann man sagen, daß das Böse keine Wesenheit ist. Es liegt in der Natur der Philosophie, die Idee von einem wesenhaften Bösen – also von dem Bösen an sich – auszuschließen. So bricht sich die Idee vom Nichts ihre Bahn, vom *ex nihilo*, das im Konzept der Schöpfung enthalten ist. Das Böse tun heißt, sich von Gott zu entfernen und sich zur wachsenden Unvollkommenheit zu bewegen. Doch das Böse der Philosophie ist nicht wirklich das Böse an sich, wenn es eine Entfernung des Erschaffenen vom Schöpfer ist, ein Mangel, fast etwas Freies, das sich auf das Nichts zubewegt. Das Böse ist in diesem Fall nicht ein Wesen an sich, sondern eine Beziehung. Doch hier war das Böse als reiner Akt, als absolut Böses, als das Böse an sich.

Weder Mangel noch Fehler. Es war hier, absolut, total. Woher kam es? Warum existierte es?

Unwichtig, letzten Endes. Er dachte an all die Gedichte, die er seit Jahren heimlich schrieb. Das war sein geheimer Garten. Das Geschriebene wollte Erinnerung sein: So rechtfertigte er es. Und doch hatte er während der ganzen Zeit schreckliche Schuldgefühle gehabt zu schreiben, nach Auschwitz Gedichte zu erschaffen. Seine Gedichte waren keine Gedichte, sie waren Bittschriften, mit denen er sich an all die verlorenen Seelen wandte, um ihre Bitternis zu teilen.

Und immer war da diese Leere, die ihn von denen trennte, über die er wachte. Seit jenem Junimorgen 1944 war die Erlösung sein größter Wunsch, und die Verzweiflung hatte seiner Poesie zum Leben verholfen.

Sie, sagte er, waren wie Kleinvieh, sie irrten umher und schlugen alle den Weg zu ihm ein; sie waren Lämmer, die zur Schlachtbank geführt wurden, Schafe, die vor denen herliefen, die sie schoren. Es war der Holocaust, in dem das Blut der Stiere, der Widder und der Kälber, das Blut der Lämmer in Strömen floß.

Er hatte genug von ihren Schandtaten: Er war es leid, diese Last zu tragen. Wascht euch, reinigt euch, hört auf, Böses zu tun, sagte er. Und sie waren stumm und konnten den Mund nicht aufmachen. Unter Zwang konnten sie den Mund nicht aufmachen. Ja, sie waren abgeschnitten worden von der Welt der Lebenden, wegen der Revolte ihres Volkes, sagte er.

Sie glaubten, begriffen zu haben.

Aber wie war es zu begreifen? Mußte man die ineinandergreifenden Rädchen und ihre langsame Vorwärtsbewegung sichtbar machen? Begreifen heißt, den Verantwortlichen in sich aufzunehmen, sich mit ihm zu identifizieren. Mit denen, die passiv zusahen, wie sich das Grauen vor ihnen abspielte, und nichts dagegen unternahmen. Mit denen, die, ohne darum gebeten worden zu sein, die Gelegenheit suchten, daran teilzunehmen. Mit denen, die das reibungslose Funktionieren der Maschinerie überwachten, denen, deren Devise »Genauigkeit und Gründlichkeit« hieß. Mit denen, die in den staatlichen Dienststellen arbeiteten, im Ministerium für Ernährung oder Landwirtschaft, welche die Zuteilung von Magermilch auf die jüdischen Zwangsarbeiter begrenzten, die toxischen Substanzen ausgesetzt waren. Mit den Beamten, welche die Rentenzahlungen von Juden einstrichen, die in die Lager geschickt worden waren. Mit denen, die auf den Bahnhöfen Menschen und Kilometer zählten, um der Sicherheitspolizei die Konvois mit Männern, Frauen und Kindern in Rechnung zu stellen, als handelte es sich um Viehtransporte. Mit den Juristen, die die neuen Gesetze gegen die Juden mit der existierenden Gesetzgebung in Einklang brachten, mit den Ärzten, die mit einem Blick über Leben und Tod entschieden. Mit den Buchhaltern, den Ingenieuren, den Architekten und Unternehmern, die die Lager und Gaskammern entwarfen und bauten, als wären sie ein ganz normales Projekt, als wäre ein Gebäude eben ein Gebäude. Mit den Universitätsprofessoren, den Anwälten, den Kieferchirurgen, den Kunstexperten, den Theologen und Pfarrern, die bei den Nürnberger Prozessen auf ›nicht schuldig‹ plädierten und niemals auch nur das kleinste Bedauern ausdrückten, sondern zu ihrer Verteidigung auf die Werte der abendländischen Kultur verwiesen. Und mit den Zeugen und Anwälten, die ihren Anstand, ihre Tugend als Familienväter, ihre Christlichkeit und ihren sanftmütigen Charakter rühmten.

Und dann mit den anderen. Mit den Henkern. Den Lagerkommandanten. Den ausführenden Kräften, den Entscheidungsträgern, den Führern und den Mitläufern. Den Herren der Auslese.

Mit Rosenberg, Mengele und Himmler.

Mit Hitler.

Schließlich kam es, denn das war das Symbol des Bösen: das Blut, das dickflüssig und warm aus seinem eingeritzten Handgelenk rann, rot erst, dann braun und schwärzlich, das rann wie ein schmutziger Fluß, wie ein Strom, der Abraum mit sich führt, wie strömender Regen über einem Sumpfloch.

So begann der lange Leidensweg, die infame Tortur des Gebärens: Es war ein Schauspiel von erstaunlicher Gewalt. Mit schreckverzerrtem Gesicht und aus den Höhlen tretenden Augen begann sie zu schreien. Vor Schmerz und Krämpfen gekrümmt atmete sie heftig, sie atmete aus und wieder ein, als wäre es das letzte Mal, als söge sie die letzte Luft der Welt in sich auf. Viehisch war der Anblick dieser Frau mit den weit geöffneten Beinen, die mit aller Kraft versuchte, in wilden Wehen das Ding hinauszupressen, das sie verschlingen würde, wenn sie es nicht loswürde. Es war ein Kampf auf Leben und Tod, zwischen ihr und diesem Leben, das sie bekämpfte, sie von innen auffraß.

Da öffnete sich die Scheide ein Stück, und man sah eine kleine Kugel aus Fleisch und dunklen Haaren zum Vorschein kommen. Die Hebamme legte ihre Hände darum. Mehr als eine halbe Stunde blieb das Kind so im Leib seiner Mutter, die sich immer weiter abmühte, und der kleine Kopf drehte und wand sich und versuchte frei zu kommen, als zögerte das Wesen noch, sich zwischen Leben und Tod zu entscheiden. Erbarmungswürdig war der Leidensweg dieses Weibs, diese um das klebrige, weiche Ding gespreizten Beine, diese schmerzgepeinigte Frau, die sich verzweifelt abmühte und abmühte, um den Engel oder die Bestie auszustoßen. Plötzlich ertönte ein Schrei, der noch furchtbarer war als die vorhergehenden.

Es war ihr ureigenster Schrei, ihr Schrei voller Widerstand und Unverständnis: ihre Zurückweisung der Welt, des Bösen und des Todes. Diese pseudochristliche Gesellschaft, die den Namen Gottes im Munde führte, um eine ungerechte Ordnung zu rechtfertigen, verabscheute sie, sie spie sie aus. Sie verabscheute und verhöhnte Gott, der nach der Sintflut das feierliche Gelöbnis abgelegt hatte, die Ordnung der Schöpfung zu erhalten, sie schwor ihm ab, diesem Gott, der abgeschworen hatte, sie haßte den Gott, der dem Bösen zum Leben verholfen und die Schöpfung so hinfällig hatte geraten lassen.

Er hatte gesagt, daß er in Donner und Erschütterung eingreifen würde, daß es ein großes Getöse, ein Wirbelsturm sein würde, er hatte gesagt, daß er Sturm und verzehrendes Feuer schicken wurde. Er hatte gesagt, daß es wie ein Traum sein würde, eine Vision der Nacht für die Menschen, die kämpften, für all jene, die Krieg führten. Er hatte gesagt, daß er der Erlöser sei, er hatte versprochen: *Habt Vertrauen, fürchtet euch nicht, preiset den Herrn, denn er hat gut getan, daß man es in der ganzen Welt verkünde und sich freue und jauchze.*

Und sie sah ein Schlachtfeld, auf dem ein schrecklicher Kampf stattfand, ein eschatologischer Krieg mit dem monströsen Feind, mit Hiobs furchterregendem Ungeheuer. Daß man es in der ganzen Welt verkünde.

War es eine Nation aus Sündern, ein Volk aus Verbrechern, eine bösartige Rasse mit verdorbenen Kindern? Hatten sie sich vom Herrn abgewandt, hatten sie den Heiligen aus Israel mißachtet und sich seinem Gesetz entzogen? War es noch nötig, daß man sie am ganzen Körper schlug, sie, die in ihrer Rebellion beharrten? An ihnen war nichts mehr heil: Es gab nur noch Verletzungen, Wunden und Quetschungen, die weder gereinigt noch verbunden oder mit Öl gelindert wurden, und dieses Land war öd, seine Städte brannten, und ihre Religion war Gott ein Greuel. Was hatten sie Böses getan, um das zu verdienen? Ihre Missetat mußte groß, sehr groß gewesen sein. Nein, das war widersinnig, sagte er, es gab keine Theodizee nach der Shoah. Selbst die größte, die absolute Sünde kann nicht ein derart großes Übel nach sich ziehen! Wie rechnete Gott auf?

Also kann Auschwitz nicht Golgotha, das Ende des Paradieses sein. Eher nur die Ursünde: Diese Frucht hatte enthüllt, wer man war. Es war das Urböse, das den einzigen Maßstab für das zeitlich gebundene Böse gab. Es war das übersinnliche, das namenlose, das undenkbare Böse. Es war die absolute Form des Bösen.

Unheil über die, die den Zorn Gottes herausfordern, sagte sie. Deshalb wird sein Volk verschleppt werden, denn es ist gefallen; daher verhungerten und verdursteten sie. Das Grab öffnete seinen Schlund, ja, ohne Maß, und sein Rachen wird größer, und der Mensch stürzt hinein durch die Gerechtigkeit des Herrn, des Allmächtigen, des Maßlosen in seinem Urteil.

Es war der Tag der großen Überschwemmung, des brennenden Zorns, der alles verwüstete und die Sünder auslöschte. Die Sterne des Himmels und ihre Bilder verströmten nicht mehr ihr Licht, schon in ihrem Aufgang verdunkelte sich die Sonne, und der Mond hielt sein Licht zurück. Ja, Er bestrafte die Welt für ihre Schlechtigkeit und die Ruchlosen für ihre Verbrechen, und Er machte eine Ende mit der Anmaßung der Dünkelhaften, und Er brachte den Hochmut der Tyrannen zu Fall. Durch Ihn wurden die Menschen seltener als reines Gold, Er erschütterte den Himmel, und die Erde erzitterte in ihren Grundfesten, und es war der Tag des brennenden Zorns, und er durchfuhr die kleinen Kinder und Frauen. Der Zorn des Herrn entlud sich über sie, und der Tod wurde willkürlich ausgeteilt, und aus ihren Leichen entstieg furchtbarer Gestank, und von den Bergen strömte ihr Blut, und die ganze himmlische Heerschar stob auseinander.

»Und ist die Miliz nicht einer der Aspekte von Vichy?« hatte er gefragt.

»Die Miliz ist eine späte Erscheinung von Vichy, die sich mehr und mehr mit Nazideutschland verbündete.«

»Hat die Razzia vom Vel d'hiv nichts mit Vichy zu tun?«

»Das war die französische Polizei, die auf Befehl der Deutschen in der nördlichen Zone agierte. Die Bevölkerung war pétain-gaullistisch, Pétain war der Schild, und de Gaulle war das Schwert. Es gab auch Gutgläubige, die nur durch Zufall in der Miliz waren. Ich selbst hatte einen Freund, der ein Draufgänger war und nicht ertragen konnte, Frankreich besiegt zu sehen; daher hat er sich für die Miliz verpflichtet. Es sind die Umstände, wissen Sie, und die Freundschaften, die bewirken, daß einige nach London gehen und andere nach Vichy. Die Wahrheit ist nicht so einfach festzustellen.«

»Aber die Wahrheit ist niemals verworren, die Wahrheit ist klar und offenkundig: Die Wahrheit ist, daß Frankreich an diesem Tag seine Würde verloren und bis heute nicht wiedererlangt hat. Als die Deutschen die ›Endlösung‹ auf Frankreich ausgedehnt haben, hätte Vichy sagen können, daß diese Operation die rechtlichen Grenzen des Waffenstillstands überschreite. Man konnte sie nicht daran hindern, Menschen zu deportieren, aber man konnte sich weigern, daran teilzunehmen oder sogar die Initiatoren der Deportation zu sein. Sie sehen, Monsieur Perraud, schrecklich ist der Gedanke, daß die Deutschen weniger als dreitausend Männer hatten, um ihre Razzien in ganz Frankreich durchzuführen. *Mit anderen Worten, wenn Vichy sich geweigert hätte, hätten sie all diese Verhaftungen gar nicht vornehmen können.*«

Warum? sagte er. Warum war der jüdische Widerstand der einzige in Europa, der nicht auf Unterstützung der Alliierten zählen durfte, und warum bekamen die Aufständischen im Warschauer Ghetto so wenig Hilfe vom polnischen Widerstand? Warum hat der Papst nie etwas gesagt, obwohl ein Wort von ihm Tausende von Menschenleben hätte retten können? Warum haben die Alliierten nicht die Vernichtungskammern in den Lagern zerstören wollen, obwohl sie genaue Karten mit ihren Standorten hatten? Warum hat die amerikanische Regierung die Rettung von Juden verzögert, indem sie den Protest von amerikanischen Juden gegen Hitler abschwächte und darauf bestand, daß die Berichte über die ›Endlösung‹ nicht veröffentlicht wurden, und außerdem einen Plan aus Schweden verwarf, der zwanzigtausend jüdische Kinder hätte retten können, und zwar unter dem Vorwand, das würde »die Deutschen reizen«? Warum haben die Amerikaner zwischen 1933 und 1943 nicht ihre Einwanderungsquote erhöht, wo Hitler doch diese Tatsache für seine Propaganda nutzte und behauptete, selbst die Vereinigten Staaten wollten keine Juden? Warum diese strenge Quote in allen Ländern, die die Juden daran hinderte zu flüchten? Warum hat die Schweizer Regierung den Nazis vorgeschlagen, die Pässe der Juden mit einem »J« kenntlich zu machen? Warum hat die Schweiz ihren Banken erlaubt, riesige Profite mit dem Nazigold und dem eingezogenen Besitz der Juden zu machen? Warum waren ihre Kunden gestern Hitler, Himmler und Göring und heute Saddam Hussein, Mobutu und Abu Nidal? *Warum geht es immer weiter?*

Du siehst, es ist immer das gleiche, sagte er, die Juden haben nie recht; kein Recht zu leben, kein Recht zu sterben, kein Recht, sich abmetzeln zu lassen, und kein Recht, daran zu erinnern, kein Recht zu überleben und kein Recht, es zu sagen.

Im gewissen Sinne ist all dies Teil der Arbeit eines Historikers, sagte er: Die Revision steckt im Zentrum der historischen Arbeit. Man kann dem individuellen, unsicheren und voreingenommenen Gedächtnis nicht trauen, das nur Erinnerungen zusammenfügt. Der Historiker unterliegt der Pflicht zur Wahrheit.

Seiner Meinung nach war es unmöglich, sich zwischen der Wahrheit eines Crétel, der behauptete, Jacques Talment sei ein Spion der Gestapo gewesen, und der des Betreffenden zu entscheiden. Aber, sagte sie, hatte Crétel nicht allen Grund, die Talments zu hassen, da sie doch zu seiner Demaskierung beigetragen hatten? War es notwendig, daß diese Helden, die 1940 den richtigen Weg eingeschlagen hatten, sich an ihrem Lebensabend rechtfertigen mußten? Als wären Opfer und Henker auf derselben Ebene, als könnte man nicht unterscheiden, wer der eine und wer der andere war ... Als wäre nichts mehr klar: Man wußte nicht mehr, wem man glauben konnte, dem Wort des Kollaborateurs oder dem des Widerstandskämpfers.

»Ich glaube nicht an die Verteufelung des Bösen, ich glaube an seine Alltäglichkeit, an seine Normalität. Das Böse ist die Anhäufung einer Vielzahl winziger Elemente. Die Juden waren während des Krieges eine unwesentliche Größe, ein Faktum in einer Unzahl anderer. Ein Historiker, der diesen Namen verdient, kann nicht behaupten, daß Auschwitz das wesentliche Ziel gewesen sei, auf das die komplizierte Verkettung der Ereignisse in der Nazizeit zulief: Man kann nicht die ganze Geschichte Deutschlands auf Auschwitz reduzieren. Wenn dies der Fall wäre, wie würde man dann der Unzahl nichtdeutscher und nichtjüdischer Opfer gerecht werden, die ebenfalls gelitten haben?«

»Aber etwas ist in Auschwitz geschehen«, sagte er, »das vorher nie da war. Es ist das, was man ›Shoah‹, also ›Vernichtung‹ nennt, warum also sprechen Sie vom ›Nationalsozialismus‹ und nicht von der Shoah? Macht das Wort Ihnen Angst?«

»Ganz einfach, weil der Begriff ›Nationalsozialismus‹ weniger belastet ist, weil er sich nicht auf den Mord an den Juden beschränkt und weil er ›Sozialismus‹ enthält. Ich glaube vor allem, man vergißt ständig, daß das deutsche Volk nicht *alles* wußte, was vor sich ging.«

»Die neuesten Arbeiten in diesem Bereich zeigen, daß die Bevölkerung vollkommen im Bilde war. Es herrschte die Vorstellung, man müsse eine außerordentliche Aufgabe bewältigen, ein übermenschliches Unterfangen, einen von den Göttern befohlenen Krieg!«

»Für mich ist Auschwitz nicht das Ergebnis des herkömmlichen Antisemitismus: Es ist nur eine von der russischen Revolution ausgelöste Angstreaktion. Wenn man das Dritte Reich verteufelt, dann nimmt man ihm jede Menschlichkeit. Man kann nicht sagen, daß etwas vollkommen gut oder vollkommen schlecht ist. Man muß die Fakten *relativieren*, sie in die richtige Dimension rükken. Vor allem muß man dem Interesse der Nachkommen Rechnung tragen, als Opfer betrachtet zu werden und aus ihrem privilegierten Status Nutzen zu ziehen. Heute erinnert die Inkriminierung der Deutschen an die der Juden: Wie früher den Juden hängt man ihnen alle Übel an. Vergessen wir nicht, daß die Mitglieder der SS in den Todeslagern auf ihre Weise ebenfalls Opfer des Krieges waren. Vor allem darf man nicht vergessen, daß nicht die Deutschen 1920 die bolschewistischen Lager erfunden haben. Das ganze Problem rührt daher, daß die Geschichte des Dritten Reichs von den Siegern geschrieben wurde, und daher ist es zu einem Negativmythos geworden.«

»Von den Siegern? Das heißt … von den Juden?«

»Genau. Es war ein Krieg zwischen den Juden und den Nazis. Hitler hatte allen Grund zu glauben, daß seine Feinde ihn vernichten wollten. Als Beweis kann ich die Kriegserklärung gegen Deutschland anführen, die Chaim Weizman auf dem jüdischen Kongreß 1939 abgab. Es existierte 1940 auch ein Pamphlet von Theodor Kaufmann, einem Amerikaner. Diese beiden Fakten gaben Hitler das Recht, die deutschen Juden wie Kriegsgefangene zu behandeln und sie zu deportieren. Was ich sagen will ist, daß die ›Endlösung‹ nichts anderes war als die Antwort Hitlers auf eine Gefahr, von der er sich bedroht fühlte.«

»Die Juden drohten, Hitler zu vernichten?«

»Warum entstand der Nazismus, wenn nicht wegen der Kriegserklärung der Juden gegen Deutschland?«

Gott wird Erbarmen haben …

Der Herr wird mit seinem Volk Erbarmen haben …

Er sagte, daß er Regen für die Saat schenken würde, Saat für die Erde und Herden, die auf den Weiden grasen sollten, dazu Flüsse im Überfluß und das Licht des Mondes wäre wie das der Sonne, und das Licht der Sonne würde versiebenfacht. Endlich würde Gerechtigkeit herrschen, wie eine Zuflucht gegen den Wind, ein Unterschlupf im Sturm, ein Fluß auf dürrer Erde.

Auf dem Berg Ararat gab er Noah ein feierliches Versprechen:

Ich will hinfort nicht mehr die Erde verfluchen um der Menschen willen; denn das Dichten und Trachten des menschlichen Herzens ist böse von Jugend auf. Und ich will hinfort nicht mehr schlagen alles, was da lebt, wie ich getan habe. Solange die Erde steht, soll nicht aufhören Saat und Ernte, Frost und Hitze, Sommer und Winter, Tag und Nacht.

Also warum?

Vielleicht war das Böse zu stark für Ihn. Das Urböse, das Böse als Selbstzweck, nicht als Mittel zu einem anderen Zweck. Das Urböse als Geheimnis, als schwarzer, unbegreiflicher Teil der Schöpfung, das Sein des Seins beraubt, das Nichts des Nichts, der Triumph des Chaos über die Ordnung, die Zerstörung von Leib und Seele, die Reduzierung von allem auf das Nichts – das Nichts, die unergründliche Macht des Nichts.

Das übersinnliche, schändliche Böse des Einzelmordes, des Massenmordes, der Folter und der körperlichen Erniedrigung, das findige und bösartige, das servile und dominante Böse, das durchdachte und berechnete, sorgfältig vorbereitete und gewissenhaft ausgeführte Böse, das vom Bösen überflügelte, überbotene, immer weiter gesteigerte Böse, das Böse, zu dem die Grausamkeit im Vergleich ein Kinderspiel ist, das kultivierte Böse der Höflichen und Gebildeten, das entschiedene, unbeugsame Böse, welches man Barbarei nennt.

Es erscheint verrückt, sinnlos, und doch wird es rational ausgeführt, wie eine erbarmungslose Maschinerie. Es übertrifft alle Schrecken der Vorstellung, alle Alpträume, die uns in der Nacht mit diesem seltsamen Eindruck von Wirklichkeit aufschrecken lassen; doch das Gegenteil ist der Fall, man lebt in einer haarsträubenden Umgebung voller Feuer, Fleisch und Blut, und der Schlaf ist der einzige Moment der Ruhe. Dieses Böse übertrifft die Vorstellung, die man sich von der Hölle macht, denn die Hölle ist das Feuer, das auf unbestimmte Zeit brennt, ist die Folter und die Qual für die Menschen, *die gesündigt haben* – die Hölle hat noch einen Sinn.

Selbst wenn man einen Menschen umbringt, muß man ihn noch nicht so entwürdigen, wie das Urböse es tut; selbst wenn man einen Menschen umbringt, vollzieht man nicht dieses Böse, und man kann den Mördern seiner Kinder verzeihen, wenn man weiß, warum und wie sie es getan haben, aus Schmerz oder Armut, aus Liebe oder Eifersucht. Aber dieses Böse kann nicht erklärt werden. Shakespeare hat das nicht begriffen, denn er zeichnete Richard III. als Buckligen – jeder, der so häßlich, mißgestaltet und abstoßend ist, würde Böses tun, um sich an den Menschen zu rächen, die ihn für das verachten, was er ist. Das ist so unerträglich, daß er es vorzieht, für das gehaßt zu werden, was er tut. Aber das Urböse wird von einem Mann mit hochmütigem Gesicht und stolzer Haltung vollbracht, der groß und kräftig ist und Glück in der Liebe hat, von einem erfolgreichen Mann, einem Ehemann, der am Abend zu Frau und Kindern eilt, nachdem er zahlreiche Menschen vernichtet hat. Der böse Mensch ist nicht abstoßend wie Richard: Verführerisch verlockt er, versucht er und zieht an, er betört die Sinne, trübt die Vernunft und stellt sich in die Mitte der Zeit, um dem Menschen die Macht verlockend erscheinen zu lassen.

Als Manipulator, geschickt berechnender Mensch und gewiefter Stratege ist er zwangsläufig intelligent, mit genialem Erfindungsgeist und nie um Argumente verlegen, und er ist fruchtbar. Das Eigentümliche des Bösen ist es, das Böse hervorzubringen, sich auszubreiten, Legion zu werden. Es breitet sich aus wie eine Wunde, wie eine ansteckende Krankheit, wie eine Seuche. So normalisiert es sich, wird alltäglich, wird bürgerlich. So wird es Brauch, Regel und Gesetz. Man darf nicht glauben, daß das Böse durch das Chaos erkennbar ist: Das Eigentümliche des Bösen ist seine respektable Existenz.

Wie ein Metzger, der alle Tage sein Fleisch schneidet, es wiegt und verkauft, weil es das Natürlichste der Welt ist; weil er dazu da ist; weil man sich ernähren muß und niemand das in Frage stellen kann. Aber plötzlich ist das Fleisch Menschenfleisch und es ist Blut, das in seinen Adern strömt. Das monströse, infame Böse vertreibt das Leben; das Böse ist der Tod, dieses unerträgliche Ärgernis, der Tod, der sich ins heilige Feuer mischt, der

Tod, der durch das Leben ins Leben tritt, durch den Willen des Menschen.

Wenn das Böse die Welt beherrscht, wenn es uns ständig belauert, wenn es Verwirrung, Zweifel und Schrekken sät und so zum Kampf herausfordert, dann liegt das daran, daß die Wirklichkeit nicht immer schön ist. Wenn das Böse uns verführt, dann in Form des Guten. So ist der Mensch: Er will das Gute, Wahre und Schöne, nicht das Böse, das wie eine Krankheit ist – nicht das Urböse, das Böses tut.

Das Böse schleicht sich in der Erscheinung des Guten beim Menschen ein, mit Hilfe der doppelbödigen Sprache, sagt das Wahre und das Falsche. Das Böse ist das Kind der Lüge, das, von ihr ausgehend, sich unabhängig weiterentwickelt und schließlich sein eigenes Leben als eigenständiges Wesen führt.

Ein Tal, sagte sie, ein Tal voller Gebeine, zahlloser ausgebleichter Gebeine: Können diese Gebeine wieder zum Leben erwachen? Sprecht, los, haucht ihnen den Atem ein, damit sie leben, gebt ihnen Nerven, laßt Fleisch wachsen, spannt Haut darüber, haucht ihnen ein wenig von eurem Atem ein! Aber seht ihr nicht, daß diese Gebeine unfruchtbar sind, daß unsere Hoffnung erschöpft ist und wir zerschlagen sind?

Ernst Spitz überlebte, weil sein Vater sich opferte und er Glück hatte, das ihn nie verließ, auch nicht auf dem Todesmarsch nach der Räumung von Auschwitz. Seine Anmusterung in der französischen Armee in Deutschland brachte ihm neue Abenteuer. Er war weder ein Held noch ein Märtyrer, er war ein Humanist, der nie aufhörte, an den Menschen zu glauben.

Hätte Joseph Altman lieber vergessen, was er erlebt hatte und was ihm die mit Tinte eintätowierte Nummer auf seinem

Unterarm täglich in Erinnerung rief? Fünfzig Jahre nach seiner Rückkehr aus den Todeslagern machte er sich daran, das Unbeschreibliche zu erzählen, um dieses erschütternde Zeugnis den kommenden Generationen zu überliefern.

Sophie Bénissa, die Angehörige einer jüdischen Familie, die seit Generationen im Osten Frankreichs lebte – in einem Land, das der Angst und dem Haß zum Opfer gefallen war –, erzählt in Wie ein Tropfen im Sturm, *wie sie hinter der Feigheit der meisten die Großzügigkeit weniger entdeckte, die ohne zu zögern ihr Leben aufs Spiel setzten, um ihr zu helfen. Sie berichtet von der schrecklichen Erfahrung einer Heranwachsenden, die ins Erwachsenendasein katapultiert wird.*

»Mein Kind ist im KZ geboren worden.« Kaum zwanzig Jahre alt, werden Jacques und Michelle im Frühling 1944 von der Gestapo verhaftet und dann getrennt. Jacques wird umgebracht, Michelle wird in Ravensbrück interniert, wo sie entdeckt, daß sie schwanger ist. So beginnt der erbitterte Kampf einer jungen Frau im Kreis ihrer treuen Gefährtinnen, die fest entschlossen sind, das Kind, das sie trägt, am Leben zu erhalten. Hunger, Durst, Angst, die Erschöpfung der Knechtschaft und die Bedrohung durch den Wahnsinn: Nichts kann sie niederringen.

Und dann, sagte er, wie kann man den Zeugen glauben, die es erst fünfzig Jahre später niederschreiben? Die Wahrheit ist, daß all diese Überlebenden auch keine Helden sind. Die Erinnerung an die Shoah kann nur entstellt werden durch die trügerischen Annäherungsversuche der anonymen oder öffentlich bekannten Zeugen.

Wie kann man es sagen? Wie kann man das Unsagbare sagen? Wie das Grauen beschreiben, das Unbeschreibliche, den Gipfel der Niedertracht? Welche Worte soll man wählen? Welche Metaphern? Wer hat das Recht, zu erzählen oder nicht zu erzählen, und wer entscheidet dies? Liegt es an den Grenzen der Sprache, daß man es nicht erzählen kann? Nüchtern davon sprechen. Es ohne Emphase, ohne Faszination erzählen. Denn man kann die Vergangenheit nicht in den ehrwürdigen Dimensionen erzählen, die der Erzählung, dem Lauf der Dinge, der Atmosphäre und dem Leben im Alltag eigen sind. Diese Vergangenheit ist keine bürgerliche Erzählung. Sie ist überhaupt keine Erzählung. Sie sprengt den Rahmen jeder Erzählung.

Ist sie nicht darstellbar? Wie soll man sie dann überliefern? Denn trotz allem, sagte sie, können nur Kunstwerke überliefern. Man muß von der Shoah sprechen, darf sie aber niemals zeigen, sagte sie. Für ein solches Ereignis, erklärte sie, ist eine einzigartige Darstellung erforderlich: ein Film nur aus Zeugenaussagen, ohne Handlungsstrang, ohne Geschichte, ohne ideologische Rekonstruktion. Ein Zeugnis für die Erinnerung, in dem es gelingt, das Nichtsein, das Nichts und den Tod nur durch Beschreibungen und nicht durch Erklärungen zu erfassen: Nur das Warum hält vor dem absoluten Bösen stand, die Frage ohne Antwort.

Am runden Tisch und in der philosophischen Debatte betrachten die Schönredner die Verbrennungsöfen in der gleichen Weise wie die allgemeinen Greuel des Krieges oder wie die Geschichte des Mittelmeers in der Antike. Tatsächlich sagen sie: Wenn alle so gehandelt haben, dann braucht man sich nicht mehr darüber zu entrüsten, wenn alle schuldig sind, ist niemand schuldig. Sie versuchen, in der Geschichte andere Phänomene wie Auschwitz zu finden. Sie entrüsten sich furchtbar über die Bombardierung von Dresden oder Hiroshima. Sie stellen Vergleiche an und vergessen, daß die Shoah auf traurige Weise einzigartig ist und mit nichts anderem vergleichbar, weder in ihren Ursprüngen noch in ihrer Entwicklung, weder in dem sie begleitenden Gedankengut noch in ihren Folgen.

3

In der Baracke ihrer Mutter sah Mina Béla und mich an und sagte, daß sie eine Weile allein gelassen werden wolle. Sie wolle sich sammeln. Außerdem wolle sie das Heft ganz allein suchen.

Wir gingen hinaus.

dein goldenes Haar Margarete
dein aschenes Haar Sulamith

Einen Augenblick lang blieb ich mitten auf dem Lagergelände stehen. Ich sah, wie meine Schuhe Abdrücke im schlammigen Boden hinterließen.

Und Gott sah, daß es gut war, sagte er.

Als Gott mit der Schöpfung begann, war die Erde wüst und leer, und es war finster auf der Tiefe; und der Geist Gottes schwebte auf dem Wasser, und Gott sprach: »Es werde Licht!« Und es ward Licht. Aber das Licht war nicht gut: Es diente den Nazis, leuchtete ihnen bei ihren Verbrechen.

Und Er machte die Feste und schied das Wasser unter der Feste von dem Wasser über der Feste, und Er sprach: »Es sammle sich das Wasser unter dem Himmel an besonderem Orte, daß man das Trockene sehe«, und Gott nannte das Trockene Erde, und die Sammlung der Wasser nannte er Meer. Aber der Himmel war nicht gut: Er sah ohne Grollen und Donnern zu, was geschah.

Und Gott sprach: »Es lasse die Erde aufgehen Gras

und Kraut, das Samen bringe, und fruchtbare Bäume auf Erden, die ein jeder nach seiner Art Früchte tragen, in denen ihr Same ist«, aber in Wahrheit war all das nicht gut, denn dieses Kraut wuchs, ohne auf die Zusammenstellung seines Düngers zu achten.

Und Gott schuf die Lichter an der Feste des Himmels, die da scheiden Tag und Nacht und geben Zeichen, die scheinen auf die Erde. Er machte ein großes und ein kleines Licht, doch sie folgten einander, ohne innezuhalten, um gegen das zu protestieren, was geschah. Es wurde nicht vollkommen dunkel, und die Sonne sah der Vernichtung der Menschen zu und verhüllte ihr Antlitz nicht. Das große Licht hörte nicht auf, auf die Lager zu scheinen, und das kleine Licht erschien regelmäßig über ihnen. Sie waren die Zuschauer dieser Greueltaten.

Er schuf die Tiere, die großen Walfische und alles Getier, das da lebt und webt, davon das Wasser wimmelt, ein jedes nach seiner Art: Aber die Walfische zogen die Schiffe nicht ins Meer, und die Vögel flogen weiterhin über die Lager, und die wilden Tiere strömten nicht nach Europa und schützten die Juden in ihrem brennenden Ofen.

Und Gott schuf den Menschen: Und siehe, es war das schlechteste von allem.

Und der Mensch, den Gott nach seinem Bilde schuf, erschuf das absolute Böse nach seinem eigenen Vorbild.

Und die Schlange, die nicht besonders listig sein mußte, um das festzustellen, versuchte die Frau, versuchte den Menschen, der sich nicht lange bitten ließ, den unverzeihlichen Fehler zu begehen, und so kam es, daß sie das Paradies verließen.

Mina fing an, mit der großen Schaufel zu graben, die sie mitgebracht hatte, sie schichtete die schwarze Erde um, grub und grub, voller Leidenschaft, Zorn und Kummer. *Er ruft: Grabt noch tiefer, und ihr anderen singet und spielet dem Herrn in eurem Herzen.*

Béla und ich liefen langsam umher, ohne ein Wort und ohne genau zu wissen, wohin wir gingen.

Das KII: Hauptwerk der Bauleitung, sagte er, fünfzehn Öfen für mehr als tausend Leichen täglich, während eine Gaskammer zweitausend Menschen fassen konnte.

Dann richtete sich Samy in einer letzten Anspannung seines Willens auf, nahm Stift und Papier und schrieb, kritzelte rasch:

> Auch wenn wir dieselbe Krankheit haben, werden wir nicht daran sterben,
> Denn das Meer ist ruhig und wendet sich seiner Liebe, dem Mond, zu.
> Das Licht seiner Mutter spiegelt sich in seinem bangen Geist:
>
> Dem göttlichen Willen und der zerstörerischen Liebe obliegt das Meer, nach dem Willen des Einen,
> Ohne Aufwallen, überschwemmte Erde schuldhafte Lungen ersticken in der friedlichen Stille,
> Die reglose Oberfläche des Wassers spiegelt nichts wider: keine fügsamen Wellen.
> Viele Wasser können die Liebe nicht auslöschen, schrieb Salomon, jetzt
> Können die liebenden Wasser nicht die vielen auslöschen.
> Kannst du nicht mehr atmen? Es ist nicht das Meer, du bist es, woran du erstickst.

Wo ist die frische Luft des ersten Atemzugs, wo die reinen Säfte der Mutter in deinen durchhauchten Lungen?
Der Tod ist dir nicht über die Lippen gegangen, der Strom der Liebe hat dich nicht hinweggerissen.
Du warst ein Schiff, das vom Versprechen in der Furt gehalten wurde, einst ein Paar zu sein.
Du Noah, befreie das Paar und laß den lieblichen Geruch des Rauches zu mir aufsteigen.
(In vielen Jahren werden deine Nachfahren mir sechs Millionen Neuversammelte opfern,
in einer erstickenden Wolke aus Asche, die mein schönes Versprechen verblassen läßt.
Und wisse, daß die Arche, die den Berg Ararat erreicht, ein Sarg ist, der im Grab vor den Trauernden steht.)

Die Gaskammer. Eine Holzbaracke mit dünnen Wänden und häßlichen Bettstellen, ein provisorisches Heizungsrohr.

Sie sagte, der Mensch sei ein vor Angst krankes Wesen und unsere Angst hindere uns daran, gut zu sein; die Angst mache den Menschen hochmütig, wegen seines Minderwertigkeitskomplexes und der Ohnmacht, die man spürt, wenn man sich nicht genug geliebt fühlt. Sie sagte, diese Angst treibe den Menschen dazu, jedes Maß zu verlieren und mehr sein zu wollen, ein Engel, Gott. Aber kann man wirklich sagen, daß Hitler ein vor Angst krankes Wesen war? Steckt hinter dem Gesicht des Henkers die panische Angst eines gequälten Kindes? Muß man in Hitler den kleinen Jungen sehen, der von seinem Vater geschlagen wurde? Steckt hinter dem Gipfel der Grausamkeit, hinter der ruhigen Handbewegung eines Verbrechers, hinter dem Schuß eines Mitglieds der Einsatzgruppen der Blick eines verschreckten Kindes?

Es war, als hätte sich das Böse befreit, um seine volle Kraft, seine Autonomie zu erringen. Es war, als hätte es sich zum absoluten Richter aufgeschwungen, als könnte man ohne Licht urteilen und in der Dunkelheit sehen: Es hatte sich befreit und seine Unabhängigkeit gesucht. Es wollte die Welt beherrschen und nach seinem Ebenbild erschaffen. Es sagte: »Es werde Licht«, und es ward Licht; und es sagte: »Es werde Nacht«, und es ward Nacht.

Ernst Biberstein hat zwei Identitäten: Er ist Theologiestudent, und er ist Kommandant der Einsatzgruppe 6. Am Morgen besucht er seine theologische Vorlesung und geht seinen seelsorgerischen Pflichten nach, und am Nachmittag tötet er Menschen.

Und dann sind da noch die guten Familienväter, die Männer, die Goethe oder Rilke lesen und Bach oder Schubert hören, und am nächsten Tag verrichten sie ihre alltägliche Pflicht in Auschwitz. Ihr Leben scheint sich in verschiedene, voneinander unabhängige Bereiche aufzuteilen. Sind ihre Handlungen in dem Moment von ihnen abgetrennt, da sie sie ausführen? Ist da nicht mehr als die Tatsache, das Böse zu tun, und zwar in dem Moment, da sie es tun, oder denken sie dabei an Frau und Kinder? Haben Sie eine Ahnung von Vergangenheit und Zukunft, oder gibt es für sie ganz einfach nur eine ewige Gegenwart, einen reinen Augenblick? Wie können sie tagsüber Menschen töten und abends zu ihrer Familie zurückkehren?

Der *Scheol*, sagte sie, der *Scheol* ist unter der Erde und ähnelt in seiner entsetzlichen Mischung aus Fäulnis, Eiseskälte, Schrecken und Blut den Gefilden des Hades, und alle dort leben nackt, sagte sie, und in vollkommener Finsternis eine Art entkörpertes Leben, und sie sind eingeschlossen, fernab von Gott, der sich nicht mehr um sie kümmert, so wie sie sich nicht mehr an ihn erinnern, und für die Toten, sagte sie, vollbringst du Wunder, ja, für die Toten vollbringst du Wunder und für die lebenden Toten? Und für die Schatten vollbringst du Wunder, und für die Schatten vollbringst du Wunder, erzählt sie am Grab, und sie denkt an ihre Großmutter und ihre Güte, ihre Rechtschaffenheit im Abgrund bis zum Grunde des Grabes, und sie fragt, wo sind die Wunder und die Gerechtigkeit im Land des Vergessens? Dann sagt sie, im Tod braucht man eine Erinnerung und im *Scheol* auch, bis ins Reich der Toten, dessen Pförtner die Pforten fest verschlossen halten, man findet dort alle Könige und alle Fürsten und alle Krieger und die Menschen der Vergangenheit, und der Staub ist ihre Speise, und der Abschaum ist ihre Nahrung, der, um den sich niemand mehr kümmert, hast du gesehen? Die Speisereste, die Reste, die auf der Straße liegen, die ißt er, ja, es ist der unterirdische *Scheol*, der aufbricht und die Schatten weckt und alle Mächtigen der Erde, und er heißt sie, sich von ihrem Thron zu erheben, all das Geschrei der Völker, und alle nehmen teil, um ihn zu verkünden, und dort ist er, vernichtet wie jeder Mitmensch, denn seine Herrlichkeit ist auch in den *Scheol* hinabgefahren zur Musik seiner Harfen, und unter ihm breitet sich eine Schicht von Ungeziefer aus und bedeckt ist er mit Larven Er

Alle getötet abgeschlachtet durch das Schwert und die Gräber sind im tiefsten Grund die die Schrecken in der Welt der Lebenden verbreiteten dort ist das Böse und seine Heerscharen um sein Grab alle Getöteten hinabgestiegen in die Tiefe der Erde und angesichts des Gedeihens der Gottlosen und der Verfolgung der Gerechten sie sagte ja sie sagte daß man Hitler nicht posthum den Sieg schenken dürfe sie sagte los Gott heb deine Hand vergiß nicht die Unglücklichen und warum verachtet der Gottlose Gott und sagt daß du nicht bestrafst?

Sie sagte es hätte nur wenig gebraucht und meine Füße wären ausgerutscht und meine Schritte hätten in die Irre geführt denn ich war neidisch auf die Gottlosen als ich das Gedeihen der Bösen sah sie leiden keine Qualen ihr Leib ist fett sie leiden keine Qualen sie werden nicht geschlagen wie der Rest der Menschheit und deshalb ist Hochmut ihr Schmuck und sie bedecken sich mit Grausamkeit wie mit einem Umhang

Endlos erklärte er die gasdichten Kammern die Öffnungen durch die das Zyklon B fiel er kannte die Daten der ersten Vergasungen auswendig und dann die Aufrechnung der Opfer die makabre Arithmetik des Völkermords Leistungsfähigkeit der Maschinerie registrierte Gefangene in Moskau aufgefundenes Todesregister aus dem Osten gekommene Konvois Anzahl der Betroffenen zählt zählt schnell und vergeßt nichts Verlegung der Gefangenen von einem Lager ins andere und Zahl Zahl Zahl der Toten aber vor allem die exakte Zahl selbst im Durcheinander der letzten Monate und auf den Todesmärschen 1944 bis 1945 Zahl und nicht Namen

Da vernahm ich, ja, ich vernahm Wagners Musik, den *Rienzi,* der grollte und heulte und die Seele erhob und sie zur großen Qual der Macht trieb. Dann vernahm ich Elgars Musik, die mein Herz in ungeahnte Höhen riß, die es durchfuhr und widerhallen ließ, die es erhöhte und durchbohrte, und die es mit einem einzigen Streich entzückte und in eine andere Welt riß. Tausend Donner ertönten unter meinem Schädel: Das wild bewegte Meer verkündete die kosmische Sintflut, das große Finale.

Nein, es war nicht Elgars Musik, es war die Musik Schönbergs: dissonant und kreischend in mehreren Stimmen, die sich kreuzten, aber nicht aufeinander antworteten, sie ertönten parallel, ohne sich jemals zu dekken, und die Fremdheit dieser Musik war das Spiegelbild der Fremdheit des Menschen in der Welt nach der Shoah. Diese Musik war das Grauen vor der vollkommenden Ungehörigkeit des Lebens; die Saiten vibrierten mit dem Bösen. Bei Elgar erwartete man etwas, selbst wenn es etwas Schreckliches war, bei Schönberg oder Berg erwartete man nichts, man hatte nur das Bild der fremdartigen, undurchdringlichen Welt vor sich, dieser unverständlichen Welt, der Welt nach der Shoah. *Nach Auschwitz schreibt man keine Gedichte mehr;* oder man schreibt andere Gedichte, so wie man andere Musik komponiert. Nach Auschwitz ist die Musik nicht mehr Musik, die Musik knirscht und vibriert, sie ist nicht schön, sie ist bizarr, sie bezaubert nicht mehr, sie reißt nicht mehr mit, sie verwirrt, sie verstört, sie verrückt, sie weicht zurück, sie dreht durch, sie nähert sich nur zitternd. Ihr Erschauern ist ein Klang ohne Harmonie.

Da zerriß Lulus schrecklicher Schrei den Himmel, und es war ein Geschrei, ein Schrei an das Leben, an den Tod, an die Liebe. Die entstrukturierte Musik hatte das Maß der Shoah übernommen; das *Kaddisch* von Bernstein ertönte in meinem Kopf, es war ein Frauenschrei, ein Liebesschrei, ein Todesschrei, das Kaddisch explodierte in meinem Kopf, und es war alles, was er enthalten konnte, das Kaddisch ertönte über dem Lager, und das war alles, was man tun konnte: schreien, schreien bis ans Ende aller Zeiten, schreien mit dem größten Seelenschrei, tausend Stürme Winde Winde von Noten Regen von Rhythmen Rhythmen und Kadenz Schritte Schritte schreckliche Schritte dumpfes Dröhnen spielt ihr Streicher und ihr Schlagzeuger trommelt schlagt schlagt auf die Ohren los stampft mit den Füßen schlagt den Gong läutet die Totenglocken die Totenglocken des Menschen läutet läutet und ihr Winde, werdet ihr spielen? Oder geht euch der Atem aus kein Wind kein Wind kein Wind den Urschrei schreien vom Anbeginn der Zeiten vom Anbeginn des Seins und des Nichtseins das Leben anrufen den Tod die Liebe anrufen ja alle Namen nacheinander vom Ende der Welt buchstabieren sagen sagen sagen ich höre das Kaddisch erklingen das nie erschaffen wurde ich höre das Kaddisch Todesschrei vom Ende der Welt ich höre vom Grund der Seele gute Seelen diese guten Seelen haben einen breiten Rücken man glaubt immer daß sie existieren und unsterblich sind und man sagt daß sie nicht tot sind doch nicht der Leib ist getötet worden hier hier hier man hat diesen getöteten Leib schon gesehen der Mord in Auschwitz ist der Mord der Seele nie wird das Kaddisch erschaffen das den Ruhm Gottes verkündet und das des Opfers das ohne Seele in den Tod fährt

Man schreibt keine Gedichte nach Auschwitz; aber bildet man Sätze? Sätze voller gestalteter, ausgefeilter Wörter, dicht, dicht eins nach dem anderen, im Gänsemarsch, die in einen Text gedrängten Worte, sie erstikken, die Worte. Man spricht nicht nach Auschwitz. Fliehen, sich dieser Welt entziehen, sich losreißen und ihr fremd werden, den Schmutz fliehen, den teuflischen Abgrund dieser Niederungen, nicht ihr bitteres Wasser trinken, nicht ihre schwere Bürde tragen, nicht die wutentbrannten Feinde ertragen, die abgewandten Freunde. Die fruchtlose Erde, das bittere Wasser, die erstikkende Luft und das zerstörende Feuer. Alles in dieser Welt, die Materie, das Feuer, das Wasser, bildet einen düsteren Schlund, in den sie ohne Unterlaß fallen, diese Menschen, und sich Verletzungen und eitrige Wunden zuziehen.

Also fliehen, wahrhaft fliehen, die Gräber und Gefängnisse fliehen, die Wogen des aufgewühlten Meeres, die Mauern der Städte und die Wassergräben und die Körper der ertrunkenen Menschen, denn dort ist die Hölle, und ich gehe unter im Schlund des alles verzehrenden Ungeheuers, und bald, ja bald werde ich durch den heißen Wind verbrannt und werde Angst haben. Ich, der ich ein strahlender Gott war, leuchtend im Ruhm, jetzt bin ich gefangen, gepackt und in Stücke gerissen, jetzt bin ich abstoßend, mit Eiter und schwarzen Wunden bedeckt, und in meinem Umkreis aus Feuer gibt es nur Schmerz und Tod, wann hören die Schreie auf, wann hören die Stimmen in meinem Ohr auf zu schreien wann hören sie auf mich zu verfolgen und mich von allen Seiten anzufallen sie schwingen sich in diesem Schädel empor sie verfolgen ihn und fallen ihn an mich der ich die Fülle des Seins erfahren habe war es notwendig daß ich sie erfuhr ich der diese unwandelbare und heitere Kraft war er das Spielzeug der Geschichte er der zeitlose Abenteurer nun ist er nackt von den Hunden in Stücke gerissen jetzt wird er auf Karren voll Gebeinen zwischen skelettartigen verrenkten Leichen durchgeschüttelt aufgelöst ist er jetzt zerstört und aufgehängt am letzten Galgen zwischen Rad Eisen und Holz in einem langgestreckten Gefängnis mit Gittern das mich ansieht mir aus vorstehenden Augen Blicke zuwirft

Wer ist das? fragen sie. Ist er einer? Ist er mehrere? Ist er listig oder feige, sanft wie ein Heiliger oder cholerisch? Seht ihr ihn wie er mit der Forke in der Hand die Verdammten betrachtet die er in den Ofen werfen wird schon schichtet er das Reisig um sein Höllenfeuer zu speisen ein Verführer ja denn er verführt durch seine Intelligenz und seinen Charakter er ist weise er besitzt die

Kraft zu erschaffen und zu zerstören die unbesiegbare Kraft – die Erkenntnis er ist derjenige der alles sieht der die Bewohner der Erde beobachtet und ihr erwartungsvolles Herz nach ihren Werken modelliert er hört die Schreie er gibt Rat und die Wasser sehen ihn und erzittern und der Abgrund selbst erschauert und die Wolken lassen ihre Windhosen fallen und der Himmel brüllt das Grollen des Donners zerreißt den Horizont und die Blitze erhellen die Welt die Erde dröhnt als er erscheint er ist der Herr der Welt und doch kennt niemand seine Spuren mit Mühe sieht man ihn hört man seinen leichten Schritt ein Widerhall ein Zischen – mehr nicht dieses Wesen ist furchterregend durch die Faszination die es auf jeden ausübt und die sie in den Abgrund stürzt Mord ist seine Lieblingsbeschäftigung Zerstörung sein Lebensziel er ist die große Schlange mit dem blutigen lähmenden Biß die Böses durch ihr Gift verseuchtes Blut fließen läßt er ist der Meister der Strangulation der sich um den Hals des Lebewesens schlingt und ihn so lange zusammendrückt bis das Tier mit hervorgetretenen Augen erstickt und er das letzte Zucken seines Todeskampfes sieht er bannt die Wesen er treibt die verzweifelten Opfer dazu bis zur Erschöpfung in alle Himmelsrichtungen zu rennen er kennt keine Gnade hat nie jemanden verschont das Gewissen ist nicht seine Stärke nichts quält ihn – es sei denn ein nicht verübtes Verbrechen er lebt nur durch den Mord dem er zu Diensten ist stets zu Diensten

Was will er für ihn, was sieht er für ihn vor als er ihn auf die Welt kommen sieht er spürt daß er ein Wesen ist das einer raffinierteren doch nicht minder grausamen Behandlung würdig ist daß hier ein wenig mehr Sorgfalt auf den Perfektionismus gelegt werden muß endlich hat er einen Feind der dieses Namens würdig ist jemanden mit dem er sich unterhalten kann und das ganze Universum würde zum Mitwisser dieses Universum das der andere so selbstzufrieden als gut deklarierte die Erde ist Mitwisser die mit Kalk bedeckte Erschossene zuläßt und auch Luft die Gas ist und all das Feuer das in den Körpern brennt nicht das Wasser nur Wasser ist unschuldig am Morden in Auschwitz und deshalb zieht es mich so an es wäre wie eine Herausforderung eine Konfrontation eine Prüfung

Ich mußte mich in den Arm kneifen, um sicherzustellen, daß ich wirklich ich war mein Kopf tat weh mir war schrecklich übel es war als löste sich mein Bewußtsein ein wenig von mir meine Seele war eine Flamme in deren leichtem durchsichtigem Rauch mein menschliches Gesicht sich ablöste ich hatte eine Maske eine Maske aus Wachs eine höhnische Maske mit einem bösen bösen bösen Lächeln

Da entschwindet der Zeuge es gibt kein Bewußtsein angesichts dessen nicht von Angesicht zu Angesicht

4

Er sagte, daß man trotz allem an Gott glauben müsse wie Hiob dem es gelungen war zu lieben um des Liebens willen ohne eine Gegenleistung zu erwarten während das Opfer jammert und sich über die Ungerechtigkeit seines Schicksals beklagt sie findet keinen Zugang zu diesem Vertrauen sprich mir nicht von Gott sagte sie sprich mir nicht von der Seele wenn die Seele existiert dann ist ihr einziger Ursprung das Böse nein die Seele ist nicht göttlich sie ist nicht die Tochter Gottes sie hat sich weder durch Emanation von seinem Wesen gelöst noch ist sie von Gott mit Hilfe einer psychischen Mixtur erschaffen worden nein die Seele ist nicht von Gott

Die vollkommensten unter den Gnostikern aßen ohne Skrupel die für ihre Götter bestimmten Speisen und sie nahmen an allen heidnischen Festen teil und begaben sich zu Tierkämpfen und Kämpfen zwischen Menschen wo vor ihren Augen ein Mensch einen anderen tötete und einige gaben sich rückhaltlos der Fleischeslust hin und sagten daß Fleisch zu Fleisch gehöre und Geist zu Geist und andere nahmen einem Mann die Frau weg in die sie verliebt waren um sie zu ihrer Geliebten zu machen denn der Gnostiker fühlte sich unzerstörbar unempfänglich für die Verderbtheit der Welt und deshalb erschien ihm der Minnedienst als der Königsweg um die Macht des Todes zu besiegen

Er sagte er sagte er habe nur Hohn für Gott übrig er verhöhne ihn öffentlich er sagte solange er lebe würde er niemals aufhören seiner Empörung Ausdruck zu verleihen er sagte wenn es Gott gäbe dann nur außerhalb der Geschichte doch wenn er nicht allmächtig war wer war er dann?

Frankreich hat ein Verbrechen verübt und anstatt dies zu vergessen war es wichtig daß die die es repräsentierten bestraft wurden doch statt dessen werden wir fünfzig Jahre später von den Pétainisten regiert von denselben Männern mit derselben fremdenfeindlichen und antirepublikanischen Politik die wie eine periodisch auftretende Krankheit immer wieder auflebt doch sagen Sie mal hat Frankreich keine Juden vergast? Aber Frankreich exportierte doch Zyklon B nach Nazideutschland und vierzig Jahre später muß man die *francisque* die Streitaxt zur Schau stellen die Ehrenzeichen der deutschen Armee und die Freundschaft der Henker für sich in Anspruch nehmen vergessen Sie nicht junger Mann wenn Sie Vichy den Prozeß machen daß aus Frankreich weniger Juden deportiert wurden als aus anderen Ländern Europas das ist natürlich falsch die zeitgenössiche Geschichte ist so leicht zu fälschen wenn man sich auf die unaufbereiteten Statistiken beruft auf die Magie der Zahlen Frankreich ist nicht mit Holland zu vergleichen in Holland waren die Juden im Amsterdamer Ghetto zusammengepfercht Frankreich aber ist ein großes Land mit einer abwechslungsreichen Landschaft und einer zu Anfang unbesetzten Zone die Juden waren in ganz Frankreich zerstreut das ist der ganze Unterschied und wenn man die Anzahl der Juden betrachtet die den Deutschen in den nicht von der deutschen Armee besetzten Zonen übergeben wurden dann hat Vichy in ganz Europa den höchsten Prozentsatz

Ein Mann wohnt im Haus dein goldenes Haar Margarete
Dein aschenes Haar Sulamith er spielt mit den Schlangen

Die Schlange war da und griff mich jede Nacht an bevor ich auch nur eine Bewegung machen konnte sie hatte sich ganz um mich herum geschlungen und lähmte mich und lange Minuten wartete ich ohne ein Wort zu sagen während sie mich mit ihrem schrecklichen Blick aus Haß und stiller Rachsucht betrachtete ich sah sie von so nahe ihr Auge war birnenförmig und mit einem Lid aus zarter körniger Haut überspannt sie hatte keine Ohren sie schien eher Vibrationen als Geräusche wahrzunehmen ihr Schwanz der wie ihr restlicher klebriger und mit starken Muskeln ausgestatteter Körper mit winzigen Schuppen bedeckt war verjüngte sich fortlaufend bis zum Ende sie hatte Klauen die mit einer rauhen Haut überzogen waren und aus denen scharfe Krallen hervorragten sie war wirklich grauenvoll sie hatte keine Ohren aber ihr Blick durchbohrte die Nacht und stach wie ein Dolch in meine Augen ich denke nicht daß Vichy antisemitisch war sagte er ich kann Ihnen zum Beweis meinen jüdischen Freund anführen der sagte daß er der Razzia vom Vel d'hiv kaum Aufmerksamkeit geschenkt habe und die Stellung der Juden ihn nicht interessiert habe niemand wissen Sie niemand wußte was in Auschwitz geschah und der Antisemitismus war nur ein Aspekt von Vichy und es gibt noch zahlreiche andere und er sagte dies mit seinem Lächeln seinem kleinen so ungeheuer sanften Lächeln und sein Blick drückte auf unbeschreibliche Weise höchste Ironie aus und ich fing an zu zittern kalte Schweißtropfen rannen mir über die Stirn in einer abrupten Aufwallung nahm ich all meine Kräfte zusammen um mich von ihrer Umklammerung zu befreien ich nahm den Leib der Schlange in beide Hände und drückte aber sie war zu schwer zu schwer und sie schlang sich um mich und mit dem Kopf dicht an meinem Gesicht fast Auge in Auge betrachtete sie mich von neuem mit siegreicher schmachtender verliebter Miene

Nur dies bleibt das Geheimnis dieses Blicks dieses unerklärlichen Blicks dessen Beweggrund ich nicht begreife es ist soviel einfacher zu denken daß wenn die Menschen sich selbst und anderen Böses zufügen es aus Einfallslosigkeit oder simpler Unfähigkeit geschieht das zu tun was man für recht erkannt hat die Menschen können sündigen aber man kann ihnen den rechten Weg zeigen sie aufklären und wenn nötig zwingen das Gute zu tun das denken sie alle im tiefsten Innern Sokrates und Buddha die Theologen und die Historiker

Er sagte: *Der Tod ist ein Meister aus Deutschland.*

Das Böse ist banal, sagte er, und er ordnete es in die Kategorie des Totalitarismus ein, der erdacht worden war, um die Nazipolitik und die Politik Stalins, die Vernichtung der europäischen Juden, die Deportationen und die Massaker in Sibirien unter ein Konzept zu bringen. So ungeheuerlich auch die Fakten gewesen sein mögen, so war die wirkende Kraft doch weder monströs noch teuflisch, sagte sie, es war eine Versammlung von Gläubigen, und die eifrigen Vollstrecker unmenschlicher Befehle waren nicht die geborenen Henker, waren keine Ungeheuer, sondern irgendwelche Menschen, normale Menschen, Beamte, die bereit waren, ohne Widerrede zu glauben und zu gehorchen. Was er als Pflicht betrachtet hatte, wurde Verbrechen genannt, es war ein neues Strafgesetzbuch, ein neuer Sprachgebrauch, mehr nicht.

Also lag kein bösartiger Entschluß dahinter, böse zu werden, und es gab keinen Gott in diesem Universum und nichts Übersinnliches, sagte er, es ist überhaupt nicht notwendig, ein böses Herz zu haben, um sehr viel Böses zu verursachen.

Er sagte er sagte daß man trotz allem an Gott glauben müsse wie Hiob sein dem es gelungen war zu lieben um des Liebens willen ohne eine Gegenleistung zu erwarten während das Opfer jammert und sich über die Ungerechtigkeit seines Schicksals beklagt sie findet keinen Zugang zu diesem Vertrauen

Der liebliche Geruch des Rauches

Im Frühling und Sommer 1942 hat Ihr Freund Crétel den SS-Offizier Knochen, der mit jüdischen Angelegenheiten betraut war, zur deutschen Botschaft in Paris begleitet, wo die Politiker der III. Republik gefangengehalten wurden, dort hat er am Transfer von wichtigen

Politikern nach Deutschland teilgenommen, er sagte, Ihr Freund hat mit Karl Oberg, dem Leiter der SS in Frankreich, und später mit Reinhard Heydrich, dem Leiter des Reichssicherheitshauptamtes, sowie mit dem Reichsführer der SS, Heinrich Himmler, über die Deportation ausländischer Juden von französischem Boden verhandelt, er sagte, Ihr Freund sagte, die Deportation ausländischer Juden diente dem Schutz der französischen Juden, und in seinem Eifer, die französischen Juden zu retten, hat Ihr Freund dem Regionalpräfekten ein Telegramm geschickt, in dem er betonte, man müsse die Anstrengungen intensivieren und »auf Razzien, auf Paßkontrollen und auf Durchsuchungen in Privathäusern zurückgreifen«.

Er sagte daß man trotz allem an Gott glauben müsse wie Hiob sein lieben um des Liebens willen ohne Gegenleistung jedermann lieben lieben ohne zu jammern und sich im Innern über die Ungerechtigkeit zu beklagen Gott danken aus finsterster Dunkelheit in der Tiefe des Nichts lieben ohne Grund ohne Bedingung

dein goldenes Haar Margarete
dein aschenes Haar Sulamith

Er sagte er sagte daß man trotz allem an Gott glauben müsse wie Hiob sein lieben um des Liebens willen ohne Gegenleistung zu erwarten jedermann lieben lieben ohne zu jammern und im Innern über die Ungerechtigkeit zu klagen Gott danken aus finsterster Dunkelheit in der Tiefe des Nichts lieben ohne Grund ohne Bedingung

Schwarze Milch der Frühe wir trinken dich nachts

Er sagte die Nacht ist schrecklich und die Frühe auch

Man müsse trotz allem an Gott glauben wie Hiob sein lieben um des Liebens willen ohne Gegenleistung zu erwarten jedermann lieben lieben ohne zu jammern und im Innern über die Ungerechtigkeit zu klagen Gott danken aus finsterster Dunkelheit in der Tiefe des Nichts lieben ohne Grund ohne Bedingung

Er sagte daß alle die Luft durch den Lebensatem in sich aufsogen alle die auf dem Festland lebten starben die Arche Noah ist das Land Israel Auschwitz ist ein Schöpfungsakt mit dem wir einverstanden waren

Wie Hiob sein

Manchmal sage ich mir das Wort entspricht dem Wunsch der gefallenen Engel dieser revoltierenden Cherubim wie Gott sein seine Allwissenheit und seine Allmacht haben um die Gemüter zu manipulieren ich erzähle um zu verführen um Macht und Kraft zu gewinnen ich bin Erzähler um Herrscher meiner eigenständigen Welt zu sein um alle möglichen Erfahrungen zu durchleben um Mann Frau Kind und Tier zu werden alles gleichzeitig und weiter vorzustoßen bis zur Grenze des Menschlichen bis zum Abgrund des Lasters und des Verbrechens

Das Böse ist kein Mangel es ist eine Schöpfung des Demiurgen der der Schöpfer von Zeit und Raum ist und die Welt des Zerfalls bildet

Am Anfang war der Zwitter diese strahlend schöne Gestalt die das Paradies beherrschte aber der neidische Satan wurde wütend und bewirkte daß alles zerstört wurde woher wissen wir das sagte er manchmal erinnert sich der Mensch seines Ursprungs seiner seltsamen Wurzeln er erinnert sich daran daß er im Exil ist beim

Klang einer Musik beim Liebesgeflüster oder bei einem frischen Wohlgeruch manchmal ruft ihn eine Stimme und sagt zu ihm wach auf der du schläfst und dann kommt die Erinnerung an eine höhere Welt wieder in der wir einst lebten und erwacht erinnern wir uns voller Sehnsucht an unser wahres Ich er wacht voller Bedauern über die verlorene Welt auf betrachtet seinen Körper der aus Erde Ton und Staub gemacht wurde seinen stinkenden kranken Körper voller Verderbtheit und Begehrlichkeit seinen infamen Körper dieses wandelnde Grab er erinnert sich an die Schande des Menschen der im Schmutz der Sexualität in den grotesken und abstoßenden Krämpfen der Wehen entstanden ist und fühlt aufs neue das Grauenvolle dieses Körpers der nur ein Sack Exkremente ist da haßt er das fleischliche Wesen mit all seinen Illusionen diesen Schatten der sich wie ein Schlafwandler vorwärtsbewegt und er befreit seine gefangene strahlende Seele da erst wird er wirklich geboren

Hier in der Mitte der Welt hatte der Philosoph nichts mehr zu sagen der Torpedo war torpediert wenn Sokrates eine Hebamme wäre wäre seine Wöchnerin unfruchtbar und ihr Kind wäre tot geboren denn hier war das Reich des nicht zu Rechtfertigenden hier war man jenseits der Normen der Wesenheiten und der reinen Formen der einsehbaren Welt hier war das Reich des metaphysischen Bösen das kein menschlicher Gedanke vereinfachen konnte hier war das Chaos das nicht mehr auf etwas zurückzuführende Element das aussieht wie Unordnung Unbeständigkeit das Ureigenste des Bösen ist nicht dem menschlichen Verständnis zugänglich also muß man darauf verzichten eine Antwort auf die Frage nach dem Bösen zu suchen verzichten es zu verstehen es wie eine Herausforderung nehmen das ist der finstere niemals vollkommen entmythisierte Grund der aus dem Bösen ein Geheimnis macht

Und du Noah befreie das Paar

Oder man betrachtet das Böse als das Nichts wie das *ex nihilo* das in der Vorstellung einer allumfassenden restlosen Schöpfung enthalten ist die Wesen mit einem freien Willen können von Gott abweichen und sich dem zuneigen der weniger Sein hat dem Nichts die Frage taucht auf woher es kommt daß wir das Böse tun sollen woher es kommt daß wir das Böse tun sollen woher es kommt daß wir das Böse tun sollen und die anderen bringen es mit der Sünde in Verbindung und sagen daß das Böse eine Strafe ist und sie sagen daß keine Seele ungerechtfertigt ins Unglück gestürzt werden soll

Wirklich?

Ihr war der Gedanke lieber daß es der Bund Isaaks war der zum Ziel hatte ein für alle Male das Zeugnis des Menschen vor Gott zu erschaffen

Es ist den Juden verboten Hitler einen nachträglichen Sieg zu schenken sagte sie es ist ihnen aufgegeben als Juden zu überleben aus Angst daß das jüdische Volk untergeht es ist ihnen befohlen sich an die Opfer von Auschwitz zu erinnern um zu verhindern daß ihre Erinnerung verlorengeht es ist verboten nicht mehr an Gott zu glauben sagte er denn Gott war in Auschwitz gegenwärtig wie er es am Kreuz war es ist verboten am Menschen und seiner Welt zu verzweifeln sagte sie und sich in Nihilismus oder Ernüchterung zu flüchten aus Angst die Welt den Kräften des Bösen auszuliefern es ist verboten an Gott zu verzweifeln sagte er der seine Aufgabe in Auschwitz vollendet hat als er die Juden bestrafte ein

Jude kann nicht auf Hitlers Versuch das Judentum zu zerstören antworten indem er zu seiner eigenen Zerstörung beiträgt sagte sie es ist verboten wegen Auschwitz nicht mehr zu glauben sagte er zu alter Zeit war die undenkbare Sünde der Juden die Abgötterei heute ist es die Hitler zu antworten und seine Arbeit zu machen sagte sie es war der Holocaust sagte er der mit dem Berg Sinai vergleichbar ist wegen der Bedeutung seiner Offenbarung sagte sie nicht Hitler einen posthumen Sieg schenken

Laß den lieblichen Geruch des Rauches zu mir aufsteigen

Denn es gibt eine Hoffnung sagte er es gibt eine mögliche Wiedergutmachung des Nazimordens und wir sind hier um die Welt zu verbessern um zu beten um die Wahrheit wieder in Kraft zu setzen und das nicht Wiedergutzumachende wiedergutzumachen das ist unsere Mission es ist notwendig den Ort des Bösen zu bewohnen um es in Gebet und Sammlung zu bekämpfen und bald werden wir die Gaskammern oder die Verbrennungsöfen bewohnen

Und du Noah befreie das Paar

Kommt und betet für die Henker und für die Opfer betet für die die nie um Verzeihung gebeten haben für die die niemals eine Umkehr vollzogen haben die Verbrechen begangen und noch heute ein gutes Gewissen haben für sie müssen wir beten

Wächter, ist die Nacht bald hin?

Kommt und bekehrt auch die Toten zum Christentum denn die Geschichte wiederholt sich immer wieder auch

Jesus wurde nach seinem Tod bekehrt also freuet euch hier ist Jesus sechsmillionenmal!

Ihr Vater sagte sie ihr Vater war so hart so unversöhnlich nie zeigte er die geringste Zuneigung er ließ sie nicht gehen er hielt sie in einem dunklen Gefängnis in diesem Haus im Ghetto die Hammerschläge hallten noch in seinem Kopf und jeder einzelne Zahn war in seinem Kopf und wenn er keinen Hunger hatte so deshalb weil er sie noch zählen konnte

Ihr wißt Ihr wißt alles Ihr wißt wer wir sind und was wir geworden sind was wir sind und was wir sein werden Ihr Ihr wißt Ihr sagt selbst daß Ihr euer eigener Ursprung seid Ihr kennt die Tränen die Freude die Liebe und den Haß Ihr erfahrt wie es geschehen kann daß man sieht ohne zu wollen daß man wütend wird ohne zu wollen daß man liebt ohne zu wollen am Anfang sagt Ihr ist ein erstes reines vollkommenes Prinzip Ihr akzeptiert diese höchste ewige unendliche und absolute unaussprechliche Macht die in den beiden voneinander getrennten und unversöhnlichen Welten verborgen ist kennt Ihr den wahren Schöpfer unserer chaotischen Welt ist es Satan der Oberste der Äonen der wegen seines Hochmuts fiel ist es der gefallene Engel der der absolute Herrscher ist ist es die Schlange der Fürst der Dämonen der Fürst der Finsternis der unsere Welt befiehlt und regiert?

Der Tod ist ein Meister aus Deutschland

Da werden die Wölfe bei den Lämmern wohnen und die Panther bei den Böcken lagern ein kleiner Knabe wird Kälber und junge Löwen und Mastvieh miteinander treiben Kühe und Bären werden zusammen weiden daß ihre Jungen beieinander liegen und Löwen werden Stroh fressen wie die Rinder und ein Säugling wird spielen am Loch der Otter und ein entwöhntes Kind wird seine Hand stecken in die Höhle der Natter man wird nirgends Sünde tun noch freveln auf meinem ganzen heiligen Berge denn das Land wird voll Erkenntnis des Herrn sein wie Wasser das Meer bedeckt was für ein Witz sicher der beste von allen

Béla und ich verließen das Lager ausnahmsweise schwieg er und in meinem Kopf ertönte ein schreckliches Geräusch das sich anhörte wie das Klatschen von Wasser

Draußen war nichts der Himmel über Schlesien war schwarz der Himmel über Schlesien war eisengrau und das erinnerte mich an die Augen von Lisa wenn sie traurig war und die Luft war grau die verwesenden Wolken sonderten unheilvolle Dämpfe aus um uns herum war Nebel

Béla und ich gingen Richtung Birkenau das nur noch aus einem Haufen unkrautüberwucherter Trümmer bestand die polnischen Häuser standen sehr nahe am Lager die Leute die am Morgen ihre Fenster öffneten hatten eine unverbaubare Aussicht

Wir setzten uns auf den Boden ich spürte etwas Hartes unter meiner Hand und als ich es hochnahm sah ich daß es ein altes Kochgeschirr war das in der unerschütterlichen Natur verlorengegangen war *selbst der blühende Baum lügt sobald man ihn erblühen sieht und den Schatten des Bösen vergißt schau mal wie schön!*

Béla sah mich an als wären wir beide in die Enge getrieben

Béla sah mich an und es war grausam
Da fühlte ich

Du kannst nicht atmen?

Ich war allein gegenüber ihm der im Abgrund war und der Abgrund lockte und ich war allein gegenüber mir allein wie ich es immer gewesen war

Der Tod ist ein Meister aus Deutschland

5

In ihrer Baracke grub Mina, grub, ohne zu ermüden, an der Stelle, wo ihre Mutter es vor ihrem Tod eingegraben hatte. Diese Stelle, die sie Bruder Franz verraten hatte, damit er das Heft wieder zurückbrachte, war ihr von Überlebenden bezeichnet worden, die ihre Mutter in Auschwitz gekannt hatten. Mina grub und grub unaufhörlich. Sie beackerte den Boden mit ihrer Wut, und ihr Schweiß fiel auf die Erde, Kristalltropfen auf Torf und Kot. Und die lose Erde, Fleisch und Blut, ließ sich aushöhlen, und die unheilschwangere Erde ließ sich bearbeiten, und sie grub, grub in der Erde hienieden, grub unter dem trüben Himmel, dem trügerischen Vorzeichen.

Sie hatte mit ihrer Grube in der linken Ecke der Baracke begonnen, nahe der Tür, und sie untersuchte die Erde, vertiefte die Grube, verbreiterte sie dann, denn tief in ihr ruhte so etwas wie ein winziger Fetzen Hoffnung.

Wächter, ist die Nacht bald hin?

Ich hatte Durst. Ich zündete mir eine Zigarette an, inhalierte den Rauch, und er war wie ein überquellender Strom, der meine Lippen und meine Zunge mit Feuer verzehrte, das vom Hals hinabfuhr, meine Brust verbrannte, heißen Dampf in meine Gedärme blies und aus meinem Leib einen Scheiterhaufen machte, eine schweflige Flut, die ich wie ein feuerspeiender Stier wieder ausstieß, und die Asche fiel von der Zigarette, Staub zu Staub, und es war wie der Tod, denn die Zigarette kann auch alles verzehren und meinen Leib von innen verbrennen, ich weiß es, denn sie brennt, sie verzehrt, sie äschert ein, sie ist ein Fluch, diese Zigarette, eine Strafe, eine sanfte Qual, eine künftige Krankheit, ein Leiden, es ist ein Verbrechen, ein gottloser Selbstmord, eine Fehltat, ein Feuerball, den ich nach und nach verschlucke und verwandle.

Wächter, ist die Nacht bald hin? Der Morgen kommt und wieder die Nacht.

Sie grub und grub immer weiter, doch fand sie nichts, da sah sie eine Stelle in einem Winkel, wo es aussah, als wäre die Erde umgegraben worden, und mit ihrer Schaufel vergrößerte sie die Grube.

Da war es, als würde das Meer in hohem Seegang an- und abschwellen, ein Strom schmerzhafter, wild wogender Wellen, denn in einer Woge wird der Mensch geboren, in einer Welle, die unter dem befruchtenden Anstoß des Windes ihre Strudel entwirrt, wie eine beflügelte Schlange ihre Windungen entfaltet, und aus der rätselhaften Finsternis, die prächtig ist wie ein undurchlässiges, aber allmächtiges Paradies, im tröstenden Rhythmus des Atems, lang liebkost von allen Körpersäften entsteigt das Kind den Fluten, getrieben vom Demiurg, verstoßen aus dem Reich Gottes, und ohne zu wissen, warum, kommt der gefallene Engel aus dem schwarzen Loch und dringt ein in die kosmische Welt der sieben Finsternisse, und so erscheint das Kind, hinausgestoßen von der leidenden Frau, zwischen ihren Beinen aus den dunklen Dünsten ihres Schoßes, und so erwacht es in einem schrecklichen Alptraum mit schrillen Schreien, es erscheint, schmutzig, voll Schleim und Auswurf, den Leib bedeckt mit Fruchtschmiere, die widerlich, süßlich und warm riecht, es führt die Hände an den Kopf, es wirkt entsetzt, es öffnet die riesigen Augen, kneift sie wieder zusammen, es stirbt bereits, auf seinem Gesicht malt sich namenloser Schmerz ab, das Licht peinigt es wie Feuer, die Luft, die zum ersten Mal in es eindringt, verbrennt seine Lungen, und je mehr es atmet, desto mehr verbrennt es.

Der Ursprung der Welt ist diese Gebärmutter, ist Chaos und Besudelung: Alle Menschen werden wie Larven im Wasser geboren, wie Kröten in trüben Gewässern. Es scheint, daß die Welt in denselben Krämpfen entstand, durch das abstoßende Wunder der *natura naturans*, in der Selbstklonung des göttlichen Bastards. Der Ursprung der Welt ist dieser infame Inzest, denn der Mensch kommt aus der Scheide seiner Mutter auf die Welt, Kopf und Füße in ihrem Leib verwickelt.

So wird das Kind im Blut der furchterregenden Aussonderung geboren, in den grotesken Krämpfen der Wehen. So wird das Kind tot geboren, die Totgeburt von Lisa.

Man zerschnitt die Nabelschnur, die noch pochte wie eine lange Schlange.

Mit einer plötzlichen, präzisen Bewegung nahm er das Messer und schnitt auch die zweite Ader ein.

Sie spürte etwas Hartes. Sie nahm ihr Messer und grub damit weiter.

Sie schwankte elend hinaus: Sie hätte schwören können, daß der Boden umgegraben worden war. Jemand hatte das Heft an sich genommen, das sie suchte, das braune Heft, von dem ihre Mutter gesprochen hatte. Auf dem Grund der Grube war nichts gewesen: *Das braune Heft war verschwunden.*

SECHSTER TEIL

1

Es ist ein junger Mann mit freundlichem Gesicht und langem Umhang. Er gehört zum Amtsadel oder vielleicht auch zum Schwertadel. Feingeschnittene Züge, verführerische Augen und ein sympathisches Lächeln: Er ist attraktiv. Mit den breiten Schultern, dem muskulösen Oberkörper und der gutgewachsenen Gestalt ist er eine eindrucksvolle Erscheinung.

Aber wenn man ihn von der Seite betrachtet, dann bemerkt man, daß er eine Nase hat, die aussieht wie ein Geierschnabel, daß seine Ohren wie bei den Tieren zugespitzt sind und daß sein oben glatter Umhang in einem Gewimmel von Nattern, Vipern, Kröten und Würmern endet.

Ihr seht, die Welt ist wie das Portal einer gotischen Kathedrale: Oben und in der Mitte herrscht Gott, umringt von Engeln, Heiligen und Gerechten, die seinen Hofstaat darstellen, hoch, hoch über den Menschen; darunter sind die Sterblichen, schrecklich und abstoßend, rätselhaft und manchmal ulkig, und der unterste Teil, der elendste, gehört den Verdammten. Und dort ist der Teufel mit seinen Geistern, den Harpyien, den Sirenen, den Zentauren und riesigen Monstern, den Meeresungeheuern und schrecklichen Schlangen, die seine Handlanger und Berater sind. Er ist da, um mit allen zu spielen wie mit Musikinstrumenten, mit den Heiligen, die er versucht, mit den Frauen, an die er sich hängt. Er ist der Herr der Nacht – und die Nacht wird immer ein Geheimnis sein, eine Gefahr für die Ehrbaren, die sich ein wenig zu weit auf die Kreuzwege und Pfade vorwagen, die einst Hekate geweiht waren, den Zauberern und Hexern, den Toten und Verdammten, welche unter der Ägide des Meisters versammelt sind und mal furchterregend, mal verführerisch darauf warten, Novizen zu rekrutieren.

Wer? Wer kann im Reich der sichtbaren Verworfenheit widerstehen, stolz nach Westen blicken und aufrecht ausrufen: *Ich entsage dir, Satan. Ich entsage dir, böser, grausamer Tyrann, listige Schlange. Ich entsage dir, Urheber und Diener des Bösen, Ursprung der Sünden, Objekt der Anbetung in heidnischen Tempeln, auf den Plätzen und Festen der Abgötterei.*

Als wir am Morgen des 29. September 1995 nach Paris zurückkamen, erfuhren wir beide Neuigkeiten: Samys Tod und Geburt und Tod von Lisas Kind.

Ich weiß nicht mehr, wie meine erste Reaktion war. Ich erinnere mich vor allem an Lisas Gesicht und ihre Zurückweisung gegenüber meinen Versuchen, sie zu trösten.

Einen Tag und eine Nacht lang verbrachte ich liegend, vollkommen erschöpft. Ich blickte nach rechts und links und sah nur eins: das Kind, das nicht mehr da war.

Ich war erfüllt vom Nichtsein: Nach den schönsten Momenten der Welt, nach den Banden, die in Stunden der Hingabe gesponnen wurden, kam nun diese widerwärtige Sache und schlug uns mitten ins Gesicht, diese Sache, die ihr schreckliches Schauspiel gab, diese unerhörte und unvergeßliche Sache, die alles außer Kraft setzte; die Schlange, die Schlange war da, ich sah sie, ich fühlte sie, um uns herum, und alle hatten Schmerzen, im Herzen, in der Kehle, die so zusammenschnürt war, daß noch nicht mal der Speichel hindurchkam, im Kopf, der in Watte steckte, in den weichen Beinen, die nichts mehr tragen konnten, im Herzen, das schmerzte, als wäre es eingeengt, im Herzen, das gezwungen wurde in einen plötzlich zu eng gewordenen Käfig. Eine klaffende, wieder aufgerissene, mit glühendem Eisen durchbohrte Wunde.

Die Schlange war da, diese ekelhafte Kreatur. Sie war es, die die Klugheit besaß, die Macht, zu erschaffen und zu zerstören, die unbesiegbare Kraft – die Erkenntnis. Sie sah alles, beobachtete die Bewohner der Erde und modellierte ihr Herz. Sie bewachte ihre Werke, hörte die, die schrien, sie gab Rat, und die Wasser sahen sie und erzitterten, und der Abgrund selbst erschauerte, und die Wolken ließen ihre Windhosen fallen, und der Himmel brüllte, das Grollen des Donners zerriß den Horizont, und die Blitze erhellten die Welt, die Erde dröhnte, als sie erschien. Dieses Wesen war furchterregend durch die Faszination, die es auf jeden ausübte und die sie in den Abgrund stürzte.

Man beerdigte Samy und das totgeborene Kind an einem regnerischen Tag auf dem großen Friedhof von Bagneux neben den Perlman-Vettern.

Die ganze Familie war da, ebenso ein paar enge Freunde, die Talments, Bruder Franz, Felix natürlich und noch ein paar Leute, die ich nicht kannte.

Man öffnete die Hecktüren des Leichenwagens, und Paul, Béla und drei andere Männer trugen Samys Sarg bis zu der Stelle, wo die Gräber ausgehoben worden waren. Ich trug mit Lisa an meiner Seite den kleinen Sarg. Der Trauerzug folgte uns schweigend. Mein Herz geriet in Aufruhr, als ich den kleinen Sarg in die Erde ließ. Lisa schluchzte.

Aufrecht und starr in ihrem langen schwarzen Kleid wirkte sie so schmächtig und bleich, daß sie aussah wie ein kleines Mädchen.

Béla blickte mit starrer Miene vor sich hin. Paul vergoß heiße Tränen, Tilla hatte ihn tröstend umfaßt.

Mina aber blickte freimütig um sich. Sie war geschminkt und trug ein elegantes Kostüm aus schwarzem Seidenkrepp. Ihre Augen suchten die Blicke der anderen. Sie nahm freundlich die Beileidsbekundungen entgegen und dankte jedem mit einem herzlichen Wort.

Der Himmel grollte, und plötzlich ergoß sich Regen in die Gräber.

Als ich in die kleine Grube blickte, wo das Kind lag, das das Licht der Welt nicht ertragen hatte, spürte ich, wie mir schwindlig wurde: Es war, als würde ein Stück von mir verschwinden. Ich begriff, daß dieses Kind, *unser Kind*, tot war, und salzige Tropfen rannen mir aus den Augen. Zuerst waren es nur wenige, dann wurde daraus ein wahrer Sturzbach. Zum ersten Mal in meinem Leben weinte ich. Ich vergoß dicke Tränen und konnte nicht aufhören. Das erste Mal empfand ich Trauer und Verzweiflung: Kummer über die vergangene Zeit.

In einem schmerzenden Tagtraum sah ich mich plötzlich auf einem anderen, älteren Friedhof, auf dem ich ein Grab suchte. Die Nacht war neblig, und ich bewegte mich nur tastend im Licht einer Mondsichel vorwärts. Plötzlich erblickte ich es: *Es war offen, und niemand lag darin.*

»Raphael?«

Ich hörte meinen Namen, allerdings nur von ferne.

»Raphael?«

Es war Paul.

»Alles in Ordnung? Du siehst nicht gut aus.«

»Doch, doch, mach dir keine Sorgen.«

Lisa warf mir von der Seite einen kühlen Blick zu.

»Bist du sicher, daß es geht?« sagte Paul.

»Es wird schon wieder.«

Plötzlich mischte Béla sich von hinten ein:

»Wer hat die denn gerufen?«

Er wies auf die Journalisten, die sich auf dem Gelände versammelt hatten, Fragen stellten und Photos schossen.

»Warst du das, Paul?«

»Nein«, sagte dieser. »Warum sollte ich so etwas tun?«

»Bei deiner Schwäche für morbide Spektakel kann man ja nie wissen … Wer war es dann?« fragte er und blickte mir in die Augen.

»Ich war es«, sagte Mina.

»Du?« fragte Paul verblüfft.

»Jedenfalls sprechen sie nicht mit uns. Sie scheinen etwas Besseres zu tun zu haben«, antwortete Mina.

Die Journalisten hatten sich jetzt um die Talments geschart. Das alte Ehepaar unterhielt sich mit ihnen, als wäre es die natürlichste Sache der Welt.

Béla stürzte dorthin. Ich weiß nicht, was er sagte, aber die Journalisten türmten in aller Eile.

Im Nieselregen rezitierten die Sargträger ein kurzes Gebet, und der Rabbi sprach einen Text aus der Bibel, eine Passage aus Jesaja, von der mir noch der erste Satz in Erinnerung geblieben ist: *Er wird den Tod verschlingen auf ewig.*

Danach sprach Mina längere Zeit mit exaltierter, leicht veränderter Stimme.

»Man diskutiert nicht mit dem Allmächtigen«, sagte sie, »Gott ist stärker, als wir uns vorstellen, und ich weiß, daß er das letzte Wort haben wird. Ja, ich sage euch, Gott enthüllt sich uns nur nach und nach, und bald wird er da sein, ganz und gar, denn es ist das Ende der Zeit, das sich ankündigt: Seid bereit, denn diese Ära des allumfassenden Friedens wird bald über uns hereinbrechen, ich fühle sie nahen, ja, ich sehe den Gerechten unter den Gerechten, das himmlische, gottesnahe Wesen, ich fühle das Ende der Welt nahen, und bald, in naher Zukunft, wird eine neue Zeit erschaffen werden. Sie hat bereits begonnen: Die Schmerzen der Geburt des Messias dauern an. Wenn Samy tot ist und dieses Kind gestorben, dann war das ein notwendiges Übel; und wenn sie dahingegangen sind, dann um uns zu verstehen zu geben, daß das Ende des Exils naht, ja, ich sage euch, wenn Samy beschlossen hat, sich zu opfern, dann um die Ankunft, die nahe Ankunft zu verkünden.«

»Wie kann sie so etwas sagen?« quetschte Lisa zwischen den Zähnen hervor. »Wie kann sie es wagen? Sieht sie nicht, daß wir, wir alle seine Mörder sind? Wir sind nicht auf dem Weg in eine messianische Zeit. Es ist eine Irrfahrt, ein ewiges Herumirren. Er hatte das Schlimmste überlebt, und er hat alles Menschenmögliche getan, um weiterzuleben, um zu überleben. Sieht sie nicht, daß sein Selbstmord der letzte Verzicht ist, der all ihre wahnwitzigen Theorien zurückweist?«

Der Rabbi sprach das Kaddisch, das Gebet, das den Toten, so erklärte es Mina, den Zugang zur künftigen Welt erleichtert. Die Sargträger leierten ihre Gebete monoton und – wie mir schien – endlos vor sich hin.

In meinem Ohr ertönte ein gedämpftes Geräusch, wie ein Hammer, der auf einen Eisenblock schlägt. Jeder Schlag ließ mich erzittern, hallte in meinem tiefsten Innern nach.

O Gott. Die Barbarei ging weiter. Wenn ein letzter Sinn in diesem Selbstmord, in diesem toten Kind lag, dann gewiß der, daß es keine Auferstehung gab. Das Böse ist wie der Tod: Ist man seine Beute, gibt es kein Zurück.

Jeder warf drei kleine Erdklumpen auf den Sarg. Als Felix an die Reihe kam, näherte er sich Samys Grab, sah hinein, hielt dann seine Hand mit der Erde darüber und ließ langsam, ganz langsam, so als wäre er sich der Wunderlichkeit seiner Geste nicht bewußt, die Erde wie einen schmutzigen Regenguß hineinfallen.

Nach und nach löste sich die Trauergesellschaft auf. Nur noch Mina, Lisa und ich blieben zurück. Wir beiden entfernten uns, damit Mina sich vor dem Grab ihres Mannes sammeln konnte.

Nach ein paar Schritten drehte ich mich aus unerfindlichen Gründen um und sah etwas, was mich wie angenagelt stehenbleiben ließ.

Mina lachte, lachte Tränen. Ich hatte sie noch nie so gesehen. *Vor dem Grab ihres Mannes lachte Mina aus vollem Herzen.*

2

Nach der Beerdigung begaben wir uns zu Mina, die ein kleines Trauermahl vorbereitet hatte, harte Eier und schwarze Oliven, wie es der Brauch gebot. Es waren etwa zwanzig Personen in der Wohnung in der Rue des Rosiers. Mina wirbelte von einem zum anderen und stellte die Gäste einander vor, als handele es sich um einen mondänen Empfang. In einer Ecke des Zimmers standen Lisa und Paul dicht aneinandergedrängt. Béla war in der Küche verschwunden.

Felix empfahl sich bald; er mußte noch am selben Abend zum Flughafen, wegen einer Reportage, die ein oder auch zwei Monate in Anspruch nehmen würde. Seine Abreise stimmte mich traurig: Ich hatte schon lange nicht mehr mit ihm geredet, dabei hatte ich es jetzt schrecklich nötig.

Ich holte mir gerade ein Glas am Buffet, da kam Bruder Franz zu mir.

»Wissen Sie, warum er gestorben ist?« sagte er leise.

»Er hat sich umgebracht«, antwortete ich abwesend.

»Ja, er hat sich umgebracht. Und wissen Sie, warum?«

»Nein. Und Sie?«

Er sah mich einen Moment lang von seiner Höhe herab an. Er trug seine Soutane, und seine langen Haare wellten sich auf seinen Schultern. Er nahm mich beiseite und sagte:

»Im Mittelalter behauptete man, die Juden hätten Hörner. Zum Beweis verfügte das Konzil von Vienne 1267, daß sie einen Hut mit Hörnern tragen mußten. Man schrieb ihnen wie dem Teufel einen Schwanz zu und verglich sie mit der Ziege, dem Lieblingstier des Teufels. Man sagte auch, daß es einen speziellen Judengeruch gäbe, den *foetor judaicus*, den Juden angeblich verloren, wenn sie getauft wurden ... Später, bei den Nazis, war der rassische Geruch der Juden eines der charakteristischen Unterscheidungsmerkmale ...

Man sagte, daß die Mitglieder vom Stamme Ruben, die Jesus geschlagen hatten, die gesamte Vegetation um sich herum zum Welken brächten. Vier Tage lang würden blutende Wunden auf den Händen und Füßen der Nachkommen vom Stamm Simeons erscheinen, weil sie Jesus am Kreuz gegeißelt hatten. Die Mitglieder vom Stamme Levi, die auf ihn gespuckt hatten, sollten nur unter Mühen atmen können. Weil die Mitglieder vom Stamm Zebulon Jesus' Kleider verkauft hatten, sollten ihre Nachfahren an offenen Wunden im Mund leiden und Blut spucken. Die vom Stamme Issachar, die Jesus gefesselt hatten, waren am ganzen Körper mit unheilbaren Verletzungen bedeckt. Die vom Stamme Dan, welche gesagt hatten, daß ›sein Blut über uns und unseren Kindern‹ sein sollte, sahen ihren Wunsch in die Wirklichkeit umgesetzt. Die vom Stamme Gad, welche die Dornenkrone geflochten und auf Jesus' Kopf gedrückt hatten, bis die Dornen ins Fleisch drangen, haben fünfzehn Wunden an Kopf und Hals. Die Mitglieder vom Stamm Asser, die Jesus schlugen, haben einen rechten Arm, der kürzer ist als ihr linker. Die vom Stamme Naftali, die ihren Kindern sagten, sie sollten sich zwischen den Schweinen verstecken, um zu grunzen, wenn Jesus vorbeiging, haben Zähne, Ohren und einen Geruch wie Schweine. Die Mitglieder vom Stamm Benjamin, die Jesus einen Essigschwamm gaben, können den Kopf nicht heben und leiden ständig an Durst; wenn sie sprechen, kommen Regenwürmer aus ihrem Mund.

Er hat sich umgebracht, Raphael, weil wir sie seit Jahrhunderten in den Selbstmord treiben.«

Als ich ihn so sprechen hörte, erinnerte ich mich an seine allerersten Worte, die er in Berlin zu Felix gesagt hatte: Er hatte ihm geraten, sich von der Affäre um Schiller fernzuhalten. Dieser heilige Mann schien stets geschützt vor dem Unheil, das uns umgab.

»Soll ich Ihnen etwas sagen, Raphael? Man muß den Schuldigen finden. Man muß ihn finden und bestrafen.«

»Welchen Schuldigen?«

»Den Schuldigen am Mord von Schiller – oder am Selbstmord von Samy, das läuft auf dasselbe hinaus.«

Plötzlich wurde es still um uns. Béla leistete sich gerade einen bemerkenswerten Auftritt: Er kam mit einem Teller voller Wurst aus der Küche. Seine Mutter stürzte sich auf ihn.

»Was machst du da? Du weißt doch, daß man kein Fleisch essen darf, wenn man trauert.«

»Das ist nicht für mich«, antwortete Béla.

»Nein? Für wen denn?«

Béla warf mir einen Blick zu.

»Für ihn. Er darf es essen. Er ist ein Goj, bis zum Beweis des Gegenteils!«

Er kam auf mich zu und hielt mir den Teller hin.

Bruder Franz entfernte sich. Die Gespräche im Zimmer wurden wieder aufgenommen.

»Was ist in dich gefahren?« fragte ich. »Du weißt genau, daß ich Vegetarier bin.«

»Vegetarier? Originell für einen Blutsauger!«

»Warum interessierst du dich so für mich, Béla?« fragte ich in betont ruhigem Tonfall. »Du hattest von Anfang an etwas gegen mich. Warum? Kannst du mir das erklären?«

»Du scheinst mir ziemlich nervös zu sein«, sagte Béla. »Liegt das an der Beerdigung? Oder an meiner Schwester? Du scheinst ihr heute keine große Hilfe zu sein.«

»Geht es dich etwas an, Béla, was sich zwischen mir und deiner Schwester abspielt?«

»Was machst du, wenn Lerais freigesprochen wird? Du weißt doch, daß sie ihn liebt? Daß sie dich nur aus Trotz geheiratet hat?«

»In der Tat, sie hat mich *geheiratet*. Du sprichst von meiner Frau«, betonte ich.

»Sie ist vielleicht deine Frau, aber du bist nicht der Vater des Kindes, das sie erwartete.«

»Was willst du eigentlich sagen?«

»Der Vater dieses Kindes ist Lerais«, sagte er und zeigte seine gelben Zähne. »Du hast also wirklich nicht gewußt, daß er der Vater war?«

Ich kniff die Augen zusammen. Ich fühlte eine schreckliche Wut in mir aufsteigen.

»Du warst es, nicht wahr, der die Beziehung zwischen Lisa und Jean-Yves Lerais zerstört hat! Du warst es, der sie gegen ihn aufgebracht hat? Und jetzt willst du wieder von vorn anfangen? Wozu dient es dir, immer wieder dasselbe zu tun? Glaubst du, wenn du alle anderen ausschaltest, dann hast du deine Schwester endlich für dich allein? Oder interessierst du dich mehr für mich? Wen von uns beiden willst du?«

Er sagte nichts.

»Du bist es, der nichts begriffen hat, Béla«, fuhr ich fort. »Lisa will nichts von dir. Nicht nur, daß sie nichts von dir will, nein, du bist ihr nur eine Last. Schon als ich sie kennenlernte, hat sie von dir gesprochen wie vom schwarzen Schaf der Familie. Auch wenn sie bei Lerais auf dich gehört hat, Béla, jetzt hört sie dir nicht mehr zu, es ist aus. Auch mit deinem Bruder, den du quälst und der vor dir wegläuft; wenn er ständig auf Reisen ist, dann nicht, um seiner Frau aus dem Weg zu gehen. Ganz im Gegensatz zu deinen Überzeugungen liebt er seine Frau, und du weißt genau: Wenn er verschwindet, dann nur, um nicht mehr diese schwere Last zu tragen. Er will seine Schuldgefühle anderswo loswerden. Und das macht jeder, wie er kann. Weißt du, was Lisa zu mir gesagt hat? Sie hat mir gesagt, daß deine Mutter dich auch nicht mehr ertragen kann, und zwar schon seit deiner Jugend, seit du angefangen hast, überall Verschwörer zu sehen, und dich in deinem Zimmer eingeschlossen hast, um die ganze Nacht zu schreien. Deshalb liebt deine Mutter Paul so sehr, ihren ›kleinen Engel‹, Paul ist nicht ihr Lieblingssohn, es ist ihr *einziger* Sohn, und das weißt du genau, selbst wenn sich alle verstellen, sie ertragen dich, Béla, nichts weiter. Aber du pfeifst drauf; das ist ja deine Rolle im Leben, nicht wahr? Dich von allen hassen zu lassen.«

»Nein, nicht von allen«, murmelte er. »Nicht von *ihm.*«

»Von wem?« fragte ich. »Samy?«

»Ja«, sagte er. »Er war es, der mich bat, mit Mutter nach Auschwitz zu gehen. Ich bin nicht für sie dorthin gefahren. Sondern für ihn.«

»Sicher«, setzte ich wieder an. »Aber weißt du, warum dein Vater dich bat, nach Auschwitz zu fahren?«

»Um meine Mutter zu begleiten«, antwortete er.

»Ja, und warum?«

»Weil er nicht mitkonnte.«

»Und warum nicht?« bohrte ich weiter. »Weißt du, warum er nicht mitgehen *konnte*? Und weißt du, warum er sich umgebracht hat?«

»Weißt du es etwa?«

»Dein Vater hat nie überwinden können, was er dort getan hat«, sagte ich heftig.

»Was hat er getan?«

»Hat er es dir nicht erzählt?«

»Nein.«

»Hat er wirklich nie davon gesprochen?«

Béla warf mir einen bösen Blick zu.

»Hat er es vielleicht dir gesagt?« quetschte er zwischen den Zähnen hervor. »Wag es, du Schwein, wag es, mir zu sagen, daß mein Vater mit dir geredet hat!«

»Nein, er wollte es nie. Das weißt du genau. Aber ich habe im Verlauf meiner Recherchen, als ich mich für eure Familie interessierte, alles entdeckt.«

Bei diesen Worten wurde Béla bleich. Er warf mir einen Blick zu, der fast flehend wirkte.

»Dein Vater«, sagte ich, »gehörte zu einem Sonderkommando. *Dein Vater war ein Kapo.*«

»Was sagst du da?« schrie er und packte mich. »Du Lügner! Lügner!«

Plötzlich senkte er den Kopf und rammte mir seine Faust in die Brust, links, in der Nähe des Herzens. Unter dem überwältigenden Schmerz krümmte ich mich zusammen.

Ich sah tausend Sternchen. Ich versuchte mich wieder aufzurichten, aber ich war zu schwach und sackte schwer zu Boden. Da stürzte er sich von neuem auf mich. Paul und Jacques Talment faßten ihn und hielten ihn fest. Aber er entwand sich, und ich fühlte erneut einen Schmerz, der noch furchtbarer brannte als der erste. Ich riß vor Schreck die Augen auf: Er hatte sich erneut auf mich gestürzt, um seine Absicht in die Tat umzusetzen. Er biß mich, jagte mir seine Zähne in die Hand.

3

Béla wurde in der darauffolgenden Woche eingewiesen. Nach seiner wilden Attacke hatte er angefangen, wie ein Verrückter zu schreien, und Drohungen vor allem gegen mich ausgestoßen. Nicht damit zufrieden, mich ins Krankenhaus gebracht zu haben, rief er mich dreimal täglich an, um mich zu beleidigen, mir seinen Haß entgegenzuschleudern und mir zu versichern, daß er mich »das nächste Mal kriegen würde«. Er sagte, ich wolle seinen Tod, ich hätte ihm den Revolver untergeschoben, um ihn zu belasten, ich sei eine Gefahr für seine Schwester und die ganze Familie, für die ich mich nur interessiere, weil ich alles zerstören wolle. Die Ärzte hatte eine paranoide Psychose diagnostiziert.

Ich hatte eine gebrochene Rippe, und sein Biß hatte beträchtlichen Schaden an meiner Hand angerichtet: Ich verbrachte einen Monat im Krankenhaus, wo ich fast immer allein war. Am Anfang kam Lisa mich alle zwei bis drei Tage besuchen, dann wurden ihre Besuche allmählich seltener.

Als ich schließlich in unsere Wohnung zurückkehrte, fand ich sie abgemagerter denn je vor. Sie wich meinen Blicken aus. Ihre Gesten waren kalt. Sie ging nicht mehr ins Atelier. Sie schlief wenig und rauchte viel. Ich konnte mich ihr nicht nähern und kaum mit ihr sprechen. Sie warf mir verschreckte Blicke zu.

Sie war geschwächt, traurig und abweisend. Ich verstand sehr wohl, daß sie litt, und ich konnte kaum ertragen, sie so zu sehen und feststellen zu müssen, daß ich machtlos war, unfähig, sie glücklich zu machen. Ich behielt alles für mich und erstickte fast an meinem Zorn.

Ich dachte mit Wehmut an die Zeit, als ich mich um sie hatte kümmern wollen, als ich spürte, daß sie unglücklich und zerbrechlich war. Ich hatte ihr alles gegeben, was ich hatte – und was ich nicht hatte. Meine Begeisterung, meinen Überschwang – mein Verlangen.

Wir waren im *Orient désert*, wir waren verloren, und nichts konnte uns retten. Vielleicht ist das die Erbsünde: Hat man einmal einen Fehler gemacht, kann man ihn nicht mehr auslöschen. Vergebung ist möglich, dadurch, die Missetat in Erinnerung zu rufen, doch Wiedergutmachung ist dem Menschen verwehrt: Denn es gibt kein Vergessen für das Böse, das man erlitten hat. Dieses Böse ruht in einem, bis es in der einen oder anderen Form ausbricht. Und häufig geschieht dies gegen eine andere Person und aus einem anderen Motiv. So verbreitet sich das Böse: Wenn es einem widerfährt und man kann es nicht zurückgeben, überträgt man es auf andere, ohne daß man es deswegen loswird. Die einzige Möglichkeit, diesen Prozeß aufzuhalten, ist die, das Böse dem zurückzugeben, der es einem angetan hat: Auge um Auge, Zahn um Zahn. Aber das ist oft nicht möglich, weil der Betreffende nicht mehr da ist oder weil man es nicht kann. Also hütet man das Böse in sich wie ein kleines, gezähmtes Tier, das jedesmal wild wird, wenn die Gelegenheit sich bietet; oder wie einen Bandwurm, der alles von innen verschlingt.

Jeden Abend nahm sie mit ihrem obligatorischen Glas Whisky ein paar Tabletten und fiel dann in schweren Schlaf.

Eines Tages, als ich sah, wie sie ihr kleines, braunes Döschen zum zweiten Mal öffnete, packte ich sie am Handgelenk und zwang sie, mich anzuschauen. Sie versteifte sich, als würde ihr übel.

»Hör zu, Raphael«, sagte sie und befreite sich von meinem Griff. »Soll ich dir sagen, was nicht stimmt? Ich weiß nicht, was du an mir gesucht oder an mir geliebt hast, aber was du gefunden hast, hast du zerstört. Verstehst du? Es ist, als würde alles immer schlimmer werden, seit ich dich kenne ... Dieses Kind ...«

»Willst du mich etwa für seinen Tod verantwortlich machen?« unterbrach ich sie.

»Es ist nicht nur das Kind. Auch mein Vater. Und dann Béla: Hast du nicht seine Krankheit beschleunigt? Was hast du zu ihm gesagt, daß er verrückt geworden ist?«

»*Er* war es!« rief ich aus. »*Er* war es, der mich von Anfang an ständig provozierte, das weißt du genau. Und wenn er verrückt geworden ist, wie du sagst, dann wegen Samys Selbstmord, nicht wegen mir.«

»Ich habe dieses Baby erwartet, ich habe es verloren, und es ist mein Vater, der Selbstmord begangen hat ... Das ist zuviel. Zuviel Schmerz. Zuviel für mich, zuviel für uns; für uns zwei, verstehst du?«

Als sie eines Nachts in der Wohnung herumirrte, stand ich ebenfalls auf und erwischte sie dabei, wie sie gerade mehrere Tabletten mit einem großen Glas Alkohol schlukken wollte.

»Was machst du da?« sagte ich und riß es ihr aus der Hand. »Bist du wahnsinnig geworden?«

»Gib es mir zurück«, stieß sie hervor.

Ich sah sie verständnislos an.

»Gib es mir zurück«, wiederholte sie. »Ich sage es nicht ein drittes Mal.«

Sie streckte entschlossen ihre Hand aus, damit ich ihr das Glas zurückgab.

»Aber das darfst du nicht«, brachte ich behutsam vor. »Du darfst Alkohol und Beruhigungsmittel nicht mischen.«

Sie musterte mich mit einem vernichtenden Blick.

»Du hast es mir doch beigebracht, oder nicht? Du sagtest doch, daß der Alkohol keine Wirkung auf mich hätte.«

Ihre Pupillen waren geweitet: Es war das erste Mal, daß ich sie angetrunken sah.

Ich gab ihr das Glas zurück, das sie in einem Zug hinunterstürzte, ohne mich aus den Augen zu lassen. Ein böser Funke lag in ihrem Blick, wie ein Blitz von ungeheurer Intensität.

Plötzlich wurde ihr Blick hart. Sie nahm sich eine Zigarette aus dem Päckchen, das auf dem Tisch lag, und äußerte mit einer dunklen Stimme, die ich noch nicht an ihr kannte:

»Hör zu, Raphael, ich glaube, so können wir nicht weitermachen. Wir müssen eine Entscheidung treffen.«

Eine Entscheidung treffen? Panik flog mich an.

Von welcher Entscheidung sprach sie?

Ich konnte nicht ohne sie leben. Hatte ich ihr nicht alles gegeben? Das Beste in mir, und auch das Schlechteste – meinen Haß, meine Verzweiflung, meinen Wahn.

»Beruhige dich, Lisa. Du und ich haben viel durchgemacht. Das ist kein Grund, ›eine Entscheidung zu treffen‹, wie du sagst.«

»Darum geht es nicht, das weißt du genau.«

»Worum dann?«

»Seit einiger Zeit erkenne ich dich nicht wieder, Raphael.«

»Glaubst du nicht, daß du diejenige bist, die sich nach all dem Kummer verändert hat?« sagte ich. »Der Selbstmord deines Vaters, der Tod des Kindes ...«

»Das ist es nicht«, sagte sie. »Ich weiß nicht, warum, aber ich fühle mich bei dir nicht mehr vollkommen sicher.«

»Hast du nicht dasselbe über Jean-Yves Lerais gesagt? Daß er sich verändert hatte ... daß du ihn nicht wiedererkanntest ...?«

»Nein ... es ist nicht nur das. Es ist vielmehr ... mir ist bewußt geworden, daß ich nichts von dir weiß. Ich habe dich geheiratet, weil ich merkte, daß ich dich liebte, daß ich in dich verliebt war... jedenfalls glaubte ich das. Aber ich weiß nichts von dir, von deiner Vergangenheit, von deiner Familie. Alles, was ich weiß, ist das, was ich sehe. Du hast fast keine Freunde. Du hast oft Schwierigkeiten, die Gegenwart anderer zu ertragen. Du bist schrecklich eifersüchtig, und manchmal sagst du seltsame Dinge, für die ich mich schäme, zum Beispiel, wenn du allen Leuten deine Hirngespinste über Hitler mitteilst. Es ist doch seltsam für einen Historiker, so wenig rational zu sein. Und dann spüre ich manchmal bei dir tief im Innern einen schrecklichen Zorn, vor dem ich Angst habe, weil er wie ein Sturm losbrechen könnte. Erinnerst du dich an die Geschichte, die du mir erzählt hast? Daß dein Vater dich mit zehn Jahren in ein Schlachthaus mitgenommen hat?«

»Ja und?«

»Ich glaube, daß du dieses Schlachthaus nie verlassen hast, Raphael. Das Blut, die Gewalt, das ist es, was du bei der Shoah suchst. Am Anfang störte mich das nicht. Ich sagte mir: Endlich mal jemand, der versucht, es zu verstehen, und der mir vielleicht dabei hilft, mehr darüber zu erfahren. Aber ich glaube, dein Interesse für die Shoah ist nur der Abglanz deines Hasses auf die menschliche Rasse. Im Grunde liebst du niemanden, Raphael. Niemanden außer dich selbst. Du bewunderst dich … Du glaubst, du bist der Klügste und Moralischste von allen, aber ich weiß, daß noch etwas anderes in dir ist, etwas Seltsames, Erschreckendes …«

»Du bist betrunken, Lisa. Du weißt nicht mehr, was du sagst.«

»Doch, doch, das weiß ich … Es ist diese Lust in deinen Augen, wenn du davon sprichst …«

»Wenn ich wovon spreche?«

»*Davon*. Von der Shoah.«

Sie kam näher, ganz nah und zeigte mit ihrem Finger auf meine Brust. Sie schwankte. Ich roch ihren alkoholisierten Atem. Ihre Pupillen waren geweitet.

»Aber was erzählst du denn da, Lisa?« sagte ich sanft. »Die Lust in meinen Augen gilt dir: Zusammen haben wir vom Paradies gekostet, erinnerst du dich, auf unserer Hochzeitsreise? Erinnerst du dich an Israel und all das, was du dort zu mir gesagt hast?«

Ich umfaßte sie mit beiden Armen. Dieses Mal ließ sie es zu.

»Du weißt«, sagte ich und strich ihr eine Haarsträhne aus dem Gesicht, »daß ich mit dir die höchste aller Wirklichkeiten erreicht habe. Einigen gelingt das mit Hilfe des Mystizismus, anderen mit Hilfe der Religion oder etwas anderem Spirituellen. Ich bin durch dich dorthin gelangt, als ich dich kennenlernte. Es stimmt, du weißt fast nichts von mir. Aber das liegt daran, daß es von mir nichts zu wissen gibt. Bevor ich dich traf, trieb ich an der Oberfläche der Dinge, ohne daß mich je irgend etwas erreichte. Aber du hast mich aus mir herausgelockt, Lisa. Du hast mich eine neue Welt sehen lassen.«

»Es ist nicht mehr wie früher«, sagte sie und machte sich gewaltsam los. »Ich habe mich auch verändert, Raphael. Ich bin nicht mehr dieselbe.«

»Das sehe ich ...«

»Ich bin müde. Und nicht nur das. Ich stehe am Rande des Abgrunds, Raphael ... Ich denke ständig daran.«

»Woran?«

»An Selbstmord.«

»*Was sagst du da?*«

»Er ruft mich durch das Fenster, durch das Treppenhaus, er steckt in meinem Pillendöschen, in den Küchenschubladen und sogar in den Plastikbeuteln, die ich vom Lebensmittelladen nach Hause bringe ...«

Ich sah sie an, ohne ein Wort zu sagen.

»Ich muß gehen. Zumindest für eine Weile.«

»Warte noch. Denk nach. Du bist nicht in der Verfassung, irgendeine Entscheidung zu treffen. Morgen sehen wir weiter.«

Am nächsten Morgen machte ich ihr einen heißen Kaffee, damit sie ihr Kopfweh los wurde.

»Weißt du, was wir beide tun werden?« sagte ich zu ihr.

»Nein?!«

»Wir gehen weg.«

»Weg?«

»Weit weg von hier. Und lange. Und wenn wir zurückkommen, ist alles besser. Ich verspreche es dir.«

Mehrere Monate reisten wir umher. Wir begaben uns erst nach Korsika, dann nach Sizilien. Von dort aus reisten wir nach Rom zurück, wo wir eine Weile blieben. Dann besuchten wir Osteuropa, Bulgarien, Ungarn, die Tschechoslowakei und Albanien. Wir durchreisten all diese Länder, sahen viele Landschaften und Menschen, Städte, Berge, Seen und Meere, aber nichts schien die Lebensmüdigkeit aus Lisas Augen zu vertreiben. Ich bemühte mich mit all meinen Kräften, sie zu zerstreuen, ihr ein Lächeln zu entlocken, aber nichts half. Sie nahm ihre Gleichgültigkeit von Stadt zu Stadt mit, ohne auf meine geschichtlichen Ausführungen oder meine Umarmungen zu reagieren. Ich hatte den Eindruck, daß meine Gegenwart ihr lästig war. Am Ende nahmen wir im Hotel getrennte Zimmer.

Eines Abends – es war in Budapest – hatte sie mich wieder einmal allein gelassen und war in ihr Zimmer gegangen. Es war noch früh. Ich verbrachte den Abend mit Trinken und Rauchen. Mitten in der Nacht drang ich ziemlich betrunken in ihr Zimmer ein, das neben meinem lag.

Sie schlief. Ich hörte ihren regelmäßigen Atem. Mit einer heftigen Bewegung riß ich ihr die Decke weg. Sie wachte abrupt auf, machte Licht und sah mich erstaunt an.

Ich weiß nicht, wie oder warum es soweit kam: daß ich sie schlug, damit sie mich küßte, mich umarmte, daß ich sie zwang. Es war sicher der Schmerz, der mich so handeln ließ. Der Schmerz und der Haß. Sonst hätte ich nicht die Kontrolle verlieren und schreien können, daß ich sie umbringen würde, ja, daß ich sie umbringen würde.

Sie wehrte sich, entwand sich meinen Armen und flüchtete ins Badezimmer, wo sie sich einschloß. Dort blieb sie den Rest der Nacht, weinte vor Angst und Kummer und ignorierte meine Entschuldigungen und Bitten von der anderen Seite der Tür.

Am nächsten Morgen flogen wir nach Paris zurück.

Kaum waren wir in unserer Wohnung, fing sie an zu packen. Bevor sie ging, sah sie mich an der Tür, mit den Koffern in der Hand, noch einmal an, fing an zu lächeln, sanft und bescheiden, so wie bei unserer allerersten Begegnung, so wie sie es schon lange nicht mehr getan hatte …

»Willst du die Geschichte von Onkel Morali hören? Willst du sie immer noch wissen?« sagte sie plötzlich.

»Ja.«

»Als die Vichy-Gesetze verkündet wurden«, begann sie, »ging Onkel Morali zum Rathaus, um sich als Jude ins Register eintragen zu lassen, denn Morali war ein Bürger der Republik, und er gehorchte den Gesetzen, *allen* Gesetzen. Aber durch einen Glücksfall war der Polizist, der mit den Eintragungen betraut war, einer seiner Bekannten. Als Onkel Morali verlangte, ins Register eingetragen zu werden, blickte ihm der Mann tief in die Augen und sagte: ›Nein, nicht Sie, Monsieur Morali, *nicht Sie.*‹ ›Aber ja doch, das Gesetz befiehlt es; und Sie wissen ja, daß ich Jude bin.‹ ›Aber nein‹, sagte der andere und zwinkerte mit einem Auge, ›Sie nicht, Monsieur Morali.‹ ›Doch, doch, ich bestehe darauf, ich bitte Sie, ich möchte eingetragen werden. Ich schäme mich nicht.‹

Der andere wollte sich weigern, doch als er sah, daß Morali fest entschlossen war, blieb ihm nichts anderes übrig, als ihn ins Register einzutragen. Einen Monat später wurde Onkel Morali deportiert.«

Sie lächelte immer noch.

»Eine dumme Geschichte, nicht wahr?«

4

Nachdem Lisa gegangen war, stand ich vor dem Nichts. Ich hatte alles gehabt und alles verloren: eine Familie, eine Frau, ein Kind. Ich erinnerte mich an die glücklichen Zeiten, als ich auf der Suche nach Lisa im Marais herumgeirrt war, als wir zusammen schwimmen waren und als unser Glück in Israel den Höhepunkt erfahren hatte, bevor es wie ein zerfallendes Reich dem Untergang entgegengegangen war. Aber die Erinnerung, das Auserwählte, diese magische Welt jenseits von Zeit und Raum, die unendliche Sehnsucht nach dem Hochzeitszimmer, der Frieden und Reichtum der Seele, war überdeckt vom allumfassenden, drückenden und wahrhaftigen Gedächtnis, das so schwer zu tragen war, die Vereinigung von Gegenwart, Vergangenheit und Vorvergangenheit, die niemals wiederkehren: weder die glücklichen noch die unglücklichen Momente und auch nicht die schweren Verletzungen, die man seinem Nächsten zugefügt hat und die vielleicht verziehen, aber nie wiedergutgemacht werden können. Das Gedächtnis liegt bleiern in der angenehmen Wunde der Erinnerung und hindert sie daran, sich der Welt zu entziehen, zu fliehen, sich aus seiner tödlichen Umklammerung zu befreien, um sich in der Illusion wiederzufinden, sich selbst zu besitzen. Denn allein das Gedächtnis ist wahre Erkenntnis, doch eine furchtbare, gnadenlose, absolute Erkenntnis, die in der höchsten Verbindung zwischen Wahrheit und Moral ihren Platz hat und die die partielle, zerstreuungssüchtige und vergängliche Erinnerung nicht begreift.

Ich hatte Felix einmal erklärt, daß nur die Erkenntnis uns retten und Heil bringen könne, denn sich selbst zu kennen hieße, sich zu verstehen, sich als von sich selbst abgetrenntes und entferntes Objekt zu erfassen, um sich selbst wieder zurückgegeben zu werden und zu sich selbst zurückzukehren.

Ich sagte auch zu ihm, daß das Verständnis vom subjektiven Gedächtnis befreit und es in kleine Erinnerungsstücke zerlegt … Doch wozu sollte der Versuch zu verstehen jetzt noch gut sein? Lisa war gegangen, Felix war nicht da, und ich hatte niemanden, der mich tröstete.

Was tun? Leben? Essen? Also töten, in sich aufnehmen, verdauen und schuldig sein. Waren wir nicht alle so – außer vielleicht den Hindus, die sich schwebend im Luftzug ihres Fächers vorwärts bewegten, um auf ihrem Weg nicht die Ameisen zu töten? Ich erinnerte mich an die Angst, die ich in Rom verspürt hatte, als wir durch die Nacht gegangen waren. Jetzt begriff ich ihren wahren Grund: Es war nicht die Angst vor der Welt. Die Welt war ich: Ich war es, vor dem ich Angst hatte. *Nicht mein Feind verletzt mich, das würde ich ertragen, nicht der, der mich schlägt und niederdrückt, davor könnte ich mich schützen, sondern du bist es, mein anderes Ich, mein engster Freund, der tief in mir, vor mir, hinter mir verborgen ist.*

Wer war ich? Was sollte ich sein? Was würde ich werden?

Wer war ich? Adam, der unschuldige Mensch, oder die Schlange? Wer bin ich? Ich bin der, der ich ursprünglich war.

Was sollte ich sein? Der, der ich ursprünglich gewesen bin.

Sich retten, fliehen, diese Welt fliehen, Nebenstraßen einschlagen und mit allen Mitteln die wahre Flucht versuchen, seine Kräfte anspannen, seine Glieder rühren und alle Einzelteile der aufgelösten Seele auf das höchste Ziel richten. So lange schon versammelte ich die verstreuten Einzelteile, um diese Fiktion zu erschaffen, *mich* – aber das einzige, grundlegende Mittel der Schöpfung ist, wie bei der Geburt eines Kindes und der Entstehung der Welt, die Kontraktion, das Zusammenziehen.

In meinem Kopf drängte es sich, vermischte sich alles mit wahnwitziger Geschwindigkeit. Einige Wörter (lernen, disziplinieren, bestrafen, künftige Welt, Hoffnung, Paradies, Leid, Erlösung) kehrten ständig wieder und gingen mir nicht aus dem Sinn. Mir schien, daß sie mir jemand ganz leise, wie einen Hauch, ins Ohr flüsterte.

Ich hörte Stimmen. Sie sagten: »Der *furor dei* ist über dich gekommen, weil du ungehorsam warst.« Und ich verstand: »Der Führer Dei.«

Ich konnte nicht mehr schlafen. Ich dachte die ganze Zeit an Lisa. Ich wußte nicht einmal mehr, wo sie war, sie hatte es mir nicht sagen wollen. Sie fehlte mir am Morgen, sie fehlte mir am Abend. Ich sah sie vor mir, mit weit geöffneten Augen, ich betrachtete sie, ich sprach mit ihr, als wäre sie da, ich hielt stundenlang Zwiesprache mit ihr.

Ich rauchte. Und ich trank viel. Jeden Abend ging ich in die Bar vom Lutétia und blieb dort lange, so lange wie möglich, nachdem ich mich genügend betrunken hatte.

Am Morgen hatte ich einen schrecklichen Kater, und mir war so übel, daß ich nur noch ins Bett zurückkehren konnte, nachdem ich mich übergeben und mir die Lunge aus dem Leib gehustet hatte. Nachdem ich einen Monat so verbracht hatte, wurde ich sehr schwach. Mein kranker, abstoßender Körper, der immer abgezehrter wurde und immer übler roch, war ein wandelndes Grab. Ich hatte solche Kopfschmerzen, daß ich kein Tageslicht mehr ertrug. Also lebte ich mit ständig heruntergelassenen Jalousien. Ich war ein Nachtwandler, ein Zombie.

Ich wusch mich nicht mehr, ertrug den Kontakt mit Wasser nicht, das mir die Haut verbrannte. Essen verursachte mir Übelkeit. Ich wurde immer magerer, meine Augen waren entzündet und blutunterlaufen, meine Wangenknochen und mein Kiefer sprangen unter der dünnen Gesichtshaut hervor, meine gekrümmten Schultern konnten kaum mein Gerippe tragen. Meine Haut war welk wie die einer überreifen Frucht, und mein Körper verströmte einen fauligen Geruch. Jeder Tag dauerte

Jahre, und eines Tages erblickte ich das Gesicht eines alten Mannes im Spiegel.

Eine Frau betrachtete ihn. Sie hatte so dunkle, tiefschwarze Haare, daß sie ins Violette spielten. Ihre Augen schimmerten in einem verblüffenden Kontrast sehr hell. Ihre weiße Haut war so zart, daß man sehen konnte, wie an den Schläfen ihre blauen Venen bei der geringsten Bewegung pochten.

Oder es war ein Mann mit harten Zügen, mit einem in Stein gehauenen Gesicht. Seine Nase war fein und gerade, seine Stirn stolz, und zwischen seinen fleischigen Lippen konnte man Reißzähne sehen.

Jeden Abend traf ich mich mit Felix im Lutétia. Stundenlang erzählte ich ihm von Lisa. Er hörte mir geduldig und ohne ein Wort zu sagen zu.

Eines Abends teilte er mir mit, daß der Termin für Lerais' Prozeß festgelegt worden war: Es sollte der 24. Oktober 1997 sein. Felix hatte die Absicht, seine Nachforschung fortzusetzen. Ich konnte ihm helfen, und vor allem sollte ich an meiner Doktorarbeit weiterarbeiten. Vielleicht, so sagte er, würde die Trennung von Lisa bald zu Ende sein; unterdessen war es zwingend notwendig, daß ich mich nicht gehenließ.

Das folgende Jahr verbrachte ich demgemäß. Ich arbeitete angestrengt. Ich verbrachte meine Tage im Archiv, und am Abend traf ich Felix zum Abendessen oder auf ein Glas im Lutétia.

Felix zwang mich, wieder zu joggen. Ich hatte meine alte Lebensweise wieder aufgenommen, begab mich frühmorgens um drei Uhr zum Marsfeld, das nun von Tauben, holländischen Reisebussen und amerikanischen Touristen verlassen war, und lief, lief bis zur Erschöpfung.

Im Archiv, diesem Theater, in dem ich Zerstreuung suchte, fielen mir eher die alten Männer als die jungen, geschminkten Frauen auf. Unter ihnen gab es eine Art verrückten Gelehrten, einen jener Forscher, die sich an ihre Bibliothek klammern wie ein Ertrinkender an seine Holzplanke, deren Werk und Entdeckung aber stets nur für die Nachwelt sind. Die Kleider dieses Mannes waren ungepflegt, sein Hemd war verschossen, sein Gesicht faltendurchfurcht und sein graues Haar unordentlich, aber er trug eine riesige Sonnenbrille mit hellgelben Gläsern, eine dieser Brillen, die angeblich nahtlose Bräune garantieren und dabei Augen und Haut schützen. Diese Brille war ein seltsames Accessoire, ein echter Widersinn: ein zweckfreies Merkmal, eine Zugabe, vielleicht eine Schrulle, oder aber eine Provokation, eine Koketterie. Dieser rätselhafte Mann arbeitete in einer Ecke, wohin die Sonne nicht dringen konnte, und dort saß er, mit seiner Brille, die eher einem Surfer oder einem etwas ordinären Modepüppchen angestanden hätte, und die er sommers wie winters nicht abnahm, er, der Betrachter der Inkunabeln, der alte, gelehrte Unbekannte. Vielleicht schützte er sich vor der Helligkeit des Wissens – dem Licht der Erkenntnis –, die er lieber mit verschleiertem Blick suchte.

Ich sah Lisa ein paarmal wieder. Durch Zufall, auf der Straße. Sie wohnte vorübergehend bei ihrer Mutter und hatte die Arbeit im Atelier wiederaufgenommen.

Das ist alles.

5

So verstrich recht und schlecht die Zeit bis zum Prozeß von Lerais, sachte, schmerzhaft, schwierig. Für mich waren es lange Zeitspannen der Askese, des Kummers und der Kasteiung durch die Arbeit. Warum? Warum hatte ich sie verloren? Und warum liebte ich sie noch? Warum sah ich sie überall? Und warum haßte ich sie? Warum fehlte sie mir so sehr, Tag und Nacht? Warum war ich wie ein Zombie, der sie zurückhaben wollte?

Ich hob meine Augen zum Himmel, und immer, immer stand dort dieselbe quälende Frage in Sternenstaub geschrieben: Wie soll man in dieser finsteren Nacht klar sehen? Gibt es ein Licht, auf das die Finsternis sich beruft? Wie gerät man vom Guten zum Bösen, vom Bösen zum Guten, und wie soll man die Vorstellung des Guten verstehen, wenn man keine vom Bösen hat?

Es ist wie beim Schönen und Häßlichen und wie bei allem anderen. Hinter einem Wesen steht ein anderes und umgekehrt, so als wären das Gute und das Böse zwei Seiten einer Medaille, und der Mensch, diese chaotische Mikrobe, versucht, seine Identität jenseit dieser beiden Kräfte zu konstruieren, um diese zu beherrschen; doch zuweilen entwischen sie seinem Zugriff und wenden sonderbare Kunstgriffe an, und dann begreift der Mensch gar nichts mehr. Das reine Wasser, das Wasser, das alle Wunden reinwäscht, die des Körpers und die der Seele, das kühle Wasser, das das Fleisch kräftigt und den Körper belebt, und das warme Wasser, das erquickt und beruhigt, sollte es auch das Böse reinwaschen können?

Nachdem ich dort eingetaucht war, hatte ich geglaubt, mich verändert zu haben. Das Wasser war das Wasser des Jungbrunnen: Es schenkte Jugend, schenkte Leben, schenkte Liebe, *schenkte den Tod*. Nein, es gab keine Vorsehung. Das Böse entsteht nicht aus Unwissen, oder aus Dummheit oder Faulheit. Das Böse schleicht sich in schlichte Herzen wie in böse, in glückliche Seelen wie in traurige. Das Böse kommt, doch niemand weiß, woher. Das Wasser ist nicht nur das reinigende Element. Es ist auch Sintflut und Sturm.

Glücklicherweise machte meine Doktorarbeit dank der Ermutigungen von Felix Fortschritte. Das war meine einzige Befriedigung. Mich interessierte, wann die letztendliche Entscheidung für die Auslöschung der Juden gefallen war. Ich zeigte auf, daß noch im Sommer 1941 den Juden die Emigration offenstand, auch wenn es Beschränkungen gab. Im August beschloß man, daß sie ein Kennzeichen tragen mußten, und im September begannen die Deportationen in den Osten. Doch seit Ende der dreißiger Jahre suchte Hitler nach einer Territoriallösung im Fall des Sieges und nach einer Radikallösung für den Fall, daß der Krieg eine ungünstige Wendung nehmen würde, als Vergeltungsmaßnahme also. Im Sommer 1940 war er noch bereit, die europäischen Juden über den Atlantik zu schicken. Während er den Rußlandfeldzug vorbereitete, unternahm er nichts gegen sie, weil er glaubte, der Sieg wäre nahe. Erst als der Krieg eine andere Wendung nahm, wurden die sowjetischen Juden die Opfer seiner Wut.

Meiner Meinung nach hatte der Krieg Zorn und Panik bei Hitler ausgelöst. Er und seine Gefolgsleute hätten diese Verbrechen nicht vollbracht, wenn alles so abgelaufen wäre, wie er gehofft hatte. Der Widerstand des Sowjetreichs, die wirtschaftlichen Schwierigkeiten, die traumatische Erfahrung von 1918 und die Scham über die Niederlage hatten die Zivilbevölkerung skrupelloser und empfänglicher für den Rassenhaß gemacht.

Die Deutschen waren überzeugt, daß sie ein weiteres Mal riskierten, ihr Blut zu vergießen und die Juden als Sieger dieses ewigen Krieges zu sehen: Daher *mußten* sie ausgelöscht werden. Sie waren der Erbfeind, der die gegensätzlichen Erscheinungsbilder des Bolschewismus und des Kapitalismus annahm und bald, daran zweifelten sie nicht, sich als das enthüllen würde, was er war, in seiner teuflischen Gestalt.

6

Das einzig bemerkenswerte Ereignis in dieser schwierigen Zeit war ein Abend, den ich mit Bruder Franz verbrachte. Er befand sich für einige Tage in Paris und hatte mich sehen wollen.

Ich traf ihn vor der Bibliothek, wo ich mich mit ihm verabredet hatte. Er ging langsam die Straße entlang, so, als könne er sich nur tastend vorwärtsbewegen.

»Ihre Sehkraft hat noch weiter nachgelassen, Bruder Franz?« fragte ich ihn.

»Ja. Ich sehe immer weniger.«

»Warum tragen Sie dann keine Brille?«

»Es stört mich nicht, im Verschwommenen zu leben. Ich habe den Eindruck, mich in einer vertrauteren Welt zu befinden. Die Konturen der Menschen und Dinge sind nicht mehr so scharf. Alles ist sanfter, weicher …«

Ich führte ihn in das Café in der Rue des Rosiers, wo Lisa und ich das erste Mal essen gegangen waren und das ich häufig aufsuchte, um meinen Kummer zu dem der Rabbis zu gesellen, die an den Wänden klagten.

»Ermittelt die deutsche Polizei immer noch im Fall Schiller«, fragte ich ihn, »oder ist die Akte seit der Anklage gegen Jean-Yves Lerais geschlossen? Sie sagten, daß man den Mörder finden müsse. Ist es Ihnen gelungen? Haben Sie ihn gesucht?«

»Sie stellen mir immer dieselben Fragen, Raphael. Wer hat Carl Rudolf Schiller getötet? Der kaltblütige Engel, der Dämon des Bösen? Oder nur ein ganz normaler Mensch? Warum wurde Carl Rudolf Schiller getötet? Was war der Grund, das Motiv für diesen Mord? Wir wissen nur, daß ein Mensch Carl Rudolf Schiller getötet hat. Was hat sich in seiner Seele abgespielt, damit er diese Tat vollbringen konnte? War sie im Bann des Bösen, das seinen Arm und seinen ganzen Leib benutzt hat, um an sein Ziel zu gelangen? Nein, ich habe nicht Schillers Mörder gesucht, das ist nicht meine Aufgabe, aber ich habe nachgedacht.«

»Und?«

»Ich glaube, er muß besessen gewesen sein, im wahrsten Sinne des Wortes, das heißt, seiner eigenen Geistesgegenwart beraubt, um dahin zu gelangen. Nur Satan weiß Gedanken zu bilden, um den Menschen seiner selbst zu berauben. Nur der Spalter kann die Einheit des Menschen zerbrechen.«

»Das ist die Geschichte des letzten Krieges. Einige Völker haben sich auf ein kleines, schwaches, verachtetes Volk gestürzt. Das zivilisierteste, industrialisierteste hat mit den anderen darum gewetteifert, es verschwinden zu lassen. Wie ist das zu begreifen? An diesem Punkt betritt der Teufel die Szenerie: Er hat, in Gestalt des zivilisierten Menschen, sein Werk bis in die kleinsten Details entworfen, erdacht, organisiert und ausgeführt. Es ist der Teufel: das zweite Gesicht des Abendlands, das er mit allen Kräften verneint. So ist das Böse, es steckt in jedem von uns, auf der verborgenen Schattenseite unserer Persönlichkeit. Es taucht von Zeit zu Zeit auf, wenn die politische und religiöse Umgebung den Boden für das makabre Schauspiel bereitet hat, das es so gern spielt, und dann hüllt es alles in seine Finsternis. Darüber habe ich nachgedacht, Raphael. Und dann ist da noch etwas anderes.«

»Was?«

»Ich habe über eine Geschichte nachgedacht … nein, es ist eher eine Parabel. Wollen Sie sie hören?«

»Gern.«

»Sie beginnt so. Jesus ist wiederauferstanden und kommt in die Welt um 1940 zurück, wo er deportiert wird, weil er Jude ist. Er wird also verhaftet, in einen Zug gesteckt und in ein Konzentrationslager geschickt. Und dort sieht er das Leiden seines Volkes und leidet ebenfalls. Er wendet sich an Gott, wie Moses es tat, als er sah, wie seine Brüder in Ägypten als Sklaven gehalten wurden, und fragt ihn: ›Warum? Warum soviel Leid?‹

Da erscheint ihm Gott:

›Diese Menschen sterben für mich. Und du auch, Jesus, du stirbst in meinem Namen, weil du Jude bist …‹

Da antwortet Jesus:

›Wirst du diesen Kelch an mir vorübergehen lassen, oder wirst du mich auch dieses Mal verlassen?‹

Bei diesen Worten gibt es einen Bombenangriff auf das Lager. Panik bricht aus. Viele nutzen sie, um zu fliehen. Da dankt Jesus dem Herrn, stürzt sich auf ein Mitglied der SS, überwältigt es, zieht seine Uniform an und flieht. Jesus beginnt, in seiner SS-Uniform durch Städte und Dörfer zu laufen. Auf einmal trifft er auf eine Patrouille der SS, die ihn mit sich nimmt. Zusammen begeben sie sich in ein Dorf, wo sie Juden verhaften und in einen Wald führen. Jesus begreift, was geschehen wird, lädt sein Gewehr und tötet alle SS-Angehörigen, bevor sie die Juden töten. Da zerreißt eine Stimme den Himmel:

›Aber Jesus! Was machst du da?‹ sagt sie. ›Du hast deine Mission nicht erfüllt, du hättest deine Brüder töten lassen und an ihrer Seite sterben müssen!‹

›Aber warum?‹ fragt Jesus und fällt auf die Knie. ›Warum diese Ungerechtigkeit?‹

›Du kennst die Antwort genau, Jesus, um die Menschheit zu retten.‹

›Aber ich habe die Menschheit gerettet, weil ich diese Menschen gerettet habe, die sonst durch die SS getötet worden wären!‹ entgegnet Jesus. ›Du hast dein Volk immer gelehrt, auf der Seite der Verfolgten und nicht auf der der Verfolger zu sein! Habe ich nicht genau das getan?‹

›Ein hübscher Sophismus, Jesus‹, antwortet die göttliche Stimme. ›Aber nur im Leid kannst du dich vollenden, so wie die Natur sich nur mit dem Bösen vollenden kann, das sie begründet. Denn wisse, das Böse ist der Ursprung jeden Wachstums, das Böse läßt die Dinge fortschreiten und erschafft von außen. Ohne das Böse würde sich die Natur nur um sich selbst drehen, denn ihre Kräfte können sich nicht entfalten. Du glaubst, daß du die Menschheit gerettet hast, aber du hast nur ein paar Menschen gerettet und den richtigen Fortgang der Dinge verhindert.‹

Da beginnt Jesus, die Nazis zu betrachten, die vor seinen Füßen in ihrem Blut liegen; und dann sieht er die Männer, Frauen und Kinder an, die sich aneinanderdrängen und ihn in seiner Uniform ungläubig ansehen.

›Aber damit bin ich nicht einverstanden. Ich habe sie gern gerettet, ja, mir war es lieber, diese Menschen zu retten, als zu sterben … Ja, ich wollte die Deutschen töten, weil sie Mörder sind. Und weißt du was? Ich werde damit weitermachen.‹

›Unwürdiger Sohn‹, donnert Gott, ›verdorbener Sohn, ich habe dich nicht auferstehen lassen, damit du ein Widerständler wirst! Das bist du nie gewesen! Du warst mein Lamm, mein sanftes Schaf. Du wolltest lieber sterben als töten!‹

›Aber‹, sagt Jesus, ›siehst du nicht, daß diese Menschen wegen deiner Weisheit zu weit gegangen sind? Du existierst hier nicht mehr! Du hast dich überwältigen lassen!‹

›Auch sie sind meine Kinder‹, sagt Gott.

›Die SS-Männer sind deine *Kinder*?‹

›Ja, die Menschen, die du getötet hast, sind meine Kinder. Es sind Menschen, Jesus, vergiß das nicht.‹

›Nein, Vater! Sind es Menschen, die die Menschen verschwinden lassen wollen?‹

›Du hast es nicht begriffen‹, sagt Gott ruhig. ›Ich werde dir alles erklären. Unter den Menschen gibt es welche, die ich eigens dafür erwählt habe, eine andere Moral zu verkünden, zum Preis des Leidens und des Opfers. Sie haben auch ein Ideal: das, mein Gesetz der Liebe zu zeigen. Und deine Mission war es, die Seele des Mörders durch dein Opfer zu erwecken und zu zeigen, daß Erlösung möglich ist! Wisse außerdem, daß du ohne sie nichts bist, so wie sie ohne dich nichts sind.‹

Da läßt sich Jesus mit dem Gesicht auf die Erde fallen und sagt:

›Wer ergründet deine Wege, o Herr? Und wie ist dein Wille? Daß der Teufel lebt und der Mensch dir dient? Daß der Mensch den Teufel gewähren und alles mit sich machen läßt, um ihm zu zeigen, daß er dich liebt und dir treu bleibt, dem Gott der bedingungslosen Liebe?‹

›Ich will, daß Satan lebt und der Mensch herrscht. Und deine Rolle ist die des Märtyrers: Du bist der, der die Natur überwindet und im Angesicht des Todes durch die Verklärung der Gnade dem Bösen entgegentritt, das die Menschheit zurückwirft und das jeder einzelne in sich zu unterdrücken sucht.‹

›Ich will nicht mehr derjenige sein, den man quält und verachtet, den man bespuckt und dem man hundert Verbrechen zuschreibt, die er nie begangen hat, derjenige, der dich inmitten seiner Feinde nach dem Sinn seines Leidens fragt, während du – was machst? NICHTS! Erinnerst du dich an meine letzten Worte am Kreuz? Ich habe dich angefleht, mich nicht zu verlassen. Das habe ich dir nie verziehen, ich, der ich sogar den Schächern verziehen habe, ich kann dir versichern, daß ich dir das immer übelgenommen habe und auch jetzt noch übelnehme, daß du mich hast fallenlassen. Daß du dich nicht gerührt hast. Ungesehen. Ungerührt. Du kennst die Wahrheit so gut wie ich: ICH WOLLTE NIE AM KREUZ STERBEN. Du hast mich das gegen meinen Willen machen lassen. Und wie könnte ich dir auch verzeihen, wo ich dich doch angefleht habe, mich nicht zu verlassen und diesen Kelch an mir vorübergehen zu lassen? Glaubst du, daß ich durch das Leid den Teufel besiegt habe? Siehst du nicht um dich herum meine Ohnmacht, *deine* Ohnmacht? Du hast nicht mich am Kreuz auf die Probe gestellt, du hast den Teufel herausgefordert, und mir hast du die Aufgabe übertragen, den Fürsten der Finsternis zu besiegen. Und ich, der ich dafür gestorben bin, öffne die Augen und sehe um mich herum diese Konzentrationslager, dieses Feuer, dieses Desaster, diese Katastrophe, dieses Greuel. Ich versichere dir, daß ich nicht zum zweiten Mal dieselbe Dummheit begehe, das lasse ich nicht mehr mit mir machen, denn dieses Mal habe ich verstanden: Die einzige Art, das Böse zu besiegen, die einzige Art zu herrschen, ist zu kämpfen und sich selbst der Gefahr auszusetzen, zu töten, wenn es nötig ist, denn aus diesem Kampf kommt das Heil.‹

›Zu kämpfen … wie *er* also?‹ antwortet die göttliche Stimme. ›Sieh dich doch an, Jesus, sieh, was aus dir geworden ist: Deine Hände sind blutverschmiert, und du bist ein Mörder, ein Henker, ein SS-Mann unter SS-Männern! Du trägst Uniform, Jesus! Was hast du getan! Unglückseliger! All diese Familien waren in dir gesegnet, und du mußtest an meiner Seite sein, an der Seite der Ewigkeit, für das Heil aller. Ja, du warst mein Lamm, das Lamm Gottes, das hinwegnimmt die Sünden der Welt, das alle Sünde durch sein Beispiel tilgt, du warst das fleischgewordene Wort, du warst der Retter am Kreuz, denn durch das Leid hast du die Sünden der Menschen aufgehoben, ja, du warst der Sündenbock der Völker, und deine Zurückweisung war der Ausdruck eines erlösenden Schicksals, und wenn ich dich den Tod habe erfahren lassen, um nun wiedergeboren zu werden, dann um den Menschen diese Botschaft wieder und wieder zu verkünden. Weißt du, was das bedeutet: so zu lieben, daß man für das, was man liebt, sterben kann? Das ist die Macht der Liebe. Nur auf diesem Weg wird Liebe erkannt und verherrlicht. Das ist die große Lehre der menschlichen Geschichte: Die Liebe ist der wahre Weg des Heils.‹

›Wenn man dem Bösen ausgeliefert ist, ist Liebe nicht die Lösung‹, gab Jesus zurück.

›Und was wäre deiner Meinung nach die Lösung?‹

›Gerechtigkeit. *Deine* Gerechtigkeit: Auge um Auge, Zahn um Zahn.‹

›Was sagst du da?‹

›Ich sagte, daß ich kämpfen will, um dort Gerechtigkeit walten zu lassen, wo die Menschen unfähig sind zu lieben.‹

›Schweig still! Kehre um, Jesus, wende dich mir wieder zu und opfere dich zum Wohl der Menschheit.‹

Aber Jesus ging schon fort, rasend vor Zorn gegen diesen Gott, der nichts begriffen hatte.

Als Zeichen seiner Revolte behielt er seine SS-Uniform an und wurde dieses Mal zum Henker, einem wahren Henker, und er fing an, Juden umzubringen. In einem Überfallkommando durchsuchte er mit seinen Kameraden von der SS die Dörfer und massakrierte ganze Familien, Männer, Frauen und Kinder, alle, die ihm über den Weg liefen, er führte sie zum Morden in den Wald, nachdem er ihre Häuser verwüstet und verbrannt hatte. Jesus drang wie ein Vandale in die Synagogen ein und schändete die heiligen Schriftrollen, die Bücher und Gebetsschals und steckte dann alles in Brand. Er ging in die Ghettos, wo er die Juden einsperrte und sie dem Hunger, den Seuchen und dem Ungeziefer überließ.

Mit seinen SS-Kohorten ging er in jede Stadt, wo er die Geschäfte verbrannte und alles, was sie enthielten, zerstörte und plünderte, und die Flammen loderten um ihn herum bis in die verwüsteten Wohnungen und Häuser, und aus den Fenstern flog das Kristall, das Porzellan zersprang auf dem Bürgersteig, und die Federn der aufgeschlitzten Oberbetten sanken wie Schneeflocken zur Erde.

Er hatte weder Respekt vor den Lebenden noch vor den Toten: Auf den Friedhöfen schändete er die Gräber, in den Städten mordete er. Jeden Tag lud er sein Gewehr und zielte auf vor Angst erstarrte Familien, und er war engagierter bei der Sache als all seine Kampfgenossen, die doch schon sehr motiviert waren. Nach und nach wurde er als einer der schrecklichsten SS-Männer bekannt, als derjenige, der niemals Mitleid empfand.

Eines Tages, als eine Expedition besonders blutig ausgefallen war, zerriß ein großer Blitz den Himmel.

›Was machst du da, Jesus?‹ donnerte die Stimme Gottes. ›Jetzt bist du wohl vollkommen verrückt geworden!‹

›Keineswegs‹, sagte Jesus. ›Du hast mich gebeten, mich für das Wohl der Menschheit zu opfern, und das habe ich getan. Ich habe den Juden die Möglichkeit gegeben, Opfer zu sein wie ich vorher. Daher müssen sie mir dankbar sein und du ebenfalls, denn ich bin dein wahrer Diener … Ich habe deine Lehre begriffen: Wenn man sterben muß, um die Welt zu retten, dann muß auch jemand bereit sein, den anderen dabei zu helfen. Das wahre Opfer ist das des Henkers, denn er hat noch nicht mal den Ruhm, unschuldig zu sterben. Also vollbringe ich das höchste Opfer, das Opfer meines Opfers, und töte diese armen Menschen für den Ruhm deines Namens.‹«

»Nun«, sagte Bruder Franz, »wie gefällt Ihnen meine kleine Parabel?«

»Interessant«, sagte ich. »Unorthodox.«

»Wissen Sie«, fuhr Bruder Franz fort. »Als ich Ihnen riet, sich von diesem Mord fernzuhalten, tat ich das, weil ich etwas darin spüre, das die Kraft des Menschen übersteigt.«

»Und wie kommen Sie darauf?«

»Durch das Heft, Sie wissen schon.«

»Sprechen Sie von dem braunen Heft? Wo ist es Ihrer Meinung nach jetzt?«

»Ich habe nicht die geringste Idee, Raphael, und das ist es, was mich beunruhigt. Ich habe es nach Auschwitz gebracht, an die Stelle, die Mina mir angab. Ich weiß nicht, wer vor ihr hingegangen ist, um es wieder auszugraben.«

Am Ende des Abends stellte Bruder Franz mir eine letzte Frage, bevor er ging:

»Wie geht es Ihrer Frau, Raphael? Sie haben mir noch nichts von ihr erzählt.«

»Lisa ... ist gegangen«, sagte ich rauh.

»Wohin gegangen?«

»Ganz einfach gegangen.«

»Oh«, sagte er. »Das tut mir leid. Aber doch nur vorübergehend?«

»Ich weiß es nicht. Ich weiß noch nicht einmal, wo sie ist. Sie will nicht mehr, daß ich sie anrufe. Sie hat mir nicht ihre neue Adresse gegeben. Die einzige Person, die mir sagen könnte, wo sie ist, ist ihre Mutter, und ihre Mutter war zu glücklich darüber, daß sie mich verließ, als daß sie mir irgend etwas sagen würde.«

»Sie lieben sie, nicht wahr?«

»Ich werde sie immer lieben.«

»Dann lassen Sie sie nicht los. Lassen Sie sie nicht *verschwinden.*«

SIEBTER TEIL

1

Am 24. Oktober 1997 begann der Prozeß gegen Jean-Yves Lerais. Unter den vorgeladenen Zeugen waren neben Mina, Béla, Paul, Lisa, Felix und mir auch Ron Bronstein, Pater Francis, Jacques Talment, Michel Perraud und Bruder Franz.

Am ersten Tag des Prozesses gingen Felix und ich gemeinsam zum Justizpalast. Als wir das wuchtige Gebäude betraten, war ich beeindruckt von seiner Feierlichkeit; die massigen Steintreppen, die Statuen und die großen Säle, in die gehetzte Anwälte eilten, schienen Teil einer Theaterdekoration zu sein, eines großen Schauspiels, in dem jeder seine Rolle spielen mußte, kraft der Macht, welche ihm die Moral – oder die Republik – verlieh.

Um in den Schwurgerichtssaal zu gelangen, mußten wir eine breite Treppe hinauf, wo ein riesiger Spiegel hing, der die ganze Wand und sogar die Decke wie ein spiegelnder See bedeckte. Ich hob die Augen: Dort, sagte ich mir, lag das Geheimnis unseres Ursprungs, im himmlischen Teil der dunklen, allgegenwärtigen und undurchsichtigen Oberfläche, die schwer wie ein Segel herabhing. Heute würden wir es vielleicht wissen.

Alles wissen. Das ist es, wonach alle sich sehnen. Zu wissen, woher sie kommen, warum sie hier sind, wohin sie gehen. Um sie herum ist nichts als Dunkelheit, und die großen Säle lassen kein Licht hindurch. Wer wird sie aus der Todesangst erretten? Wer sind sie, und wo sind sie? Woher kommen sie? Und warum sind sie hierhergekommen? Wohin gehen sie? Sie wollen ganz einfach die Entstehungsgeschichte des Verbrechens erfahren. Werden sie damit vertrauter werden? Oder werden sie sich davor noch mehr verschanzen, sich ganz herausziehen, indem sie hier leben, hier unten, und keine andere Verbindung zwischen den beiden Welten haben als Wahn oder Illusion?

Plötzlich machte mein Herz einen Satz: Lisa war da. Sie ging die Stufen der Treppe hinauf und wandte sich zur Vorhalle. Ich hatte sie seit fast einem Monat nicht mehr gesehen. Ich lief zu ihr.

»Lisa?«

Sie drehte sich zu mir um. Es war wie am ersten Tag; doch dazwischen lag die lange Leidenszeit, und als ich ihren Namen sagte, stieg der Schmerz dieser Jahre, den ich unterdrückt hatte, in mir auf wie ein unkontrollierbarer Strom, wie eine riesige Gefühlswelle.

»Raphael, wie geht es dir?« fragte sie.

»Und dir?«

»Ganz gut ...«

Sie lächelte mich traurig an. Wir gingen zusammen zum Zeugenraum.

Jean-Yves Lerais mußte auf *nicht schuldig* plädieren. Als ich sah, wie er zwischen zwei Gendarmen auf der Anklagebank erschien, erkannte ich in ihm den blonden, großen und hageren Mann wieder, den ich gesehen hatte, als ich Lisa im Marais gefolgt war.

Er wirkte vollkommen niedergeschlagen. Nicht einen einzigen Blick warf er auf den Vorsitzenden, auf die drei Richter und den Staatsanwalt, die das Gericht repräsentierten. Er hob kaum den Kopf, um zu sehen oder zu hören, was um ihn herum geschah. Manchmal warf er verletzte Blicke umher. Als man die Geschworenen auswählte, machte er von seinem Recht, fünf Geschworene abzulehnen, keinen Gebrauch, und er betrachtete die neun Ausgewählten stumpfsinnig und vollkommen ausdruckslos. Er reagierte auch nicht, als die Zeugen aufgerufen wurden. Und als diese einen Meter entfernt von seiner Bank vorbeigingen, um in den Zeugenraum zu gelangen, empfand er nicht das Bedürfnis, diese doch so vertrauten Gesichter anzusehen. Zerstreut hörte er der Verlesung der Anklageschrift zu, die ziemlich niederschmetternd war.

Ich weiß nicht, wer zuerst in den Zeugenstand gerufen wurde, als die Verhandlung begann, Felix oder ich.

Als ich mich in dem großen Spiegel an der Treppe betrachtet hatte, schien mir, als hätte ich sein Bild gesehen. War diese schwarze Jacke, die ein bleiches Gesicht hervorhob, waren diese blauen Adern, die an den Schläfen pochten und äußerste Nervosität verrieten, dieser seltsame Schimmer in den Augen, diese ein wenig geweiteten Pupillen seine oder meine?

Ich glaube, ich war es, der die rechte Hand hob und schwor, »ohne Haß und Furcht die Wahrheit zu sagen, die ganze Wahrheit und nichts als die Wahrheit«. Mir ist undeutlich das Bild von seiner Anhörung im Gedächtnis geblieben: Sie war der meinen so ähnlich, daß ich beide Erinnerungen übereinandergeschoben habe. Wenn es nicht nur eine war. Ich weiß es nicht mehr. Vielleicht sprach Felix und sagte genau das, was ich selbst gesagt hätte. Oder wir drückten uns gleichzeitig aus, als würden wir einstimmig antworten. Ich spürte schon vorher, was er sagen würde, und formte seine Antworten mit meinen Lippen nach.

Der Staatsanwalt, Maître Baillet, ein kleiner, dünner Mann mit glatten, schwarzen Haaren, einem listigen Blick und fleischigen Lippen, richtete den Kragen seiner roten Robe, erhob sich und wandte sich langsam zu mir – das heißt, zu Felix.

»Sie waren es, der die zweite Körperhälfte von Carl Rudolf Schiller entdeckt hat?« fragte er.

»Ja.«

»Wo und unter welchen Umständen?«

»In Italien, in der Ecole française de Rome.«

»Und warum haben Sie sich nach Italien begeben?«

»Ich wollte den Onkel von Jean-Yves Lerais sehen, Pater Francis. Ich wollte ihm Fragen über seinen Neffen stellen.«

»Was für ein Interesse haben Sie an dieser Angelegenheit?«

»Ich stelle Nachforschungen über den Mord an Carl Rudolf Schiller an.«

»Haben Sie sich deshalb nach Rom begeben?«

»Ja, genau.«

»Und dann sind Sie wie durch Zufall über die Leiche gestolpert?«

»Nein, so ist es nicht gewesen.«

»Nein? Wie sind Sie denn auf die Idee gekommen, in die Bibliothek der Ecole française de Rome zu gehen? War sie zu der Zeit nicht geschlossen? Wie sind Sie dort hineingelangt?«

»Ich hatte einen Hauptschlüssel.«

»Und was haben Sie gesucht?«

»Ich ... ich hatte so eine Eingebung.«

Baillet hob eine Augenbraue und sagte mit sarkastischem Lächeln:

»Eine Eingebung? Wirklich? War es nicht vielmehr so, daß Sie wußten, daß Lerais den Mord begangen hatte, und Sie diese Annahme beweisen wollten?«

»Nein, das sagte ich doch. Ich bin nach Rom geflogen, um Pater Francis aufzusuchen.«

»Was hat Sie in diesem Fall in die Bibliothek der Ecole française de Rome geführt?«

»Jean-Yves Lerais arbeitete dort.«

»Also haben Sie sich anfangs nach Rom begeben, weil Sie dachten, Pater Francis würde Ihnen Unterlagen geben, die Lerais entlasten könnten, aber dann wurden Sie mit einem erdrückenden Beweis seiner Schuld konfrontiert.«

»Ich wollte zuerst alle Informationen sammeln, bevor ich jemanden beschuldigte. Ich bin Journalist, ich stellte Nachforschungen an wie ein Historiker. Historiker und Journalist sind nicht zu trennen, wissen Sie …«

»Was erzählen Sie da?« unterbrach Baillet und hob eine Augenbraue. »Antworten Sie bitte auf meine Frage. Was hat Pater Francis Ihnen also gesagt?«

»Er hat nichts gesagt, aber er hat viel gesprochen …«

Der andere sah ihn verständnislos an.

»Würden Sie sich bitte besinnen und präzise auf meine Fragen antworten. Ich erinnere Sie daran, daß Sie einen Eid geleistet haben.«

»Ich bin in diesem Moment ganz bei der Sache.«

»Dann bitte ich Sie, sich zu konzentrieren. Kann man sagen, daß Pater Francis Ihnen also etliche Informationen gegeben, jedoch nichts gesagt hat, das zur Entlastung von Jean-Yves Lerais dienen konnte?«

»Er hat in der Tat viel gesprochen, aber er hat nichts gesagt …«

»Das zur Entlastung von Jean-Yves Lerais dienen konnte?« beharrte der andere.

»Nein«, murmelte er.

»Ich bitte Sie, etwas lauter zu sprechen, wir haben Sie nicht genau verstanden.«

»Nein«, wiederholte Felix. »Aber er hat auch nichts gesagt, das ihn belastete.«

»Ich danke Ihnen.«

Als Felix' Befragung beendet war, entfernte er sich mit schwerem Schritt. Er verlagerte sein Gewicht etwas auf den linken Fuß, als wäre ihm schwindlig.

Draußen nahm er eine Zigarre aus seiner Tasche und steckte sie sich, ohne sie anzuzünden, in den Mund.

Ich griff meinerseits nach den Zigaretten in meiner Jackentasche. Ich holte sie heraus und hielt *Zigarren* in meiner Hand!

Nach der Befragung erlaubte uns der Vorsitzende, ein Mann fortgeschrittenen Alters mit näselnder Stimme, im Gerichtssaal zu bleiben und den Prozeß zu verfolgen.

Der Gerichtsdiener führte Tamara Manoux herein, eine Medizinerin, die als Sachverständige fungierte. Frau Doktor Manoux, eine resolute Mitdreißigerin mit lebhaftem Blick und dunklem Pagenschnitt, beantwortete die Fragen, die das Gericht ihr über Schillers Leiche stellte.

»Wenn man einen Körper in zwei Teile zerlegt«, begann der Vorsitzende, »wie lange dauert es dann, bis er vollkommen verwest ist?«

»Eine Woche«, antwortete die Sachverständige.

»Sie haben die Aufnahmen von Carl Rudolf Schillers Leichenhälfte gesehen«, sagte der Vorsitzende und ließ die Aufnahmen an die Geschworenen weiterreichen. »Wie lange lag sie Ihrer Meinung nach in dieser Bibliothek?«

»Man kann ein paar Verwesungsmerkmale erkennen, aber der Zerfall war noch nicht sehr weit fortgeschritten. Ich würde sagen: zwei Tage vielleicht. Es sei denn, der Tod ist viel früher eingetreten. In diesem Fall war die Leiche eingefroren oder in Formalin konserviert, bevor sie dort hingelegt wurde, wo man sie fand.«

»Nehmen wir mal an, es ist so gewesen. Hätte man den Leichengeruch wahrnehmen oder sonstwie bemerken können, daß sich die Leiche dort befand, obwohl die Bibliothek wegen der Ferien geschlossen war?«

»Nein. Dazu war die Leiche noch nicht lange genug da.«

»Das heißt, daß derjenige, der die Leiche dorthin gebracht hatte, einen Schlüssel besaß. Mit anderen Worten: Da die Bibliothek eine Woche zuvor geschlossen worden war, konnte die Leiche unmöglich vor ihrer Schließung dort hingelegt worden sein?«

»Absolut unmöglich. Die Verwesung hätte viel weiter fortgeschritten sein müssen.«

»Noch eine Frage, Frau Doktor. Welche Körperkraft braucht man, um eine Leichenhälfte wie jene auf dem Photo zu tragen?«

»Da ein Teil des Unterleibs, das Becken und die unteren Gliedmaßen, abgetrennt wurden, dürfte dieser halbe Körper nicht mehr wiegen als etwa dreißig Kilo. Um ihn zu heben, muß man nicht besonders stark sein.«

»Ich danke Ihnen für Ihre Hilfe, Frau Doktor.«

»Das war doch selbstverständlich.«

Dann rief der Vorsitzende Chiara Tropoli herein, die Sekretärin, der wir in der Ecole française de Rome begegnet waren.

Nach ihrer Vereidigung stellte er ihr nur eine einzige Frage:

»Mademoiselle Tropoli: Wer außer Ihnen besitzt einen Schlüssel zur Bibliothek Ihres Instituts?«

»Der Direktor, die Mitarbeiter und die Gastdozenten.«

»Sonst niemand?«

»Nein.«

»Ich danke Ihnen.«

Als Michel Perraud aufgerufen wurde, trat er in den Gerichtssaal und ging dann sicheren Schritts zum Zeugenstand. Er stellte sein erhabenes, listiges Dauerlächeln zur Schau. Seine kleinen, tiefliegenden und flinken Augen flogen ständig nach rechts und links, als wolle er sein Publikum einschätzen. Er war von Maître Ansel, dem Anwalt der Verteidigung, geladen worden. Dieser war ein Mann in den Sechzigern mit leicht ergrautem Haar, einer viereckigen getönten Brille und breiten Schultern.

»Wann haben Sie meinen Klienten kennengelernt?« fragte Maître Ansel.

Er hatte eine ganz spezielle Art, sein Gegenüber anzusehen, mit schief gelegtem Kopf, so als wolle er seinen Gesprächspartner verunsichern.

»Vor ungefähr einem Jahr«, antwortete Perraud. »Wir unterhielten uns ein paarmal wegen eines Buches, an dem er schrieb.«

»Zu welchem Thema, bitte?«

»Es handelte sich wohl um ein Buch über die Aktivitäten der hohen Beamten während des Zweiten Weltkriegs.«

»Und was haben Sie ihm erzählt?«

»Nichts, was nicht schon bekannt war: Ich war in der Résistance, und er wußte es.«

»Sie waren in der *Résistance*?«

»Aber ja«, sagte er und zeigte seine grauen Zähne, »und ich bin stolz darauf.«

»Hatte Jean-Yves Lerais Kenntnis von gewissen Unterlagen, gewissen Fakten, die er Ihrer Meinung nach lieber nicht veröffentlichen sollte?«

Bei diesem Worten hob Lerais plötzlich den Kopf. Sein Blick kreuzte den von Perraud, der ungerührt antwortete:

»Nein, ich glaube nicht.«

»Denken Sie gut nach, Herr Minister«, drängte der Vorsitzende.

»Das habe ich bereits.«

»Vielleicht kann ich Ihnen dann helfen. Haben Sie Jean-Yves Lerais nicht Geld dafür angeboten, damit er gewisse Fakten über Sie nicht erwähnt?«

»Ich bitte Sie, Herr Vorsitzender, welche Fakten sollten das sein?«

Monsieur Ansel sah ihn an, dann sagte er:

»Fakten über Ihre Vergangenheit in Vichy zum Beispiel.«

»Diese Frage ist irrelevant«, unterbrach Baillet.

»Ich werde aufzeigen, daß sie relevant ist«, entgegnete Ansel. »Carl Rudolf Schiller mußte im Prozeß von Maurice Crétel als Zeuge aussagen. Doch sagte er nicht, was von ihm erwartet wurde, und dies kann sehr wohl seinen Tod verursacht haben, und zwar anders, als man glaubt.«

»Fahren Sie fort«, sagte der Vorsitzende.

»Herr Minister, waren Sie in Ihrer Jugend Mitglied der Cagoule?«

Perrauds Blick verschleierte sich.

»Ich finde es betrüblich, daß diese Verleumdungen vor Gericht wiederholt werden.«

Felix warf mir einen ironischen Blick zu. Warum log Perraud derart schamlos?

»Herr Minister, Sie stehen unter Eid.«

»Wollen Sie mir unterstellen, daß ich lüge, Maître Ansel?«

»Ich habe das zu Ihnen gesagt, weil eine Liste existiert, die sogenannte Corre-Liste, auf der alle Namen der Cagoule-Mitglieder stehen, darunter möglicherweise auch Ihrer.«

Perraud sah ihn plötzlich drohend an.

»Sind Sie sich darüber im klaren, was Sie da gesagt haben? Wenn Sie nicht sofort Ihre Behauptung zurückziehen, werde ich Sie wegen übler Nachrede verklagen, Monsieur Ansel.«

»Wirklich? Sie wissen wohl nicht, daß man einen Anwalt nicht für das verklagen kann, was er während einer Verhandlung sagt?«

»Doch, das weiß ich. Aber Sie sollten wissen, welche Befugnisse ich in diesem Staat habe.«

Der Anwalt sah ihn ohne ein Wort an. Die beiden Männer hatten die Klingen gekreuzt.

»Gut, kommen wir zu etwas anderem«, sagte Maître Ansel nach einer Weile. »Kannten Sie Carl Rudolf Schiller?«

»Ja, ich wußte, wer er war. Ich wurde wie alle anderen durch die Presse darüber informiert, was geschehen war. Aber ich kann Ihnen nichts weiter dazu sagen: All das erscheint mir sehr verworren.«

»Ich danke Ihnen, Herr Minister. Ich überlasse den Zeugen der Zivilpartei.«

Maître Carbot, der Anwalt der Zivilpartei, war ein alter, vollkommen kahlköpfiger Mann mit stets geöffnetem Mund und nachdenklichen Augen. Er betrachtete unentwegt und mit zutiefst gelangweilter Miene seine Fingernägel.

»Hatten Sie ein gutes Verhältnis zu Jean-Yves Lerais, als er Sie über Ihre Vergangenheit befragte?« fragte er.

»Ja, ein ausgezeichnetes«, sagte Perraud. »Ich verstand mich sehr gut mit ihm. Ich war stolz, mit ihm über meine Vergangenheit in der Résistance sprechen zu können. Ich glaube, wir empfanden füreinander viel Respekt«, fügte er hinzu und blickte Jean-Yves Lerais spöttisch an.

Am Nachmittag wurde Jacques Talment, der von Maître Ansel vorgeladen worden war, in den Zeugenstand gerufen.

Der alte Mann schritt recht langsam nach vorn, da er Mühe hatte, sich aufrecht zu halten.

»Wie haben Sie Jean-Yves Lerais kennengelernt?« fragte Maître Ansel.

»Er gehörte zu den Historikern, die meine Frau und mich beschuldigten, Lügen über die Résistance zu verbreiten.«

»Kannten Sie Carl Rudolf Schiller?«

»Ja, ich hatte ihn über die Perlmans kennengelernt. Ich glaube, er war ein Freund von Mina.«

»Von Mina Perlman? Oder von Samy?«

»Mina stellte ihn mir vor. Ich glaube, sie kannte ihn besser. Er hatte ein schreckliches Buch über meine Frau und mich geschrieben, und sie wollte ihn überzeugen, daß er sich geirrt hatte und seine Anschuldigungen zurückzog.«

»Hat er das getan?«

»Ja, aber es war zu spät. Es hatte schon einen Skandal in der Presse gegeben. Und dann bleibt natürlich von all diesen Gerüchten etwas hängen, auch wenn sie vollkommen falsch sind.«

»Carl Rudolf Schiller hat Ihnen mit seinem Buch also sehr geschadet?«

»Ja.«

»Ich danke Ihnen für Ihre Aussage, Monsieur Talment.«

Als dritter Zeuge wurde Lisa aufgerufen. Sie trug ein Kleid aus rotem Samt, das zu ihrem schwarzen Haar in auffallendem Kontrast stand. Ein leuchtender Lippenstift in der Farbe des Kleides betonte ihren Mund. Von Zeit zu Zeit strich sie mit ihren langen Fingern eine Haarsträhne zurück, die ihr in die Augen fiel.

Mit feierlicher, undurchdringlicher Miene und sanfter Stimme äußerte sie einen Widerspruch nach dem anderen. Ihrer Meinung nach konnte Lerais unmöglich ein solches Verbrechen begangen haben, und doch hatte er sich am Ende ihrer Beziehung derart verändert, daß sie ihn nicht wiedererkannte. Sie schwor, daß er ihr gegenüber niemals gewalttätig geworden war, und dann erwähnte sie seinen plötzlichen Haß gegen ehemalige KZ-Insassen und seine verächtlichen Äußerungen gegenüber ihren Zeugnissen. Lerais hob von Zeit zu Zeit den Kopf und betrachtete sie mit trauriger, erschöpfter Miene.

»Kannten Sie Carl Rudolf Schiller?« fragte der Vorsitzende.

»Ja«, sagte sie. »Er war ein Freund meiner Eltern.«

»Haben Sie ihn unabhängig von Ihren Eltern einmal getroffen?«

»Ja«, sagte sie zögernd.

»Bei welcher Gelegenheit?«

»Einige Wochen vor seinem Tod hielt ich mich wegen einer Vernissage in Berlin auf. Dort traf ich ihn.«

»Aus welchem Grund?«

»Bei der Arbeit an einer Skulptur«, setzte sie langsam an, »bemerkte ich etwas Seltsames.«

»Können Sie uns sagen, was das war?«

»Nun, ich hatte in diese Skulptur die Namen von Kindern gravieren lassen, die in Auschwitz umgekommen waren. Und … ich entdeckte, daß der Name Carl Rudolf Schiller zwischen ihnen auftauchte. Ich wollte mit ihm darüber sprechen.«

»Und haben Sie mit ihm darüber gesprochen?«

»Ja.«

»Und wie war seine Reaktion?«

Bei dieser Frage wurde Lisa verlegen.

»Er schien nicht überrascht zu sein«, sagte sie.

»Nein? Warum nicht?«

Lisa antwortete nur zögernd.

»Dies ist eine Tragödie, die uns alle angeht, Herr Vorsitzender.«

»Warum haben Sie Carl Rudolf Schiller aufgesucht? Warum haben Sie sich diese Angelegenheit so zu Herzen genommen, Madame Simmer?«

»Weil Carl Rudolf Schiller der einzige war, mit dem mein Vater sprach.«

»Deshalb haben Sie ihn besucht?«

»Ja.«

»Um mehr über Ihren Vater zu erfahren?«

»Ich weiß nichts über ihn, seine Familie, sein Leben und seine Wurzeln. Zu Hause durften wir keine Fragen stellen. Ich weiß, daß mein Vater der einzige Überlebende in seiner Familie war: Seine Eltern und seine fünf Geschwister sind umgebracht worden. Aber er hat nie ein Wort gesagt. Er hat uns nie erzählt, wie er vor dem Einmarsch der Nazis gelebt hat. Und wie dann alles zerstört wurde. Ich wußte nichts; ich wußte nicht, was er während des Kriegs gemacht hat. Ich hatte nur Satzfetzen, die ich mehr schlecht als recht zu deuten suchte. Als die Deutschen in Polen einfielen, floh er nach Rumänien, wo die faschistische Miliz ihn festnahm, und dann wurde er deportiert ... Verstehen Sie, warum es so unglaublich war, daß er mit Carl Rudolf Schiller gesprochen hat? Seine ganze Familie war tot, und mein Vater haßte alles, was deutsch war. Als die Russen das Lager befreiten, in dem er sich befand, verpflichtete er sich für die sowjetische Armee, um gegen die Deutschen kämpfen zu können. Warum sollte er da plötzlich mit einem Deutschen sprechen?«

»Ja, warum, Madame Simmer?«

Sie sah ihn mit einem seltsamen Gesichtsausdruck an.

»Jedenfalls verstanden Sie sich sehr gut«, sagte sie. »Vielleicht hatte mein Vater Vertrauen zu ihm ...«

»Ich danke Ihnen«, sagte der Vorsitzende nach einer kurzen Pause. »Herr Staatsanwalt, Ihre Zeugin.«

»Was für eine Beziehung hatten Sie zu Jean-Yves Lerais?« fragte Baillet.

»Wir haben zusammengelebt und uns dann getrennt.«

»Aus welchem Grund?«

»Ich sagte doch schon, weil ...« sie war verlegen, »weil er sich verändert hatte.«

»Aber was genau meinen Sie mit ›verändert‹?« bohrte Baillet nach.

»Er war nicht mehr derselbe ... Auch zu mir war er anders. Es war, als würde ich ihn nicht mehr interessieren, als hätte sich ein anderer Jean-Yves hinter dem gezeigt, den ich kannte.«

»Aus welchem Grund haben Sie sich getrennt, Madame Simmer?«

»Weil es ... zwischen uns nicht mehr funktionierte.«

»Was funktionierte nicht mehr?«

»Einige Dinge erschienen mir verwirrend.«

»Können Sie bitte genauer auf meine Frage antworten?«

»Ich hatte ihn im Verdacht, ein Antisemit zu sein.«

Sie sagte das schnell und ohne mit der Wimper zu zucken.

Im Saal erhob sich Stimmengewirr.

»Sie hatten ihn im Verdacht, ein Antisemit zu sein?« wiederholte Baillet. »Wie das? Woran machten Sie das fest? An seiner Beziehung zu Ihnen? Hat er Ihnen gegenüber Groll oder Gewalttätigkeit gezeigt?«

»O nein«, sagte Lisa. »Ich versichere Ihnen, daß er niemals gewalttätig gegenüber jemandem geworden wäre.«

»Dann erklären Sie sich bitte. Antisemitismus ist eine ziemlich überraschende Anschuldigung gegenüber jemandem, der sein Leben der Aufgabe gewidmet hat, an der Geschichte über Vichy zu schreiben.«

»So ist es. Seine veränderte Haltung zur Shoah hat

mich schockiert. Er sagte, daß es nun genug sei und das Ganze zu einer fruchtlosen Besessenheit werde.«

»Madame Simmer, können Sie uns sagen, wie Jean-Yves Lerais auf Ihre Trennung reagierte?«

»Er trug sehr schwer daran.«

»Wollen Sie damit sagen, daß er eine nervöse Depression hatte?«

»Nein, ich will damit sagen, daß er niedergeschlagen war.«

»Wann haben Sie geheiratet, Madame Simmer?«

»Im Mai 1995.«

»Wann haben Sie den Entschluß gefaßt, sich von Jean-Yves Lerais zu trennen?«

»Im Januar 1995.«

»Also haben Sie sich nach dem Mord an Carl Rudolf Schiller getrennt und nach der Verhaftung von Jean-Yves Lerais geheiratet? Wann haben Sie Ihren Ehemann kennengelernt?«

»Im Januar 1995.«

»Hatte Ihre Entscheidung, so rasch zu heiraten, etwas mit der Verhaftung von Lerais zu tun?«

»Eigentlich nicht«, sagte sie in ungezwungenem Tonfall.

»Könnten Sie bitte etwas deutlicher werden?«

»Ich habe meinen Ehemann kurz nach dem Mord an Schiller kennengelernt. Nach Jean-Yves' Verhaftung entschied ich mich, ihn zu heiraten.«

»Weil Sie glaubten, Jean-Yves Lerais sei schuldig?«

»Nein, aber er war verhaftet worden, und ich …«

Sie warf ihm einen verzweifelten Blick zu.

»Sie dachten, daß er der Mörder sei«, fuhr Baillet in einem Ton fort, der keinen Widerspruch duldete, »und beschlossen, ihn zu vergessen, indem Sie einen anderen heirateten.«

»Nein, so kann man das nicht sagen.«

»Wie kann man es dann sagen?«

Lisa sah ihn an; ihre Lippen zitterten.

»Warum sagen Sie mir nicht ganz klar, was ich sagen soll«, rief sie schließlich aus. »Das ginge doch schneller, nicht wahr?«

»Sie sollen nicht irgendwas sagen, Madame Simmer. Ich will nur die Wahrheit herausfinden, und ich erwarte von Ihnen, daß Sie mir dabei helfen.«

In diesem Moment erhob sich Maître Ansel und wandte sich an den Richter:

»Mir scheint, der Staatsanwalt versucht die Zeugin zu beeinflussen.«

»Herr Richter«, sagte Baillet, »ich habe keine weiteren Fragen an die Zeugin.«

Lisa ging aufrecht und mit unsicherem Schritt durch den Saal. Sie setzte sich neben mich. Ich sah sie aufmerksam an.

Plötzlich begann mein Herz furchtbar zu klopfen. Wortlos nahm ich ihre Hand. Sie zog sie sofort zurück und warf mir einen kraftlosen Blick zu.

Am nächsten Tag trat Béla in den Zeugenstand und wurde vereidigt. Zum ersten Mal, seit ich ihn kennengelernt hatte, trug er seine Haare offen. Sie fielen ihm auf die Schultern und umgaben sein feingeschnittenes Gesicht mit einer messianischen Aura. Er klammerte sich nervös ans Pult.

Vorgeladen worden war er vom Anwalt der Verteidigung, Maître Ansel.

»Wie haben Sie Jean-Yves Lerais kennengelernt?« begann der Vorsitzende.

»Durch meine Schwester.«

»Hatten Sie unabhängig von Ihrer Schwester Kontakt mit ihm?«

»Ja. Wir waren befreundet.«

»Sie waren befreundet? Sie sind es nicht mehr?«

»Nein, eigentlich nicht.«

»Was war die Ursache Ihres Zerwürfnisses mit Lerais?« fragte der Vorsitzende.

»Als es mit ihm und meiner Schwester nicht mehr so gut lief, haben wir uns immer seltener gesehen.«

»Das ist alles?«

»Ja ...«

Béla schien zu zögern. Der Vorsitzende war zwar skeptisch, überließ den Zeugen aber der Verteidigung.

»Gut«, sagte Maître Ansel. »Gehen wir die Sache von einer anderen Seite an. Erkennen Sie diese Waffe?«

Der Gerichtsdiener brachte ihm die Waffe vom Tisch mit den Beweisstücken.

»Ja. Das ist die Pistole, die die Polizei bei ihrer Durchsuchung bei mir fand.«

»Gehört sie Ihnen?«

»Nein.«

»Wenn ich mich nicht irre, sind Sie des Mordes an Carl Rudolf Schiller verdächtigt worden?«

»Ja. Das war eine Intrige.«

»Das haben Sie der Polizei gesagt?«

»Ja.«

»Können Sie genau wiedergeben, was Sie der Polizei gesagt haben, Monsieur Perlman?«

»Ich habe gesagt, daß Jean-Yves Lerais Schiller haßte und es viel mehr Gründe gäbe, ihn zu verdächtigen.«

»Haben Sie der Polizei konkrete Beweise geliefert, um diese Behauptung zu untermauern?«

»Ja, es gab Briefe, von denen mir Jean-Yves erzählt hatte. Drohbriefe an Schiller. Sie waren ernst zu nehmen, schließlich wurde er ermordet, das ist doch ein Beweis, oder nicht?«

»Haben Sie Jean-Yves Lerais zu diesem Zeitpunkt noch getroffen?«

»Ab und zu.«

»Seltsam, daß ein Freund seinen Freund anzeigt, oder?«

Bélas Antwort darauf war ein feindseliger Blick.

»Kannten Sie Carl Rudolf Schiller?« fuhr der Vorsitzende fort.

»Nein, ich kannte ihn nicht«, sagte Béla schroff.

»Sie haben ihn also nie bei Ihren Eltern gesehen?«

Béla warf ihm einen ironischen Blick zu.

»Ich wohne nicht bei meinen Eltern. Ich kenne Schiller nicht. Und ich sage Ihnen noch etwas: Diese Angelegenheit ist nicht mein Problem.«

»Aber sicher ist diese Angelegenheit Ihr Problem. Soll ich Ihnen zeigen, inwiefern Sie Ihr Problem ist, Monsieur Perlman?«

Béla sah ihn an, als verstünde er nicht.

»Sie haben bemerkt, daß Carl Rudolf Schiller der einzige war, mit dem Ihr Vater sprach. Deswegen waren Sie eifersüchtig, nicht wahr, Monsieur Perlman?«

»Was wollen Sie damit sagen?« entgegnete Béla heftig. »Daß ich Schiller umgebracht habe?«

Seine Hände zitterten.

»Sie versuchen, mich mit Ihren Hirngespinsten reinzulegen«, sagte er leiser, »aber das lasse ich nicht zu. Die Wahrheit muß ans Licht kommen.«

»Die Wahrheit, Monsieur Perlman, ist, daß Sie Jean-Yves Lerais nie gemocht haben. Sie waren eifersüchtig auf ihn, weil er begabter war als Sie und der Vertraute Ihrer Schwester. Als Sie von der Polizei verhört wurden, haben Sie die perfekte Möglichkeit gefunden, sich an dem zu rächen, den Sie schon seit langer Zeit haßten und beneideten.«

»Die zweite Hälfte der Leiche in der Ecole française de Rome habe ich nicht erfunden«, warf Béla ein.

»Nein, aber Sie haben sie vielleicht dort hingelegt,

nachdem Sie denjenigen umgebracht hatten, der die Aufmerksamkeit Ihres Vaters erlangte, die Ihnen nie zuteil wurde?«

Béla warf ihm einen furchterregenden Blick zu. Plötzlich wurde sein Körper von heftigen Zuckungen ergriffen.

»Der unschuldig Angeklagte bin ich«, schrie er. »Der da hat den Revolver bei mir versteckt und das der Polizei erzählt, er ist der Schuldige. Der da will mir an den Kragen!«

»Wen meinen Sie?«

»Ihn!«

Mit ausgestrecktem Arm und zitterndem Zeigefinger wies er auf mich.

»Monsieur Perlman«, sagte Maître Ansel, ohne die Ruhe zu verlieren, »stimmt es, daß Sie drei Jahre in einer psychiatrischen Anstalt verbracht haben?«

Sein Gegenüber antwortete nicht.

»Aus welchem Grund?«

Béla schwieg weiter und senkte die Augen.

»Wo wohnen Sie im Moment, Monsieur Perlman?«

Béla antwortete immer noch nicht. Schweiß rann ihm von der Stirn; sein Gesicht nahm ein immer tieferes Rot an.

»Herr Vorsitzender«, schaltete sich Maître Carbot ein, »ich sehe keinen Zusammenhang zu unserem Fall.«

»Im Gegenteil, es geht hier um eine bedeutsame Tatsache für meinen Mandanten, und ich bemühe mich, sie aufzuzeigen«, entgegnete Maître Ansel.

»Fahren Sie fort«, sagte der Vorsitzende.

»Aus welchem Grund sind Sie in eine psychiatrische Klinik gekommen, Monsieur Perlman?«

»Ich hatte wegen des Tods meines Vaters eine nervöse Depression.«

»Und davor? Wenn ich mich nicht irre, waren Sie schon einmal in einer psychiatrischen Klinik?«

»Davor?« sagte Béla haßerfüllt. »Was wissen Sie schon von dem, was vorher geschah? Was wissen Sie schon davon, wie es ist, der Jude der Familie zu sein, der Jude der Juden, derjenige, der als erster die Herrschaft des Schreckens erleiden mußte? Der Älteste, die perfekte Zielscheibe. Sie witterten jede Verletzung, und wenn sie spürten, daß mich etwas berührte, bohrten sie nur noch tiefer. Wenn ich mit aufgeschlagenen Knien nach Hause kam, wurde ich bestraft, weil meine Hose schmutzig war, und wenn ich weinte, hieß es, ich würde mich nicht wie ein Mann benehmen und sollte mich schämen, aus so nichtigem Anlaß zu weinen, und wenn ich versuchte, Hilfe zu bekommen, wurde ich zum Gespött aller ... Sie trampelten auf mir herum, sie saugten mich aus bis aufs Mark ... Und ich zitterte vor Angst ... Als ich meinen ersten Liebeskummer hatte, war ich dumm genug, zu meiner Mutter zu gehen, weil ich von ihr Liebe und Verständnis erwartete; das einzige, was ihr dazu einfiel, war die Bemerkung, daß ich im Unrecht wäre ... Sie haben mich immer niedergemacht, egal aus welchem Grund ich mich ihnen anvertraute ...«

»Warum hat man Sie drei Jahre eingesperrt, Monsieur Perlman?«

»Etwas mehr Respekt gegenüber dem Zeugen«, schaltete sich der Vorsitzende ein.

»Welcher Umstand hat Ihre Einweisung in eine psychiatrische Klinik gerechtfertigt?« setzte Maître Ansel erneut an.

Nach einer lastenden Stille verzichtete er darauf, seine Frage zu wiederholen.

Gedämpftes Murmeln ging durch den Saal.

Béla wandte sich um und ging langsam zum Ausgang.

Dann führte der Gerichtsdiener Pierre Krima herein, einen etwa vierzigjährigen Psychiater mit heiterem Gesicht, breitem Lächeln und fröhlichen Augen.

»Können Sie uns sagen, wann ein Paranoiker als gefährlich angesehen werden kann?« fragte ihn der Vorsitzende.

»Die potentielle Gefährlichkeit eines Paranoikers wächst, je konkreter der Verfolger und je älter und detaillierter der Wahn ist«, antwortete der Arzt.

»Welche Art Straftaten kann er dann vollbringen?«

»Das reicht von verbaler Aggression bis zu Handlungen, die für uns Gerichtsmediziner relevant sind.«

»Das bedeutet?«

»Mord oder Mordversuch.«

»Ich danke Ihnen, Doktor Krima.«

Während der Verhandlungspause faßte ich Lisa beim Arm.

»Warum?« sagte ich. »Warum hast du mir nicht davon erzählt?«

»Wovon denn?«

»Von Carl Rudolf Schiller ... Warum hast du mich in Washington angelogen?«

Statt einer Antwort nahm sie eine Zigarette und blies mir den Rauch mitten ins Gesicht. Es sah aus, als wollte sie mich provozieren, wie eine unverschämte Göre.

Sie hatte sich so verändert.

Ich dachte an die Zeit zurück, da die Welt noch für uns war, mit uns, wo Lisa gut duftete und ihr Duft mich betörte und belebte. Sie füllte die Leere, sie war wie der Lebenshauch. Sie war tiefgründig. Sie war eine Narde, die mich betäubte, ein Blumenstrauß, eine zarte Blume.

Jetzt roch sie nach Rauch, nach verbranntem Stroh.

Als wir in den Sitzungssaal zurückkehrten, begann Paul Perlman mit seiner Zeugenaussage. Sein Haar, das an Bart und Schläfen schon ergraute, umgab sein Gesicht wie eine flaumige Wolke, die seine verträumten Augen noch engelsgleicher aussehen ließ. Auf seinen Lippen lag ein erstarrtes, trauriges Lächeln.

»Kannten Sie Jean-Yves Lerais?« fragte Maître Ansel.

»Nein, ich kannte ihn kaum, ich hatte nur wenig Kontakt mit ihm, als er mit meiner Schwester verkehrte.«

»Kannten Sie Carl Rudolf Schiller?«

»Ja.«

»Wie haben Sie ihn kennengelernt?«

»Ich habe ihn bei meinen Eltern kennengelernt.«

»Sie trafen ihn nur dort?«

»Und bei der humanitären Vereinigung, bei der ich Vorsitzender war. Carl Rudolf Schiller war uns beigeordnet worden, und er gehörte zum Kuratorium.«

»Waren Sie zufrieden mit dieser Beiordnung?«

»Anfangs gab es keinerlei Probleme. Doch dann fing es an, mich zu stören.«

»Können Sie uns sagen, warum?«

»Schiller versuchte sich überall einzumischen.«

»Überall, was heißt das?«

»Er wollte die Aktivitäten unserer Vereinigung auf politische Bereiche ausdehnen, die unsere Kompetenzen überschritten.«

»Und die wären?«

Paul Perlman sah den Anwalt einen Moment lang an.

»Er war irgendwie auf Palästina fixiert.«

»Was heißt für Sie ›fixiert‹, Monsieur Perlman?« fragte Maître Ansel.

»Er sprach ständig vom ›Völkermord in Palästina‹. Ich weiß nicht, ob Sie sich noch an die Bilder aus Bosnien erinnern, die im Sommer 1992 im Fernsehen gezeigt wurden: abgemagerte Menschen hinter Stacheldraht, Konzentrationslager auf europäischem Boden, in Verbrennungsöfen vernichtete Leichen... Schiller wollte von all dem nichts hören. Er sagte, am Gazastreifen sei die Situation noch schlimmer. Und er blieb nicht untätig: Er arbeitete hinter den Kulissen, suchte nacheinander alle Mitglieder der Kommission auf, um sie zu überreden, wie er zu stimmen. Ich versuchte ihm zu erklären, daß die Palästinenser ständig finanzielle Unterstützung bekämen. Aber er wollte nichts davon hören. Er behauptete, die Israelis täten den Palästinensern das gleiche an wie die Nazis den Juden von 1939 bis 1945. Da verstand ich. Da lag des Rätsels Lösung ...«

»Was haben Sie getan, nachdem über den Etat abgestimmt worden war?«

»Ich sah mich gezwungen, zurückzutreten.«

»Warum hatte er Ihrer Meinung nach diese Einstellung?«

»Ich glaube, er hatte ein kompliziertes Verhältnis zu Israel. Er konnte nicht ertragen, daß die Juden erneut ein Volk bildeten und daß die Zeit des Leidens zu Ende sein sollte. Auf der anderen Seite war er peinlich berührt von den Ereignissen in Bosnien. Während des Krieges war einer der Leiter der nationalsozialistischen Lager ein Katholik, ein Franziskaner ... Ich glaube, im Grunde fürchtete er, daß wir unsere Nase in all das stecken würden ...«

»Ging es bei Ihrer Vereinigung um große Summen?«

»Ja.«

»Welcher Größenordnung?«

»Zweihundert Millionen Francs.«

»Ich brauche Monsieur Perlman nicht mehr«, verkündete Maître Ansel.

Nach Pauls Zeugenaussage kam Pater Francis in den Zeugenstand. Der alte Mann trug wie gewöhnlich eine schwarze Soutane und ein hölzernes Kreuz. Sein spitzes Kinn war bedeckt von einem spärlichen grauen Bart, und seine Augen lagen noch tiefer als sonst in ihren Höhlen.

»Kannten Sie Carl Rudolf Schiller?« fragte Baillet.

»Er war mein Freund, mein Vertrauter. Ich liebte ihn wie einen Bruder.«

»In welcher Beziehung stehen Sie zu Lerais?«

»Er ist mein Neffe.«

»Glauben Sie, daß er Carl Rudolf Schiller umgebracht hat?«

»Aber nein, das ist absurd!« sagte er aufgebracht. »Soll ich Ihnen sagen, wer Carl Rudolf Schiller umgebracht hat?«

Er ließ Baillet nicht die Zeit zu antworten. Mit verschwörerischer Miene murmelte er:

»Ich sage Ihnen: Er war es, Sammael! Der Diener des Bösen, sein Entdecker, sein Geburtshelfer. Sein Hohepriester, sein Getreuer, sein Zelot. Der Höhlenforscher ungeahnter Tiefen; er erhellt mit seinem Licht die Stalaktiten und Stalagmiten, die die Erde in ihrem Innern hervorbringt. Nehmt ihr ihn denn nicht wahr? In der kreischenden Musik, den roten, violetten oder kahlgeschorenen Schädeln, den rund um die Uhr geöffneten Läden, den fragwürdigen Kinos; seht ihr ihn denn nicht, diesen riesigen Mann mit den schwarzen Haaren, dem Spitzbart und den weißglühenden Augen? Es ist der Teufel, ich sage es euch«, donnerte er, »der Teufel hat ihn in zwei Teile gespalten!«

»Antworten Sie bitte auf die Fragen, die ich Ihnen stelle«, sagte der Anwalt und wußte nicht recht, ob er fortfahren sollte. »Sie sollen hier nicht eine metaphysische Theorie über das Böse entwickeln, sondern sagen, ob Sie etwas über ein konkretes Verbrechen wissen und ob Sie etwas gesehen, gehört oder erfahren haben, das

Jean-Yves Lerais als Mörder eines Mannes ausweist, den Sie sehr gut gekannt haben.«

»Ich sehe schon, mein Sohn, Sie wollen mehr darüber wissen, nicht wahr?« sagte er. »Sie sind fasziniert. Nun gut, ich sage Ihnen, es ist normal, daß Sie neugierig sind. Die ureigenste Erscheinungsform des Teufels ist das Inkognito. Er ist niemand, und er ist jedermann. Aber ... es ist nicht immer leicht, ihn zu erkennen ... *Luzifer* stammt aus dem Lateinischen und heißt ›der das Licht bringt‹. Es ist der vertraute Freund, der Kollege, der Partner, der Bruder. Es ist der, an dessen Rechtschaffenheit und Gutwilligkeit kein Zweifel besteht ... Können Sie mir folgen?«

»Ja, ja, ich kann Ihnen folgen«, sagte Baillet mit unschlüssiger Miene. »Ich danke Ihnen, für den Augenblick wäre das alles.«

Ich bemerkte, nicht ohne ein Lächeln, daß der Staatsanwalt dieses Mal kapituliert hatte. Die Aussage hatte keinerlei Eindruck auf ihn gemacht – oder vielleicht zuviel. Angesichts des Teufels gab er den Kampf auf.

Aber so einfach kam er nicht davon. Pater Francis war entzückt darüber, endlich ein Publikum gefunden zu haben, und klammerte sich an sein Pult, als wäre es eine Kanzel.

»Soll ich euch sagen, was vor sich geht? Mein Neffe ist angeklagt, weil er die Sünde der Unzucht begangen hat. Es ist verboten, den menschlichen Samen zu verschwenden, weil so das Leid bis ins Unendliche vervielfacht und das Reich des Bösen aufrechterhalten wird, denn die Begierde ist die furchtbarste Waffe des Teufels!«

Er zeigte mit dem Finger auf Lisa und rief:

»Ich sage euch: Diese Frau ist gefährlich; sie ist unrein, sie ist das Werkzeug des Bösen, das die Seelen der Männer unterjochen soll!«

Da stand Lisa, ohne ein Wort zu sagen, auf, ging in aller Ruhe auf ihn zu, blieb ein paar Sekunden vor ihm stehen, musterte ihn und gab ihm dann eine schallende Ohrfeige, so daß sein Kopf nach hinten wegkippte.

Alle im Saal hielten den Atem an.

Pater Francis rührte sich nicht. Er sah vollkommen fassungslos zu, wie sie ruhig zu ihrem Platz zurückging, während der Richter die Räumung des Saals anordnete.

2

Am nächsten Morgen wurde Bruder Franz als Zeuge befragt. Unter der Kutte wirkten seine Schultern breit, seine Gestalt kräftig, doch sein hageres, hohlwangiges Gesicht zeugte von langer Askese.

Seine grünen, leicht vorstehenden Augen hatten einen Glanz, der durch ihre Kurzsichtigkeit irritierend wirkte. Auf die Fragen, die ihm Maître Ansel, der Verteidiger, stellte, antwortete er in seinem makellosen Französisch ruhig und ohne ein Wort zuviel zu sagen.

»Seit wann kannten Sie Carl Rudolf Schiller?« begann der Verteidiger.

»Seit meinem Noviziat vor ungefähr zwanzig Jahren.«

»Haben Sie vor seinem Tod eine Veränderung bei ihm bemerkt?«

»Ja, er hatte sich in der Tat verändert.«

»Wissen Sie, warum?«

»Nein. Ich weiß, daß er oft nach Paris reiste. Und dann fing er plötzlich an, Bücher aus der jüdischen Überlieferung zu lesen, das Alte Testament, den Talmud, die Kabbala.«

»Wie sah Ihr letzter Kontakt mit ihm aus?«

»Kurz vor seinem Tod rief er mich an, und wir trafen uns.«

»Hat er Ihnen etwas Bestimmtes anvertraut?«

»Ja«, sagte Bruder Franz nach leichtem Zögern, »er wollte mir sagen, daß ich recht gehabt hatte in bezug auf eine bestimmte Person, die wir beide kannten und die einen unheilvollen Einfluß auf ihn ausgeübt hatte. Und er wollte mit mir über ein Heft sprechen, ein unheilvolles Heft, das diese Person ihm zurückgegeben hatte und das er nun loswerden wollte.«

»Könnte es sich um das Heft aus dem Film gehandelt haben, in dem Carl Rudolf Schiller umgebracht wurde?«

»Davon bin ich überzeugt.«

»Wer ist die Person, die dieses Heft Carl Rudolf Schiller zurückgegeben hat?«

Bruder Franz schien einen Augenblick nachzudenken, als zögerte er, die Frage zu beantworten.

»Es ist ...«

»Ja?«

Plötzlich ertönte eine Stimme, ein schrilles Kreischen im Saal:

»Seht ihr denn nicht, daß er noch lebt? Wißt ihr alle denn nicht, daß er da ist, mitten unter uns? Ihr glaubt, er ist tot, aber er ist viel zu stark für euch! Hitler! Hitler ist da, um die Toten zu zählen und uns auszulachen! Ja, der Führer lebt! Was ihr auch tut, er wird immer unter uns sein! Der Führer ist nicht tot!«

Ein etwa dreißigjähriger, hagerer Mann, dessen dunkelblondes Haar zu einem Bürstenhaarschnitt gestutzt war, war aufgestanden und gestikulierte in alle Richtungen. Er hatte einen leichten amerikanischen Akzent.

Zwei Polizisten tauchten auf und führten ihn ab, während er weiterschrie:

»Ich habe den Führer gesehen, ich weiß, wo er ist! Er lebt! Es lebe der Führer!«

Lisa flüsterte neben mir:

»Wer ist das?«

»Erkennst du ihn nicht?«

»Nein!?« sagte sie.

»In den Zeitungen wurden Photos von ihm gezeigt. Das ist John Robertson, der Mann, der verhaftet wurde, weil er den Film über Schiller in Washington eingeschmuggelt hat.«

»Um wen handelt es sich?« wiederholte Maître Ansel, nachdem Robertson abgeführt worden war. »Wer hat Carl Rudolf Schiller dieses Heft zurückgegeben?«

»Pater Francis.«

»Ich danke Ihnen, Bruder Franz. Kann ich den vorherigen Zeugen noch einmal aufrufen?« fragte er dann den Richter, welcher zustimmte.

Aber Pater Francis war nicht mehr im Zeugenraum, wie der Vorsitzende zuvor angeordnet hatte. Eine ganze Weile wurde nach ihm gesucht. Eine halbe Stunde später aber war offenkundig, daß er verschwunden war und dazu zweifellos die durch Robertsons Gezeter verursachte Ablenkung genutzt hatte.

Der Gerichtsdiener führte Ron Bronstein herein. Als ich ihn in den Saal treten sah, hielt ich den Atem an, als fürchtete ich eine Gefahr. Was würde er dieses Mal enthüllen? Warum hatte er mich von dieser Affäre fernhalten wollen? Was hatte er vor? Und was wußte er genau?

Trotz seines Dreitagebarts strahlte er nicht mehr jene Mischung aus Selbstvertrauen und Kühnheit aus, die ich in Israel an ihm gesehen hatte. Er war deutlich angespannter.

»Haben Sie jemals Jean-Yves Lerais kennengelernt?«

fragte ihn Maître Ansel mit seiner wohlmodulierten Stimme.

»Nein, niemals«, antwortete Bronstein.

»Kannten Sie Carl Rudolf Schiller?«

»Ja, ich kannte ihn.«

»Ich glaube zu wissen, daß Ihre Beziehung zu ihm nicht besonders gut war?«

»Nein, wirklich nicht.«

»Man könnte auch sagen, eher feindselig?«

»Das ist korrekt.«

»Was genau haben Sie ihm vorgeworfen?«

»Seine Rolle in der Affäre um das Karmeliterkloster in Auschwitz und seine Verbindung zu Maurice Crétel, der für die Deportation meiner Familie verantwortlich war.«

»Aus diesen Gründen haben Sie sich mit Carl Rudolf Schiller geschlagen?«

»Ja.«

»Wer hat angefangen?«

»Ich habe ihn als erster angerempelt.«

»Ich danke Ihnen, Monsieur Bronstein. Im Augenblick wäre das alles.«

Dann erhob sich der Anwalt der Zivilpartei, Maître Carbot, trat zum Zeugenstand und begann mit seiner dünnen Stimme:

»Monsieur Bronstein, ich glaube zu wissen, daß sich Ihre Beziehung zu Carl Rudolf Schiller kurz vor seinem Tod geändert hat, stimmt das?«

»Ja, das stimmt.«

»Können Sie diese Veränderung beschreiben?«

»Unsere Beziehung hat sich einige Wochen vor seinem Tod verbessert.«

»Können Sie uns den Grund dafür nennen?«

»Carl Rudolf Schiller hatte seine Einstellung zu gewissen Dingen geändert.«

»Zu welchen Dingen, Monsieur Bronstein?«

»Insbesondere zur Shoah.«

»Wollen Sie damit sagen, daß er auch seine Ansichten zum Karmeliterkloster in Auschwitz modifiziert hatte?«

»Ja. Er begann, seine Golgotha-Thesen in Frage zu stellen.«

»Wie lauteten diese Thesen?«

»Er sagte, daß die Juden in Auschwitz gestorben seien, weil sie für ihre Sünden büßen mußten.«

»Stehen diese Thesen im Gegensatz zu den Ihren?«

»Ich habe ihm oft entgegnet, daß man die Nazis, selbst wenn sie des absoluten Verbrechens schuldig wären, doch nicht mit einer weiteren Shoah bestrafen dürfe. Mit anderen Worten: Diese Theorie ist absurd.«

»Und wissen Sie, Monsieur Bronstein, warum Carl Rudolf Schiller seine Einstellung geändert hatte?«

Schweigen trat ein. Ron Bronstein schien in äußerster Verlegenheit.

»Ich erinnere Sie daran«, sagte der Anwalt, »daß Sie einen Eid geleistet haben, was bedeutet, daß Sie meine Fragen beantworten und die Wahrheit sagen müssen, die *ganze* Wahrheit und nichts als die Wahrheit.«

»Carl Rudolf Schiller hatte seine Einstellung geändert, weil er erfahren hatte, daß er Jude war.«

Überraschung und Verwirrung wurden laut. Wie die Brandung einer großen Woge strömte es von einem Ende des Saals zum anderen. *Carl Rudolf Schiller war Jude? Wie war das möglich?* Überall herrschte das gleiche Erstaunen, die gleiche Ratlosigkeit, die gleiche Bestürzung. Der Mann des Karmeliterklosters in Auschwitz, der Mann des großen Kreuzes im Konzentrationslager, der Mann der Affäre Crétel, der Freund des Schächers, *war Jude*? Was hatte das zu bedeuten?

Der Vorsitzende betätigte mehrmals seinen Hammer und bat um Ruhe.

»Carl Rudolf Schiller war Jude?« wiederholte der Anwalt.

»Er war Jude«, bestätigte Bronstein.

»Können Sie uns das erklären?«

»Ich wußte, daß er Waise war. Also stellte ich Nachforschungen über seine Eltern an. Dabei entdeckte ich, daß er während des Krieges angeblich in einem Kloster versteckt gehalten wurde. Man hielt ihn wie seine Eltern und seinen Bruder für tot, doch seine Mutter, die bei ihrer Deportation schwanger war, konnte ihren Zustand verbergen und am 27. Januar 1945 im KZ niederkommen. Er wurde an dem Tag geboren, an dem sein Bruder starb: Deshalb entdeckte Lisa Perlman seinen Namen auf der Liste der verschwundenen Kinder. Er bekam den Namen seines Bruders. Nach dem Krieg, als seine Mutter starb, nahm eine Polin das Baby an sich, um es zu retten und zu den Nonnen zu bringen, die es christlich tauften.«

»Wußte Carl Rudolf Schiller davon?«

»Nein.«

»Also haben Sie ihn darüber informiert?« fragte der Anwalt.

»Ja.«

»Warum?«

»Warum? Ich dachte, es sei wichtig, daß diese Person des öffentlichen Lebens, dieser Politiker über sich selbst Bescheid weiß.«

»Das ist alles?«

»Ich suchte auch nach einem Schwachpunkt in seiner Biographie, um ...«

»Um ihn bei Ihren Auseinandersetzungen mundtot zu machen?«

»Nein! Ich wende diese Mittel niemals in der Öffentlichkeit an. Das wäre gemein. Aber ich wollte ihn zum Nachdenken bringen. Er lief mir ständig über den Weg, und ich fragte mich unentwegt, wie es anzustellen wäre, daß er besser verstünde, was geschehen war …«

»Wann haben Sie ihm erzählt, daß er Jude ist?«

»Einen Monat vor seinem Tod.«

»Und haben Sie seit dieser Enthüllung eine Veränderung an ihm bemerkt?«

»Er rief mich häufig an, um mehr Informationen zu bekommen. Er überdachte sein ganzes Leben, hatte Gewissensbisse. Er war ziemlich verstört. Wissen Sie«, fügte er mit nachdenklicher Miene hinzu, »wäre ich religiös, würde ich sagen … daß er auf dem Weg des Heils war.«

»Glauben Sie, daß der hier anwesende Jean-Yves Lerais Zugang zu dieser Information haben konnte, die Schiller derartig beeinflußte?«

»Das weiß ich nicht«, sagte er. »Ich habe nicht die geringste Ahnung.«

Lisa wühlte nervös in ihrer Handtasche, suchte nach ihrem kleinen braunen Döschen.

In dem Augenblick, da sie es öffnete, fragte ich:

»Nimmst du immer noch Beruhigungsmittel?«

Sie warf mir einen furchtbaren Blick zu. Ihre graugrünen Augen verdunkelten sich durch ein schwarzes Licht. Ihr rechtes Augenlid zuckte krampfhaft.

»Es steht dir nicht mehr zu, mir irgend etwas zu verbieten, Raphael«, sagte sie in schneidendem Tonfall.

»Beruhige dich, Lisa.«

»*Du* solltest dich beruhigen, Raphael. Wenn dieser Prozeß dich aufwühlt, brauchst du ja nicht hierzubleiben, klar?«

»Nein, nicht klar.«

Ich hielt ihrem herausfordernden Blick stand. Warum war sie so nervös? Lag es daran, daß Jean-Yves Lerais vor Gericht stand? Und wie waren wir so weit gekommen?

Was war zwischen uns geschehen, daß wir hier gelandet waren? *Wie hatte sich reines Gold in gewöhnliches Blei verwandeln können?*

3

Bronsteins Aussage hatte alle verblüfft. Als die Sitzung geschlossen wurde, ging ich einen Augenblick in die Vorhalle, um mit Bruder Franz zu sprechen.

»Ich habe den Eindruck«, sagte er, »daß es böse für unseren Freund aussieht ...«

»Glauben Sie?«

»Ja. Einige Zeugenaussagen sind niederschmetternd, vor allem die der ihm nahestehenden Personen ... Außerdem hat Bronstein gerade ein plausibles Motiv für den Mord an Schiller geliefert.«

»Welches?«

»Antisemitismus, falls Lerais wußte, daß Schiller Jude war.«

»Wollen Sie sagen ... über Lisa?«

»Zum Beispiel.«

»Aber glauben Sie denn, daß er schuldig ist?«

»Nein, das wissen Sie doch.«

»Nicht nur, daß es jeden Tag mehr Verdächtige gibt, das Opfer selbst wird auch immer vielschichtiger und immer weniger greifbar. Wer hat Carl Rudolf Schiller getötet?«

»Die Frage lautet doch vielmehr: *Welcher* Carl Rudolf Schiller ist getötet worden? Der Politiker? Der erbitterte Kämpfer für das Karmeliterkloster, der Theologe der Golgotha-Theorie oder der Jude? Mußte Schiller Jude sein, um auf diese Weise getötet zu werden, oder war es nur ein Irrtum des Mörders? Ist dieser Mord möglicherweise ein antisemitischer Mord? Wurde der Jude oder der Priester getötet und zerstückelt? Wurde der Jude getötet, weil er Priester war? Oder wurde der Priester getötet, weil er Jude war? Und wenn Jean-Yves Lerais ihn getötet hat, welcher Jean-Yves war es? Derjenige, der sein Leben der Geschichte von Vichy widmete, oder derjenige, der sich gegen die ›zwanghafte Rückwärtsgewandtheit‹ und die ›Opferrolle der Juden‹ auflehnte? Verwirrung herrscht, Raphael, vollkommene Verwirrung.«

Der darauffolgende Tag war der letzte Prozeßtag. Mina Perlman wurde in den Zeugenstand gerufen.

Mit ihrem Make-up und ihrem Kostüm sah sie blendend aus. Ihre lebhaften Augen blickten nach rechts und links. Nie verließ das Lächeln ihre Lippen, es war dasselbe Lächeln, das ich schon bei der Beerdigung ihres Mannes gesehen hatte.

»Kannten Sie Carl Rudolf Schiller?« fragte der Vorsitzende.

»Ja.«

»Woher kannten Sie ihn?«

Stille trat ein. Mina antwortete nicht. Der Vorsitzende wiederholte seine Frage.

»Von seinen Schriften, seinen Büchern. Eins von ihnen hat in besonderem Maße meine Aufmerksamkeit erregt.«

»Welches?«

»*Der Teufel im Konzentrationslager.*«

»Warum?«

»Weil dort von einem Heft die Rede war, das ein Deportierter angelegt hatte …«

»Warum hat dieses Heft Ihre besondere Aufmerksamkeit erregt?«

»Weil … meine Mutter mir in Auschwitz davon erzählt hatte. Und nun erwähnte Schiller in seinem Buch eine ähnliche Geschichte. Ich versuchte ihn kennenzulernen, um zu erfahren, woher er von diesem Heft wußte.«

»Hat er es Ihnen gesagt?«

»Ja. Ein Deportierter hatte ihm diese Geschichte erzählt.«

»Warum interessierten Sie sich für dieses Heft, Madame?«

»Ich war neugierig, ich wußte nicht, was darinstand. Aber ich suchte nach einer Bestätigung ...«

»Einer Bestätigung wofür?«

»Seine spezielle Beschaffenheit.«

»Haben Sie deshalb Schiller aufgesucht?«

»Ja. Wir sind in gewisser Hinsicht Freunde geworden. Mein Mann schätzte ihn, vor allem am Ende.«

»Wußten Sie, warum?«

»Schiller hatte die Gabe, die Menschen zum Reden zu bringen ... Ich erinnere mich beispielsweise, daß er zwei-, dreimal meinen Schwiegersohn Raphael Simmer bei uns traf und die beiden sich sehr gut unterhielten, dabei ist Raphael sonst nicht gerade gesprächig.«

»Ich bitte Sie, auf meine Frage zurückzukommen, Madame Perlman. Hier geht es nicht um Ihren Schwiegersohn, sondern um Ihren Mann. Wissen Sie, warum Ihr Mann, Samy Perlman, mit Carl Rudolf Schiller sprach?«

»Sie unterhielten sich über den Krieg. Carl Rudolf Schiller interessierte sich leidenschaftlich für dieses Thema und stellte meinem Mann unzählige Frage über seine Erfahrungen im Konzentrationslager.«

»Haben Sie den Film über seine Ermordung gesehen?«

»Nein, ich habe ihn nicht gesehen, aber man hat mir davon erzählt.«

»Sie sind nie mehr nach Auschwitz zurückgekehrt?«

»Doch, ich bin dorthin zurückgekehrt.«

»Aus welchem Grund?«

»Um das braune Heft zu suchen.«

»Haben Sie es gefunden?«

»Nein. Ich habe in der Ecke der Baracke nur ein notdürftig zugeschüttetes Loch gefunden. Ich bin davon überzeugt, daß jemand es, kurz bevor ich danach suchte, an sich genommen hat.«

»Wissen Sie denn, wer dieses Heft an sich genommen haben könnte?«

»Nein, ich habe nicht die geringste Ahnung.«

»Wem haben Sie, abgesehen von Schiller, davon erzählt?«

»Nur meiner Familie.«

»Ich danke Ihnen, Madame Perlman.«

Während ich ihr zusah, wie sie auf ihren Platz zurückging, überkam mich ein Gefühl des Unbehagens, dasselbe, das ich seit dem Tod ihres Mannes jedes Mal verspürte, wenn ich sie besuchte oder zufällig sah.

Sie hatte sich ebenfalls verändert. Die Frau, die man als leidenschaftliche und fast strenge Mystikerin gekannt hatte, war nun eine fröhliche Person, die ihre Zeit damit verbrachte, sich gut zu kleiden, auszugehen oder Freunde zu üppigen Festessen einzuladen.

Die Polizei suchte weiter nach Pater Francis, der auf geheimnisvolle Weise verschwunden war. Während Jean-Yves Lerais sich erhob, um die Fragen des Gerichts zu beantworten, wurde bekanntgegeben, daß man ihn gefunden hatte und er nach dem Angeklagten aussagen würde.

Der bleiche, hohlwangige Jean-Yves Lerais erhob sich. Seine spitzen Schultern stachen unter dem weißen Hemd hervor. Er war erbarmungswürdig anzusehen.

Ich weiß nicht, warum ich mich in diesem Moment zu Felix umwandte. Doch ich bemerkte etwas, was mir bis dahin entgangen war: Felix war seit dem Tag seiner Zeugenaussage nicht mehr bei Gericht erschienen. Auch er war verschwunden. Und niemand sprach von ihm, fragte mich nach ihm.

Ich selbst hatte ihn, da ich zu sehr mit der Verhandlung beschäftigt war, seit Tagen nicht gesprochen.

Ich beschloß, nach dem Prozeß über dieses Rätsel nachzudenken und ihn zu fragen, warum er nach seiner Zeugenaussage allen Sitzungen ferngeblieben war.

Maître Ansel neigte sich zu Lerais und flüsterte ihm etwas ins Ohr. Sein Gegenüber nickte.

»Ich möchte den Angeklagten fragen«, begann Maître Ansel, »ob Lerais sein richtiger Name ist.«

»Jean-Yves Lerais, haben Sie die Frage gehört?« sagte der Vorsitzende.

»Ja.«

»Können Sie uns sagen, wie Ihr Name lautet?«

Lastende Stille trat ein.

»Ich heiße Jean-Yves Vurtz«, sagte er schließlich langsam.

»Wer ist sein Vater?« fragte Maître Ansel.

Er bekam keine Antwort.

»Wer ist Ihr Vater?« wiederholte der Vorsitzende.

Der Mann verharrte in seinem Schweigen.

»Was machte sein Vater während des Krieges?«

Sein Gegenüber senkte den Blick, ohne zu antworten.

Der Vorsitzende wiederholte mit seiner näselnden Stimme die Frage.

»Er war Soldat der Wehrmacht.«

Ein Schauer des Entsetzens durchfuhr den Saal. Lisa packte mich am Arm und grub mir ihre Fingernägel ins Fleisch.

»Erzählen Sie uns von Ihrem Vater«, setzte der Vorsitzende wieder an.

»Es gibt nicht viel über ihn zu sagen«, entgegnete Lerais.

»Warum nicht?« fragte Maître Ansel ernst.

»Ich kann über meinen Vater nicht sprechen.«

»Beantworten Sie die Frage«, befahl der Vorsitzende.

»Was soll ich über ihn erzählen?«

»Vielleicht könnte er von einem gewissen Morgen im April 1942 erzählen, als sein Vater …«

»Ist es das, was Sie wollen?« unterbrach ihn sein Gegenüber.

»Wir wollen die Wahrheit, Monsieur Lerais«, sagte der Vorsitzende.

»Er war mein Vater.«

»Erzählen Sie uns wenigstens, was Sie wissen.«

»Ich kann ihn nicht niedermachen … Sie wissen nicht, wie er war …«, fügte er mit finsterem Blick hinzu.

»Mir scheint doch«, sagte Maître Ansel.

»Er war ein Soldat wie tausend andere. Ein ganz gewöhnlicher Mann.«

»Warum sprechen Sie so von ihm?« sagte der Vorsitzende.

»Weil«, stieß der andere hervor, »weil ich nicht kann. Ich dachte, ich könnte es … aber ich ziehe es vor, hier aufzuhören.«

»Sind Sie sich da ganz sicher, Monsieur Lerais?« sagte der Vorsitzende.

Maître Ansel, der seinem Klienten gerade in die Augen blickte, fuhr fort, indem er sich an den Vorsitzenden wandte, wie es der vorgeschriebenen Vorgehensweise entsprach.

»Ich möchte den Angeklagten fragen, ob sein Vater jemals von seiner … ›Arbeit‹ erzählt hat.«

»Hat Ihr Vater Ihnen gesagt, was er gemacht hat?« fragte der Vorsitzende.

»Nein«, sagte der andere rasch, »er ist nicht ins Detail gegangen.«

»Was hat er dann gesagt?«

»Er hat gesagt, daß er Soldat der Wehrmacht war.«

»Und mehr nicht?«

»Nein.«

»Wirklich nicht?«

»Er wollte sich aus der Affäre ziehen, das ist alles.«

»Hat sein Vater ihm erzählt, daß er Menschen getötet hat?« fragte Maître Ansel.

»Nein. Er sagte, er sei in der Verwaltung gewesen.«

»Und später? Haben Sie ihm geglaubt?«

»Später wußte ich, daß das nicht stimmte.«

»Was haben Sie getan, als Sie entdeckten, daß er etwas verbarg?«

»Er war mein Vater«, murmelte Lerais.

»Warum versuchen Sie, Ihren Vater zu schützen?« fragte der Vorsitzende.

»Was soll ich denn sonst tun? Ihn niedermachen? Wem würde das jetzt noch nützen?«

»Das ist Ihr Problem.«

»Was wollen Sie also von mir?«

»Die Wahrheit.«

»Die Wahrheit. Die Wahrheit ist, daß mein Vater ein Schwein war. Glauben Sie, es ist leicht, das zu sagen?«

Einen Moment lang herrschte Schweigen.

»Aber er hatte auch andere Seiten«, sagte Lerais dann.

»Ach ja? Welche denn?«

»Er konnte sehr nett, liebenswert und charmant sein, sogar humorvoll ...«

»Wo ist der Zusammenhang?« unterbrach Maître Ansel ihn brüsk.

»Was meinen Sie? Der Zusammenhang wozu?«

»Zu dem, was er getan hat.«

»Soll ich Ihnen was sagen?« fuhr Lerais auf und blickte seinen Anwalt an, »ich verstehe ja, daß Sie ihn verachten, ich verstehe es, weil Sie alles Recht dazu haben ... Aber das hat nichts mit diesem Prozeß zu tun. All dieser Haß in ihm«, sagte er dann zum Vorsitzenden, »ist sein Problem.«

»Und er, fühlt er keinen Haß?« sagte Ansel zum Vorsitzenden.

»Ich hasse meinen Vater nicht.«

»Und doch ist er ein ›Schwein‹, er hat es selbst gesagt.«

»Sie machen ihn ja immer noch nieder.«

»Damit werde ich nie aufhören.«

»Erkennen Sie nicht, daß er auch gelitten hat?«

»Wirklich? Er hat gelitten?«

»Es war nicht immer leicht in Südamerika. Am Anfang mußte er alle sechs Monate umziehen. Er mußte sehr vorsichtig sein und sich verstecken ...«

»Er liebt seinen Vater wohl sehr?« fragte Ansel den Vorsitzenden.

»Ich habe ihn nie geliebt, ich habe ihn geachtet.«

»Und jetzt?«

»Flößt er mir nur noch Abscheu ein.«

»Warum hat er ihn nie geliebt?«

»Wenn ich ihn geliebt hätte, hätte ich ihn auch gehaßt.«

»Ist er Ihnen gleichgültig?«

»Nein, nicht wirklich.«

»Glauben Sie, Sie sind anders als er?«

»Ja und nein.«

»Können Sie deutlicher darauf antworten?« schaltete sich der Vorsitzende ein.

»Ich bin ihm in manchen Eigenschaften, die mir mißfallen, ähnlich, und in anderen Eigenschaften unterscheide ich mich von ihm.«

»Und das heißt?«

»Lassen Sie mich doch in Frieden, Maître Ansel«, rief Lerais plötzlich aus. »Was wollen Sie denn beweisen? Sehen Sie denn nicht, daß Ihre Fragen unerträglich für mich sind?«

»Sie müssen darauf antworten, es ist in Ihrem Interesse«, sagte der Vorsitzende.

»Ich glaube nicht, daß das zu irgend etwas führt.«

»Nein?«

»Ich glaube, daß Maître Ansel mich provozieren will.«

»Das liegt nicht in meiner Absicht. Ich möchte daran erinnern, daß ich der Anwalt des Angeklagten bin«, schaltete sich Ansel ein.

»Aber Sie tun es trotzdem«, sprach Lerais ihn direkt an. »Sie wollen mir Schuld zuweisen, auf welcher Seite ich mich auch befinde. Als wäre ich in jedem Fall schuldig. Sie versuchen, mir mit Ihrem Haß auf die Nazis eine Falle zu stellen. Ich bin aber kein Nazi, ich hasse die Nazis ...«

»Das weiß ich.«

»Sie nutzen meine Schuldgefühle aus.«

»Wie das?«

»Wenn ich ihn nicht hasse, dann bin ich Ihrer Meinung nach ebenso schuldig.«

»Nein, keinesfalls.«

»Doch. Sie versuchen, das Ganze zu vereinfachen ... ich sage Ihnen, Sie spielen ein schmutziges Spiel, Maître Ansel.«

»Was wollen Sie damit sagen?« fragte der Vorsitzende.

»Er ... er geht zu weit.«

»Ich verstehe nicht.«

»Nicht ich kann ihm seinen Haß nehmen«, sprach Lerais weiter, als hörte er gar nicht zu. »Deshalb wird der Haß in ihm bleiben.«

Die Worte sprudelten aus seinem Mund, als hätte er sie nicht mehr aufhalten können. Er war hochrot geworden. Krampfhaft strich er sich mehrfach hintereinander eine Strähne aus der Stirn.

»Letzten Endes brauche ich ihn nicht. Ich kann ihn auch auf der Stelle entlassen. Er darf nicht Partei ergreifen. Schließlich geht ihn die ganze Geschichte nichts an.«

Maître Ansel wandte sich plötzlich zu seinem Klienten, blickte ihm tief in die Augen und fragte:

»*Diese Geschichte geht mich nichts an*?«

»Nein?!«

»Meine ganze Familie ist im KZ ausgelöscht worden, Monsieur Lerais. Daher kann ich wohl sagen, daß diese Geschichte mich etwas angeht.«

Der andere blickte ihn sprachlos an.

»Warum haben Sie dann eingewilligt, mich zu verteidigen?« brachte er schließlich hervor.

»Ich habe eingewilligt, Sie zu verteidigen, weil Sie unschuldig sind.«

Einen Augenblick lang sah Lerais Ansel vollkommen verblüfft an.

»Hören wir hier auf«, flehte er schließlich mit leiser Stimme. »Es hat keinen Sinn weiterzumachen.«

»O nein, wir werden hier nicht aufhören.«

»Wirklich nicht? Sind Sie sich denn sicher, daß nicht Sie mich brauchen? Vielleicht gefällt Ihnen das ja? Vielleicht fasziniert es Sie, den Sohn eines Mörders zu sehen?«

»Nein«, sagte Ansel. »Es ist meine Pflicht als Ihr Verteidiger.«

»Und warum müssen Sie mich verteidigen?«

Maître Ansel blickte ihn an und sagte dann rasch:

»Um nicht zu verzweifeln.«

Lerais fuhr auf. Seine Augen verschleierten sich, seine Lippen zitterten:

»Dann los, stellen Sie mir Ihre Fragen.«

»Ich erinnere Sie daran, Maître Ansel, daß Sie nicht das Recht haben, sich direkt an den Angeklagten zu wenden«, sagte der Vorsitzende. »Kehren Sie bitte zur vorgeschriebenen Verfahrensweise zurück!«

Maître Ansel hüstelte, um besser sprechen zu können, dann sagte er ruhig:

»Der Angeklagte sagte, sein Vater sei ein ganz gewöhnlicher Mann gewesen, stimmt das?«

»Antworten Sie«, sagte der Vorsitzende.

»Das soll heißen ...«, begann Lerais, »... das soll heißen, er war ein Vater, ein Ehemann ...«

Er senkte die Augen und fügte rasch hinzu:

»Das soll heißen, daß er Hunderte von jüdischen Männern, Frauen und Kindern umbringen ließ.«

Schreie hallten durch den Saal. Lisa wurde ohnmächtig. Mina packte den Arm ihres Sohnes Paul. Béla warf mir einen bösartigen Blick zu.

Ich weiß nicht, wie lange Zeit wir so verharrten – eine kleine Ewigkeit. Der Richter betätigte unentwegt seinen Hammer und schrie, daß er den Saal räumen lassen würde, doch ich glaube, in Wirklichkeit rang er um Fassung.

Schließlich stand ich auf und suchte nach Wasser, während Paul Lisa wieder zu sich brachte, die uns verstört anblickte.

4

»Hat Ihr Vater Ihnen gesagt, daß er Soldat der Wehrmacht war?« fragte der Vorsitzende eine Stunde später Jean-Yves Lerais.

»Nein.«

»Wie haben Sie es dann herausgefunden?«

»Ich war zwölf Jahre alt. Wir sprachen in der Schule über das Dritte Reich. Ich wollte mehr darüber wissen. Bei meinen Nachforschungen stieß ich in einem Geschichtsbuch auf seinen Namen …«

»Was haben Sie empfunden, als Sie entdeckten, was Ihr Vater getan hatte?«

»Ich konnte es kaum glauben«, sagte Lerais. »Wie war das zu verstehen? Jede Nacht hatte ich denselben Traum: Männer reißen mich aus dem Bett und stekken mich in einen Raum mit Duschen. Ich bekomme keine Luft und stürze zur Tür, dann wache ich auf … Oder ich bin gerade dabei, jemanden umzubringen, und stelle mich dann der Polizei. Und dann ist alles vorbei, ich sitze bis zum Ende meines Lebens im Gefängnis …

Meine Eltern sind mit falschen Papieren und gemeinsam mit anderen Kriegskameraden nach Südamerika geflohen. Als sie dort ankamen, wurden sie schon erwartet. Man holte sie mit dem Wagen ab und gab ihnen ein Haus. Sie begannen ein neues Leben. Sie hatten Geld aus Deutschland mitgenommen. Mein Vater hatte ein kleines Geschäft, wo er alte Kameraden einstellte. Alle wohnten im selben Viertel. Es gab eine deutsche Schule, einen deutschen Laden, Restaurants, alles, was man brauchte. Am Sonntag ging man in die Kirche, dann trank man ein Bier mit deutschen Freunden, machte deutsche Witze und las deutsche Zeitungen … Ach ja, ich vergaß! Es waren nicht nur Deutsche da: Es waren auch Österreicher da …«

Er lächelte traurig.

»Es herrschte ewig Frühling, der Boden war fruchtbar, die ganze Zeit schien die Sonne, es war das Paradies, das Paradies der Verlierer …«

»Und was hielten Sie von all dem?« fragte der Vorsitzende weiter.

Lerais hob plötzlich den Kopf:

»Er verachtete Juden, Homosexuelle und Kommunisten, aber er war zu feige geworden, um das öffentlich zuzugeben. In seinem Innersten glaubte er, ein neuer Führer würde kommen. Wenn ich ihm zu widersprechen versuchte, fing er an zu schreien: ›Was weißt du schon von dieser Zeit! Die Juden und die Kommunisten sind jetzt an der Macht und haben dir den Kopf verdreht.‹ Er sagte: ›Sieh doch nur, was Israel macht: Sie sind Militaristen geworden, zeigen nun ihr wahres Henkersgesicht.‹

In der Nacht nach der Beerdigung meines Vaters habe ich auf sein Grab gepißt. Ich habe daraufgetrampelt und daraufgekotzt. Wie konnten sie nur nach all dem, was geschehen war, ein Kind in die Welt setzen? Wie hatten sie mir das antun können? Sie wollten Familie spielen. Ich erinnere mich noch an die Weihnachtsbäume in unserem schönen Haus und an die Kinderchoräle, die mein Vater so liebte – und dann der 30. Januar: Am Jahrestag der Ernennung Hitlers zum Reichskanzler gab es zu Hause jedes Jahr ein großes Fest. Mein Vater hat nie auch nur die kleinste Reue gezeigt, er hat nie irgendwelche Schuldgefühle gehabt. Wenn er am Sonntag angetrunken war, wurde er wieder zum Helden, zum Gewinner des Krieges.«

»Ich möchte wissen, wie sein Vater gestorben ist«, fragte Maître Ansel.

»Wie ist er gestorben?« wiederholte der Vorsitzende.

»Was soll ich sagen?«

Er sah den Anwalt betrübt an.

»Was wollen Sie hören? Daß er bei einem Unfall gestorben ist oder noch besser, daß ich ihn getötet habe, nicht in einem Gewaltakt, sondern nach und nach? Mein Vater ist eines natürlichen Todes gestorben, genau wie meine Mutter.«

»Monsieur Lerais, können Sie uns sagen, was Sie über die Juden denken?« fragte der Vorsitzende.

»Nicht weit von uns lebten Emigranten, deutsche Juden; seit meiner Kindheit war ich von ihnen fasziniert. Als ich älter wurde, legte ich Wert darauf, Juden als Freunde zu haben. Als meine Eltern das merkten, wurden sie wütend. ›Sie hätten dich damals auch einen Stern tragen lassen‹, schrie meine Mutter. Das ermutigte mich, auf meinem Weg weiterzugehen. Ich lud meine Freunde nach Hause ein. In jener Zeit fing ich an, alles über das Dritte Reich zu lesen, was ich nur finden konnte, und ich beschloß, mein Leben diesem Abschnitt der Geschichte zu widmen. Nach dem Tod meiner Eltern habe ich all ihren Besitz verkauft und bin nach Frankreich gegangen, denn Französisch war meine Muttersprache ... Und dann ... dann ...«

Er blickte zu Boden.

»Dann lernte ich Lisa kennen ...«

Lisa neben mir senkte ebenfalls den Blick.

»Wußte sie, wer Sie waren?«

Schweigen.

»Der Sohn von Helmut Vurtz«, murmelte er, »einem alten Wehrmachtsoffizier und Kriegsverbrecher. Nein, natürlich wußte sie es nicht.«

»Kannte der Angeklagte Carl Rudolf Schiller?« fragte Maître Ansel.

»Ja.«

»Woher kannten Sie ihn?« fuhr der Vorsitzende fort.

»Ich traf ihn auf Kolloquien über die Shoah.«

»Wußten Sie, daß er Jude war?«

»Nein. Das wußte ich nicht.«

»Und waren die Drohbriefe von Ihnen?«

»Ja.«

»Warum?«

»Ich hielt ihn für gefährlich. Ich ertrug nicht, was er

über das Karmeliterkloster in Auschwitz sagte. Und außerdem war er ein Freund von Crétel.«

»Was wissen Sie über Maurice Crétel?«

»Was ich weiß?« Lerais hob spöttisch eine Augenbraue. »Ich weiß, daß er Tausende von Juden während des Krieges deportieren ließ, das weiß ich. Und dann weiß ich noch, daß er mit Perraud in der Zeit der Kollaboration unter einer Decke steckte.«

»Wußte Michel Perraud, was Sie entdeckt hatten?«

»Ja. Ich erpreßte ihn, bevor ich verhaftet wurde ... aber nicht des Geldes wegen. Nur wegen des Vergnügens zu sehen, wie er jede Sekunde seines Lebens Angst haben würde.«

Im Saal gab es einen kleinen Aufruhr, unterdrücktes Stimmengewirr.

Maître Ansel erhob sich und trat zu seinem Klienten.

»Ich möchte, daß Jean-Yves Lerais die folgende Frage beantwortet: Hat er Carl Rudolf Schiller umgebracht?«

Lerais sah ihn einen Moment mit verzerrter Miene an.

»Antworten Sie«, befahl der Vorsitzende.

»Es ist mir egal«, stieß er hervor, »mir ist alles egal.«

»Haben Sie Carl Rudolf Schiller umgebracht?«

Ansel blickte ihn nun so ruhig an, als wüßte er schon, welche Antwort unausweichlich kommen würde.

»Nein«, murmelte Lerais schließlich. »Ich habe ihn nicht umgebracht.«

Da faßte Lisa meine Hand und drückte sie so fest, daß es weh tat.

5

Als letzten Zeugen ließ der Gerichtsdiener Pater Francis eintreten.

»Können Sie uns sagen, was Sie über ein braunes Heft wissen, das Carl Rudolf Schiller vor seinem Tod gegeben wurde?« begann der Vorsitzende.

»Aber gewiß, mein Sohn«, sagte der seltsame kleine Mann, als spräche er mit einem künftigen Novizen. »Ich habe ihm dieses Heft gegeben.«

»Können Sie uns sagen, wie das Heft in Ihren Besitz gekommen ist?«

»Aber ja. Ein Mann hat es mir gegeben. Er hatte es in Auschwitz gefunden. Er sagte, dieses Heft hätte geheime Kräfte, und das will ich wohl glauben.«

»Warum haben Sie es Carl Rudolf Schiller übergeben?«

»Weil ich seine Meinung dazu hören wollte. Als Theologe.«

»Wie ist der Name des Mannes, der Ihnen dieses Heft gegeben hat?«

Da wandte sich Pater Francis zu mir und sagte mit einem merkwürdigen Gesichtsausdruck:

»Er heißt Werner. *Felix Werner*.«

Ich glaube, daß niemand besonders auf das achtete, was Pater Francis über Felix sagte. Alle dachten, der alte Mann würde irgendwelchen Unfug von sich geben. Hatte er nicht auch Lisa beschuldigt?

Nein, niemand achtete auf das, was der alte Mann sagte.

Niemand außer mir, dem seine Worte nicht entgangen waren.

Felix Werner. Wo war er? Was trieb er? Warum war er so plötzlich verschwunden?

Am Ende des Nachmittags begannen die Anwälte mit ihren Plädoyers.

Wir befanden uns alle in einem Zustand äußerster Anspannung. Ich glaube, im Grunde hatte sich die gesamte Familie Perlman, Lisa ausgenommen, nicht wirklich entschieden, ob Jean-Yves Lerais schuldig war oder nicht, und wartete einfach das Urteil der Jury ab, um ihr Gewissen von der Last der Entscheidung zu befreien.

Was Lisa betraf, so hoffte sie zitternd, daß der Prozeß nicht mit einem Justizirrtum endete, während der wahre Mörder draußen frei herumlief. Mina sagte, man müsse dem Gericht bei der Rechtsprechung vertrauen.

Die Rede des Staatsanwalts war simpel: Jean-Yves Lerais hatte Carl Rudolf Schiller Drohbriefe geschickt. Er hatte Michel Perraud nicht erpreßt, er war sein böser Geist. Vielleicht wußte er nicht, daß Schiller Jude war, aber dessen Umkippen beim Prozeß von Maurice Crétel hatte ihn mit seinen eigenen Problemen konfrontiert. Er hatte aus Idealismus angefangen, sich mit der Shoah zu beschäftigen, und wie die Zeugenaussagen von Lisa Perlman und Jacques Talment bewiesen, hatte er nach und nach angefangen, die Deportierten zu hassen: Er hatte sich mit seinem Vater identifiziert und keinen Abstand von der Geschichte mehr finden können. Am 27. Januar 1995, genau fünfzig Jahre nach der Befreiung von Auschwitz, hatte er Schiller umgebracht; nur ein Historiker hätte das getan. Er hatte eine Hälfte von Schillers Leiche in die Ecole française de Rome gebracht, nach Italien, in ein anderes faschistisches Land. Jean-Yves Lerais war nicht nur ein Mörder, er war ein Barbar. Ein Mensch, der einen anderen Menschen zerstückelt hatte. Ihn freizusprechen hieße, die Gefahr einer Wiederholungstat zu verantworten.

Zum Schluß forderte der Staatsanwalt lebenslänglich Zuchthaus.

Der Anwalt der Zivilpartei plädierte in seinem Sinne.

Das Plädoyer von Maître Ansel war kämpferisch. Jean-Yves Lerais war ein Opfer. Ein Opfer seiner Vergangenheit, seiner Geschichte und Opfer einer diabolischen Intrige. Alles war sorgfältig geplant und bis ins letzte Detail ausgearbeitet worden: die Drohbriefe in Schillers Wohnung; dann die Leichenhälfte in der Ecole française de Rome, wo er arbeitete. All das schien sehr beweiskräftig ... bis auf eine winzige Kleinigkeit. In dieser teuflischen Intrige waren die Beweise gegen Lerais war fingiert worden, doch ein Element wurde vergessen: Er hatte kein Motiv. *Jean-Yves Lerais hatte keinen Grund, Schiller zu töten.*

Sollte er sagen, was ein Motiv war? Lisa Perlman konnte sehr wohl den Tod des Theologen gewollt haben, *dessen jüdische Identität sie entdeckt hatte*. Sie hatte sie entdeckt, als sie die Namen der Kinder auf die Granitplatte gravieren ließ. Aus diesem Grund hatte sie in Berlin den Mann aufgesucht, der sie faszinierte, weil es ihm gelungen war, mit ihrem Vater zu sprechen. Und dort hatte sie die Wahrheit erfahren. Lisa Perlman wußte mehr, als sie zugab. Ihre Lüge, die aus ihr eine Eidbrüchige machte, war beunruhigend: Was hatte sie Schwerwiegendes zu verbergen?

Ihr Bruder Paul konnte ebenfalls sehr wohl den Tod des Mannes gewünscht haben, der ihm in seiner Hilfsorganisation ständig Knüppel zwischen die Beine warf, weil er sich auf die Palästinenser ›fixiert‹ hatte und ihn daran hinderte, wie sonst auch über die Gelder zu verfügen, so daß er sich gezwungen sah, seinen Abschied zu nehmen. Was Béla Perlman betraf, der drei Jahre in einer psychiatrischen Anstalt zugebracht hatte, so hätte er Schiller ohne weiteres in einem seiner Wut- und Haßanfälle gegen die ganze Welt umbringen und das Ganze dann so arrangieren können, daß Lerais angeklagt wurde, den er beneidete und haßte. Wie der Psychiater Krima aufgezeigt hatte, konnte ein Paranoiker so gefährlich werden, daß er zur Tat schritt und einen Mord beging. Béla Perlman war alles zuzutrauen. Und was konnte man erst von Jacques Talment sagen, dem Schiller mit seinem Buch schadete, indem er seinen und den Ruf seiner Frau ruinierte?

Er sprach auch von Mina Perlman und ihrem kleinen braunen Heft, das auf so mysteriöse Weise verschwunden war. War es wirklich verschwunden? Hatte Mina das Heft nicht selbst an Carl Rudolf Schiller geschickt, um ihm zu schaden und ihn aus dem Gleichgewicht zu bringen? Und was verband Samy Perlman mit Schiller? Warum war es Schiller gelungen, die Zunge dieses Mannes zu lösen, der sonst niemals sprach? Erpreßte er ihn? Wußte Mina das? Warum hatte Samy Perlman sich umgebracht? Würde man das jemals herausfinden?

Und hatte Ron Bronstein nicht auch alle Gründe der Welt, um Schiller zu hassen? Hatte er nicht allen Grund, den Mann umzubringen, der das Andenken seiner Familie besudelt hatte? Und Michel Perraud, den Schiller verriet, als er sich weigerte, Crétel zu unterstützen, war der nicht ebenfalls verdächtig, den Mann umgebracht zu haben, den er als ›seinen Freund‹ bezeichnete? Er hatte jedenfalls allen Grund, Schiller umzubringen und Jean-Yves Lerais, der seine geheime Vergangenheit in Vichy kannte, dafür anklagen zu lassen.

Pater Francis konnte durch seinen Wahn zu einer irgendwie gearteten Raserei gebracht worden sein. Was war das für ein braunes, mit geheimen Kräften ausgestattetes Heft? Und wer war dieser Felix Werner, den er erwähnt hatte?

All das waren Spuren, die untersucht werden mußten, wenn man den Mörder wirklich finden wollte.

All diese Personen hatten ein Motiv, alle hatten Gründe, Carl Rudolf Schiller so zu hassen, daß sie ihm den Tod wünschten, *Jean-Yves Lerais aber nicht.*

Das war kein Zufall. Vielleicht war einer von ihnen der wahre Schuldige. Denn der Mörder lief immer noch frei herum, da Lerais unschuldig war. Verurteilte man Jean-Yves Lerais, so hatte man die Gefahr zu verantworten, daß der wahre Täter auf freiem Fuß blieb, ein Mensch, der nicht nur ein grausames Verbrechen begangen, sondern auch eine unfehlbare Intrige gesponnen hatte, um einen anderen an seiner Statt anklagen zu lassen. Es handelte sich nicht einfach um einen Mörder, der in Freiheit blieb, *es handelte sich um ein Monster, um einen genialen Manipulator, ein diabolisches Wesen.*

6

Am 30. Oktober 1997, um 13 Uhr 30, wurde Jean-Yves Lerais freigesprochen.

Am selben Tag erschien in einer Zeitung ein Artikel, der die Entscheidung des Gerichts kommentierte. Als ich ihn zu lesen begann, erkannte ich sofort Felix' Handschrift.

Plötzlich machte mein Herz einen Satz, denn ich entdeckte die Unterschrift am Ende des Artikels: Sie lautete *Felix Simmer.*

Was konnte das bedeuten? Warum hatte sich Felix meines Familiennamens bedient, um seinen Artikel zu signieren?

Wieder einmal versuchte ich ihn zu erreichen, aber er

war nicht zu Hause. Bei seiner Zeitung teilte man mir mit, daß er Urlaub genommen habe. Der Artikel war per Fax eingegangen. Niemand hatte irgendwelche Neuigkeiten von ihm. Felix Werner war verschwunden.

ACHTER TEIL

1

Wenn ich rauche, sehe ich oft den aufsteigenden blauen Spiralen nach und lasse meinen Geist in der Leere des ersten Augenblicks umherwandern, in der transparenten Luft, in der unwägbaren Ausstrahlung. Der Rauchfaden verwandelt sich in ein farbloses Gas, weder weiß noch schwarz, weder rot noch grün, die geeignete Atmosphäre für das Licht des Anfangs. Rauch steigt steil nach oben, hinauf zum Himmel, und dann verjagt das Licht – Feuer und Sonne wie im Ursprung – die Finsternis, und die Leere weicht zurück.

So betrachte ich das Wunder der Schöpfung, Himmel und Wasser darunter, Gras, Bäume und Pflanzen und die Himmelskörper, Sonne, Mond und Sterne, und alle Lebewesen, und ich staune und staune und sehe weit dahinter die Welt vor der Schöpfung und das Nichts, aus dem die Welt entstanden ist und wo sie vielleicht enden wird, und auch das Universum, den Raum der Sterne, und angesichts dieser Unendlichkeit frage ich Euch: Warum wurde diese Welt gewollt? Und nachdem sie gewollt war, warum wurde sie nicht vollkommen gut entworfen?

Wollt Ihr, daß nie wieder von Gewalt, Verwüstung und Untergang die Rede ist? Wollt Ihr, daß das ewige Licht die Nacht erhellt? Oder wollt Ihr, daß das Böse sich vermehrt, daß es seine Unabhängigkeit erlangt und sich zum absoluten Richter aufschwingt, die Welt beherrscht und sie nach seinem Bildnis erschafft?

Daß es sagt: »Es werde Nacht«, und es Nacht wird?

Daß es sagt: »Es werde Licht«, und es Licht wird über Leid und Tod?

Mächtig, mächtig wie das Böse, wie die Liebe, wie der Tod. Der Mond strahlt das Licht der Sonne zurück, und er ist ihr Spiegel, und Lisas Augen erleuchteten als Lichter der Seele alles Sichtbare, die Träume eines Abends, die Perlen des Wassers, die Tropfen des Taus.

Mächtig wie das Böse. Seine Sonne wird nie mehr untergehen, sein Mond wird nie mehr verschwinden, sein finsteres Licht wird für immer über allem leuchten. Strahlend, mächtig und allwissend wie das Böse. Das Böse ist Schönheit, das Böse ist Licht.

Mächtig, mächtig wie das Böse, das die Gräber der Gerechten bei den Bösen aushebt, mächtig wie der Tod; furchterregend, neidisch und schamlos wie das Böse, das denen angetan wird, die nie Gewalt gezeigt haben, deren Mund keine Lüge kennt und deren Hand sich nie gegen einen Menschen richtete.

Ja, Ihr wußtet es seit unserer ersten Begegnung, erinnert Ihr Euch? Und wenn ich mich Euch heute anvertraue, dann deshalb, weil Ihr mich gewählt habt, so wie ich Euch gewählt habe, Ihr habt mich gerufen, aus ganzer Seele habt Ihr mich herbeigesehnt. Ihr habt mich in Eurem Exil gesucht, überall, wo ich war, Ihr habt mich geliebt, denn Ihr wart verstreut, Ihr habt mich in Eurem Fall gerufen, Ihr habt mich in meinem Ruhm und meiner wiederhergestellten Einheit vorhergesehen; Ihr seid mein Erlöser, Ihr habt über die Entfernung triumphiert, die mich von Euch trennt, Ihr seid mir durch mein Leid, durch meine Prozessionen und durch die Zerstückelung der Erscheinungen gefolgt, Ihr habt den glänzenden Plan gekannt und ihm seinen wahren Sinn wiedergegeben, Ihr habt mir Gedanken und Stimme geschenkt, ein Wort, Ihr habt mir Ausdruck verliehen, Ihr habt mich begriffen, ja, Ihr habt mich begriffen.

Seit ich Euch begegnet bin, wußte ich, daß Ihr für mich da seid, um mich mir selbst zu enthüllen.

Ihr habt mir eine Sprache gegeben, das wesentliche Werkzeug zum Verständnis, Ihr seid den Bewegungen meiner Lippen gefolgt, habt meinen Worten einen Sinn verliehen und mir eine Vielzahl von Gesprächspartnern verschafft, um mich zu verbinden und zu enthüllen.

Nach dem Ende des Prozesses überflutete mich eine Woge der Traurigkeit. Ich hatte angefangen, mich an diese täglichen Sitzungen zu gewöhnen, die mir erlaubten, Lisa zu sehen. Danach wurde sie wieder unerreichbar. Ich versuchte mehrmals, mir ihr zu sprechen. Aber sie weigerte sich. Sie sagte, sie brauche Zeit, um Ordnung in ihre Gedanken zu bringen. Sie lebte immer noch bei ihrer Mutter, wo ich nicht gern gesehen war.

Eines Tages ging ich zu ihrem Atelier, um sie zu sehen. Sie zeigte mir ihre neueste Skulptur, die den Titel *Asche und Gold* trug.

Sie war ziemlich groß, etwa einen Meter hoch. Die Basis bildete eine Ansammlung winziger Steine, die wie graue Asche aussahen. Darüber kniete ein Mann: Sein Gesicht sah man nicht, da es im Schatten einer Kapuze verdeckt war. Dieser Mann hielt eine Frau in seinen Armen, die in ein Tuch gehüllt und zur Hälfte unter der Asche verborgen war.

Wie in einem Relief traten die Arme und Hände des Mannes hervor, die den Leib der Frau umfaßten. Diese Hände beeindruckten durch ihre Kraft, ihre Größe und ihre Schönheit.

Oben glänzte etwas Goldenes. Ich trat näher: Es sah aus wie mein Siegelring. *Ich erkannte meine Hände.*

»Was bedeutet das?« fragte ich Lisa.

Lisa sah die Skulptur einen Moment lang an, dann antwortete sie:

»Die Hände verraten Anspruch auf Noblesse durch das Gold, das man sich als sichtbares Zeichen über den Finger streift; es ist ähnlich wie eine Uniform oder ein Paß. Aber in Wirklichkeit kennen diese Hände nicht den Wert des anderen, der in der Asche versinkt, der andere, der zwar aus ihr hervorkommt, doch an sie gebunden bleibt. Das Gold will die Scham und die Intimität nur in der Asche sehen. Es strahlt wie ein Usurpator, weil man mit ihm alles bekommen kann. Es stellt den falschen Wert dar, wie die durch die Historiker verfaßte Geschichte, die versucht, alles zu erklären und alles auszudrücken. Aber die Shoah zu erklären heißt, zu zeigen, daß es nicht die Shoah war, sondern ein Geschehnis wie andere auch. So drängt der Historiker im Namen der goldenen Wahrheit die Überlebenden in die Asche zurück. Wenn die Shoah nur ein Geschehnis ist wie andere auch, dann haben die Überlebenden kein einzigartiges Zeugnis mehr abzulegen, denn sie wären nur die Überlebenden eines Krieges und einer normalen, alltäglichen und gewöhnlichen Gewalt.«

»Begräbt dieser Mann sie, oder zieht er sie ans Licht?« fragte ich.

»Das weiß ich nicht«, sagte sie und sah mich ernst an. »Das habe ich noch nicht entschieden.«

Ihre Wangen röteten sich leicht. Sie deutete ein schwaches Lächeln an.

Die Freilassung von Jean-Yves Lerais war allen wie eine Erleichterung vorgekommen. Am Anfang hatten die Perlmans den Eindruck, daß es ein glücklicher Ausgang war: das Ende der Katastrophe. Das normale Leben würde wieder anfangen. Sie wollten glauben, daß die Affäre Schiller damit beendet war und die Akte geschlossen wurde. Sie war nur noch eine böse Erinnerung, über die niemand mehr sprechen wollte. Fast hätte es sie betroffen. Die Katastrophe hatte sie gestreift, doch dann waren sie noch einmal davongekommen. Doch nach und nach merkten sie, daß das nicht stimmte, daß sogar das Gegenteil der Fall war. Ob Jean-Yves Lerais wirklich unschuldig war, wie wir alle glaubten, oder ob er schuldig war: Schillers Mörder lief in jedem Fall frei herum. Wer war er? Wo war er?

Ständig kamen ihnen Maître Ansels Worte in den Sinn:

Vielleicht ist einer von ihnen der wahre Schuldige. Dieser Satz hallte unentwegt auch in meinen Ohren wider, und ich dachte an jeden einzelnen von ihnen: an Mina, an Béla, an Paul und Tilla, an Ron Bronstein, an die Talments, an Pater Francis und seine bösen Geister, an Lisa und Felix.

»Glauben Sie, daß es ein antisemitischer Mord war?« hatte ich Bruder Franz nach Bronsteins Zeugenaussage gefragt.

»Davon bin ich überzeugt«, antwortete er. »War es ein Christ, der Schiller aus archaischem Judenhaß getötet hat? Oder war es ein Nazi, der ihn umbrachte, weil er den Endsieg des Rechts über die Macht, der Wahrheit über die Lüge symbolisierte, den Triumph des moralischen Gewissens? War es ein Atheist ohne Schuldbewußtsein oder ein religiöser Fanatiker? Ich weiß es nicht, aber ich weiß, was es war. Soll ich Ihnen sagen, was Schiller kurz vor seinem Tod äußerte? Er sagte, daß Jesus nur für die verlorenen Schafe Israels gebetet hätte, er sagte, jeder, der den Juden mißachte, mißachte ihn selbst, jeder, der nicht das Schicksal der Juden als sein eigenes anerkenne, lege eine unüberwindliche Distanz zwischen sich und sein Heil, er sagte, jeder, der nicht das Kreuz auf sich nehmen würde, sei nicht würdig, ein Christ zu sein, und er sagte, daß die Christen zu sehr dazu neigten, Jesus das Kreuz allein tragen zu lassen. Er sagte, Israel sei Nachkomme des Mannes, der der ganzen Menschheit die menschliche Aufgabe verkündet hat, welche darin bestünde, die Natur zu bekämpfen, um sie zu überleben, und daher sei Israel wie ein Gesetz in die Welt graviert. Er sagte, durch Israel sei die messianische Zeit die eines jeden Tages und nicht ein vergangenes oder zukünftiges Ereignis, das durch vergebliche Reue oder fruchtlose Hoffnung beschworen würde, es sei das Band, das die Menschen miteinander verbinde, die Zeit des aufmerksamen Aneinanderdenkens und der treuen Liebe, der Augenblick der Wiedergutmachung in jeder neuen Morgen- und Abenddämmerung, es seien die großen Episoden der Geschichte, die sich über den Sumpf des Schweigens hinweg verbreiteten, in dem der Mensch steckt, es seien die Blitze, die das Leben durchzuckten, den Alltag belebten, die Finsternis erhellten, und das Versprechen Gottes sei die Andeutung dieses Plans, die Rückkehr des Volkes nach langer Reise, nach Überwindung des Leids und des Bösen: Jerusalem.

»Glauben Sie an die Erlösung?«

»Nein. Ich glaube an die Umkehr. David hat die Psalmen nach dem Mord an Uri geschrieben, der heilige Augustinus hat die göttliche Gnade nach einer stürmischen Jugend erkannt … Es gibt eine Hoffnung, trotz allem …«

Er schüttelte betrübt den Kopf und sagte:

»Ich habe es nicht geglaubt, wissen Sie, ich wollte es nicht glauben.«

»Was denn?«

»Sehen Sie nicht, wie das Böse sich ausbreitet? Das Böse besteht fort und erzeugt Nacheiferer. Warum hat es so viele Jünger, warum gründet es mehr Schulen, warum agiert es intensiver als Gott? Warum wohnt Gott nicht in allen Lebewesen, warum ist er nicht so geschickt wie der Teufel? Wer weiß darauf die Antwort? Der Messias? Aber wo ist dieser Messias, der den Kopf der Schlange zerquetscht, ohne daß diese ihm in die Ferse beißt? Während wir auf ihn warten, müssen wir kämpfen. Ich hatte unrecht. Ich war feige. Ich glaube, im tiefsten Innern hatte ich Angst.«

»Wovor?«

»Angst, in mir diesen Mann, diesen Mörder wiederzuerkennen ... Diesen gespaltenen Mann, der diesen Mord begangen hat, denn dieser Mord ist nur der Ausdruck einer Seele, eines Geistes, der seine Einheit verloren hat. Wer weiß, was wir in unserem Innern verbergen? Vielleicht das Böse in seiner tückischsten, unspezifischsten Form, oder unter einem liebenswürdigen, versöhnlichen, nichtssagenden Äußeren, das plötzlich in all seiner Wut und Gewalt losbricht, in seiner spaltenden, zerstörerischen Kraft. Denn der Glaube ist auch eine Erscheinungsform des Teufels. Schiller, der durch Bronsteins Enthüllung verwandelt wurde, der vorher so anders war, wußte es wohl. Diese Umkehr, davon bin ich überzeugt, hat die Wut desjenigen entfesselt, der ihn umbrachte. Schiller hatte den Mut gehabt, sich vom Boden des Abgrunds zu erheben, und sein Mörder hat das nicht ertragen.«

»Warum haben Sie mir am Anfang gesagt, man solle nicht weiter nachforschen? Warum haben Sie uns nicht von dem braunen Heft und von Pater Francis erzählt? Warum haben Sie so lange gewartet?«

»Von Anfang an wußte ich, daß man sich von diesem Weg fernhalten muß: Und wenn ich angesichts all dieser Schändlichkeit unbefleckt blieb, dann, weil ich mich nie darauf eingelassen habe. Ich hielt mich fern, aber ich sagte nicht laut genug, daß das Ganze die Verleugnung der christlichen Botschaft ist. Ich wußte es, aber ich sagte nicht, daß hier das Böse umging, ja, das Urböse, das

Wesen des Bösen, und daß einmal mehr der *foetor judaicus* von der Legende zur Realität wurde, denn vierzig Jahre danach bringen sich Juden um, weil sie nicht verbrannt wurden, und der Rauch ihres Todes verdeckt den Himmel, und das habe ich nicht gesagt, weil ich davor zitterte, wachsen zu müssen, bis zum Märtyrertum oder bis zur Liebe dessen, der stirbt, um zu kämpfen, und weil ich davor zitterte, dazu nicht den Mut zu haben. Ich bekenne, ich habe versagt, Raphael. Ja, ich urteilte aus dem schrecklichen Hochmut des antisemitischen Bewußtseins heraus, das, stolz über seine Straflosigkeit, glaubt, vor der Katastrophe geschützt zu sein, und immer weiter Unheil anrichtet, ich wollte die unglaubliche Fortdauer des Bösen nicht sehen. Ich habe mich gerettet und alles zugelassen.«

»Wollen Sie jetzt den Schuldigen finden?«

»Die Frage, die Sie mir stellen, ist grauenerregend, Raphael. Von Anfang an stellten Sie mich vor ein unüberwindliches Problem. Ich weiß nicht. Ich weiß, was man nicht tun darf: dem Bösen zuhören, sich auf Argumente einlassen, denn wenn man es erst versteht, ist man schon gefangen. Gegen das Böse zu kämpfen heißt auch, sein Opfer zu sein. Man kann es nicht direkt angreifen, weder durch Verständnis noch durch Kampf.«

»Aber hört der Christ ihm nicht zu? Er akzeptiert es und leidet. Ist das nicht seine Art, es zu besiegen?«

»Die Demut, die tiefe Neigung zur Buße, die Kasteiung des Fleisches und die Verherrlichung der Keuschheit schneidet den Menschen von seiner Lebensquelle ab, und wenn Sie *das* Christentum nennen, dann stimme ich Ihnen nicht zu. Der wahre Christ vergißt nicht den Sinn des Leidens, hält es nicht für das Ziel, sondern für eine Prüfung. Er kämpft gegen das Leid, indem er durch es hindurchgeht! Und wenn er durch es hindurchgeht, weist er es durch Hoffnung zurück.«

»Und wenn dieser Mord dazu diente, uns allen unser Schicksal bewußt zu machen? Wer weiß, was nach Samys Tod und dem meines totgeborenen Kindes geschehen wird? Glauben Sie nicht an die göttliche Gnade? Glauben Sie nicht, daß die Offenbarung aus dem Exil hervorgehen kann?«

»Nein, ich glaube an die Zerstörung, an die Spaltung, an die Schichtung und die Teilung, und ich glaube, daß es manchmal Wunder gibt, Überraschungen und Zufälle. Das Böse ist ewig, es ist absolut.«

Suchen Sie weiter, hatte Bruder Franz gesagt. Aber was sollte ich jetzt suchen? Und wie? Felix hatte mich in diese Geschichte gezogen, er war derjenige, der Untersuchungen anstellte. Nicht ich.

Wo war Felix Werner? Ich spürte eine vage Unruhe, daß ihm etwas zugestoßen war.

Und ich spürte die Gewißheit, daß das nicht der Fall war.

2

Felix. *Felix Werner*.

Felix? Wo war Felix? Felix war nirgendwo, Felix war überall.

Er war unauffindbar. War er geflohen? Wohin? Wann? *Wer? Felix? Oder die Schlange?*

Wieder und immer noch beherrschte sie meine Nächte. Mord war ihre Lieblingsbeschäftigung, Zerstörung ihr Lebensziel. Für sie gab es mehrere Arten zu töten: den tiefen, lähmenden Biß, der mit ihrem Gift verdorbenes Blut fließen ließ. Oder die Strangulation, wenn sie sich um den Hals den Tieres zusammenrollte und ihn zudrückte, bis das Tier erstickte und sie die letzten Zukkungen seines Todeskampfes sah. Dann gab es die Faszination, die sie auf andere Lebewesen ausübte, welche ihre Opfer dazu brachte, sich ins Wasser zu stürzen oder ziellos und verzweifelt bis zur Erschöpfung davonzulaufen. Sie kannte kein Mitleid, nie hatte sie jemanden verschont. Das Gewissen war nicht ihre Stärke; nichts quälte sie – außer ein nicht verübtes Verbrechen.

Sie konnte riesige Beutetiere verschlingen, die sie vollständig aufblähten. Furchterregend waren ihre beweglichen Kiefer und ihre geschickte Zunge, die aus dem Maul mit den Giftzähnen schoß. Manchmal unterwarf die Schlange ihre Opfer mit einem einzigen Blick und spuckte ihnen dann ihr Gift ins Gesicht.

Sie bewegte sich niemals geradeaus wie alle anderen Tiere: Sie schlängelte sich wie Bäche und Flüsse, hinterließ gewundene Spuren. So blieb sie nie in der durch ihre erste Bewegung angegebenen Richtung. Sie glitt vollkommen geräuschlos, und ihr ganzer Körper übertrug die Schwingungen ihrer Vorwärtsbewegung. Sie kroch, ohne sich je erheben zu können, haftete am Boden, auf dem sie sich mit der gesamten Unterseite ihres Körpers bewegte. Sie fraß Staub, Schmutz und Kot.

Wo war sie? Draußen? Vor meinem Fenster? Warum waren dort so viele Menschen? Was machte diese Menge vor meinem Haus an der Place du 18 Juin 1940? Diese riesige, lärmende Menschenmenge, die ihrem Anführer zujubelte, diese vollkommen gebannte und von uniformierten Soldaten umringte Menge grüßte den, der sich auf den Balkon begeben hatte, um gegen das Wiener Weltbürgertum und den jüdischen Bolschewismus zu wettern. Aber wer ist dieser Mann? Es ist der, der das neue Zeitalter feiert, das revolutionäre Zeitalter, es ist der, der sich zum Klang einer donnernden Musik an die Massen wendet, es ist der, der die Menge hypnotisiert,

Radio und Kino mobilisiert, um zu überzeugen und das Erscheinen des neuen Menschen zu begrüßen, und es ist der, der Hunde und Kinder hätschelt, und das entfesselte Volk marschiert wie ein Mann im Schatten des Anführers, den es sich auserkoren hat. Aber wer ist dieser Mann?

Was sollen dieses Chaos, dieser Tod bedeuten, die zu mir kommen, dieses Gemisch aus Erde und Wasser? Es ist der Abgrund, er ruft mich, und das tobende, schäumende Meer, das Meer, in dem Riesenschlangen wohnen, lockt mich zu sich hinab. Ich bin die unförmige und furchterregende Riesenschlange, und sie sind nicht stark genug, um mich zu besiegen, und die Morgenröte, einstmals ein junges Mädchen mit Rosenfingern, ist nun eine alte, abscheuliche Hexe, und der Tag haßt die Nacht und will sie nicht mehr umarmen, und er wettert gegen sie, mit Wolken, Donner, Blitz und Wetterleuchten, mit Nebel, Hagel, Schnee, Rauhreif und Eis streitet der Tag mit der Nacht, mit dem Donner, der seine Stimme ist, macht er ihr eine schreckliche Szene, einen Ehestreit, und die Blitze sind seine Pfeile, und der Regen der Regen der Regen ist ein vom Wasser in der Höhe entfesseltes Unwetter, das himmlische Meer läßt einen mörderischen Hagel zur Erde fallen, wo also ist Felix?

Ich hatte ihn bald zwei, drei Monate nicht mehr gesehen, und das schlimmste daran war, daß ich ihn brauchte. War er denn nicht mein Freund, mein Vertrauter, meine Stütze am Ende jeden Tages? War er nicht mein Bruder, meine Familie? Da verstand ich erst, welchen Stellenwert er in meinem Leben hatte. Wie hatte ich mich von ihm trennen können? Felix, rief ich inmitten meiner öden Nächte, Felix, wo bist du? Warum hast du mich verlassen? Ich bin allein, so allein.

Wer ist Felix Werner? Ja, wer ist er?

Wo ist Felix Werner? Später wußte ich, wie absurd diese Frage war.

Wer ist Felix Werner? Ist er sichtbar oder unsichtbar? Anwesend oder abwesend? Auf der Oberfläche der Erde oder außerhalb, oberhalb der Welt? Am Anfang lebte ich neben ihm, als wäre nichts, versuchte ihn zu ignorieren und von ihm ignoriert zu werden. Fast wollte ich vergessen, daß es ihn gab.

Was ist der Sinn all dessen sagte er ein Geheimnis das du nicht begreifen kannst sagte er bin ich unfähig zwischen Hiob und meinem Feind zu unterscheiden sagte er das ist die ganze Antwort wisse daß die Dinge eine verborgene Bedeutung haben und ich nicht dein Feind bin sagte er die Antwort ist das Glaubensbekenntnis die Möglichkeit des Glaubens nach Auschwitz die Möglichkeit den Glauben nach Auschwitz zu übertragen die Konfrontation mit Gott die mit dem Geheimnis dies ist nicht mit normalen Kategorien zu betrachten hier haben wir etwas Dämonisches und Teuflisches das uns enthüllt wird und am Ende hat Hiob andere Söhne und Töchter eine schöne Geschichte aber die anderen sind nie zurückgekehrt nie?

Vergessen, ja, die Verbrechen der Vergangenheit vergessen und die Wunde des Bösen, die nicht zuließ, daß man den schrecklichen, unsagbaren, undenkbaren Sinn des Bösen begreift, kunstvoll verbinden, ja, alles vergessen und sich erinnern an die Liebe der Hochzeitsnacht, den ersten Schritt zum Vergessen. Denn die Liebe ist auf der Seite des Unbewußten, in dem die Vergangenheit untergeht … einen Augenblick, um dann wie eine Hydra mit tausend Köpfen noch schrecklicher und noch giftiger wieder aufzutauchen.

Unten, ganz unten in unserer fleischlichen, stofflichen Welt, ist der Abgrund, in dem sich die Fehler der Vergangenheit häufen. Der Historiker, der versucht, sie einzusammeln, weiß gleichzeitig, daß die Vergangenheit rebellisch ist, ein rätselhafter Schatten, den man nur in der Dunkelheit findet. Der Historiker will wie der Demiurg alles sehen, alles wissen und alles kennen. Er ist der Folterknecht der Vergangenheit: Er ist es, der sie befragt, ausquetscht, provoziert, der der Gewalt Gewalt antut.

Wo ist Felix Werner?

Ich fand ihn in Bosnien wieder, wo »Europa und die UNO, einmal mehr gedemütigt von der Herrschaft des Schreckens, kapitulierten vor dem Zynismus und der Brutalität, denen die Ohnmacht der internationalen Gemeinschaft Vorschub leistete«.

Ich schaltete den Fernseher an. War er das nicht, in Ruanda?

NEONAZI?

Er war überall, überall dort, wo das Böse war. Er eilte, er rannte ihm hinterher.

3

Eines Abends, als ich den Fernseher einschaltete, geriet ich plötzlich mitten in eine aus Berlin übertragene Debatte.

Unter den Teilnehmern erkannte ich, Seite an Seite, Pater Francis und Bruder Franz.

Nach einer kurzen Einleitung des Moderators, der das Thema verkündete, »Das Böse in der christlichen Tradition«, ergriff Pater Francis das Wort.

»Die Barbelognostiker«, begann er, »dachten, es gäbe einen achten Himmel, in dem eine Frau, die Tochter des wahren Gottes, des unbekannten Vaters, lebte und über die Archonten herrschte. Sie hatte einen Sohn, Sabaoth, der über den siebten Himmel herrschte. Aber dieser erhob sich gegen seine Mutter und den wahren Gott und beschloß, sich zum Herrscher der Welt aufzuschwingen: ›Ich bin der Ewige‹, sagte er, ›es gibt keine anderen Götter außer mir.‹ Bis heute bestimmt er das Schicksal der Menschen. Um diese Usurpation zu bekämpfen, muß man einen Archonten nach dem anderen verführen, um sie dem Einfluß Sabaoths zu entziehen, und ihren Samen auffangen, um damit die verstreute Macht des wahren Gottes zusammenzuführen und die verlorene Einheit wiederherzustellen. Es heißt, der barbelognostische Ritus habe darin bestanden, Barbelos Akt zu wiederholen, das heißt, den Samen der Menschen zurückzubekommen. Die Anhänger dieser Sekte behandelten ihre Frauen wie Gemeingut, veranstalteten endlose Festmahle, aßen Fleisch und tranken Wein im Überfluß und gaben sich dann Ausschweifungen und Orgien hin. Sie mischten und verbanden sich über ihren Samen, der, so sagten sie, den Leib Christi symbolisierte. Wenn eine Frau schwanger wurde, entfernten sie den Embryo aus der Gebärmutter, wälzten ihn in Honig, Pfeffer und aromatisierten Ölen, und jeder mußte mit den Fingern von der breiigen Masse des Abgänglings nehmen und sie vertilgen.«

Er war auf der Rednertribüne aufgestanden, machte große Gesten, hinkte ein wenig und zog an seinem Kinnbärtchen.

»In Alexandrien lebten zur Zeit von Basilides und Valentinus die Karpokratianer, eine Sekte, die von Karpokrates, einem Griechen aus Kefallinia, und seinem Sohn Epiphanius gegründet worden war. Sie behaupteten, die Welt sei ein Werk der gefallenen Engel, die gegen den wahren Gott rebelliert hätten. Um in die wahre, ursprüngliche Welt zu gelangen, in der Gnade und Güte herrschten, mußte man dem irdischen Leben, das nur ein Werk des Bösen war, entsagen, seine Regeln mißachten, seine Götter, die bösen Geister, verhöhnen, und seine Gesetze brechen, sooft sich die Gelegenheit dazu bot. Sie lehrten zum Beispiel, daß Joseph der natürliche Vater von Jesus gewesen und dieser wie jeder andere auch zur Welt gekommen sei. Sie sagten, der wahre Gott habe das Vergnügen an der Liebe für alle Männer und Frauen erschaffen, doch die Engel hätten die Einehe befohlen, um das Gesetz des wahren Gottes einzuschränken. Sie lebten in einer Gemeinschaft und wiesen die Idee des persönlichen Besitzes zurück, Güter und Frauen waren Gemeingut. Der einzige Weg, das Böse zu bekämpfen, war der Immoralismus: Um seine Substanz zu zerrütten, mußte man alle Schändlichkeiten begehen. Und wenn es der Seele im Verlauf eines Lebens nicht gelungen war, dann wurde sie so lange in anderen Körpern wiedergeboren, bis sie ihre Pflicht erfüllt hatte. Die drohende ewige Rückkehr des Bösen brachte die karpokratianischen Jünger dazu, das Böse wie eine religiöse Pflicht auszuüben, um dies nur ein einziges Leben lang tun zu müssen.

So vollbrachten alle aus Pflichtgefühl und nicht aus Vergnügen das Böse. Für sie war der Mensch an sich nicht böse, davon zeugte auch der Widerwille, den jeder empfand, wenn er Böses tat, und das Gefühl des Unrechts, das jeder Mensch angesichts des vollbrachten Bösen hatte. Ja, sie hatten Mühe, Böses zu tun, und wenn sie Inzest, Abtreibung, Kindesmord, gemeinsame Orgien und Gelage vollzogen, wenn sie verschiedenste Drogen und Substanzen zu sich nahmen, dann im Namen ihrer Prinzipien und nicht ihrer Lust.«

Der Moderator hüstelte und entschied sich dann, den alten Mann zu unterbrechen und Bruder Franz das Wort zu erteilen. War dieser eingeschüchtert durch das zahlreiche Publikum, oder war er in Gedanken versunken? Jedenfalls zeigte er eine ungewöhnlich ernste Miene. Er war ganz in Schwarz, trug eine Jacke mit einem Mao-Kragen, was sein Gesicht noch bleicher als gewöhnlich wirken ließ.

Ich erinnere mich noch sehr gut an seinen ersten Satz: »Es gibt keinen Ort, wo Gott nicht ist.«

Keinen Ort, wo Gott nicht ist. Und die Shoah? Und Lisa, meine Liebe, die mich nicht mehr sehen wollte? Und das Exil, die Not, die Qual der Opfer?

»Die Tränen des Himmels«, sagte Bruder Franz, »das Leiden Gottes könnten den Schmerz des Menschen nicht aufheben: Sie kommen nur hinzu. Warum läßt Gott das Böse zu? Nichts kann es rechtfertigen. *Wo also ist Gott?* Er ist nicht der, der am Kreuz leidet und das Böse bis zum Tod erträgt. Christus stirbt nicht für alle Menschen, er stirbt einen sinnlosen Tod. Die christliche Offenbarung ist die eines Geheimnisses. Sie enthält das Geheimnis des Bösen.

In der Shoah dankt die Vernunft ab, sie wird wahnsinnig, und die Theologie tut es ihr nach. Das Unbeschreibliche riskiert das Vergessen, wenn es die ständige Erinnerung fordert, bricht die Stille, wenn es das Wort erzwingt.«

»Sie irren sich«, unterbrach ihn Pater Francis, »es gibt ein Wissen über das Böse. Das Böse kann erkannt und verstanden werden.«

»Sprechen Sie vom Gnostizismus?«

»Der Nationalsozialismus ist eine Form des Gnostizismus, die Bürokratie, die Religion, die Wissenschaft und die Macht sind Formen des Gnostizismus, Erfolg ist eine Form des Gnostizismus und Mißerfolg auch.«

»... und das Böse ist eine Form des Gnostizismus.

Ihre Verteufelung des anderen führt zur Gewalt. Das Ganze fängt mit der Theorie der kosmischen Kräfte an, den Kräften des Guten und denen des Bösen, die miteinander im Streit liegen, und endet in einer zweigeteilten Kosmologie, die die Mächte des Lichts gegen die Mächte der Dunkelheit aufhetzt. Es gibt nicht mehr nur einen Gott, sondern zwei, den Gott des Bösen und den Gott des Guten: Das ist das Ende des Monotheismus.«

»Die Juden waren es doch, die die Gewalt verherrlichten, nicht wir. Sie mit ihrer Sintflut, ihrem Turmbau zu Babel, dem Auszug aus Ägypten, den zehn Plagen, der Teilung des Roten Meeres und der Einnahme Kanaans, sie haben daraus einen Gott gemacht. Heißt es nicht, daß Saul seine Königswürde verlor, weil er alle Amalekiter tötete, aber ihren König verschonte? Und haben nicht die Juden den Teufel erfunden? Und die Schlange der Schöpfungsgeschichte?«

»Die Schlange ist nicht der Teufel, sie ist der Versucher, der von der Präsenz des kosmischen Bösen zeugt, und sie bestimmt die Geschichte.«

»Sehen Sie, Sie kommen selbst auf das, was ich sage, zurück: Die Geschichte ist der Kampf des Bösen gegen das Gute ...«

Pater Francis plusterte sich auf und fügte ein wenig leiser hinzu:

»Jesus hat sein menschliches und, für die Juden, sein steinernes Herz gezeigt. Sehen Sie nicht, mein Sohn, daß sie ständig den Tag nach hinten verlagern, an dem die Menschen gerettet werden, daß sie die Befreiung der leidenden Menschheit, die ewige Gerechtigkeit und den Frieden unmöglich machen? Sie sind die Verbrecher! Verstehen Sie? Es wird keine Befreiung geben, solange das Judentum nicht die messianische Wahrheit in Jesus und seiner Menschwerdung anerkennt.«

»Was schlagen Sie vor?« fragte Bruder Franz, ohne

die Ruhe zu verlieren. »Die Entfernung Israels aus der menschlichen Gemeinschaft? Ihre gewaltsame Vernichtung? ... Oder ihre Bekehrung?«

»Ja, das ist es, Geduld ... Die Juden warten auch auf den Messias ... aber sie haben ihn nicht erkannt, als er kam. Also kann der, den die Juden erwarten, nur noch ... der Antichrist sein. Er muß aus dem Stamme Dan und beschnitten sein, und er wird die Juden mit seinen Greueltaten davon überzeugen, daß er der Antichrist ist. Er wird den Tempel wiederaufbauen, sein Königreich errichten und sich zum Gott erklären. Dann werden zwei Königreiche sich die Erde teilen: das von Jesus Christus und das des Teufels. Wählt heute schon, wozu ihr gehören wollt: Denn der Tag ist nahe!«

Pater Francis war erneut aufgestanden. Er hatte seine zitternden Hände zum Himmel ausgestreckt. Er befand sich in einem Zustand äußerster Erregung.

Die Kamera entfernte sich vom verzerrten Gesicht des alten Mannes, um das Publikum zu filmen. Plötzlich zuckte ich zusammen. Einige Sekunden lang war es, als hörte mein Herz auf zu schlagen. In der zweiten Reihe erkannte ich auf der linken Seite ein vertrautes Gesicht.

Natürlich. Felix Werner war in Deutschland auf diesem Kolloquium, wo er seine Untersuchung fortsetzte, diese Untersuchung, die ihm zur fixen Idee geworden und nunmehr sein einziges Projekt war.

4

Einige Tage später bekam ich als Bestätigung dessen, was ich im Fernsehen gesehen hatte, einen Brief von Felix, in dem er mir von Berlin erzahlte, als ob nichts wäre, als ob wir uns niemals getrennt hätten.

Das wiedervereinigte Berlin, schrieb er, *die ausgelöschte Stadt wird zur reichsten, dichtest bevölkerten und mächtigsten Stadt in Europa. Vom Potsdamer Platz bis zum neuen Regierungsviertel erstrecken sich die Baustellen, und unaufhörlich wachsen die Straßen und Eisenbahnstrecken. Am metallisch grauen Himmel drängen sich Tausende von Kränen wie drohende Wolken aneinander. Das Geräusch der Preßlufthämmer, das Rollen der Maschinen, das Kreischen der Autoreifen: Alles hier befindet sich in einem rasenden Aktivismus. Es ist etwas im Gange.*

Wo ist das buntscheckige Berlin der zwanziger Jahre geblieben, das Berlin mit seinem Alexanderplatz, dem Alex, wie Eingeweihte ihn nannten? Wo sind die Immigranten aus Zentraleuropa, die Chassidim mit den großen Hüten, wo sind die fragwürdigen Läden und die Gassenjungen der jüdischen Unterwelt? Wo sind die geflickten Kaftane, die bleichen Kinder mit den Peies und Kippas, die Hinterhöfe, wo zig Familien zusammengepfercht waren, und wo ist das Jiddisch, das man dort sprach? Wo sind die Kleinen, die schweigend zuhörten, wenn der Rabbi die Thora las? Judenrein.

Nach dem Berlin der dreißiger Jahre mit seinen Arbeitervierteln und öffentlichen Parks, in denen die Arbeitslosen ihre verstörten Mienen, ihre hohlen Wangen und ihre Hoffnungslosigkeit spazierenführten, nach dem Tag, an dem Hitler an die Macht kam, um aus dieser Stadt die Kirche seiner braunen Messen zu machen und die ewigen Werte Vaterland, Blut und Boden zu verkünden, nach dem Berlin aus dem Jahr Null, dieser Mondlandschaft mit ihren Kratern und schwankenden Mauern, mit dem süßlichen Leichengeruch der toten Pracht, die unter den Trümmern ruht, den Ruinen und stillliegenden Fahrdämmen, kommt nun das Berlin 2000, das ganz neue Berlin.

Im Paris von 1860 muß es ganz ähnlich ausgesehen haben, als Baron Haussmann beschloß, die großen Boulevards der Bourgeoisie zugänglich zu machen und die mittelalterlichen

Straßen aufzureißen. Die monumentale Aufgabe, zu der alle beitragen, das gewaltige Unterfangen, besteht darin, die Spuren der Vergangenheit zu tilgen ... aber nicht alle: Man spricht davon, eine genaue Wiedergabe des königlichen Palastes der Hohenzollern zu errichten, des Herrscherhauses der Preußen am Ufer der Spree, mitten in der Stadt, dort, wo sich das alte, zerstörte Bauwerk während des Krieges befand.

Diese Hauptstadt, die man für uns zurechtmacht, ist die Hauptstadt eines deutschen, eines germanozentrierten Europas. Hitlers Traum ist nun Realität geworden: Europa wird von Berlin aus regiert, einem Berlin ohne Juden, das heißt, ohne Berliner. Ist der Reichstag durch die Verhüllung, die Christo und seine Frau vornahmen, unkenntlich geworden? Es ist immer noch dasselbe gewichtige, imposante, massive Bauwerk, das 1933 in Brand gesteckt wurde und nun das moderne Parlament Deutschlands sein wird. Die Berliner haben alles Stein für Stein wiederaufgebaut, und das ist nur der Anfang: Diese Tag und Nacht aktive Stadt, diese Riesenstadt voller Gerüste und Planierraupen ist die Stadt von morgen. Die Stadt des Deutschen Reichs, die Stadt der tausend »Führer«, der Wirtschaftskapitäne. Im Gegensatz zu Frankreich hat hier die Vergangenheitsbewältigung, der Bezug zur Vergangenheit, die Möglichkeit geschaffen, eine Zukunft zu bauen.

Doch ist hier nichts geregelt. Erinnerst du dich an die Debatte, von der Lisa in bezug auf das Shoah-Mahnmal sprach? Es sollte in der Nähe des Reichstags und des Brandenburger Tors, im Herzen von Berlin, an einem symbolischen Ort errichtet werden. Heute wollen sie das Mahnmal nicht mehr. Ich habe gerade erfahren, daß Lisas Projekt nach einer Abstimmung abgelehnt wurde, weil in einen großen Stein die Namen der ermordeten Juden, Zigeuner, Geisteskranken und Homosexuellen eingraviert werden sollten, was das »deutsche Andenken beleidigte«.

Die Dinge haben sich verändert: Mit dem wiedervereinten

Berlin wollen die Deutschen ihre Zukunft leben und ihre Vergangenheit vergessen. Sie haben nicht das Problem der kollektiven Amnesie wie die Franzosen – sie schreiben die Vergangenheit lieber neu. Sie fabulieren sich in eine Opferrolle. Heute, da sie eine europäische Großmacht sind, müssen sie notgedrungen reinen Tisch mit dieser etwas zu peinlichen Vergangenheit machen. Daher hat das Buch eines jungen amerikanischen Historikers für einen Skandal gesorgt: Es zeigt die uralte Schuld der Deutschen, eingeschlossen die der kleinen Leute, es zeigt, daß sie sich nicht so leicht aus der Affäre ziehen können. Die deutschen Politiker und Intellektuellen sind in der Defensive. Sie sind alle sehr überrascht, daß die zum Rassismus verleiteten Deutschen freiwillig an der Shoah teilgenommen haben. Was für eine Entdeckung! Gestern habe ich eine Photousstellung über die Rolle der Wehrmacht und ihre Unterstützung der Nazis beim Judenmord besucht. An diesem Morgen wurde mit einer Demonstration gegen diese Ausstellung protestiert.

Heute ist das Schreckgespenst des Totalitarismus noch immer nicht verblaßt. Seit der Wiedervereinigung versuchen nationalistische Stimmen die Erinnerung an die jüngste Vergangenheit zum Schweigen zu bringen. Sie sagen, daß man den Deutschen nicht vorwerfen kann, bewußt Krieg geführt zu haben. Was sollen wir denn gemacht haben, fragen sie sich. Alles in allem müssen wir uns nicht wegen unserer Eltern und Großeltern schämen, nur weil wir nicht besser waren als die breite Mehrheit. Es ist nicht leicht, die Nachkommen derer zu sein, die die Shoah verübt haben.

5

Wie soll ich es erklären? Felix' Brief war für mich wie frischer Wind, der mich aus meiner Erstarrung löste. Er war immer noch da, quicklebendig. Er sprach mit mir wie früher. Bald würde er zurückkommen, und ich würde wenigstens ihn sehen können.

Ich hatte immer noch die Schlüssel zu seiner Wohnung. Eines Morgens beschloß ich – war es Neugier, Langeweile oder eine Entzugserscheinung? –, sie aufzusuchen.

Am Anfang fand ich nichts Besonderes. Sein unordentliches Wohnzimmer barg die Spuren seines Junggesellenlebens: Halb gerauchte Zigarren lagen in den Aschenbechern, sein Bett war nicht gemacht, seine Sachen lagen zusammengeknäult auf einer Kommode.

Doch neben seinem Schreibtisch erweckte eine Reihe Kassetten meine Aufmerksamkeit. Es handelte sich um Gespräche mit dem deutschen Historiker Wilhelm Rege.

Rege war ein Schüler von Heidegger, der vorgab, eine »philosophische Sicht« der Geschichte zu haben. Tatsächlich lenkte dieser Mann aber die Aufmerksamkeit von der deutschen Barbarei ab, indem er sie mit den Verbrechen der Franzosen, der Amerikaner und anderer Völker in aller Welt verglich. Außerdem setzte er beharrlich die kommunistische Partei mit den Juden gleich.

Ich hatte Felix erklärt, daß er es war, der für eine »Historisierung der Shoah« plädierte. »Warum dieses Plädoyer? Was bezweckt er? Wer sieht diese Zeit zu sehr in ›Schwarz oder Weiß‹? Wer anderes als die Juden? Ich möchte ihn gern dazu bringen, daß er zugibt, was er wirklich denkt ...«

Es ist nicht leicht, die Nachkommen derer zu sein, die

die Shoah verübt haben, sagte Felix. Die Deutschen mußten mit einer Geschichte leben, die ihnen nicht mehr gehörte, da sie zum Symbol der größten menschlichen Verirrung in der ganzen Welt geworden war. Und nun wollten sie eine wichtige Rolle in dieser Welt spielen, für die sie das Symbol des Bösen waren. Wie soll das gehen? Wie soll man »Frieden mit seiner Geschichte schließen«, wie ein Volk um eine derart problematische nationale Identität zusammenschmieden?

Glücklicherweise gab es Historiker, sagte Felix. Die, die als erste die Besonderheit der Shoah betont hatten, wandten sich nun einer Sichtweise zu, die sie »Historisierung des Nationalsozialismus« nannten. Hinter dieser pompösen Formulierung verbarg sich die Idee, daß man eher das Fortdauernde als die Brüche zwischen dem Nazi-Deutschland und dem Deutschland nach der Shoah aufzeigen müsse. Eines ihrer Beispiele war die Entwicklung der Sozialpolitik im Nationalsozialismus, die, ihrer Meinung nach, der Ursprung der Sozialversicherung der Bundesrepublik in den fünfziger Jahren war: So fußte das ideologische Fundament des Sozialstaates im Nationalsozialismus.

Die neue deutsche Geschichte stellte den Nationalsozialismus als eine Antwort auf den Strukturwandel und auf die Modernisierung der deutschen Gesellschaft dar, die wegen einer Vielzahl »unterlassener Sozialreformen in der Weimarer Republik« stattgefunden hatten. Angesichts dieser historischen Wohltaten, so sagten sie, war der rassistische Charakter der ›Endlösung‹ nicht mehr so bedeutsam, wie man hatte glauben machen wollen.

Das Seltsamste daran war, daß diejenigen, die in den sechziger Jahren ihren Beitrag zur Theorie der zentralen Bedeutung der judenfeindlichen Politik und der Einzigartigkeit der ›Endlösung‹ geleistet hatten, nun umschwenkten und diese Sichtweise heftig kritisierten. Sie waren der Meinung, der Nationalsozialismus sei eine Reaktion auf den Bolschewismus gewesen. Indem sie das Konzept von der »Alltäglichkeit des Bösen« wiederaufnahmen, schlossen sie aus, daß Hitlers Ideologie eine entscheidende Rolle bei der Vernichtung der europäischen Juden gespielt hatte. Einige gingen sogar so weit zu behaupten, daß Hitler die Judenfrage in einem »visionären Kontext« gesehen habe, als Propaganda, und er sich nicht persönlich für die einzelnen Etappen der judenfeindlichen Politik interessiert habe.

»Es ist nötig«, sagte Rege auf der von Felix aufgenommenen Kassette, »daß man eine Richtigstellung vollzieht, was die Geisteshaltung der Verfolger und der Verfolgten angeht, die doch beide in jedem Fall Opfer und Täter sind. Vergessen Sie nicht die Arbeit der Judenräte in Osteuropa, die sich gegenüber ihren jüdischen Brüdern oft genug wie Schächer aufführten.«

»Ja«, antwortete Felix. »Wenn die Frage der Judenräte tabu ist, so deshalb, weil man sich nicht mit dem auseinandersetzen will, was doch wahr ist: Die Grenzen zwischen Opfer und Täter sind nicht so klar, wie man glaubt.«

»In dieser Betrachtungsweise der Relativierung möchte ich auch das bolschewistische Regime anführen. Man darf nicht vergessen, daß der Judenmord der Nationalsozialisten nicht einzigartig ist: Es gibt eine Verbindung zwischen dieser Vernichtung und der, die durch die Russen zu verantworten ist. Außerdem ist die Judenvernichtung durch die ›Endlösung‹ nicht ohne Vorläufer: Die jüngste Geschichte ist voll von dieser Art Massenvernichtung. Der Massenmord wurde nicht von Hitler und seinen Komplizen erfunden, er entstand weder aus der Ideologie der Nazis noch aus deren Methoden; er stellt eine Vorbeugungsmaßnahme dar, die den Angriff des Feindes abwenden sollte.«

»Wollen Sie damit sagen, daß die ›Endlösung‹ durch die Provokationen der Juden zu erklären ist?«

»So ist es.«

»Mir scheint, diese Polemik hat auch Bezug zur aktuellen Geschichte: Sie führt uns direkt zur Umsiedlung der Palästinenser, die an die Deportation der Juden erinnert …«

»Ja, das beweist eindeutig, daß die Deutschen nicht die einzig Schuldigen waren: Alle modernen Industriegesellschaften sind durch die Gewalt bedroht, die der Bürokratie innewohnt. Trotz ihrer unterschiedlichen Ursprünge und Ziele sind der Zionismus und der Nationalsozialismus einander so ähnlich, daß die totale Entgegensetzung in der Geschichtsschreibung an Überzeugungskraft verlieren wird. Ich bin sicher, daß die zukünftige historische Sichtweise den Schritt wagen und Hitler zum wahren Gründer des jüdischen Staates erklären wird.«

»Daran zweifle ich nicht«, bekräftigte Felix.

Während ich die Kassette abhörte, hatte ich angefangen, fahrig eine Datei nach der anderen in Felix' Computer zu öffnen. Ich fand in einem der Dossiers ein Dokument mit dem Titel »Carl Rudolf Schiller« und ein weiteres mit dem Titel »Jean-Yves Lerais«. Ich klickte sie an und fand vollständige Informationen über die beiden Männer, von ihrem Lebenslauf bis zu ihren neuesten Werken. Eine dritte Datei im selben Dossier weckte meine Aufmerksamkeit: Sie trug den Titel »Notizen zum braunen Heft«.

In dem Augenblick, da ich sie öffnete, spürte ich, daß jemand hinter mir stand. Es war er. Felix.

6

Ich sagte einmal, daß der Historiker immer zu spät komme und die Archive durchwühlen müsse, um die Verbrechen zu sichten. Manchmal jedoch ist der Historiker Zeitzeuge des Bösen. Und manchmal kommt er gerade rechtzeitig, um es zu vollbringen.

»Was machst du da?« fragte Felix.

»Was ich mache? Ich versuche es zu verstehen.«

»Was zu verstehen?«

»Warum du Carl Rudolf Schiller umgebracht und ihn in zwei Teile zerlegt hast. Warum du nicht ertragen hast, daß er sich auf dem Weg der Erlösung, der Wiedervereinigung befand. Warum du gespalten, zweigeteilt bist. Du bist gegen den Nazismus und gleichzeitig fasziniert von jenen, die für ihn Gründe finden. In deinem diabolischen Plan hast du den Anschein erweckt, eine Untersuchung anzustellen, deren Schlüssel du in der Hand hattest, du hast Jean-Yves Lerais an deiner Statt verdächtigen und anklagen lassen, indem du Beweise gefälscht und Lügen verbreitet hast.

Du hattest die Möglichkeit, nach Rom zu reisen, die zweite Hälfte von Schillers Leiche dort unterzubringen, zurückzukehren und dann so zu tun, als würdest du sie finden, wodurch Lerais angeklagt wurde. Du hattest den Schlüssel zur Bibliothek. Doch das schlimmste ist, daß du mich benutzt hast, um dich begleiten und deine Aussagen zu bestätigen. Aus diesem Grund konntest du auch nicht bis zum Ende an Lerais' Prozeß teilnehmen, sondern mußtest plötzlich verschwinden. Dieser Prozeß, Felix, hätte deiner sein müssen.

Und agierst du allein? Oder bist du Teil einer Organisation, vielleicht einer der Verantwortlichen? Hinter deinem Beruf verbirgt sich womöglich eine wohlorganisierte und durchdachte Geheimtätigkeit mit ganz bestimmten Mitteln und Zielen.«

Bei diesen Worten fing er an zu lachen. Es war ein schreckliches, höhnisches, fast vergnügtes Lachen. *Das Lachen von Mephistopheles.*

»Bravo! Bist du von selbst darauf gekommen?«

»Leugne es nicht, Felix. Ich habe deine Dateien über Schiller und Lerais gesehen.«

»Du weißt genau, daß ich mich für diesen Mord interessiert habe. Ich habe diese Dateien erstellt, um den Täter zu finden.«

»Ich habe auch die Kassette gefunden, auf der du dich mit Rege unterhältst.«

»Ach das«, sagte er, »du meinst den greulichen Unfug, den ich da gesagt habe? Aber damit wollte ich ihn doch zum Sprechen bringen. Du weißt doch, daß das meine Methode ist: so zu tun, als sei man von den Thesen dieser Schweine überzeugt, um mehr Informationen zu bekommen. Das funktioniert übrigens ganz prächtig! Ich habe schon ganz schöne Dinge zu hören bekommen. Außerdem hast du gut reden, Raphael. Du verbringst doch deine Zeit damit, die Entstehungsgeschichte der ›Endlösung‹ zu rekonstruieren. Du bist es doch, der erklärt, daß Hitler die Juden wegen des verlorenen Ersten Weltkriegs verteufelte. Der sagt, daß nicht Nazismus und Antisemitismus zum Tod der Juden geführt haben, sondern die Amerikaner, weil sie sich in den Krieg eingemischt haben. Du bist doch derjenige, der die These vertritt, daß Hitler die Juden nicht haßte, sondern *gezwungen* war, sie umzubringen, und daß die ›Endlösung‹ ein Fall von legitimer Verteidigung war. Ich habe deine Doktorarbeit gelesen, und ich höre dir zu, wenn du mir etwas erzählst.

Dich regt auf, was Rege sagt? Aber hast du mir nicht einmal erzählt, daß die Geschichte sich auf die ›Vertrautheit, die Routine, die geduldige Gegenüberstellung von Analogien und Ähnlichkeiten, die Anpassung an den Kontext‹ gründet, und daß man ›offen‹ sein müsse, ›gewillt, dazuzulernen, aus sich selbst herauszutreten, um sich dem Thema zu nähern und es an sich herankommen zu lassen‹, daß man ›akzeptieren müsse, nicht mehr auf das zu hören, was man schon gehört hat, und auf jedes moralische Vorurteil zu verzichten‹? Hast du mir nicht beigebracht, daß der Historiker sympathisieren müsse? Warst du es nicht, der mit Hitler sympathisiert hat? Du weist doch die sogenannte ›kalte Einsicht‹ zurück. In der Begeisterung für dein Thema hast du dich ihm durch Empathie genähert, durch eine Gemeinschaft des Gefühls, durch Identifikation. *Du* bist Hitler freundschaftlich begegnet, Raphael. Du wolltest ihn kennenlernen, du hast dich in sein Bewußtsein hineinversetzt, in seine persönliche Bildung, in die Struktur seines Geistes, indem du psychologisch zu begründende Affinitäten spielen ließest, die dir erlaubten, sich seine Gefühle, Ideen und Verhaltensweisen vorzustellen, sie nachzuempfinden und zu begreifen. Du hast ihm zugehört, du hast ihn in dir, *durch dich* sprechen lassen.«

»Hör auf, Felix. Du legst mich nicht noch einmal herein. Du hast ein doppeltes Spiel gespielt, und du bist der Mörder.«

Ich spürte, wie mir kalter Schweiß über den Rücken lief. Mein Herz klopfte wie wahnsinnig.

Habe ich es nur geträumt? Habe ich es vergessen? Habe ich ihm einen Schlag versetzt? Hat er zurückgeschlagen?

Ich weiß es nicht mehr. Ich weiß es nicht.

Ich erinnere mich an einen Kampf, in den ich meinen ganzen Zorn, die Energie meiner Verzweiflung legte, ein letztes Aufflackern meines Willens, obwohl ich schon so geschwächt war. Ich habe den Eindruck, daß ich ihn mit meinen Fäusten geschlagen habe, mit meinen verkümmerten Muskeln, daß ich gegen den kämpfte, den ich so geliebt und so bewundert hatte, daß ich ihn haßerfüllt und leidenschaftlich verprügelte. Ja, ich erinnere mich an einen Kampf, einen blutigen Kampf auf Leben und Tod, bei dem jeder wußte, daß es einen Sieger und einen Verlierer geben würde, und das für immer: Da, wo er war, konnte ich nicht mehr sein. Schlug er mich ebenfalls mit aller Kraft und Wut? Antwortete ich darauf mit meinem ganzen, seit Monaten zurückgehaltenen Groll, habe ich für meine Frau, mein Kind, mein zerstörtes, in tausend Teile zersprungenes Leben gekämpft?

Ich glaube, daß er mich in den Bauch trat und ich ihm an die Kehle ging, ihn würgte, bis er nicht mehr atmen konnte und ich spürte, daß er ersticken würde.

Ich wollte ihn zu meinen Füßen sehen, in seinem eigenen dunklen Blut, in seinem erschlafften Fleisch, in seinen Eingeweiden. Er sollte niedergestreckt, mit zerschlagenen Knochen, zerstückeltem Körper daliegen. Ich wollte ihn fertigmachen, ihn mir mit eigenen Händen vom Halse schaffen.

Mir scheint, daß er mir seine Faust ins Gesicht rammte und sich so von mir befreien konnte, aber sicher bin ich mir nicht.

Ich stürzte zu Boden.

»Beruhige dich, okay?« sagte er. »Hör mir zu.«

»Nein, Felix, bemüh dich nicht …«

»Du willst mir noch nicht mal die Chance geben, es dir zu erklären?« fragte er.

Ich zögerte. *Kein Gespräch mit dem Bösen führen.*

Ich blickte ihn eine ganze Weile lang an.

»Ich höre«, sagte ich dann.

Ich führte meine Hände zum Gesicht: Meine Nase blutete heftig.

»Du läßt mich erklären?« sagte er.

»Ich höre«, wiederholte ich.

»Hast du dich beruhigt?«

Ich neigte den Kopf und blickte ihm geradewegs in die Augen.

»Lisa ...«, begann er.

»Was ist mit Lisa?« unterbrach ich ihn.

»Warte. Laß mich erklären. Lisa, das hast du von Anfang an bemerkt, ist nicht gerade ausgeglichen. Klar, zunächst ist das ziemlich reizvoll, man glaubt, es handle sich um eine sanfte Form von Verrücktheit ... Du hast mir das Syndrom der zweiten Generation erklärt, erinnerst du dich?«

»Ja.«

»In Wirklichkeit war es aber etwas ernster ... Ihr recht merkwürdiger Charakter läßt sich nicht auf das ›Syndrom‹ zurückführen.«

»Was willst du damit sagen?«

»Sie war es doch, die dich verlassen hat, oder?« sagte er brüsk.

Ich antwortete nicht.

»Du bist abgemagert, deine Haut ist gelb ... Du siehst erbarmungswürdig aus.«

»Was willst du damit sagen?« wiederholte ich.

»Sie kannte Schiller über ihre Eltern. Von ihrem Vater hatte sie erfahren, daß er Jude war ...«

»Und?«

»Und, Raphael, sie ist es, die Schiller umgebracht hat.«

»Was sagst du da? Bist du verrückt?« brüllte ich.

»Seit Schiller wußte, daß er Jude ist, bedrängte er Samy mit Fragen über die Shoah«, fuhr er fort. »Er wollte alles über seine Verwandten wissen, denen Samy in

Auschwitz begegnet war. Schiller legte den Finger auf die Wahrheit und das Grauen, das sich für Lisas Vater abgespielt hatte ...«

»Was? Na und?«

»Du willst es wirklich wissen?«

Ich sah ihn an und drückte ein Taschentuch gegen meine Nase.

»Als Samy in Auschwitz war, hat er Schillers Verwandte kennengelernt. Er hat ihre Leichen gesehen. Darüber sprachen sie. Schiller wollte, daß Samy ihm von seiner Familie erzählte. Und Samy machte das krank, aber er sprach darüber. Lisa hatte Angst davor, daß Schiller immer so weitermachte und alles über Samys Vergangenheit enthüllte ...«

Ich sah ihn verstört an.

Plötzlich schien er unschlüssig. Einen Moment lang schwieg er, dann setzte er wieder an:

»Hör mal, da ist noch etwas anderes. Ich wollte es dir nicht sagen. Aber ich ahnte es schon eine ganze Weile ... Lisa war mit Lerais zusammen ... und sie hat es irgendwie hingekriegt, daß er an ihrer Stelle angeklagt wurde. Erinnerst du dich an ihre so mehrdeutige Zeugenaussage? Alle dachten, daß er damit erledigt wäre. Sie hat ihn als Antisemiten denunziert, erinnerst du dich? Sie wußte, daß Schiller Jude war, die ganze Familie Perlman wußte es. Alles war von ihr geplant: Als sie sagte, daß Lerais Antisemit ist, erfand sie ein Motiv für den Mord. *Sie hat ihn belastet.*«

»Aber deine Aussage, Felix, war auch nicht besser. Du hast doch die zweite Hälfte von Schillers Leiche gefunden.«

»Raphael, was ich dir sagen will, ist ...«

Ich sah ihn fragend an.

»Sie war noch Lerais' Geliebte, als sie schwanger wurde«, sagte er rasch.

Ich sah ihn weiterhin an, ohne zu begreifen.

»Das Kind … war nicht von dir, Raphael.«

»Wie? Wie kannst du es wagen …?« schrie ich.

»Hör gut zu. Ich wollte es dir nicht sagen, aber ich wollte dich auch nicht länger anlügen. Deshalb bin ich ohne jede Nachricht verschwunden. Jean-Yves Lerais hat es mir selbst gesagt, als ich ihn während seines Prozesses aufsuchte, um mehr zu erfahren. Er sagte zu mir, daß das Kind seiner Meinung nach von ihm war. Erinnerst du dich an die Frage des Anwalts über ihre Beziehung zu Lerais und daran, wie rot sie wurde?«

»Worauf willst du hinaus?«

»Sie ist furchterregend, Raphael: Sie ist nicht nur gefährlich, sie ist teuflisch. Sie hat auch das Kind umgebracht, mit den Medikamenten, den Beruhigungsmitteln, die sie genommen hat.«

»Warum«, fragte ich, »warum sagst du das?« flehte ich fast.

»Sie hat das Kind umgebracht, Raphael, weil es nicht von dir war. Es war von Jean-Yves.«

Ich erinnerte mich plötzlich, wie verwirrt und verlegen Lisa gewesen war, als ich sie fragte, ob sie schwanger sei.

Immer niedergeschlagener ließ ich ihn fortfahren.

»Sie wollte sich an ihm rächen«, setzte Felix wieder an. »Sie hat dich nie geliebt, Raphael; sie hat dich benutzt, um sich an dem zu rächen, den sie liebte und der sie nicht mehr wollte. Sie wußte, daß sie schwanger war, und deshalb hat sie dich geheiratet. Sie hat nie akzeptiert, daß er sie verlassen hat, verstehst du?«

»Nein …«, sagte ich mit dumpfer Stimme. »*Er* war es, der sie verlassen hat?«

»Ja, er hat sich von ihr getrennt.«

»Aber warum … Warum hast du mir das nicht gesagt?«

»Du warst wahnsinnig verliebt. Ich wollte ... ich konnte es dir nicht sagen. Du hättest mich verachtet. Du hättest mich gehaßt. Aber der Tag deiner Hochzeit war für mich einer der unglücklichsten Tage meines Lebens ...«

Ich schluckte und suchte nach einer Erklärung, einem Beweis, daß das alles nicht wahr war.

»Ich glaube, wir müssen jetzt alles der Polizei sagen. Wir können nicht zulassen, daß sie noch einen Mord begeht, verstehst du?«

»Ja ... ja ... Lisa ... Aber laß mich ... Laß uns noch Zeit bis morgen. Einverstanden?«

Er nickte.

7

Ich wollte alles vergessen. Ich glaube, ich verlor mehrere Stunden lang das Bewußtsein. Ich wollte nicht daran glauben. Es war unmöglich, daß sie ihr Kind leiden ließ, daß sie es umgebracht hatte. Es war unmöglich, daß sie ihr eigenes Kind umgebracht hatte ...

Ich ging nach Hause, legte mich zerschlagen aufs Bett.

Plötzlich verstand ich. *Ihr* Kind? Die Wahrheit traf mich wie eine heftige Ohrfeige: Es war nicht *mein* Kind. Es war also wahr. So wahr, daß man mit dem Kopf gegen die Wand rennen konnte. Daß man vor Schmerz bis ans Ende aller Tage schreien konnte. Daß man nicht mehr leben wollte, nicht mehr in einer Welt sein wollte, die sich immer weiterdrehte, auch nach dem Betrug der Person, die man liebte.

Was hatte sie uns angetan? Liebte sie mich nicht mehr? Hatte sie mich nie geliebt? Und wenn das der Fall war, warum liebte ich sie dann noch, trotz allem, trotz allem, das sie mir angetan hatte, was sie überhaupt getan hatte, warum liebte ich sie wie ein Verdammter, ein Verfluchter? Warum hörte mein Herz nicht auf zu schmerzen, wo alles in mir sie doch haßte?

Ich wollte sie umbringen. Ich wollte sie bis aufs Blut verletzen. Ich wollte sie vernichten, und mehr als alles andere wollte ich sie in meinen Armen drücken, wie ich es noch nie zuvor getan hatte, zornig, rasend, gewaltsam und voller Grauen.

Mehrere Stunden lag ich kraftlos danieder; ich blickte nach rechts und links und sah immer nur sie, den schrecklichen Anblick von Lisa mit einem anderen Mann.

Sie war das Böse. Sie war ein Geschöpf der Finsternis, denn sie liebte die Nacht und alle dunklen Farben. Sie kam hernieder und stachelte die Männer auf. Durch sie kam die Farbe des Feuers in diese Welt und verleitete zu Mord und grausamen Taten. Sie war der Finsternis entsprungen und verbreitete sich hier unten; verführerisch und furchterregend durchstreifte sie die Welt und verübte im geheimen ihre bösen Taten. Im Bündnis mit der Schlange hatte sie mich verderben wollen. Sie war nur aus diesem Grunde hier. Sie hatte den Zorn erfunden, und der Zorn würde niemals enden, niemals mehr.

Ich blutete, ich blutete mehr, als Felix' Schlag es rechtfertigte. Ich war verletzt, verlacht, gedemütigt. Warum war ich ihr begegnet, wenn es nur Unglück und die größtmögliche Katastrophe für mich bedeutete? Warum hatte ich sie geliebt, wenn sie mich nur betrogen hatte? Hatte sie mich jemals geliebt? Oder war sie nur eine manipulierende Verführerin?

Plötzlich fuhr ich auf. Ich hörte Geräusche in meinem Wohnzimmer. Ich zitterte. Sicher war das Lisa: Sie hatte noch die Schlüssel zu meiner Wohnung.

Und wenn sie bewaffnet war? Ich konnte nicht fliehen. Die Eingangstür war neben dem Wohnzimmer, um zu ihr zu gelangen, mußte ich es durchqueren; aber es gab noch einen Weg: durch die Küche. Ich versuchte, von meinem Zimmer aus durch den Flur dorthin zu gelangen. Ich erreichte sie gerade, als ich Schritte hörte, die langsam näher kamen. Instinktiv öffnete ich eine Schublade und nahm ein Messer heraus.

Die Tür zum Eßzimmer knarrte. Ich hörte gedämpfte Schritte auf dem Flurteppich, dann ein Rascheln an der Tür zu meinem Zimmer. Ich atmete schneller. Durch das Küchenfenster sah man die Sichel des Mondes. Sie war blutrot; ihr blasser Hof sah aus wie Zungen, die über die Dächer der Häuser leckten.

Das Rascheln hörte einen kurzen Moment auf, dann setzte es wieder ein. Angst fuhr mir durch die Brust. Ich hörte, wie jemand durchs Zimmer ging, zu einer Ecke, in der Nähe der alten Kommode. Ein Stuhl knackte. Ein Seufzer war zu hören, dann ein heiseres Stöhnen, fast wie eine Klage.

Ich weiß nicht, wie lange ich dort mit erhobenem Messer, zitterndem Arm und so angespannten Muskeln stand, daß ich fast das Bewußtsein verlor. Ich hörte wieder den Stuhl, dann näherten sich Schritte. Ich preßte mich an die Wand, meine Arme so angespannt, daß es weh tat. Ich biß so fest die Zähne zusammen, daß sie knirschten.

Dann öffnete sich langsam die Tür. Lisa trat ein. Die Blässe ihres Gesichts leuchtete in der Dunkelheit. Sie zielte mit einem dunklen, länglichen Gegenstand auf mich. *Eine Waffe.*

An den Rest kann ich mich nicht mehr genau erinnern; aber kein Tag vergeht, an dem ich nicht ihren letzten Schrei höre, einen schrecklichen Schrei voller Schmerz, Ohnmacht und Entsetzen, als ich ihr den Leib mit dem spitzen Messer zerfetzte. Ich habe am Hals noch eine Narbe von ihren Fingernägeln, die sie in meine Haut krallte, als sie sich mit letzter Kraft an mich klammerte, um nicht zu fallen.

Sie stürzte zu Boden. Ich beugte mich über sie.

Da sah ich das braune Heft, das sie mir entgegengestreckt und das ich für eine Waffe gehalten hatte.

Länger als eine Stunde hielt ich Lisa im Arm und las das braune Heft, ich las das Heft weinend, und meine Tränen mischten sich mit dem Blut von Lisa, die ich getötet hatte, und Blut und Tränen tränkten das alte, vergilbte Heft und verwischten die Worte, während ich die Seiten umblätterte.

Ich schloß das Heft mit zitternden Händen. Lisa, oh, Lisa. *O Gott! Gott des Lichts und Gott der Finsternis.*

Ich heulte wie ein Hund, wie ein Wolf im Mondlicht. Ich heulte stundenlang, so lang, bis die Nachbarn die Polizei alarmierten.

Sie hatte keine Waffe. Sie war einfach nur gekommen, um mich zu sehen und mir das braune Heft zu geben … das Heft, das ihr zweifellos Felix gegeben hatte, damit sie es mir an diesem Abend brachte, *damit ich sie tötete.*

Da sie mich schlafend wähnte, war sie im Wohnzimmer geblieben und hatte gewartet und gelesen. Dann hatte sie ein Geräusch gehört und war schließlich zu mir gekommen, sie, die reine, schöne Lisa, und er, er hatte alles zerstört.

Er? Das Gesetz macht ihm keine Angst, und im übrigen hat er vor nichts Angst. Überschreitungen sind seine Spezialität. Seine Zuflucht ist das Reich der Finsternis, wo alles farblos und dunkel ist, es ist der uns fremdeste aller Orte – mehr noch als der Mond, die Sonne und die Sterne, die man von fern sieht, entlegener noch als Alaska mit seinen versunkenen Eisbergen, den Löchern voll siedendem Wasser im Eis, tiefer noch als alle Krater und glühender noch als ein spuckender Vulkan. Dieser Ort ist seine Heimat, er ist es, der ihn bewohnt: der Mann.

Alle, die seinen Weg kreuzen, sind für immer verloren. Er ist wie loderndes Feuer: Er bezaubert, er bannt. Er berührt das Archaische, läßt es verschwinden und mit einem Schlag seines Zauberstabs wieder erstehen, anders und doch ähnlich; *ihm ähnlich*. Ihn zu sehen heißt, sich in Gefahr zu bringen; ihn zu hören heißt, sich zu verlieren. So etwas nennt man Verhexung. Schwache Gemüter brechen zusammen; starke Gemüter kapitulieren. Sie werden seine Schüler. Er sagt zu ihnen:

Du bist in einem schwarzen Loch, und meine Worte fahren dir den Rücken entlang, und du schwebst dort unten in der Tiefe. Du blickst mich an, deine Augen werden starr, und du kannst in mich hineinsehen. Du nimmst die anderen nicht mehr wahr. Dein Körper berührt nichts mehr. Du siehst nur noch mich und spürst dich in deinem Innern. Nach und nach läßt du dich fallen. Das ist gut, schließ die Augen, so ist es gut. Los, laß dich fallen. Bald wirst du verschwinden. Und ich werde geboren, geboren in dir.

Er ist das Böse. Er ist ein Geschöpf der Finsternis. Er liebt die Nacht und alle dunklen Farben. Er kommt hernieder und stachelt die Menschen auf. Durch ihn kommt das Feuer in diese Welt und verleitet die Menschen zu Mord und grausamen Taten. Er ist der Finsternis entsprungen und verbreitet sich hier unten, verführerisch und furchterregend, er durchstreift die Welt. Er hat den Zorn erfunden, und der Zorn wird nie enden, niemals mehr.

8

Ich wurde am 3. November 1997 verhaftet, zwei Tage vor Beginn des Prozesses gegen Alvarez Ferrara in Jerusalem, zu dem ich als Zeuge vorgeladen war.

Ich flog in Begleitung zweier Polizisten dorthin. Es gab nicht mehr viele Menschen, die gegen ihn aussagen konnten. Ich sagte, was ich wußte, das heißt: nicht sehr viel. Ich hatte gesehen, wie er sorgfältig eine Leiche examiniert und dabei erklärt hatte, daß er Arzt gewesen war. Das war alles, mehr wußte ich nicht.

War Alvarez Ferrara aus Buenos Aires in Argentinien, der gute Vater und Ehemann, der UNO-Botschafter, Wilhem Kleis, der Henker, der SS-Arzt in Auschwitz?

Er lächelte während des ganzen Prozesses, die Zeugen schrien ihren Abscheu heraus, und Ferrara lachte über sie.

»Haben Sie Wilhem Kleis sterben sehen?« wurde ein Zeuge von Ferraras Anwalt gefragt, dessen Gesicht, von Salzsäure verätzt, nur noch eine Maske des Grauens war, mit hängenden Augenlidern, deformiertem Mund und zerfressener Haut.

»Nein, ich habe nur davon gehört, ich habe es nicht selbst gesehen«, antwortete Gladstein, der Hauptbelastungszeuge.

»Warum haben Sie dann in Ihrem Tagebuch geschrieben, daß er gestorben ist?«

»Weil ich davon gehört hatte.«

»Warum haben Sie nicht geschrieben, daß Sie von seinem Tod nur hörten?«

»Ich habe nicht darüber nachgedacht; ich schrieb direkt nach meiner Rettung aus dem Lager auf, was ich gesehen hatte. Ich wollte alles festhalten, bevor meine Erinnerung verblaßte.«

»Warum berichten Sie in Ihren Notizen, daß ein paar Gefangene ihn erdrosselt haben?« fragte der Anwalt erneut.

»Ich habe es nicht mit eigenen Augen gesehen, aber man hat es mir berichtet. Wie sollte ich daran zweifeln? Ich habe es aus ganzem Herzen geglaubt, weil ich es glauben wollte ...«

War es möglich, daß dieser ehemalige UNO-Botschafter, der CIA-Agent, dieser Mann, den ich flüchtig kennengelernt hatte, den seine Freunde achteten und seine Familie liebte, der blutrünstige Schinder war, den man hier beschrieb? Ferrara lachte, weil niemand im Grunde daran glaubte, und plötzlich stand er von seinem Stuhl auf und sprach in das Mikrophon, das auf dem Tisch der Verteidiger für ihn zugänglich war; er rief Gladstein zu: »Lügner!« Und lachte noch einmal laut auf. *Lügner.*

Der Unterschied zu den vorhergehenden Prozessen bestand darin, daß man sich hier in nichts mehr sicher war. Die Zeugen glaubten, in Ferrara Wilhem Kleis erkannt zu haben, doch immer mehr wurde den Zeugen der Prozeß gemacht, das heißt, den Opfern und ihrem schwachen Gedächtnis. Wenn man nicht mehr dem menschlichen Gedächtnis vertrauen konnte, das unvollständig und voreingenommen ist, was sollte man dann tun? Wie fünfzig Jahre zuvor schwanden den Zeugen die Sinne, weil sie ihren Peiniger zu erkennen glaubten. Sie wollten Gerechtigkeit, das war verständlich, also waren sie zu allem bereit, auch dazu, Erinnerungen zu fälschen...

Und dann wurde übertrieben: Das ist ja so normal, nicht wahr, unter dem Einfluß der Emotionen ...

Alles vollendete sich mit Ferraras Prozeß, und am Ende des Prozesses wurde Ferrara freigesprochen: Es war zu lange her, es war nicht mehr dasselbe Gesicht, vielleicht sogar nicht mehr derselbe Mann, oder vielleicht doch, aber man wußte es nicht. Ferrara mit seiner Sonnenbrille und dem klaffenden Mund lachte, lachte sein sardonisches Lachen, lachte aus vollem Halse, und die Richter und die Historiker – die neuen Richter – glaubten den Zeugen nicht mehr, die doch die Shoah erlebt, die doch im Widerstand gekämpft hatten.

Dabei war fünfzig Jahre zuvor alles so klar gewesen: Der Zweite Weltkrieg, das war der Krieg der Söhne des Lichts gegen die Söhne der Finsternis. Niemals in einem Konflikt war so leicht zu erkennen, wo das Gute und wo das Böse war.

Und jetzt war alles verworren. Es hieß, die Zeugen seien falsche Zeugen, die einzig echten Zeugen seien tot. Es hieß, sie könnten nicht die Wahrheit sagen, ganz einfach weil sie der Hölle entkommen waren. Sie waren für ernsthafte Wissenschaftler nicht vertrauenswürdig. Es hieß, ihre Schriften seien zweifelhaft: »Selbst den Besten geschieht es, daß die Erinnerungen durcheinandergeraten, daß gewisse Informationen nur aus zweiter Hand sind oder Irrtümer auftauchen.« Es hieß, in den Berichten der Überlebenden gebe es Unglaubwürdiges, ja, Unglaubwürdiges, als wäre das Ganze – die SHOAH – nicht an sich schon unglaubwürdig.

Nacht und Nebel: Das war der Plan der Nazis. Sie waren es, die gesiegt hatten. Sie hatten die Zeit auf ihrer Seite; und die Zeit war ihre Domäne, Umsicht ihre ureigenste Fähigkeit …

Das Ganze war wie die Antimonumente von Lisa. Riesige Bleisäulen, auf denen jeder sich verewigen und etwas einschreiben konnte, und alle möglichen Leute taten das auch, selbst Neonazis, die dort antisemitische Parolen anbrachten, und das Denkmal nahm lebendige Erinnerung auf, die immer mehr verschwamm, während die Säule nach und nach im Boden versank. Alles verschwand, so wie alles in den Todeslagern verschwunden ist, und wie alles mit dem Tod der letzten Überlebenden verschwindet.

Die Frau, die Ferraras Anwalt Salzsäure ins Gesicht geschüttet hatte und deren Familie fast vollständig in Auschwitz vernichtet worden war, kam aus Israel und lebte in Frankreich: Ihr Name war Tilla Perlman.

Der zweite Anwalt des Angeklagten hatte einige Wochen nach Annahme des Mandats in seinem Büro Selbstmord begangen. Seine Leiche wurde von einem Arzt entdeckt, der zufällig gerade dort war: Es handelte sich um Paul Perlman.

Am 2. Dezember 1997 wurde Alvarez Ferrara auf dem Flughafen von Tel Aviv, als er gerade in ein Flugzeug nach Brasilien steigen wollte, durch einen Kopfschuß getötet.

Sein Mörder war ein bekannter Philosoph, der Sohn eines Überlebenden von Auschwitz II-Birkenau. Sein Name war Ron Bronstein.

9

Bald ist mein Prozeß.

Die Polizei sagt, daß der Mord an Carl Rudolf Schiller nicht von Lisa Simmer verübt wurde.

Die Polizei sagt, ich hätte diesen Mord verübt.

Die Polizei sagt, ich hätte Carl Rudolf Schiller ermordet.

Die Untersuchungsbeamten sagen, ich hätte die Mordszene gefilmt, ich hätte Robertson den Film geschickt und ihm Instruktionen über eine mögliche Nutzung gegeben.

Sie sagen, ich hätte den Revolver bei Béla Perlman

versteckt, um ihn verdächtig werden zu lassen, damit er seinerseits den Verdacht auf Jean-Yves Lerais lenke.

Sie sagen, nach dem Mord an Schiller hätte ich seine Leiche in einer Gefriertruhe aufbewahrt und dann nach Rom gebracht.

Sie sagen, ich hätte die zweite Leichenhälfte in die Bibliothek der Ecole française de Rome gelegt, um Lerais zu belasten.

Sie sagen, ich hätte Bruder Franz das braune Heft geschickt. Und ich hätte es in Auschwitz ausgegraben, kurz bevor Mina es suchte.

Sie sagen, ich wäre Carl Rudolf Schiller auf Kolloquien und dann bei den Perlmans begegnet. Sie sagen, ich wäre von seiner Persönlichkeit fasziniert gewesen, und die Faszination sei gegenseitig gewesen.

Sie sagen, ich hätte angefangen, ihn zu hassen, als ich von seinem plötzlichen Umschwenken erfuhr. Ich hätte es ihrer Meinung nach nicht ertragen, daß er ein Gerechter wurde, daß er beim Crétel-Prozeß und auch zugunsten der Talments, die er doch verleumdet hatte, sein Verhalten änderte.

Sie denken, ich hätte das braune Heft in Auschwitz gesucht, das sich aber in meiner Wohnung befand, weil Lisa es mir gebracht hatte.

Ich muß es ihnen geben. Was steht in diesem Heft?

Im ersten Teil wird gesagt, wie man von einem Menschen Besitz ergreift.

Im zweiten Teil wird vom Tod eines Kindes erzählt.

Im dritten Teil befinden sich Pläne für einen Friedhof.

Was bedeutet das? Wo ist dieses Heft? Was enthält es?

Dieses Heft enthält das Geheimnis vom Ursprung des Bösen.

Wo ist es?

Wo ist dieses Heft? Dieses Heft ist in Rauch aufgegangen. Verschwunden. Für immer verschwunden.

Oder auch: Es ist da, vor mir, überall. Es zerstreut sich, um seine Botschaft über die ganze Erde zu verbreiten. Wer immer es auch liest, versteht das Böse und wird selbst böse. Wie er. Wie sie. Wie ich.

10

Mein Anwalt, Maître Ansel, will auf schuldig plädieren. Er sagt, bei Unzurechnungsfähigkeit hätte ich gute Chancen, nicht ins Gefängnis zu kommen. »Ob Gefängnis oder Psychiatrie: Was macht das für einen Unterschied?« sage ich zu ihm.

Er sagt, daß ich mich kooperativer zeigen soll. »Warum bestehen Sie darauf, mich zu verteidigen?« frage ich ihn. Er sagt, daß er mich verteidigen will, weil ich schuldig bin, aber unschuldig schuldig.

Ich verstehe nicht so ganz, was Maître Ansel sagt. Ich glaube, im Grunde liebt er die Kriminellen, die Ausgestoßenen, die Verbrecher.

Ich hatte lange Gespräche mit psychiatrischen Gutachtern. Stundenlang habe ich ihnen meine Geschichte erzählt.

Sie sagen, es habe nie einen Felix Werner gegeben. Wer ist Felix Werner, fragen sie mich immer wieder. *Wer ist Felix Werner?*

Also sage ich zu ihnen:

Felix Werner war mehr als nur ein Freund. Wir sahen oder sprachen uns fast jeden Tag, wir diskutierten und nahmen gemeinsam die Mahlzeiten ein. Wir hatten vollkommenes Vertrauen zueinander. Er hatte die Schlüssel zu meiner Wohnung, ich hatte die zu seiner. Vor mir hatte er niemals jemanden gehabt, auf den er sich verlassen konnte, niemanden, der ihm zuhörte und ihn in diesem Maße verstand. Ich war alles, was er nicht war, er alles, was ich hätte sein wollen; ein Mann voller Selbstsicherheit, ein glücklicher Intellektueller, ein Verführer. Er war schüchtern und zurückhaltend, manchmal sogar scheu; ich war offenherzig und großzügig. Ich hatte keinerlei Scheu, mit anderen zu sprechen, auf sie zuzugehen, sie ins Herz zu schließen und ihre Wertschätzung zu genießen.

Er bewunderte meine Intelligenz, meine Klarsicht. Er fand mich glänzend in meinen Ideen und genial in meinen Ahnungen. Er sagte, ich sei dynamisch und heiter. Der Gedanke daran, mich zu sehen, erfüllte ihn mit Freude, meine Worte klangen noch lange, nachdem ich ihn verlassen hatte, in ihm nach. Wenn er mit mir zusammen war, hatte er das Gefühl, vollkommen er selbst zu sein. Er sagte, ich sei einer der Menschen, die andere geistreich werden lassen. Ich inspirierte ihn. Oft wurde ich von einem besonderen Überschwang gepackt, der mir fast etwas Beunruhigendes gab. Ich rauchte, ich schritt hin und her, ich schrieb, ich sprach, und das alles gleichzeitig, denn ich war das Leben selbst, mit allem, was dazugehört, eingeschlossen einen tierähnlichen, fast unmäßigen Trieb, der begabten Menschen eigen ist.

Er war mein Gegenstück, meine Ergänzung. Er war schüchtern, zurückhaltend und nachdenklich. Ich war überströmend und redselig. Er war verträumt und zerstreut, ich war realistisch und systematisch. Er hatte die Neigung, sich in einsame Spaziergänge und Phantasiereisen zu flüchten; mich reizte nichts mehr als die Wirklichkeit. Ich las alle Zeitungen, ich wußte, was in der Welt geschah. Er wußte nichts von all dem.

Sie sagen, Felix Werner existiere nicht. Sie sagen, Felix Werner sei eine Erfindung von mir, mein idealisierter Doppelgänger.

Ich sage zu ihnen: »Dann gehen Sie doch ins Lutétia und fragen Sie den Kellner, ob er uns nicht jeden Abend zusammen gesehen hat.«

Sie sind ins Lutétia gegangen. Der Barmann hat gesagt, er habe nur einen Mann bemerkt, der mit sich selbst sprach und dabei wild gestikulierte. Aber der Barmann war nicht jeden Tag da, und sein Dienst endet um Mitternacht. Danach kam jemand anders, der jetzt aber verschwunden ist.

Ich sage zu ihnen: »War er nicht Journalist? Schrieb er denn keine Artikel unter seinem Namen?« Das haben sie überprüft: Bei der Zeitung haben sie ihnen gesagt, daß ein sogenannter Felix Werner seine Artikel immer per Fax schickte.

Ich sage zu ihnen: »Dann gehen Sie doch zu ihm, ich habe den Schlüssel zu seiner Wohnung.« Sie sind zu ihm gegangen: Es war niemand da, niemand bei ihm zu Hause. Die Nachbarn kennen ihn nicht, haben ihn nie gesehen.

»Das ist es«, sage ich zu ihnen, diesen Zauberlehrlingen, »ich habe ihn verschwinden lassen! Nennen Sie mich Sammael, wenn Sie es schon wissen. *Sammael Ripher.*

Felix sagte, daß das Phänomen der Bürokratie notwendigerweise zu Amoralität führe. Er sagte, die Bürokratie im Naziapparat habe durch die Formulierung eines genauen Ziels, durch die Kategorisierung von Personen im Hinblick auf dieses Ziel und die Anlage von Akten funktioniert, was eine technische Sicht der Zerstörung mit ethisch neutralen Begriffen ermöglicht habe. Genau diese Einrichtung habe die Enthumanisierung erst möglich gemacht, da dadurch eine Distanz zwischen Person und Ziel hergestellt werde, die erstere auf eine rein meßbare Größe reduziere.

Felix hätte gesagt, daß ich Opfer der teuflischen Maschinerie der Justiz geworden sei, die sich im Recht glaube und doch nichts anderes sei als das Sinnbild der bürokratischen Entmenschlichung, Folge der rationalistischen Ausrichtung des abendländischen Denkens, nach der der Mensch eine Sache ist, über die man in technischen Termini sprechen kann.

Felix hätte gelacht, hätte er mich dem psychiatrischen Apparat mit seiner neutralen, jeglicher moralischer Konnotation beraubten Sprache ausgeliefert gesehen, der sich perfekt der Ideologie des Hasses anpaßt und das Böse in einer chaotischen Welt jenseits der Moral plaziert. *Wenn man auf Schizophrenie plädierte, sagte der Anwalt, hätte ich eine Chance, davonzukommen. Aber wenn ich wirklich diese Verbrechen begangen habe, meine Damen und Herren Geschworenen, warum sollte man mich dann nicht verurteilen? Warum sollte das dann gerechtfertigt werden?*

Felix sagte, man müsse die Gefahr der Relativierung und Historisierung vermeiden, da durch diese beiden Ansätze das begangene Verbrechen nicht mehr als einzigartig betrachtet werde und unausweichlich eine Rechtfertigung möglich würde.

Nein, das sagte er nicht. Was sagte er?

Aber wo ist er? Wo ist Felix Werner?

Felix sagte, wenn man erst in einem System gefangen sei, dann verliere man seine Bezugspunkte außerhalb des Systems. Es ist die Eigentümlichkeit des Bösen, den zu erfassen, der es erfassen will. Nein, das sagte er nicht. Er sagte, daß man es erfassen müsse, das sei das einzige, was man tun könne.

Felix sagte … *Aber wer ist Felix Werner?* Der gefallene Engel, der das Licht oder die Finsternis, das Gute oder das Böse bringt?

Sie werden niemals wissen, in welchem Maße er mich durch sein Genie erhellt hat, wie sehr er mich verändert hat, wie sehr mich der Kontakt mit ihm der Welt zugänglich gemacht hat. Sie werden niemals wissen, in welchem Maße ich ihn verabscheue, ihn und alles, was er darstellt und auch nicht, wie sehr er mich verdorben hat.

Ich sehe ihn durch den Rauch, der steigt, sich emporschwingt und sich hoch in den Himmel schlängelt, der die Bruchstücke der Welt mit sich nimmt, Verbranntes, Schlacke, Kohle und leichtes, leichtes Papier. Der Rauch steigt auf, um für immer zu verschwinden. Mit mir. Ich, ein Seufzer, der den Staub auffliegen läßt.

Sie sagen, Felix Werner existiere nicht. Sie sagen, es sei eine Person, die ich erfunden hätte, mein zweites Ich. *Sie sagen, Felix Werner, das sei ich.*

11

Heute morgen hat mich Bruder Franz in meiner Zelle besucht.

»Was machen Sie hier?« fragte ich ihn. »Wissen Sie nicht, daß die Dämonen der Besessenen in jeden fahren, der sie sieht?«

»Meine Augen sind noch schlechter geworden. Ich sehe fast nichts mehr.«

»Was wollen Sie?«

»Das wissen Sie genau. Sie bekehren.«

»Mich bekehren?« sagte ich. »Wozu bekehren? Glauben Sie nicht, daß ›meine Sünde zu schwer wiegt‹?«

»Selbst in Ihnen gibt es eine Schwachstelle.«

»Eine Schwachstelle. Und welche?«

»Haben Sie sie nicht wirklich geliebt?«

Ich antwortete nicht.

»Haben Sie nicht um ihretwillen wirklich gewünscht, ein reines Herz und einen neuen Geist zu bekommen?

Haben Sie sich nicht in Ihrem Innern gesagt: Gib mir den Glauben zurück, gegen den Tod zu kämpfen, der meine Seele um die Gnade bringt, nimm mein Opfer an, rette mich aus der Finsternis und laß zu, daß sie mich wieder zu einer Einheit macht? Wenn Sie geliebt haben, dann, weil Sie in sich Raum frei gemacht haben, Raum für den anderen, weil Sie die Erfahrung gemacht haben, daß eine Wunde klafft, daß Ihnen der andere fehlt. Und wissen Sie was? Derselbe Hohlraum bringt auch das Böse hervor, und dasselbe Vakuum muß man ihm entgegenstellen, das Vakuum an Sein, das Vakuum an Sinn – nicht an Worten, denn nicht Schweigen verlange ich von Ihnen; sondern diesen Raum in sich zu schaffen, der diese Schwachstelle, welche der Wunde der Liebe ähnelt, nicht absorbieren will. Das Faible, das Sie für die Reinheit haben – das ist Ihre Schwachstelle.«

»Der Mord der Spaltung ist ein Zeichen, Sie haben es doch gesagt: Der Teufel hat sie alle umgebracht.«

»Und Sie sind in den Händen seines Hohepriesters.«

»Von wem sprechen Sie?«

»Von Ihrem Beichtvater, der Sie regelmäßig besucht. Ich habe Ihnen doch gesagt, Sie sollen sich von ihm fernhalten.«

Hüten Sie sich vor Pater Francis, meiden Sie ihn, meiden Sie ihn wie den Teufel; das habe ich schon zu Schiller gesagt, als er sich zu sehr an ihn band.

»Armer Bruder Franz ... Sie werden nie etwas begreifen. Was sollen wir mit Ihnen machen? *Müssen Sie dasselbe Schicksal wie Schiller erleiden, damit Sie endlich begreifen?*«

Da hob Bruder Franz seine Augen zum Himmel, seine armen Augen, die nichts sahen.

12

Ihr wißt es, wißt alles. Ihr seid der absolute Blick. Ihr überprüft alles auf Herz und Nieren. Ihr seid mein Bruder, mein Vertrauter, mein Gefährte. Ihr vertraut mir. Ihr hört mir zu, versteht mich, bewundert mich. Ihr seid mein Gegenstück, meine Ergänzung. Wenn ich in Eurer Gesellschaft bin, habe ich das Gefühl, ganz ich selbst zu sein. Atmet: Ihr inspiriert mich.

Atmet: Seht Ihr es? Dort ist er, nahe bei Euch, er kommt näher. In den Flüssen und Weihern, in denen die Metalle zusammenkochen, in den Schmelzöfen, den Kohlebecken und den Kesseln mit Pech und Schwefel, und in den alles verzehrenden Flammen, um Ketten und weißglühende Nägel, in Feuerbällen, die unablässig in einem Regen aus Asche steigen und sinken, im Herzen erstickender Rauchschwaden, spürt Ihr ihn?

Inmitten von ekelerregenden Dämpfen, die Sümpfen entsteigen, in giftigen Emanationen, in erstickender Luft, wenn klares Wasser sich in Morast voller Miasmen verwandelt, dann ist er da. In beißender Kälte, in Schweiß und Hitze, wenn der zerrissene Himmel donnert und wie Exkremente wolkenbruchartigen Regen fallen läßt, in Frost und Sturm, zwischen unreinen Tieren, Schlangen, Kröten und Würmern, in Zerstörung und Verwüstung: ist er.

Im grellen Schrei der Hingerichteten und im entfesselten Lachen der ewigen Spötter, in jeder Beleidigung, in jeder Demütigung ist er, ganz nahe bei Euch, von Euch zu mir, von mir zu Euch, die Riesenschlange, König der Welt, die Luft atmet und alles verschlingt, um über jede Kreatur ihren greulichen, giftigen Atem zu verströmen. Die hypnotisierende, weise und kluge Schlange, die vorsichtige, geschickte, die messianische Schlange, die sich wie eine Welle in Eure Augenhöhlen schmiegt, furchterregend in ihrem Reiz, in ihrer Schönheit, wenn sie über die Erde kriecht und durch die Lüfte flattert, die senkrechte Schlange: ist er. Er ist der klügste, der listigste Herrscher. Er ist es und kein anderer.

An einem See aus Blut, in einer Stadt mit Befestigungsmauer und hohem Turm wie im Mittelalter, gemeißelt ins Eis des Kokytos durch den Atem des schwarzen Seraphen: ist er, um die reinen und schönen Seelen zu empfangen, sie an sich zu ziehen, sie zu erniedrigen und zu verderben; um die Feiglinge zu begrüßen, die weder das Gute noch das Böse wählen, um die ausschweifenden Sünder und die bösartigen Sünder zu umfassen, nicht als Opfer, sondern als Gefolgsleute, um die schwärzesten und gewalttätigsten Charaktere zu umschlingen, die Betrüger, die Verräter und die Verbrecher, die sich ihm freiwillig anschlossen, und diejenigen, die seinen Versuchungen nicht widerstehen konnten: Ihre Aufgabe ist es, die Unschuldigen zu schlagen. Im sechsten Kreis, wo die seltsamsten Pflanzen mit verdrehten Blättern und ins Violette spielenden Farben wachsen und zähflüssige Substanzen absondern, befinden sich die Lebendigen, deren Seele niemals verdammt sein wird, diejenigen, die niemals in die Hölle kommen, weil sie sie aufteilen würden, um daraus morastigen Sumpf, einen kochenden Blutfluß zu machen: Diese Menschen sind seine Freunde, man nennt sie Glücksritter.

Geheimnis aller Geheimnisse. *Er.* Wer ist er? Ein Geist? Ein Genius? Also ist er unvergänglich, er ist das immaterielle, reine Element, Quelle der Gedanken, der Liebe, des Willens und alles Bestehenden. Er ist der unstoffliche Körper, Sender von Schwingungen, das lebenswichtige Fluidum, das die große Energie des Kosmos zum Ausdruck bringt, das Gegenstück zum physischen Körper, der alle Spuren, alle menschlichen Stigmata, alle

Verwirrungen, von den ersten bis zu den letzten, und die großen Todeskämpfe in sich trägt. Er tritt in Beziehung zu Euch, er verweilt dort, wohnt dort, Ihr seid sein Herrschaftsbereich, durch Euren Leib kommt er ins Leben.

Er ist der Unaussprechliche, der alles erscheinen und verschwinden läßt. Er ist der große Zauberkünstler.

Los, atmet. Seht Ihr ihn, den Blutbefleckten? Schwarze Blutklümpchen kleben ihm an den Augen, an den Lippen, an der Nase. Seht sein Bild im Spiegel, Ihr werdet kaum ein Gesicht erkennen.

Ein *Gesicht*? Er hat kein Gesicht. Er hat tausend Gesichter.

Mit Wasser geht es gut ab; aber er hat Schwierigkeiten, seinen Siegelring sauber zu bekommen: Die Dinge verraten ihn immer eher als die Menschen.

Seht Ihr? Ihr wißt, wen ich meine.

13

Ich habe immer gewußt, daß wir uns gut verstehen würden.

ZEITLICHE ABFOLGE

27. Januar 1945: Geburt von Carl Rudolf Schiller
28. September 1991: Selbstmord von Ron Bronstein sen.
24. Oktober 1994: Brief von Michel Perraud an Maurice Crétel

Herbst 1994: Affäre Talment

27. Januar 1995: Mord an Carl Rudolf Schiller
30. Januar 1995: Treffen mit Samy und Mina Perlman
27. Februar 1995: Kolloquium über die Shoah in der katholischen Universität von Paris
28. Februar 1995: Liebesmahl bei Felix Werner
1. März 1995: Abreise nach Washington
13. März 1995: Rendezvous mit Lisa Perlman im Lutétia
29. März 1995: Erster Kuß von Lisa Perlman
1. April 1995: Abreise nach Rom
3. April 1995: Rückkehr nach Paris
10. April 1995: Heiratsantrag an Lisa Perlman
6. Mai 1995: Hochzeit mit Lisa Perlman
7. bis 30. Mai 1995: Hochzeitsreise nach Israel
28. September 1995: Reise nach Auschwitz
29. Septbember 1995: Rückkehr nach Paris
24. Oktober 1997: Prozeß gegen Jean-Yves Lerais
30. Oktober 1997: Urteil im Prozeß gegen Jean-Yves Lerais
3. November 1997: Verhaftung von Raphael Simmer
5. November 1997: Prozeß gegen Alvarez Ferrara
2. Dezember 1997: Mord an Alvarez Ferrara

Morgen: Prozeß gegen Raphael Simmer

DANK

Ich danke meiner Mutter, der klugen, scharfsinnigen und leidenschaftlichen Leserin, und meinem Vater, dem geistreichen Deuter der verschiedenen Lesarten dieses Buches.

Gedankt sei auch Rose Lallier, die die ursprüngliche Idee zu diesem Buch, was Gehalt und Form betrifft, hatte. Ich danke ihr gleichermaßen für ihre wiederholte Lektüre und ihre Ermutigungen.

Dank auch an Yuval Dolev.

Ebenfalls danken möchte ich:

Françoise Samson für ihre Geduld, ihr Talent, ihre Strenge und ihren Arbeitseifer: Dieses Buch verdankt ihr viel. Daniel Radford für sein Vertrauen und seine wunderbare Gewissenhaftigkeit. Henri Verdier, weil er mir den Gnostizismus nahegebracht hat und daraus das Thema für einen Roman machen wollte, weil er das Buch immer wieder gelesen und mir seine Freundschaft geschenkt hat. Laurent Verdier für seine aufmerksame Lektüre und die Einführung in die Welt der Justiz. Emanuelle Abécassis für ihre prompte Diagnose und ihre fachlich-medizinische Durchsicht; Thierry Binisti, dessen Wertschätzung mir sehr am Herzen liegt. Tilla Rudel-Maidenberg, die mich unterstützt, immer wieder gelesen, korrigiert und inspiriert hat. Nicolas Weil für all das, was er mir mündlich, durch seine Artikel und seine Buchempfehlungen beigebracht hat. Franck Debié, meinem ersten Leser, dessen Begeisterung mir die